실러 2-2

Schiller: Leben-Werk-Zeit
by Peter-André Alt

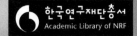 학술명저번역 578

실러 2-2

생애 · 작품 · 시대

Schiller: Leben-Werk-Zeit

페터 안드레 알트 지음 | 김홍진 · 최두환 옮김

아카넷

2-2권 차례

제8장 고차적 예술의 시대:
고전적 희곡 작품(1796~1805) | 609

1. 실러의 고전적 극 무대 작업 전망 | 611

　문학 시장에서 성공을 거두다
　드라마 분야로의 귀환 | 611

　'세계의 심판으로서의 세계사'?
　역사극의 윤곽 | 621

　바이마르의 연극론
　고전적 희곡의 작용미학적 요소들 | 634

2. 전력을 집중하다:
　예나, 바이마르(1796~1803) | 647

　잘못 길든 관객들을 위해 수고하다
　괴테와 함께 극장에서 일하다 | 647

　비판적인 후원자
　카를 아우구스트 대공 | 668

　사회적 신분 상승
　귀족 작위를 받다 | 683

3. 「발렌슈타인」 3부작(1800) | 693

　'시도해보지 않았던 길'
　난해한 주제를 다루는 힘겨운 작업 | 693

　성공적으로 소화해낸 소재
　3부작의 건축적 구조 | 706

　"행동으로 끝까지 밀고 간다, 내가 생각해낸 것이니까"
　현실주의와 이상주의 사이에 선 발렌슈타인 | 720

　운명으로서의 정치
　고대 그리스 비극의 변형들 | 748

4. 미완성 드라마들, 무대 각본들, 번역들 | 761

　작업실 안 들여다보기
　「몰타 기사단」에서 「워베크」에 이르는 다양한 미완성 작품들
　(1788~1803) | 761

　텍스트에 대한 창조적 봉사
　번역과 시론들(1788~1803) | 782

　실질적인 효과 계산
　바이마르 궁정 극장을 위한 무대 각본 작업(1796~1802) | 790

5. 「메리 스튜어트」(1801) | 803

　동요(動搖)의 시기에 세워진 민감한 기획
　역사적 소재와 작품의 성립 | 803

　통치 체제와 공공 사회
　정치 행위의 요소들 | 813

　통제된 욕정?
　아름다운 영혼이 벌이는 연극 | 823

6. 「오를레앙의 처녀」(1801) | 831

　"지극히 감동적인"
　풍성한 소재에 갇히다 | 831

　힘들 간의 어려운 균형
　고전적 형식 속의 낭만적 요소 | 839

　텅 빈 하늘로의 초월
　요한나의 죽음과 승화 | 855

7. 「메시나의 신부」(1803) | 861

　고대 아테네 드라마와 현대 문화
　그리스인들과의 자유로운 경쟁 | 861

　죄책의 개념들
　'도덕에 관한 비극' | 872

권위가 없는 조언
코러스의 극작술상 목적 | 881

8. 마지막 해들:
　베를린, 바이마르(1804~1805) | 891

　맞이하기 힘든 손님
　뮤즈들의 궁정에 온 마담 드 스탈 | 891

　변화에 대한 전망
　프로이센 방문 | 900

　제한된 활동
　치유 불가한 병에 걸리다 | 910

9. 「빌헬름 텔」(1804) | 917

　시간에 쫓기며 쓰다
　공화주의 정신이 담긴 역사적 축제극 | 917

　자코뱅파를 옹호하는 것이 아님
　스위스 동맹단의 항거와 그의 법적 전망 | 928

　암살자가 된 가장인 아버지
　텔은 이상향을 향한 도정에 있는가? | 940

10. 드라마 소품들, 번역 작업, 후기 미완성 작품들 | 949

　축제를 위한 궁정 극장
　「예술에 대한 찬양」, 라신 번역(1804~1805) | 949

　권력의 심연을 들여다봄
　「첼레의 공주」와 「아그리피나」(1804~1805) | 958

　마지막 작업
　의식의 비극 「데메트리우스」(1805) | 964

　마지막 장면
　바이마르, 1805년 5월 | 981

후주 | 989
참고문헌 | 1009
연보 | 1073
2권 옮긴이 해제 | 1083
찾아보기 | 1107

2-1권
차례

서론

제6장 솟아나는 초안들:
미학에 관한 논문들과 잡지 편집 작업(1791~1799)

1. 바이마르 고전주의 예술론의 근간
2. 병마에 시달리며:
예나, 루트비히스부르크, 슈투트가르트(1791~1794)
3. 비극에 대한 사색
4. 미의 이론
5. 튼튼한 동맹을 찾아 나서다:
예나(1794~1799)
6. 고전주의적 주제를 다루는 잡지들
7. 고대와 현대

제7장 차갑게 식은 불:
고전주의 시대의 서정시와 풍자시(1788~1804)

1. 실러의 고전적 서정시의 지평
2. 철학적 서정시(1788~1800)
3. 긴장된 관계들:
예나(1795~1799)
4. 바이마르의 문학 정치:
「크세니엔」(1797)
5. 담시, 로만체, 후기 시(1797~1804)

후주

1-1권
차례

서론

제1장 발자취를 따라서:
　　　 젊은 시절의 교육과 정신적 모험(1759~1780)

　　　 1. 계몽된 절대군주 치하의 뷔르템베르크
　　　 2. 초기 교육
　　　 3. 힘들었던 사관학교 시절
　　　 4. 잊을 수 없는 사람들:
　　　　　 슈투트가르트(1774~1780)
　　　 5. 의학 학위논문

제2장 연습 공연들:
　　　 초기 서정시와 젊은 시절의 철학(1776~1785)

　　　 1. 틈새를 이용한 집필 작업의 출발
　　　 2. 문학적 꿈을 지닌 군의관:
　　　　　 슈투트가르트(1781~1782)
　　　 3. 초기 시(1776~1782)
　　　 4. 세계상의 초석

제3장 무대의 위력:
　　　 초기 희곡과 연극론(1781~1787)

　　　 1. 18세기 말의 희곡과 극장
　　　 2. 「도적 떼」(1781)

3. 정처 없는 망명객:
   바우어바흐, 만하임(1782~1784)

4. 「제노바 사람 피에스코의 역모」(1783)

5. 「간계와 사랑」(1784)

6. 희곡론 구상

7. 위기에서 벗어나는 길:
   만하임, 라이프치히, 드레스덴(1784~1787)

8. 짧은 드라마와 습작들

9. 「돈 카를로스」(1787)

후주

1-2권
차례

제4장 자유문필가:
   산문, 소설, 잡지 기고문(1782~1791)

   1. 실러의 소설 기법의 역사적 위치
   2. 1780년대의 출판 활동과 산문 작품들
   3. 「파렴치범」(1786)과 「운명의 장난」(1789)
   4. 높아가는 명성:
      드레스덴, 바이마르(1786~1789)
   5. 「강신술사」(1789)

제5장 역사 사상가:
   역사 연구와 학술 논문들(1786~1793)

   1. 실러의 역사관
   2. 『스페인 정부에 대한 네덜란드 연합국의 배반 역사』(1788)
   3. 불안정한 시기에 일어난 신상의 변화:
      바이마르, 루돌슈타트, 예나(1788~1791)
   4. 『30년전쟁사』(1790~1792)

후주
참고문헌
연보
1권 옮긴이 해제
찾아보기

| 일러두기 |

1. 이 책은 Peter-André Alt의 *Schiller: Leben-Werk-Zeit I·II*를 완역한 것이다. 독일어판은 두 권으로 되어 있으나, 한국어판에서는 각 권을 다시 두 권으로 나누어 총 네 권(1-1, 1-2, 2-1, 2-2)으로 분책하였다.

2. 한국어판의 두 옮긴이는 전체 원고의 번역과 편집에 공동으로 노력하였으나 1권(1-1, 1-2)은 김홍진, 2권(2-1, 2-2)은 최두환의 책임 아래 번역이 이루어졌으며, 해제 또한 따로 작성하여 각 권말(1-2, 2-2)에 실었다.

3. 독일어판의 주석은 전거를 밝히는 후주와 실러 작품의 인용을 밝히는 방주로 되어 있으며 한국어판은 이러한 체재를 그대로 따랐다. 방주에 쓰인 약어를 풀이하면 다음과 같다.

>   NA: 내셔널 판(Nationalausgabe)
>   FA: 프랑크푸르트 판(Frankfurter Ausgabe)
>   SA: 100주년 판(Säkularausgabe)
>   P :「피콜로미니(Piccolomini)」
>   T :「발렌슈타인의 죽음(Wallensteins Tod)」
>   L :「발렌슈타인의 막사(Wallensteins Lager)」

4. 각주는 독자의 이해를 돕기 위해 옮긴이가 작성한 것이다.

5. 독일어판은 반복적으로 사용된 서명과 작품명을 약칭으로 쓰고 있으나 한국어판에서는 독자의 혼동을 피하기 위하여 서명과 작품명을 되도록 온전하게 적었다.

6. 서명과 작품명은 각각 겹낫표(「 」)와 낫표(「 」)로 묶어 구분하였으나 개별 작품이 간행 등의 이유로 서명의 의미를 띨 경우에는 겹낫표로 표시하였다. 한편 정기간행물은 겹꺾쇠(《 》)로 묶어 구분하였다.

제8장

고차적 예술의 시대:
고전적 희곡 작품
(1796~1805)

1. 실러의 고전적 극 무대 작업 전망

문학 시장에서 성공을 거두다

드라마 분야로의 귀환

실러가 1795년과 1797년 사이에 시 장르라는 '낯선' 지방으로 인상 깊게 입성한 것은 그가 예술가로서 새로운 자신감을 얻게 되었음을 의미하기도 한다. 이 시기에 많은 시 텍스트가 생산되었지만 그것이 출판계의 다른 분야가 보인 관심을 인지하는 일에 방해가 되지는 않았고 이 사실은 그에겐 유익한 것으로 판명되고 있다. 마찬가지로 이론적 연구에서 손을 떼는 일도 작가 자신이 예상한 것에 비하면 별 마찰 없이 진행되었다. 그러나 드라마 작업으로 되돌아오는 길에는 이와는 비교가 안 될 정도로 어려움이 많았다. 이때 야기된 문제들은 생계를 위해 많은 성과를 내야 하는 처지에 있던 실러 자신의 심적 압박감에 기인한다. 1790년대 초에 이론적 작업을 끝맺고 난 후 그는 우선 자신의 문학적 전망을 검토해봐야겠다고 생각한 것 같다. "내가 이제껏 세상에 내놓은 드라마 작품들을 되돌아보면 자신감이 별로 나지 않네"라고 1794년 9월에 쾨르너에게 보낸 한 편지에서 쓰고 있다.(NA 27, 38) 이로부터 18개월 후에는 자기 친구에게 발렌슈타인의 소재를 다루는 작업을 하는데 옛날 방식과 기술은 별로 써먹을 수가 없다고 고백한다.(NA 28, 209)

오로지 매일 글쓰기를 실천함으로써 그는 비극에 관한 논문에서 발전시킨 작용미학의 지적 수준을 포기하는 일 없이 드라마를 만드는 기술에 대해 젊은 시절에 가졌던 자신감을 되찾을 수 있게 된다. 다른 한편 1800년 이후 다루기 힘든 발레슈타인 소재와 씨름하면서 얻은 생산적 경험들은 비극에 관한 이론적 성찰들을 몰아낸다. 발렌슈타인 3부작 작업에 종사한 여러 해 동안에는, 특히 수많은 기획을 구상하고 있던 이 시기에는, 추상적 자기 주석의 경향이 지속되었지만, 이례적으로 온 힘을 집중해 「메리 스튜어트」를 완성하고 난 다음에는 실용적 시각이 전면에 등장한다. 이제는 무대미학상의 문제들이, 연출과 극적 효과의 문제들이 중요해지고 이론적인 생각들은 적어도 서신 교환에는 나타나지 않는다. 그렇지 않아도 1799년 말 바이마르로 이사한 다음에는 매일같이 괴테와 교환하던 정보가 주로 1796년 시작한 궁정 무대를 위한 작업에 집중되었던 터였다.

예술가로서의 실러의 자기 이해의 특징은 전에 이루어놓은 것을 비판적 시각으로 본다는 것이다. 예컨대 발렌슈타인 소재를 구분하는 일차적 작업 시기인 1794년 9월 초에 쓴 한 편지에서 그는 자기의 새로운 예술 이론의 의식으로 볼 때 "돈 카를로스」와 같은 졸작은 구역질이 난다"고 말하고 있는 것이다.(NA 27, 38) 발렌슈타인 3부작을 완성하고 2년이 지난 후에는 이미 새로운 계획을 추구한 지 오래된 상태에서 성공적으로 끝맺은 발렌슈타인 기획 자체를 탐탁지 않게 여긴다. 자기는 스스로의 역량을 평가하는 현 상태의 시각에서 볼 때 그와 같은 일은 시작하지도 않았을 것이라는 것이다.(NA 31, 35) 「메리 스튜어트」에 관해서는 그것이 책으로 출판된 지 반년 후인 1801년 10월에, 이 작품에는 관객들이 가장 높이 평가하는 소재의 입체성이 결여되었다고 말한다(이는 관객의 취향에 대한 그의 비판적 입장을 드러내는 발언이기도 하다).(NA 31, 61) 1803년 3월 「메시나의 신부」를 탈고한 다음, "낡은 비극 작가들과의 경쟁"과 비슷한 이런 일을 또다시 시도하지는 않을 것이라는 거의 체념에 가까운 심정을 토로한다. 하나의 객관적 예술 형식을 만들어보자는 시도로 말미암아 자신이 너무나 외면당하고 있다는 느낌이 들기 때문이라는 것이다.(NA 32, 32) 그와 같은 발언들은 자기 자신의 주제들을 너무나 소심하게 다루고 있음을, 특히 이미 있는 것을 반복하는 지루함과 틀에 박힌 것에 굳어버리는 일을 피하기 위해 계속 새로운 길을 개척해나가야 한다는 강박감을 말해준다. 1801년 5월 쾨르너에게 보낸 편지에서 그는 희곡 작품을 계획함에 있어서 "대상 선정" 자체가 점점 어려워지고 있다는 일반적인 문제에 대해 언급하고 있다. 왜냐하면 그에게는 전처럼 하나의 주제를 선뜻 선정할 수 있는 "경솔함"이 없어졌기 때문이라는 것이다.(NA 31, 35) 실러는 괴테와 함께 일한 10년 가까운 세월 동안에 괴테로부터 자신이 예전에 쓴 작품들을 바이마르 극장에서 상연할 수 있도록 해달라는 강력한 부탁을 수 차례 받았지만 이에 응하지 않았다. 단 하나의 예외가 된 것은 관객의 희망에 따라 1802년 여름에 「돈 카를로스」를 개작하여 바이마르와 라우흐슈테트, 루돌슈타트에서 상연케 한 것이다. 괴테는 젊은 시절에 쓴 그 밖의 희곡 작품들도 편집을 다시해서 상연토록 권했으나 실러는 그런 일에 몰두할 수 없었다. 예나의 대학생들이 1794년 11월 20일에 그의 데뷔작을 동호인들의 연출로 무대에 올렸으나 실러는 이를 무시해버렸다. 베를린의 한 극단이 바이마르에 초대되어 「도적 떼」를 무대에 올렸고 이때에 이플란트가 또다시 프란츠 모어 역을 멋지게 해냈는데 실러는 이를 관람하였으나 열광하지는 않았다. 이보다 3년 앞서 슈투트가르트에서 상연된 「간계와 사랑」을 실러 자신은 관람하지 않았다. 「피에스코」는 1793년 빈에서 상연되었을 때 스캔들에 휩싸인 후로는 검열에 걸려 상연되지 못했다(텍스트를 운문으로 고치면 어떻겠는가 하는 생각을 그는 당장에 물리쳤다).

계속 새로운 예술적 도전을 즐기던 실러로서는 전에 이루어놓은 작업들을 심도 있게 다루는 것은 생각조차 하지 않았을 것이다. 그의 책상 서랍에는 언제나 아직 완성되지 않은 기획물들의 목록이 간직되어 있었다. 그러나 오래전에 쓴 작품의 원고를 넣어두는 일은 극히 드물었다. 이러한 현상은 괴테와 훔볼트가 예술가로서의 실러의 기질적 특징을 항상 앞으로 나아가는 지성적 활동이라고 한 것처럼 그와 같은 원칙에 상응하는 것이다. 실러는 타계하기까지 아직 남아 있던 10년간의 기간에 새로운 작품들을 쓰기 위해 점점 더 심혈을 기울여 작업에 몰입한다. 이 기간에 계속 닥쳐오는 병마에 시달려서(특히 복부 경련, 기관지염, 발진티푸스 등 때문이다) 거의 정기적으로 며칠 내지는 몇 주일 동안 작업을 중단하지 않을 수 없었다는 사실을 감안하면 작업에 몰두하는 그의 정열은 참으로 특기할 만한 일이 아닐 수 없다. 그는 긴장을 풀고 휴식한다 해서 반드시 건강이 회복되는 것이 아니요, 오로지 지적 활동을 지속함으로써만 육체적 고통도 이겨내는 제한되어 있는 삶의 기쁨이 가능해진다는 것을 점점 분명하게 깨닫는다. 이미 1796년 1월 기마대장 폰 풍크는 예나에서 실러를 방문하고 난 후 쾨르너와 만난 자리에서 다음과 같이 자기가 받은 인상을 말한다. "그가 얼마나 끊임없이 긴장 속에서 살고 있는가를, 얼마나 철저하게 정신력으로 육체를 훈련하고 있는가를 곧 눈으로 볼 수 있었습니다. 정신력이 느슨해지는 순간 병이 생기기 때문이겠지요."[1] 1801년 2월 실러는 샤를로테의 손아래 여자 사촌 크리스티아네 폰 부름브(Christiane von Wurmb)에게 "매 순간 그것이 마지막 순간이라 여기고 이를 활용하도록 온 힘을 다해 애쓰지 않으면 안 된다"고 말했다 한다.(NA 42, 306)

3년이 걸린 「발렌슈타인」 작업이 1799년 초에 완결되고 1800년 여름에 코타 출판사에서 발간된 후 그의 삶의 마지막 단계에서 위대한 희곡 작품들이 마치 시간에 쫓기듯 속속 완성된다. 「메리 스튜어트」는 12개월 만에, 「오를레앙의 처녀」는 9개월 만에, 「메시나의 신부」는 5개월 만에, 그리고 분량이 비교적 많은 「빌헬름 텔」은 6개월 만에 완성된다. 그의 작업 능률은, 병마에 시달리지 않는 한, 실로 대단했다. 예컨대 「예술에 대한 찬양(Die Huldigung der Künste)」과 같은 비교적 작은 작품(그래도 250행이나 된다)을 그는 1804년 11월 불과 닷새 만에 완성했다. 큰 기획물을 위해 힘을 아껴두려고 그는 1790년대 중반 이래로 건강 상태가 좋지 않은 기간에는 무대를 위한 각색 작업이나 번역 작업을 선호했다. 그와 같이 일거리가 생겨서 하는 작업도 대개의 경우 짧은 기일 안에 처리되었다. 괴테의 「에그몬트」를 각색하는 데는 건강 상태가 좋지 않았음에도 불구하고 두 주일밖에 걸리지 않았다. 1801년 4월에는 레싱의 「나탄(Nathan)」을 바이마르 극장의 요구대로 단 며칠 만에 교열해냈다. 라신의 「페드라(Phèdre)」 번역은 그가 타계하기 두어 달 전 다시 병세가 악화된 상태에서 단 4주 만에 끝냈다. 그와 같은 강행군의 배경에는 건강 상태가 자신이 책임질 수 있는 한계를 훨씬 넘어설 때까지 실러가 버리지 않았던 개신교적 노동 윤리 사상이 버티고 있었던 것이다. 그는 "가장 중요한 것은 열심히 작업하는 것"이라고 1802년 11월 15일 쾨르너에게 보낸 편지에서 쓰고 있다. "열심히 일하는 것은 생명을 유지하는 수단일 뿐 아니라 그것 자체만이 갖고 있는 고유한 가치를 그에게 부여하기 때문"(NA 31, 172)이라는 것이다.

무대 상연용 텍스트의 작가로서 실러가 당연시한 것 중 하나는, 시 텍스트 작업의 경우에서와 같이 관객에 대한 실제적 효과를 계산하여 그 결과가 요구하는 것을 받아들인다는 것이다. 그는 상황이 요구하면 주저치 않고 자기의 텍스트를 과감하게 줄이거나 고쳤다. 「빌헬름 텔」의 경우 1804년 3월에 바이마르 극장에서 처음으로 상연되었을 때 네 시간 반이 걸리자, 관객의 참을성을 지나치게 요구하지 않기 위해 당장에 원래 원고의 분량을 거의 반으로 줄였다. 타 지역의 극장들은 강력한 검열관들과 충돌하게 될 것이 겁나 텍스트를 마구 수정할 것을 희망하는 경우가 많았는데, 이런 때에도 실러는 불평하지 않고 참을성 있게 그들의 요구 사항을 받아들였다. 바이마르 궁정 극장 전속 배우이던 안톤 게나스트(Anton Genast)는 아들 에두아르트(Eduard)가 작성한 그의 회고록에서 자기 자신의 작품에 대하여 전혀 복잡하게 생각하지 않는 실러의 태도를 다음과 같이 특별하게 회고하고 있다. "실러는 그 점에 있어서, 특히 그것이 자기 작품인 경우에는, 가차 없이 수정의 칼을 댔다. 외과 의사와 같은 그의 수술 작업을 지연하기 위해 몸으로 막지 않으면 안 될 지경이었다."[2]

발렌슈타인 소재를 가지고 여러 해에 걸쳐 씨름하고 난 후에 실러는 극장을 위한 작업이 온 힘을 집중할 가치가 있는 것임을 의식하게 된다. 「메리 스튜어트」 작업을 한창 진행 중이던 1799년 8월에 그는 이제 더 이상 드라마 분야에서 손을 뗄 수 없다고 단언한다. "앞으로 6년간은 (······) 오로지 드라마 작업만을 하려고 한다"고 쾨르너에게 털어놓고 있거니와(NA 30, 80), 이 의도는 실제로 실현된다. 타계할 때까지 실러는 항상 무대를 위한 작품을 다른 문학 장르보다 우선시했다. 여섯 편의 창작 드라마에다 수

많은 각색과 번역 작업물이 그의 생애 마지막 10년간의 열매로 열거된다. 오래전부터 생각해둔 「도적 떼」 후편(「슬픔에 잠긴 신부」)을 비롯하여 오래된 「몰타 기사단(Die Malteser)」 기획, 「워베크」과 「엘프리데」의 사기꾼 주제, 범죄 소재를 다룬 「경찰서」 단편들과 괴테의 「시민 장군(Bürgergeneral)」을 거쳐 「테미스토클레스」, 「첼레의 공주」, 「아그리피나」 그리고 마지막으로 「데메트리우스」와 같은 대작의 비극 시도에 이르기까지 1797년 이래로 새로운 프로젝트들이 그를 잠시도 쉬게 하지 않았다. 1797년 이래로 실러가 자기의 계획들을 기록해놓은 목록에는 서른두 개의 제목이 수록되어 있다. 이 목록은 "몰타 기사단. 비극"이라는 표어로 시작된다. 그에 이어 기재되어 있는 것이 "발렌슈타인. 비극"인데, 앞으로 완성된 작품들에서 다 그렇게 하였듯이, 이 원고가 완성된 후 그 위에 작대기를 긋고 완성된 시점(후기에 가서는 대개의 경우 완성된 해)을 추가해놓았다. 이 목록의 기재는 1804년 여름까지 시행되었다고 추정되거니와 완성된 작업으로는 일곱 편만이 기재되어 있다. 즉 생의 마지막 단계에 써낸 다섯 편의 대희곡들, 그리고 셰익스피어의 「맥베스」와 고치의 「투란도트」가 기재되어 있는데 1804년 11월에 가서야 쓴 「예술에 대한 찬양」은 더 이상 기재되지 않고 있는 것이다.(NA 12, 623 이하)

자신의 희곡들 외에도 타인의 작품을 각색한 작업들이 수록되어 있는데, 이미 언급한 「에그몬트」(1797), 「맥베스」(1800), 「나탄」(1801)의 각색 작업이 그것이고 이외에도 「투란도트」(1802), 괴테의 「이피게니에(Iphigenie)」와 「스텔라(Stella)」(1802, 1805) 그리고 포스가 번역한 「오셀로」 텍스트에 대한 짧은 교열들도 드라마 목록에 수록되어 있다. 실러는 바로 그의 생애 마지막 두 해에 다시 번역 작업에 몰두했다. 피카르(Picard)(1803)의 경량급 희극 두 편, 라신의 「페드라」와 「브리타니퀴스(Britannicus)」(발췌) 등이 그것인데 모두 병중에 한 작업들이다. 이는 모두 신체적 위기 상황에서도 생산적 작업량을 줄이지 않으려고 애쓴 결과라 하겠다. 아무런 계획 없이 삶을 즐긴 마지막 시기이던 드레스덴 시절 이후로 실러에게는 짊어질 수 있는 힘의 한계에 다다를 때까지 일하는 것이 다반사가 되었다(하나의 예외적 시기는 발병으로 인하여 모든 일에서 손을 놓지 않을 수 없었던 1791년 상반기이다). 특히 계약에 의한 문학적 프로젝트들을 때맞춰 해내야 했던 1800년 이후가 그러했다. 편지 교환에서는 이 시기에도 개인적 문제들이 (무엇보다도 자기 가족의 문제에서) 나타나고 있기는 하나, 온 힘이 자신이 계획한 작업에 집중되었음을 분명하게 알 수 있다. 독후감을 늘어놓는 일이 전보다 드물어졌는가 하면, 바이마르에서 첫 해를 지내는 동안에 보이던 장황한 인물 묘사라든가, 쾨르너에게 보낸 초기 서한들에서는 그처럼 당연한 것으로 여겨지던 문학적 스케치는 찾아볼 수 없는 것이다. 편지는 간략한 정보 교환으로 변하였고, 그것도 대부분은 사무적인 관계에 국한된 것들이었다.

「발렌슈타인」3부작 이래로 실러의 작품들은 무대에서 계속 성공을 거두었다. 특히 바이마르와 라우흐슈태트에서 그러했다. 안톤 게나스트의 기억에 의하면 실러 작품의 무대 공연은 항상 매진 상태였고 그에 상응하여 매일 밤 수익금이 돈궤를 가득 채워 작가를 기쁘게 했다.(NA 42, 357)「메리 스튜어트」는 궁정 극장에서 초연된 후 베를린, 드레스덴, 쾰른, 슈투트가르트, 프라하 등의 선도적 극장들에서 레퍼토리로 선정되었다.「오를레앙의 처녀」또한 그러했다. 비록 배우들의 연기가 부족한 경우가 자주 발생했으나 작품의 극적 자산은 매우 효과적으로 펼쳐졌던 것이다. 괴테의 아내 크리스티아네 불피우스는 라우흐슈태트 공연을 보러 갔다가 극장 입구에서 안으로 들어오려는 관객들로부터 '비인간적인' 몰림 현상을 겪게 된다.(NA 42, 364) 라이프치히에서는 실러의 비극이 삽시간에 고정 레퍼토리에 오르고 그것의 연출은 당대의 가장 성공적인 것 중 하나가 된다. 비교적 다루기가 힘든 작품인 「메시나의 신부」조차도 1803년 3월에 바이마르에서 초연된 후 2년 이내에 함부르크, 베를린, 에르푸르트, 마그데부르크, 카셀, 슈투트가르트 등지의 무대로 길이 열리게 된다. 실러의 작품들이 무대에서 얼마나 신속하게 성공을 거듭하게 되었는가를 우리는 그의 생애의 마지막 15개월 동안에 그의 마지막 드라마 대작인 「빌헬름 텔」이 브레멘과 만하임 사이에 있는 독일 극장 아홉 군데에서 상연되었던 것으로 알 수 있다. 실러가 타계하였을 때, 그는 아마도 코체부와 더불어 당시 가장 자주 작품을 무대에 상연한 현역 드라마 작가였다고 할 수 있을 것이다.

작가로서의 작업을 통하여 실러는 생애의 마지막 수 년간에 확고한 재정적 기반을 구축하였기 때문에 초기 예나 시절과는 달리 더 이상 영주가 주는 궁정 공무원의 연금에만 생계를 의존해야 하는 처지는 아니었다.

그의 주된 수입원은 코타 출판사와의 계약에 의한 원고 사례비였다. 한편 무대 상연에서 발생하는 배당금은 그것에 의지하기에는 불안한 수준밖에 안 되었다. 이 경우 지불되는 것은 인쇄되기 전 무대를 위해 각색된 텍스트에만 해당하고, 인쇄된 후에 발생한 이익은 전혀 분배되지 않는 것이 당시 관행이었던 것이다. 인쇄된 각색 텍스트는 이미 작가의 손을 떠난 것으로 간주되었기 때문이다(당시에는 오늘날의 법적 보장 같은 것이 없었다). 따라서 대다수 작가들이 원고를 가능한 한 유리한 조건으로 팔기 위해 자기의 드라마 작품이 공개되는 것을 지연하려 한 것은 이해할 수 있는 일이다(이 점에서는 특히 코체부가 능숙했다). 실러의 경우 그러한 흥정은 거의 필요하지 않았다. 코타가 그에게 흡족하게 지불해주었기 때문에 상연 시의 배당금을 유리하게 받고자 텍스트 공개를 지연하려는 생각은 하지도 않았던 것이다. 상연 이익금의 배당금조로 사례금을 가장 많이 받은 것은 「발렌슈타인」 원고였다. 이플란트가 베를린에서 상연하기 위해 이 원고를 되도록 빨리 확보해두려고 1799년 초에 455굴덴을 지불했던 것이다(재정 형편이 베를린보다 열악했던 바이마르의 궁정 극장은 「발렌슈타인」의 초연권을 소유하고 있었는데 이보다 불과 몇 주 전에 이 액수의 절반만을 지불했다). 「메리 스튜어트」의 경우는 액수가 더 적었다. 출간되지 않은 수고(手稿)에 바이마르와 베를린의 극장은 각기 140굴덴을, 라이프치히의 극장장 오피츠(Opitz)는 그러나 70굴덴만을 지불했다. 규모가 작은 슈베린과 프랑크푸르트의 극장이 1801년 여름과 가을에 「오를레앙의 처녀」 원고에 지불한 배당금은 그보다 더 적었다. 그런데 「투란도트」를 각색한 원고는 1802년 초에 함부르크, 베를린, 라이프치히 등지에서 상연되기 전에 각기 90굴덴을 받았다.

서적 판매업계에서 실러의 드라마 작품들은 당시 출판계의 일반적 사정을 고려할 때 엄청난 매출을 올렸다. 그것은 다분히 극장에서 자주 상연되었기 때문일 것이다. 「발렌슈타인」은 초판 4000부가 삽시간에 매진되어 1800년 가을에 벌써 2판에서 1500부를 찍어내야 했다(그것은 밤베르크와 빈에서 나온 해적판에 대항하기 위한 것이기도 했다). 1802년에는 또다시 3판에서 2500부를 찍었다. 이 수치들은 코타 출판사 장부에 기록돼 있는 공식적인 것에 불과하다. 해적판 제작자들, 특히 남독일과 오스트리아의 해적판 제작자들은 이보다 훨씬 많은 부수를 팔았을 것이다. 책값을 싸게 했으니 말이다. 웅거 출판사에서 나온 「오를레앙의 처녀」도 상당히 많이 팔렸다. 초판으로 찍은 4000부가 1년 내에 매진됐고, 재판도 1500부가 팔렸다. 「메리 스튜어트」의 경우에도 거의 같은 부수가 팔렸다. 「메시나의 신부」는 예상되는 주문량에 맞추기 위해 이미 1803년 6월에 코타 출판사가 6000부를 출간했다. 기록을 깬 작품은 「빌헬름 텔」이다. 1804년 10월 초에 출간된 후 일주일 안에 7000부가 팔렸고, 같은 해 연말까지 1만 부가 팔린 것이다.[3]

이로써 실러는 젊은 괴테가 이룬 성공의 최고 수치마저 초월했다. 그보다 25년 앞서 젊은 괴테를 출세케 해준 「젊은 베르테르의 슬픔」은 24개월 안에 당시로서는 거의 천문학적 수치이던 4500부가 팔렸다.

실러가 코타와 합의해 얻어낸 출판 조건들은 그에게 상당한 이익 배당을 부여했다. 1800년과 1804년 사이에 코타 출판사는 실러에게 도합 8200탈러를 지불한 것이다.[4] 새로운 창작 드라마의 초판 때마다 650굴덴이, 번역이나 각색 작업을 할 때, 그리고 어느 작품이나 모두 새로 판을 거듭할 때에도 550굴덴이 지불되었으니, 이는 당시의 일반적 관행과는 전혀 다른 조건들이었다. 코타 출판사의 회계장부를 보면 이 밖에도 엄청나게 돈을 벌게 해준 데 대한 고마움에서 계약상 합의한 사례금과는 관계없이 출판사가 작가에게 정기적으로 별도의 금액을 지불했음을 알 수 있다. 예컨대 1801년 부활절 출판 박람회 때에 「발렌슈타인」으로 획득한 이익에 대한 보답으로 550굴덴을 선사했고, 이듬해 4월에는 「메리 스튜어트」의 재판을 근거로 558굴덴을, 1802년 5월에는 「발렌슈타인」의 재판과 3판에 대한 추가 사례조로 1100굴덴을 지불했다.[5] 이것이 모두 약속한 사례금과, 영주로부터 공무 관료로서 받는 연금에 추가된 보너스의 성격을 지닌 것임을 생각할 때, 바이마르의 공무원 신분으로 연금만으로 근근이 살아온 실러가 이제는 경제적 불안정에서 벗어나 물질적인 면에서 확고한 기반을 가진 작가로서 사회적 명성을 누리게 됐음을 알 수 있다.

'세계의 심판으로서의 세계사'?
역사극의 윤곽

1804년 장 파울은 노트에 다음과 같이 적는다. "그 누구도 셰익스피어 이후에 실러만큼 (……) 인간과 행위의 역사적 충돌들을 강렬하게 하나의 비극적인 집단으로 엮어내어 사람을 감동시키고 폐부에 쐐기를 박지는 못하였다."[6] 실러의 희곡 작품 목록을 보면 실제로 역사적 소재를 다룬 것이 주종을 이루고 있음이 눈에 띈다. 주제의 주된 배경은 주로 중세 말과 종교전쟁기 사이이고, 고대 그리스 시대를 배경으로 하는 주제는 거의 없다〔유일한 예외는 「아그리피나」와 「테미스토클레스」이다. 「메시나의 신부」는 고대 비극의 틀을 모델로 하여 만든 작품이기는 하나 소재는 근세가 남긴 발자취를 따르고 있다〕. 실러의 역사적 관심은 15세기 말과 17세기 사이의 전 유럽적 현상인 종교적 갈등의 시기에 집중되어 있는 것이다. 「몰타 기사단」과 「발렌슈타인」으로부터 「메리 스튜어트」를 거쳐 「워베크」와 「데메트리우스」에 이르기까지 그가 다룬 가장 중요한 소재들은 이 시기에 속한다(이와 달리 「오를레앙의 처녀」와 「빌헬름 텔」은 중세 말에 야기된 사건들을 소재로 하고 있기는 하나 그의 서술 방식에는 종교적 갈등에 어울리는 전설·판타지적 요소들이 혼재하고 있다). 실러 생존 시기와 근접한 시대를 배경으로 한 것은 (루이 14세 치하 계몽주의 이전 시대의 파리 사회를 묘사한) 「경찰서」 단편들과, 18세기 초 하노버 영주의 가문 안에서 일어난 일을 다룬 「첼레의 공주」이다. 자기와 동시대의 사건을 다룬 것은 자코뱅파 국민의회 의원이던 장 파울 마라(Jean Paul Marat)를 살해한 여인으로 1793년 단두대에서 처형된 샤를로테 코르다이(Charlotte Corday)에 관한 비극인데, 이것은 계획만 하고 작품으로 전개하지는 않았다.

실러가 15세기에서 17세기에 이르는 시대를 배경으로 한 역사적 소재를 선호한 데는 상이한 여러 원인이 있다. 우선 이 시대의 사료에 대한 그의 관심이 각별했기 때문이라 하겠다. 그는 종교전쟁기에 관한 방대한 저작물의 작가로서 이 시대에 관한 한 전문 지식이 풍부했기 때문에 자료 연구를 신속하게 할 수 있었다(이 점은 특히 「발렌슈타인」과 「메리 스튜어트」의 경우 큰 도움이 되었다). 그다음으로 거론해야 할 것은 나폴레옹 시대 이전 혁명기에 있었던 정치권력 및 사회계층에서의 팽팽한 긴장의 장이 주로 스페인의 세계 지배 시대부터 프랑스의 절대군주 시대까지(1550~1700)의 유럽 초기 근대화 과정에 의해 규정된 것이라는 사실이다. 종교적 성향이 다름으로써 강화된 대립적 이해관계(그 예가 영국과 프랑스 간의 수 세기에 걸친 강렬한 충돌이다), 영토 분쟁으로 인한 갈등(프로이센, 오스트리아, 폴란드, 러시아), 그리고 군사전략상 야기된 위기 상황(예컨대 스페인, 네덜란드, 영국 등이 해양 항로에서의 주도권을 확보하기 위해 서로 싸운 일) 등이 지속적으로 긴장의 장을 형성하는 일이 적지 않았고, 그것은 1800년 전후에 유럽 국가들에까지 영향을 끼쳤다. 종교개혁에서 계몽주의에 이르는 시기와 관련된 소재에 대해 실러가 각별히 관심을 보인 배후에는 비정치적 태도가 아니라, 자기 시대의 정치적 현황을 제대로 파악하기 위해서는 그것의 역사적 전제 조건들을 아는 것이 필수적이라는 의식이 자리하고 있는 것이다.

실러의 고전적 역사 드라마들이 주로 과도기와 변혁의 시대를, 정치사회적 비상 상황인 전쟁과 혁명을 대상으로 하고 있음은 학계에 알려진 지이미 오래다. 이미 그의 초기 작품인 「피에스코」가 이러한 성향을 보여준다. 이해관계로 부딪치고, 법질서가 무너져 불안에 떨며 폭력에 시달리게 되는 구체적인 위기 상황의 극단적인 순간에서 극적인 인물이 역사적 검증을 받게 되는 것을 관객에게 보여주려는 의도를 가시적으로 드러내고 있다. 이 밖에도 심리적 관점 또한 역사적 비교의 모티브를 또다시 드러낸다. 프랑스 대혁명 시기에 야기된 사건들을 바라보면서 실러는 시대적 대사건을 더욱 정밀하게 평가할 수 있게 해주는 역사적 판단 기준을 확립하지 않을 수 없게 된다. 버크(Burke)로부터 레베르크를 거쳐 겐츠와 라이하르트에 이르기까지 현역 저널리즘의 대표자들은 주로 1668년 영국에서 일어난 명예혁명(Glorious Revolution)을 유럽에서 최초로 일어난 현대적 국가 개혁으로 간주하면서 그것을 비교의 기준으로 삼았다. 그런데 실러는 이들과는 달리 새로운 시대의 광범위한 역사적 배경하에서 진단을 해야 한다고 본다. 실러는 다만 구체적인 사회적 정세를 설명하는 데 그치려 하지 않기 때문에, 심리적 관심을 포기하지 않으면서도 정치 행위의 전형적 모델을 보여주는 소재를 찾아내지 않을 수 없는 것이다. 결국 주제 선정에서 결정적인 것은 그것이 역사적 모범의 성격을 띠고 있을 뿐 아니라 뛰어난 인물들을 그려내려면 질적 가치도 있어야 한다는 것이다. "역사를 안다는 것", "그것은 역사에 소재를 제공하는 사람들을 안다는 것을 말함이며, 그것은 이러한 사람들을 제대로 판단한다는 것을 말한다"[7]라고 이미 1671년에 아베 생레알(Abbe Saint-Real)은 적고 있다. 이러한 것이 성공적으로 되는 경우는 역사라는 창고 속을 들여다보고, 그곳에서 역사적 인물을 덮치고 있는 외적 상황의 힘뿐 아니라, 바로 그러한 사회적 저항들에 맞서는 개인의 내적 독자성까지 제시했을 때이다. 인간의 도덕적 자유가 흔히 외적 강압에 눌리게 된 상황에서야 비로소 실천적 결과가 나온다는 사실을 실러는 이미 1788년에 발표한 네덜란드 봉기 관련 글의 서문에서 강조하고 있다. 이 점은 자기에게 닥쳐온 외적 비상 상황의 여건하에서 그에 좌우되지 않는 개인의 도덕적 독립성을 역사 드라마를 매개로 보여줌으로써 실러가 이념상으로 실현한 격정과 숭고의 개념에도 상응한다.

실러의 초기 작품에서는 주로 도덕이나 사회적 규범의 차원을 넘어 기인(奇人)과 같은 예외적 인간의 심리 현상에 관심이 모아진 것으로 보이는데, 예외적 인간 심리에 대한 선호는 1786년에 시작한 역사 연구까지만 해도 작업의 본질적 동기였다. 이제는 개인을 형성하는 정치적 극한상황에 대한 연구가 전면에 등장한다. 이때 이상적 인간의 독자성이 시험대에 오르게 된다. 영향력을 발휘하려는 주체의 욕구와 객관적 강제성 사이의 갈등 속에서 그 무게를 얼마나 지탱할 수 있는가가 시험되는 것이다. 실러의 역사적 인물들은 안정이 보장되지 않은 상황 속에서 현 상태가 급변하게 되는 문턱에 처해 있는 사람들이다. 비극적 인간으로서 그들의 역할은 개인적 관심 사항과 외부 여건들 사이의 긴장 관계에서 얻어진다. 16년간이나 지속된 군사적 갈등의 한가운데서 결단을 해야 하는 처지에 있는 발렌슈타인, 국가 장래를 위해 열렬히 요구되는 불안정한 왕위 계승 문제의 배경하에서 희생되는 메리, 적대적 민족들의 싸움을 극복하기 위한 평화적 유토피아의 지평선에서 전장에 투신한 요한나, 왕위 계승권에 근거한 지배 체제에 불법적으로 대드는 데메트리우스, 이들 모두는 각기 개인적 이해관계와 역사 전개 과정의 논리 사이의 극복할 수 없는 듯 보이는 대립의 모델이 되는 인물들이다. 외국 점령군의 자의적인 제반 조치들에 대한 빌헬름 텔의 즉흥적 저항은 역사적 흐름에 따른 것으로 유일한 예외라 할 것이다. 실러 작품에서 유토피아는 성취되지 않는 것이 보통인데 여기서 텔의 행위는 성공을 거두게 됨으로써 예외적 성격을 띠고 있는 것이다.

실러의 대역사 드라마들에서 보이는 공통점은 정치적 행위가 나타나는 형식에 대한 관심이다. 엘리아스 카네티(Elias Canetti)가 프란츠 카프카를 "권력의 전문가"라고 칭한 바 있는데, 실러야말로 "권력의 전문가"라 하겠다.[8] 전제주의의 추악함을 젊은 시절에 체험한 것이 그의 일생에 각인되어 작용했을 것이다. 예나와 바이마르에서도 그는 편협한 정치 질서의 틀 속에서 산다. 극작가인 그는 그것의 구속적인 성격을 변덕스러운 검열 행정의 분야에서 느끼지 않을 수 없었을 것이다. 괴테와 크네벨, 포크트와 교류함으로써 실러는 내각에서 비밀리에 이뤄지는 정치적 결정이나 궁내에서 벌어지는 외교 행위의 세부 사항을 알 수 있었다. 그는 일찍부터 문학의 주제로서 통치자들의 세계에 매료되어 있었다. 독자성 강한 인간이 권력의 절정에서 한계와 저항에 부딪혀 좌절하고 마는 것을 보여주었기 때문이다. 실러는 〔레싱이 비시적(非詩的) 대상이라고 폄하한〕 '국가 권력'에 대해 일정한 거리를 두면서, 그러한 주제를 선호하는 자신에 대해 자아비판적으로 언급하기도 하지만, 그의 그러한 취향은 생애 마지막 10년간에 더욱 두드러진다. 그의 고전적 드라마들은 관객들에게 정치적 사고와 행위의 기본 형식들을 어느 누구도 그보다 잘할 수는 없을 정도로 다양하게 펼쳐 보인다. 이때에 암울하게 느껴지는 장면을 이루는 요소들로 등장하는 것은 밀실 외교와 위장 기술 그리고 궁정 음모, 선동과 폭력, 왜곡 정보와 사기, 법률 논쟁과 군사적 계산 등이다. 그러나 실러는 정치판의 이와 같은 작태들을 도덕적 가르침의 설교대의 시각에서 나열하는 일은 포기한다. 그의 드라마들은 오리무중인 권력의 세계를 연출해 보일 뿐, 그가 예나대학 교수 취임 강연에서 인류 보편 역사의 완성 지향 능력에 관하여 했던 낙관적 예측을 뒷받침하지는 않는다〔여기서 하나의 예외가 종교전쟁의 "암울한 시대"에 비해 더욱 밝은 "현대"에 대해 언급하는 「발렌슈타인」 서곡이다(NA 8, 5, v. 76 이하)〕.

「돈 카를로스」에서와는 달리 실러는 더 이상 정치 세계를 횔덜린의 「히페리온」에서 언급되는 것과 같이 "도덕의 교육장"⁹⁾으로 승화시키고자 하지 않는다. 서로 연결되어 있는 사건들을 바라보는 그의 냉철한 시선은 자주 잘못 해석되어온 그의 시 「체념(Resignation)」(1784)에 상응한다. 바이마르 시기에 쓴 실러의 드라마들에서 세계사는 정치적 충돌들 자체를 형이상학적 힘을 빌리지 않고 자체의 능력으로 내재적으로 조율한다는 점에서 엄격한 역사적 의미의 "세계 법정"이라 할 수 있다. 물론 강도의 차이는 있지만, 「발렌슈타인」에서 「데메트리우스」에 이르는 모든 텍스트가 이러한 사실을 뒷받침하고 있다. 그러나 그 어떤 역사적 유토피아나, 그것의 체계적인 재생 작업에 대한 거부를 의미하는 것은 아니다. 역사 변천의 과정이 어떠한 방향으로 가는가는 결국 「빌헬름 텔」의 예가 보여주듯이 완전함을 발휘할 능력이 있는 개인의 자세, 즉 책임을 지겠다는 태도와 의지에 달려 있는 것이다. 그런데 눈에 띄는 사실은 실러가 1800년 이후로는 사회적 갱신을 기대하는 내용의 글을 쓰지 않았다는 것이다. 뤼네빌 평화협정(1801년 2월 9일)을 눈앞에 두고 새로운 세기를 맞이하여 쓴 시에서 그는 프랑스 혁명 후 정치 질서가 와해되어가는 것을 목격하면서 역사적 변화를 희망하는 독자를 위해 겨우 하나의 회의적인 시구를 떠올릴 수 있었으니 시의 마지막 행이 다음과 같은 시구로 되어 있다. "자유는 오로지 꿈의 나라에만 있다, / 그리고 아름다움은 오로지 노래 속에서만 피어난다."(NA 2/I, 129, v. 35 이하)

정치가 그 어느 때보다도 강하게 현대인의 운명을 결정한다는 실러의 의식은 프랑스 혁명에서 받은 인상과 더불어 커졌다. 1794년 12월 《호렌》 창간 예고문에 나타난 바와 같은 시대정신으로 승화된 문학 문화 추구는 이와 모순되지 않는다. 실러의 의구심은 정치적 소재 자체에 대한 것이 아니고 현실에 부합하려는 예술에 대한 것이다. 바로 1800년을 전후한 시기에 프랑스의 시대적 사건들과 직접 관련된 소재를 다룬 드라마들이 쏟아져 나온다.[10] 부리(Buri), 헨젤러(Henseler), 이플란트, 코체부, 플뤼미케(Plümicke), 초케와 같은 작가들이 혁명을, 검열만 잘 피하면, 극장의 좌석을 꽉 채워줄 만한 효력이 있는 주제로 발견한 것이다.[11] 큰 인기를 끈 것은 자코뱅파를 풍자한 희극들이었다(이런 작품들은 검열관들의 마음에도 들었다). 그것은 주로 정치적 과격주의에 대해 널리 퍼져 있는 선입견을 관객에게 익숙한 희극의 틀에 맞추어 인간의 일반적인 어리석음에 대한 조롱과

결부한 것들이었다(혁명을 소재로 한 괴테의 진부한 희극들도 이런 종류에 속한다). 코체부의 「여성 자코뱅들의 클럽(Der weibliche Jakobiner-Clubb)」과 같은 것은 1791년과 1795년 사이에 20회 이상이나 연습을 거쳐 상연됨으로써 당시 무대에서 대성공을 거둔 작품들 중 하나였다. 이보다 좀 덜 진부한 것들은 혁명 시기에 있었던 사건들을 희생자의 시각에서 표현한 작업들이다(이 또한 정치적 이유에서 기회주의적이기는 마찬가지였다). 예컨대 루트비히 이젠부르크(Ludwig Ysenburg)는 1790년대 초에 바스티유 감옥 습격과 국왕 부부의 운명을 다룬 부리의 3부작을 펴냈는데, 그것의 각 부에는 「시민적 비극」이라는 다의적인 부제가 붙어 있었다. 익명으로 발간된 수많은 드라마들은 특히 마리 앙투아네트의 생애를 다루었는데, 그녀는 정치와는 무관하게 동정심을 자아내는 우상이 되어 있었던 것이다. 이에 반하여 정치적으로 시대 문제를 다각도에서 다룬 작품은 드물었다. 이의 단초가 될 만한 것을 제공한 것이 이플란트의 비극 「코카르덴(Die Kokarden)」(1791)이다. 그러나 말 많은 혁명 시기 여성들의 역할을 다룬 이 작품 또한 여자 자코뱅들을 풍자한 코체부의 작품에서처럼 보수적인 시각을 견지하고 있기는 마찬가지였다.

이와는 대조적으로 실러는 시국에 관한 주제들에 대하여 거리를 두는 것이 예술가로서의 독자성을 유지하는 전제 조건임을 항상 되풀이해서 말하곤 했다. 1799년 7월 19일 그는 「메리 스튜어트」를 작업하는 와중에 괴테에게 보낸 편지에서 자기에게는 "역사적·전체적 전개 과정에 대하여 자유롭게 판타지를 발휘하는 것"이 필수 조건이라고 천명한다.(NA 30, 73) 1800년 말에는 요한나(「오를레앙의 처녀」) 기획이 진전되고 있음에 만족하면서, 역사적 소재가 이제는 "최대로 가능한 범위에서 이용되고" 있기는 하나, 오로지 예술적 관점에서 조직되고 있다고 보고한다.(NA 30, 224) 「빌헬름 텔」의 작업을 위한 기초 연구를 하면서 그는 소재가 제공하는 "국가적 행위"를 "역사적 사실관계에서 빼내어 시적인 것으로"(NA 31, 160) 가져오지 않을 수 없노라고 쾨르너에게 설명한다. 역사적 대상을 예술가로서 자유로이 활용할 가능성은 그것의 시사성 정도에 따라 감소되는 것으로 보이기 때문에 실러로서는 역사적으로 멀리 떨어져 있는 소재를 택하는 것이 의무가 아닐 수 없는 것이다. 이 원칙은 (이미 '미적 교육'에 관한 글에 나타나 있으며) 다음과 같은 이유에서도 고수되었다. 즉 동시대적 주제들은 소재에 대한 관객의 관심을 형식으로 승화시키지 않고, 시중에서 유행하는 화젯거리를 통해 묶어놓기 십상이기 때문이다.

동시대에서 소재를 취한 프로젝트는 실러의 드라마 작품 목록에서 단 하나만 발견된다. 즉 1803년에 작품 계획 목록에 수록하였으리라고 추정되는 「샤를로테 코르데. 비극」*이 그것이다.(NA 12, 623) 이 기획물에 관한 자세한 메모는 전혀 없지만 아마도 장 파울이 프리드리히 겐츠와 요한 하인리히 포스가 발행한 『1803년도 포켓북(Taschenbuch für 1803)』에 기고한 논문과, 마라를 살해하고 1793년 7월 17일에 처형된 여자 살인범의, 열화와 같은 초상화에서 영감을 받고 기획했으리라고 추정된다. 이 논문에서 암살범 코르데(코르네유의 외손녀)는, 잔 다르크의 이상주의를 "하나의 자유로운 고산지대에서 마음의 고향처럼 느끼는" '제2의 잔 다르크'로 묘사되어 있다. "그녀의 주변에서 갑자기 그녀의 조국이 하나의 정신적인, 또는 이중의 스위스로 나타나는 것이다. 정기(精氣)로 가득 찬 알프스의 고산지대가, 전원생활이, 자유에 대한 향수가 하늘로 치솟는 것이다."[12] 코르데

* 샤를로테 코르데(1768~1793)는 루소 사상의 신봉자. 극좌파인 자코뱅 클럽의 수장 마라를 살해하고 1793년 7월 17일에 처형됨.

의 성격을 잔 다르크와 빌헬름 텔의 혼혈아로 규정하고 있었기 때문에 분명 실러는, 그가 그 텍스트를 읽었다는 것을 전제로 한다면, 암살범 코르데가 드라마의 주인공으로 쓸 만한 소재라고 생각하게 되었을 것이다. 그가 마라의 암살범을 주인공으로 한 비극을 완성했더라면, 그는 물론 시대정신을 다룬 작가들 중 하나가 되었을 것이다. 하인리히 초케와 같은 인기 작가는 이미 1794년에 이 소재를 다루었고「샤를로테 코르데 또는 칼바도스의 반란(Charlotte Corday oder die Rebellion von Calvados)」, 1797년에는 카를 폰 젠켄베르크(Carl von Senckenberg)가 이미 1793년 7월에 신문 기사들을 읽고 받은 인상을 근거로 하여 제작한 연극「샤를로테 폰 코르데 또는 마라 암살(Charlotte Corday oder die Ermordung Marats dramatisirt)」[13]이 그 뒤를 따랐다. 실러는 1793년 7월에 함부르크의 여성 작가인 크리스티네 베스트팔렌(Christine Westphalen)을 통해 이 소재를 비극으로 만드는 작업을 알게 되었으나 별로 큰 인상은 받지 않은 것 같다. 그가 이 소재를 더욱 심도 있게 다루는 일을 멈추게 된 것은 바로 이 주제가 너무나 인기를 끌고 있기 때문이었을 것이다. 그와 같은 조심성은 "시중에 떠도는 화젯거리는 단호하게"[14] 무대에서 다루지 못하도록 해야 한다는 괴테의 신념에 상응하는 것이기도 했다.

실러는 1790년도 초만 해도 당시에 전개된 정치적 사건들에 관하여 특히 쾨르너와 나눈 서신에서는 상세한 논평을 하는 것이 보통이었는데, 칸트 연구를 시작하고부터는 이 방면에 관한 관심이 눈에 띄게 줄어든다. 혁명 이후 시기에 유럽에서 야기된 갈등들(프랑스 혁명정부를 와해시키려던 영주국들의 연합 전선, 평화 외교의 실패, 프랑스의 팽창 등)이 그의 서신에서 언급된 것은 거의 찾아볼 수 없다. 특히 예상 밖이라고 할 수 있는 것은 나폴레옹 보나파르트가 유럽 전역을 휩쓸게 될 침략 전쟁을 시작하기 전부터 이미 승승장구 명성을 떨치고 있었음에도 불구하고, 그에 대한 논평이 전혀 없다는 사실이다. 이미 1797년 10월 캄포포르미오에서의 평화 협상 과정에서 그는 막대한 영향력을 발휘해 자국 내에서 자신의 정치적 힘을 과시한 바 있었다. 그가 국내에서 권력을 쟁취할 수 있었던 것은 그의 지휘하에 이탈리아를 군사적으로 공략한 덕택이었다. 그 결과 프랑스는 롬바르디아 전 지역을 지배하게 되었고 그곳에 치살피나 공화국이나 리구리아 공화국을 세웠던 것이다. 1798년 8월 초 아부키르 해전에서 넬슨 제독의 승리로 인하여 이집트 공략이 실패로 돌아가고 말았지만 야심 찬 장군의 기를 꺾지는 못하였다. 브뤼메르(Brumaire, 혁명력 2월) 18일의 쿠데타로 역사에 기록된 날인 1799년 11월 9일 이래로 보나파르트는 혁명정부의 집정 내각을 강제로 무력화한 후 '제1집정관'으로서 거의 무제한의 명령권을 휘두르며 전국을 통치하기 시작했다. 캉바세레스(Cambacérès)와 르브룅(Lebrun)이 집정관으로서 그를 좌우에서 보필하기는 하였으나 그에게는 절대적 충성을 바치는 군대가 있었고 국민의 광범위한 뒷받침이 있었던 것이다. 그가 중요한 국내 정치 문제들을 주도적으로 처리할 수 있게 된 데에는 1800년 초에 훈령 조치로 중앙집권적 관리 체제를 확정지은 것이 크게 기여했다. 이 중앙집권적 관리 체제로 각 지방(Departement)의 수장인 지방장관들을 제1집정관의 무제한적인 최고 감시하에 두는 체제가 확립되었다. 이러한 체제에 의하여 역할을 분담하도록 조직된 관리 제도가 촉진되었고, 관리들은 각기 정밀하게 분배받은 특수 임무를 수행하게 되었다. 모든 관리가 관리 체제의 중심인 파리를 향하여 줄을 서게 됨으로써 관리 조직은 동시에 집정관의 위상을 인정하고 그의 정치적 훈령의 권위를 존중하는 기구가 되었던 것이다.

실질적으로 통용되고 있는 혁명의 법적 원칙들[그것은 후에 민법(Code

civil)으로 명문화되었다)을 항상 내세우면서 국민투표에 의해 찬성을 받아내어 합법성을 확보한 보나파르트는 1802년 8월 2일 대폭적인 헌법 개정을 단행한 후 스스로를 종신 집정관으로 임명토록 한다. 그로부터 정확히 28개월 후에는 노트르담 성당에서 교황의 축성을 받으면서 상속권 있는 프랑스 황제로 등극한다. 아무런 마찰 없이 지나간 이 과도기에 피 한 방울 흘리지 않고 해낸 '차가운 쿠데타'가 지닌 교훈극에 관하여 실러 자신은 정밀한 주석을 달지 않았다. 이 '차가운 쿠데타'가 진행된 과정에서 처음에는 국민의회가, 후에는 행정부마저 (중앙집권적 행정개혁의 틀 안에서) 자진하여 카리스마적인 권력자의 도구 역할을 하는 기관으로 전락하고 말았던 것이다. 코타와 대화하는 가운데서 실러가 보나파르트를 "숭고한 현상"이라고 높이 평가했다는 말이 간접적으로 알려져 있다.(NA 42, 355) 이에 정반대가 되는 견해가 카롤리네 폰 볼초겐의 비판적인 평가이다. 그녀는 1802년 10월 오랫동안 파리에 머물다가 귀향한 후 동생에게 다음과 같이 보고하고 있는 것이다. "정부는 형편없어. 이제 난 자신 있게 쓸 수 있지. 프랑스는 전혀 국가라 할 수 없어. 그저 정복자가 전횡을 휘두르는 정복된 지역에 불과해. 합법적인 공적 행정 기구가 없어. 법질서란 흔적도 찾아볼 수 없지. 너 나 할 것 없이 훔치는 짓을 한다고."[15] 실러가 이와 같은 성격 규정에서 전혀 영향을 받지 않았다고 보기는 어렵다. 그의 정치적 사고에서 합법성의 원리가 비중이 점차 증가해왔음을 감안한다면, 그가 프랑스의 독재적 지배자에 대해 내적으로 거리를 두고 있었을 것임에는 의심의 여지가 없다. 바로 아우구스텐부르크 왕자에게 보낸 편지들은 국가 제도의 '변혁'은 오로지 현존하는 법들을 엄격히 유지하는 가운데서 이뤄지는 점차적인 변화의 방식에 의한 것이어야만 정당하다 할 수 있다는 실러의 신념을 밝혀준다. 나폴레옹에 대한 그 자신의 유보적 태도를 뒷받침한 것은 마지막으로 1803년에서 1804년에 걸쳐 바이마르에 머무른 제르맨 드 스탈의 기사문들이었을 것이다. 자기 자신이 (루이 16세 치하의 와해된 국가재정 상태의 상징적 인물이었던) 전 재무장관 자크 네케르(Jacques Necker)의 딸로서 한 해 전에 그러한 추방 정책의 희생자였던 드 스탈은 독재자의 추방 정책이 얼마나 엄격하게 시행되고 있었는가에 관해서도 상세한 기사를 썼다. 카롤리네 폰 볼초겐은 자기의 자서전에서 실러가 보나파르트를 비판적으로 봤다고 쓰고 있다. 그가 쿠데타를 일으키고 난 다음 그에 대해 "이 특종의 인간은 전적으로 역겹다. 단 한 번 쾌활한 모습 띤 적 없고, 그에게선 단 한마디 익살을 들을 수 없다"고 말했다는 것이다.[16]

실러가 나폴레옹에 대하여 역사적 인물로서 더욱 철저하게 관심을 기울였다고 가정하더라도, 그로서는 오로지 역사적 전개 과정에 직접 근거한 시각의 차원이 아닌 편파적 시각의 서술만 할 수 있었을 것이다. 그와 같은 구상을 위해 모은 소재들을 그는 생애 마지막 몇 달간에 걸쳐, 오랫동안 추진한 「데메트리우스」 계획에 활용했다. 17세기 초에 왕조의 정통성이 없었음에도 왕위 계승권을 주장하던 카리스마적 인물을 소재로 한 이 작품은 정치적 통치권을 둘러싼 놀음을 문학적으로 보여줌으로써 당시에 권력을 장악하려던 나폴레옹의 면모 또한 드러냈을 것이다. 그러나 생의 마지막 시간들이 너무나 짧았기에 그 탁월한 의도는 열매를 맺지 못하고 말았다. 실러의 「데메트리우스」 초안은 미완성 작품으로 남았다. (실러의 사후에) 정복자 나폴레옹의 머리에서 곧 태어날 유럽의 국가 질서 또한 그러했듯이.

바이마르의 연극론

고전적 희곡의 작용미학적 요소들

1825년 1월 괴테는 에커만에게 "실러의 재능은 참으로 극장을 위해 창조된 것이었다"[17]고 설명한다. 그에 반해 자기 자신은 "수많은 모티브들의 사슬이" 자기의 드라마 작품들을 통해 펼쳐지게 했을 뿐, 무대의 실질적 요구들은 멀리했다는 것이다. 실제로 실러는 극장 기질이 강렬했다. 무대 장면 전체의 작용을 즐기는 동시에 그에 못지않게 오페라적 몸짓, 초점, 파토스 등 개별적 효과를 위한 의지도 있었는데 이때 드러나는 것이 특히 초기 드라마들에서 보이는 통속소설적 요소들이다. 이에 속하는 것 중 하나는 계산된 "끔직한 것에 대한 센스"[18]이다. 바로 이 점을 괴테는 「에그몬트」 각색 작업의 감옥 장면을 예시하면서 강도 있게 비판한 바 있다. 실러의 드라마는 극적 효과를 고도로 낼 수 있도록 다듬어져 있다. 시간 표현, 장소 설정, 행위 배정, 인물의 심리 등을 세부적인 것에 이르기까지 고안해 낸 작용미학의 원리들에 맞추고 있는 것이다. 1790년대 드라마와 관련된 글들에서 이 작용미학의 원리들은 그저 지나가는 말로만 언급되었을 뿐인데, 이 원리들이 무대 위에 실질적으로 적용되어 전면에 나타나는 것은 「발렌슈타인」 작업에서이다. 이때에 장면 효과를 위한 수단들은 최고 수준에서 행해지는 일종의 지적 자기 이해와 관련하여 그것들의 가능성을 항상 저울질하면서 투입된다. 다른 한편 드라마로 돌아온 후로 실러는 당시의 극장 현실은 생각지 않고 무대의 실질적 요구들만을 논의하는 경향을 기회 있을 때마다 비판한다. 크리스티안 고트프리트 쉬츠가 요한 아우구스트 아펠(Johann August Apel)이 《종합 문학 신문》에 발표한 「오를레앙의 처녀」에 대한 평론을 실러에게 보내주었는데, 그것을 받고 난 다음에 실러는 현재 자기에게는 "두 가지 작전이, 즉 문학작품을 만들어내는 일과 이론적 분석을 하는 일이 남극과 북극만큼이나 서로 동떨어져" 있는 듯 보인다고 선언한다.(NA 31, 95)

드라마 작법에 관한 실러의 지론은 자기의 텍스트가 지닌 구체적 내용에서 벗어나지 않으면서 개개 장면의 효과를 높인다는 작용미학적 목표 설정에 충실하게 따르는 것이다.[19] 그것은 말할 것도 없이 무대효과 극대화를 즐기는 것이다. 위풍당당한 개선에 이은 왕위 등극, 군대 행진, 심야의 모의, 피가 낭자한 살인 장면, 악마들의 등장과 재앙의 전초 현상, 여러 징조를 나타내 보이는 자연현상들, 확산 일로의 대중 난동 등은 그의 드라마 작법에서 기조를 이루는 요소들이다. 1797년 12월 29일 괴테에게 보낸 편지에서 그는 설명한다. 젊은 시절부터 오페라를 좋아한 것이 간접적으로 작용했기 때문인지 풍성한 무대 장면을 좋아한다는 것이다. 자기는 예술 장르로서의 오페라를 기꺼이 "신뢰"한다는 것이다. 더욱 자유롭게 조화를 이루면서 감성을 자극함으로써 관객의 마음으로 하여금 더욱 멋지게 받아들이는 자세를 갖게 해주며, 그것의 환상적 특성을 근거로 해서 오페라는 (드라마의 경우 자료에 대한 관심이 지배적이기 때문에 너무나 흔히 도외시되는) 예술 차원을 드러내 보인다는 것이다.(NA 29, 179) 실러의 오페라 선호는 그의 고전주의 드라마들이 지닌 음악적 성향과 짝을 이룬다. 특히 「오를레앙의 처녀」와 「빌헬름 텔」에는 오케스트라가 삽입되어 결정적 순간에서 장면 효과를 고조한다(예컨대 제3막 끝에서 요한나가 부르고뉴와 화해를 성사시켰을 때라든가, 또는 텔의 마지막 장면에서 이미 서막에서 들렸던 "산들의 음악"이 울려 퍼지게 함으로써 주인공에 대한 존경심이 나타나게 한 것). 「메시나의 신부」에 합창단을 끼워 넣은 것 또한 음악적 원리에 따른 것이다. 실러의 드라마들이 오늘에 이르기까지 40편 이상의 오페라로, 특히 로시니, 도니체티,

베르디, 차이콥스키의 필치에 의해 개작되었다는 사실은 결코 우연이 아닌 것이다. 역사극 장르에 대해 원칙적으로 유보적이던 리하르트 바그너도 실러의 천재적 극작가 소질을 경탄해 마지않았다. 그는 규칙적으로 일정한 간격을 두고 실러의 드라마를 상연할 계획을 품곤 했다. 1870년에 가서도 「발렌슈타인」을 바이로이트에서 연출해볼까 하는 생각을 하고 있었던 것이다.[20]

실러는 자기의 이념적 소재를 감각적 차원에서 엄청난 볼거리 효과를 수단으로 해 속속들이 내보이고 다각도로 드러내 보이기 위해 극장을 매개체로 이용한다. 이는 결코 단순한 무대효과에만 국한되는 것이 아니다. 그러나 동시에 순수한 사고에 의한 핏기 없는 추상화 작업도 배제된다.[21] 1800년 6월 16일 실러는 「메리 스튜어트」를 탈고하고 난 후 만족한 기분에서 이제야 드디어 드라마의 소재를 자유자재로 구사하게 됐고 "연출의 수작업을 이해하기 시작했노라"고 기록한다.(NA 30, 162) 「빌헬름 텔」 작업을 하는 와중에 그는 자기가 하고자 하는 것은 "독일의 무대들을 뒤흔들어놓는 것"이고, 사람들의 머리를 다시 달아오르게 만드는 것이라고 노골적으로 선언한다.(NA 32, 68, 81) 극장에 상연된 동시대의 평범한 무대 작품들에 대한 거부감, 그런 작품들과의 눈높이 맞추기 포기 그리고 관객의 자아형성 능력에 대한 회의감 등은 결코 이와 모순되지 않는다.

시간과 공간, 인물의 연출은 인간이 그 속에서 스스로를 자율적인 존재로서 입증해 보여야 하는 극적 상황을 창출해내려는 의도에서 이루어진다. 매개 역할을 하는 무대는 관객에게 당장에 도덕적 교훈들을 제시하는 것이 아니라 그것의(인간이 스스로 자율적인 존재임을 입증할 수 있는지의) 시험대가 되는 상황들이 눈앞에 전개될 가능성을 제공한다. 실러의 무대연출 기법이 얼마나 강하게 그와 같은 심리적·실험적 목적 설정에 기여하기 위한 것인가는 등장인물들이 움직이는 무대 장면 공간의 구성에서 드러난다. 「도적 떼」나 「피에스코」에서 자연의 그림들이 보여주는 입체성이 「발렌슈타인」 이후로는 점차 없어지고, 그 대신 지역적 특색을 띤 모티브들이 조심스럽게 다루어진다. 그렇기는 하나 실러는 괴테의 「이피게니에」와 「토르콰토 타소」에서 고전주의적 장면 구상의 특성인 장면 일치의 원칙은 회피한다. 「발렌슈타인」, 「메리 스튜어트」, 「메시나의 신부」가 대부분 폐쇄적 내면 공간에 집중된 장면들로 구성되어 있는 반면(그렇다고 창조성을 잃은 천편일률적 예술로 타락하지는 않는다), 「오를레앙의 처녀」와 「빌헬름 텔」은 이미 초기 작품들에서 활용하던 상호 대조적인 자연 풍경을 배경으로 하고 있다.

여기서 다시 발견된 것은 두 텍스트가 지니고 있는 요소들에 속하는 자연의 장면들을 극 무대에서 활용할 수 있다는 점이다. 로트링겐의 계곡, 뤼틀리의 산악지대 등 실러는 자기 작업실 벽에 붙여놓은 지도를 통해 이 곳들을 정확하게 알고 있었다. 오를레앙 시 앞에 전개되는 들판이라든가, 슈비츠와 우리의 농가들은 역사적 무대배경의 분위기를 살리기 위해서만 있는 것이 아니다. 이들이 지닌 신호적 성격은 바로 개개 등장인물의 행위가 진행되어가는 와중에서 그들 개개인의 신분과 처지를 명백하게 해주는 데 있는 것이다. 요한나의 이중성격적 '사명감'과, 오스트리아 점령군의 폭력에 대한 텔의 개인적 항거는 그들의 무대 등장과 동반하여 나타나는 장면 구도에서도 심리적으로 명백히 드러난다. 극적 윤곽을 보여주는 그와 같은 공간 구도에 속하는 것이 동레미의 시골 예배당이요, 그 옆에 서 있는 떡갈나무이다. 이 나무 그늘 밑에서 잔은 마리아 현현을 체험한다. 제 5막에서 시커먼 숲은 잔이 자책감의 심연으로 추락하는 것을 가시화하는 것이요, 바움가르텐에게 사면이 숲으로 둘러싸인 피어발트슈테터 호수는 도주에 성공하느냐 체포되고 마느냐가 결정되는 경계선이다. 달빛 속 무지개가 은은하게 비추고 있는 밤의 뤼틀리 산은 반란을 모의하는 중심지요, 시커먼 하늘 전체가 번개의 섬광에 의해 일순간 밝게 나타나는 현상은 끔찍한 외국 군대의 지배에 대항하여 싸운 동맹군의 승리를 가시화하는 것이라 할 수 있다.

실러에게서 무대 공간은 구체적인 연출상의 역할을 한다. 등장인물들 상호 간의 갈등과, 대립각을 세운 행동들을 암시하는 것이다. 예컨대 3부작의 마지막 장면인 에거 시에 자리한 사령관 저택의 어두운 복도는 발렌슈타인뿐 아니라 여러 생명이 희생되는 끔찍한 살인의 밤을 예고한다. 「오를레앙의 처녀」 제4막에서 랭스 시의 높이 치솟은 대성당은 요한나를 지배하고 있는 소외감의 음산한 상징물이다. 마지막의 예로서 들 수 있는 것은 행운의 교차를 지역적으로 분명히 해주는 제5막의 시작 장면인 숯쟁이의 허름한 오두막이다. 퀴스나흐트 근교의 좁은 길목은 거역할 수 없는 폭력을 상징하는 장소가 된다. 인간을 어쩔 수 없이 좁음 속으로 내모는 행동에 빠지게 하여 다시는 헤어날 수 없게 만드는 장소인 것이다. 실러는 「오를레앙의 처녀」 말고는 자기의 고전주의 시대의 희곡 작품들을 바이마르의 궁정 극장에서 초연하기로 했다. 그런데 바이마르의 궁정 극장은 그의 작품들에 필요한 공간을 마련할 적합한 조건들을 갖추고 있지 않았다. 폭은 11미터요, 깊이가 9미터인 무대는 실러가 슈투트가르트나 만하임에서 알게 되었던 기술상의 가능성들을 충족하기에는 어림도 없었다. 특히 「발렌슈타인」과 「빌헬름 텔」은 등장인물 수를 제한함으로써 겨우 그 좁은 공간에서 상연할 수 있었다. 그리하여 실러가 이플란트가 주관하던 더욱 좋은 시설을 갖춘 베를린 극장과 협력하게 된 것도 이와 같은 연출상의 실질적 이유들 때문이다.

1797년 2월 초 「발렌슈타인」 작업 도중에 괴테와 공동으로 구상한 논문인 「서사문학과 극문학에 관하여」는 1827년에 가서야 (괴테가 주재하는 잡지) 《예술과 고대에 관하여》에 게재되어 세상에 알려지거니와, 이 논문의 요지는 극작가는 "대체로 한 가지에 확고하게" 입각하는 반면(NA 21, 58), 서사 작가는 "자연 전체"를 다룰 줄 안다는 것이다.[22) 드라마는 이미 1792년에 발표된 논문인 「비극 예술에 관하여」에서 지적된 바와 같이 자기의 소재를 "가시적으로 볼 수 있게" 해주려고 공간 구성을 하는데, 바로 그러하기 때문에 서사적 텍스트가 추구하는 전체성에 상응할 수가 없다는 것이다. 드라마 공간의 생명은 몇 가지로 제한된 것이기는 하나 결정적 사항들을 입체적으로 제시해주는 데 있다. 드라마가 자기의 제시 기능을 얻게 되는 것은 여러 지역적 요소들을 극적 장면으로 함께 모으는 기법을 통해서이다. 이미 「도적 떼」의 머리말에서 언급되고 있는 이 극적 장면이야말로 "서로 섞여 있는 현실들"에 대한 묘사를 가능케 해주는 것이다(1760년 레싱이 번역한 디드로의 논문 「도르발과 나(Dorval et moi)」의 부록 「사생아론(Entretiens sur le Fils naturel)」(1757)에 같은 취지의 글이 실려 있다).[23) 이러한 의미에서 실러의 고전주의 희곡 작품들 중에서도 특히 「오를레앙의 처녀」와 「빌헬름 텔」은 자연 풍경을, 무대 장면의 소재를 자기 안으로 융합하는 저 "의미심장한 모멘트"의 구성 부분으로 만드는 집중적 극작법의 표본이 된다.(NA 29, 132) 물론 바로 후기 드라마 작품들은, 진정한 비극의 줄거리는 "많은 공간이 필요 없고"(NA 21, 58) 아주 제한된 장소만으로 족하다는 고전주의적 연극론에 맞지 않는 것이 사실이다. 실러의 바이마르 시절 드라마들의 기상도는 같은 시기에 셰익스피어를 본받고 있는 티크(Tieck)와 브렌타노의 드라마들이 내보이는 자연 풍경들처럼 장황하지는 않으나, 괴테의 절약적 공간 구성과 비교하면 성격이 다양하다는 것이 뚜렷해진다.

이 점은 특히 「빌헬름 텔」에서 인식할 수 있다.

공간 구성상의 기법에 관한 것과 병행해서 「서사문학과 극문학에 관하여」는 연출 문제도 다루고 있는데 그것은 특히 실러가 「발렌슈타인」 프로젝트와 관련된 작업에서 성찰한 것이다. 순수하게 본래적인 의미에서 연극적 기법은 "전진하는 동기들"을 활용하는 것이다. 이것은 암시의 기법을, 즉 관련이 있는 요소들을 긴장된 각 상황들에서 암시해줌으로써 사건의 진행을 촉진하는 기법을 말한다. 실러의 고전주의 시기 드라마들에서 이러한 기법은 「발렌슈타인」의 경우처럼 흔히 마지막 장면들을 잠언이나 촌철살인적 경구로 끝나게 하거나, 말 없는 몸짓 또는 비극적인 아이러니로 끝맺음으로써 실현된다.[24] 막스 피콜로미니의 명구 "그리고 날이 저물기 전에 나는 결단해야 한다. 친구를 버릴 것인가, 아버지를 버릴 것인가를"(P v. 2650 이하)은 「피콜로미니」 마지막 장의 마지막 문장으로 그에 이어질 제3부에서 해내야 할 대단원의 과제를 예고한다. "나는 남아 있겠다. 그녀를 구할 수 있을 때까지 해보겠다. 그걸 못하면 그녀 관 위에 눕겠다"는 모티머의 도전적인 통고(NA 9, 102, v. 2639 이하)에는 이미 에로틱한 색조를 띤 몰락의 파토스가 드러나 있거니와, 그것은 제4막에서 파국으로 치닫는다. 제4막 마지막에서 요한나가 기절하는 것은 그다음에 펼쳐질 장면들에서 터져 나올 내면적 의식의 갈등을 육체적 증상으로 짐작하게 해준다. "그리고 당신의 어둠 속에서 당신을 위해 훤히 날이 밝아올 것입니다"라며 행동에 나서자는 멜히탈의 결연한 외침은 장님인 자기 아버지와 관련시켜 장차 맹세 동지들의 모의를 빛나는 역사적 사업으로 표시하게 될 비유의 터전을 열어준다. 「메시나의 신부」 개개의 마지막 장면들을 마감하는 합창단 부분은 줄곧 예언적 성격을 띤 논평의 기능을 완수한다. 그리하여 합창단 또한 실러가 머리말에서 한 규정들과는 달리 기예적(技藝的) 영향력

뿐 아니라 심리적 영향력의 측면도 지니게 된다 할 것이다.

드라마 연출에서 (본래적으로 드라마에 속하는 것은 아니지만) 가능한 시간 연출 기법의 하나라 할 수 있는 것이 괴테와 실러의 스케치에서도 볼 수 있는 '지연술'의 처리 방식이다. 드라마에서 독백이나 명구들로 채워진 대화 등을 삽입함으로써 행위를 지연할 수 있는 것이다. 이런 방법을 써서 궁극에는 격정으로 치닫게 만들기 위한 숨 고르기의 시점이 생겨나는 것이다. 성공적인 비극에서는 그러한 숨 고르기가 필요함을 실러는 논문 「격정에 관하여」에서 이미 피력한 바 있다. "밤이어야 한다, 프리틀란트의 별들이 빛나는"(T v. 1743)이라든가, "피비린내 나는 전투 다음에는 노래와 춤이 뒤따른다"(NA 9, 268, v. 2519) 또는 "생각만 너무 많이 하는 자는 성과를 내지 못할 것이다"(NA 10, 196, v. 1532)와 같은 문구들은 시대를 초월한 진리를 말하는 것이 아니라, 드라마의 진행 과정에서 눈앞에서 일어나는 구체적인 사항을 지적하기 위한 문구들이다. 이런 문구들을 통해, 무대 위에서 펼쳐지는 사건들에 대한 등장인물 각자의 개성적인 입장 표명이지만 객관적인 면을 지니고 있는 해석이 이루어지는 것이다. 이와 동시에 행위를 잠깐 동안 지연하는 효과가 발생하지만, 그것은 오히려 힘을 증가시켜 그 뒤에 일어날 행위를 촉진하는 역할을 한다. 전진하는 행위[실러는 이 것을 '침전(Præcipitation)'이라 칭한다(NA 29, 141)]는 지연하는 요소에 의해 지속적으로 멈추는 게 아니라, 그 뒤의 행위가 더 빠른 템포로 전개될 수 있도록 하기 위해 잠깐 동안만 멈추게 되는 것이다. 그런데 19세기 초에 급속히 뿌리내리게 되는 격언은 "인구에 회자되는 명구"로 자립하게 됨으로써, 그것의 주석적 역할에서 근거가 되는 무대와의 관계는 없어지고 만다[실러의 드라마 작품들은 "크리스마스트리"와 같아서, 거기에 매달려 있는 경구들을 "쉽사리 떼어낼 수 있도록 되어 있다"는 오토 루트비히(Otto Ludwig)의 비꼬는 말은 여

기서 요구(Anspruch)와 작용(Wirkung)을 혼동하는 것이라 하겠다).[25]

시간은 실러의 고전주의적 텍스트들에 대한 무대연출과의 맥락에서 다양한 기능을 한다. 시간은 비극적 행위를 촉진하는 요인이 될 수 있다. 예컨대 점점 촉박해지는 결단의 시간으로 빠짐으로써 활동의 여지가 좁아지고, 개인적 자유가 감소된 외적 강제의 압박 밑에서 정치적 조치를 취하게 되는 「발렌슈타인」에서처럼 시간은 비극적 행위를 촉진하는 요소가 될 수 있다. 그러나 시간의 흐름은 행위의 지연 또는 정지 상태로 인하여 늦춰질 수 있다. 예컨대 「메리 스튜어트」의 제1막과 2막에서 감금 상태에 있는 여주인공의 운명에 대한 왕의 결정을 지루하게 대기하고 있는 상황이라든가, 「빌헬름 텔」의 서막 장면에서 갑자기 들이닥치는 우렛소리와 더불어 시작되는 자연의 변화 속에서 텔의 도주를 돕기 위한 작전이 빠른 템포로 전개되기 직전의 시간은 전원적 상황의 고요함 속에 멈춰 있다. 무대연출을 위한 도구로서 시간은 무대에서 전개되는 사건들을 매개하는 본질적인 요소로 작용한다. 시간은 자기의 템포를 경우마다 달리 조절함으로써 사건의 종말을 파국으로 치닫게 하기도 하고 대화해의 성격을 띠게 하기도 하는 것이다.

실러는 드라마 이론과 관련된 글들에서 기회가 있을 때마다 어떻게 해야 가장 잘 격정의 효과를 내게 할 수 있을까 하는 문제를 다룬다. 에세이 「비극 예술에 관하여」에서는 격정(Pathos)을 나타내는 여러 가지 형식이 서술되고, 상세한 각론으로 분리 정리된다. 격렬함, 진정성, 완벽함은 개인적 고통을 비극적으로 나타나 보이게 하는 징후들이다. 주로 심리적인 이러한 요소들에 네 번째 특징으로 끼어드는 것이 '지속성'의 기준이다. 지속성이라지만 그것은 중단하지 않고 격정을 철저하게 지속적으로 드러내는 것이 아니다. 지속성은 '시간 조절(Temporalisierung)'에 의해 실현되도록 되어 있는 것이다. 고통 강도의 심리적 조절은 실러가 이미 작가 활동 초기에 알고 있었듯이 무대 행위의 템포를 적절하게 변화시킴으로써 이루어지는 것이다. 관객이 동정심을 지속적으로 느낄 수는 없기 때문에 격정적 장면들을 계속 이어가기에 앞서 차분한 리듬으로 상황을 설명하는 대목들을 끼워 넣음으로써 관객을 안정시켜야만 하는 것이다. "이와 같은 교차(격정 장면과 설명 장면의)로 힘에 겨워 지친 감수성은 활기를 되찾게 되고, 받은 인상들의 농도를 조절하는 과정을 거침으로써 균형 잡힌 저항을 할 자발적 능력이 살아난다."(NA 20, 163)

실러의 고전주의 드라마들이 얼마나 많이 무대연출상의 시각을 반영하고 있는가는 청년 시절의 작품들에서보다는 그 분량이 적어지기는 했지만 아직도 눈에 띄게 많이 삽입되어 있는 지문(地文)들로 알 수 있다. 이러한 처리 방식을 전적으로 포기하고 있는 괴테와는 달리 실러는 대화의 내용을 지문의 설명으로 보충할 수 있는 기회만 있으면 이를 적극 활용한다. 등장인물들이 말하는 내용과 이에 대한 발언자의 입장들을 지문들을 통하여 추가적으로 언급하는 것이다. 텍스트의 일정한 대목들에 관한 해설적 설명들인 그러한 지적문(指摘文)들은 우선 배우들의 작업을 도와준다는 데에 그 의미가 있다 하겠고 또 주로 그들을 위해 쓰인 것이다. 이와 같은 실천적 기능과 긴밀하게 관련된 것이 심리적 배후를 암시하는 기능이다. 지문의 심리적 배후 암시 기능은 이미 초기 드라마들에서 큰 역할을 했다. 엄격한 고전주의적 드라마 연출에서는 이와 같은 기법이 배제되는데, 이 사실은 「메시나의 신부」에서 장면 설명이 매우 조심스럽게 행해지고 있음에서 드러나듯이 실러 자신도 알고 있었다.

등장인물들의 발언 태도와 관련하여 실러의 지문들은 대화에서 드러나는 표현상의 특별한 성질을 알게 해준다. 이러한 기법의 모범적인 예라 할 수 있는 것이 「피콜로미니」의 서막이다. 여기서는 곁들여 하는 낭송조의 말부터 비꼬며 야유하는 말, 당황한 말투, 생각에 잠겨 하는 말투에 이르기까지 실로 다양한 수사적 수단이 동원되어 크베스텐베르크와 발렌슈타인의 휘하 장교들 간에 실랑이가 전개된다. 언어로 표현할 수 있는 한계를 벗어난 영역에서 얼굴 표정과 몸짓의 다양한 형태들이 정서 상태를 대변한다. 특히 강렬한 힘을 발휘하고 있는 비언어적 표현은 「메리 스튜어트」의 핵심 장면인 제3막 4장의 두 여왕의 상봉 장면에서 나타난다. 여기서 두 여왕은 말뿐 아니라 몸짓과 표정으로도 권력과 무기력을, 희망과 공포를, 야망과 절망을 가시적으로 직접 나타낸다. 투사 같은 이 두 여인은 그 힘을 주로 전략적 계산과 정열을 동시에 반영하고 있는 서로 쏘아보는 눈초리로 가늠한다.

「오를레앙의 처녀」에서도 내면의 심리 상태를 반영해주는 것이 시각을 통한 파악이다. 연출상의 지시를 명시하는 지문들이 이미 감각에 의한 인식과 감정 경험 기관으로서의 눈의 기능을 주시하도록 유도한다. 부르고뉴 백작은 그녀를 향해 눈을 크게 뜸으로써, 그로 하여금 화해하지 않을 수 없게 강요하는 요한나의 "위력"을, 그 "하늘 같은 위압"을 알게 된다.(NA 9, 235; v. 1802 이하) 그러나 눈길은 여주인공 자신이 알아차리고 있듯이(v. 2575 이하 계속, v. 3165 이하 계속) 리오넬에 대한 치명적인 결과를 초래할 열렬한 감정을 야기하기도 한다.[26] 앞으로 전개될 사건에서 요한나는 처음에는 상충하는 감정들로 온몸이 마치 마비된 듯 되었다가 종국에는 당황하여 맥이 풀리고 마는데, 실러의 지문은 앞으로 일어날 이러한 사건을 미리 종합적으로 예고하고 있는 것으로 읽힌다. "이 순간 그녀는 그의 얼굴을 들여다본다. 그의 눈길은 그녀를 사로잡는다. 그녀는 부동의 자세로 머문다. 그런 다음 서서히 양팔을 떨어뜨린다."(NA 9, 263) 이와 같은 무대 지시 사항들은 배우들을 향한 기술적 주문의 차원을 넘어선다. 소리 나지 않는 몸으로 하는 말은 이미 「도적 떼」에서 심리 변화 과정을 나타내기 위한 수단으로 활용되었거니와, 이것은 말로 하는 대화의 표현 수준을 넘어서 등장인물들 내면의 삶을 드러나 보이게 할 수 있는 것이다. 프랑스 비극의 대표적 작품들과 그것들을 모방하는 전문적 독일 작가들과는 달리 실러는 의고주의 연극미학이라는 코르셋으로 등장인물의 허리를 조여 매고 싶지 않은 것이다. 그의 희곡 작품들은 표정과 몸짓의 언어 또한 적절히 활용함으로써, 항상 '전 인간'을 염두에 두고 작업하는 무대예술의 한 요인이 되게 한다. 인간을 통합적으로 다루는 실러의 바로 이러한 시각이야말로 그의 작품을, 부자유스러운 과장을 선호하는 신고전주의와 구별짓게 한다. 실러 자신이 신고전주의와 구분되는 자기 작품의 장점을 1800년 1월 괴테가 볼테르의 「마호메트(Mahomet)」를 연출하게 된 것을 계기로 쓰게 된 그의 시 「괴테에게」에서 은근히 내비친 바 있다. 바로 "널판으로 마련된 무대 장면 위에서" 하나의 "이상적 세계가 펼쳐지도록 해야 하기" 때문에 "살아 숨 쉬는 정신"에서 나오는 말이 결여된 연극 작업은 현세의 "모범"(NA 2/I, 405 이하, v. 49 이하 계속)으로 될 수 없다는 것이 이 시의 핵심이다. 실러는 1790년대 중반 이래로 시민극에 대항해서 공개적으로 논쟁을 해오고 있었거니와 코르네유, 라신, 볼테르 등의 텍스트에서는 자연주의에 대한 시민극의 대안 기능만을 인정한다. 그의 생각에 의하면 관객을 필요에 따라 엄격한 이성주의의 대리석과 같은 차가움에서 또는 그것의 물질적 욕구로부터 발생하는 변덕에서 해방해주는 것이 미적 교육이요, 미적 교육이 제시하는 여건들을 흡족하게 실현해주는 것이 무대예술이 지향하는 이상인데, 그의 눈에는 감성과 이성에 똑같이 호소하는 연극만이 이러한 무대예술의 이상을 충족할 수 있는 것이다.

2. 전력을 집중하다:
예나, 바이마르(1796~1803)

잘못 길든 관객들을 위해 수고하다

괴테와 함께 극장에서 일하다

1796년 연초부터 실러는 연극 생산을 둘러싼 물음들을 놓고 본격적으로 친구들과 의견을 나누려 시도한다. 대화 상대를 고르는 데서는 실용적인 근거도 작용했다. 대개의 경우 예나에서 급히 해결해야 하는 문제들이 었기 때문에 실러는 괴테에게 자문하기를 선호한다. 드레스덴에 있는 쾨르너나, 여행을 즐기는 훔볼트와는 달리 괴테는 가까운 바이마르에 살고 있어 빨리 의견을 얻을 수 있었기 때문이다. 괴테는 다음과 같이 회상한다. "1797년에서 1805년까지 우리는 매주 두세 번 만났고, 서로에게 편지도 썼다. 실러는 자신이 쓰고 있는 것들과 계획들, 작업의 배분 문제에 대해 터놓고 이야기하는 재능이 있었다. 반면 나는 그렇지 못했다."(NA 42, 379)

두 사람은 연극 문제들에 관해서 특별히 긴밀하게 협력한다. 그들의 견해는 초기부터 놀라울 정도로 일치하고 있음이 드러난다.

1791년 1월에 대공은 새로 세울 바이마르 궁정 극장의 극장장으로 괴테를 임명했다. 1774년 5월 6일 궁이 불타면서 극장으로 쓰이던 홀이 파괴되기 전까지 유명한 에크호프-자일러(Ekhof-Seyler) 극단이 바이마르에서 여러 해 동안 공연해왔다. 궁의 화재로 극장이 소실되고 난 후에 직업 배우들은 고타(Gotha)에서 새로운 일자리를 얻어 떠났고, 바이마르와 에터스부르크에서는 우선 아마추어 극단만이 대개의 경우 야외에서 공연했다. 1780년 리셉션 홀에 고정 무대가 개설되었다. 1784년 이래로 주세페 벨로모(Giuseppe Bellomo)가 이끄는 극단이 이 무대를 사용했지만, 볼 만한 작품은 하나도 무대에 올리지 못했다. 괴테는 이미 이탈리아 여행을 가기 전에 아마추어 공연을 연출한 바 있었고 자기 스스로 배우로도 활약했지만 (그는 1779년 「이피게니에」의 산문판 대본의 공연에서 오레스트 역을 맡았었다) 대공이 새로운 과제를 맡기자 주저했다. 이 일을 맡게 되면 자연과학에 대한 관심사들, 특히 당시에 집중적으로 연구하던 광학에 대한 관심이 위축될까 우려한 것이다. 오랜 친구인 야코비에게 1791년 3월 20일 보낸 편지에서 괴테는 자기의 유보적인 입장을 다음과 같이 설명한다. "나는 아주 조용하게 작업에 임하고 있네. 그래도 관객들을 위해서는 그리고 나를 위해서도 뭔가가 나오겠지."[27]

신임 극장장으로 임명된 시점에서 괴테는 이미 레퍼토리를 대중적인 극으로 채우고 유쾌한 성격의 힘찬 극들을 공연 계획에 넣는 과제를 감당해야 함을 알고 있었다. 극장장으로서 괴테는 대중의 입맛에 항상 조공을 바쳤다. 취임한 해인 1791년과 사임한 해인 1817년 사이에 공연된 전체 601개 작품 중에서 118개가 당시의 인기 작가이던 코체부와 이플란트의 드라마들이었고, 겨우 37개만이 괴테와 실러가 쓴 작품이었다.[28] 그와 같이 유행에 편승하기는 했지만 극장장으로서 괴테의 활동은 높은 평가를 받았다. 아우구스트 빌헬름 슐레겔은 1809년 다음과 같은 선의의 평을 한다. "괴테가 바이마르 극장을 맡으면서 이 작은 도시에서 적은 예산으로 무엇을 해냈는지는 아는 사람이라면 다 안다. 그는 드문 재능을 발굴할 수도 없고 그에 대해 보상을 줄 수도 없지만, 배우들로 하여금 그들이 알려고 들지 않는 질서유지와 기초를 익히도록 한다. 그렇게 함으로써 자신의 공연에 종종 통일성과 조화를 불어넣는다. 이러한 통일성과 조화는 배우 각자가 그때그때 자기 내키는 대로 연기하는 다른 큰 극장들에서는 볼 수 없는 현상이다."[29]

극장 재건 작업의 첫 몇 해는 위기의 순간들과 자기 능력에 대한 회의로 가득했다. 궁정의 지원금은 매년 1만 탈러였다. 이는 레퍼토리를 확보하는 데 전혀 충분하지 않았다. 이에 상응하여 배우들의 사례금도 낮을 수밖에 없었으니, 그들은 평균 5탈러의 급여로 만족해야 했다(이는 가사 도우미 급여와 거의 같았다).[30] 그렇긴 해도 주세페 벨로모 극단의 옛 단원들이 새로운 앙상블을 구축할 때에 기꺼이 도와주어 그들에게 의지할 수 있었으니 다행이었다. 공연 수입이 늘어나야 재원을 충당할 수 있었기에, 당연히 반응이 좋은 작품들을 준비하지 않을 수 없었다. 당시에 선호된 작품들은 코체부, 초케 아니면 슈뢰더가 쓴 시민극들이었다. 괴테는 자신의 혁명극 「시민 장군」을 상연했지만 반응은 시원찮았다. 그러다 보니 이 작품은 지속적으로 레퍼토리에 넣을 수가 없었다. 「위대한 코프타(Der Groß-Cophta)」는 대공이 회상하듯이 관객들의 반향이 "미지근했던" 까닭에 3회 공연 후에 벌써 중단되고 말았다.[31] 이에 반하여 극장이 자주 공연한 오페라들은 궁중 입맛에 딱 맞았다. 파이시엘로(Paisiello), 치마로사(Cimarosa), 굴리엘미(Guglielmi) 같은 이탈리아 작곡가들 말고도[32] 모차르트의 오페라가 대세였다. 모차르트의 가장 중요한 작품들은 1791년과 1794년 사이에 바이마르에서 처음으로 공연되었다(괴테 자신이 1801년 미완성 형태의 「마술피리(Zauberflöte)」의 후속편을 출간했다).

괴테가 극장장으로서 성공적으로 활동한 지 4년이 지났을 때 처음으로 그에게서 지친 기색이 나타난다. 그가 사의하고 싶다는 뜻을 보이자 대공은 이를 마뜩지 않게 여긴다. 누가 그의 후계자가 되든 여태까지 인기 있었던 공연 목록의 수준을 유지하기 어려우리라고 염려했기 때문이다. 1795년 가을 괴테는 이탈리아 여행을 새로 계획하면서 실러에게는 한마디 상의도 없이 실러를 극장장으로 추천한다(이것은 대공의 임명권에 대한 간섭이었고, 여기에는 위험 요소가 없지 않았다. 당시에 실러는 실제로 무대에서 일해본 경험이 전혀 없었던 것이다). 카를 아우구스트는 화가 나서 1795년 11월 1일 괴테에게 보낸 답장에서 다음과 같이 쓴다. "그대가 연초에 나가겠다는 심산인 듯 보이는데, 그리되면 우리 극단은 끝장이네. 그대가 언젠가 말한 실러에 대한 생각은 실행되기 어렵네."[33] 실러의 무대 능력에 대한 대공의 회의적인 견해는 여러 해가 지나도 사그라지지 않았다(「도적 떼」가 폭발적 성황을 이루었을 때가 떠올라 더욱 그랬는지도 모른다). 실러는 죽을 때까지 극장에 관련된 공직을 맡지 못했다. 재정과 운영을 논의하는 극단 협의회에도 끝끝내 실러가 발을 들이지 못하게 했다. 대공은 1795년 가을 괴테에게는 알리지 않고, 우선 유명세를 타고 있는 이플란트를 괴테의 후임자로 영입할 생각을 한다. 당시 이플란트는 프랑스 군대가 곧 쳐들어올 것이라 걱정한 나머지 만하임의 극장장 자리를 사임하고 싶어한 것이다. 그러나 그와의 협상은 성공적인 결과에 이르지 못한다. 카를 아우구스트는 이플란트에게 봉급을 조금밖에 제안할 수 없었기 때문이다. 두 사람은 적어도 몇 주 동안은 바이마르 초청 공연에 응한다는 데 합의한다. 그리고 이플란트의 바이마르 초청 공연은 1796년 3월과 4월에 행해진다. 여러 극장에서 서로 초빙하려 들던 이플란트는 같은 해에 작은 바이마르보다는 재정 상황이 좋은 베를린으로 간다. 베를린에서 새로 임명된 극장장 이플란트는 연봉으로 3000탈러를 받는데 이는 당시 쾨니히스베르크의 칸트 같은 대학 정교수가 받는 연봉의 네 배가 넘는 액수였다.[34] 1796년 6월에 실러는 비웃는 투로 괴테에게 말한다. "이플란트에 대한 열광은 우리가 생각한 것보다 몇 달 빨리 사그라지는 것 같군요."(NA 28, 228)

괴테는 여행 계획을 접고 대공의 명령에 따라 극장장으로 계속 머무르는 수밖에 없게 되자 실러와의 비공식적인 협력을 모색한다. 그의 타고난 무대 기질이 포기 상태에 빠진 자신에게 새로운 활력이 되어주리라고 기대한 것이다. 1826년 7월 괴테는 다음과 같이 회상한다. "실러는 이미 꺼져버린 관심에 다시 불을 지폈다. 그리고 나는 그와 그의 관심사를 위해서 극장 일에 다시 참여했다."[35] 공동 작업은 1796년 초에 시작된다. 3월 말 실러는 괴테의 작품 「에그몬트」를 무대에 올리기 위한 공연용 대본을 쓰기 시작한다. 괴테는 이미 1794년 9월에 실러와 비교적 길게 대화를 나누는 동안 실러에게 이를 청한 것이다. 실러가 작업하게 된 외적 동기는 이플란트의 객원 공연이다. 그 기회에 이플란트가 「에그몬트」의 주인공 역을 맡을 가능성이 생겼던 것이다. 4월 첫 주에 벌써 실러는 1788년 판 「에그몬트」의 텍스트를 수정하는 작업을 끝마쳤다. 연습에 3주가 걸린다. 이는 연습 기간이 보통 14일을 넘어서지 않던 당시 관행을 고려하면 파격적이지 않을 수 없다. 괴테는 이 시기 동안 실러를 위한 특별석을 설치토록 하여 그로 하여금 다른 사람의 성가신 시선을 의식하지 않은 채 편하게 연습 공연을 지켜볼 수 있게 해준다(이것은 실러가 병중에 있다는 사실을 고려한 것이기도 했다). 4월 25일 수 차례 연기되던 공연이 이플란트를 주인공으로 하여 상연된다. 이플란트가 다음 날 떠나야 했기 때문에 공연은 딱 한 번으로 끝나고 만다. 이때가 바이마르 극장으로서는 최고의 순간이었다.

괴테와 실러는 2년 반이 지난 후에야 비로소 「발렌슈타인의 막사」를 함께 연출함으로써 공동 작업을 시작한다. 극장이 1798년 10월 12일 다시 개관한 것이 계기가 되었다. 여름과 가을에 걸쳐 슈투트가르트 출신의 건축가 니콜라우스 투레(Nikolaus Thouret)의 지휘하에 극장 전체가 새로 단장하게 된 것이다. 이제 500명의 관객이 앉을 수 있는 홀에는 값비싼 고급 화강암과 대리석의 기둥들이 원형으로 둘러서게 되었다. 그 위에는 1층에서는 볼 수 없는 갤러리가 솟아 있다. 갤러리는 세 부분으로 나뉘어 있는데 그 가운데는 대공과 가족만을 위한 공간으로, 청동으로 만든 도리아풍의 기둥 열여덟 개로 자리가 각기 구분되어 있었다. 장식 띠에는 고대 그리스의 악기들이 그려져 있다. 무대 막에는 투레가 직접 문학의 여신 뮤즈를 그려 넣었다. 아티카의 비극 작가들의 흉상이 홀의 양편에 줄지어 세워졌다. 기름을 사용하는 천정 등은 공연할 때마다 천정 꼭대기까지 오르도록 되어 있는데, 상당히 크면서도 아늑한 느낌을 주는 길쭉한 극장 공간을 밝혀주었다. 괴테는 일차 검토를 해보고서는 전문가의 식견으로 만족을 표시했다. 비싸게 꾸며진 이 극장은 "풍취가 있으면서도 "사치가 넘쳐나지는"[36] 않는 듯 보인다는 것이다. 뵈티거 또한 1790년 이래로 자기가 발행하고 있는 《사치와 유행의 저널(Journal des Luxus und der Moden)》에 「발렌슈타인의 막사」에 대한 평론을 썼는데, 그 글에서 그는 이 새로운 극장을 묘사하면서 투레의 업적에 존경심을 표하고 있다.[37]

실러는 「발렌슈타인의 막사」의 초연에 참석하기 위하여 총연습 날인 10월 11일 바이마르로 온다. 화려한 개막식에서 하인리히 포스가 괴테가 작업한 프롤로그를 낭독하고 관객은 긴장된 자세로 거기에 귀를 기울인다. 오락에 대한 관객들의 욕구를 충족하기 위하여 「발렌슈타인의 막사」에 이어 코체부의 작품 「코르시카 사람들(Die Corsen)」이 공연된다. 화려한 초연의 밤은 배우들이 엘레판트(Elephant)*에 모여 연회를 여는 것으로 끝난다. 이 자리에서 긴장이 풀린 작가 실러는 늦은 시각임에도 걸쭉한 슈바벤 지방 사투리로 벙거지 수도승의 설교(「발렌슈타인의 막사」 제8장에 나옴)를 낭송했다고 한다. 초연이 있은 후의 고무적인 분위기에 힘입어 실러는 서둘러 원고를 끝내는 데 박차를 가한다. 「피콜로미니」를 끝낸 실러는 1799년 1월 4일에 부인과 아들들을 동반하고 한 달 동안 바이마르의 시내 궁에 거처한다. 괴테와 함께 3주 동안의 공연 연습을 지켜보고 싶었기 때문이다. 힘의 낭비를 막기 위해 두 사람은 과제를 분담하기로 하는데, 그러한 작업 방식은 그 후 몇 년이 지나도 마찰 없이 계속된다. 실러는 텍스트를 검토하고, 무대 위 장면과 기술적 세부 사항들을 돌보는 것은 괴테가 맡는다. 대본 각색하는 일은 이미 1797년부터 (크리스티아네의 큰오빠인) 아우구스트 불피우스(August Vulpius)가 맡고 있었다. 그의 본래 직책은 바이마르 도서관의 사서인데 그는 할 일이 별로 없어 시간이 남아돌았던 것이다. 연출은 때때로 앙상블의 고참들인 하인리히 베커와 안톤 게나스트도 떠맡아 한다.

1799년 1월 30일의 「피콜로미니」 상연과, 그로부터 석 달 뒤에 있게 된 마지막 부분의 초연(「발렌슈타인」이라는 제목으로)**에 이어 실러와 괴테는 해를 거듭하면서 더욱 정교한 형태로 공동 작업을 계속한다. 1800년 5월

∵

* 바이마르 시 중심에 위치한 최고급 호텔 레스토랑의 이름.
** 이 마지막 부분의 제목은 후에 「발렌슈타인의 죽음」으로 바뀌었음.

14일 바이마르 극장에서는 앙상블의 단원이 주축이 되어 「맥베스」가 상연되는데, 이때 대본의 각색 작업은 실러가 맡고 연출은 괴테와 실러가 공동으로 맡는다. 6월에는 「메리 스튜어트」가 초연되는데, 카롤리네 야게만(Caroline Jagemann)이 주연을 맡고 프리데리케 포스(Friederike Vohs)가 엘리자베스 역을 맡는다. 두 여배우가 경쟁적으로 돋보이려 한 데다가 많은 외교적 문제도 끼어들어, 공연 자체는 성공적이었지만 그 효과는 반감되지 않을 수 없게 된다. 1801년 11월 28일 실러의 연출로 레싱의 「현자 나탄」이 궁정 극장에서 초연된다. 이 극은 몇 년 동안 반복해서 레퍼토리에 들어갈 정도로 연출에 대한 반응이 좋았다. 1802년 1월 30일에는 고치의 「투란도트」가 이어진다. 이 작품은 실러의 번안으로 희비극적 요소가 더욱 강조되었는데 처음엔 관객이 이해하기가 어려웠다. 관객의 반응이 시원찮았음에도 불구하고 이 작품은 정기적으로 무대에 올랐다(실러는 공주가 구혼자들에게 내는 수수께끼를 계속해서 바꾸었고, 관객들은 이를 오락으로 받아들였다. 이것이 「투란도트」에 대한 관심이 커진 이유의 하나라 하겠다).

괴테가 이탈리아 여행 중에 완성한 「이피게니에」는 많은 사람들이 상연을 오래 기다려온 작품인데, 이것이 실러의 각색 작업을 거쳐 1802년 5월 15일에 상연되었으니 이는 궁정 사회에서 일급의 대사건이 아닐 수 없었다(산문으로 된 이 작품의 원작은 23년 전에 하웁트만의 만찬 홀에서 아마추어 배우들이 공연한 바 있다). 실러는 조심스럽게 각색 작업을 했고, 「에그몬트」 때와는 다르게 큰 수정은 하지 않았다. 그럼에도 공연은 대성공을 거둔다(공연 대본은 분실된 것으로 여겨진다). 괴테는 이탈리아 여행 이래 이 작품이 무대에 오르는 것을 꺼려왔는데, 관객들의 반응을 보고 나서 그러한 회의는 흐트러진다. 그러나 공연이 눈앞에 다가왔을 때까지도 그는 자신의 극이 무대 위에서 효력을 발휘할 수 있을지 의심한다. 그는 공연 연습에 가지 않는다. 예나에 할 일이 많아 그곳으로 출장 갔기 때문만은 아니다(괴테가 없는 동안 실러가 비공식적으로 5월 전반기에 극장장 업무를 맡는다). 괴테가 내심 얼마나 긴장하고 있었는가는 실러에게 초연 날짜를 알려줄 것을 그가 초조하게 몇 번이고 부탁한 사실로 알 수 있다. 초연되는 날 저녁에야 그는 예나에서 돌아온다. 그리고 곧바로 극장으로 가 자신의 작품과 만나면서 자신의 "삶에서 가져본 것 중" 가장 경이로운 효과를 보게 된다.(NA 39/ I, 250)

또다시 3주간의 연습 기간이 필요했던 「메시나의 신부」가 1803년 3월 19일에 초연된다. 이 초연은 실러에게 승전보와도 같았다. 특히 젊은 관객에게서 좋은 반응을 얻었다. 《종합 문학 신문》의 발행인인 크리스티안 고트프리트 쉬츠의 아들은 극이 끝난 후 박수를 칠 때의 열광적인 분위기에 사로잡혀 "실러 만세(Vivat)"를 외친다. 실러는 기를 쓰고 이를 저지하려 한다. 왜냐하면 당시 궁정법에 의하면 '만세'는 대공에게만 허용되었기 때문이다. 괴테는 예나 시 군사령관으로 하여금 이 젊은이를 질책하게끔 조치를 취해야 했다. 괴테 자신도 친구의 대단한 성공을 바라보면서 자기가 경쟁심에서 자유롭지 못함을 느꼈을 것이다. 그렇지만 괴테가 새로 쓴 비극인 「자연의 딸(Die natürliche Tochter)」(이것은 예술적으로 짜인 주도 모티브(Leitmotiv)를 사용하여 1789년 프랑스의 국가 위기 상황을 해설하고 있음이 분명한 작품이다)을 겨우 두 주 후에 같은 바이마르 극장에서 상연하게 되는데, 이는 두 작가의 동맹 관계가 경쟁심보다 강함을 충분히 보여준다. 같은 해에 실러가 번역한 피카르의 희극 두 편이 공연되었다. 1803년 5월 18일에 「조카이면서 삼촌」이 서투르게 준비된 채 많은 배우들이 즉흥적으로 연기하는 식으로 공연되었는데, 희극적 효과는 반감되지 않았다. 10월 12일에는 「기생충」이 공연되었는데 전혀 성공하지 못했다. 여성 역들이 설득력을 얻지 못한 탓일 수도 있다.

1804년 초에 실러는 막 완성된 그의 「빌헬름 텔」의 예행 공연 연출을 시작하는데, 이는 그의 마지막 대규모 연극 기획이다. 3월 17일에 초연이 행해진다. 공연 시간이 무려 다섯 시간 이상이었는데도 이러한 규모로서는 예전에 없던 대성공을 거둔다. 일반 관객들을 지나치게 힘들게 하고 싶지 않아서 실러는 두 주 뒤에 평일의 레퍼토리를 위해 현저하게 줄인 공연 대본을 만든다. 바이마르 극장의 공간 규모가 작아서 이 극이 지닌 오페라풍의 활력을 충분히 살려낼 수 없었는데도 대성공을 거둔 것은 이 연극에 쏟아 넣은 실러의 에너지가 직접적으로 효력을 발휘했기 때문이라 하지 않을 수 없다. 괴테는 이 공연을 더 많은 관객들이 이해할 수 있도록 일찌감치 준비하고 있었다. 즉 1803년 10월에 셰익스피어의 「율리우스 카이사르」를 프로그램에 올림으로써 관객들로 하여금 「빌헬름 텔」에서 핵심적 역할을 하는 음모의 주제에 미리 적응할 수 있도록 한 것이다(이는 괴테가 극장장 취임 10년을 기념하는 공개적인 보고 연설에서 설명한 하나의 교육 프로그램에 상응한다. 즉 관객이 극장을 찾기 전에 지적 준비를 하도록 하자는 것이 괴테가 그 연설에서 제안한 교육 프로그램인 것이다).[38]

생애의 마지막 열두 달 동안 실러는 주로 외부에서 주문을 받고 하는 일시적인 일이나 하기로 작심한다. 11월 12일 러시아의 여대공이자 바이마르의 왕세자빈인 마리아 파블로브나를 경축하기 위한 「예술에 대한 찬양」이 성대하게 공연된다. 파블로브나는 자신에게 헌정된 알레고리적 축제극에 매료된다. 실러는 죽기 넉 달 전에 건강이 허락하는 대로 가끔씩이나마 자신이 번역한 장 라신의 「페드라」의 연습을 감독했는데, 그것이 대공 부인의 1805년 1월 30일 생일을 맞아 공연된다. 그의 마지막 무대 작업은 포스의 번역을 토대로 한 셰익스피어의 「오셀로」를 새로 각색한 것인데 그것의 공연을 그는 관람하지 못했다. 이 작품은 그의 사후인 1805년 6월 8일에 공연되었는데 반향은 그리 좋지 않았고, 고작 두 번만 공연되었다.

실러는 1800년과 1805년 사이에 바이마르 극단의 레퍼토리 대부분을 맡아 작업했다. 「발렌슈타인의 죽음」과 「맥베스」, 「투란도트」는 최고의 작품들로 이 기간에 거듭해서 공연되었다. 특히 그가 한 작업들은 사례비가 적었기 때문에, 극장 측에는 매우 유리했다. 다른 극장들이 바이마르의 레퍼토리를 빈번하게 차용한 것을 보면 바이마르가 급속하게 당시의 유행 양식에 큰 영향을 끼쳤음을 알 수 있다. 극장장 괴테는 1791년 이래로 법률 자문으로서 극장 운영에 관여해온 프란츠 키름스(Franz Kirms)를 통해 베를린, 프랑크푸르트, 만하임, 슈투트가르트에까지 사업 망을 넓혀나갔다. 그리고 실러 자신은 이플란트와 연락을 계속 주고받았을 뿐 아니라 함부르크에 있는 헤르츠펠트와 라이프치히의 오피츠와도 교신했다.(NA 14, 268 이하)

괴테는 내내 실러와의 공동 작업에 의존할 수밖에 없었다. 성공적으로 극장장 업무를 시작하긴 했지만 정작 레퍼토리를 마련하는 데 행운이 따라주지 않았기 때문이다. 1800년 1월 말 아니면 1801년에 볼테르의 비극 「마호메트」와 「탱크레아우스(Tancred)」를 실러가 공연용으로 고쳐 써 공연했지만 별로 반향을 얻지 못했다. 괴테가 외교에 능한 극장장이긴 하지만 외국 작품들을 극장에서 공연하도록 하는 데에는 별로 운이 따르지 않았다. 그러나 그에게는 무대에 대한 훈련된 안목도 없었다. 아우구스트 빌헬름 슐레겔의 「이온(Ion)」은 전혀 공연에 적합하지 않은 작품인데도 괴테는 이를 공연하겠다고 밀어붙였다가 1802년 대실패를 거두고 말았다. 실러에게 억지로 추진토록 한 프리드리히 슐레겔의 비극 「알라르코스(Alarcos)」는 같은 해에 관객의 비웃음만 샀다. 1790년 이래로 정체되어 있는 괴테 자신의 비극 프로젝트들을 진척해야 한다는 실러의 요청(실러는 1800년 9월에 "어디에서건 당신의 파우스트로 당신 주먹의 권리를 발휘하세요."*(NA 30, 196)라고 촉구했다)에 괴테는 망설인다. 자기의 원고(『파우스트』)가 무대에 적합한지 괴테는 아직도 신뢰가 없었던 것이다.** 괴테는 공연 계획을 공고히 하기 위해 지난 시절 베를린과 함부르크에서 작품 공모를 한 것을 기억하면서 1800년 11월에 간계를 주제로 한 희극 당선작에 30두카텐의 상금을 주겠다는 문학상 공모를 개최하기로 한다. 대부분 실러가 쓴 공모전 안내문은 독일어로 된 재치 있는 희극이 없고 그저 감상적으로 눈물을 자극하는 극들만 있음을 탄식하고 있는데, 이것은 괴테의 취향을 그대로 반영하는 것이다. 접수된 극 열세 편에는 브렌타노의 「폰세 데 레온(Ponce de Leon)」도 들어 있었지만, 모두가 공연에 적합하지 않다고 판정된다. 이와 같이 작품 공모의 결과가 신통치 못하여 더 이상 공모는 계속되지 않는다.

실러 자신은 일찌감치 연출 고문으로서 얻은 자유를 활용하려 시도했다. 1799년 8월 9일 쾨르너에게 보낸 편지에서 실러는 다음과 같이 쓰고 있다. "나는 극장 현장에 있기 위해 겨울을 바이마르에서 보내지 않을 수 없게 됐네. 그래야 내 작업이 훨씬 수월해지고, 상상력도 밖에서 적절한 자극을 받게 되지. 나는 이제껏 방에만 틀어박혀 지낸 관계로 밖의 삶이건 내적 세계건 그 모든 것을 성사시키는 일(작품에서 묘사하는 것)을 그저 지극히 내적인 노력을 통해서만 해야 했으니, 직접 볼 수 있었다면 간단하게 처리할 수 있었을 것에서도 엄청난 시간을 허비해야 했다네."(NA 30, 80)

∴

* Faust와 Faustrecht라는 말로 이루어진 말놀음임. "Faust"는 "주먹"이라는 말로 법에 맡기지 않고 자기 주먹으로 자기를 스스로 방어하는 자구권(自救權)을 뜻함.
** 괴테의 「파우스트」는 서사적 성격이 강한 작품으로, (무대에 상연해서) 보기보다는 읽어야 하는 작품이라는 견해가 오늘날의 학계에도 상존함.

두 달 뒤 실러는 코타에게 보낸 한 편지에서 자기가 바이마르로 이사하고 나면 "극장 가까이에 있기 때문에" 자신에게 "매우 고무적"이게 될 것이라고 기대를 내비친다.(NA 30, 103) 카롤리네 폰 볼초겐에 의하면 실러가 이 시기에 자기 자신이 궁정 극장 극장장이 되지 않을까 하는 생각을 품었다고 한다(당시에 실러는 대공이 괴테의 추천을 거부했다는 사실은 전혀 알지 못했던 것이다).[39] 「메리 스튜어트」에 관련하여 1800년 예나에서 익명으로 발표된 상세한 논평 하나는 극장 운영진의 인물 배치에 관한 다음과 같은 의견도 담고 있다. "괴테가 다른 업무로 바쁘니 극장에 영향력을 발휘하여 실러로 하여금 극장 운영 부분을 맡게 하는 것이 바람직하지 않겠는가. 그리되면 바이마르 극장이 독일의 일류 극장 중 하나로 도약하게 될 것이다."[40]

극장장을 지원하는 데 따르는 부담은 상당히 컸다. 보통 매주 작품 세 편을 공연하고 아홉 달치 공연 계획을 세워야 했던 것이다. 여름에 바이마르 배우들은 수입을 올리기 위해 메르제부르크 근교의 라우흐슈태트에서 객원 공연을 했다(작은 궁정 극장에서는 관객의 수가 적다 보니 대개의 공연이 한 달 이상 버티는 경우가 드물었다). 1710년 개장한 라우흐슈태트의 온천은 귀족뿐 아니라 시민들도 즐겨 찾아서 연극에 관심 있는 사람들이 많았다(여기에다 인접한 도시 할레에서 공부하는 대학생들도 왔다). 1802년 초에 보수가 필요한 상태였던 극장이 철학자 프리드리히 폰 겐츠의 동생인 하인리히 겐츠의 감독하에 전면적으로 새로 단장되었다. 그 후로 라우흐슈태트 극장은 바이마르 극장의 객원 공연을 했을 뿐 아니라, 연극 문제에 꽤 까다로운 대공이 정치적으로 껄끄러운 데가 있다고 하여 보고 싶어하지 않는 작품들도 공연했다. 실러 자신은 그곳으로 가는 일이 거의 없었다. 당시 튀링겐의 도로 상황이 대개 그랬듯이 마차로 가기엔 극장까지 길이 험했고, 극장까지는 열세 시간이나 걸리는 거리라 그의 건강 상태로는 감당

괴테와 실러.
스케치. 요한 크리스티안 라인하르트의 작품으로 추정.

키 어려웠던 것이다.

1800년 이후로 바이마르 극장의 프로그램은 신의고주의(Neoklassizismus) 경향을 보인다. 그것은 괴테의 볼테르 작품 관련 작업, 「이피게니에」 연출, 축제극 「팔래오프론과 네오테르페(Paläophron und Neoterpe)」, 그리고 실러의 「메시나의 신부」와 라신 작업에서 특히 두드러지게 나타난다. 이때 형성된 궁정 극장 문화는 무턱대고 '위대한 세기(Grand Siècle)'의 전통에 따르는 것이 아니라, 현실주의 드라마에 훈련된 당대 관객들에게 자연스러운 공연 예술이라는 현대의 이상을 포기하지 않으면서도 연극의 예술적 성격에 대한 이해를 새로이 가져다주려 했던 것이다.[41] 괴테가 1799년 《프로필래엔》에 게재한, 프랑스 무대에 관해 빌헬름 폰 훔볼트가 쓴 편지는 바이마르에서도 널리 감탄의 대상이었고 당시 프랑스 파리의 극장에서 통용되던 대사 낭송법, 예컨대 '코메디 프랑세즈(Comédie Française)'의 극장장이던 프랑수아조제프 탈마(François-Joseph Talma)의 대사 기술(Sprechkultur)에 감탄하고 있다. 의고주의로의 새로운 방향 모색은 반발이 예상되었다. 이러한 사실을 알려주는 것이 실러의 시 「괴테에게」이다. 이 시는 원래 1800년 1월 「마호메트」 공연에 서시로 기여하기 위해 썼고, "총알을 장전한 관객"에 "맞서려는" 의도에서 쓴 것이다.(NA 30, 136) 이 시는 외교적인 어투로 천명한다. 무대가 환상과 질서를 서로 연결해야 한다는 요구에 충실하려 할 때, 프랑스의 극장 기술은 "모범"이 아니라 "더 나은 것을 향한 안내자일 뿐"이라고.(NA 2/I, v. 73 이하 계속)

의고주의적인 취향은 괴테와 실러가 공동으로 다듬은 공연 기술과 배우 지도를 위한 기준에서도 보인다. 1798년 이래로 이에 관하여 두 사람은 멀리 산책을 같이 하거나 바이마르 근교로 마차를 타고 가면서 논의했다. 겨울 동안에는 주로 썰매를 타면서 극장 문제에 대해 대화를 나누었다. 제일 먼저 합의하게 된 견해는 과도한 환호(Exaltation)와 저급한 자연주의를 피해야 한다는 것이다. 그리고 무대 공간은 최대한 경제적으로 이용해야 한다는 것이다. 지나치게 화려하거나 장식이 너무 없거나 해서도 안 된다. 극장의 예술형식이 풍성해진 마당에 배우가 전형에 따라 역할을 고정하는 전통은 더 이상 의미가 없다. 배우들은 이상화된 형식 속에서 자유로운 신체 표현을 하도록 움직여야 한다. 따라서 의고주의적인 궁정인들의 몸가짐에서 보이는 뻣뻣한 형식주의나 과장된 연기는 피해야 한다. 이러한 프로그램에는 동선(動線)을 정확하게 조직하는 것도 포함된다. 괴테는 공연 연습에서 배우가 걸어야 할 길과 서 있어야 할 곳을 표시하기 위해 바닥을 체스 판 모양으로 꾸몄다. 그렇지만 가장 중요한 관심사는 대사 기술을 개선하는 것이었다. 항상 이에 전력한 것은 바로 실러였다. 사투리나 알아들을 수 없는 말, 불명료한 발음 등은 가차 없이 야단을 맞았다. 당시 극들의 산문 어법에 익숙하던 배우들에게 특별한 어려움은 고전적 운율을 정확하게 구사하는 일이었다. 뵈티거는 실러와의 대화에서 실러가 했다는 다음과 같은 말을 사람들에게 퍼뜨렸다. 「피콜로미니」 연습 동안 실러가 배우들은 "5각 약강격 운율과 6각 약강격 운율도 제대로 구별하지 못한다"(NA 42, 255)고 한탄했다는 것이다. 당시 격찬받던 베를린의 여배우 프리데리케 운첼만(Frienderike Unzelmann)이 1801년 9월 바이마르에 초빙되어 「메리 스튜어트」 공연에서 여주인공 역을 맡아 했는데, 실러는 이 배우의 입을 타고 대사가 "너무 사실적"으로 변했고 예술적 성격을 잃어버렸다고 불만을 토로했다.(NA 31, 59) 이러한 맥락에서 실러는 쾨르너에게 배우들이 기본적으로 시를 제대로 읽을 능력이 없기 때문에("모든 것이 산문으로 추락한다") 앞으로는 공연 대본을 다시 산문으로 써야 하지 않을까 생각 중이라고 말한다. 그렇지 않아도 현대의 "낭송법"은 어차피 "발성하기에 편안한 고마운" 성격을 지니고 있어 운율의 뉘앙스를 덮어버리고 말기 때문이라는 것이다.(NA 31, 61) 실러가 대사 기법에 대한 자신의 생각을 강력하게 관철하려 할 때, 종종 그는 배우들과 공개적으로 갈등을 빚게 된다. 1800년 5월 실러가 지도한 「맥베스」 연습에서 주인공 역을 맡은 하인리히 포스가 초연 하루 전에도 텍스트의 약점을 덮어버리기 위해 산문으로 즉흥 연기를 펼치는 모험을 감행했을 때는 거의 큰 소동이 날 뻔했다.

바이마르에서 다듬은 연극미학적 원칙들 중 몇 가지는 괴테가 죽고 난 후 에커만이 출간한 '작가의 마지막 고침본(Ausgabe letzter Hand)'의 네 번째 유고 모음 중 『배우를 위한 지침(Regeln für Schauspieler)』이라는 제목의 교육서에서 찾아볼 수 있다. 이것은 괴테가 1803년 배우 지망생이던 카를 프란츠 그뤼너와 피우스 알렉산더 볼프에게 연습의 목적으로 말한 내용들을 받아쓴 것이다.[42] 이것이 출간되어 나온 텍스트는 원래가 막 데뷔하는 배우를 위한 지침의 성격을 지닌 것이어서 너무 교훈적이고 도그마적인 듯 보일 수도 있겠지만, 그럼에도 이 텍스트는 의문의 여지 없이 바이마르 극 장 개혁 전체의 기반이 되어온 예술 훈련 의지를 기록한 문서라 할 것이다. 여기에 명시된 원칙들은 고전주의 미학의 인간학적인 핵심 사항들을 알려 준다. 몸을 다스리는 데 억지를 쓰지 말 것, 사지를 자유롭게 움직일 것, 양식 수단인 몸놀림을 충분히 활용할 것, 운율의 구조와 리듬을 지켜 목소리를 예술적으로 변조할 것, 저열함과 노골적인 것을 피할 것(청년 시절 괴테는 이를 높이 샀다), 등장하고 행동할 때에 궁정의 점잖은 몸가짐 원칙들에 따를 것("긴 속옷일 경우에 손을 옷깃 속에 숨기는 새로운 유행에 그들은 하나같이 따르지 않았다")[43] 등이 실러가 보기에도 훈련이 덜 된 배우들에게 가르쳐주어야 할 결정적 원칙들이었다. 1800년 5월 괴테가 라이프치히 출판 박람회를 방문했을 때, 그는 그곳 극장 문화에서 강한 인상을 받는다. 라이프치히 극장의 기반이 건실함을 보고 그는 극장 개혁은 대사미학과 신체에 대한 통제를 동시에 목표로 삼아야 한다는 신념을 굳힌다. "자연주의 그리고 느슨하고 사려 없는 행동은, 전체에게나 개개인에게나 더는 있어서는 안 된다."(NA 38/I, 254) 이런 원칙들도 반발에 부딪히기도 했으니, 출판업자 카를 아우구스트 빌헬름 라인홀트는 1808년 『괴테가 뿌린 씨를 추수의 날에 거두기. 극 이론가와 젊은 배우를 위한 지침서(Saat von Göthe gesäet dem Tage der Garben zu reifen. Ein Handbuch für Ästhetiker und junge Schauspieler)』라는 바로크풍의 패러디를, 익명으로 써서, 엘리트주의적 성격을 띤다고 여겨온 바이마르 무대예술에 싸움을 걸었다.[44]

괴테와 실러가 공동으로 극장에 관한 작업을 하며 품었던 이상적인 사항들과 관련된 것 중 하나가 딜레탕티슴 현상에 대한 그들의 비판적 입장이다. 「수집가와 그의 사람들(Der Sammler und die Seinigen)」을 쓰면서 괴테가 이에 불을 댕겼다. 대화로 이루어진 소설, 에세이, 아포리즘 투의 논문을 뒤섞은 이 글은 1799년 《프로필래엔》 2호에 실린다. 괴테는 여기서 미적 체험의 순간을 포함하는 예술미에 관한 경험적 개념을 얻고자 한다. 이 과정에서 괴테가 "애호가(Liebhaber)"와 "예술가(Künstler)"를 서로 구분한 것은, 괴테와 실러가 딜레탕티슴 문제를 주제로 1799년 5월에 대화를 나눈 결과라 할 것이다.[45] 이미 4년 반 전에 실러는 코타 출판사가 만든 정원 달력(Gartenkalender)에 대해 쓴 평에서 현대적 풍경 건축의 영국 양식을 "딜레탕티슴"의 근원이라고 선언한 바 있거니와, 이때 이미 그는 1770년 이래로 빌란트와 줄처가 독일에 도입한 이 개념의 부정적 뉘앙스를 자기 것으로 갖고 있었다.(NA 22, 285)[46] 1795년 늦여름에 쓴 논문 「아름다운 형식들을 사용할 때 불가피한 한계들에 관하여(Ueber die notwendigen Grenzen beim Gebrauch schöner Formen)」는 "단순한 딜레탕트에 불과한 것과 진정한 예술적 천재"(NA 21, 20)를 이러한 의미에서 구별하려는 시도였다 하겠다. 괴테와 토론하면서 춤과 연극을 비롯하여 음악과 회화 그리고 시를 거쳐 건축과 정원 양식에 이르는 다른 여러 장르의 예술적 실천에서 나타나는 딜레탕트적인 특징들에 관하여 하나의 도식을 만들 준비를 하게 된다. 이러한 도식을 토대로 해서 이 주제에 관한 논문을 쓸 계획이었으나 결국 실현되지는 못했다(전승된 텍스트는 모두 1896년에 가서야 비로소 바이마르판 괴테 전집에 포함되어 출간된다). (이 텍스트에서 발견된) 일반적 정의에 따르면 "딜레탕트는 근본적인 것을 꺼리며, 실천에 이르기 위해 반드시 갖추어야 할 지식들을 습득하는 과정을 건너뛴다. 그리고 예술을 소재와 혼동한다."[47] 이러한 일반적 정의에 이어지는 도식은 딜레탕트적 예술 실천의 증상들을 분명하게 보여주고 있거니와, 그 단초는 빌란트의 「어느 젊은 시인에게 보내는 편지들(Briefen an einen jungen Dichter)」(1782~1784)와 모리츠의 논문 「자기 자체로서 완성된 것이라는 개념으로 모든 예술과 학문을 통합하기 위한 시론」(1785)에서 이미 간략하게 성찰된 바 있다. 괴테와 실러의 스케치에서 특별한 의미를 지니는 것은 인간학적 차원이다. 이미 8년 반 전에 쓴 뷔르거 시에 대한 논평에서와 마찬가지로 이 인간학적 차원이 미적 근본 원칙에 고유한 성격을 부여한다. 딜레탕티슴의 특징은 재능과 연습, 천재성과 기술의 조화로운 종합(Synthese)의 결여이다. 이와 반대로 고전적 예술가 기질의 이상적인 대표자라 할 '전인(全人, ganzer Mensch)'을 지배하는 것이 바로 재능과 연습, 천재성과 기술의 조화로운 종합인 것이다. 딜레탕트슴 문제에서 심리적 차원이 얼마나 중요한지는 여기서 서술된 사항들을 보여주는 문학작품 속 등장인물들의 허구적인 인생 경로를 통해 알 수 있다. 괴테가 그려낸 베르테르와 빌헬름 마이스터, 그리고 무엇보다 모리츠가 그려낸 안톤 라이저는, 그들의 소설 자체에는 딜레탕트라는 개념이 등장하지 않지만, 딜레탕트적 예술 실천과 그에 따른 과민 증상을 뚜렷이 보여주는 대표 인물들이라 하겠다.

딜레탕티슴은 특히 연기 예술에서 난감한 결과를 낳는다. 여기서는 다른 어떤 예술 분야들에서보다도 "주체에 대한 해악(Schaden fürs Subjekt)"[48]이 더욱 직접적으로 작용하기 때문이다. (공연자의) 신체와 심리가 직접 연극적 진행에 참여하고 있기 때문에 무대 위에서 자기의 역을 수행하는 중에 있을 수 있는 착각이나 실수도 불가피하게 전체적 존재로서의 인간(공연자)에게 폐가 되는 것이다(괴테와 모리츠의 소설들이 이러한 딜레탕티슴의 우려스러운 결과를 연극 장르의 예에서 보여주고 있는 것은 우연이 아닌 것이다). 무대 위에서 자연스러움과 연기술을 적절히 혼합하는 데 실패하는 배우는 삶에서도 실패한다. 그것은 고전주의 인간학의 이상이라 할 포괄적인 소양(Bildung)을 갖추지 못했기 때문이다. "범속한 일에 흥분해 유난 떨기", "격정적 상태가 되도록 자극하기", "온갖 혐오스러운 열정들을 키워나가기", "문학적인 것에 대한 감정의 둔화",[49] 이런 현상들은 충분히 수련되지 않은 배우의 성격과 모습에서 나타나는 특징들이다. 예술 분야에서의 딜레탕티슴이 개인 삶의 태도에도 직접적으로 영향을 미친다는 사실은 100년 후 니체, 부르제, 호프만슈탈, 토마스 만에서 나타나듯이,[50] 현대 예술심리학의 기본적 신념 중 하나이다.

1802년 6월 26일 라우흐슈태트 극장이 모차르트의 「티투스(Titus)」를 공연하면서 다시 열렸을 때, 괴테는 자신의 연극 「우리가 가져오는 것(Was wir bringen)」의 어느 알레고리적 장면에서 연극술의 본질을 불러내는데 그것은 변화무쌍한 형태의 "환상적인 거대한 신"으로 나타난다. 비극을 주관하는 파토스는 여타의 연극적 힘들 위에 군림하면서 다음과 같이 선언한다. "그리고 만일 내 정신이 현실을 변화시킬 수만 있다면, 내 이 공간을 사원(寺院)으로 만들리라."[51] 실러의 「발렌슈타인」 프롤로그와 시 「괴테에게」도 같은 어조로 무대를 제의의 기능을 가진 '사원(Tempel)'이라 부른다. 여기서 은유적으로 이야기되는 화려한 예술형식이 전적으로 대중적 요소를 갖고 있다는 사실을 실러의 다음과 같은 계획에서 알 수 있다. 실러는 로마의 카니발 행렬을 등장시키거나, 무대에 만찬 장면을 설치함으로써 새로운 세기를 화려하게 환영하면서 연극의 힘을 확연하게 전시해 보이려 한 것이다.(NA 42, 303) 그러나 이 계획은 국무장관인 프리치(Fritsch)가 보고하고 있듯이 불안한 시대 분위기를 고려하여 실행에 옮겨지지 않았다.

실러는 극장 일을 함으로써 말년에 비교적 큰 자유를 누리면서 대개 만족스러운 영향력을 발휘할 수 있었다. 그럼에도 불구하고 환멸이 없을 수는 없었다. 제일 크게 환멸을 느끼게 되는 것은 무엇보다도 관객들이 제대로 배우려 들지 않는다는 것을 알게 될 때였다. 실러는 「발렌슈타인」 이래 거두게 된 엄청난 성공과 명예를 회의적으로 받아들였다. 그의 탁월한 기량이 발휘한 효과가 그를 만족스럽게 하기는 했지만, 외적으로 성공하는 시기엔 항상 대중의 요구에 영합하고 싶은 위험이 도사림을 그는 알고 있었다. 죽기 한 달 전 훔볼트에게 보낸 마지막 편지에서 실러는 우울함이 약간 섞인 어조로 유행에 영합하려는 극장 운영 방침 때문에 자신의 독창성이 희생되는 경우가 많다면서 자기의 근심을 다음과 같이 털어놓는다. "극작가의 작품들은 다른 어떤 작품들보다 빨리 시대의 흐름에 사로잡히게 되지요. 작가는 자기 뜻에 거슬리는 경우에도 대중과 다양하게 접촉하게 마련이고 그러자니 항상 순수하게 남아 있게 되지 않습니다. 처음엔 대중 감정의 지배자가 된다는 것이 마음에 들지요. 그러나 계속 주인의 지위를 유지하기 위해서는 다시 자기 하인의 하인이 되지 않으면 안 되는 때를 겪지 않는 지배자가 어디 있겠습니까."(NA 32, 206)

비판적인 후원자
카를 아우구스트 대공

바이마르 대공은 1785년 2월 9일 실러를 참사관에 임명하면서 "나는 이 임명이 당신의 미래에 만족스럽게 기여하게 되기를 진심으로 바라오. 가끔 내게 당신의 소식을 전해주시오. 그리고 당신이 살고 있는 문학과 연극의 세계에서 무슨 일이 일어나는지 알려주시오"라고 써 보냈다.(NA 33/I, 60) 그러나 그 후로 수 년이 지나도록 두 사람이 서로 이야기를 나눈 일은 없다. 처음으로 바이마르에 머물던 때에 실러는 대공과 한 번도 직접 얘기를 나눈 적이 없었다. 크네벨이 1787년 9월 말에 알현을 주선했지만 실현되지 않았다. 비어 있는 일정이 없다는 것이 표면상의 이유였다. 1789년 초에 예나대학 교수들이 공식적으로 초청되어 대공과 접견할 때 실러도 궁정에 있었다. 그러나 주군과의 대화는 이루어지지 않았다. 3주 후인 12월 25일에 대공은 실러에게 다시 오라고 했다. 그러고는 실러가 결혼하게 된 것을 계기로 그가 신청한 급여를 허락하겠노라고 말했다. 실러가 쾨르너에게 전하는 바에 따르면 대공은 "목소리를 낮추고 곤혹스러운 얼굴 표정으로" 자신의 재정 여건이 넉넉지 못한 점을 밝히면서 그에게 매년 200제국탈러의 연봉을 제안했다.(NA 25, 381) 청원이 빨리 수리된 것은 카를 아우구스트가 렝게펠트 가족*과 우호적 관계를 유지했기 때문일 것이다. 특히 루이제 대공 부인의 이야기 상대로 잘 어울리는 모습을 보이곤 하던 샤를로테 실러를 대공은 살아생전에 커다란 호의를 갖고 대했다.

∴

* 실러의 부인인 샤를로테와 폰 볼초겐 부인인 카롤리네는 렝게펠트 집안에서 동생과 언니 사이로 태어났음.

668

그 후 몇 년 동안 실러의 쥐꼬리만 한 연금 액수는 변하지 않는다. 실러의 병세가 위독해지자 대공은 이를 걱정하고 250탈러를 일시불로 지급했다. 그러나 그것이 급여 인상은 아니었다. 개인적인 관계는 깊어지지 않았다. 대화에는 격식이 없었지만 열정도 없었다. 실러의 역사 연구와 이론적 논문들에 관해서는 대공도 알고 있었던 것 같다. 그러나 자신이 연금을 주고 있는 이 예나대학 교수가 쓴 글들에 대해 한마디도 입 밖에 내지 않는다. 대공의 더 큰 관심사는 그의 가족인 것이다. 예컨대 1793년 실러가 첫아들을 얻자 대공은 진심으로 "뜻깊은 일을 우의로 축하한다"는 인사말을 전한다.(NA 34/I, 328) 대모로는 대공 부인 루이제가 임명된다. 이것은 분명 예절상의 관습적 행동 이상의 것이었다.

실러가 바이마르 극장 일을 시작하고 나서야 비로소 카를 아우구스트는 실러의 작업에 관심을 가진다. 「피콜로미니」의 공연 연습 기간 중이던 1799년 2월 초에 대공은 그를 만찬에 여러 차례 불렀다. 때때로 괴테도 함께 초청된다. 「발렌슈타인의 죽음」의 4월 20일 공연이 성공적으로 끝난 후 대공은 실러를 자신의 관람실로 불러 그에게 바이마르로 이사 오라고 제안한다. 그리되면 극장과 궁정에서 거리가 훨씬 가까워질 게 아니겠냐는 것이다. 실러는 1799년 9월 1일 이러한 제의에 공식적으로 답하는 서신에서 다음과 같이 능숙하게 기지를 발휘하여 자기의 희망 사항을 제시한다. 겨울을 바이마르에서 보내겠지만, 그리되면 두 집 살림을 하게 되는 것이고, 그것은 연봉 인상을 통해서만 가능하리라는 것이다. 이것은 실러가 연금을 올려달라는 청원을 앞으로 자기의 "활동이" "두 배로 늘어나리라"고 돌려 표현한 것으로서 뛰어난 수사적 일품이 아닐 수 없다. 인색하다는 말을 들을 정도였던 대공은 이를 읽고서는 11일 후에 실러의 연봉을 200탈러에서 400탈러로 올려준다.(NA 30, 94)

실러가 이사 오고 난 후 두 사람은 자주 만나지만, 서로에 대한 오해는 풀리지 않은 채 남는다. 그 원인은 무엇보다도 기질과 도덕관의 차이에 있는 것이다. 1790년대 말에 카를 아우구스트는 청년기의 방탕을 즐기던 시절에서 완전히 벗어나 있었다. 혁명전쟁의 힘겨운 해들을 겪어내는 동안 그는 정치적 노련함과 넓은 시야를 갖춘 인물로 성장했다. 그럼에도 불구하고 그의 내면에는 권력을 잡고 난 후 처음 몇 해 동안 거리낌 없이 누리던 변덕스러운 열정의 난폭함이 잠재하고 있었다.

그는 가계의 장래를 고려하여 결정된 루이제 폰 헤센-다름슈타트와의 정략결혼에 응할 수밖에 없었다. 루이제의 친족들은 프로이센의 왕가와 러시아의 황제 가문이 정치적 관계를 맺을 수 있는 길을 열어준 것이다. 대공은 젊은 나이에 대공으로서 맡은 직책에 대한 책임과, 외부에 대한 공적인 대표자 역할을 수행해야 할 의무에 눌려 지내야 했다. 첫 몇 년 동안은 숨 막힐 것 같은 궁정 세계에서 계속 탈출하려 시도했다. 마구 후궁들을 만드는 데서 나타나는 고삐 풀린 기질이며, 상대방에 대한 배려 없이 즉흥적으로 행동하는 버릇, 그리고 산과 들판을 망쳐놓는 사냥에 대한 과도한 열정은 그의 할아버지 에른스트 아우구스트가 30년간이나 "잔인하고 희한한 꼬마 전제군주"[52]로서 일삼던 권력 남용 행위를 연상케 했다. 카를 아우구스트의 이런 무절제한 행실을 괴테가 젊은 나이에 부름을 받은 추밀원의 요원이요 그의 신임이 두터운 측근으로서 조장했다고 보는 외부인들이 많았지만, 괴테는 그러한 외부의 견해와는 달리 오히려 사태를 누설하지 않으면서 요령 있게 주군의 과도한 행동을 줄여보려 애쓰곤 했다. 그런 시절이 지난 후 대공은 1780년대 초 이래로 점점 자신의 역할에 책임감을 갖고 임하게 되었다. 우선 그는 영지 내부를 개혁한다. 세제 개혁을 시작하고, 하르츠 산에서 금광과 은광을 보수하며, 불편한 길들과 관개시설들

카를 아우구스트, 작센–바이마르–아이제나흐 대공.
동판화. 요한 하인리히 립스 작(1780).

의 질을 점점 개선해갔다. 1780년대 중반 이래로는 제한된 활동 범위 내에서이기는 하나, 작은 나라들에도 외교 활동이 추가된다. 카를 아우구스트는 1785년 프리드리히 2세가 세운 제후 연맹에 가입함으로써 프로이센과의 연맹을 두텁게 한다(괴테는 뫼저가 주창한 지방분권의 관점에서 대공의 외교 활동을 싫어하면서도 대공의 뜻에 따른다). 프리드리히 대제가 죽고 난 후 대공은 새로운 연합체를 추진하기 위해 주도적으로 자기 자신의 외교를 펼친다. 선제후가 다스리던 마인츠와 연맹을 맺는가 하면 자기 부인인 루이제와의 결합을 주선한 폰 달베르크 남작을 1788년 2월에 부관으로 임명하여 에르푸르트에 파견한다. 이런 식으로 해서 오스트리아가 침공할 수도 있는 상황에 맞선 대비책으로 영토 관련 공조 정책의 토대를 세운다. 대공은 프로이센의 장군으로서 발미(Valmy)의 포병 전투에 참전한다. 그리고 1792년 10월에는 퀴스틴 장군의 지휘 아래 프랑스 군대가 점령하고 있던 마인츠를 탈환하기 위해 프랑스 군대에 맞서 싸운다. 물론 이와 같은 지속적인 군사 행위에는 작은 나라의 예산으로는 감당키 어려울 만큼 너무나 많은 비용이 들어간다는 사실이 곧 드러난다. 게다가 혁명 시절의 긴장된 상황 속에서 국내 감시 업무를 위해서도 군대가 필요했다. 예나대학 학생들뿐 아니라 강제 노역을 해야 했던 농부들까지도 반란 세력으로 간주되었고, 이들을 절대주의적 국가는 제압하고 싶었던 것이다. 그리하여 1795년에 카를 아우구스트는 인류애적인 동기에서가 아니라 실용주의적인 관점에서 적극적으로 평화 외교를 펼치게 된다. 그는 이 과정에서 추진력 강한 포크트의 지원을 받는다. 포크트는 1791년 이래 추밀원의 임원으로, 1794년 이래로는 추밀원의 장으로, 그리고 괴테가 서서히 정치 업무에서 물러난 후로는 대공국에서 가장 영향력이 강한 국무장관 직에 오른 인물이다. 대공과 국무장관의 공동 노력은 그러나 유럽 전체가 경직된 갈등 상황에 놓여 있던 터라 장기적 효력을 기대할 수는 없었다. 1799년 3월 1일 2차 연합 전쟁이 발발하면서 전체 중부 유럽 차원의 평화 기조는 좌절된 것으로 결론지을 수밖에 없게 되었다.

혁명 시기 동안 대공의 국내 정책은 모순된 두 얼굴을 내보인다. 결코 그러한 정책이 바이마르가 사회적 평화의 보금자리라고 칭찬받는 계기가 될 수는 없다.[53] 카를 아우구스트는 예나대학에 모여드는 민주 세력을 불신감에 가득 차서 주시한다. 그는 학생 단체를 공화주의 운동의 온상으로 간주하고 이미 1767년에 내려진 학생 단체 활동 금지법을 다시 가동하는 동시에, 공권력 확보의 중요성을 확신하는 포크트로 하여금 세밀한 지점까지 통할 만큼 잘 조직된 첩자 체제를 구축하게 하여 그 정보망으로 진보적 움직임에 대한 정확한 정보를 얻고자 한다. 대학에 대한 재정적 지원이 1800년 이후 줄어든 것이 정치적인 이유에서 내려진 조치였음에는 의문의 여지가 없다. 그러나 대학 예산 삭감의 공식적인 이유로 내세운 것은 1789년 이래로 한 재건위원회가 준비해온 궁성 재건 사업이 하인리히 겐츠의 총감독하에 느리지만 꾸준히 진척되어오다가 이제 막바지 단계에 들어서면서 엄청난 액수의 돈을 투입해야 하게 되었다는 것이다. 그러나 실제로는 대공이 바로 대학을 혁명적 불안 요소들의 온상으로 여긴 것이고, 그러한 현상을 정신적으로 조장한 책임이 피히테, 쉬츠, 후펠란트, 파울루스 같은 학자들에게 있다고 여긴 것이다. 따라서 대학 예산 삭감 정책에는 일종의 공식적인 처벌의 성격도 있는 것이다. 그러한 간접적 처벌 형식으로, 반항적인 대학교수들을 체제 질서에 순응하게 하려 한 것이다. 그런데 대학 예산 삭감 정책은 대학으로서는 치명적인 결과를 초래하게 된다. 곧 바로 철학부와 신학부의 교수들이 타 대학들의 초빙을 받고 예나를 떠난 것이다. 그들은 1800년도 이전까지 예나대학을 현대 정신의 올림포스로 만들던, 학계의 대표적 교수들이었다. 다른 한편 대공의 정치에는 이제껏 학계에서 되도록 과소평가되기 일쑤이던 절대주의적인 요소들 말고도 확실히 자유주의적인 면도 있었다. 바이마르에서는 서적 출간의 자유가 비교적 덜 위협받은 것이다. 엄격한 검열이 빈과 쿠어작센(Kursachsen)에서 시행되고 있었고, 또한 프리드리히 빌헬름 2세 치하의 베를린에서 그러하였지만, 카를 아우구스트는 한 번도 검열제도를 실시하지 않았다. 피히테와 같은 지적 반란자들은 대학에서 쫓겨났지만, 카를 오이겐 대공이 자기 영내의 자유사상가 크리스티안 프리드리히 다니엘 슈바르트를 처벌한 것과 같은 자의적인 박해는 하지 않았다.

　카를 아우구스트 대공은 부드러운 전제군주이다. 때로는 자기 관리들에게 까다로운 요구를 할 때도 있고, 경우에 따라서는 비약이 심한 행동도 한다. 예술적 취향은 프랑스 의고주의의 영향을 받았지만 그와 같은 미적 선호가 건실한 지식을 바탕으로 한 것은 아니다. 카를 아우구스트는 실러에 대해 계속 되살아나는 불신의 불씨를 품고 있었는데 거기에는 상이한 여러 이유가 있다. 대공은 우선 그의 충성심에 대해 의구심을 떨쳐버리지 못한다. 실러는 젊은 시절 자기를 보살펴준 영주 카를 오이겐을 폭군이라 하면서 고향 뷔르템베르크에서 도피하지 않았던가. 「도적 떼」의 도발에서 받은 불쾌감 또한 카를 아우구스트에게서는 오랫동안 사라지지 않았다. 「도적 떼」의 무정부주의적 경향이 실러의 연극 취향에 대해 대공이 의구심을 품게 된 원인인 것이다. 실러를 좋아하지 않게 된 또 다른 이유는 그의 도덕적 순수주의이다. 실러의 도덕적 철저함 때문에 대공은 몇 년 동안 일상적으로 그와 만나는 것을 부담스러워하게 되었다. 그는 자신의 신하인 실러와 마주칠 때마다 불신의 눈초리를 감출 수 없었다. 이와 같은 갈등의 직접적인 계기가 된 것은 여배우 카롤리네 야게만과 대공 사이의 스캔들이다. 1802년 이래 대공의 공식적인 첩으로 통하던 야게만은 만하임에서 가수로서 철저한 교육을 받은 후 1797년에 스무 살의 나이로 바이마르의 앙상블에 들어와, 소프라노 가수로서 특히 모차르트의 오페라들에서 청량한 목소리로 관객을 사로잡았다〔그녀가 즐겨 맡은 역은 「후궁으로부터의 유괴(Die Entführung aus dem Serail)」에서 콘스탄체였다〕. 야게만은 대공의 구애가 점점 강해지자 처음에는 루이제 대공 부인을 생각하고 또 사회적으로 물의가 일 것을 염려하여 피해 다녔다. 1802년이 되어서야 카를 아우구스트는 야게만이 생각을 바꾸게 하는 데 성공한다. 두 사람의 관계는 급속히 제2의 결혼 생활로 발전하여, 1806, 1810, 1812년에 세 명의 아이가 탄생한다. 야게만은 '독일 기사의 집(Deutchritterhaus)'을 거처로 하사받게 되고, 대공은 정기적으로 그곳에서 밤을 보낸다. 여기서 대공은 부인에게서는 느끼지 못한 관능적인 은밀함을 경험한다. 대공은 그 후 사회적인 위상을 고려하여 자기 애인이 서른두 살이 되는 1809년 1월 25일 생일에 그녀를 귀족의 신분으로 격상하고 알슈테트(Allstedt) 근교에 있는 농지를 하사한다.[54] 이들의 관계는 곧 일반적으로 인정을 받게 되지만, 그 초기 단계에 실러는 야게만을 폄하하는 태도를 감추지 않았다. 부부 관계 문제에서 확고한 원칙을 지키던 샤를로테 폰 슈타인의 도덕주의는 두 사람의 관계를 인정하지 않았고, 실러의 처형인 카롤리네 폰 볼초겐은 야게만에게 보낸 편지에서 공식적인 첩이 되면 그 결과가 어찌 될 것인가에 관하여 분명하게 경고까지 했다. 실러는 슈타인의 도덕주의와 폰 볼초겐의 경고로 자기의 입장이 강화되었다고 느꼈을 것이다. 샤를로테 폰 슈타인과 카롤리네 폰 볼초겐, 이 두 여인이 야게만과 만나는 것을 피했기 때문에 실러 집안도 왕래를 자제했다.

실러가 야게만을 무시한다는 사실이 대공의 심기를 얼마나 불편하게 했는지는 1803년 대공이 괴테에게 보낸 편지로 알 수 있다. 대공은 이 편지에서 괴테에게 그의 사회적인 명망을 동원하여 야게만이 좋은 가문들과 왕래할 수 있게 해달라고 청하고 있는 것이다. 청년 시절부터의 친구인 괴테가 중재역을 해줄 적임자라 생각한 것이다. 괴테는 크리스티아네 불피우스와의 관계에서 볼 수 있듯이 도덕 문제에서는 슈타인 가문이나 볼초겐 가문처럼 까다롭지 않았다. 괴테의 중재로 최소한 극장에서는 긴장이 수그러들기는 했다. 그러나 실러는 대공의 첩이 된 야게만과 집안 왕래까지는 할 수 없었다. 궁정 극장에서 야게만의 입지는 불안한 것이었지만 그녀는 대공의 애첩이라는 자신의 역할을 자기에게 유리하게 잘 활용했다. 야게만은 대공이 격식을 차려가며 언급한 것처럼 예술가로서의 스타일 면에서 분명 "독일에서 유일한" 존재였지만,[55] 아직 그것은 그녀가 카를 아우구스트의 도움으로 바이마르 극장에서 얻어낸 권력의 위상을 정당화해줄 정도는 아니었다. 실러가 죽고 나서 여러 해가 지난 후의 일이지만 괴테 또한 갈수록 그녀의 농간에 시달리게 된다. 1817년 4월 공연에 관한 생각이 달라 다툼이 있은 뒤에 괴테를 극장장 자리에서 물러나게 한 것도 결국 그녀였다.

　도덕의 영역에서만 생각이 서로 달랐던 것은 아니다. 예술상의 문제에서도 대공과 실러는 생각이 다를 때가 많았다. 실러의 극들에 대해 대공은 종종 학교 선생의 어투로 총평을 하곤 했는데 그렇다고 이를 실러에게 직접 대놓고 하지는 않고 대개의 경우 괴테로 하여금 실러에게 전하도록 했고, 괴테는 이를 외교적으로 다소 부드럽게 바꾸어 실러에게 전하곤 했다. 대공은 자주 공연의 실제 운영과 관련해 비판적인 견해를 표명했다. 이를테면 「피콜로미니」의 공연이 격찬을 받고 난 다음 날에 대공이 다음과 같은 말을 했다는 것이다. "어제의 '발렌슈타인', 대단히 멋진 언어지. 언어는 정말 대단하고 뛰어났지. 하지만 이번 공연의 잘못된 점들에 대해선 내 제대로 된 글을 하나 쓰고 싶소. 그런데 2부는 아직 기다려야 할 판이고. 나는 정말로 이 두 부분이 합치면 멋진 전체 하나가 나올 수도 있으리라 믿소. 하지만 단호하게 그것은 떼어버리고 달리 끼워 넣어야 할 것이오."[56] 이런 식으로 거침없이 하는 교정 제안은 그 후에도 몇 년 동안이나 이어진다. 1800년 6월 10일 「메리 스튜어트」가 공연되기 직전에 대공은 괴테에게 5막의 성만찬 장면이 프로테스탄트들의 종교적 감정을 해칠 것 같으니 변경토록 지시할 것을 부탁한다. 실러의 사회적 후각(즉 그의 '사회적 지성 (prudentia mimica externa)')은 이런 위험을 피할 수 있을 만큼 충분히 발달하지 않았다는 것이다. "그는 다른 점에서는 신실한 사람이기는 하나, 유감스럽게도 슐레겔의 용어로 말하자면 신의 무치(無恥)가 또는 무치의 신이 주조를 이루고 있어 새로운 문학에서는 효과를, 최소한 그렇게 불리는 것을 만들어내는 것이 가장 중요하다 하는 판에, 생각 또는 시적인 도약이 청중의 마음을 말과 생각으로 감동시키기에 충분하지 못할진대"[57] 많은 시적 종양들이 생겨날 수 있다는 것이다. 이 같은 장면을 바꾸라는 권고는 헤르더가 한 것인데, 여기서 대공은 이 사실을 괴테에게 숨기고 마치 자기의 생각인 양 말하고 있는 것이다. 헤르더가 괴테의 오랜 친구라 그의 말보다는 대공으로서 자기가 하는 권위 있는 말이 괴테에게 더 효력이 있을 것이라고 생각한 것이다. 그가 실러의 예술적인 엄격함에 대해서 보이는 유보적 자세는 암시하는 바가 많다. 실러의 엄격함에는 사회적 미풍양속에 대한 이해심이 모자란다고 여긴 것이다. 절대적 군주로서는 절대적 미적 자유에 대한 요구가 건방지다고 하지 않을 수 없을 것이다. 그런 요구는 대공 자신의 형성 의지에 맞서는 것이기 때문이다.

실러의 「오를레앙의 처녀」에 대한 대공의 반응도 처음에는 회의적이었다. 이 경우 대공은 무엇보다도 사적인 염려에서 1801년 여름 바이마르 극장에 비공식적으로 상연 금지 조치를 취하게 한다. 대공은 실러의 텍스트를 알지 못한 상태에서 볼테르의 희극적 서사시 「오를레앙의 성처녀(La Pucelle d'Orléans)」(1762)를 원본으로 삼아 작업한 풍자극이 공연될 것이라고 들었고, 그리되면 주인공을 맡을 야게만이 바이마르 관객의 웃음거리의 대상이 될 것이 뻔했다. 대공은 그것을 걱정하지 않을 수 없었던 것이다. 그렇다고 다른 여배우에게 이 역할을 맡기기도 마땅치 않은 것이, 그렇게 하면 첩의 특권에 금이 갈 염려가 있고, 종국에는 관객에게 잘못된 반응을 보일까 봐 두려워한 증좌로 해석될 수도 있기 때문이었다. 대본을 읽고 나서도 여전히 대공의 거부 입장은 바뀌지 않는다. 대공은 1801년 4월 말 카롤리네 폰 볼초겐에게 보낸 한 편지에서 자기의 처지를 난감해하면서 다음과 같이 자기의 거부 입장을 설명한다. 오로지 "영웅시"에나 쓸모 있는 오를레앙이라는 소재로 희극을 만든 것 자체가 잘못이라는 것이다. 그러나 공공의 웃음거리가 될 것이라는 개인적인 염려가 거부의 진짜 동기였음이 사실로 드러나고 있다. 미적인 관점에서가 아니라 오로지 사적인 관점에서 생겨난 일이었음을 그가 남긴 글이 증언하고 있는 것이다. 대공은 야게만의 "훌륭한 재능과 노력이 그렇게 쓸모없이 불리하게" 쓰인다면 그녀가 웃음거리가 되고 말 것이 뻔하여 그것을 걱정했다는 것이다.(NA 31, 266 이하)

이 편지의 본래 수신인이었어야 할 실러는 이 희극적인 사태를 약간 고소하게 바라보면서 주군의 의지를 어쩔 수 없이 받아들였다. 초연이 외지에서 이루어지도록 한 결정이 취소되고 난 후, 카를 아우구스트는 카롤리네 폰 볼초겐에게 중개 역할을 잘해주었다면서 거의 과도할 정도로 고마워한다. "내 가슴에서 돌덩이 하나를 거두어주었구려. 실러의 천재성과 재능에 대해 내가 품고 있는 커다란 존경심, 그의 뛰어난 도덕적 성격에 대한 개인적인 우정, 그리고 그가 새로 쓴 글에 대한 실로 경탄 가득한 애정이 내 마음속에서 여러 감정들을 요동치게 만들었소. 나는 그것을 표현하고 싶지만, 그게 잘되지 않아 이렇게 정말로 곤혹감을 느끼며 써내려갔다오."(NA 31, 267) 대공이 자신의 뜻을 자의적으로 관철하려 하지 않고 자세한 설명을 곁들이려 했음이 이로써 분명해진다. 계몽된 전제군주로서 그는 자신의 결정에 대해 이해를 구하면서 순전히 사적인 동기를 도덕적 논거들 뒤에 숨기고 있는 것이다. 어쨌거나 1년 뒤쯤 괴테는 이 극의 공연이 궁정에 전혀 해가 되지 않을 것이라는 점을 대공에게 확신시키는 데 성공한다. 「오를레앙의 처녀」는 1803년 4월 23일 바이마르에서 초연되었는데, 실러가 연출한 이 공연에서는 물론 야게만이 아니라 새로 영입된 아나 아말리아 말콜미(Anna Amalia Malcolmi)가 주인공을 맡았다.

「메시나의 신부」는 대공의 의고주의적인 입맛에 맞을 만했는데도 이 또한 처음엔 대공으로부터 부정적인 평가를 받는다. 공연 대본을 읽고 나서 대공은 1803년 2월 11일 괴테에게 보낸 편지에서 늘 그랬듯 문법적 과오 투성이에다 주제넘은 어투로 다음과 같이 쓰고 있다. "실러가 내게 작품을 가져왔더군. 주의 깊게 읽었지. 그런데 기분 좋게는 못 읽었단 말일세. 하지만 나는 조심스럽게 입을 다물겠네. 이에 대해서는 그를* 말하지는 말게. 그는 어린 시절 타고 놀던 목마를** 타고 있네. 그가 목마를*** 내려오려

::

* '그에게(ihm)' 대신에 '그를(ihn)'이라고 잘못 씀.
** '목마에(einem Steckenpferde)'라고 써야 할 곳에 '목마를(einen Steckenpferde)'이라고 잘못 씀.
*** '그에게(ihm)'라 써야 할 대목에 다시 '그를(ihn)'이라고 잘못 씀.

면 경험만이 도움을 줄 수 있겠지. 하지만 그를* 한마디는 해줘야 될 걸세. 그것은 그의 작품의 시행을 고치는 문제이네. 여기저기서 열정이 피어나는 가운데 우스꽝스러운 크니텔(Knittel)** 시행(詩行)이 나타나지 않겠나! 그리고 참을 수 없는*** 것은 그 딱딱함이지, 독일어 같지 않은 말들, 문학적인 형식을 구성하는 어휘들의 바꿔치기 배치, 이런 것들을 내리 써놓은 것이 화약통에 전혀 어울리지 않는다고 어찌 말할 수 있겠나."[58] 실러가 선택한 예술형식에 대한 비판까지도 서슴지 않으면서 이와 같이 불친절한 말투로 내린 판단은 물론 실러에게까지 전해지지는 않았다. 실러는 바이마르에서 보낸 말년에 정기적으로 궁정의 초대에 임했지만, 두 사람 사이에 문학적 사안에 대한 상세한 토론이 들어설 자리는 없었다. 그런 자리에서는 그저 최근의 연극이나 사회적 흥밋거리를 소재로 잡담을 나누고 정치적 당면 문제들을 토론했는데, 대개 실러는 여기에 마지못해 끼어 있곤 했다.

비록 대공에 대한 관계에서는 끝까지 긴장이 없지 않았으나, 실러는 바이마르의 분위기를 높이 샀다. 바이마르는 작가들에게 대대적인 검열 조치를 면제해주면서 적어도 제한적으로나마 자유를 허락한 것이다. 1800년대 독일에서 이는 결코 당연한 것이 아니었다. 예컨대 프랑스 혁명을 접하고 나서 오스트리아에서는 요제프 2세가 도입한 언론권의 자유화가 레오폴트 2세를 통해 취소되었고 테레지아 통치하에 생겨난 금지 목록은 부분적으로는 더욱 강화되는 식으로 갱신되었다. 1793년 2월에 공포되고,

∴

---

* '그에게(ihm)'라 써야 할 대목에 다시 '그를(ihn)'이라고 잘못 씀.
** 4개의 강음과 aabb의 각문 구조로 구성된 독일 특유의 율격을 지닌 시행. 1행에 4강음이 포함돼 있고 강음과 강음 사이 약음의 수는 불규칙적임.
*** 여기서는 '참을 수 없는(unausstehliche)'이라는 단어의 철자가 'unausstehnliche'로 잘못 쓰였음.

1795년 5월에 다시 법으로 확정된 검열 관련 교시는 프랑스에서 일어났던 정치적 사건들과 관련된 사항을 명시하고 있다. "프랑스 혁명을 유리하게 묘사하거나, 좋은 제도를 가진 왕조 국가, 특히 오스트리아에 대항하는 그런 국가 변화와 원리들을 다룬 책들을 국내에서 인쇄, 복사, 수입하는 행위는 허용되지 않는다"[59]고 규정하고 있는 것이다. 「빌헬름 텔」과 같은 극은 빈에서는 (게슬러 인물을 더욱 긍정적으로 묘사한) 수정된 대본을 토대로 해서만 공연될 수 있었고, 1827년에 가서야 당시 극장장이던 슈라이포겔(Schreyvogel)의 제청에 따라 삭제된 부분 없이 공연될 수 있었다. 이런 사실이 당시 검열의 징후를 보여주는 예가 될 것이다. 프로이센에서도 프리드리히 빌헬름 2세의 복고 정치와 더불어 가차 없는 검열이 시행되었다. 1791년 10월 월간지들과, 정치적 철학적 내용을 담은 다른 정기간행물들이 금지되었다. "더 크고 위대한 신학적·도덕적 서적들에 비해 이런 잡지들은 독일과 프랑스에서 종교와 안녕질서에 더 많이 해를 끼쳐왔고 앞으로도 해악을 끼칠 수 있기" 때문이었다.[60] 일반적인 분위기 변화를 알려주는 것이 1795년에 출간된 오스트리아 극장의 검열관 프란츠 폰 해겔린(Franz von Hägelin)의 진정서이다. 이 글은 단순화된 계몽 개념에 입각해 전체 드라마 예술형식들을 정치적 이해 형성을 벗어난 광범위한 국민교육을 위한 도구로 선언하려 시도한다. "이런 상이한 장르들은 하나의 도덕적 목적을 가져야 한다. 의지 또는 지성의 덕목을, 즉 위트, 현명함 등을 장려해야 한다. 국가에 해가 되지 않으려면 말이다."[61] 이런 규범의 맥락에서 실러의 초기 드라마들은 작가가 살아 있는 동안 오스트리아 극장에 발을 붙일 수 없었다. 프로이센에서도 엄격한 검열 때문에 차단되어 있었음은 바로 「빌헬름 텔」의 초연과 관련하여 이플란트와 주고받은 서신이 증언하고 있다.

이에 반해 바이마르의 상황은 강압이 없던 것은 아니었으나 압박이 덜했다. 대공이 친히 극장 조직에 영향력을 미쳤고, 공연 계획에 간섭했으며 공연을 위해 준비된 대본을 수고(手稿)로 읽었다. 여기서 검열이 시행된 경우는 「오를레앙의 처녀」 때처럼 비공식적인 권고의 차원이었다. 그러한 방식을 취한다고 해서 작가들에게 타협을 강요하는 정치적 압박이 약해지지는 않았지만, 경우에 따라서는 기존 규칙에 적응하는 것이 쉬워지기는 했다. 실러가 자신의 극들을 바이마르에서 상연하게 한 것은, 베를린과 빈의 큰 극장에서 초연할 때와는 달리 검열 당국이 수정을 요구해보았자 사소한 수준에 불과하리라고 확신하였기 때문이다. 이곳에서는 대공의 권력이 익명의 관리를 통해 행사되는 것이 아니라서, 누가 어떤 지시를 내렸는지 파악할 수가 있었다(이것은 지방분권적인 독일 국가 체제의 특징 중 하나이다. 뫼저의 질서 이념을 배운 괴테는 이를 모범적인 것으로 여겼다). 이때 대공은 통치자와 예술가의 실제 상호 관계를 알아볼 능력은 없었으나 문화를 장려하는 자로서 예술에 봉사하는 하인의 역을 맡아 하고 있었다. 예술가들 자신이 전제적으로 군 까닭에 그는 자기가 후원하고 있는 예술가에게 어떠한 권력도 행사하지 못한 것이다. 대공은 자존심이 상해 1801년 4월 말 카롤리네 폰 볼초겐에게 다음과 같이 쓰고 있다. "시인과 작가들은 무시무시한 폭군들이오. 아마도 그들은 그럴 권리를 가지고 있나 보오. 심지어 보나파르트도 최근에 '민중(관객)은 신발이나 만들기 위해 만들어졌다'고 말하지 않았소?"(NA 31, 266) 실러가 대중이 필요로 하는 것에 대해 경멸조로 내뱉은 말들을 고려하면, 군주와 그 참사관인 실러가 당시의 관객을 똑같이 경멸했다는 사실엔 논쟁의 여지가 없다. 그러나 실제 권력이 어디에 자리하고 있는가는 바이마르에서도 날마다 작가들이 두 눈으로 볼 수 있었다. 즉 실제 권력은 뮤즈의 왕국이 아니라, 보나파르트의 유럽 승전 행렬을 통해서 거의 거주할 수 없게 된 정치의 집에 여전히 있다는 것을.

사회적 신분 상승
귀족 작위를 받다

1797년 3월 이래 실러는 예나의 로이트라바흐에 있는 정원 딸린 커다란 저택을 소유하였다. 한적하여 작업하기에 좋았기에 실러는 글을 쓸 때 이곳을 애용하였다. 이 집에서 멀리 계곡과 잘레 강을 내다볼 수 있었는데, 괴테를 비롯하여 볼초겐, 셀링, 코타 등 종종 모인 손님들은 실러가 특히 좋아하던 화기애애한 저녁 식사 때면 함께 풍경을 즐겼다. 정원의 집과 그 부대시설은 구매가의 절반인 600탈러 이상을 들여 보수되고 확장되어 그의 가족도 충분한 공간을 갖게 되었다. 가족은 계속 늘어갔다. 카를과 에른스트에 이어 1799년 10월 11일 헨리에테 루이제가 태어났다. 1804년 7월 25일에는 막내 아이인 에밀리에 헨리에테 루이제가 태어났다. 두 딸의 대모는 카를 아우구스트의 외동딸로 당시 열여덟 살이던 카롤리네 공주였다. 이렇듯 잘살게 된 시민의 집에서는 말년의 10년 동안 뷔르템베르크 출신인 유모 크리스티네 베첼과 샤를로테의 여시종 한 명 그리고 오래전부터 충실하게 일해온 비서 루돌프가 함께 살며 일했다. 잘사는 집에서 흔히 그랬듯이 아이들은 초라한 초등학교에 보내지 않고 개인 교사에게 수업을 받도록 했기에 매일 오가는 사람들이 많았다. 이렇게 범위가 커지다 보니 조용히 집필할 수 있는 시간을 지속적으로 확보할 수 없게 됐다. 예나의 3층짜리 집이, 그리고 훗날 「메리 스튜어트」를 쓰는 동안엔 에터스부르크 성이 적어도 도피할 수 있는 장소가 되어주어 임시적으로 가족과 떨어져 지낼 수 있는 거처를 보장했다. 일상의 걱정거리들이 계속 문학적 작업을 방해했다. 1796년 이후 편지들에는 아이들이 아프다느니, 집에 근심이 있다느니, 친척들이 찾아와 방해한다느니 하는 대목들이 나온다(샤를로테의 어머니는 예나에 사는 딸을 잠시 보기 위해 정기적으로 들르곤 했다). 특히 천연두 예방접종이 걱정거리였다. 실러는 현대적으로 생각하는 의사로서 예방접종의 사고 위험이 전혀 없는 것이 아닌데도 아이들에게 접종을 시킨 것이다. 여러모로 답답했지만 실러는 가족생활에서 뛰쳐나오고 싶지는 않았다. 방해 없이 집중해서 책을 읽는 것이 값지다는 점은 쉬는 동안에 대화 가능성이 자기에게 열려 있음을 알 때에만 인정했다. 아내와 아이들이 오래 집을 떠나 있으면 빨리 오라고 불평했다. 아주 좋은 날씨에만 건강을 위해 산책하곤 했기 때문에 집에 혼자 있는 것이 적적하고 외롭게 느껴진 것이다. 가능한 한 말썽 없이 하루를 보낼 수 있도록 일상을 마련하고자 수고를 아끼지 않았다. 1798년 여름 그는 처형에게 자기의 속사정을 이렇게 털어놓는다. "가정이 제대로 돌아가는 게 아주 중요하지요. 바퀴가 삐거덕대는 소리 듣고 싶지 않아요."[62]

1799년을 보내면서 바이마르로 이주하겠다는 결정이 무르익은 것은 무엇보다도 대인 관계를 고려한 결과이다. 대공에게 1799년 9월 1일 쓴 편지에서 실러는 예나에는 예술적으로 내뿜는 힘이 없다고 한탄한다. 예나의 학구적인 분위기는 철학 연구 시절엔 매력적이었으나 지금 자신에게는 활력을 잃었다는 것이다.(NA 30, 93) 바이마르로 이사하면 극장에 직접 드나들 수 있을 것이고, 괴테와 포크트, 폰 슈타인의 집에도 자주 들를 수 있으리라 희망한다는 것이다. 처음에는 바이마르에 겨울 동안만 살기로 계획한 것 같다. 그러나 두 집 살림을 하겠다는 생각은 점점 버리게 된다. 40세 생일 3주 후인 12월 3일 늦은 아침에 실러는 예나를 떠난다. 그와 아들 에른스트는 가발 제작공인 뮐러의 집에 거처를 구한다. 샤를로테 폰 칼프가 살던 집이었다(괴테는 9월 4일 임대계약의 종료를 알려줄 수 있었다). 실러는 시끄럽게 오가는 거리의 소리가 들리지 않는 지붕 밑의 다락방을 작업실로 사용한다. 샤를로테는 새로 태어난 딸과 장남을 데리고 폰 슈타인 가족이 사는 큰 저택에 임시로 머물다가 12월 16일 새로운 집으로 이사 간다. 원래는 늦가을에 이사할 예정이었는데 늦어진 것은 실러의 아내가 딸을 낳고 나서 6주 동안 기억상실과 실어증을 동반한 신경성 열병에 시달렸기 때문이다. "산후 신경병"[63]이라는 막연한 명칭으로 불린 이 위험한 병이 신경을 과도하게 많이 쓴 결과였음은 의문의 여지가 없다. 당시 의학은 이런 심신 상관적 현상을 진단할 수 있는 병명을 알지 못했다. 오늘날의 시선으로 보면 신체적 증상을 동반한 심각한 우울증이라 부를 것이다. 실러 자신의 병이 가족생활을 상당히 위축시켰고, 일상적인 살림을 꾸려가는 것이 아내에겐 힘겨운 일이었다. 결국 그것이 그녀에게 큰 정신적 압박으로 돌아왔고, 그녀가 병석에 눕게 된 것이다.

1800년 초에 바이마르에서는 괴테와 다시 집중적으로 교류하기 시작한다. 풍성한 생각으로 가득한 서신 왕래의 자리에 이제는 개인적인 대화가 들어서는데, 대화의 주제는 실러의 극작 계획과 괴테의 극장장 업무가 된다. 서신 왕래는 이제 빛을 잃고, 두 사람의 관계는 삶을 꾸려나가는 문제에 관하여 허심탄회하게 의견을 교환하는 성격을 띠게 된 것이다. 바이마르에서 실러의 위상이 어느 정도나 인정받았는가를 우리는 그가 1802년 5월 18일 추밀원 회의에 초대받았다는 사실에서 알 수 있다. 그러나 카를 아우구스트나 대공 가족들과 정기적으로 연회에서 만나는 것은 그가 시민계급이기 때문에 어려워진다. 자존심이 상한 실러가 1802년 2월 샤를로테 폰 슈타인에게 앞으로 궁중 연회에 가보았자 사람들이 자신을 없는 사람 취급하니 초대받고 싶지 않다고 말하자, 이 말을 전해 들은 대공 부인은 깜

짝 놀란다. 카롤리네 폰 볼초겐과 추밀원장 포크트의 청원을 받자 대공은 1802년 6월 괴테의 지원을 받아, 실러에게 작위를 수여하는 것을 황제에게 청원한다. 포크트는 청원의 이유를 외교적으로 능숙하게 설명하는 가운데 서, 실러가 "뛰어난 시들"을 통해 "독일어와 독일 애국주의 정신"에 현저한 공헌을 했음을 강조한다.(NA 31, 526) 포크트의 청원서는 당시만 해도 여전히 도발적인 것으로 알려져 있던 작품들에 관해서는 한마디도 하지 않는 반면에 실러 역사서들의 폭넓은 반향에 대해서는 세세히 지적한다. 실러는 포크트의 전략적으로 영리한 처신을 높이 샀고 7월 18일 "뛰어난 외교적 문서"에 대해 서면으로 감사했다.(NA 31, 153)

귀족 작위 위임서는 궁정 총리인 콜로레도만스펠트 공이 제국의 백작 슈타디온의 주선으로 황제에게 대공의 신청서를 전달한 후, 1802년 9월 7일 빈에서 서명된다. 우편으로 배달되기 때문에 위임 증서는 11월 16일에야 대공의 궁에 도착한다. 위임 증서의 대가로 바이마르의 재무부는 428굴덴을 지불해야 했다. 실러는 코타에게 보낸 편지에서, 자신에겐 "귀족 증서가 별로 중요하지 않다"고 확언하고 있지만, 12월 6일 라인발트에게 보낸 편지에서는 신분 상승의 장점을 인정한다. 예법에 밝은 샤를로테가 다시금 자기 언니와 같은 사회적 등급에 서게 되었다는 것이다. "아내와 처가를 고려해보면 내게는 이 결과가 참으로 반갑네. 아내가 결혼으로 잃었던 모든 것을 다시 보상받게 되었으니 말이네."(NA 31, 176, 178) 그러나 새로운 신분에 대한 자부심이 실러에게도 낯선 감정은 아니다. 이미 7월 12일에 그는 앞으로 어떻게 가문의 문장을 만들 것인지를 포크트와 논의한다. 가문 문장의 초안을 궁정 총리는 황제 앞에서 설명할 때에 제시해야만 하는 것이다. 문장은 그 설명서에 쓰여 있듯이 "금색과 파란색의 위아래로 나뉜 방패"를 보여준다. "위쪽에는 이마에 뿔 하나가 달렸으며 성장 중인 어리고 하얀 일각수가 그려져 있고, 아래 반쪽에는 황금색 대각선이 그려져 있다. 방패 위에는 오른쪽을 향해 투구 하나가 놓여 있는데, 그것은 자연스러운 월계수로 장식되고, 황금으로 덧씌워졌다. 자유로운 귀족적인, 열린, 파란색으로 추켜올려진 그리고 붉게 칠해진, 황금색 목걸이와 파란색과 금색의 덮개가 걸쳐 있다. 이 투구의 머리꼭지에는 방패에 그려진 일각수가 반복되어 나타난다."[64] 귀족으로 승격한 결과는 대공 가족에게 정기적으로 차를 마시러 갈 수 있게 되었고, 이제는 샤를로테도 함께 갈 수 있게 된 것이다. 1803년 3월 3일 훔볼트에게 보낸 편지에서 실러는 아내의 사회 활동에 대해 다음과 같이 자랑스러워하며 신나게 쓴다. "로로(Lolo)*는 이제 자기 세상을 만났습니다. 발에 끌리는 옷자락을 치켜들면서 궁정에서 멋 부리고 다닙니다."(NA 32, 13) 샤를로테 실러가 신분 특유의 오만함에서 벗어나 있지 않았다는 사실은 괴테의 반려자인 크리스티아네 불피우스를 깔보는 그녀의 태도가 증명한다. 괴테 가문과 교류하는 것은 실러가 동석했을 때만으로 한정되었고, 사회적으로 등급이 맞지 않는 두 여인의 교제는 그때 말고는 일체 없었다. 프리츠 폰 슈타인에게 쓴 한 편지에서 샤를로테는 1801년 2월 17일 정식으로 결혼하지 않고 함께 살고 있는 괴테와 크리스티아네의 유별난 관계에 대해 다음과 같이 쓰고 있다. "우리 여자들이 탁 터놓고 괴테의 집에 들어설 수 있고 그리고 싶지만 그것은 괴테의 부부 관계에 달려 있어요. 실러가 이 집의 여주인을 결코 환담을 나눌 대상으로 보지 않고 그녀 역시 식탁에 나타나지 않지만, 우리 여자들이 그 자리에 있게 된 때에도 그녀가 자신을 숨긴다는 걸 다른 사람들은 믿지 않을 거예요."[65]

••

* 실러의 아내 샤를로테의 애칭.

바이마르에서의 새로운 삶을 둘러싼 쾌적한 여건들 때문에 실러는 영주의 도시에 지속적으로 자리를 잡아야겠다는 결정을 쉽게 하게 된다. 그러나 지금의 빈디시가세에 있는 집은 시끄럽고 불편하기 때문에 새로운 집으로 빨리 이사하고 싶어한다. 1802년 3월 19일 실러는 4200탈러를 주고 영국 외교관이자, 번역가요 작가인 조지프 찰스 멜리시 오브 블라이드에게서 시내 중심의 광장 거리에 있는 큰 집을 산다. 1777년 안톤 게오르크 하웁트만이 상인인 요한 크리스토프 슈미트를 위해 지은 이 집은 가족 다섯 명과 하인 세 명이 함께 살기에 충분히 넓었다. 2층에다 그 위에 지붕 층 공간까지 있는 이 집의 방은 모두 열 개이고 그 밖에 부속 건물 하나, 말 두 마리가 들어갈 수 있는 마구간도 있었다(실러는 죽기 몇 달 전까지만 해도 따뜻한 여름이 되면 말을 타고 나갈 수 있기를 희망했다). 4월 29일 가족이 새로운 집에 이사한다. 지붕 밑의 가장 큰 공간이 그의 서재가 된다. 창문 두 개를 통해 광장을 훤히 내려다볼 수 있었다. 이 고급 저택은 주인의 사회적인 지위를 말해준다. 작가로서 출판사들에서 받는 높은 사례비에다 궁정 참사관 월급까지 받고 있어서 실러는 당시 바이마르에서 최고 소득자 열두 명 중 한 명이었다.[66] 이사하고 난 후 첫 몇 달 동안은 그러나 보수공사 때문에 편안한 분위기가 아니었다. 다시 470탈러를 삼켜버린 내부 수리 공사는 8월까지 이어졌고 시끄러워서 실러가 글 쓰는 것을 방해했다. 새 집으로 이사해 온 지 며칠이 지나지 않아 실러는 어머니가 클레버줄츠바흐에서 사망했다는 소식을 받는다. 4월 29일 달력에 짧게 기입해놓았듯이 그의 어머니는 "68년 4개월" 사셨다.[67] 어머니의 장례식에는 참가하지 못한다. 고향으로 가는 길을 건강이 감당할 수 없었던 것이다. 5월 24일 여동생 크리스토피네에게 보낸 편지에서 그는 "아이들을 돌보던 사랑스러운 어머니"를 생각할 때마다 덮쳐오는 고통을 말한다.(NA 31, 138) 어머니를

'프랑스식 복장'을 한 실러.
실루엣. 1790년경.

잃은 슬픔을 그는 문자 그대로 극복한 것 같다. 일상의 짐과 할 일들에 짓눌려 1802년 봄 그는 거의 쉴 틈 없이 일한다. 서두름과 긴장이 이후 몇 달 동안에도 그의 삶을 동반한다.

저택을 새로 구매하는 자금을 조달하는 것은 어려웠지만 여러 계약을 통해 해결했다. 이에 관해서는 실러가 1801년 9월에 써놓은 것으로 추측되는 1802년에서 1809년까지의 「작업과 재정 계획」을 통해 그 전모를 파악할 수 있다. 저택 구매 자금 조달을 위하여 실러는 1802년 6월 예나의 정원 저택을 법대 교수인 안톤 프리드리히 티바우트에게 팔았다. 원래 실러는 이 집을 고틀리프 후펠란트에게 1650탈러에 내놓았는데, 후펠란트는 너무 비싸다면서 거부했다. 결국 1150탈러로 집을 팔았는데 이는 1797년 3월에 산 돈과 일치했다. 그렇지만 나중에 투자한 보수 비용에는 턱없이 모자랐다. 그다음에 실러는 장모가 보증을 서주어 600탈러를 추가로 마련했고, 출판사들에서 선급 인세를 받았다. 출판사 크루시우스는 1803년 출간될 『시집』 제2집에 대해 선급 인세를 지급했고(제1집의 판매 결과가 좋아서 1집보다 사례비가 인상되었다), 코타 출판사는 1802년 집값의 3분의 1에 해당하는 2600굴덴, 즉 1733탈러를 빌려주었다. 니더오슬라의 임대업자 바이트너에게서 실러는 1802년 5월 5일 추가로 2200탈러를 4퍼센트의 이자로 빌린다.[68] 이로써 자신의 집을 담보로 한 채무를 정해진 기간 내에 들어올 인세와 사례비로 갚을 수 있으리라 희망할 수 있었다. 1804년 대공이 800탈러로 두 배 인상해준 연금으로 실러는 바이마르로 이사해 온 후 매년 2000탈러를 벌었다. 실러가 자랑스럽게 언급하고 있듯이 이것은 그의 선친이 받은 연금의 열 배에 해당하는 액수(NA 32, 4)인데 대부분 집안 살림을 꾸려나가는 데 들어갔지만, 코타가 정기적으로 보내주는 특별 사례비는 비상금으로 저축할 수 있었다. 그의 상세한 「작업과 재정 계획」에 따르면 실러는 1809년까지 매년 극 한 편을 쓸 계획이었고 극 한 편마다 650탈러의 사례비를 책정했다. 그렇게 해서 실러는 채무를 몇 년 안에 다 갚을 수 있다고 기대한 것이다. 실러는 자기가 한 작업의 결실을 직접 맛보지는 못했지만, 그가 희망한 것이 그를 속이지는 않았다. 1805년 5월 그가 사망한 지 몇 주 후에 샤를로테는 코타가 희곡 선집(『실러의 연극』) 제1권에 대해 지불한 사례비 1만 탈러로 빚을 완전히 다 갚았다.

광장에 있는 집으로 이사해 옴으로써 이 집은 실러가 말년을 보낸 곳으로 남게 됐다. 1804년 베를린에 잠시 머문 것만 빼고는 장기 여행을 하지 않았다. 1801년 늦여름 실러는 6주 동안 나움부르크와 라이프치히를 거쳐 드레스덴까지 가서 쾨르너를 마지막으로 만난다. 로슈비츠에서 그는 루트비히 티크와 괴셴을 만나고, 라이프치히에서는 전설적인 「오를레앙의 처녀」 공연을 보고 나서 관객들에게서 '만세'의 환호를 받는다. 옛 친구들은 그 후 몇 년 동안 다시 만나지 못한다. 바이마르에서 가까운 티푸르트(1801년 7월과 1802년), 또는 하루면 갈 수 있는 라우흐슈태트(1803년 7월)에 며칠 머무르는 것이 단조로운 생활 리듬에서 벗어나는 예외적 상황이었다. 때때로 대공을 방문하여 차를 마심으로써 사교적인 만남을 가졌다. 괴테, 볼초겐, 포크트와도 번갈아가며 만났다. 겨울에는 춤을 좋아하는 아내가 무도회를 가자고 가끔 졸라대었고 실러는 예전에 드레스덴에서 그러했듯이 별 흥미는 없지만 같이 갔다. 무도회는 대개의 경우 1798년 새로 지어진 극장에서 행해졌고, 1801년 이래로는 시장이 서는 광장에 설립된 시 회관에서 열렸는데, 행사 진행자가 신분이 높은 손님들만 입장하도록 눈에 불을 켜고 감독했다.

말년에 실러는 대형 출간 사업에 참여하는 것을 어떠한 타협에도 응하지 않고 거부한다. 《종합 문학 신문》 발행인이던 쉬츠가 1803년 할레대학에 초빙되면서 그 지역에 있는 한 출판사를 인수하게 되자 괴테는 새로이 《예나 종합 문학 신문(*Jenaische Allgemeine Literatur-Zeitung*)》을 창간하기로 작정하고 나섰는데, 여기에 실러는 편집인 명단에 자기 이름을 올리는 데는 동의했지만 자기의 글을 기고하지는 않는다. 코타에게 1803년 10월 보낸 한 편지에서 이 새로운 신문에의 "참여"를 "완전히 포기했다"고 말한다.(NA 32, 82) 새로운 신문에 "가끔 재기 넘치는 원고"를 보내달라고 괴테가 부탁했지만, 실러는 이에 따르지 않는다.(NA 40/I, 166)[69] 말년에는 규칙적으로 글을 쓰는 작업이 하루 일정을 지배하고, 가족 외 사람과의 접촉은 없어진다. 드레스덴과 예나 시절과는 달리 실러는 자신의 현재 계획들에 대해서 아주 간혹 의견을 교환할 뿐, 남과 어울려 기분 전환하는 일 없이 그저 고독한 작업을 선호한다. 문학적 상상의 영역 속으로의 비상이 경험의 다른 형식들을 대신하고 그가 전에 친구들과 나누곤 하던 열정적인 순간들을 마련해준다. 1803년 11월 24일 볼초겐에게 보낸 편지에서 자기의 심경을 "나의 삶은 아주 단조롭소. 주변에 일어나는 일이 하나도 없소"라고 털어놓는다.(NA 32, 85) 그 후 얼마 되지 않아서 실러는 괴테에게 사건 없는 시간들의 "적막함"에 대해 말한다.(NA 32, 105) 1804년 11월 쾨르너에게 보낸 한 편지에서는 공개적 자리의 영광을 피하여 "이방인의 삶"(NA 32, 169)을 살고 있다고 말한다. 다락방의 자기 책상 앞을 떠나지 않고 밤낮으로 조용하게 작업에만 열중한 바이마르 시절에는 궁정 축제나 대성황을 이룬 초연들이 예외적 시간들이었던 것이다.

3. 「발렌슈타인」 3부작(1800)

'시도해보지 않았던 길'
난해한 주제를 다루는 힘겨운 작업

「발렌슈타인」의 집필 기간은 실러가 남긴 문학작품들 가운데 유례없을 정도로 길다. 실러가 이 소재를 연극으로 쓰겠다고 계획한 것은 이미 1790년대 초반으로 거슬러 올라간다. 이를 고려하면 이 작품의 집필 기간은 거의 10년 가까이 된다. 이 기간에는 신병의 흔적이, 지속적인 창작의 위기와 체념의 순간들이 새겨져 있다. 예전에 실러는 이 작품에서만큼 그토록 꼼꼼하게 세세한 항목까지 두루 생각하며 집필한 일이 한 번도 없었다. 실러는 느리게 진전되어가는 작품을 친구들과 지인들에게 보여주면서 의견을 물었다. 처음에는 쾨르너와 호벤이, 나중에는 괴테와 훔볼트가, 또 막바지에는 베를린의 이플란트가 이 프로젝트에 담긴 구성상의 여러 어려움들을 두고 실러에게 조언을 아끼지 않았다. 이와 같은 토론 과정의 지속성이야 말로 위기감에 짓눌리는 가운데서도 이 야심 찬 구상을 끝까지 진척할 수 있었던 외적 전제 조건인 것이다.

「발렌슈타인」을 처음으로 계획하게 된 것은 『30년전쟁사』를 쓰면서이다. 이 논문의 방대한 제2권이 1790년 9월에 완결되었거니와, 여기서 독일 황제가 거느린 군대 중에서 제일 큰 규모의 군대를 지휘하는 발렌슈타인은 부정적으로 다루고 있다. 이 제2권을 탈고하고 나서 이 소재를 희곡의 대상으로 다루어보겠다는 생각이 실러를 떠나지 않는다. 1791년 1월 12일 에르푸르트에서 열병에 걸렸다가 낫자마자 실러는 쾨르너에게 편지로 역사적 소재를 다루게 될 "비극 하나"를 쓸 생각을 하고 있노라고 알린다.(NA 26, 71) 그러나 실러는 며칠 뒤 다시 병에 걸려 이 계획을 당장 실행할 수 없게 된다. 그로부터 12개월이 지나는 동안 이 프로젝트는 스웨덴의 구스타브 아돌프 왕을 주인공으로 하는 서사시 프로젝트에 밀려난다. 이 프로젝트는 또 이것대로 2년 전에 계획한 프로이센 왕을 경축하는 '프리데레키아데(Frredereciade)' 프로젝트 대신에 등장한 것이다. 1791년 11월 말에 실러는 (구스타브 아돌프 왕을 기리는) '영웅시'에 착수하기로 결심한다. 이 영웅시가 "시적인 관심"과 "정치적" 관점을 연결할 수 있기 때문이라는 것이다.(NA 26, 114) 그 후 여러 해가 지나는 중에도 희곡을 쓰겠다는 계획의 불씨는 적어도 산발적으로는 껌벅거린다. 역사서의 제4권은 발렌슈타인 대공의 몰락과 죽음이 중심 테마인데 이를 쓰는 도중이던 1792년 5월 말에 쓴 한 편지에 다음과 같은 대목이 나온다. "문학적인 것을 손에 잡고 싶어 마음이 다급해진다. 특히 발렌슈타인을 쓰고 싶어 펜이 근질근질하다."(NA 26, 141)

그의 구상은 그러나 고향인 뷔르템베르크를 향해 여행하는 중에야 비로소 확고해지고 몇 장면의 초안들이 종이에 옮겨진다. 1794년 3월 17일 실러는 이 오래된 희곡 구상을 "계속 작업해나가기로"(NA 26, 350) 결심했다고 쾨르너에게 보고한다. 그러나 초안을 스케치하는 일도 쉽게 진전되지 않는다. 그 원인은 예술가로서의 정체성 문제에 있다고 실러는 생각한다. 실러는 수 년 동안 문학적 작업에 손을 놓고 있었고 초기에 쓴 작품들이 지겨웠던 터라 새로 방향을 설정해야 한다고 느끼고 있었던 것이다. "나는 가장 본래의 의미에서 내가 알지 못하는, 적어도 시도해본 적이 없는 길에 들어서고 있는 것이다. 지난 3~4년 이래로 나는 문학 세계에서 전혀 새로운 사람에 끌리게 되었다."(NA 27, 38) 무엇보다도 계속해서 성공작을 써야 한다는 압박감이 우선 그의 창작력을 가로막는다. 지속적인 작업이 되지 않는다. 호벤의 보고에 의하면 실러는 1793년 가을 루트비히스부르크에서 산문으로 첫 몇 장면을 대략 스케치했을 뿐이다. 1796년 3월 말에 자신의 서재를 찾은 쾨르너와 훔볼트에게 실러는 작업 현황을 털어놓는데, 여기서 그들은 실러가 용기 없고 회의에 빠져 있다는 느낌을 받는다. 1796년 10월이 되어서야 비로소 실러는 초기 구상들에서 전체에 어울리지 않는 대목들을 두루 살피고 난 다음, 새로이 힘을 모아 소재와 씨름하면서 텍스트를 구체적으로 써내려간다. 1796년 10월 22일 그는 달력에 "발렌슈타인에게 갔음"이라고 쓴다.[70] 일을 매듭지으려면 석 달은 걸리겠다는 낙관적인 진단은 그러나 곧 수정되지 않을 수 없게 된다. 11월 말 실러는 마무리 짓는 작업을 가로막고 있는 구체적인 어려움이 무엇인지를 알아낸다. 이에 대해 실러는 다음과 같이 쓰고 있다. 작품을 쓸 때 지니도록 노력해야 할 객관성의 전제가 되는 것이 주인공에 대해 내적 거리감을 갖는 것인데, 이 경우엔 주인공의 모가 난 성격 때문에 어쩔 수 없이 거리감이 생기니 그 점은 좋다 하겠으나("나는 이제껏 한 번도 소재에 대한 이런 차가움과 작업에 대한 이런 뜨거움을 내 속에서 결합해본 적이 없다"), 이 역사적 소재는 너무나 다양한 문제들을 지니고 있어 이를 축소해야만 비극의 소재로 활용할 수가 있을 것이라는 것이다. 비극 장르는 소재의 "외코노미(Oeconomie)"(NA 29, 15), 즉 소재의 절제를 요구하는 것이다. 한편 비극의 비극성은 파국을 맞게 되는 것이 주인공 개인의 잘못만이 아닌 데에 있는 것이다. 발렌슈타인에게 타율적인, 인간을 지배하는 힘의 작용이 나타나지 않는 한 그의 몰락은 비극적이지 않은 것이다. 3월에만 해도 실러는 훔볼트에게 소재(Sujet)의 사실성은 반드시 지켜야 할 예술적 거리의 조건이라며 찬양했는데, 그것이 이제는 문학적 작업을 가로막는 장벽으로 판명되고 있는 것이다. 여기에다 실러는 기술적 어려움에도 봉착한다. 발렌슈타인의 군대(그의 권력을 뒷받침해주고 있는 "베이스")는 기술적인 이유에서, 그리고 발렌슈타인의 맞수인 황제는 장면 일치의 원리 때문에 무대에 등장시킬 수가 없는 것이다. 1796년 늦가을 실러는 적어도 자신의 작업이 해결해야 할 핵심적인 과제를 정확히 규명할 수 있게 된다. 반드시 "하나의 운 좋은 형식을 창안해냄으로써"(NA 29, 17) '유연하지 않은' 소재에서 얻지 못한 비극적 자질들을 마음껏 활용할 수 있게 해줘야 한다는 것이다.

　실러가 알고 있는 자료들은 작품 구성상의 난점들을 극복하는 데 도움이 되지 않는다. 예수회 신부들이 라틴어로 쓴 「발렌슈타인」 희곡들(클라겐푸르트(1650)와 빈(1661)에서 공연되었다]은 실러의 관심을 끌지 못했다. 프란츠 그자버 마르코비치가 쓴 「프리틀란트 대공의 비극(Friedlandus Tragoediae)」은 이 소재를 다룬 여러 시리즈 중에서 가장 흥미로운 작품이지만, 실러가 이를 알지는 못했을 것이다. 1797년 전반기에 실러는 자기가 이론적 차원에서 파악한 장면 설정상의 어려움들을 자신의 방식으로 해결하려 시도한다. 실러는 역사적 자료들에서 발렌슈타인이 점성술을 믿은 것을 확인하고는 그것을 하나의 심리적 기능을 가진 주도 모티브로 활용하기로 마음을 정한다. 이 과정에서 실러는 풍성하게 펼쳐진 상징과 아이콘의 세계를 발견하고 이를 단연코 희곡 작품을 완성한다는 목적에 이용한다. 그는 쾨르너에게서 기본 정보를 얻는다(1797년 3월 14일). 그리고 그가 추천한, 16세기에 나온 매우 사변적인 논문 몇 편을 연구한다. 이들은 바빌로니아의 칼데아(Chaldäer) 족속 이래로 널리 통용돼온 별자리 해석의 체계를 보편적인 우주학에 통합하는 논문들이다. 아그리파 폰 네테스하임(Agrippa von Nettesheim)의 「비의철학(De occulta philosophia)」(1531)이 그러하고, 레오네 에브레오(Leone Ebreo)가 남긴 「사랑에 대한 대화(Dialoghi d'amore)」(1535)도 그러하다.[71] 괴테는 1768/69년 겨울 라이프치히대학에서 몇 학기를 불행하게 지내고 나서 스무 살의 나이로 프랑크푸르트의 생가에 돌아와 있었을 때 주잔나 폰 클레텐베르크(Susanna von Klettenberg)의 개인 모임에서 이미 후기 로마와 르네상스 시대의 비의적인 글들을 집중적으로 탐독한 바 있었다. 그러한 괴테에게 향하여 실러는 1797년 4월 7일 레오네 에브레오의 글에 담긴 유추적 사고방식을 이제는 낯설어져버린 정신적 시대를 알려주는 지표라고 자기의 판단을 말한다. "이 시절에는 화학, 신화, 천문학의 혼합이 성행했고 실제로 문학에서도 활용되고 있었지요."(NA 29, 58)

점성술 소재는 실러가 1798년 8월 24일 메모하고 있듯이, 주인공 발렌슈타인이 얽혀드는 정치적 갈등의 보편적인 차원, 즉 자유와 종속의 관계에 닿아 있다. 괴테도 이 자유와 종속의 관계를, 그로부터 한참 후인 1825년에 발표한 그의 셰익스피어에 관한 두 번째 글에서 그리스 비극과 현대 비극에서 극을 이끄는 주제로 내세우게 된다. 실러는 "문학작품 속의 인물들은 모두 상징적 존재들이고, 그들은 문학작품이 그려낸 형상들로서 언제나 인류의 보편적인 면을 구현하고, 표현해야 한다"는 자기의 신념을 강조한다.(NA 29, 266) 점성술 상징의 도움으로 실러는 인간을 지배하는 외부 현실의 모호함과 이중성을 가시적으로 표현하는 데 성공한다. 실러는 셰익스피어의 「리처드 3세」를 논하는 가운데 "자연이 묘사될 수 없는 곳에서 상징을 사용한 기술"을 찬양한 바 있거니와, 이러한 기술은 「발렌슈타인」에서도 실천하는 것이 당연하다 생각하는 것이다.(NA 29, 162)

이 시절 실러는 점성술 연구 외에, 괴테의 권유에 따라 아리스토텔레스를 집중적으로 읽는다. 4월 말 괴테가 『시학(Poetica)』을 다시 읽고, 도서관에서 빌린 미하엘 콘라트 쿠르티우스의 독일어 번역본을 다시 실러에게 빌려준 것이다. 비극 이론의 대가인 아리스토텔레스를 읽으면서 받은 인상은 그야말로 강렬했다. 실러는 자기가 예전에 직접 읽지 않고 다만 남이 해석한 것을 통해서만 알아서 가지게 되었던 『시학』에 대한 선입견을, 즉 『시학』은 "너무도 좁은 울타리" 같다는 생각(「도적 떼」의 서문에 그렇게 씌어 있다)을 고치지 않을 수 없게 된다. 1797년 5월 5일에 쓴 편지에서 실러는 이 책은 철학적 사변이 부족하고 너무 엄격해서 게으른 예술가에게는 불친절하긴 하지만, 비극에 적합한 구조에 대해 깊은 통찰을 담고 있고 희곡 기법에 대한 실제적인 조언들을 많이 제공한다고 말한다. 실러가 줄거리를 명확하게 진행하고자 힘쓰던 중에 줄거리가 인물들보다 더 중요하다는 아리스토텔레스의 단서는 그에게 의미심장한 것이 아닐 수 없다. "아리스토텔레스가 비극에서 사건들의 연결을 가장 중요시한 것은 실로 정곡을 찌른 것이다."(NA 29, 74)

그 후로 비극의 건축적 구조는 『시학』의 범주에 맞추게 된다. 발렌슈타인이 몰락하는 원인이 그의 성격 탓이 아니라 줄거리가 보여주는 외부 상황들에 있음을 보여주는 것이 자신의 의도라는 말을 계속 한다. 즉 아리스토텔레스의 '국면급전(Peripetie)'의 이론에 따라 계속 장면을 다양하게 교체해가며 줄거리를 진행함으로써 파국을 충분히 준비하고, 파토스를 적절하게 배분하겠다는 것이다(이것은 이미 「비극 예술에 관하여」에서 요구한 사항들이다). 이와 같은 구조 문제를 둘러싼 타당성 계산에 이어 1797년 가을에는 언어 형식의 문제가 등장한다. 1797년 11월 초 실러는 운문 형식으로 마음을 정한다. 대화가 "생생하고도 풍부한 표현들을 통해 문학적 기품을 지니고 있는 한"(NA 29, 160) 산문 텍스트를 약강격의 운율로 바꾸어 그 운율의 시적 기능으로 소재에 대한 거리를 더 크게 만들겠다는 것이다. 새로운 기법으로 예술적 표현의 수준은, 실러가 만족스러워하면서 확인하고 있듯이, 근본적으로 높아졌다. 왜냐하면 이 기법이 세속적인 소재를 제거하는데, 또는 세련되게 하는 데 일조하기 때문이다. "세속적인 소재들은 일상적인 평범한 지성에나 어울릴 뿐이고 그것에 합당한 기관이 산문이라 하겠다. 그러나 시행은 전적으로 상상력에 대한 관계를 대상으로 하는 것이다. 그리하여 나는 나의 모티브들 중 많은 경우 더 시적으로 되지 않을 수 없었던 것이다."(NA 29, 159)[72]

1797년에는 희곡 이론이 지불유예 상태에 있었지만, 곧이어 갈등에서 자유롭지 않은 상황 가운데서도 신속하게 희곡 이론 작업이 전개된다. 그러나 그것도 자주 위기의 분위기와 불리한 외부의 압박으로 인해 방해받게 된다. 가을 출판 박람회 때마다 발간되는 《문예연감》을 위한 원고들을 취합해야 했고, 《호렌》의 편집인으로서 하는 활동이 작업 시간을 삼켜버린다. 1797년에는 아들인 에른스트가 천연두에 걸려 생명이 위독한 지경에 놓여서 부담 없이 작업에 몰두하는 것은 생각할 수도 없게 된다. 아들이 낫고 나서도 여름까지는 심도 있게 글을 쓰는 작업을 할 분위기가 오지 않는다. 1797년 7월 14일 실러는 대공 부인 루이제와 샤를로테 폰 슈타인에게, 계획했던 서막에서 이미 완성된 장면들을 읽어준다. 1797년 8월에는 《문예연감》 발간을 위한 편집 작업 때문에 드라마 원고를 계속해서 쓸 수 없게 된다. 실러는 이 몇 년 사이에 시를 쓰느라 「발렌슈타인」을 계속 뒤로 제쳐놓곤 했다. 특히 자주 그랬듯이 불안정한 건강 상태가 작업을 늦추게 만든다. 작업 속도를 빠르게 하고 싶었지만 1798년 늦겨울에는 주로 발작 증세 때문에 하지 못하게 되고 그로 인하여 거의 체념하고 싶을 지경이 된다. "마셔야 할 물은 바다 같은데, 끝이 보이지 않는다"(NA 29, 194)는 것이다.

자료가 점점 늘어나면서 이것을 묶어내는 것이 별도의 문제로 된다. 1798년 3월 5일에 벌써 실러는 인쇄할 드라마의 분량이 전지 스무 장이 되리라 예상한다. 며칠 뒤 그는 비록 개개의 막에 입을 벌리고 있는 상당한 "빈칸들"이 눈에 보이기는 해도, 작업의 4분의 3이 "완결"되었다며 낙관적인 태도를 보인다.(NA, 29, 217, 219) 6월까지 마무리하겠다는 목표는 그러나 실현되지 않는다. 그것은 자기가 가지고 있는 모티브들을 계속해서 보완하려 했기 때문이기도 하다. 1798년 늦여름 《문예연감》의 편집 일 때문에 중단됐던 작업에 다시 착수한 9월에 그는 또다시 드라마의 구조를 고친다. 원래의 서곡이 열한 개 장면으로 이루어진 독자적인 서막의 성격으로 확대되고, 많은 수의 인물 유형이 추가로 등장하게 된다. "발렌슈타인 군대의 막사를 생생하게 그린 장면"(NA 29, 280)으로서 이 서막은 군인 세계의 생생한 분위기와 동시에 그 대표성을 (군인들의 삶의 세계를 사실적인 연출로 꾸며냈다는 의미에서) 하나로 묶어 보여주려는 것이다. 괴테도 높이 산 4강격 쌍운의 행 형태인 크니텔 시행은 군사적 비상 상황하에서 평범한 군인들의 진부한 일상적 삶을 보여주기에 적합한 언어임이 드러난다. 원래의 서곡을 확장하겠다는 계획의 맥락에서 실러는 괴테가 이미 1797년

5월 28일과 12월 2일 두 차례나 실러에게 권한 대로 자기의 드라마를 3부로 나누기로 결심한다. (인쇄 직전에 다시 한번 고친) 공연 대본을 위해서 실러는 우선 제2부를 확대하여 3900행으로 늘린다. 제3부는 막스가 옥타비오와 헤어진 후에(책으로 인쇄된 판본에서는 제3부의 제2막 마지막에서 있게 된다), 테클라와 테르츠키 백작 부인이 대화를 나누는 것으로 비로소 시작한다. 1798년 9월 21일 실러는 코타에게 이렇게 수정한 대목을 알려주고, 작품에 대한 광고에서 이 새로운 상황을 고려해달라고 부탁한다.

한편 집필에 속도를 내달라는 괴테의 재촉을 받고 실러는 가을에 「발렌슈타인의 막사」를 완성한다. 그리고 이것은 10월 12일 건축가 투레가 복원한 바이마르 궁정 극장이 다시 문을 연 기념으로 공연된다. 그런데 초연 며칠 전에 실러는 마치 신들린 사람처럼 텍스트를 고친다. 3부작을 다 쓰고 난 다음에 그 전체를 위해 나중에 쓰려고 했던 서막을 쓴다. 이 서막은 바이마르의 연극계에 하나의 "새로운 시대"를 예언한다. "심상치 않은 세기말"의 도전들에 대항하여, 그가 역사적이고도 정치적인 주제를 택함으로써 미리 알려주고 있듯이, 저 "더욱 높은 차원으로의 비상"(V. 50 이하 계속)을 시도하는 내용을 담고 있는 것이다. 이 서막과 함께 황제파의 수도승이 욕지거리를 늘어놓으며 끔직한 벌로 위협하는 설교의 대목도 생겨난다. 이 험악한 언변의 모델이 바이에른의 설교자 아브라함 아 산타 클라라(Abraham a Santa Clara)였다(1687년에서 1695년 사이에 출간된 이 설교가의 글모음인 「유다, 웃기는 인간의 원조(Judas, der Erzschelm)」를 읽은 바 있는 괴테는 10월 초에 실러에게 동지적이고도 비이기적인 동기에서 이 작품에 담긴 풍성한 내용을 읽으면 많은 자극을 얻을 것이라면서 권했다). 실러가 공연 직전에 가까스로 바이마르로 보낸 텍스트 최종 수정 부분은 끝부분에 놓이게 된 「병사들의 노래」이다. 실러는 한 사람의 노래와 합창의 소리가 교차하는 이 「병사들의 노래」의 무대연극적 효과를 믿어 의심치 않았다. 대공까지도 박수를 치며 환호한 이 초연에 대해서, 그리고 훗날 초연하게 되는 제2부에 대해서도 괴테는 상세한 논평을 쓴다. 이들은 함께 11월 7일 코타가 펴낸 슈투트가르트의《알게마이네 차이퉁》에 실린다. 바이마르의 극장 감독인 괴테가 이 서막에서 12행을 줄였고, 이론적인 대목들에서 고치기도 했지만, 분명 실러가 그를 이 때문에 나무라진 않은 것 같다.[73]

배우인 포스는 (당시 찬사에서 읽을 수 있듯이) 이 서막의 시행을 사려 깊게 소화해내면서 「발렌슈타인의 막사」의 성공적인 공연에 기여했다. 제1부의 이와 같은 성공에 고무되어 실러는 계속 집필에 박차를 가한다. 괴테 말고도 이젠 이플란트도 실러에게 마무리를 지으라고 재촉한다. 바이마르에서 예정되어 있는 「발렌슈타인」의 초연이 끝나면 곧바로 (베를린에서) 공연토록 하려 했던 것이다. 11월에 실러는 막스와 테클라의 관계에 해당하는 줄거리 중에서 사랑 장면을 써내려가기 시작하는데, 이 장면은 물론 정치적인 사건의 일부로 통합된다. 1798년 11월 30일 「피콜로미니」의 초고한 부가 베를린의 프로이센 궁정 극장으로 보내진다. 이 초고에는 점성술 장면이 아직 없다(이 장면은 후에 출간될 책의 텍스트에서 제3부인 「발렌슈타인의 죽음」의 첫 장면으로 등장한다). 12월 4일 실러는 다시 괴테에게 자문한다. 이 주제의 희곡적인 자질에 대해 확신을 얻고 싶었던 것이다. 그리고 이 소재의 사변적인 잠재력을 얼마만큼 강하게 내세울 것인가에 대해서도 조언을 구한다. 실러의 원래 계획은 일종의 마법의 오각형을, 즉 "F" 문자를 다섯 번 반복하면서 이중적인 뜻을 지니는 문자의 신탁("프리틀란트 대공은 행운을 믿으라. 숙명은 그에게 호의적일 터이니(Fidat Fortunae Friedlandus Fatae Favebunt)")을 제시하는 것이었다. 점성술사 제니와 함께 등장하는 이른바 점성술의 장면에서 이 마술적 문자의 신탁이 발렌슈타인에게 행운의 전령으로 나타나게 하려던 것이다. 이 원래의 계획은 12월 중순에 포기된다. 당시에 흔히 연금술 내지는 마법이라 불리던 자연철학적 문제들에 경험이 많은 괴테는 "현대적인 신탁-미신"의 요소들을 집어넣지 말라고 경고하면서 이 장면을 집중적으로 점성술 자료들에 대한 토론의 장으로 만드는 것이 좋을 것이라고 권했다. 괴테는 오각형 모티브가 지닌 사변적인 기본적 특성은 "구제 불능인 건조함"에 있다고 보는 한편, 별에 대한 학문은 "엄청난 세계 전체에 대한 현묘한 감정"(NA 38/I, 14)에 근거하는 것이라면서 실러가 구상하고 있는 극적인 행위를 위해서도 잘 활용될 수 있을 것이라 했다.

이플란트는 늦겨울에 베를린에서 공연이 가능할 것이라고 내다보고서는 실러에게 전력을 다하라고 몰아붙인다. 실러는 3부작 중에서 방대한 제2부를 1798년 12월 24일 저녁에 끝맺는다. 이날 하루를 위해 그는 서기를 세 명 고용한다. 이들은 동시에 작업에 매진하여 실러의 수고(手稿)를 정서한다. "기막히게 행복한 기분에서 늘어지게 밤잠을 잤네. 나는 이렇게 서둘렀다고 해서 작업에 전혀 해가 되지 않을 것이라 말할 수 있네. 크리스마스이브에 30마일을 달려가는 것이 아주 힘든 일이듯이, 그처럼 시간에 쫓기며, 해내지 못할까 불안에 마음 졸였네."(NA 30, 18 이하) 주목할 만한 사실은 이 서기들이 해낸 성과이다. 이들은 시각을 다투는 가운데서도 인쇄와 공연을 위해 그대로 사용할 수 있는 수준의 원고를 만들어내는 능력이 있었고 그러한 능력을 통해 당시의 문학 공장이 생명을 부지할 수 있게 해준 것이다. 실러의 집사인 게오르크 고트프리트 루돌프는 훗날 「빌헬름 텔」과 같은 방대한 드라마를 짧은 기간 내에 단 한 자도 틀리지 않고 일곱 번이나 옮겨 쓴다.

1월 초에 실러는 바이마르에서 「피콜로미니」의 초연을 위한 연습을 직접 지켜본다. 이 제2부는 1월 30일 대공 부인의 생일을 경축하기 위해 공연된다. 이 드라마는 배우들이 아직 대본의 높은 경지에 맞게 연기하지 못했음에도 불구하고, 주목할 만한 효과를 낸다. 주인공 피콜로미니를 맡은 요한 야코프 그라프의 대사를 특별석에서는 전혀 알아들을 수가 없었다. 독백의 파토스 때문에 다른 부분을 알 수 없게 된 것이다. 카를 아우구스트 대공도 불만에 차서 말했듯이 과장된 "경련"에 빠져버린 것이다. 공연 다음 날에 카를 아우구스트는 드라마의 이미 공연된 분량이 너무 많다고 탓하면서 많은 대목들은 "단호하게" "떼어버려도" 괜찮을 것이라고 나무란다.[74] 벌써 2월 2일의 2차 공연에서는 결과가 좋아졌다. 그라프가 자신의 과도한 열정을 조절했기 때문이다. 공연 다음 날 실러는 그라프에게 다음과 같이 쓴다. "연기를 잘 조절하셨습니다. 독백뿐 아니라 다른 어려운 대목들에서도 정확하게 낭독하시어 큰 기쁨을 안겨주었습니다. 한마디도 땅에 흘리지 않으셨습니다. 관객 전체가 당신의 장면에 만족하고 돌아갔을 것입니다."(NA 30, 27) 2월 18일에 베를린에서도 「피콜로미니」가 공연된다. 그리고 이플란트가 옥타비오 역을 맡는다. 극장장이던 이플란트의 보고에 따르면 이 연극은 "전체적으로 잘 공연되었고 관객들은 이를 천재에 어울리는 경외심으로 받아들였다."(NA 38/I, 45)

1799년 3월 17일 실러의 달력에는 3부작의 마지막 부분이 완성됐다는 기록이 보인다. 이틀 전에 괴테에게 보낸 편지에서 실러는 주인공에 대해 다음과 같이 쓰고 있다. "그는 이미 죽었고 공인도 되었습니다. 내겐 그저 고치고 다듬는 일만 남았습니다."(NA 30, 37) 4월 20일에는 바이마르에서, 5월 17일에는 베를린에서 초연된다. 두 경우 다 큰 반향을 일으킨다. 1799년 6월 초에 실러는 「돈 카를로스」를 영어로 번역한 바 있는 게오르크 하인리히 뇌덴(Georg Heinrich Nöhden)에게 3부작을 하룻밤에 공연할 수 있도록 짧게 줄인 판본을 계획하고 있다고 알리면서 그것이 "매우 효과적인 연극 작품"이 될 거라고 설명한다. 그러나 이 계획은 후에 실현되지 않았다.(NA 30, 56) 분량이 많은 원본의 공연에도 관객이 몰려왔고 궁정 극장에서도 거듭해서 재연되곤 한 것이다. 실러가 1799년 9월 13일 바이마르에 잠깐 들렀을 때에, 대공 부인 루이제는 「발렌슈타인」 공연에 대한 감사의 뜻으로 상당한 가치의 은제 커피 잔 세트를 선물한다.

1799년 8월 실러는 3부작의 출간을 준비하기 시작한다. 코타에게 두 권으로 나눌 것을 제안한다. 그리고 2권에는 「발렌슈타인의 죽음」과 함께 이론적인 설명과 역사적인 주해의 글(그것은 결국 쓰지 않았다)도 실었으면 좋겠다고 한다. 1800년 7월 말 드라마 전체의 완성판이 서점에 진열된다. 제1부와 2부가 합본으로 제1권이 되고 3부는 제2권으로 따로 출간된다. 이 분권은 장면들의 동시성에 따른 것이다. 초판은 4000부를 찍었는데 신속하게 모두 팔려나가서 9월에 재판을 찍어야만 했다. 이미 4월과 6월에 런던의 출판가인 존 벨은 핵심이 되는 제1부와 2부의 영어 번역판을 출간한다. 번역은 새뮤얼 콜리지(Samuel Coleridge)가 맡았다(작가에 대한 사례비는 없었다). 3부작을 쓴 힘겨운 창작 기간을 돌이켜보면 대중의 커다란 반향에도 불구하고 실러에게 돌아온 결산은 부정적이었다. 그 원인은 무엇보다도 그가 이 까다로운 주제에 대해 후속 조치를 하지 않았기 때문이다. 「오를레앙의 처녀」를 완성하고 난 1801년 5월 13일에 실러는 다음과 같이 말한다. "나 자신과 내가 추구하는 예술에 대해 훤히 알게 된 지금에 와서 생각한다면 나는 발렌슈타인을 택하지 않았을 것이다."(NA 31, 35)

성공적으로 소화해낸 소재
3부작의 건축적 구조

1800년 9월에 쓴 한 편지에서 빌헬름 폰 훔볼트는 3부작 전체를 읽고 난 후 완벽한 "소재의 시적 가공"을 칭송한다. 그것의 특별한 점은 줄거리 진행에 전혀 억지가 없고, 마치 "자기 스스로 조직된 생명체" 같은 효과를 불러일으킨다는 것이다.(NA 38/I, 325) 작품의 이와 같은 탁월함은 하나의 힘겨운 과정이 있었기에 가능했다. 「발렌슈타인」의 비극적 형식을 위한 힘겨운 작업 과정에서 1797년이라는 해는 특별한 의미가 있다. 이미 1796년 11월 28일에 괴테에게 보낸 편지에서 실러는 자기가 조망 불가능한 소재를 정돈하려다 빠져든 문제의 상황을 설명하고 있거니와, 소재가 "비극의 경제적 살림"의 한계에 순종하지 않으려 하고 주인공의 전략적 실수(아리스토텔레스에 따르면 "잘못된 믿음")로 인한 동기를 파국으로 몰고 가는, 개인적 잘못과는 무관한 힘의 객관화가 필요한데도 그것이 또한 잘되지 않음을 한탄한다. "본래의 운명이 하는 것은 아직 너무나 적고, 주인공 자신이 저지른 잘못은 그의 불행에 너무 크게 작용"(NA 29, 15)한다는 것이다. 이러한 실러의 한탄은 쾨르너에게 계속된다. 소재가 여러 다층적 줄거리들로 복잡하게 연결되어 있어 집중적으로 조직할 수가 없다는 것이다. "이게 원래가 하나의 대정치 사건을 다룬 것이네. 문학적 용도의 관점에서 보자면, 하나의 정치적 행위가 가질 수 있는 그 온갖 잡것들을 다 지니고 있단 말이네. 행위의 목표는 하나의 보이지 않는 추상적인 대상이라 알쏭달쏭한데, 수많은 작은 수단과 줄거리들이 복잡하게 산재하네. 하나의 끔찍한 조치도 있고, (시인에게는 유리한) 하나의 엄청 냉철하고 건조한 합목적성도 있지. 그런데 이 합목적성을 완성에까지 이르게 함으로써 하나의 시적인 위대함으로까지 끌어올리지는 못하고 있네. 결국 이 구상이 실패하게 되는 것은 서투름 때문이겠지."(NA 29, 17)

실러는 소포클레스의 「트라키스의 여인들(Trachinierinnern)」과 「필록테트(Philoktet)」를 읽은 뒤 깊은 인상을 받고서는 1797년 4월 4일 괴테에게 보낸 한 편지에서 하나의 드라마는 시적인 줄거리의 능숙한 배치가 그 밑바탕에 깔려 있어야 한다고 말한다. 실러에게 드라마 예술의 "정수(Cardo rei)"(NA 29, 55)는 이플란트에서 코체부를 거쳐 초케에 이르는 성공적인 작가들이 추종하는 진부한 사실주의가 아니라, 바로 소재 전체의 인위적 형상화인 것이다. 실러가 아티카의 모범들에서 보았듯이 개인적 동기의 차원을 넘어서서 비극적 인물들을 형상화하는 데 있는 것이다. 아리스토텔레스를 정독함으로써 줄거리의 우위에 대한 의식이 더욱 날카롭게 된다. 그와 동시에 줄거리를 조직하는 것이 가장 중요하다(1797년 5월 5일 괴테에게 쓴 편지에서 그렇게 말하고 있다)는 인상이 강화된다. 1797년 9월 14일과 15일에 쓴 편지에서 예술적 소재를 다루는 문제가 다시 한번 근본적으로 성찰된다. 성공한 구성에서 본질적인 것은 '철저하게 짜인 묘사'인바, 이는 소재를 "의미심장한 순간"에 집중함으로써 가장 잘 달성된다는 것이다. 실러는 이러한 것이 그리스의 희곡들에서, 그러나 셰익스피어에서나 괴테의 서사시 「헤르만과 도로테아」에서도 모범적으로 실현되고 있음을 본 것이다.(NA 29, 132) 1797년 4월에 실러는 아우구스트 빌헬름 슐레겔과 함께 셰익스피어의 「율리우스 카이사르」를 연구한다. 이 작품에서 대중 장면을 능수능란하게 조직한 대목이 실러에게 깊은 인상을 남긴다. 이 작업 과정에서 실러는 줄거리의 사실적 배경을 보여줄 집단 대중의 장면 하나를 개인적 특징들 없이 만드는 데 특별히 어려움을 겪는다. 1905년 실러 기념 해에 뮌헨에서 발행되던 잡지 《짐플리치시무스(Simplicissimus)》에 토마스 만이 기고

한 스케치 「힘겨운 시간들(Schwere Stunde)」은 완전히 이러한 의미에서 발렌슈타인의 군대를 간명하게 재현해내려 애쓰는 작가를, 다루기 힘든 대상을 부드러운 형식 속에 강제로 넣으려다가 실패하고 마는 작가의 모습을 그린 소품이다.

1797년 10월 2일에 쓴 편지를 보면 소포클레스의 「오이디푸스 왕」이 비극의 이상적 구조의 모범으로까지 승격된다. 이를 모범 삼아 실러는 자신의 초안을 조명한다. 소포클레스가 지난 사건들을 재구성하는 장면들로 이루어내는 "비극적인 분석"을 실러는 효과 조절을 위한 이상적 기법으로 여긴다. 이 기법에 맞추어 하나의 줄거리를 만들어낸다. 이미 과거지사가 되고 만 일들이 지닌 비극적 잠재력을, 현재 무대에서 벌어지는 행위의 '의미심장한 계기'에서 증명해 보여주는 사건들을 펼치어 그 전모가 드러나게 하는 것이 줄거리인 것이다. "모든 것은 이미 다 있다. 펼쳐놓기만 하면 된다." 실러는 물론 아티카의 비극이 당대의 산물이라는 것을 알고 있다. 「오이디푸스 왕」은 무엇보다도 신탁과 운명에 대한 그리스인들의 믿음에 연결되어 있는 "자기 자신 고유의 장르"(NA 29, 141)라는 것이다. 그러나 아티카 시대의 가치척도를 다시 불러낸다 해도, 형이상학적으로 그에 상응하는 어떤 것을 통해 정당화할 방법이 없기 때문에, 현대 조건에서는 들어맞지 않고 극적인 효과도 나지 않는다는 것이다(이 논거는 1800년 6월에 쥐베른(Süvern)에게 보낸 유명한 편지에서도 거론된다). 1798년 1월 8일에는 자신의 초안에 대해 다음과 같이 쓰고 있다. "그러나 물론 이것은 그리스 비극이 아니다. 또 그럴 수도 없다. 어떠한 시대건, 설사 내가 그것에서 비극을 하나 만들 수 있다 하더라도, 그 시대는 내게 감사하지 않을 것이다."(NA 29, 184) "뵈멘의 오이디푸스 왕"[75]으로서 발렌슈타인은 현대적 인물로 변신한다. 그의 몰락은 그리스 비극의 모범에 따라 외적인 관계들의 힘을 통해 유발되고 가속화된다.

이러한 상황에서 무대 장면에서 전개되는 사건을 형식상으로도 주인공과 대립하는 것으로 등장시킬 필요가 생겨난다. 정치적 쟁탈극이 그것의 본질적인 "급변 과정"을 통해 "지속적으로, 그리고 가속적으로 변전해가면서 종국을 향해 달려가는" 반면, "주인공은" 수동적으로 주저하는 태도로 인해 사태를 지연하기만 한다.(NA 29, 141) 이러한 대비 덕분에 의고주의적 원칙대로 닫힌 줄거리를 고수할 수 있다. 그와 동시에 주인공을 극적 사건의 법칙 아래 종속시켜야 한다는 아리스토텔레스의 요청도 실현할 수 있게 된다. 무대 위에서 전개되는 행위의 결정적 요소는 무엇보다도 "Puctum salies"(1797년 12월 15일(NA 29, 169)), 즉 상황을 급변시키는 전환점, 고대극에서 말하는 국면급전이다. 실러는 자기를 사로잡는 비극적 소재들에서 급전이 될 만한 곳이 어디인가를 찾곤 했다(1801년 5월 13일 쾨르너에게 쓴 편지에서 볼 수 있듯이 「몰타 기사단」 계획의 경우에도 그러했다). 그러나 비극적 줄거리는 결정적 추동력을 이상적으로는 과거의 상황들에서 얻는데, 이 과거의 상황들은 드라마로 연출된 "의미심장한 시점"에 비로소 효력을 발휘한다. 과거의 상황들은 용수철을 만들어내어, 소포클레스가 창안해낸 분석극의 모델대로 사건을 파국으로 향하도록 팽팽히 당기고, 또한 이미 그가 논문 「비극 예술에 관하여」에서 역동적 줄거리의 특징으로 강조한 이른바 "자연적인 단계"(NA 20, 165 이하)를 가능하게 한다.

필수적인 시적 조직을 텍스트에서 달성하기 위하여 실러가 취하는 방법은 두 가지이다. 그 하나가 구성의 기법인데, 목가적 분위기와 정치판의 대립에 의지하여 대위법적인 효과를 내려는 것이다(이와 관련하여 훔볼트는 이미 "대조"라 한 바 있다(NA, 38/I, 326)). 이와 같은 기법의 목적은 줄거리의 비극적 면모를 구조적으로도 드러내보려는 시도인 것이다.[76] 이 기법에서 특징적인 것은 막스와 테클라 사이에서 펼쳐지는 애정의 줄거리와 정치적 모티브들이 보이는 대립 관계이다. 감상적인 사랑의 장면들은 실러가 1798년 늦가을에야 완성한 것인데, 줄거리의 진행을 지체시키는 기능을 돕는다. 정치적 간계는 그 "분주한 본성"(NA 30, 2)대로 아무런 제동을 받지 않고 앞으로 나아가는 반면, 감상적인 장면들은 그러지 않는다. 그러나 모든 것을 휩쓸어가는 정치 행위의 움직임을 제지하지는 못한다. 오로지 이것의 파괴적인 에너지를 댐처럼 막아놓고 있을 뿐이다. 지체함은 따라서 파국으로 몰아세우는 추동력을 고양하다가 전력으로 그 힘을 내뿜을 수 있게 하는 수단인 것이다.

실러가 활용한 두 번째 방법은 상징 차원의 것이다. 길의 메타포, 상황의 알레고리, 그러나 무엇보다도 점성술 모티브의 이미지 장은 비극의 시적 함축성을 구성하는 요소들이다. 이들은 실러가 편지나 지인들과 나눈 대화에서 항상 거듭해가며 자기가 목표로 삼는 구조의 요소들이라 설명하고 세세히 조명해온 것들이다. 여기서 실러는 소재에 대한 거리를 유지하면서도 소재를 무대에 어울리게 조직할 수 있게 하는 문학적 형식을 찾아낸 것이다. 극의 이미지 언어가 비로소 모티브들을 촘촘히 짜인 그물로 얽는다. 반어적인 상호 조명과 암시의 세밀하게 짜인 거미줄이 이미지 언어에 의해 생겨나고 그 속에서 비극적인 몰락의 메커니즘이 가시적으로 나타나는 것이다. 이러한 이미지 언어의 기량이 뚜렷하게 드러나는 대목은 테클라의 독백들이다. 이 독백들은 비가의 어투로 시작해서(P v. 1757 이하 계속), 예언적인 신탁과(P v. 1887 이하 계속) 서정적인 탄식(T v. 3155)으로 상승한다. 장차 오게 될 사건들을 음악적인 분위기가 깃든 독백을 통해 강한 말투로 말하기 전에 이를 예고하는 음악적인 장면이 삽입된다(쾨르너는 한 서신에서 테클라가 이따금 "카산드라의 말투로" 말한다는 사실을 높이 평가했다

(NA 38/I, 67)).

실러의 3부작은 형식적 폐쇄성의 원칙에 순응하고 있지만 불임성의 결점은 보이지 않는다. 무대 위에서 전개되는 사건은 사흘이 걸린다. 역사적으로 이 사흘간은 1634년 2월 23일에서 25일까지에 해당한다(극은 장군들의 필젠 회합이라든가 스웨덴 측과의 비밀 회동 등 역사적 디테일들을 사흘 안에 집어넣고 있다). 눈여겨볼 것은 진행 속도의 가속화이다. 이를 실러는 '급락'의 개념으로 설명한다. 제2부인 「피콜로미니」에서 전개되는 사건은 정오에서 늦은 저녁까지 12시간 걸리는 반면, 3부작의 마지막 부인 제3부는 이른 아침 점성술에 따른 작전에서 시작해서 다음 날 발렌슈타인이 밤에 사망하게 될 때까지 48시간 이상이 걸린다. 폐쇄성의 기준은 장면들의 장소 선택에도 영향력을 미친다. 장소는 이전 드라마들에서와는 달리 줄거리의 내용에 따라 분위기를 조성하는 기능은 맡지 않고 의고주의적인 차분함에 따를 뿐이다. 「피콜로미니」에서 장소 배분은 필젠 시청과 발렌슈타인의 저택, 옥타비오의 집을 오가며 이뤄진다. 종결부에서는 첫 3막이 끝난 후에 장소가 에거로 바뀌는데 사건이 처음에는 시장의 집에서, 나중에는 대공의 저택에서 진행된다. 실러는 갑작스러운 장소 변경을 포기한다. 관객은 빈(Wien) 궁정이나 스웨덴의 총사령부에서 일어나고 있는 일을 볼 기회가 없다. 뵈티거는 평론에서 "축제 소동이나 속 빈 화려한 볼거리"[77]를 잘 포기했다고 칭송한다. 자연을 무대로 한 장면들은 전적으로 빠져 있다. 즉 애정의 장면들도 발렌슈타인 저택의 닫힌 장소들에서만 일어나는 것이다.

3부작의 제1부와 2부는 발단의 성격을 띠고 있어 완전한 독립성을 갖고 있다 할 수 없다(제1부 「발렌슈타인의 막사」는 그러나 (괴테의 말대로) 조잡하게 "떠들어대며 즐기는 놀이극"[78]으로서 그런대로 하나의 완결성을 보여준다). 1~2부의 에너지는 갈등의 전개를 처음부터 끝까지 분석극의 기법들을 토대로 진행하는 논리에서 나온다. 이미 장군들의 회합이 오래전부터 상존해 온 긴장과 충돌의 폭을 드러내 보인다. 옥타비오가 크베스텐베르크와 허물없이 의견을 교환하는 것(P v. 276 이하 계속)이라든가, 발렌슈타인이 테르츠키, 일로와 협상을 벌이는 것(P v. 796 이하)은 이미 존재하는, 곧 현실로 나타날 갈등의 잠재력을 생생하게 보여준다(훔볼트는 세력들이 서로 치고받아 '박살 날' 것이라 말한다(NA 38/I, 325)). 제2부인 「피콜로미니」의 종결부에까지 3부를 위한 발단의 성격이 유지된다. 막스와 옥타비오가 벌이는 대(大)설전 또한 예감의 차원에서 하는 것이지, 결정의 차원은 아니다. 너무도 갑작스러운 사건의 '급락'을 늦추는 장면들은 제3막의 애정 장면과 4막의 길게 벌어지는 잔치 장면이다. 당대의 평론들은 이 잔치 장면에서 술잔에 새겨진 장식들을 묘사하는 대목이 너무나 장황하다고 비난했다.

이에 반해 제3부는 처음부터 끝까지 더욱 빠른 속도와 행동의 질적 내용으로 돋보인다. 발렌슈타인이 브랑겔과 벌이는 담판, 옥타비오의 도주, 황제파 무리의 집결, 황제 반대파 장교들의 척결, 막사에서의 반란, 마지막으로 막스의 퇴각, 에거로의 장소 이동, 암살 행위의 준비, 발렌슈타인의 종말, 이 일련의 사건이 빠른 속도로 이어지면서 전개되는 것이다. 이처럼 빠른 속도의 진행은 극심한 슬픔과 고양된 파토스로 채색된 이별의 비가적 장면들에 의해 끊어진다(T v. 2355 이하 계속, 2934 이하 계속, 3199 이하 계속). 의미심장한 방식으로 단계적 상승의 원칙이 발렌슈타인의 독백(I, 4)에서 나타난다. 이 독백은 괴테의 논평을 본따 흔히들 발단과 실행 사이의 '축'이라고들 말하지만, 실상은 그렇지가 않다. 이 독백 자체가 앞으로 나아가도록 압박하는 행동과, 이 압박의 통제 불가능한 역동성의 법칙 아래 놓여 있는 것이다.[79] 뵈티거의 말대로 "준비하는"[80] 중간부인 제2부의 분석적 경향 대신에 이제는 점차적으로 가시화되는 힘들의 대립이 들어선다. 그럼으로써 「피콜로미니」와 「발렌슈타인의 죽음」은 이 드라마가 "서민 삶의 좁은 범위"(서막, v. 53)를 벗어나서 추구하는 정치적 행위를 그려내는 데 있어서도 서로 다른 기능들을 충족시킨다. 제2부에서는 간계의 모티브가 외교적·법적 담론들을 수단으로 하여 조직되어 있는 반면, 제3부에서는 "때"(T v. 2)를 지배하는 것이 마르스(Mars), 곧 전쟁의 신인 화성인지라 폭력적 행위의 법칙이 지배한다. 갈등이 제2부에서는 법률적·전략적 격돌의 마당을 분석적으로 재구성하는 영역에 머물러 있지만, 이제 종결부에서는 갈등이 이에 관여된 파당들의 직접적인 행동들로 옮겨가는 것이다. 계약에 충실했느냐, 의무를 지켰느냐를 둘러싸고 벌이는 토론으로 시작한 것이 자기 파괴와 살해로 끝나는 것이다. 사건들이 이와 같이 죽음으로 귀결되는 것(이를 루트비히 티크는 라오콘 전설에서 뱀이 물어뜯는 장면과 비교한다[81])은 전쟁이라는 비상사태에 상응하는 것으로, 비상사태의 법칙 아래에서의 파국적 사건의 전개인 것이다.

드라마의 세 부분이 담당하고 있는 상이한 기능들은 다른 차원의 상이한 양식 형식들에 상응한다. 실러는 고전적인 장소 일치의 원칙을 어기지 않으면서 군대와 황제 그리고 발렌슈타인 자신에게 충성을 맹세한 이들과 발렌슈타인의 관계를 가능한 한 포괄적으로 그려낼 수 있는 관점을 찾아내야 함을 일찌감치 간파하고 있었다. 하나의 해결책으로 대두된 것이 문학 장르의 상이한 기법들을 관점 변경의 목적을 위해 사용할 수 있을 것이라는 점이었다. 무엇보다도 서사적 요소와 희극의 요소를 탁월하게 연결하고 있는 「발렌슈타인의 막사」 장면들은 나중에 등장하는 정치 쟁탈극과는 명백한 대조를 이룬다. 서사적인 성격은 서막에서 자기의 감각적인 전시효과를 펼쳐낼 때에 드러나지만, 드라마가 보여주려는 사건을 내보이지는 못한다(등장인물들이 각기 개별적으로 자기 삶과 전쟁 경험을 말하는 것을 생각해보라). 1797년 12월 26일 괴테에게 보낸 편지에서 실러는 대상을 가시적으로 묘사하는 것이 바로 서사 장르의 특질이라 말한다. 드라마와 서사시가 생산적으로 교류해서 서로 과실을 맺게 할 수 있다면 그것이야말로 가장 이상적이라고 강조한다. 서사적 수단을 선택한 것은 「발렌슈타인의 막사」의 경우 가능한 한 많은 사실적 인상들을 조망 가능하게 하면서도 예술적으로 의미심장하게(그리하여 이상적인 전형으로) 그려내려는 의도에서이다. 이것은 다양한 것들을 하나로 종합한 것이라 하겠고, 이 종합을 이미 게오르크 루카치가 3부작의 특별한 성과로 부각한 바 있다.[82]

이에 상응하는 것이 「서사문학과 극문학에 관하여」에서 강조된 서사 형식의 특질, 곧 인간의 삶의 실상을 그려내는 이미지들을 "더 넓은 지역에서 더 자유롭게" 보여주는 특질이라 하겠다. 이와 달리 드라마는 폭넓은 행동에 의지하는데 그것도 "개인적으로 제한된 활동"으로서만 파악할 수 있는 것이다.(NA 21, 57 이하) 이 두 측면을 우리는 「발렌슈타인의 막사」에서 만난다. 이 제1부 「발렌슈타인의 막사」는 군인들의 역할 모델을 다양한 파노라마로 무대 위에 펼쳐내면서, 종군하며 장사하는 여인, 사냥꾼, 경비대 상사 등이 말하는 개인적 삶의 방식들까지 표본적으로 그려낸다. 사람들이 이미 일찌감치 알아차리고 있던 사실은 「발렌슈타인의 막사」에 등장하는 사회적으로 가장 낮은 계층의 사람들이 기본적 특성의 차원에서 볼 때 정치 행위의 주인공들과 맞서는 자리에 있고 극에서 전개될 사건의 갈등 세계를 미리 예고하고 있다는 것이다. 이솔라니의 크로아티아 사람들, 테르츠키의 소총 부대, 버틀러의 기마병들은 주먹 센 사나이들의 거친 세계를 대표하는 자들로서 서로 인간적으로 가까운 사이들이 아니다. 사냥꾼들은 편협한 세속인들의 허영심을 반영한다. 이 허영심이 훗날 크베스텐베르크에 맞서 싸우게 된다. 훗날 발렌슈타인의 적수가 되는 티펜바흐의 소총 부대원들은 황제에 대한 무조건적 충성심을 대변하고, 파펜하임의 사람들은 지휘관인 막스 피콜로미니에 대한 무제한적 의무감을 대변한다. 방범대장은 발렌슈타인과 버틀러가 떠받드는 운명의 여신이 가진 힘의 세계를 조명한다. 벙거지 수도원 소속의 수도사는 합스부르크 왕실에 대한 가톨릭적인 맹신의 화신이다. 합스부르크 왕실은 군인들의 삶을 이해하지 못한 채 자신의 권력을 지키기 위해 군인들 특유의 거친 행동도 결국 감수한다.[83] 겉으로는 명랑해 보이지만, 사실은 이기주의, 폭력 그리고 배반의 심연이 감춰져 있고, 그 심연 앞에 발렌슈타인의 포악한 군대가 버티고 있는 것이다. 오래전부터 스스로를 먹여 살리고 있는 전쟁은 한창 전쟁의 와중에서 피어나는 듯 보이는 세속적인 목가의 법칙 아래에서도 늑대의 험악한 얼굴을 유지한다. 실러는 막사의 파노라마를 연극에 효율적으로 집중하면서 서막을 장면의 모델임이 명백한 '의미심장한 대목'으로 몰고 간다. 이 대목에서 괴테가 요한 하인리히 마이어에게 한, 정곡을 찌른 말대로 "군대의 무리가 마치 고대 그리스 사람들의 합창단처럼 완성된 힘과 무게로 스스로를 표현하고 있는 것이다."[84]

이러한 기법을 보충하는 요소가 희극적 경향이다. 이는 말장난, 농담, 음담패설 등을 통해 나타난다. 실러는 희극을 감상문학류의 하나로 보거니와, 희극에 대한 자기 고유의 정의를 여기서 생생하게 가시적으로 보여주고 있는 것이다. 이러한 사실은 「발렌슈타인의 막사」에서 전개되는 것들에 대해 거리를 두면서 묘사하는 작가의 태도에서 드러난다(이와 같은 작가의 관점을 여느 때는 비판적인 독자인 헤벨(Hebbel)도 찬양했다.[85]) 직접적인 비판 대신에 등장인물 개개인의 역할을 반어적으로 묘사하는 기법이 등장한다. 이 반어적 기법으로, 군인이 자신의 사회적 위상을 평가하는 데서 드러나는 허상과 현실 간의 잘못된 관계를 보여준다. 농노(農奴)와 하층 관리들이 자신을 자율적인 개인들이라 말하는 경우("죽음의 얼굴을 마주 볼 수 있는 자, 군인만이 자유로운 사나이로다"(L. v. 1066 이하)) 그들의 그런 말에서 그들이 눈이 먼 편협한 인간들임은, 텍스트에서 이를 문제 삼을 필요도 없이, 입증된다. 기마병들의 말에서 시종일관 드러나는 잘난 체하는 허풍에도 (텍스트 내에서 아무도) 비판적으로 대꾸하지 않는다. "내가 차라리 칼로 해결해야겠다 해도, 그걸 나쁘다 생각할 자 없을 거다. 전쟁터에선 나 인간적으로 대해줄 수 있지. 하지만 날 북처럼 두들기려는 놈을 내버려둘 순 없다."(L. v. 963 이하 계속). 관객을 도덕적으로 유도하길 포기하는 것은 희극에 대한 실러 자신의 정의에 상응한다. 희극은 소재의 물질적 효력에 머물러 있지 않기 위해 소재의 저속성에 의젓한 형식의 에너지로 맞서야 한다. 그리고 이상적으로는 자신에 고유한 예술 기량을 통해 관객으로 하여금 "정서적 자유"를 갖도록 해주어야 한다. 오로지 이 정서적 자유만이 미적 경험을 할 수 있게 해주는 것이다.(NA 20, 445) 서막은 헤르더의 제자 가를리프 메르켈이 드라마가 책으로 출간된 지 한 해 뒤 서평에서 주장한 것처럼 '쓸모없는 전채 요리(Hors d'oeuvre)'가[86] 결코 아니다. 서막은 하나의 멋진 무대를, 인간의 자율성이 전쟁의 조건 아래서 점점 더 빨리 파괴되어 가는 것을 보여주는 무대를 펼치고 있는 것이다. 드라마의 제1부는 이처럼 서사적인 요소들로 풍만해져 있음으로써, 실러 자신의 이론이 요구하고 있듯이, "운명보다는 우연"(NA 20, 446)(삶의 예측 불가능한 법칙)이 지배하는 "자유의 희극"[87]이 된다.

이에 반해 제2부인 「피콜로미니」는 주인공을 결국에는 몰락으로 이르게 하는 갈등의 흔적을 뒤밟는 과제를 맡고 있다. 제2부는 아직 비극적 색채를 띠고 있지 않고, 우선 앞으로 무슨 일이 일어날지 암시만 하는 기능을 맡고 있는 것이다.[88] 그런 극작술의 목적을 뒷받침하는 것은 등장인물들의 시대에 대한 성찰과, 그들의 예감과 두려움을 보여주는 모티브들이다. 이미 유행어가 되어버린 제1장의 첫마디 말 "늦었지만 오셨군요"(P v. 1) 는 주관적으로 느껴진 시간 부족의 상황을 그려낸다. 이것은 옥타비오가 준비하고 있는 간계가 진전됨으로써 다급해진 상황을 극적으로 고양하고 객관화한 것이다.[89] 지체할 수 없이 당장 행동에 들어가야 한다는 의견들 이 반복되는 것은 계획에 참여하고 있는 모든 인물들에 덮친 잠재적 긴장 의 표출인 것이다.(P v. 808, v. 1737) 갈등의 매듭은 지어졌고 이제 풀어야 할 때가 된 것이다. 가담자 각자가 결정적 행위에 들어갈 가장 유리한 계 기가 오기만을 주시하고 있는 것이다. 다양한 시각에서 나오는 일련의 암 시와 예감들이 이에 상응한다. "우리가 올 때처럼 이곳을 떠날 수 있을지 가 걱정이오"(P v. 81)라고 말하는 버틀러, 힘겹게 세워진 모든 것이 "폐허" 로 무너지고 말 거라 예감하는 발렌슈타인(P v. 1276), 그리고 "우리 집을" 떠도는 "어두운 유령"(P 1899)에 대해 암울한 예언을 하는 테클라, 이 모두 는 점점 다가오는 파국 앞에서 인물들 내면에 깔린 공포를 말해주는 대목 들인 것이다. 쾨르너는 완결된 3부작을 읽고 나서 「피콜로미니」를 "사원에 이르는 앞마당"이라고 명명했거니와 그것은 이러한 주도 모티브들을 염두 에 두고 한 말이었을 것이다.

제3부가 시작하기 전에 사건의 비극적인 잠재력은 충분히 집중되었고, 이젠 그것이, 실러가 소포클레스의 「오이디푸스 왕」의 특질로 묘사했듯이, "펼쳐지기"만 하면 되는 것이다.(NA 29, 141) 「피콜로미니」와는 반대로 「발 렌슈타인의 죽음」은 다양한 국면급전을 가진 역동적으로 진전하는 줄거리 를 제공한다. 제3부가 시작하면서 주인공으로 하여금 상황의 압박 아래에 서 결정을 내리도록 강요하는 변전의 순간들을 연출하는 것은 실러의 요 구에 상응한다. 발렌슈타인의 몰락은 그가 전략적 계산을 잘못했기 때문

만이 아니라, 외적인 상황들이 발렌슈타인의 몰락을 촉진했고, 그것이 드러나도록 연출해야 한다는 것이 실러의 생각이었던 것이다. 결정적인 순간들에 발렌슈타인은 자신의 계산들이 더 이상 들어맞지 않기 때문에 계획한 일을 바꾸지 않을 수 없게 된다. 제지나가 체포되었다는 소식(T v. 40 이하 계속), 옥타비오의 잠적(T v. 1557 이하 계속, v. 1665 이하 계속), 버틀러가 도발적으로 끼어들면서 파펜하이머와 벌인 외교적 협상이 무산된 것(T v. 1994 이하 계속), 새로이 희망의 싹이 보였을 때 막스가 죽은 것(T v. 2673 이하 계속) 등등이 발렌슈타인이 가파른 추락의 궤도에서 두루 거쳐가게 되는 정거장들이다. 줄거리의 '급변'으로 탈출할 길 없이 휩쓸어가는 강물에서처럼 주인공이 앞으로 내몰리게 되는 것이 바로 제3막의 비극적 구조인 것이다. 훔볼트는 이러한 치명적 귀결을 1800년 9월에 보낸 찬사의 편지에서 매우 정확하게 묘사했다.

「피콜로미니」의 경우에서처럼 실러는 대비 효과를 동원한다. 이 대비 효과는 첫 번째 막과 그에 이은 두 번째 막 사이에서 작용과 반작용이 일어나게 하는 유희를 통해 생겨난다. 예컨대 제2부, 5막 2장에서 발렌슈타인의 수하가 체포되었다는 정보가 전해지는데(P v, 2), 이에 이어 제3부 1막 1장에서는 그와 정반대로 체포되었다는 그 수하(제니)가 신나게 점성술 책에서 자기가 발견한 것을 말하고 있는 것이다.(T I, 1) 또 제3부 1막에서는 주인공이 스웨덴 대령인 브랑겔과 외교적 협상을 하는데(T I, 5), 이에 이은 제2막에서는 황제의 편을 들기 위해 옥타비오가 이솔라니, 버틀러와 비밀회합을 가진다.(T II, 5~6) 비극은 형식상 정치적인 영역의 애매모호함이, 그러나 무엇보다도 "상이한 관계들과 세력들의"[90] '격돌'을 피할 수 없음이 분명해지는 긴장의 대목들을 통해 구조화되는 것이다. 헤겔은 그러한 긴장의 대목들이야말로 모든 비극적 줄거리의 특징이라 했다.

대비 기법과 급변 기법을 보완하는 것이 흔히 이들과 관련된, 우울함과 고통이 그 특징인 파토스의 장면들이다. 자신의 소망이 실현되지 않을 것이라 생각하는 테클라("이제 그것이, 그 차갑고 끔찍한 손이 나타났어요. / 그 손이 내 기쁜 희망 속으로 파고들어 소름이 끼쳐요"(T v. 1345)), 발렌슈타인(T v. 2160 이하 계속)과, 애인에게서 힘들게 떠나야 하는 막스("나를 슬퍼하지 마시오, 내 운명은 / 곧 결정되어 있을 거요"(T v. 2358 이하)), 젊은 피콜로미니의 죽음을 비가의 어투로 애도하는 발렌슈타인("꽃이 내 삶에서 졌구나"(T v. 3443)), 죽는 날 밤에 테르츠키 백작 부인과 이별하면서 하는 중의적인 말("나는 기다란 잠을 자려 하오"(T v. 3677)) 등은 제3부를 관통하는 일련의 파토스들 중 가장 뚜렷한 예들이다. 마지막 막은 그 진한 분위기와 집중적인 장면들로 의문의 여지 없이 하나의 일품이거니와, 이 마지막 막뿐 아니라 작품 전체에 셰익스피어의 「맥베스」가 스며 있다. 실러는 「발렌슈타인」을 끝내고 1년이 지난 후에 바이마르 극장에서 상연키 위해 「맥베스」의 연출 작업을 하게 된다.[91] 모범이 되는 「맥베스」에서 3부작의 마지막 부는 언어적인 애매모호함(이중적인 의미를 지닌 잠의 은유를 생각해보라. 맥베스 또한 이 은유를 사용한다) 그리고 비극적인 반어(발렌슈타인은 옥타비오의 역할을 보지 못하는데, 이는 덩컨이 훗날 자신을 죽이게 될 살인자의 가치를 높이 산 것과 같다), 파국을 예상케 하는 이미지의 유사성(살해되기 전 저녁에 발렌슈타인의 목걸이가 떨어져 튕기고, 「맥베스」에서는 유혈이 있게 된 밤에 부엉이가 운다), 개인의 잘못과 타율적 상황들의 예술적 연결(괴테가 훗날 쓴 '셰익스피어 에세이'에서 말하는 의미에서 현대적 주인공이 몰락하는 동기가 된다)을 보여준다. 또한 이들과 못지않게 중요한 유사성은 권력 지향적인 여자의 영향력이다. 테르츠키 백작 부인은 (티크가 1823년 평론에서 말한 바와 같이[92]) 연극적인 동생이라 불러도 좋을 만큼 맥베스 부인에 상응하는 인물인 것이다.

이 극 전체를 이루는 세 부분은 사건의 각기 다른 단계들을 반영할 뿐 아니라, 비극 전체의 구조 안에서 서로 분리된 기능도 수행한다.[93] 「발렌슈타인의 막사」는 실러 자신이 이플란트에게 쓰고 있듯이 "발렌슈타인의 계획이 이루어지게 해주는 "바탕"이고(NA 29, 289), 「피콜로미니」는 괴테의 말대로 주인공의 몰락을 준비하는 "일련의 사고들"[94]이며, 격렬한 파토스로 묘사되는 주인공의 몰락 자체는 마지막의 제3부에서 진행된다. 이렇게 함으로써 실러는 현대적 정치극을 고전적인 형식으로 연출하는데, 고대 그리스 비극의 척도를 현대적 정치극에 적용하는 데는 한계가 있어 보인다. 3부작의 탁월한 구조에 대해 아우구스트 빌헬름 슐레겔이 증오심에 가득 차서 내린 비판은 전혀 타당성이 없다고 볼 수는 없다. 그는 「극예술과 문학에 대한 강의」(1809)에서 실러는 "소재를 제대로 소화하지 못했고" 「발렌슈타인」의 구조적 폭발력을 이겨내지 못하여 그것을 "두 개의 연극과 하나의 다소 교육적인 서곡"으로 쪼개버리고 말았다고 혹평한 것이다.[95] 이와 같은 판단은 (훗날 티크와 헤벨이 반복하게 되거니와) 3부작의 각 부분이 나누어 가진 기능의 차이를 간과하고 있는 것이다. 그리고 무엇보다도 전체의 조직을 떠받치고 있는 '시적 경제성'을 위한 고도의 예술적 기법들도 전혀 보지 못하고 있는 것이다.

"행동으로 끝까지 밀고 간다, 내가 생각해낸 것이니까"
현실주의와 이상주의 사이에 선 발렌슈타인

장 파울은 「미학 예비 학교」에서 실러가 원칙적으로 폐쇄적인 인물들을 좋아했다고 주장하고 있다.[96] 포자와 피에스코 같은 인물들을 생각해보면, 장 파울의 이와 같은 짐작이 맞는 것 같다. 발렌슈타인 역시 이 대열에 낀다는 것에는 의문의 여지가 없다. 발렌슈타인의 경우에는 역사서가 제공해 주는 그의 내성적이고 비밀스러운 성격에 대한 기록들이 드라마를 만들어 내는 작업을 보증해주기까지 한다. 그런데 1796년에 실러가 쓴 편지들은 주인공을 문학적으로 다루기 위한 특별한 준비 과정에서 생긴 다음과 같은 문제점을 조명한다. 속을 들여다볼 수 없는 인물이기는 하지만 (실러가 쓴 극들의 이전 주인공들과는 달리) 이상주의적인 이념의 열기가 없다는 점에서 그는 비극의 주인공으로서는 어울리지 않아 보였던 것이다. 토마스 만은 1905년에 발표한 소품*에서 발렌슈타인 소재에 깊이 빠져 있는 실러로 하여금 다음과 같이 고민하게 한다. "이 주인공은 주인공이 아니다. 그는 고귀한 데가 없고 차갑다!"[97] 이미 1792년에 완성된 역사서 가운데서 발렌슈타인과 관련된 대목이 끝에 가서는 더욱 완화되는 경향이 있긴 하지만 프리틀란트 태생의 주인공을 암울한 인물로 그려내고 있다. 그의 엄청난 권력욕과 물질적 관심을 줄줄이 강조한다. "그의 공명심은 한이 없었고, 그의 자부심은 꺾이지 않는다. 명령하는 그의 정신은 누구든 자존심을 건드리면 모르는 척 놓아두는 법이 없었다."(NA 18, 132) 역사가인 실러가 이 야전 사령관을 위해 쓴 묘비문에는 조심스러운 판단을 하면서 객관적 사실만을 쓰고자 하는 노력이 엿보임에도 불구하고 전반적으로는 부정적인 내용들이 담겨 있다. "지배자이자 영웅으로서의 덕목들인 영리함, 정의감, 확고함, 용기가 그의 성격에서 거대하게 솟아올라 있다. 그러나 그에게는 인간적인 부드러운 덕목들이 없다. 인간적 덕목들이 있어야 영웅을 장식할 수 있고 지배자를 위해 사랑을 권할 수 있는 것이다."(NA 18, 327 이하) 발렌슈타인과 동시대의 시인인 다니엘 폰 체프코가 발렌슈타인을 주제로 쓴

••

* 「힘겨운 시간들(Schwere Stunde)」.

에피그람은 이미 그 제목인 "명예욕"에서 프리틀란트 대공을 "무덤에 매장한 자"는 바로 "명예욕"일 것이라는 추측을 드러낸다.[98] 요하네스 케플러가 1608년에 만든 발렌슈타인의 별자리 운세를 논한 글은 1852년에 가서야 출간되었기 때문에 실러가 알 수 없었겠지만, 이 야전 사령관의 성격에서는 계획하는 이성이 주도적임을 강조하고 있다. 그러나 그에 못지않게 강조되고 있는 것은 그의 닫힌 성격, 사색에 빠진 우울증, 그리고 크건 작건 비밀로 하는 태도(사기 기질, 사람 대하는 태도가 일정하지 않음) 등이다. 이러한 그의 면모는 골로 만(Golo Mann)이 말한 대로 그에 대해 "수백 년 동안" 서술된 것의 "원천적 모습"이다.[99]

발렌슈타인의 매력적이지 않은 면에 속하는 것이 그가 정치적·전략적 좌초에 시달리는 상황인데, 이러한 상황은 드라마로 만들어내려 할 때 특별한 문제로 등장하게 된다. 구체적 현실감각을 지닌 물질주의자인 발렌슈타인은, 실러의 논문 「소박문학과 감상문학에 대하여」가 원칙적으로 강조한 바처럼, 그의 계획이 성공하느냐에 따라 평가될 수밖에 없다. 1796년 3월 21일 훔볼트에게 보낸 편지에서 실러는 이상주의적 면모가 없는 인물이 좌절하는 것을 극으로 그려내면서 생겨나는 역겨움들을 매우 명료하게 서술한다. "그가 하는 일은 도덕적으로 나쁩니다. 그리고 물리적으로 망합니다. 그는 개별적인 일에서 큰 역할을 한 적이 전혀 없습니다. 그리고 전체적으로도 자기의 목표를 그르치고 맙니다. 그는 효과를 노리고 모든 것을 계산하지만 실패합니다. 그는 이상주의자처럼 스스로 자제하면서 물질에 대해 초연하지 못합니다. 물질에 굴복하여 얻고자 하지만 얻지 못합니다."(NA 28, 204) 행동 면에서 도덕적으로 구제받지도 못하고, 그렇다고 배반과 기만이라는 의문스러운 수단들을 눈에 보이지 않게 덮어버릴 수 있을 만큼 실제적 성공도 하지 못하는 발렌슈타인은 아무래도 스스로를 비극에 추천할 수 있는 인물은 못 되는 것이다. 실러는 반복해서 이 인물에 대해 거리감과 냉담함만 느낀다고 강조한다. 그러나 그는 바로 그 점이 자신이 발렌슈타인을 묘사하면서 지녀야 할 객관성의 전제 조건임을 집필 작업이 진전되면서 파악하게 된다.

3부작이 보여주는 발렌슈타인 상은 흔히 주장되는 것과는 달리 역사서에 그려진 모습과 다만 몇 가지 사소한 점에서만 다를 뿐이다. 차이가 생기게 된 것은 희곡적인 효과 계산에 의해 변화된 관점들 때문이다. 관객이 자기의 문제라고 동일시할 수 있는 요소들을 만들어내야 했기 때문에 실러는 발렌슈타인을 사적인 맥락들에서도 보여주게 된 것이다. 독백들(T I, 4; II, 1; III, 13)과 은밀한 대화들(P II, 6; T I, 6; III, 18)은 터져버릴 것 같은 내면의 삶을 조명한다. 역사서는 독자들에게 이런 내면의 세계를 그저 피상적으로 스케치해줄 뿐이다. 그러나 드라마는 판단을 내리고 결정하는 과정을 관객들에게 보여줌으로써 그들에게 주인공의 운명에 참여할 수 있는 심리적 전제 조건을 마련해주게 되는 것이다. 그러나 발렌슈타인은 단 한 곳에서도 무조건의 호감을 사는 인물이 되지 못한다. 운이 없는 현실주의자라는 견해, 속을 들여다볼 수 없고 보여주지도 않으며 항상 자신의 권력을 넓히는 데만 몰두하는 현실주의자라는 견해는 여전히 힘을 발휘한다. "군인 대중"(괴테)[100]이 그에 대해 퍼뜨리는 생각들은 역사적으로 전해온 그러한 판단들이 맞다고 확인해준다. 절대적 권력과 제한되지 않는 명령권(L v. 848), 비밀스러운 마법과 지옥에서 가져온 재료 때문에 신체에 타격을 가해도 무사하다는 신화, "부대 병사들을 아버지처럼 돌봐주는 마음"(P v. 193) 등이 언급된다. 이와 동시에 그가 누리는 무한한 권위 때문에 황제에 대한 관계마저도 결국엔 그 바닥부터 흔들리게 될 거라는 말들도 퍼져 있었다.(P v. 255 이하) 이러한 평판들은 발렌슈타인이 휘하 장교들 앞에 나타날 때, 권력을 의식하고 있는 그의 모습을 통해 곧 확인된다.(P II, 7) 역사서들에서도 우리는 그러한 평판들을 읽게 된다.

공인으로서의 야전 사령관 발렌슈타인을 보완하는 (테클라, 막스, 아내와의 관계에서 보이는) 그의 사생활에서도 언제나 정치적 사고가 지배한다. 발렌슈타인은 "부드러운 마음을 가진 아버지"의 모습이나, "세련된 시민답게" 마음의 목소리에 따르는 모습(T v. 1527 이하)으로가 아니라, 권력자의 자세로 딸을 맞이한다. "그는 딸의 머리 위에 전투적 삶의 화관을 씌워주고"(P v. 749 이하) 싶어한다. 딸을 "유럽 왕가" 중 하나의 왕위 계승자에게 시집보내려 한다.(T v. 1513) 정치적 인간이 계획하는 셈법이 딸과 아내에 대한 관계에서도 매 순간을 지배하는 것이다. 그리하여 여기서도 소재에 기인하는 양면성이 나타난다. 드라마는 주인공이 관객에게 자신의 사생활을 보여주고 싶어하는 곳에서도 주인공을 또다시 권력의 인간으로 나타나 보이게 할 수밖에 없는 것이다.

'하나의 환상적 실존'[101](괴테)의 표본이요 정치적 투기꾼인 발렌슈타인은 어쨌든 이상주의자는 아니다. 그는 자기가 몰두하는 음흉한 프로젝트들로 자기의 전략적 이점을 확보하려 한다. 그의 지능을 지배하는 물질적 차원에 속하는 것은 시대의 흐름이 불투명할 때에도 그에게는 항상 결정하는 자유가, 어떤 제지도 받지 않고 작전을 수행할 수 있는 자유가 있다는 것이다. 정치적 권력 싸움으로 갈기갈기 찢긴 땅은 이미 서막이 알려주는 대로 "서민 생활의 좁은 영역"(v. 53)을 벗어난 발렌슈타인의 세계이다.[102] 그의 뚜렷한 명예욕은 역사가들이 알고 있듯이 1630년 8월 레겐스부르크의 대공이 제거되기 전에 이미 "제국의 대공들과 같은 자리에 앉을 수 있기 위해"(P v. 837) 뵈멘의 왕관을 정복할 목적을 세운다. 그는 막스와의 대화에서 황제에 대한 복종을 그만두고 전체 군대를 데리고 스웨덴 군대 진영으로 가서 투항하기로 결심했다는 것을 고백한 후, 자신을 그리하도록 움직인 자기의 실용적인 신념을 밝힌다. 그는 사회적 삶을 모든 환상을 떠나 이해관계의 "전쟁터"로 냉철하게 평가하는 것으로부터 출발한다(훗날 헤겔은 시민사회를 그렇게 표시했다).[103] "사람 사는 세계는 좁으나 뇌의 세계는 넓다. / 생각들은 서로 가까이 이웃하며 살기 십상이나, / 그러하기 때문에 사사건건 좁은 공간 속에서 서로 부딪히게 마련이다. / 한 생각이 자리를 잡으면 다른 생각은 밀려나지 않을 수 없다. / 쫓겨나지 않으려면 쫓아내야 한다. / 그러니 항상 싸움이 있게 마련이고 힘센 자만이 승리한다." (T v. 787 이하 계속) 이렇게 확신하면서 발렌슈타인은 지속적인 전쟁이라는 물질주의적 삶의 철학에 놀랍게도 가까이 서 있는 것이다. 이것은 이미 프란츠 모어(「도적 떼」)가 보여준 삶의 철학이다. 실러의 주인공인 전략가 발렌슈타인은 콘라트 페르디난트 마이어(Conrad Ferdinand Meyer)의 소설 「구스타브 아돌프의 시동(侍童)(Gustav Adolfs Page)」(1882)에 나오는 프리틀란트의 호탕한 대공과는 공통점이 거의 없다. 그는 "말의 영웅"도 아니고 "도덕의 수다쟁이"(T v. 524)도 아닌 음침하고 사람을 거부하는 태도가 몸에 밴 인물이다. 이러한 성격 뒤에는 이미 역사서에 기술되어 있듯이 "커다란 구상들"(NA 18, 134)에 따라 움직이는 지략이 숨어 있다. 여기서 '놀이 인간(Homo ludens)'이라는 주도적 은유에 미혹되어서는 안 될 것이다. 이 은유는 극 전체를 두루 관통하고 있기는 하나 발렌슈타인 줄거리에서는 사소한 역할을 할 뿐이다. 이들도 발렌슈타인이 일로와 테르츠키를 데리고 논다는 사실을 알고 불쾌해한다. 발렌슈타인은 속을 알 수 없는 인간의 적임을 알게 되는 것이다.(P v. 871) 발렌슈타인 자신이 정치 "놀이"*(T v. 114,

••

* Spiel이라는 말은 놀이와 도박 모두에 사용됨. 여기서는 행운의 여신 포르투나에 거는 도박

259 이하)라는 말을 하는데, 이것은 「발렌슈타인의 막사」에 나오는 운수의 모티브를 상기시킨다. 그런데 이 정치 놀이는 가능성의 세계를 자유롭게 상상하는 (미학적) 즐거움과는 상관이 없다. 여기서 놀이라는 말은 자신의 전략적 옵션들을 가능하면 냉담하게 파악하고 싶어하는 전략가의 완곡한 어법일 뿐이다.[104]

발렌슈타인의 정치 행위에서 핵심 요소는 왜곡이다. 그는 주저하지 않고 권력을 휘두른다. 그는 자기가 맹세한 문서의 의미를 조작하도록 지시하는가 하면, 하는 척만 하는 협상을 하고, 마음을 여는 척하여 신뢰를 얻어내고, 자신에게 도움이 된다 싶으면 서슴없이 거짓을 말한다(후에 발렌슈타인 암살 행동대를 지휘하게 될 벼락출세자 버틀러의 경우에 그러하다. 그는 버틀러의 사회적인 명예욕을 빈에서 음흉하게 방해하면서 황제에 대한 버틀러의 증오심을 드높인다). 발렌슈타인이 충실한 조력자의 재능을 적재적소에서 도구로 쓰면서 자기의 이해관계를 위해 능수능란하게 이용할 줄 아는 인물임을 젊은 피콜로미니도 강조한다.(P v. 432) 막스 코머렐(Max Kommerell)은 이를 보완하는 뜻에서 발렌슈타인은 대화 상대에 따라 매번 다른 소리를 한다고 썼다.[105] 이러한 점에서뿐 아니라 실러의 주인공은, 니콜로 마키아벨리의『군주론』에 서술돼 있는 것과 같은, 도덕적 양심은 거들떠보지도 않는 정치 행위를 일삼는다. 속내를 알 수 없다는 것, 속임수, 그리고 병을 감춘다는 것, 이런 것이 그의 행동에서 핵심 요소들이다. 마키아벨리는 세력 확대의 목적에서 전략적 동맹을 바로 맺어야 할 때 취해야 할 가장 좋은 행동 방식은 "교활함"[106]이라고 권한다. 실러의 발렌슈타인이『군주론』을 읽지 않았을 수도 있겠지만, 적어도 테르츠키 백작 부인은『군주론』에

∴

으로 소개되어 있음.

726

통달한 여자임이 브랑겔과의 비밀 협상에서 드러난다. 발렌슈타인은 황제에 대한 계약에 매여 있어 자신이 행동의 자유가 아직은 도덕적으로 제한되어 있다고 느끼지만(T v. 109, 572 이하 계속) 그의 처제인 백작 부인은 무제한적인 이익 추구 정치의 철학을 대변한다. "실토하세요, 당신과 황제 사이에 의무와 권리 같은 건 없다고 고백하세요. 오로지 권력과 기회만 있을 뿐이라고요!"(T v. 624 이하 계속) 테르츠키 백작 부인은 "여자 마키아벨리"[107) 제2의 맥베스 부인이라 할 수 있다. 권력의 야한 맛을 느끼며 즐기는 정치적 지능인 것이다. 정치술에 능하고 속임수에도 능하다. 세밀하게 사람을 보는 눈이 있으되 양심의 가책 같은 것은 모른다(실러는 훗날 셰익스피어의 작품을 재가공할 때에 맥베스 부인의 이러한 측면을 뚜렷하게 부각한다).

발렌슈타인은 양심의 가책이나 충성심 문제로 갈등을 느끼게 되면, 바로 그러한 경우일수록 자신의 행동을 불투명성과 왜곡의 원칙에 맞춘다. 토마스 만은 이를 "토성(축제)의 정치"[108)라고 부른 바 있다.* 대공은 그렇게 함으로써 종교전쟁 시대의 사회적 인간학(이것은 마키아벨리와 남모르게 관련되어 있는 그라시안(Gracián)의 「세상을 보는 지혜(Oráculo manual y arte de prudencia)」에 가장 잘 표현되어 있다)에 따르고 있는 것이다. 이 책에 그려진 "냉담함의 행동학"[109)은 이미 「돈 카를로스」에 흔적을 남겼거니와, 많은 점에서 발렌슈타인의 전략 사고에 상응한다. 발렌슈타인은 기다리는 것을 선호하는데, 이러한 특성에 해당하는 것이 인내와 감정 조절을 현명한 행동의 조건이라고 규정하고 있는 그라시안의 55번 단상이다. "자신에 대해 먼저 주인이 되어라. 그러면 다른 사람에 대해 주인이 될 것이

∴

* 토성의 축제는 고대 로마 시대에 있었던 축제로, 이날(12월 19일) 노예와 주인이 옷을 서로 바꾸어 입고 놀았음. 후세 카니발의 원조.

다. 시간의 넓은 영역을 통해서만 기회의 중심에 이르게 된다."[110] 발렌슈타인은 하고자 하는 일 하나하나를 미리 정확하게 점검해보는 버릇이 있다. 이런 점에서 그는 그라시안적인 합목적적 정치의 표본이라 할 수 있다. 인내심을 갖고 시간의 호의를 기다리는 능력을 역사가 실러가 이미 대공의 특징적 성격으로 치부하고 있다.(NA 18, 134) 바로 그러하기에 더욱 주목하게 되는 사실은 발렌슈타인이 그에게 많은 결과를 가져올 스웨덴 측과의 교섭을 "계획 없이"(T v. 171) 했다는 것이다("그런 생각 자체가 마음에 들었던 것이다."(T. v. 148)). 여기서 그가 여느 때보다 오래 결정적 걸음을 내딛기에 앞서 움찔거리고, 일로와 테르츠키 그리고 테르츠키의 부인이 좋은 기회이니 놓치지 말라고 계속 경고했는데도 불구하고 그 좋은 '기회'(P v. 928, T v. 626)[111]를 알아보지 못하는 것은 전체 프로젝트를 서투르게 준비한 까닭이다. 배반해버릴까 하는 교태에서 시작한 것이 갑자기 진지한 양상을 띠게 된 것이다. 발렌슈타인은 적군에 합류하기 위한 이탈자의 역할에서 실패하는데, 그 원인은 자신의 정치적 원칙을 지나칠 정도로 팽팽히 고수한 결과가 아니라, 작전을 세우는 과정에서 한순간 그러한 원칙을 무시한 데에 있는 것이다.

실러는 지혜론의 근본 원칙들을 고수하는 현실주의적 성향을 전혀 의심하지 않는다. 그러한 성향은 전체 드라마의 전환점에 해당하는 제3부의 서두인 1막 4장의 독백에서도 선언의 형태로 제시되고 있거니와, 이 독백은 학계에서 프랑스 혁명이 마무리되어가는 시기에 당면 과제였던 지배자의 정당성 문제를 반영하는 것이라는 타당한 평가를 받아왔다.[112] 이 독백이 조명하는 것은 잘 생각지도 않고 스웨덴인들에게 접촉을 시도한 것이 폭로된 후 대공이 처하게 된 상황이다. "내가 그 일을 실행해야만 한단 말인가, 내가 생각한 일이니까? 그 유혹을 뿌리치지 못하고, 그 꿈으로 내 마음을 키우고, 어찌 될지 모를 일을 위해 수단을 아껴두고, 길을 다만 열어 놓아둔 그 일을?"(T v. 140 이하 계속) 발렌슈타인은 자신의 잘못으로 빠져 든 전략적 대결 상황을 반성하다가 뜻하지 않게 현재의 정치적 고착 상태를 신랄하게 비판한다. 황제의 권력이란 원래부터 '전통적' 기반을 통해 갖게 된 "시효가 끝난, 성스러운 대접을 받고 있는 자산"에 근거하고 있는 것이기에, 자기가 나서서 "영원히 어제의 것"(T v. 195 이하 계속)을 극복하겠다고 주장한다. 결국 이것은, 막스 베버의 말을 빌리자면, '카리스마적' 지배의 정당화인 것이며, 그것은 이미 「발렌슈타인의 막사」에서 여러 목소리의 불협화음으로 이루어진 하급 병사들의 합창이 요구한 것이다("오로지 대공님 그분의 말만 믿고 / 우리는 기마병의 의무를 다한다"(L v. 710 이하)).[113] 여기에 담긴, 실정법과 습관에 기초한 권력에 맞선 논거에는 실러가 프랑스 혁명 당시 헌법을 만드는 과정에서 정치권력의 법리적 정당화에 관한 토론을 예의 주시하면서 추적한 흔적이 남아 있다.[114] 그럼에도 불구하고 실정법과 습관에 기초한 황제 권력에 맞선 논거를 새로운 질서에 대한 강령 선언으로 해석한다면 그것은 큰 잘못이 될 것이다. 발렌슈타인이 스웨덴 측에 접근하려 한 것은 특별한 정치적 의도에서가 아니라 자기 자신의 위상을 과대평가한 결과인 것이고, 전통적인 지배 체제에 대한 공격은 오로지 예정된 배반을 도덕적으로 정당화하기 위한 것이다. 실러는 1799년 3월 1일 뵈티거에게 보낸 편지에서 발렌슈타인의 비극적 자질에서 본질적인 요소는 "넘쳐나는 생각들"(NA 30, 34)이라고 했거니와, 발렌슈타인의 독백을 지탱하고 있는 것도 이러한 "넘쳐나는 생각들"이라 할 수 있다. 하지만 현존하는 사실이 지닌 힘에 대한 이 언급들을 정치적 갱생을 위한 변론으로 여겨서는 안 될 것이다. 전선(戰線)을 바꾼 것은 개인적인 권력욕의 결과이고, 이 개인적 권력욕은 전략적 문제에 관한 여러 생각들을 갖고 노는 가운데서 드러난다.[115] 이 여러 생각들 중에 정치적인 프로그램은 없다. 파토스적으로 터져 나오는 독백에 실제적으로 어울릴 수도 있을 평화에 대한 상세한 계획 같은 것도 발견되지 않는다. 실러가 진정한 비전 없이 이 전략가(발렌슈타인)의 초상화를 묘사함에 있어서 프랑스의 장군이자 국방부장관이던 샤를프랑수아 뒤무리에(Charles-François Dumouriez)를 모델로 삼았을 수는 있다. 뒤무리에는 1793년 4월 5일 네덜란드에서 벌어지고 있는 자코뱅당의 정책을 두고 국민의회와 갈등에 빠지면서, 그러나 무엇보다도 자신이 군사적으로 실패했다는 인상을 받고서는 오스트리아에 투항했다. 괴테는 이미 1797년 6월 6일 요한 하인리히 마이어에게 쓴 편지에서 실러의 드라마가 "뒤무리에의 이야기"를 "예술에 중요한 기법"으로 반영하고 있다고 말하고 있다.[116] 3부작의 주인공처럼 혁명 장군 뒤무리에가 전선을 바꾼 것은 오로지 개인적 이해타산의 결과였지, 그 이상의 목표를 위한 것은 아니었던 것이다.

발렌슈타인은 막스와 담판할 때에도 가능한 정치 질서 개혁의 비전을 내세우면서 자신의 배반을 내용적으로 정당화하기 위한 어떠한 시도도 하지 않는다. 그는 오로지 자신에 대한 충성에 호소한다. 그는 이를 자연법적인 연대의 산물로서 황제에 대한 충성 서약보다 상위에 있다고 생각한다.(T v. 2180 이하 계속) 발렌슈타인이 말하는 구체적인 유일한 정치적 목표는 뵈멘 왕이 되기 위해 노력하는 것이고, 딸을 왕권 승계자의 신랑과 결혼시키는 것이다.(P v. 835 이하 계속, T v. 1516 이하 계속) 파펜하이머들에 맞선 평화 외교로 "유럽의 운명"을 바꾸고 "실타래를 풀고" "찍어 끊어야" 한다고 하지만, 전략적 계산과 자아 중독적 권력욕이 저변에 깔려 있는 까닭에 성사 여부는 불투명하다. 발렌슈타인은 자기 자신의 권력자 역할을 빛나게 연출하기 위해 스웨덴 측과 "겉으로" 연합을 시도하는 척하는 것이다. "나는 내가 운명의 사람이라는 것을 안다. 그리고 자네들의 도움으로 이를 수행하기를 바란다."(T v. 1964 이하 계속) 이와 같은 진단의 힘은 권력에 대한 사랑, 즉 엘베시우스(Helvétius)가 『인간론(De l'homme)』(1773)에서 몽테스키외의 삼권분립론에 맞서 모든 국가 질서의 조건으로 내세운, 권력에 대한 사랑에서 나오는 것이다. 발렌슈타인은 테르츠키 앞에서 정치적 주권자는 무조건적 결정의 자유를 갖고 있어야 한다고 주장하고 있거니와 이러한 주장에는 실러가 이미 카를스슐레 시절에 비판적으로 다룬 바 있는 엘베시우스의 고도의 이기주의 철학이 반영되어 있는 것이다. "내 권력을 알고 있다는 것이 내겐 즐거움이지. 내가 그것을 실제로 사용하게 될지, 그것을 자네가 다른 이들보다 더 잘 알고 있다고는 못할 걸세."(P v. 868 이하 계속)

여기서 정치적·군사적 배반은 우연과 관계된다. 그 동기는 레겐스부르크로 좌천된 후 분노한 발렌슈타인 장군의 상처 입은 명예심이지만, 배반을 유발한 직접적 요소는 '계획 없이' 시작한 스웨덴 측과의 협상 사실이 폭로되었기 때문이다. 대공의 행동은 황제에 대한 옥타비오의 충성심을 자극한 순간 더 이상 비밀로 남아 있을 수 없게 되고 곧장 이해관계의 충돌을 유발한다. 발렌슈타인은 황제에 대한 충성 계약에 얽매인 상태를 처음에는 주관적으로 자신의 개인적 자유를 걸고 조롱하는데, 이 조롱은 "자연의 힘들 자체 간의 상호 충돌로, 그리고 그것들과 인간의 자유와의 충돌로" 변한다. 이러한 충돌을 실러는 논문 「숭고한 것에 대하여」에서 세계사의 원칙(NA 21, 49)이라고 표시한 바 있다. 그러나 여기서 자율성 요구와 법적 사고 간의 갈등을 이념의 갈등으로 간주한다면, 그것은 오판이 될 것이다. 드라마에서 이념의 갈등은 흔적도 없다. 그 대신에 우리가 목격하는 것은 증오와 폭력의 징표들이 매몰돼 있는 정치적 권력의 황량한 풍경뿐이다.

발렌슈타인의 잘못〔쾨르너는 이것을 완곡하게 "좋게 봐줄 수 있는 불철저함"(NA 38/I, 66)이라 말했다〕과 불행한 외적 상황들이, 실러가 의도한 대로, 끝까지 병행하면서 파국 준비에 함께 작용한다. 교만함, 망설임 그리고 잘못된 판단의 구제 불가능한 콤비가 먼저 파멸에 걸려드는 계기를 유발하고, 다음으로 이어지는 비극적 진행 과정은 결정적 순간에 주인공에게 불리한 여러 사건이 터짐으로써 촉진된다. 예컨대 제지나가 체포되거나 프라하에 보낸 사신이 억류되는 것이 주인공에게 불리한 전조인 것이다. 프라하에 보낸 사신이 비밀리에 보낸 소식이 금세 막사에 퍼지자, 분위기는 결정적으로 대공에게 불리하게 뒤바뀌고 만다. 정치 행위의 전환점에서 머뭇거리는 발렌슈타인의 태도가 어떠한 이성적 근거로도 정당화될 수 없다는 것은 설명할 필요도 없이 자명하다〔"부당한 일 앞에서의 망설임"(NA 38/I, 327)은, 훔볼트가 그에게 인정한 것이지만, 결정적 역할은 하지 못한다〕. 항상 뒤로 물러서는 우유부단한 대공의 이미지가 커다란 무대효과를 자아냈음은 이미 당시의 관객들이 증언하고 있다. 물론 현대의 역사가들은 발렌슈타인의 그런 우유부단한 태도를 믿지 않는다.[117] 1634년 익명으로 출간된 발렌슈타인의 비문에는 다음과 같이 쓰여 있다. 그는 "큰 군대를 조직했다. 그러나 제대로 전투를 한 적은 없다."[118]

남을 의심하는 발렌슈타인의 폐쇄적 성격은 케플러의 별자리 운세에 의하면 토성의 영향이 강한 탓이다. 토성이 목성과 함께 발렌슈타인이 태어나는 시간에 첫 번째 집에 머물렀고* 여기서 '막 떠오르는' 행성으로서 마비시키는 자기 기능을 발휘한 것이다. 점성술적인 이러한 추측을 실러는

:.

---

* 점성술에서는 별이 총총한 밤하늘을 열두 개의 집, 즉 열두 개의 구역으로 나눔. 점성술은 별이 이런 집에 들어오고, 머물고, 나가는 데다 의미를 부여함.

발렌슈타인을 토성의 성격을 가진 우울증 환자로 묘사한 역사학자 시라흐(1773)와 헤르헨한(1790)의 서술을 통하여 간접적으로 알게 되었다.[119] 크베스텐베르크는 대공이 이미 군세가 기울어진 스웨덴 군대를 힘을 다해 추격할 좋은 기회가 왔는데도 공격하지 않고 "전쟁의 무대에서 사라져버렸다"(P v. 1067 이하)고 불평하거니와, 이러한 불평 또한 대공의 우울증 환자 같은 측면을 겨냥한 것이라 할 수 있다. 이보다도 더 큰 영향을 파국에 끼치는 것은 대공이 저지르는 일련의 개인적 실수이다. 발렌슈타인은 자신이 사람의 마음을 잘 볼 줄 안다고 여기지만("내가 사람의 속심을 한번 들여다보기만 하면, / 나는 그가 무엇을 하려는지, 그의 행동이 어떻게 나올지를 알 수 있다."(T v. 959 이하)) 주위에서 여러 충언과 고언을 들으면서도 발렌슈타인은 이를 진지하게 여기려 들지 않았다. 그는 옥타비오와 버틀러를 조심해야 한다며 주변에서 해준 경고의 말들을 진지하게 받아들였어야 했음에도 불구하고 그들에게 속임을 당하고 마는 것이다.(P v. 884 이하, T v. 1440 이하 계속) 야전 사령관의 고루한 생각은 여기서 그로 하여금 군사적 상황 판단을 잘못하게 하고, 상황 판단의 오류는 그를 죽음으로 몰아넣을 위험한 외적 판세의 원인이 된다. 19세기에 오토 루트비히와 카를 블라이프트로이(Karl Bleibtreu) 같은 비판적 독자들은 이런 모티브들에서 역사적 인물이 실제에 충실하게 다루어지지 않고 있다고 보았지만, 그들은 발렌슈타인의 전략적 실수가 극에서 맡는 비극적 기능을 간과하고 있는 것이다. 여기서도 소포클레스류의 분석극은 그 가치를 충분히 발휘하고 있는 것이다. 버틀러에 맞서 전에 짠 간계는 결정적 순간에 해로운 결과들을 전개하고, 옥타비오를 별생각 없이 신뢰한 것도 나쁜 결과를 초래한다(여기서 "못된 마음"이 "올곧은 마음"을 이긴다(T v. 1683)는 발렌슈타인의 말은 물론 완곡한 표현이다).

실수의 비극은 점성술 모티브와 밀접히 연결되어 있는데, 이 점성술 모티브를 실러는 무엇보다도 파국의 상황에까지 이르게 한 '원초적 오류(Proton-Pseudos)'에 대해 객관적인 성격을 띤 반대추로 사용하기 위하여 활용하고 있는 것이다. 발렌슈타인이 별자리의 의미를 믿는 것은 비밀스러운 운명에 대한 지식을 반영하는 것도 아니고, 막스와 테클라가 서로 사랑하는 가운데서 다짐하는 평화에 대한 희망을 별자리에서 발견했음을 뜻하지도 않는다.[120] 이 점성술의 주제가 연출에서 결정적 기능을 발휘하는 것은, 괴테가 어느 누구보다도 함축성 있게 논평했듯이, 오히려 바로 점성술적인 추측이 개인적 결정의 자유를 제한할 때이다. "별에게 무엇을 해야 하느냐고 묻는 자는 무엇을 해야 할지 모르고 있는 것이 분명하다."[121] 자신이 장차 걸어야 할 길을 오로지 전술적 상황에 따라 결정하지 않고, 그 대신에 대공은 점성술의 가르침을 따른다. 그는 이 점성술에서 가장 유리하게 행동에 나설 순간이 언제인가에 대한 힌트를 얻게 되길 바라지만, 그럼으로써 그가 빠져들어갈 심각한 의존성을 간과한다. 발렌슈타인이 스스로 별자리 해석 법칙에 따르려는 것은 괴테의 파우스트가 스스로 마법에 몸을 내맡기려는 도피적 성격에 상응한다는 해석이 반복해서 강조되어왔다. 무엇보다도 소위 형이상학적인 진단을 실제로 도구화하려는 경향이 역력하다. 파우스트나 발렌슈타인이나 신비로운 관찰들에서 자신들의 행동 전망에 대한 구체적인 결론을 끌어내려는 의도를 좇고 있는 것이다.[122]

이와 같은 우선적 관점을 짚어본 다음에 비로소 문제 삼아야 할 것은 별자리에 대한 발렌슈타인의 분석이 잘못된 전제에서 출발하고 있다는 것이다(설사 정당한 전제라 하더라도 의존성의 상황은 변하지 않는다).[123] 그는 하늘을 관찰하면서 자신의 (역사적으로 전승된) 별자리 운세를 일방적으로 오해하는 데서 출발한다. "해만 끼치는 늙은" 화성 마르스가 쫓겨 나가고 토성 사투르누스의 세가 꺾이고 있어〔그의 "왕국은 끝났다"(T v. 14 이하 계속)〕 '축복의 별'인 목성 유피테르를 유리하게 해주고 있으니 자기가 감행하려 는 계획이 성공하도록 도움을 주리라고 가정하는 것이다. 이러한 낙관적 해석의 전제는 발렌슈타인이 일로와 테르츠키에게 강조하듯이 자기 자 신이 빛과 명랑함의 자리(P v. 970 이하 계속)에서 태어난 목성의 아들이라 는 확신과, 목성의 아들이 가진 계획은 목성의 힘이 강해지면 지원을 받 게 된다는 생각이다. 이때 발렌슈타인이 간과하고 있는 것은 케플러의 계 산이 보여주듯이 그의 별자리 운세가 강한 첫 번째 집에서 목성과 토성 이 기이하게 서로 연결된 상태(Conjunction Magna)를 보이고 있다는 사실 이다. 따라서 토성의 경향을 통해 자신의 계획에 지대한 영향을 미치게 되 리라는 것도 고려했어야 하는데 고려하지 않은 것이다. 17세기에만 해도 널리 퍼져 있던〔아그리파(Agrippa)와 에브레오(Ebreo) 또한 다루었던〕기질론 (Temperamentenlehre)은 고대 체액병리학을 근거로 별자리의 형국과 마음 상태의 관계에서 출발하는데, 이에 따르면 당시 역사가들이 확신한 대로 발렌슈타인의 기질은 토성이 주도하는 가운데 태어난, 내성적이고 암울하 고 무뚝뚝한 양상이 있는 우울성(Melancholie)인 것이다.[124] 실러의 역사서 (『30년전쟁사』)는 헤르헨한과 무어의 논문(1790)에서 영향을 받아 바로 이러 한 특징들을 잘 파악하고 있다. "어둡고, 폐쇄적이며, 밑도 끝도 없이 그는 선물을 아끼는 것보다 말을 더 많이 아낀다. 그나마 말수가 적은데도 목소 리는 역겹다. 그는 결코 웃지 않는다. 그리고 그의 차가운 피가 감각의 유 혹에 반발했다."(NA 18, 134)[125]

정치적 행동 윤리에 대한 광범위한 토론으로 빠지는 막스와의 논쟁에 서 발렌슈타인 스스로가 자기 자신을 토성과 토신의 속성을 지닌, 물질적 인 것을 추구하는 인간이라고 정확하게 부른다. "자연은 나를 거친 소재들로 창조했지. 그리고 욕망이 나를 땅으로 끌어내리지."(T v. 797 이하) 그러나 이러한 진단으로부터 토성 사투르누스의 세가 꺾이고, 군인인 자기 자신의 직업을 상징하는 전쟁의 신인 화성 마르스가 경고의 신호이지 희망의 신호가 아니라는 결론이 도출되어야 했던 것이다.[126] 별자리에 대한 발렌슈타인의 믿음은 따라서, 실러가 1798년 12월 4일 쓴 한 편지에서 강조하고 있듯이, "시대정신"에 상응할 뿐 아니라, 「서사문학과 극문학에 관하여」가 두 장르에 섬세한 긴장 고조의 수단으로 권하는 '지연의' 모티브들 중 하나를 형성하고 있는 것이다.[127] 괴테가 1818년에 작성한 「가장행렬(Maskenzug)」은 발렌슈타인이 하는 계산에 관해 언급하면서 점성술 주제의 본질을 다음과 같이 파악한다. "이제 별이 별을 향해 해석하면서 눈짓한다네. 이것 아니면 저것이 잘한 일인지를. / 혼란스러운 궤도를 향해 잘못을 비춰준다네. / 여전히 그처럼 멋지게 빛나고 있는 별들의 잘못을."[128]

주인공은 자신의 정치적 야망을 별자리 해석의 비법에 묶으면서 자기 자신의 계획을 지연시킨다. 그리고 그의 계획이 실패하게 되는 것은 결국 점성술의 점괘가 지연됨으로써 시간이 지연된 결과인 것이다.[129] 주관적으로 미리 내린 결정이 소위 객관적이라는 초감각적 영향력에 대해 얼마나 결정적인가는 발렌슈타인이 제지나의 체포를 "우연"이라고 선언하지만(T v. 92), 일로를 향해서는 점성술적으로 옥타비오와 자신의 감성이 비슷하다고 하는 것과, 옥타비오가 신비스러운 예감으로 뤼첸 전투 직전에 자신의 생명을 구해준 일을 근거로 제시하면서 바로 우연의 범주를 부정한다는 사실에서 알아볼 수 있다. "우연이란 없다. / 우리 생각에 맹목적 우연이라 생각되는 것, / 바로 그것은 깊은 근원으로부터 나온다."(T v. 943 이하 계속) 현명한 인간 지식이 조심스러운 계획을 준비하는 곳에서는 "우연은 나불거리면서"(T v. 958) 아무런 영향력도 발휘 못 한다고 결론짓는다.

이런 재치 있는 표현의 핵심은 발렌슈타인이 자신의 사업을, 그가 다른 곳에서 고백하고 있듯이, 잘못 준비했고, 바로 그 때문에 우연성의 걷잡을 수 없는 힘들에 여지를 주었다는 데 있는 것이다.(T v. 146 이하 계속)

발렌슈타인이 결국 '계획을 세우지 않고'(T v. 171) 결단력 없이 작전을 펴나갔기 때문에 실패한 반면, 그의 적수인 옥타비오는 발렌슈타인이 자기만이 갖고 있다고 자부하던 바로 그 예지능력과 인간 지식을 겸비한 인물인 것이다. 토마스 만이 지칭한 바와 같이 옥타비오는 "현명한 충신"[130]으로서 결코 금 가지 않을 신뢰감 속에서 황제 편에 머무른 것이다. 합스부르크 왕조가 제시한 계약에 대한 충성은 그에게 현실 정치의 필수적인 전제 조건(conditio sine qua non)이요, 그것의 에토스는 기존의 주어진 의무들을 실행함으로써 어떤 도덕적 결과가 나오든 상관없이 의무를 수행한다는 것에 국한된다. 토머스 홉스가 토대를 세운 근세국가 개념의 질서 이념에 따른 기본 원칙, 즉 황제에게 맹세한 계약에 충실해야 한다는 것 외에 그는 자신이 개입하는 두 번째의 목적으로 내전의 방지를 내세운다. 내전은 "모든 갈등들 중에서 자연에 가장 역행하는 행위"(P v. 2365)로서 모두가 합심해서 발렌슈타인의 작전에 대항하지 않으면 내전이 발생할 수 있다는 것이다. 옥타비오는 '전통적인' 지배를 통해 확보된 질서를 계속 유지하겠다는 자신의 전략을 위해 전쟁의 비상사태를 계속해서 밀고 나가는데, 이것은 그가 생각하는 충성심과는 아무런 상관이 없는 것이다(다른 한편 발렌슈타인의 배신으로 평화에 대한 구체적 전망을 위한 길이 열리게 되었을까 하는 것은 미결의 문제로 남을 수밖에 없다).

옥타비오의 정치관은 내용 면에서는 전통적 지배의 안정화를 고수한다는 보수적 사고를 따르고, 형식 면에서는 기만을 목적으로 한 전술적 조작을 배제하지 않는 외교 행위의 원칙을 따른다.[131] 법적으로 올곧은 목적을 위해(실러가 1799년 3월 1일 뵈티거에게 보낸 편지에서 쓰고 있듯이) 투입되는 애매한 수단을 의미하는 '구부러진 길'의 이미지가 주도 은유가 된다. 이 모티브를 옥타비오 자신이 자기의 정치적 실제 행동을 특징짓기 위해 사용한다. 직접적인 대응 방식이 흔히 폭력 행위와 얽히게 되므로, 그는 조심스럽게 장단점들을 따져본 후 타원형을 그리는 자연의 궤도("강들의 흐름" (P v. 475))와 비슷한, 따라서 주어진 여건하에서 가장 말썽이 없어 보이는 전략을 세운다. "질서의 길이 구부러진 길을 지나간다고 해서 우회로가 되는 게 아니다. 번개의 길, 포탄의 길은 끔찍스럽게 똑바로 간다. 분쇄하기 위해 빨리, 다음 길에 다다르면서 스스로를 분쇄하여 자리를 만든다."(P v. 468 이하 계속) 이미지로 장전된 이 말이 실제로 무엇에 해당하는지는 분명하다. 옥타비오는 선험적으로 얻어진 원칙들에 따른 "사변적 정치"(아우구스트 레베르크)[132]에 (이러한 정치는 프랑스 혁명 때에 자코뱅파에 의해 실천되었다) 맞서 논증하고 있는 것이다. 그는 이론을 직접 사회 현실에 적용하는 곧은길은 항상 폭력으로 향하게 마련이라고 생각한다. 옥타비오의 유연한 실용주의는 1790년대 초부터 국민의회에서 거론되던 진보적인 국가법 구상들에 대하여 에드먼드 버크의 사상을 따라 반대 목소리를 낸 바 있는 보수적 혁명 비판가들의 입장에 상응하는 것이다.

칸트가 정치에서 굽은 길이란 언제나 "간계가 아니면 폭력"이 되게 마련이라고 말한 바 있거니와,[133] 발렌슈타인 또한 옥타비오와 마찬가지로 '굽은 길들'을 선호한다. 정치 기술은 언제나 도덕적으로 깨끗한 해법만을 장려한다는 환상을 이들은 품지 않는다. 이들, 발렌슈타인과 옥타비오는 오히려 정치란 그런 것이 아니라는 확신을 공유한다. 현실성 있는 생각을 하라고 막스를 설득하기 위해 이들이 펼치는 논증들은 매우 비슷하다(여기서 「소박문학과 감상문학에 대하여」가 제시하는 현실주의자의 모델이 정신적 대부가 되어준다). 옥타비오는 가슴에서 우러나오는 소리를 억압하고 경우에 따라서는 간계의 수단들을 동원할 필요성이 있다고 강조한다. "내면의 목소리가 우리에게 가르쳐주고 있는 것과 같은 어린아이의 순수함만을 삶의 현실에서 항상 유지할 수는 없는 것이다."(P v. 2447 이하 계속) 발렌슈타인도 다음과 같은 쓴 말을 한다. 요즘 청년들은 목적을 달성하기 위해서는 해야만 하는 일들을 피하려고 "거침없이 말"을 한다(T v. 779)는 것이다. 그는 괴테의 「파우스트」를 지배하는 연금술 은유를 써가며 다음과 같이 계속한다. "보석은, 누구나 아끼는 황금은, 지하에서 혼잡하게 기거하는 거짓 세력들에서 떼어내 뺏어 와야 하는 것이니. 희생 없이 그들을 머리 숙이게 할 수는 없는 법. 그들이 시키는 일 하면서 영혼을 순수하게 빼돌리는 놈 있으면 한 놈도 살려둬서는 안 되지."(T v. 804 이하 계속) 이와 같은 발렌슈타인의 생각이 현실 정치가 옥타비오의 비정한 현실관과 다른 점은 오로지 그의 생각을 끌고 가는 사변적 문장력에 있다. 이 사변적 문장으로 목적을 달성하기 위한 전략적인 책략의 합리화가 신비적 자연철학의 맥락 속으로 빠지는 것이다. 현실 정치는 그런 식으로 해서 일종의 악마와의 계약에서 생겨난 것이 된다. 발렌슈타인은 자신에 대해 막스가 내리는 판단(P v. 2553)과는 다르게 심정의 '불순화'를 진단하지만, 그의 현실 정치는 심정을 '불순하게' 하는 결과만을 가져오는 것으로 끝나지는 않을 것이다.

뵈티거는 《사치와 유행의 저널》에 실린 비평에서 옥타비오에게 무정하게 "악동"[134]이란 칭호를 씌웠지만, 이와 반대로 실러는 황제와 국가에 충성하는 그의 입장을 명시적으로 옹호했다. 발렌슈타인을 제거하려는 피콜로미니의 행동은 분명 전혀 "영웅적인 거사"(T v. 1681)가 아니다. 그러나 발렌슈타인의 수법보다는 정치적으로 더 안정된 근거 위에 서 있다는 것이다. 실러는 뵈티거에게 보낸 1799년 3월 1일 편지에서 다음과 같이 말한다. "우리는 그가 실행하는 간계가 그와 마찬가지로 권리와 의무에 대해 엄격한 개념을 갖고 있는 인물들에 의해 모든 세계 무대에서 반복되고 있음을 봅니다." 피콜로미니는 아들 막스가 비난하는 것(P v. 2463), 즉 "하나의 나쁜 수단"을 자기의 목표를 달성하기 위해 선택하거니와, 이러한 사실이 실러의 눈에는 그가 추구하는 "좋은 목적"을 감안하면 나쁘기만 하지는 않은 것이다.(NA 30, 33) 이플란트에 향해 실러는 1799년 1월 25일 「피콜로미니」의 베를린 공연 직전에 명시적으로 옥타비오의 '기품 있는' 성격을 찬양한다.(NA 30, 25) 실러가 질서유지를 중요시하는 보수적 사고에 동조하게 된 이유는 말할 것도 없이 프랑스 자코뱅주의와 공안위원회의 지배 체제로 인한 위기 상황들을 경험했기 때문이기도 하다. 다른 한편 실러는 옥타비오의 현실 정치적인 외교가 국가에 기여할 수는 있었지만 부풀어 오르는 파벌 간의 투쟁에 평화로운 해결책의 길을 열어주지는 못했음을 의심치 않았다. 그의 행동은 합법적이지만 발렌슈타인의 오랜 부하였다는 점을 고려하면 도덕적으로는 정당하지 않다. 따라서 윤리적인 형사재판의 기능을 수행하기에는 적합하지 않은 것이다.[135] 실러는 옥타비오의 암살 작전 전체가 지닌 문제점을 간과하지 않는다. 외교적 정당화를 위한 그의 시도에도 불구하고 그의 암살 작전을 실러는 "비열한 행위"(NA 30, 33)로 치부하는 것이다(괴테는 심지어 "안이한 세계 윤리"라고 인정했다).[136] 3부작의 마지막 전환점을 이루는, "피콜로미니 제후"에게 전달되는 황제의 칙서 모티브는 발렌슈타인 암살 작전이 성공적으로 끝난 후 이를 꾸민 옥타비오의 전략을 조소하는 것이 아닐 수 없다. 그 아들이 이미 예언했듯이 그 작전은 그의 개인적 성공을 위한 것이라는 흠으로 덮여 있는 것이다.(T v. 1210)

막스 또한 의무의 이념에 사로잡혀 있다.(T v. 814) 그러나 막스는 아버지와는 달리 인간적인 이유에서 발렌슈타인에 대한 충성을 결코 포기하려

들지 않는다.(P v. 451 이하 계속, T v. 738 이하 계속) 두 연장자의 행동 원칙들과 막스의 행동 원칙이 다른 것은 무엇보다도 권력 전략적인 외교의 문제에서조차도 조건 없이 투명성을 지킨다는 의지에 있는 것이다.(P v. 2604 이하 계속) 막스는 아버지와 나눈 마지막 담판의 서두에서 대공에 대한 아버지의 행동에 찬성할 수 없다고 분명히 말하면서 아버지가 즐겨 쓰는 은유를 맞받아 그에 항의한다. "아버지의 길은 굽은 길이지요. 그것은 내 길이 아닙니다."(T v. 1192) 국가 이익이 최우선이라는 확신들에 맞서 막스가 요구하는 정치와 도덕 간의 합일 문제를 칸트는 「영원한 평화에 대해서」(1795)에서 시대사적 관점에서, 즉 나폴레옹의 혁명전쟁이 진행되는 과정을 배후로 상세하게 성찰했다. 윤리와 정치의 대립은 이론적으로 주어진 것이 아니라 절대주의 시대의 관행인 밀실 정치를 통해 고착되어온 것임을 상기시키는 대목은 직접적으로 실러의 드라마가 보여주는 갈등 상황을 떠올리게끔 한다. "도덕의 수호신은 (폭력의 수호신인) 유피테르에게 굽히지 않는다. 유피테르는 여전히 운명의 지배하에 있기 때문이다. 다시 말해 이성이 충분히 계발되어 있는 상태가 아니어서 자연의 이치에 따라 미리 정해져 있는 일련의 인과관계를 파악하지 못한다. 그렇기 때문에 인간이 무엇을 하거나 하지 않음으로써 좋은 결과를 얻게 될 것인가, 또는 나쁜 결과를 얻게 될 것인가를 확실하게 미리 알려줄 수가 없는 것이다."[137] 발렌슈타인과 옥타비오에게 통하는 17세기의 정치적 지혜 이론은 도덕을 실질적 성공의 척도 아래 종속시키려 하지만, 이와 달리 칸트는 지속적 평화를 위한 최선의 보증으로서 "공개성"[138]과 그 내용에 대한 결정 과정의 투명성을 국가조직의 토대로 삼는 새로운 질서를 추구한다. 이러한 입장은 충성심과 의무가 무제한적 개방성과 함께 실현될 수 있어야만 비로소 옥타비오가 찬양하는 소위 "국가 예술"(P v. 2631)의 '야비한' 간계에 맞설 수 있다는 막스의 확신에 상응한다. 아마도 1796년 1월 말에 쾨르너가 다급하게 요구하는 바람에 칸트의 글을 읽은(NA 28, 138, 156) 실러는 젊은 주인공 막스를 이 점에서 혁명전쟁 시대의 법 이론에 관한 토의의 맥락에서 유래하는 이념들을 실현하는 인물로 만든 것이다.

국가 예술에 맞서 감정의 나라가 들어선다. 감정의 세계를 대대적으로 선전하는 '마음(Herz)'의 주도적 은유가 생겨난다.[139] 막스와 테클라가 서로에 대한 애정에서 느끼는 "새로운 삶"(P v. 1842)은 사적인 차원에 제한된 것이고, 역사적·정치적 세계에는 의미가 없다. 전쟁의 거친 세계에 직면하여 새로운 삶은 현실적 기반이 없는 희망의 그림일 뿐인 것이다. 돌이켜보는 가운데서 테클라와 대공 부인이 막스의 보호를 받으며 캐른텐에서 필젠까지 여행한 날들은 매일매일 겪어야만 하던 비상사태의 답답함에서 벗어난 목가적 피안의 세계로 나타난다. 적절한 은유로 뒷받침된 피콜로미니의 회상은 "법과 욕구가 자유롭게 합일하는"(NA 20, 472) 경험을 불러일으킨다. 바로 이러한 경험이야말로 실러에 따르자면 목가 장르에 어울리는 시적 대상인 것이다. "오! 여행하던 황금시대여, 매일 새로운 해가 우리를 하나로 묶었지, 늦은 밤이 갈라놓은 것을! 그때 모래도 날리지 않았고 종도 울리지 않았다."(P v. 1476 이하 계속) 전쟁 진영의 세계로 들어서는 것은 이러한 사랑의 경험이 당장의 위협에 내맡겨짐을 뜻하기도 한다. 목가 속에서는 시간이 지양되지만 전쟁의 조건하에서는 시간의 지양이 철회된다. 행복이 함축된 순간은 실용적 기회의 일상적 세계로 되돌려지고, 그로부터는 애정의 시간을 약속하는 것도 그런 일상적 세계에 종속된다. 루이제 밀러*처럼 자신의 처지를 판단하는 데 전혀 환상을 갖고 있지 않은 테

∶

* 실러의 초기 작품 「간계와 사랑」의 여주인공.

클라는 일찌감치 테르츠키 백작 부인의 약속은 믿을 수 없음을 알아차린다. 그런 약속은 그녀가 대공에게 복수하기 위해 젊은 피콜로미니를 자기 편으로 끌어들이려는 것일 뿐이고, 프리틀란트 영주국의 왕가적 명예심이 원천적으로 배제할 수밖에 없는 두 사람의 미래를 테클라와 피콜로미니에게 속여 꼭 그 미래가 밝은 것처럼 보이게 하려는 것이기 때문이다. "나 말고 여기 누구도 믿지 마세요"라고 테클라는 막스 피콜로미니에게 경고한다. "나는 당장에 알아봤다고요. 그들에겐 어떤 목적이 있는 거라고요."(P v. 1685 이하)[140]

테클라의 예감에 찬 독백들은 파국의 서정적 전주곡이라 할 수 있고, 사랑하는 당사자들도 점점 그 파국으로 끌려 들어간다. 독백은 기타로 반주하며 사랑을 희망하는 작별의 노래로 시작한다.(P v. 1757 이하 계속) 사랑의 희망은 그러나 '죽어버린 마음(Gestorbenes Herz)'이라는 표현 속에 묻혀버리지 않을 수 없다(실러는 《1799년 문예연감》에 발표하기 위해 이 시행들을 기초로 하여 「처녀의 탄식」이라는 노래를 만들었다). 이 작별의 노래에 하나의 처절한 예언이, 어느 알 수 없는 운명의 힘에 의한 사건을 예언하는 독백이 따른다(이것은 고대 그리스를 모방하는 시각으로, 훗날 훔볼트의 해석에 수용된다). "여기는 희망이 깃든 장소가 아니에요. / 둔탁한 전쟁의 굉음만이 덜거덕거리고 있어요. / 사랑마저도 철갑으로 무장한 듯, / 사투를 벌이기 위해 허리띠 동여매고 등장하는 곳이에요."(P v.1895 이하 계속) 마지막 부의 4막에서 「만가(Nänie)」를 미리 알리는 독백이 이어진다. 이 독백에서 테클라는 "아름다움이 지상에서 겪는 운명"(T v. 3180)을 한탄하면서 자신은 막스의 자기희생을 모방하겠노라고 외친다. 이러한 일련의 텍스트들에 네번째로 속하는, 3부작에는 속하지 않는 텍스트가 또 하나 있다. 1802년에 완성된 「테클라. 유령의 소리」가 그것인데 이 시에서 드라마의 등장인물인 테클라가 다시 입을 여는 것이다. 이번에는 "서로 함께한 것이 다시는 헤어지지 않는"(NA 2/I, 108, v. 11) 망자들의 상상의 나라에서.

군영 "막사에서 자라난 아이"(P v. 481)인 막스는 이제 사랑을 경험함으로써 평화 동경의 마법에 빠져든다.(P v.535 이하 계속) 그는 발렌슈타인이 "종려나무 가지로 월계관을 엮을" 군주가 될 거라고 여긴다.(P v. 1656) 화려한 연설(그것은 「종(Glocke)」의 전형을 선취하는 것이다)로 막스는 "병사가 드디어 삶으로 돌아가는" "즐거운 날"을 그려낸다.(P v. 534 이하) 별에 대한 그의 믿음도 이와 견줄 만한 소망의 이미지들로 채워져 있다. 그는 별에 대한 믿음이 인간 감정의 운명을 파악할 수 있는 비밀스러운 지식의 매체라고 여긴다.(P v. 1619 이하 계속)[141] 그의 관심의 중심을 차지하고 있는 것은 괴테가 말하듯이 발렌슈타인의 점성술적인 작전을 이끄는 행동의 기회와 목적이 지배하는 "정치적인 하늘"[142]이 아니라, 그의 "마음"에 와 닿는 "언어"(P v. 1637), 관조의 나라인 것이다(헤겔은 그가 별에 관하여 마치 "애인"처럼 말한다고 했다).[143] 막스의 눈에 나타나는 것은 행복의 느낌, 평화의 꿈 그리고 자연에 대한 몽상이요, 이러한 것들을 정치 세계에서는 아무도 그에게 모범으로 보여주지 못한다. 그것은 한마디로 정체성과 자율성, 그리고 의무 이행의 통합이다. 그가 자신의 모델로 삼아온 두 아버지는 이러한 원칙들의 통합이 불가능하다는 것을 보여줄 뿐이다. 옥타비오는 황제에게 계속 충성하기 위해 친구를 배신한다. 대공은 자기의 개인적 자유를 확보하려는 생각에서 황제에 대해 충성을 다하지 않는다.[144] 두 사람 모두 결국에는 아들을 잃는다(테클라의 말대로 "피로 물든 증오가 영구히 대공의 집과 피콜로미니의 집을 갈라놓는다"(T v. 2350 이하)). 현실에서 벗어나 마음과 이성의 통일을 유지하기 위해 마지막 탈출구로 죽음을 택한 막스 앞에서 발렌슈타인은 자신을 "자네 청춘의 아버지"라고 말한다.(T v. 2174) 스웨덴인들을 향한 절망적 공격의 근거인 막스의 파괴적 잠재력은 옥타비오가 경고하던 포탄이 그리는 직선의 폭력에 상응한다.(P v. 470 이하) 스웨덴 중대장의 보고는 막스가 선택한 길의 결과가 얼마나 끔찍한가를 보여준다. 막스가 지휘한 파펜하임 부대는 단 한 사람도 살아남지 못했다는 것이다.(T v. 3059 이하) 바로 여기서 전쟁의 상황에서는 이성적 해결책은 피어날 수 없다는 숙명적 사실이 명확하게 입증된다. 이상주의마저도 일반적으로 파괴된 질서의 맥락에서는 파괴의 수단으로 변하고 마는 것이다.

괴테는 「피콜로미니」의 (더욱 방대해진) 공연 대본을 "자신의 그림 속에서 인간성의 한 집단을 완성했다"[145]고 높이 평가했다. 3부작 마지막의 거의 사적인 은밀한 장면들에서 사건들의 투쟁적 성격이 집중적으로 드러난다. 숭고한 요소들이 섞여 있는, 죽은 막스에 대한 발렌슈타인의 한탄은 이별의 독백이라 할 수 있다. 이 이별의 독백에서 발렌슈타인은 젊은 친구의 상실을, 1798년 7월 말 완성된 비가 「행복」에 표현돼 있듯이, 오로지 신들의 총아를 통해서만 매개되는 희망의 상실로 여긴다. "그는 내게 현실을 꿈으로 만들어주었다. / 또렷한 주변의 사물들을 / 아침 해의 황금빛 향기로 감싸며- / 그의 사랑하는 감정의 열기 속에서 / 내게 놀랍게도 일어서는구나 / 인생의 나지막한 일상적인 형태들이."(T v. 3446 이하 계속) 막스의 죽음에 대한 슬픔은 우울의 감정과 얽힌다. "그는 행복한 녀석이지. 그는 자기 몫을 완수했다. / 그에겐 이제 미래란 없어. 운명이 그에게 / 더 이상 나쁜 일을 뒤집어씌우지 않으니까. 그의 삶은 / 주름 없이 빛나면서 펼쳐져 있지. / 그 안에 어두운 구석은 하나도 남아 있지 않지, / 불행을 가져다주는 시간이 그를 재촉하지도 않으니까."(T v. 3421 이하 계속) 여기서 실러의 논문 「숭고한 것에 대하여」가 비극 장르의 특징적 구성 요소로 강조하는 긴축성의 요소들이 나타난다. 예컨대 드라마는 모든 희망이 사라진 순간에 있는 주인공을 보여줌으로써, "멈추게 할 수 없는 행운의 도피"와 "속임을 당한 안정성"을 한 폭의 "그림"으로 담고 있다.(NA 21, 52) 발렌슈타인이 이 점에서 처음으로 도덕적 자유의 존엄함을 지닌 저 숭고한 면모를 펼치는 것은 우연이 아니다.

마지막 막에서 발렌슈타인의 몰락은 연극의 역사에서 나온 자료들에서 유래하는 전통적 주도 모티브들의 도움으로 암시된다. 버틀러가 암살자들을 설득하는 대목(T v. 3233 이하 계속)은 막스의 죽음에 대한 발렌슈타인의 서정적 탄식과 대비되거니와, 이것은 셰익스피어의 「리처드 3세」와 「맥베스」에 대해 지나칠 정도로 경의를 표한 것이라 할 것이다(이미 당대 평론가들이 이 점을 질타했다). 다른 한편 운명 전환의 주도 모티브("그의 행운의 별이 떨어졌다"(T v. 3254))는 종결 장면을 특징적으로 장식하는 강력한 시적 표현이라 하겠다. 여기서 인상적으로 드러나는 것이 흥망의 변증법이다. 흥망의 변증법을 주의 깊게 탐색하는 것은 17세기 사고와 의식 문화에 속하거니와, 이러한 전통을 이어받아 실러는 항상 흥망성쇠의 변증법을 세밀하게 그려내려 노력했다. 뚜렷한 이미지들과 상징들이 주인공의 몰락이 임박했음을 알리는 전주곡으로 나타난다. 예컨대 테르츠키 백작 부인이 꿈에서 본 것을 말하는 대목이 그러하다. 발렌슈타인의 죽음이 강한 성적 요소들로 채워진 음산한 사랑의 축제로 나타나는 꿈을 꾸었다는 것이다. 이는 자기가 살해당하기 전에 운명을 알아본 헨리 4세가 환상으로 고통당하는 것을 연상시킨다. 목걸이가 끊어져 구슬들이 튕겨 흩어진 것은 황제와의 단절을 보여주는 것이지만 또한 오래전부터 유지해온 안전의 상실을 보여주는 것이기도 하다.(T v. 3483 이하 계속)

행운의 모티브는 고르돈(Gordon)이라는 역사적으로 확인 가능한 인물을 통해 집중적으로 매개된다. 고르돈은 에거의 사령관인데, 실러가 이플란트에게 털어놓았듯이, 그의 입을 통하여 "이 드라마의 도덕성"(NA 30, 18)이 표현된다(폰타네의 소설 「세실(Cecile)」(1887)에는 고르돈이 실러 "드라마의 등장인물 중 가장 멋진 인물에 속한다"[146]라는 대목이 있다). 고르돈은 발렌슈타인과 함께 부르가우 공작의 시동으로서 공직의 길을 시작했는데, 정치적 야망이 없는 평범한 사람이다("그것은 하나의 성격이라기보다는 나약함"이라고 실러는 말했다(NA 30, 18)). 그가 대공의 이력을 그려낼 때에 그것은 여전히 주인공의 운명을 지배하는 행복의 논리에 대한 교훈극이 된다. "그는 대담하게 위대함의 길을 갔지요. / 빠른 걸음으로. 나는 그가 현기증 나게 가는 것을 보았습니다. / 백작이 되고 영주가 되고 대공이 되고, 그리고 독재자가 되었지요. / 그다음에는 모든 것이 그에겐 초라해졌지요. / 그래 두 손을 왕관을 향해 뻗은 겁니다. / 그러곤 측량할 수 없는 멸망 속으로 떨어졌지요!"(T v. 2572 이하 계속) 여기에 동원되고 있는 이미지들과 관련된 관습적 사고의 세계가 발렌슈타인이 당하는 몰락의 법칙을 그려내는 데 적합한지는 의문스럽다. 쾨르너의 말대로 고르돈이 발렌슈타인의 정치적 교만을 지적하는 것이 "고대 그리스 비극에서 합창단이 담당한"(NA 38/I, 67) 역할을 대신하는 것이라 치더라도, 여기서 표현되는 도덕적 차원의 내용이 과연 드라마의 중심을 이루고 있다고 하기는 힘든 것이다. 실러 자신의 촌평도 3부작에서 도덕적 가치판단들이 의미가 있음을 지적할 뿐, 그 의미의 비중에 대해서는 일언반구도 없다. 옥타비오와 마찬가지로 고르돈도 안전하게 현상을 유지하는 데 기여한다는 부차적 기능을 발휘하지만 어떠한 새로운 정치적 프로그램을 제시하지는 못한다. 여기에 제시된 해결책들의 숙명적으로 미비할 수밖에 없는 수준과, 서막이 제시한 희망에 부풀은 전망 사이의 특이한 불균형 관계를 성찰하는 사람만이 이 비극의 특별한 내용에 다가서게 될 것이다.

운명으로서의 정치
고대 그리스 비극의 변형들

1954년 프리드리히 뒤렌마트는 한 강연에서 실러의 3부작이 근대 이전의 역사극이라고 하면서, 투명하게 들여다보이는 정치적 역학 관계의 몰락한 세계를 관객들에게 보여준다고 말했다. "발렌슈타인의 권력만 해도 하나의 볼 수 있는 권력이다. 오늘날의 권력은, 아주 작은 부분만 보일 뿐, 빙산에서처럼 대부분이 얼굴 없는 추상적인 것 속에 가라앉아 있다"[147]는 것이다. 이러한 진단이 간과하고 있는 것은 실러의 드라마가 보여주는 발렌슈타인 시대에 이미 군대와 왕가의 질서가 행정 기구들과 관료적 지도층의 조직 구조 위에 세워져 있었다는 사실이다. 17세기에 널리 퍼져 있던 정치행동학에 대한 문헌들(립시우스(Lipsius)에서 그라시안을 거쳐 바이제(Weise)와 토마지우스(Thomasius)에 이르는)이 이를 보여준다. 마찬가지로 글쓰기를 좋아한 외교관들과 장관들, 고급 관료들이 쓴 편지에서도 알아볼 수 있다. 「발렌슈타인의 막사」는 발렌슈타인의 권력을 상황에 따라 뒷받침해주기도 하고 제한하기도 하면서 카리스마적인 지배자의 이미지들을 보여주고 있거니와, 이미 이러한 이미지들로 익명의 정치적 기능 체제의 의미가 드러나게 되는 것이다. 빈 각료 관리들의 교만을 분하게 여기면서 불평하는 이솔라니의 보고(P v. 166 이하 계속)는 개인의 책임을 뒷전으로 물러설 수밖에 없게 하는 행정상의 위계질서가 지닌 권력에 대한 하나의 단서일 뿐이다. 근세 초기의 유럽을 지배하던 비밀외교에서는 속을 들여다볼 수 없는 계략들이, 실러의 드라마가 환상 없이 사실적으로 널리 보여주는 바와 같이, 전략적 행동 영역을 지배한다. 이 속에 명시된 정치적 진단을 과소평가하면 필연적으로 그것이 지닌 폭발력이 꺼지고 만다. 하이너 뮐러(Heiner

Müller)는 (괴테가 시작한) 「발렌슈타인」에 대한 조화로운 해석의 전통과 관련해서 "폭약을 차 마시며 하는 말로 바꾸어놓은 것은 독일 문학의 비참함이 가져온 성과"[148]라고 말했다.

이 드라마에서는 등장인물들 자신이 자기 행동에 대해 형이상학적 범주를 사용하면서 해석하고 주해를 하는데, 바로 그러한 형이상학적 범주로 인하여 이 드라마가 보여주는 정치의 현상학을 보는 시각이 흔히 방해를 받게 된다. 이 두 분야는 그러나 함께 작용하고 있는 것으로, 결코 이 둘을 분리해서 보아서는 안 될 것이다. 이미 집필 작업 초기에 실러는 발렌슈타인의 몰락을 그저 그가 범한 전략적 실수의 결과로 보아서는 안 된다는 점을 중요하게 여겼다. 주인공의 주관적 실수와 마찬가지로 "특유한 운명"적(NA 29, 15) 원인이 사건의 숙명적 진행에 영향을 미치도록 해야 한다고 실러는 1796년 11월 말에 강조하고 있는 것이다. 여기서 염두에 두어야 할 것은 이 운명 개념이 주로 '비극의 경제성(Tragödienökonomie)' 안에서 연극미학적 기능을 가지고 있을 뿐, 형이상학적 의미를 지닌 것은 아니라는 것이다. 이 범주는 칼데론에서 로엔슈타인에 이르기까지 스페인과 독일 바로크 비극에서 볼 수 있는 것과 같은 초자연적 숙명의 힘이 아니라, 인간이 발하는 충격에 대해 그것을 강화하거나 약화하면서 대응하는, 역사에 대한 특수한 반응 형식인 것이다.

그와 같은 영향 관계의 성격을 실러의 초기 작품(역사서에 이르기까지)은 즐겨 '네메시스(Nemesis)'라고 부르고 있다. 이의 이론적 토대가 되는 것이 헤르더가 같은 제목으로 1786년에 발표한 논문이거니와, 이 논문을 실러는 이미 네덜란드 역사에 관한 글을 쓰던 시절에 공부했다. 헤르더는 이 개념을 문화사적 재구성 과정의 맥락에서 인간학적이고 사회적인 제어 기능을 가진 질서 범주로 파악한다. 고대 그리스 복수의 여신 네메시스의 알레고리적 성격에 담긴 처벌하는 정의와 복수라는 전통적 의미는 이미 헤시오도스의 (기원전 8세기에 쓰인) 『신들의 계보(Theogonia)』가 강조하고 있거니와, 헤르더는 여기에 심리적 뉘앙스를 가미했다. 형이상학적으로 파악된 복수의 기능 대신에 이제는 균형의 관점이 들어서고, 그 영향으로 네메시스는 인간의 자기 교정 능력의 도구가 된다. 이 도구의 도움으로 인간은 "행복을 누리는 가운데서 절도"를 지킬 능력을 배양할 수 있게 된다.[149] 이 개념에 헤르더는 실러의 드라마에서도 중요한 역할을 하는 두 분야의 과제를 부여한다. 그 하나가 개인적 엔텔레키(Entelechie)의 작용 영역이다. 네메시스는 자아 확장적 활동과 자아 극복 사이의 조화를 가져오는 것을 이상으로 삼는다. 또 하나의 과제는 사회적 내지 역사적 차원으로, 네메시스가 "권리를 분배하는 고위 관리"[150]로서 극단을 통제하고 사회적으로 균형이 잡히도록 관심들의 놀이 규칙을 만들어줌으로써 실제적으로 사회질서가 이루어지도록 해주는 것이다.[151] 네메시스는 개인들의 교만한 지배욕 확대에 맞선 역사의 억제력인 것이다. 그러나 그와 동시에 "악의 자기 파괴력"을 의미하기도 한다.[152] 이 파괴력에서 우리는 "깨어 있는, 겸손한 지혜로움은 보호해주고", "무분별하고 교만함은" 패망으로 이르게 한다는 것을 알 수 있게 된다. 이렇게 해서 헤르더에서 네메시스는 고전적 인간학과 사회윤리의 세계 내적인 상징으로 진전한다.[153]

훔볼트는 틀에 박힌 파토스를 섞어가며 실러의 3부작을 칭송한다. "발렌슈타인의 가족을 아트리덴(Atriden)의 집으로 만들었다는 것이다. 즉 그곳에는 운명이 살고 있고, 원래 집 식구들은 쫓겨났다는 것이다."(NA 38/ I, 323) 그러나 이러한 생각이 실러가 고대 아티카 비극의 형이상학적 범주들을 철저하게 역사적 개념으로 옮겼다는 사실을 잊게 할 수는 없을 것이다. 이 형이상학적 범주들이 세계 내적 행위의 맥락에 따르는 논리는 드라마의 등장인물들에 의해 다양한 시각에서 성찰의 대상이 되고 있다. 발렌슈타인의 절대적인 점성술 신앙을 어떻게 해서든 말리고 싶은 일로는 다음과 같이 강조해서 말한다. "자네의 가슴속에 자네 운명의 별들이 있는 걸세. / 자네 자신에 대한 믿음, 결연함, / 그것이 자네의 금성이란 말이네!" (P v. 962 이하 계속) 대공은 자기와 뜻을 같이하는 일로의 이와 같은 열정적인 의사표시에 대해 훗날 애매모호한 (인간은 자기 행동에 대해 책임을 져야 한다는 것의 무의식적인 고백이라고 볼 수도 있는) 진단으로 대응한다. "용의 이빨을 심는 자는 기쁜 것을 거두리라 기대하지 마라" 하지 않던가.* 황제를 배반하기로 결심한 발렌슈타인의 말은 다음과 같이 이어진다. "모든 비행은 그에 대해 복수하는 천사를 이미 지니고 있고, 악한 희망의 씨앗을 이미 자기 배 속에 품고 있는 것이지."(T v. 649 이하 계속) 여기서 발렌슈타인이 말한 것은 헤르더의 네메시스 개념이 말하는 자기 파괴의 법칙에 상응한다. 역사에 의한 제재 조치는 허용된 한계를 넘어섬으로써 '나쁜 희망'의 압박에 시달리고 있는 듯 보이는, 교만한 개인의 정신 상태에서 이미 시작된다. 자연에 합당한 좋은 결과를 가져오는 네메시스는 역사에 의한 질서 원칙이기도 하거니와(실러는 1797년 이 원칙이 셰익스피어의 「리처드 3세」에서 표본적으로 표현되어 있다고 보았다), 네메시스는 또한 자기 행동의 결과에 대해서 스스로 책임을 짊어지지 않을 수 없는 인간의 자율성 사상을 강화하기도 한다.(NA 29, 161 이하)[154]

발렌슈타인은 '마음'에서 우러나온 "운명"이 결국에는 항상 옳았노라고 선언하거니와(T v. 655), 그것은 개인 자신에게 책임이 있다는 생각에 결코

∵

* 그리스 신화에 따르면 카드모스(Kadmos)가 용의 이빨을 심었는데, 그곳에서 병사들이 자라나서 서로 죽였다 함.

위배되지 않는다. 뉘앙스의 차이는 있으나 테클라도 "마음의 흐름"이 "운명의 목소리"(P v. 1840)라고 주장한 바 있다. 이 두 경우 다 주관적 관심사들(정치적인 것이건 사적인 것이건)과 인간 행동의 객관적 효과들은 원칙적으로 분리되어 파악될 수 없다는 점에서 뜻을 같이한다. 이것은《호렌》에 실린 헤르더의 논문 「자신의 운명」(1795)의 입장에 상응한다. 이 논문은 사실 관계의 힘을 개인적 행위들의 결과로 여긴다. 우리 생각과 행동의 "자연적 결과"[155]로 정의되는 운명의 범주는 자연스러운 반응의 모범이라는 성격을 띤 것으로서 초월적 의미는 없다. 운명의 자질과 양은 헤르더가 말하듯이 생각과 행동 속에 투자된 힘의 됨됨이에 달려 있는 것이다. 자신의 생각과 행동에 대해 자유로이 결정할 인간에게 허용된 권리는 제한받지 않지만, 결정적 결과에 대해서는 책임이 따른다. 개인이 자기에게 주어진 자결권의 자유의 도를 넘어서는 경우, 운명이 몰고 오는 효과는 더욱 세게 부메랑처럼 들이닥친다. 폭력을 심는 자는 발렌슈타인이 예감했듯이 '기쁜 것'을 거두지 못하는 것이다.

괴테의 「수업 시대」를 주의 깊게 읽은 독자들은 이 소설에 헤르더를 연상시키는 운명 개념이 이미 들어 있음을 간과하지 않았을 것이다. 빌헬름이 경박하게 형이상학적 범주들을 다루는 것에 대해 탑 공동체의 밀사들은 불만을 품는데, 이 불만은 소설의 드라마투르기*에 상응한다. 즉 운명처럼 보인 것이 나중에 가서는 보호자 역할을 자처하면서 주인공 빌헬름의 일거일동을 항상 감시하고 있는 탑 공동체의 연출이었음이 드러나는 것이다. 마리아네와 사랑의 시간을 보낸 다음 빌헬름이 밤거리에서 우연히 만나게 된 낯선 사람은 "이 세상은 필연성과 우연으로 짜인 직물이지요"라

* 소설 화자의 기획 연출.

고 조언한다. "인간의 이성이 필연성과 우연, 이 둘 사이에 있으면서 이 둘을 잘 다루는 것이지요."[156] 여기에서 말하는 균형의 이상을 실행할 수 있는 것은 오로지 자기 행동의 결과를 외부로부터 방해받지 않고 가늠하는 것이 허락된 조건하에서 행동하는 사람뿐이다. 고전적 자율 개념은 이해관계가 서로 충돌하면서 극복할 수 없는 어려움들이 생겨났을 때 한계에 부딪힌다. '여러 사태가 같은 공간 안에서 부딪히면', 발렌슈타인이 알고 있듯이, 자유롭게 자신의 목표를 관철하기 위해 올바른 길을 선택할 개인의 권리도 줄어든다. 전시의 비상사태에서는 '전쟁이다', "강자만이 승리한다"(T v. 792)는 말들이 횡행하거니와, 스스로 결정할 개인의 권리는 제한될 수밖에 없는 것이다. 그러나 개인이 자기 행동의 결과에 대해 형이상학적으로 더 이상 청산할 수 없는 책임을 져야 한다는 것을 실러의 드라마는 의심케 하지 않는다.[157]

또한 테클라가 "—저기 운명이 오고 있어요 —거칠고 냉정하게 / 친구의 부드러운 몸을 잡아요 / 그리고 자기의 말발굽 밑으로 던져버려요—"(T v. 3177 이하 계속)라고 한탄하는 대목도 헤르더의 의미에서 초월적 힘을 말하는 것이 아니라, 역사 내재적 성격의 반응인 것이다. 막스는 결국 비상사태의 조건 아래에서 말을 달려 파괴로 이르는 곧은길(달리는 말의 폭력은 물리적 파괴를 나타낸다)을 스스로 택함으로써 죽게 된다(이 대목은 『30년전쟁사』에서 구스타브 아돌프의 죽음을 묘사하는 대목과 놀라울 정도로 비슷하다). 전쟁은 인간에게서 자유로이 결정할 수 있는 차분한 여유를 빼앗고 이질적인 여러 강제 속으로 그를 몰아넣음으로써 그의 자기 결정권을 철저히 위축하는데, 이는 전쟁 법칙에 속하는 현상이다. 예컨대 버틀러는 "증오심"에서 발렌슈타인에 대한 암살 공모에 가담하는 것이 아니라 발렌슈타인의 "잘못된 운명"이 그에게 그렇게 하도록 시킨다고 설명한다. "인간은 자유롭게 행동한다고 생각하지요. 하지만 그건 헛된 생각이외다! 인간은 그저 눈먼 폭력의 장난감일 뿐인 거요. 눈먼 폭력은 인간이 스스로 선택함으로써 신속하게 끔찍한 필연성으로 되고 마는 거요."(T v. 2873 이하 계속) 그러나 정치적 비상사태에서 자율적 행동의 결과에 대한 예측이 불가능해 보인다 할지라도 인간은 자기가 한 일에 대해 책임을 져야 함에는 의문의 여지가 없다. 역사가 사람들이 다 흩어져버린 세상에서 진행될 때, 더 이상 초지상적 힘을 유혈이 낭자한 복수 행위의 증인으로 초빙할 수는 없는 것이다.

현대에서 역사 내적 운명의 잠재력이 펼쳐지는 힘의 장은 (실러의 비극에서는) 정치의 세계이다. 1824년에 괴테가 에르푸르트에서 1808년 10월 2일 나폴레옹과 나눈 대화에서 받은 인상을 기록한 「전기적인 개별 사항들(Biographische Einzelheiten)」이 이러한 맥락에서 참고 대상이 되었다. 대화가 문학 문제에 이르자 나폴레옹은 형이상학적으로 채색된 비극에 대해 거부감을 표한다. "'운명으로 도대체 뭘 하자는 겁니까?'라고 그는 말했다. '정치가 바로 운명이오.'"[158] 이렇게 개념이 바뀌면서 운명 개념의 세속화에서 비롯한 극단적 결과가 생겨난다. 운명 개념이 전통적 형이상학과의 관계가 없어짐으로써 그 기능을 상실해버린 것이다. 헤겔이 1806년 10월 13일 니트하머에게 쓴 편지에서 바로 나폴레옹에 관련지어 표현하게 되는 '말을 탄' 세계영혼이 있는 곳에서 섭리(攝理)의 구질서는 이제 새로운 팽창 정신의 역동성 앞에서 물러설 수밖에 없게 된 것이다. 혁명전쟁의 시대에 등장하는 현대적 시대 법칙에 실러의 비극 역시 조공을 바친다. (「발렌슈타인의 막사」의 하사관들을 포함한) 등장인물 전체의 운명은 어쩔 도리 없이 정치적 적개심에 종속되어 있는 것이다. 이러한 상황은 무엇보다도 사적인 행복을 그리워하거나, 권력 질서 체제에 대한 두려움에서, 또는 공명심의 부족에서 권력의 질서에 맞서 자신을 보호하려 드는 이들에게서는 갈등을 유발한다. 이들 또한 사건의 급류 속에 말려 들어가고, 현실적 강제의 상황에서 자율적 의사 결정을 불가능하게 만드는 필연성에 의해 지배된다. 막스와 테클라가 보여주는 목가적 풍경은 "전쟁이 와 닿지 않은"(P v. 508) 곳에서나 전개될 뿐, 결국에는 군사 정치적인 세계의 "군대 명령"(P v. 529)에 의해 삶에서 잘려나간다. 아내는 남편인 발렌슈타인이 공명심 가득한 프로젝트를 그만두기를 희망하지만, 결국에는 남편의 지배욕을 군소리 없이 받아들일 수밖에 없다. 심지어는 항상 신중함의 원칙을 지켜온 고르돈도("가벼운 마음으로 가난한 어부는 / 조각배를 안전한 부두에 묶어놓지요"(T v. 3555 이하)) 결국에는 피로 물든 범죄의 흐름에 휩쓸리면서, 독자적 결단의 힘으로 이에 맞설 수 없음을 속수무책으로 보고만 있을 수밖에 없게 된다. (훗날 삭제된) 독백에서 버틀러는 '이 세상의 미끄러운 바닥'을 "단단한 발로 밟고 있지 않으면" 필연적으로 쓰러지게 되고 들이닥치는 사건들의 "격랑 속에" 가라앉게 된다고 토로한다.(NA 8, 472) 극단적인 역사적 상황에서는 자체 내의 인과관계에 따라 움직이는 불신과 배반, 폭력의 기계장치에 개인이 내맡겨져 있다는 사실을 옥타비오 또한 잘 알고 있다. 그는 대공에 대해 "자기의 나쁜 비밀스러운 운명"(P v. 2474)을 '손에 쥐고 있다'고 말하는 것이다. 발렌슈타인을 목표로 한 행위의 예측 불가한 파괴력은 형이상학적 힘들의 작용을 생각토록 하지 않는다. 그것은 외교적 계략과 기만, 거짓, 왜곡과 암살을 전략적 실천의 당연한 요소로 만드는 전쟁의 특별한 상황들에서 비롯한 것이다. 지속적으로 증오가 쌓여 있는 상황("돈 카를로스'는 '뱀에 물렸다'고 말하며, 클라이스트의 「슈로펜슈타인 가족」은 "유령"을 말한다[159])에서는 불신과 은폐와 범죄가 끊이지 않고 지속되기 때문에 선포된 정치적 비상사태가 지배적이게 된다. "바로 이것이 악행이 받게 되는 저주인 것이다"라고, "악행은 계속해서 악을 잉태할 수밖에 없는 것이다"(P v. 2452 이하)라고 옥타비오는 말한다.

3부작이 결론으로 보여주는 잔인한 권력 정치의 냉정한 이미지에서 쥐베른이나 헤겔 같은 당시 독자들은 숙명론적인 성향을 읽어냈다. 베를린의 김나지움 교사였고, 나중에는 프로이센 개혁 운동에서 교육정책 전문가 중 한 명으로 이름이 났던 요한 빌헬름 쥐베른은 실러의 이 드라마가 출간되기 전에 공연 대본을 바탕으로 상세한, 전체적으로 보아 찬양하는 서평을 썼는데, 다만 카타르시스적인(곧 도덕적인) 화해가 종결부에 없음을 비판했다. "인간이 끼어들게 되는 모든 싸움은 아름다운 평화로 용해되지 않는 한 허무하고 쓸모없다."[160] 쥐베른은 "끔직한 작품"의 종결부에 그리스의 비극이나 괴테의 「에그몬트」에서 관객들에게 묘사된 것처럼 파국에 맞선 도덕적 힘이 제시되지 않은 채 남는 "황폐화"를 탓하는 것이다. 헤겔이 1800년에 썼으나 그가 죽고 35년 후에야 유고로 출간된 서평 또한 드라마의 종결부에서 오로지 "무와 죽음"의 승리만을 보고 있다. 무와 죽음의 승리는 "비극적인 것이 아니라, 끔직한 것"으로서 숙명적인 느낌을 자아낸다는 것이다. "이것은 〔마음을〕 갈가리 찢어놓는다. 이래서는 가벼운 마음으로 일어설 수가 없다!"[161] 마지막에 카타르시스적 전환이 없음을 지적하는 실러의 이 말은 실러 자신이 새로운 비극의 특성으로 여긴 구조적 특징을 강조하는 것이다. 「크세니엔」의 325번과 326번은 그리스 비극과 현대 비극의 차이를 말한 것이거니와, 실러 드라마의 마지막에 대해 헤겔이 지적한 내용은 바로 「크세니엔」의 이 두 항목과 관련이 있다. 여기서는 헤겔의 평가에 대해서는 언급하지 않으면서, 아티카의 극은 관객을 "가벼운 마음"으로 떠나보내는 반면, 현재의 연극 방식은 감성적으로 전달된 도덕적 교화를 염두에 두지 않고 주로 지성에 말을 거는 까닭에(NA 1, 349) 관객의

'마음을 갈가리 찢어놓는다'는 것이다.

헤겔은 실러의 비극이 자율성 요구가 좌절된 것을 보여줌으로써("규정되지 않은 것이 규정된 것 아래 쓰러짐")[162] 비극적인 내용을 펼치고 있음을 인정하나, 암울한 현실에 임해서도 역사적 희망의 가능성을 공인해줄 수 있을 "신정론(Theodizee)"[163]을 포기했다고 아쉬워한다. 불과 몇 년 뒤에『정신현상학』(1807)은 개인의 좌절에서 비롯한 분열된 윤리적 원칙의 승리를 아티카 비극의 이념적 핵심이라고 말하거니와, 이러한 아티카의 비극은 다시금 절대정신의 승리를 향해 움직이는 역사적 과정의 변증법적 논리에 대한 모델로까지 상승하게 된다.[164] 미학과 역사철학을 주제로 한 헤겔의 베를린 대학 강의에도 나타나고 있는 이러한 구상을 배경으로 놓고 볼 때 그의 비판적 당당함이 이해된다. 즉 헤겔의 「발렌슈타인」 논평은 실러의 드라마가 숙명주의라는 일반적인 잘못된 주장에 맞서 당당하게 싸우면서, 실러의 소재 처리가 관객에게 직접 내보여주지 않은 희망찬 전망을 독자 스스로 생각해내도록 독촉하고 있는 것이다. 괴테가 1799년 3월 18일에 쓴 한 편지도 이와 비슷한 내용을 담고 있다. "(드라마) 전체의 종결(장면)은 편지 수신인의 새로운 직함*으로 말미암아 관객을 경악하게 하는데, 그건 특히 관객의 기분이 차분했기 때문이지요. 이 경우는 오로지 공포와 연민을 불러 일으킬 수 있는 모든 것이 소진되고 말았기 때문에 경악으로 끝날 수 있게 된 겁니다."(NA 38/I, 54)

쥐베른의 비평에는 실러 자신이 1800년 7월 말에 답장을 썼는데, 비관적 종결에 대한 그의 비판에 대해서는 구체적으로 자기의 입장을 밝히지 않았

∙∙

* 옥타비오가 전해 받은 황제의 봉인이 찍힌 편지에는 "옥티비오 영주에게"로 되어 있어 그가 영주로 임명되었음이 알려진다.

다. 실러는 아티카의 비극 모델이 역사를 초월하여 타당성을 요구할 수 있냐면서 새로운 장르 형식은 "시대정신에 대해 줏대가 없는" 마당에 (관객의) "마음을 뒤흔들어 고양하도록 노력해야지 용해해버려서는" 안 된다고 요구한다.(NA 30, 177) 언뜻 보기에 「발렌슈타인」 드라마는 "전반적인 황폐화 속에서 삶의 흔적을 더 이상" 보여주지 않으며 우리로 하여금 "자유의 영역"을 보여주지 못한다는[165] 쥐베른의 비판을 복기(復碁)하는 것처럼 보인다. 쥐베른의 비판이 요구하는 것은 비극의 소재에 도덕적 내용이 있어 역사적인 희망을 구체적으로 보여주어야 한다는 것인데, 이에 반하여 실러는 승패를 오로지 형식의 기능에 건다. 관객에게 직접 대놓고 어떤 가르침을 강요하는 차원이 아니라, 형식의 기능을 통하여 더욱 깊은 이념적 효과를 받아들일 수 있는 전제 조건으로서 관객으로 하여금 주권적 의식을 갖게 하려는 것이다. 이 점에 관하여 실러는 이미 논문 「격정에 관하여」에서 다음과 같이 쓰고 있다. "그리하여 미적 판단은 우리를 해방한다. 그리고 우리를 들어 올리며 열광시킨다. 왜냐하면 우리는 절대적으로 원할 수 있는 능력만으로, 도덕성에 자질이 있다는 것만으로, 이미 감성에 대하여 명백하게 우위를 차지하고 있기 때문이다."(NA 20, 216) 오로지 이러한 형식의 효과를 매개로 해서만 (어떠한 구체적인 도덕적 전망도 주지 않는) 비극은 "고양하는" 효과를 낼 수 있는 것이다. 특징적인 시각의 차이가 괴테의 「에그몬트」에 대한 평가에서 드러난다. 쥐베른은 이 극에서 자유의 알레고리로 떠받들어진 마지막 장의 효과를 찬양하거니와, 평론에서 실러는 피날레의 이미지에서 "오페라 세계"의 잔재가 남아 있다고 보고(NA 22, 208), 그것을 1796년에 공연 대본으로 각색할 때에 결연하게 제거했다. 실러는 이 비극이 화해로 끝나는 것은 말도 안 된다고 생각한 것이다. 그리되면 역사적 희망이 실현되지 못하고 있음을 보여주는 예들로서 관객의 의식을 자극하는 대신, 관객의 심미적 자유가 소재에 의해 미리 결정되어버려서 제한될 수밖에 없기 때문이다. 실러가 얼마나 소재에 근거한 극의 효과를 불신하고 있는지는 「크세니온」한 편에서 알 수 있다. 소포클레스의 비극이 지니고 있다고 잘못 짐작되어온 카타르시스 효과에 관한 다음 「크세니온」이다. "오이디푸스 왕은 눈을 뽑고, 이오카스테는 목을 맨다. 두 사람 모두 죄가 없다. 극은 문제를 화해로 해결했다."(NA 1, 349, Nr. 327)

이러한 배경에서 언뜻 보면, 「발렌슈타인」 서막의 낙관적 성향이 암울한 정치극의 성격에 들어맞지 않는 듯 보이지만, 그 논지는 이해가 된다. 실러가 강조하고자 하는 것은 세기말을 눈앞에 두고 드라마는 "커다란 대상들"을 그려내어야 한다는 것이다. 그래야만 자기 시대의 문제들을 성찰할 수 있다는 것이다. "지배하기 위해, 그리고 자유를 지키기 위해" 뒹굴고 싸우는 곳에서는 심지어 "현실이 문학으로" 바뀌고, 예전엔 홀로 예술만이 보여주던 이념들의 싸움이 정치 무대에서도 벌어진다. 극장이 30년 종교 전쟁의 "암울한 시대"를 다시 한번 볼 수 있게 해주는 것은, 그럼으로써 관객으로 하여금 "현재와 그리고 장차 희망으로 가득한 먼 시대"까지 볼 수 있게 해주는 것도 된다.(v 61 이하 계속) 드라마는 역사의 어두운 이면을 보여주면서 역사의 열린 구조와 목적론에 근거한 완성 능력을 알아볼 수 있도록 의식을 심화함으로써 더욱 인간적인 그림을 작업하도록 하는 의무를 부여하는 것이다.[166] 자신 만만하게 천명되는 예술의 명랑함은 (괴테의 회의적인 시각은 연출 작업에서 마지막 구절들을 직설법 형태에서 가정법 형태로 바꾸었지만) 가상을 매개로 하여 주어지는 자유의 경험을 통하여 드러난다. 이렇게 매개된 자유의 경험은 관객의 사회적 자율성을 위한 전령이 되리라는 것이다.[167] 이런 점에서 「발렌슈타인」의 서막은 예나대학 교수 취임 강연에 담겨 있던 역사 이론적 낙관주의를 미적 교육 이념의 프로그램과 연결하고 있는 것이다.

이러한 논지의 역사적 관점은 이미 헤르더에게서 발견된다. 「인도주의 고취를 위한 편지」의 모음집 네 번째 권(1794)에서 그는 30년전쟁의 시대가 비록 파괴적 힘("보이지 않게 다가오는 이 두통")을 풀어놓았지만, 그로 인하여 계몽주의적 사고의 문화를 형성할 길이 닦였다고 강조한다. "인간이란 족속은 불사조이다. 이 족속은 그 사지, 곧 모든 국가들 하나하나의 차원에서도 자신을 젊게 하며, 잿더미에서 다시 일어선다."[168] 실러가 1798년 미적 교육에 의한 정치적 재생이라는 희망을 생각할 수 있었다는 것에는 의문의 여지가 없다. 헤르더의 은유가 지닌 취지를 전복시키면서 쥐베른은 3부작이 마지막 장면에서 "어떠한 불사조도 날아오르지 못하는 만연한 황폐화"를 보여준다고 평했다.[169] 이와 같은 상황은 비극 형식에 대한 실러의 생각과 정면으로 대치되는 것이 아닐 수 없다. 현재의 폐허 더미로부터 '불사조'로 날아올라 구질서가 붕괴하는 역사적 순간에 눈을 '미래의 희망으로 가득한 먼 곳'을 향하도록 할 가능성을 관객에게 마련해주는 것은 극의 소재가 아니라 소재에서 끌어낸 심미적 자유인 것이다. 실러는 이러한 작용미학적 낙관주의를 「발렌슈타인」 이후에도 계속 고수하게 되거니와, 바로 그러한 작용미학적 낙관주의가 「발렌슈타인」 비극을 클라이스트나 뷔히너의 역사극들과 갈라놓는다. 그러나 다른 한편 실러의 비극은 정치 세계의 모습을 환상 없이 보여줌으로써 이들의 역사극들에 나타난 회의적 진단들을 선취하고 있다고 하겠다.

4. 미완성 드라마들, 무대 각본들, 번역들

작업실 안 들여다보기

「몰타 기사단」에서 「워베크」에 이르는 다양한 미완성 작품들(1788~1803)

1797년에서 1804년까지 진행된 드라마 목록에는 서른두 개의 기획물이 기록되어 있다. 이 중에서 일곱 편이 완성되었고, 그중 두 편은 「맥베스」와 「투란도트」를 무대용으로 각색한 것이다(보통의 경우 실러는 자신이 직접 쓰려는 구상들만 이 목록에 기입했다). 많은 계획들(예컨대 「몰타 기사단」과 「워베크」)은 10년 넘게 계속해서 새로운 관심사로 되곤 하였으나 완결에 이르지는 않았다. 어떤 경우에는 초라한 도식 이상을 벗어나지 못한 자료 연구로 끝났고, 또 다른 경우에는 몇몇 개별 장면들까지 썼거나 또는 상세한 목차까지 완성했다(「경찰서」 드라마의 스케치는 1799년 뒤얽힌 이야기로 이루어진 단편소설로 확장된다). 눈에 띄는 것은 실러가 시도한 다수의 주제들이다. 소

761

재는 대개 중세와 근세 초기의 역사에 속하는 것들이다. 선호된 주제들은 왕위 계승을 둘러싼 이해관계의 충돌, 법리 논쟁, 군사적 충돌 그리고 대규모 국가 행위 등에서 벌어지는 비극적 주제들이다. 가정의 갈등이 극 구상의 중심에 놓여 있는 경우에도 종종 정치적 관점이 일정한 역할을 한다(예컨대 「플랑드르 백작 부인」에서처럼). 실러가 정치적 문제에 얼마나 큰 관심을 갖고 있었는지는 미완성의 단편 「경찰서」가 보여준다. 범죄 사건을 다루는 가운데서 궁정 세계와 정부 기관의 관료주의에서 어떠한 결과들이 직접적으로 파생하는가가 드러난다. 사적인 갈등은 개인의 잘못이 권력의 이해관계와 연결되어 있는 공공의 영역에서 비로소 그 파괴적 힘을 발휘한다.

실러가 기획한 드라마 중에서 생명력이 가장 오래 지속된 것은 물론 「슬픔에 잠긴 신부」이다. 이 기획물은 1790년대 중반 이래 잊히고 만 까닭에 앞에 언급한 희곡 목록에는 보이지 않는다. 이미 1784년 8월에 쓴 편지에서 달베르크에게 「도적 떼」의 후속편을 쓸 계획("여기서는 부도덕함이 가장 숭고한 도덕으로 녹아들도록 할 생각입니다"(NA 23, 155))을 알린 바 있다. 한 해 뒤에 실러는 생각을 바꾼다. "1막짜리 하나를 추가할" 생각이라는 것이다.(NA 24, 11) 그러다가 1798년 3월에 가서야 「도적 떼」 소재에 대한 관심이 다시 깜박인다. 관심을 불러일으킨 것은 호러스 월폴(Horace Walpole)이 쓴 비극 「수상한 어머니(The Mysterious Mother)」(1768)와 공포 소설 「오트란토 성(The Castle of Otranto)」(1756)이다. 이 소설은 1794년 이래 프리드리히 루트비히 빌헬름 마이어에 의해 독일어 번역판이 나와 있었다. 실러는 아마도 이 사실을 《종합 문학 신문》의 부록인 「지성(Intelligenzblatt)」에 실린 어느 서평에서 읽어서 알게 되었을 것이다. 마이어가 번역한 텍스트 중 일부가 《독일 문학 신 총서(Neue allgemeine deutsche Bibliothek)》에 실려 있다는 정보를 그 서평이 제공한 것이다. 실러는 고딕소설(Gothic novel, 공포소설)의 원조인 월폴에게서 자신이 쓸 극의 기본 구조를 가져왔다. 「오트란토 성」은 사랑하지 않는 남자와 결혼해야 하는 딸의 어두운 이야기를 그린 것이다. 딸은 다가올 운명에 반발하다가 알지 못할 계략 속에 점점 더 빠져들고 수수께끼 같은 힘들의 장난에 휘말리고 만다. 괴테는 1798년 11월 일기에서 실러와 이 소설에 관하여 이야기를 나누었다고 증언하고 있다.[170] 바로 이 무렵에 「슬픔에 잠긴 신부」에 대한 계획이 진전되고, 이 소재에 깊이 파고드는 과정에서 「도적 떼」의 후속편을 쓰겠다는 처음의 구상에서 손을 떼게 된 사실이 명백해진다. 카를 모어*는 후에 줄리언 백작으로 불리면서 소박한 사생활의 행복을 누리며 지낸다. 그러나 지난날 지은 죄의 대가를 자기 자식들의 고통으로 치르지 않을 수 없게 된다. 무엇보다도 이 구상의 두 번째 단계는 폭발성을 띤 갈등의 양상을 그려낸다. 근친상간 관계에 있는 오빠로부터 열렬한 사랑을 받고 있는 백작의 딸이 자신이 원치 않는 상대와 결혼하도록 정해진 것이다. 밤마다 줄리언에게 출몰하는 유령은 그에게 곧 닥쳐올 불행을 나타내는 신호이다. 첫 번째 스케치는 이 대목에서 지난 범죄를 처벌하는 힘인 '네메시스'를 언급한다.(NA 12, 7) 이와 같은 시기에 기획한 「경찰서」의 구상과 비슷하게 실러는 이 대목에서 고딕소설의 공포 효과를 가미하여 하나의 범죄행위를 줄거리로 엮어보고 싶었던 것이다. 1800년 8월 1일 실러에게 편지를 쓸 때만 해도 괴테는 자기 자신이 이 프로젝트를 추진해볼 가능성을 생각하고 있노라고 했다. 이 소재의 환상적인 색채에 그가 매료되었음이 분명하다. 그러나 실제 작업에 이르지는 않았다.

∴

* 「도적 떼」의 주인공.

실러가 1780년대 이래로 오랜 시간을 투자한 프로젝트로는 무엇보다도 「돈 카를로스」 집필 작업 시기에 떠오른 「몰타 기사단」에 대한 아이디어를 들 수 있다. 이 극의 중심을 이루는 것은 11세기에 설립된 요한 수도회 기사단의 역사에서 유래한 유별난 사건이다. 이 종단은 1530년에서 1798년까지 몰타 섬에 있었는데, 유별난 사건이란 1565년 우세한 터키 해군들에 맞서 세인트 엘모 요새를 지켜낸 것을 말한다. 실러의 초안은 그 비극적 소재를 우선 역사적으로 전승된 군사적 상황에서 얻었다. 종단의 수장은 스페인 연합군의 지원을 받지 못한 채 보잘것없는 소수의 기사들로 터키 해군의 봉쇄를 버텨내어야 했다. 40명의 수비대는 자신들의 충성심을 죽음으로 지불했다. 그러나 그 덕에 터키군은 후퇴하기 시작했고, 뒤늦게 끼어든 스페인 군대에 쫓겨 완전히 퇴각했다. 실러는 세인트 엘모 전투의 상세한 상황을 1778년에 독일어로 번역된 왓슨(Watson)의 『스페인 왕 펠리페 2세의 통치사』와, 1726년에 초판이 출간되고 1753년에 증보판이 나왔으며 베르토(Vertot)가 일곱 권으로 이 종단의 역사를 기술한 책에서 알아냈다. 베르토의 이 방대한 저술을 실러는 철저히 활용했다. 베르토의 책에서 발췌한 부분들은 예나대학의 학생인 토마스 베를링의 번역으로 1790년 9월 초에 (실러가 주관하던) 《탈리아》에 실렸다. 실러는 2년 후 니트하머가 번역을 맡도록 고무했고 그가 프랑스어 원본 중 중요한 부분만 발췌 번역한 책을 소개하는 서문을 직접 썼거니와, 이 서문에서 실러는 이 종단의 영웅주의를 오늘날의 "모든 정치적 집단"의 모범이라 칭송했다.[171]

「몰타 기사단」(1793년까지는 「요한 수도회 기사단」이라는 이름으로 불렸다)은 장기간에 걸친 프로젝트이다. 계속해서 다른 작업 때문에 밀려나 연기되곤 했다. 이 계획이 처음으로 떠오른 것은 「돈 카를로스」를 마무리하고 나서인데, 역사적 프로젝트 때문에 뒤로 밀리고 말았다. 1793년 가을 실러는 그때까지 아직 안면이 없던 코타에게 「요한 수도회 기사단」 드라마가 준비 중임을 알려주라고 예전의 학우 하우크에게 부탁한다. 1794년 괴테의 충고에 따라 개별 장면들을 쓰기 시작한다. 그러나 1796년 「발렌슈타인」 때문에 완전히 중단된다. 「발렌슈타인」 3부작을 끝낸 후 옛날 계획이 1799년 다시 떠오른다. 1801년 초여름, 「오를레앙의 처녀」가 인쇄에 들어갔을 때에도 그러했다. 나폴레옹이 지휘한 프랑스 군대가 1798년 7월 몰타 기사단의 시설을 점령하였는데 세인트 엘모의 전투와는 다르게 좋은 성과가 나오지 못한 것이 직접적 계기가 되었을 수도 있다.[172] 1801년 5월 13일 쾨르너에게 보낸 편지에서 실러는 비극의 구성을 위한 "결정적인 것"을 아직 찾아내지 못했다고 쓰고 있다. 줄거리에 "서둘러 시작해야 할" "극적 행동"이 아직 없기 때문이라는 것이다.(NA 31, 35 이하) 1803년 2월 「메시나의 신부」를 완결하고 난 후에도 이 소재에 대한 관심이 잠깐 다시 피어올랐으나 실러는 이 프로젝트를 체계적으로 시도해보기로 결정을 내리지 못했다.

이제까지의 계획들을 보면 고대 비극에서와 같이 합창단을 등장시켜 의무의 승리를 가시적으로 인상 깊게 보여주려는 의도가 드러난다. 니트하머가 번역한 베르토의 독일어판 서문에서 실러는 수도원의 윤리적 덕목이 지닌 정치적 측면을 높이 평가하고 있거니와, 그와 마찬가지로 그의 비극 또한 기사들의 영웅주의를 자발성을 근거로 한 윤리적인 덕목으로 찬양한다. 이 자발적 윤리는 실러가 서문에서 말하고 있듯이 "수도사 기사 국가"[173]의 특징이라 할 사회적 자체 조직이라는 에토스에 상응한다. 이 수도사 기사 국가의 자율성 요구 안에는 루소의 사회 이념도 선취되어 있음을 동시대인들이 파악할 수 있었거니와, 실러가 1797년 괴테에게 쓰고 있듯이 이 요구는 소재의 극적 효과를 높여주는 봉쇄 상황을 통해 가시화된다. 몰타 기사단의 수장인 라 발레트는 혼자서 책임을 지는 총사령관의 역할을 맡는다. 그는 아들 생 프리스트까지 포함된 기사들을 기사 종단의 정신을 지키기 위하여 다음과 같이 군사적으로 가망 없는 방어전에 내몰지 않을 수 없게 된다. "봉쇄로 인하여 외부 세계와의 연락은 모두 끊겼다. 종단은 이제 온 힘을 다해 생존만을 걱정해야 한다. 그리고 현재의 종단을 있게 한 종단의 특성들만이 이 순간 종단이 유지되게 할 수 있을 것이다."(NA 29, 165) 실러는 라 발레트가 해결해야 할 긴장의 여러 영역들을 메모한다. 극복해야 할 것은 무엇보다도 종단 자체의 도덕적 타락이다. 계획된 도입부에서 기사 둘이 그리스 여자 노예를 차지하려고 싸움을 벌인다. 크레키와 생 프리스트의 열정적인 우정에서는 "동성애의 징후"(NA 12, 47)가 보인다. 종단의 수장은 기사들에게 자기희생을 요구하는데 이에는 자기 자신의 아들을 포기하는 것도 포함된다. 따라서 '본능적 사랑'과의 충돌까지도 포함되는 것이다. 이러한 판에 이탈자 하나가 꾸민 간계와, 종단 내 서로 다른 국가 출신들 간의 싸움을 계기로 실제적인 반발 행위들이 터진다.

라 발레트의 행동은 오로지 종단의 원칙들을 무조건 지켜야 할 수장으로서 어떻게 하면 기사들로 하여금 더욱 높은 법칙을 강제가 아닌 자발성의 차원에서 실행하도록 설득할 수 있을 것인가 하는 생각에 좌우된다. "문제는 그러니까 엄격한 의무에 따른 헌신을 하나의 자발적인, 사랑과 열정에서 나온 자기 헌신으로 바꾸는 일인 것이다."(NA 12, 45) 유동적인 내용을 담도록 구상된 합창단은 때때로 주인공과 번갈아 노래를 하면서 등장하는데, 실러는 이 합창단으로 하여금 종단의 역사뿐 아니라 종단의 윤리적 자기 이해를 상기시키는 기능 또한 맡도록 했다. 엄격한 교육적 성찰의 매개체로서 합창단은 줄거리에 담긴 뜨거운 감자, 즉 모순들을 서로 잇도록 다리를 놓아야 하고, 그와 동시에 여기서 보여주는 교육극의 심미적 가치까지 보장해야 하는 것이다. 그럼에도 불구하고 묻지 않을 수 없는 것이 있다. 처음엔 회의적이던 종단 기사들이 수미일관되게 철저한 방어 전략에 따라 행동하는 것은, 그럼으로써 결국에는 자발적으로, 강제 없이 죽음의 길을 택하는 것은, 무엇보다도 자기 파괴적 양상을 띠는 것이 아닌가, 따라서 루소를 상기시키는 자율적인 사회조직의 이상을 변조하는 것은 아닌가 하는 것이다.[174] 실러는 자기가 완성한 어느 드라마에서도 개인적 삶의 이해관계를 주도적인 원칙 한 가지에 여기에서처럼 철저하게 종속시킨 적이 없다. 이미 「돈 카를로스」에서 절대적인 정치적 이상주의의 조작 가능성을 밝히려는 심리 분석은 중도에 좌절되고 만다. 1798년에 발표된 발라드 「용과의 싸움」은 종단의 충성 문제를 더욱 비판적으로 다루면서 집단의 강압에 대한 개인 자유의 가능성을 강조한다. 프랑스 공화국에서 벌어진 법의 정치를 경험한 것이 또한 그러한 관점에 영향을 미쳤음에는 의문의 여지가 없다. 혁명정권의 위원회들이 시민들에게 행한 강제들을 보면서 실러는 영웅주의를 향한 강령적 의지를 1790년대 초반의 현상들보다 더 염려한 것이다.[175]

1797년 「발렌슈타인」의 집필로 실러는 무대 작가로서 자기 이해에 대한 근본적 성찰을 할 수 있는 연극 이론상의 지불유예 기간을 맞게 된다. 그가 이 시기에, 아리스토텔레스의 시학을 읽음으로써 고무되어, 기술적인 관점들 아래 조명하는 것은 무엇보다도 드라마의 줄거리가 지닌 특징들이다. '의미심장한 순간'과 '결정적인 상황'이 집중이나 변전을 일컫는 개념들이라면, '급락'은 행동의 역동적인 진전을 의미한다. 실러는 계속 '비극 분석'의 기법에 대한 성찰을 거듭한다. 탐정이 흔적들을 조사하고 단서를 확보하는 것처럼 과거에 일어난 사건들을 밝혀내는 작업은 범죄자가 스스로 자신을 처벌하게 되는 결과를 가져온다. 이러한 범주들은 실러가 「발렌슈

타인」 작업을 끝낸 후에 조사에 착수한 소재들과 씨름하는 데서도 적용된
다. 특별히 신경 쓸 가치가 있는 것은 「경찰서」와 「집의 아이들」의 초안들
이다. 이것들은 1790년 대 말에 「메리 스튜어트」를 쓰기로 결심하기 전까
지는 특별히 관심을 끈 구상들이었다.[176)]

　미완성으로 남은 드라마 「경찰서」는 처음에는 비극으로 계획되었는데
나중에 희극으로 변했다. 그 중심은 파리의 경찰청장 다르장송이 살인 사
건과 보석 탈취 사건이라는 일련의 비밀스러운 범죄들을 밝혀내는 작업이
다. 이 연극의 의도는 루이 14세 시절 대도시 파리의 분위기를 촘촘하게
묘사하는 것과, 도처에 감시망을 펼쳐놓고 있는 무소불위의 경찰이 지휘
하는 범죄 수사 작전을 무대 위에서 보여주는 것이다. 이 두 측면을 하나
의 긴장된 범죄 사건의 줄거리로 분석적 방식에 의해 그 내용이 하나씩 드
러나게 담아보자는 것이다. 실러가 이러한 구상을 하게 된 것은 메르시에
(Mercier)의 두 권짜리 책『파리의 타블로(*Tableaux de Paris*)』(1781~1788)에
서 자극을 받은 결과이다. 추측건대 실러는 이미 드레스덴에서 후버를 통
해 1782/83년판을 알게 되었을 것이다. 여하간에 실러는 카롤리네 폰
보일비츠에게 보낸 그의 편지(NA 25, 146)로 알 수 있듯이 늦어도 1788
년 11월에는 메르시에의 저술을 철저히 읽은 후였다. 『파리의 타블로』 제
8권에서 실러는 루이 14세 시절에 1697년에서 1720년까지 파리 경찰청장
으로서 막강한 영향력을 발휘하던 마르크르네 다르장송 형사의 프로필
을 발견할 수 있었다. 다르장송은 분산된 현대적 감시 기구를 효과적으
로 구축했다. 이 기구는 정확하게 작동하는 밀정 체제를 통해 대도시 파리
의 사생활과 정계를 감시했다. 메르시에가 묘사해낸 이 파리 경찰청장의
특징은 퐁트넬(Fontenelle)의 『다르장송 씨에 대한 찬사(*Eloge de Monsieur
d'Argenson*)』에서 글자 그대로 따온 것이다. 이 책은 일련의 사회 명사들에

대한 찬사를 모아놓은 것 중 하나로 1729년에 출간된 것이다. 이 책에서 다르장송 형사는 의심의 눈으로 모든 것을 보지만 사석에서는 호탕한 보통 사람으로 묘사되어 있다. 그는 사람을 대함에 있어서 부정적인 면만을 경험함에도 불구하고 "아름다움에 대한 감정을 잃지 않은" 인물로 그려져 있는 것이다.(NA 12, 92: 437 비교) 실러는 퐁트넬 텍스트에 담긴 이와 같은 그의 긍정적인 프로필을 그대로 자기 드라마의 초안을 위해 활용했다.

다르장송이 구축한 파리 경찰국가의 분위기는 텍스트가 보여주는 비밀스러운 범죄 사건의 본질적 요소 중 하나이다. 실러는 지속적인 감시와 서로를 미행하는 사회 풍토를, 그러한 감시와 미행에도 불구하고 여태까지 밝혀지지 않은 일련의 중대 범죄가 계속 자행되는 사회를 스케치한다. 메르시에는 다음과 같이 쓰고 있다. "엄청나게 큰 부패 세력이 있는데 경찰은 이를 두 종류로 구분하여, 한 부류에서는 밀정과 끄나풀들을 만들고, 다른 부류에서는 위성 집단, 즉 비납세자 집단을 만들었다. 그러고는 이들을 마치 사냥꾼이 여우와 늑대를 향해 개를 내몰듯이 악당 패거리들, 사기꾼들, 도둑들을 잡는 데 이용했다."[177] 행정 법률가이던 니콜라 들라마르가 1705년에 기록한 파리 강력계 형사들의 업무에 대한 메모는 다음과 같이 설명한다. "경찰 공무원과 간부들에 대한 업무는 가장 중요한 일 중 하나이다. 그의 과제 영역은 한이 없어 보이는데 세밀한 사항들까지 일일이 조사하고 난 후에야 비로소 본래 과제에 착수할 수 있는 것이다."[178] 여기서 언급되고 있는 포괄적인 밀정 행위는 메르시에가 보고하고 있듯이 사회 전체를 지배한다. "궁정 스파이, 도시 스파이, (……) 창녀들 전담 스파이, 지식인 전담 스파이, 이들 모두를 사람들은 하나의 명칭으로, 즉 프랑스의 초대 궁정 스파이의 성인 '무샤르(Mouchard)'라는 이름으로 불렀다."[179]

실러의 초안에서는 도덕에 대한 무감각이 감시 체제의 특징으로 되어 있다. "경찰 제도의 단점 또한 묘사해야 했다. 경찰은 악을 도구로 사용할 수 있다. 무죄한 사람이 경찰에 의해 고통을 받을 수 있다. 경찰은 나쁜 도구를 사용하고 나쁜 수단을 활용하지 않을 수 없는 경우를 종종 겪게 된다."(NA 12, 96) 그 누구도 지속적으로는 빠져나갈 수 없는, 경찰 기구가 지닌 익명성의 권력에 맞서 실러의 초안은 사람을 의심하는 눈초리로 대하지만 그 본성은 명랑한 경찰청장 다르장송을 내세운다. 실러는 자기의 주인공을 섬세한 미감을 갖추었고 교양이 풍부한 인물로 그려냄으로써 그를 본래의 건전한 모습을 상실한, 시민 상호 간의 불신이 일상화된 데카당스의 사회와 구별하려 한다. 그러나 바로 그와 같은 경찰의 수장이 인간적인 자질의 힘으로 자신을 자신이 구축한 기구의 기관원들과 구별하는 데 필요한 위상을 지니고 있는지는 의문스럽다. 실러의 초안이 설득력을 발휘하는 것은 성격 연구에서가 아니라 불신의 그늘 아래 놓여 있는 현대사회의 소시오그램에서인 것이다. 메르시에 외에 실러에게 상세한 지식을 제공한 것은 라클로와 디드로가 쓴 소설 「피타발(Pitaval)」이거니와, 파리 사회의 면모를 그리려는 계획에 필요한 자극을 제공한 것은 무엇보다도 보데, 훔볼트, 라인하르트, 볼초겐이 쓴 여행기들이다. 실러의 스케치는 개별적으로 조명된 핵심 인물들보다 귀족, 창녀, 부랑자, 사기꾼, 증권 투기꾼, 성직자, 탐정, 거지, 잡범 등 인물 유형의 파노라마에 더 많이 신경을 쓰고 있다. 끊임없이 탐정 노릇을 해야 하고 비밀리에 감시해야 하는 숨 막히는 분위기를 초안은 복잡하게 꼬인 범죄 사건 자체와는 달리 매우 상세하게 묘사하고 있는 것이다. 경찰 기구(현대판 리바이어던)는 초안에서 초강력한 거대 조직체로 나타나거니와, 그것을 작동하는 힘을 관객은 꿰뚫어볼 수 없다. 실러는 1799년 초에 고대 비극과 같이 초안을 만들어놓았는데, 얼마 후에 현대적 연극으로 바꿀 생각을 하다가 결국에 가서는 통속적인 사랑의 간계를 둘러싼 희극으로 만들기로 한다. 이로써 우리는 실러가 드라마의 소재 자체의 특수성을 별로 중요하게 여기지 않았음을 알 수 있다.

「집의 아이들」이라는 제목의 스케치는 훨씬 더 명확하게 비극의 근본 모델을 제시한다. 1799년 3월 시작된 초안의 완성 과정은 괴테가 왕성한 관심을 갖고 처음부터 지켜보았거니와, 추상적인 미완성의 희극 「경찰서」와는 달리 그 윤곽이 뚜렷하다. 1804년 겨울 실러가 5년 반 동안 중단하고 있던 이 프로젝트를 다시 추진하겠다고 생각했을 때, 그는 여러 막으로 이루어진 상세한 진행 계획에 다시 손댈 수 있었다. 「경찰서」의 형사사건에서 그 도식을 물려받은 줄거리의 윤곽은 전보다 뚜렷해졌다. 루이 나르본은 마들롱과 공모하여 자기의 친형을 죽이고서는 자기 이름을 바꾸고 형의 아들인 샤를로를 자기 집에 데려온다. 그로부터 15년 후에 나르본은 과거의 그림자에 직면하게 된다. 결혼을 앞두고 샤를로가 영문을 모르는 사이에 보석 절도 사건에 휘말리게 된다. 그사이 나르본의 집 가정부가 되어 일하는 마들롱은 예전 애인에게 경찰 수사의 진행을 막아달라고 부탁한다. 그러나 결과적으로 경찰 수사로 나르본의 범죄가 드러나게 된다. 살해된 친형의 딸인 아델라이데가 나타나서 샤를로가 자기 오빠인지도 모르고 그와 근친상간 관계에 빠진다. 이 수사 과정에서 처음에는 떳떳해하던 나르본이 범인으로 의심을 받게 된다. 나르본은 공모자였던 마들롱을 살해한다. 그는 아이들 앞에서 자기의 죄를 숨기려 하지만 결국에는 자기가 놓은 덫에 걸려들고 기소된다. 통속소설의 요소로 관철된 줄거리에서 실러는 주인공이 과거에 저지른 범죄행위로 말미암아 궁지에 빠지게 되는 하나의 분석극을 만들 표본적 소재를 발견한 것이다. 나르본이 계속 실수를 하는 것은 하나의 처벌 논리가 주관적 반사 행위로 나타나는 현상이다. 이것이 초지상적인 힘의 산물로 보인다 할지라도 그것은 오로지 개인에 의해 유발된 것이다. "한 번 가기 시작한 태엽은 자기 의지에 맞서 멈추고 싶어도 계속 간다는 데서 비극적 효과가 발생한다. 그 자신이 고르곤(Gorgon)의 머리를 끄집어내는 것이다."(NA 12, 139) 이 범죄 사건의 소재는 또다시 월폴의 「오트란토 성」과 비극 「수상한 어머니」까지 거슬러 올라가거니와, 실러에게 현대적 분석극의 토대로서 훌륭한 자질이 되어준다. 실러는 자신의 줄거리 스케치에 형이상학적 용어들로 주석을 달고 있지만 그러한 형이상학적 용어 때문에 그가 (이 분석극에서 펼쳐지고 있듯이) 주인공 개인의 행동이 자기 폭로의 논리에 결정적 영향을 끼치게 만들었다는 사실을 간과해서는 안 될 것이다.

실러가 생의 마지막 시기에 중점적으로 관심을 기울인 소재 분야는 '워베크(Warbeck)' 콤플렉스이다. 실러는 1799년 「메리 스튜어트」의 작업을 하는 와중에 이 소재에 접근한다. 역사적 출처들(라팽(Rapin)이 쓴 『영국 보편사(Algemeiner Geschichte Englands)』(1724)와 특히 아르노(Arnaud)가 쓴 『최근 역사(Suite des nouvelles bistoriques)』(1756))을 연구하다가 실러는 벨기에 사람 장(Jean) ("퍼킨(Perkin)") 워베크의 삶을 발견한다. 에드워드 4세의 누이동생 마가레타 폰 부르군트는 워베크를 리처드 3세에 의해 런던 탑에서 살해된 에드워드 5세의 동생이자 요크 가문의 적법한 왕위 계승자로 내세웠다. 그러나 이 기획은 마가레타가 몰아내려 했으나 1485년 이래로 왕좌를 차지하고 있던 헨리 7세의 방해로 좌절되고 말았다. 워베크는 사기꾼으로 몰리고 1499년 런던 탑에 갇혀 있던 요크 가문의 마지막 적법한 계승자로서 왕위 찬탈자를 몰아낼 계획에 동참했던 워릭의 에드워드와 함께 공개 처형되었다. 1799년 8월 20일 괴테에게 보낸 편지에서 실러는 이 복잡한 소재의 연출 가능성을 설명하면서 이 주제에 대한 자신의 관심사를 다음과 같이 정의한다. "앞에 언급한 소재를 다루는 문제에 대해 말씀드리자면, 제 생각으로는 희극 작가가 이 소재로 만들어내리라고 예상되는 것과 정반대로 해야 하리라 봅니다. 희극 작가라면 사기꾼이 맡는 큰 역할과 그의 무능력을 대비해 우스꽝스럽게 만들겠지요. 비극에서는 그와 반대로 그 사기꾼이 바로 그 큰 역할을 위해 태어난 것처럼 보이도록 해야 합니다. 그가 자기에게 주어진 역할을 너무나 잘 어울리게 하기 때문에 그를 자신들의 도구로, 자신들이 만들어낸 물건처럼 다루려 한 사람들과 흥미로운 갈등이 벌어지게 해야 합니다."(NA 30, 86)

실러의 기술은 워베크를 고상한 성격을 품은 사기꾼으로 만드는 것이다. 이것이 궁극적으로 의미하는 것은 "기만이 그에게 마련해준 자리가" 바로 "자연이 그에게 정해준 자리"라는 것이다.(NA 30, 86 이하) 실러는 자기의 계획을 위해 프랑스의 역사가 리장쿠르(Lizancour)의 명제를 사용한다. 리장쿠르는 『새로운 역사(*Nouvelles historiques*)』(1732)에서 워베크는 에드워드 4세의 사생아라고 주장했다. 따라서 그가 비록 왕위 계승자는 되지 못했으나 왕가의 혈통을 이어받았다는 것이다. 이러한 방식으로 역할과 정체성 사이의 모순은 허구의 산물로 설명된다. 기만으로 보이게 한 것이 그의 참된 성격을 드러내준 것이다. 그리하여 마침내 진실과 거짓의 대립 또한 허구임이 드러난다. 마지막 초안 단계에 비극 계획을 대신하여 만든 현대적 드라마에서 워베크는 자연스러운 위엄을 지닌 인물로 등장한다. 그리고 바로 그럼으로써 용서를 받고 사회 명사로서 인정도 받게 된다.

워베크 소재를 더욱 집중적으로 다루게 되는 것은 1801년 여름 「오를레앙의 처녀」를 끝내고 나서이다. 상세한 장면 스케치는 그러나 거의 한 해 뒤에야 「투란도트」 번안 작업에 이어 행해졌을 것이다. 이 프로젝트가 너무 방대하다 여겨서 실러는 그해 여름 「메시나의 신부」를 쓰기 위해 일단 제쳐둔다. 주인공에게 주어진 역할이 복잡하여 이를 형상화하는 문제가 생겼을 것이고, 이 문제를 당장 극복하는 데 대해 실러는 스스로 역량 부족을 느꼈을 것이다. 1804년 3월 「데메트리우스」 프로젝트 속에 이 소재를 끌어들이기로 결정하고 난 후에도 실러는 1804/05년 연말 연초에 작성한 목록에 「워베크」를 활용해야 할 이유와 활용할 수 없는 이유를 기록했다. 활용하기가 난처한 이유에 속하는 것은 사기 모티브의 변증법, 개연성이 부족한 줄거리, 행동의 부족 등이다. 긍정적인 이유에 속하는 것은 익숙한 주제인데다 대중성도 있다는 것과 심리적으로 흥미로운 주인공의 기질이다.(NA 12, 179)

실러가 1802년 여름에 기록한 메모들은 주인공이 자신의 불안정한 행동으로 말미암아 이르게 되는 심연을 조명하고 있다. "그의 인격은 그의 역할보다 더 가치 있다"라고 결연하게 기록되어 있다.(NA 12, 160) "참됨과 거짓의 종합"(NA 12, 199)으로 그의 성격을 규정하고, 도덕적 존엄과 열등함 사이의 경계가 이 경우 유동적이라는 것이 분명해지도록 만들어야 한다. 워베크가 겪는 역할 갈등의 변증법적 윤곽은 공적 영역과 사적 영역이 서로 긴장을 이루며 맞부딪치는 곳에서 드러난다. 부르고뉴 공작의 미망인인 마가레타가 대중들 앞에서 자신의 조카라고 내세우지만, 워베크와 혼자 있을 때에는 그를 마치 자신의 명령을 따라야 하는 종처럼 마구 다룬다. 실러의 초안은 비판적으로 관찰하는 일련의 인물들(그중에는 에리히 폰 고틀란트도 있다)을 그려낸다. 이들은 워베크에게 그가 사기꾼임을 다 안다고 분명하게 말함으로써 그의 수모를 고조한다. 왕위 계승 요구자인 워베크가 아델라이데 공주를 사랑하고 에리히도 아델라이데 공주에게 구혼하고 있기 때문에 갈등은 사적인 차원으로 옮겨진다. 워베크는 자신의 사랑이 응답받았다고 느끼는 순간 자신의 가짜 정체성이 강요하는 기만 술책 때문에 더욱 힘겨워한다. 에드워드 5세의 아들이자 마지막 왕위 계승자인 젊은 플랜태저넷(Plantagenet)을 만나고 나서야 이러한 모순이 해결된다. 워베크는 왕가의 위엄을 보이고 경쟁자인 에드워드를 두 명의 암살자에게서 보호하고 난 후 그는 자신의 진짜 정체성이 무엇인지 알게 된다. 워베크는 에드워드 4세의 사생아로 자기 또한 요크 가문 출신임을 의식함으로써 자신의 가면을 벗고 새로운 역할을 받아들일 수 있게 된다. 에리히는 "왕처럼 보이려면 왕으로 태어나야 한다"(NA 12, 236)라고 말하거니와, 그의 말은 그가 의도한 것과는 정반대로 워베크의 효과적인 등장에 대한 적절한 설명이 된다. 주인공이 이전에 빠져든 심리적 갈등은 지양된다. 정체성과 가짜 놀음의 간극이 처음에 보이던 것보다 작아졌기 때문이다. 행복한 결과를 향한 반전은 물론 원래의 구상과는 맞지 않는다. 실러가 이러한 난점을 실감하고 있었음을 우리는 사기 모티브의 모순적 측면에 대한 그의 지적에서 알 수 있다.(NA 12, 179) 워베크는 비극적 인물로도 구원된 인물로도 설득력을 갖지 못한다. 그에게는 범죄자의 낙인이 찍힌 까닭이다. 그는 자신의 것이 아닌 권력에 의도적으로 손을 대려 했기 때문이다. 비로소 「데메트리우스」에서 실러는 사기꾼으로 하여금 자기 자신의 의식을 심연에 빠져들게 함으로써, 「워베크」에서 나타나는 역할 문제에 비극적 자질을 부여하는 데 성공한다.

「워베크」의 연장선 상에 「엘프리데」 소재가 있다. 실러가 이 소재를 처음으로 검토한 것은 1799년이고, 깊이 다루기 시작한 것은 1804년에 가서이다. 이 소재는 (토이라(Thoyras)와 흄(Hume)이 보도한) 10세기 영국 역사에서 유래하는 어느 사건에 관한 것인데, 이미 베르투흐(Bertuch, 1773)와 클링거(Klinger, 1787)가 이 소재로 연극을 만든 적이 있다(최소한 베르투흐의 비극은 바이마르에서 초연되었기에 실러가 읽었을 것으로 짐작된다). 여기서도 사기당한 사기꾼의 모티브가 나타난다. 에드거 왕이 총애하는 에설우드는 왕의 지시에 따라 왕의 이름으로 매력적인 엘프리데에게 구혼한다. 그는 왕에게 엘프리데가 구혼을 받아들이지 않았다고 거짓 사실을 알리면서 왕을 속이고는 자기 자신이 엘프리데와 결혼한다. 왕은 엘프리데에 대한 관심을 철회하겠노라고 그에게 말하였지만 엘프리데를 직접 만나자 그 미모에 다시 사로잡힌다. 에설우드에게 속아 그와 결혼한 엘프리데가 자신이 사기당한 것을 알게 된 순간 극적인 혼란이 생겨난다. 엘프리데는 남편을 죽이고 에드거의 옆에서 여왕으로 즉위하기로 결심한다. 남편으로서의 권리와 왕의 권력 사이에 존재하는 대립을 스케치는 갈등의 핵심으로 다루고 있다. 이 대립은 에설우드의 요구가 기만을 근거로 하고 있기 때문에 변증법적 양상을 띠게 된다.(NA 12, 325) 실러의 초안은 또다시 분석극의 구성을 유지한다. 극이 진행되면서 관객은 에설우드와 엘프리데의 관계가 사기를 통해 이루어졌음을 차차 알게 된다. 이 소재의 매력을 실러는 이미 앞서 언급한 작가들의 작품들에서 보았을 뿐 아니라 요한 엘리아스 슐레겔의 「카누트(Canut)」(1747)를 통해서도 알게 되었다. 이 작품도 여기에 비교할 만한 기만의 모티브를 갖고 있는 것이다. 울포는 왕의 여동생인 에스트리테와 결혼하는데. 이 결혼은 편지 한 통을 불법적으로 사용하여 성사된 것이다. 주인공이 이 편지의 내용을 가차 없이 자기 목적을 위한 도구로 사용한 것이다. 아마도 바로 이와 같은 적나라한 권력욕이 만들어낸 거친 심리 때문에 실러는 계속해서 이 소재를 다루지 않고 중단했을 것이다.

「발렌슈타인」을 마치고 난 후에 실러가 만든 몇 가지 초안은, 우리가 이미 「몰타 기사단」의 갈등 모델에서 보았듯이, 강제의 법칙 아래 놓여 있는, 첨예화된 상태에서 결정을 해야 하는 상황들을 제시한다. 여기에 속하는 것이 「테미스토클레스」(1800년 이후)와, 짧은 스케치 세 가지로 된 「바다 풍경」(1803~1804)이다. 「테미스토클레스」의 소재를 실러는 플루타르코스의

『영웅전』에서 발견했을 것이다. 소재의 주인공 테미스토클레스는 기원전 5세기에 아테네에 살았던 정치가이다. 그는 정치적으로 중요한 업적들을 쌓았으나 모략에 빠져 국가 반란의 혐의를 받게 되자 페르시아로 도피한다. 이곳에서 그는 공동체의 개혁에 참가하려 시도한다. 그러나 군사적 격돌이 임박하자 그는 자신의 조국과 맞서 싸워야 하는 상황에 빠질 것을 두려워한 나머지 자살을 택한다. 아마도 1803년 초에 작성되었을 것으로 추정되는 실러의 간략한 스케치는 특히 주인공이 정치적 강제 상황에 처해 있었음을 강조한다. 주인공은 자기가 페르시아에서 알게 된 "어느 야만적인 민족의 노예 상태와 대조적인 것으로서" 아테네에서 자신을 자유로운 인간으로 만들어준 "시민 감정"(NA 12, 299)을 깨닫게 된다.[180] 플루타르코스의 전기에서는 전혀 주제로 다루지 않은 페르시아 전제정치와 그리스 공화국 체제 간의 대비를 실러의 초안에서는 정치적 시국을 반영하는 주제로 삼고 있음이 명백해 보인다. 실러가 초안에서 그려낸 아테네 국가가, 미적 교육에 대한 그의 편지가 이미 프랑스의 헌법을 비판적으로 다루는 가운데서 요약하고 있는 것과 같은 이상적 공동체의 양상을 띠고 있다. 그러나 실러는 자신의 작업 노트에서 테미스토클레스가 그리스를 위한 순교자로서 죽은 것이 아님을 강조한다. 그의 갈등은 그의 공명심과 국가에 대한 충성심 간의 긴장 관계에서 유래하는 것이다. 상처 입은 허영심이 동기가 되어 그는 아테네에 맞서는 군대를 이끌 준비가 되어 있다고 선언한다. 그러나 마지막에 가서 전제 체제와 자유 질서 간의 '대비'를 목격하면서 옛 시절의 시민의 의무를 떠올린다. 망명 생활의 어려운 처지는 결국 정치적 갈등 상황에 대한 철저한 반응으로 자살만을 강요한다. 여기서 인간은 자기 파괴의 대가를 치르고서야 자신의 자율성을 유지할 수 있게 된다.

「배」, 「해적」, 「바다 풍경」으로 된 특이한 이 3부작도 위에서 스케치한 근본 상황을 따르고 있다. 이 3부작은 1803년과 1804년에 쓴 것으로 추정되거니와, 당시에 쿡(Cook), 포스터(Forster), 니부어(Niebuhr), 캄페 등이 쓴 여행기들이 이국적 모티브 선택에 동기를 부여했을 것이다. 「해적」이 그리고 있는 것과 같이, 높은 바다 한가운데서 포로가 된 인간이라는 상징에서 실러는 또다시 자율과 강제 간의 갈등을 위한 암호를 얻고자 시도한다. 여기서 장면을 주도하는 원칙은 비극적으로 첨예화된 파국에 이르는 저 「몰타 기사단」의 봉쇄 상황을 연상시킨다.[181] 그러나 기사 종단 드라마에서와는 달리 실러는 여기서 장면의 건축적 효과를 높이려 시도했다. 「해적」은 항해 중에 고립된 바다 위에서 폭압적인 선장에 대해 반란을 일으켜, 자기들이 빼앗긴 자유의 권리를 쟁취하려는 해적들의 음모를 그린다. 「몰타 기사단」의 도덕적인 갈등 대신에 여기서는 통속적인 이야기 줄거리가 진지한 모습으로 펼쳐진다. 물론 그것이 이국적인 모험 이야기에 집착하는 관객의 욕구에 맞추어진 것임은 누구라도 쉽사리 알아차릴 것이다.

「배」나, 그와 같은 부류인 「바다 풍경」은 이에 반해 아리스토텔레스의 연극 이론으로는 설명할 수 없는 경우들이다. 실러의 이 스케치들은 넓게 펼쳐진 연극의 파노라마를 조명한다. 계속 바뀌어가며 등장하는 대륙들, 도시들, 풍경들, 자연의 대참사들, 그리고 정치적 혁명들, 음모들, 전쟁 형태의 갈등들을 그러한 스케치들을 통해 가시화하려는 것이다. 수많은 풍성한 모티브, 빠른 장면 전환 기법, 시간 뛰어넘기, 요지경 같은 관점들, 이러한 특성들을 지닌 실러의 계획은 이국적 소재들을 애호하는 후기 계몽주의 여행문학에 속하는 소설의 구상과 닮았다고 하겠다. 눈에 띄는 것은 현대 문명사회의 팽창 정신에 대한 비판적 시각이다. 소재를 "유럽인들의 확산, 항해와 세계 여행 전체의 상징"으로 파악하고 있는 것이다.(NA 12, 307) 그리하여 복잡한 모험 드라마는 공격적인 식민주의의 거울이 된다.

이 식민주의가 가져올 끔찍한 결과들을 실러는 냉정하게 확인했다. 「바다 풍경」에 대한 한 노트에는 "유럽의 전쟁은 인도에서 전쟁을 만든다. 여기서 무슨 일이 일어나고 있는지를 사람들은 아직 아무것도 모르고 있다"(NA 12, 319)라는 대목이 있다. 통속적으로 보이는 소재가 하나의 관점을, 식민지 팽창이 가져올 세계사적 결과를 예리한 비판적 의식으로 파악할 수 있게 해주는 관점을 제공하는 매개 역할을 하고 있는 것이다.

실러는 새로운 주제를 검토할 때마다 언제나 관객의 관심사를 염두에 두고 있거니와, 이러한 사실을 「플랑드르 백작 부인」(1801년 이후)과 오페라풍의 「로자문트」 구상이 보여준다. 「로자문트」에 실러는 1801년 여름에, 그리고 1804년에 다시 더욱 깊이 몰두했다. 두 프로젝트는 「오를레앙의 처녀」와 마찬가지로 민요풍의 설화 전통에서 유래한 소재를 바탕으로 하고 있다. 실러는 평생 동안 동화와 기사 이야기를 높이 샀다. 1795년 그는 샤를로테 폰 슈타인의 도움으로 방대한 아나 아말리아 도서관에서 프랑스 작가 루이 콩트 드 트레상의 「콩트」를 빌렸다. 1801년 실러는 이 작가의 작품집을 구입했다. 전형적인 르네상스 기사 서사시의 대표작인 아리오스토의 「광란의 오를란도」(1532)를 실러가 얼마나 높이 샀는가를 쾨르너에게 1802년 1월 21일 보낸 편지에서 읽을 수 있다. 이 편지에서 그는 이 장르에 대한 자기의 근본적인 생각을 다음과 같이 쓰고 있다. "여기에는 생명이, 움직임이, 색깔과 충만함이 있네. 자기 자신의 밖으로 나와 충만한 삶 속으로 뛰어든다네. 그러나 거기서부터 다시 자기 자신 안으로 되돌아오게 된다네. 풍성하고 무한한 대기(大氣) 속에서 헤엄치는 거지. 그리하여 자신의 영원한 정체성에서, 자아에서 벗어나지, 그리고 바로 그러하기 때문에, 자기 자신에서 떨어져 나왔기 때문에 많은 삶을 사는 것이네."(NA 31, 90) 민요풍 설화의 성격을 띠고 있는 「플랑드르 백작 부인」의 소재를 실러는 아마도 요한 고트프리트 아이히호른의 『새로운 유럽의 문화와 문학의 보편사(*Allgemeiner Geschichte der Cultur und Litteratur des neueren Europa*)』(1796)에서 얻었을 것이다. 마님의 사랑으로 명성과 사회적 선망을 얻은 귀족 출신 소년 플로리젤의 행복을 소재로 하여 목가적으로 끝나는 이 연극은 설화적 성향과 대중적 인기를 결합한다. 백작 부인의 호의를 받아내려는 구혼자들의 극적인 경쟁, 적수인 몽포르가 꾸미는 음흉한 간계, 결국 사랑하는 이들의 합일을 가능케 하는 군사적 대결의 폭력적 소란 등은 분명 당시 관객들의 입맛에 맞는 줄거리의 요소들이다. 등장인물들은 고정되어 있는 유형 도식의 명령에 따르고 있다. 이에 속하는 것이 점잖은 신하와 예민한 감성을 지닌 젊은이들이고, 또한 사디즘적인 유혹자, 치졸한 시골 귀족들도 이에 속한다. 이에 반해 「로자문트 또는 지옥의 신부」는 훨씬 긴장에 찬 기획이다. 자기를 사랑하는 남자들을 불행으로 내몰고 결국에 가서는 악마의 희생물이 되고 마는 허영심 가득한 여인의 이야기가 줄거리인 이 극은 그로테스크한 살인극의 성격을 띠고 있다(실러는 초안에서 여러 차례 '발라드'란 말을 하고 있다(NA 12, 262 이하)). 괴테는 루트비히 티크가 주관하는 《문예 저널(*Poetischem Journal*)》(1800) 첫 호에 실린 보고 기사에 끌려 이 소재에 대해 몇 마디를 후세에 남겼거니와 이 소재의 성격에 대해 「파우스트」와 「돈 후안」에 대칭되는 소재라고 규정했다.(NA 38/I, 311) 티크의 주석은 (「셰익스피어에 관한 편지」에서) 지옥의 신부에 관해 전승되어 온 이야기가 포함된 인형극 전통에 해당하는 것이었다.(NA 12, 530) 여기에다 모차르트의 「마술피리」와 「돈 조반니」의 영향이 있었음도 분명하다. 두 오페라는 정기적으로 바이마르 극장에서 공연되었던 것이다(실러는 1800년 1월 18일, 1801년 4월 25일, 1804년 5월 2일에 「마술피리」를, 그리고 1802년 6월 7일에 「돈 조반니」를 보았다). 유럽의 돈 후안 전통에는 모차르트의 작품도 그 일환으로 속해 있거니와, 실러 또한 이러한 전 유럽적 전통에서 유혹의 모티브와 그와 연관된 처벌의 테마를, 인간의 허영심을 지옥의 힘을 통해 처벌한다는 테마를 물려받은 것이다.

실러는 1800년 이후 반복해서 오페라 장르에 대해 관심을 표명하는데, 이는 연극의 감각적 영향 능력에 대해 그가 일찍감치 보인 호감을 바탕으로 하고 있다. 오페라에 대한 관심은 의문의 여지 없이 시장 전략적인 생각들(작업실 안에서의 계획 단계에까지 강한 영향을 미친 생각들)의 표현이기도 한 것이다. 그러하기 때문에 실러는 1799년 이래 음악 감독으로, 1804년 이후에는 바이마르 극장의 악단장으로 있는 프란츠 세라프 데스투슈(Franz Seraph Destouches)와의 공동 작업을 결연하게 모색한다. 글루크의 제자인 데스투슈는 에스테르하지 대공의 빈 오케스트라에서 대가 중 하나로 성장했다. 「발렌슈타인」, 「발렌슈타인의 막사」, 「맥베스」, 「오를레앙의 처녀」, 「투란도트」, 「빌헬름 텔」의 막간 음악들이 모두 그의 작품이다. 매사에 열심인 데스투슈가 장면 구성에서도 실러에게 여러모로 조언하여 그의 텍스트에서 오페라적 효과를 고조해주었으리라는 점 또한 배제할 수 없는 일이다.[182] 그러나 실러 자신으로서는 문학 장르에 집중하는 것이 중요했다. 뷔르템베르크 시절 친구인 춤슈테크와 베를린의 지휘자인 베른하르트 안젤름 베버, 그리고 이플란트의 비서 파울리에게서 리브레토를 써볼 생각이 없냐는 문의를 받았지만 그는 이에 응하지 않았다.(NA 12, 533) 바이마르의 실내음악가인 다니엘 슐뢰밀히(Daniel Schlömilch)에게 그는 1803년 가을 오페라 대본은 괴테와 코체부의 영역이라고 말했다.(NA 42, 368) 이플란트에게 실러는 1804년 4월 중순 오페라 무대를 위해 활동하게 되면 모든 것이 작곡가의 자질에 매이게 될 것이기 때문에 그것이 싫다고 고백했다.(NA 32, 124)

「발렌슈타인」 작업 동안 심화된 비극 기술상의 물음들은 연극 기술상의 문제들에 대한 실러의 의식을 예리하게 만든다. 이것으로 또한 그는 서랍에 넣어둔 옛 초안들을 다시금 새로이 생각하게 된다. 그리하여 이전 초안들이 바로 1790년대 말에 비판적으로 조명되고 당면 과제가 되기도 한다. 실러는 「몰타 기사단」과 「워베크」 같은 몇 가지 프로젝트를 죽을 때까지 품고 다녔다. 작가의 풍성히 채워진 집필실을 들여다보면, 무엇보다도 그가 그때그때 소재에 맞추어야 할 형식들과 모델들을 실험하였음을 알 수 있다. 개개의 자료 뭉치들은 자기 자신의 연출 작업을 위한 것이다. 「몰타 기사단」이 합창단의 반주를 받는 대규모 역사극을 대표한다면, 「집의 아이들」과 「경찰서」는 분석극을 대표하며, 「워베크」와 「엘프리데」는 사기극을, 「플랑드르의 공주」와 「로자문트」는 오페라적 측면을 지닌 로만체이다. 이와 같이 다양한 형식적 옵션에서 실러의 창조적인 운동성이 보이지만, 그가 병에 자주 시달리다 보니 생산적 성과는 제한될 수밖에 없었다.

텍스트에 대한 창조적 봉사
번역과 시론들(1788~1803)

평생 동안 실러는 고전 아니면 현대의 텍스트들을 외국어로 읽어왔다. 실러는 학교 시절부터 프랑스어 실력이 뛰어났기 때문에 문학 서적과 이론서들을 원전으로 거침없이 읽어낼 수 있었다. 라틴어로 된 작품들도 실러는 특히 학창 시절과 슈투트가르트 시절에 어려움 없이 읽었다. 반면 그리스어와 영어의 구사 능력은 완전하지 않았다. 섬세한 뉘앙스까지는 읽어내지 못하고 텍스트를 피상적으로만 이해할 수 있다. 그래서 영어권에서 출간된 역사서들은 주로 프랑스어와 독일어 번역본으로 읽었다. 실러는 비교적 긴 시간적 간격을 두고 줄곧 번역 작업을 했다. 고대 그리스 작품의 경우 학창 시절의 베르길리우스 번역을 제외하면, 대개 이미 출간돼 있는 번역본을 고쳐 쓰는 작업을 했고 원전을 직접 번역하지는 않았다.

폴크슈태트에서 여름을 보내며 고전에 열광한 덕에 1788년 10월과 12월 사이에 생겨난 것이 에우리피데스 비극 작품 두 편의 번역이다. 실러는 에우리피데스의 드라마들을 루키아노스(빌란트가 번역한), 호메로스, 베르길리우스와 더불어 몇 달 전에 열정적으로 읽었다. 이러한 독서와 번역 작업은 힘겨운 역사 연구 작업 끝에 취한 약간의 휴식 기간에 긴장을 풀기 위해 가진 기회의 산물이었다. 실러는 그러나 12월 중순에 단편소설 「운명의 장난」을 완결하기 위해 자기의 프로젝트를 중단한다. 해가 바뀌어 예나대학 교수 임무를 맡게 됨으로써 고전 연구는 계속할 수 없게 된다. 고전 연구의 마지막 흔적은 1789년 1월에 쓴 괴테의 「이피게니에」에 대한 논평이다(여기에는 에우리피데스의 「이피게니에」 대본에서 발췌한 텍스트들이 들어 있다). 2년 후 베르길리우스의 「아이네이스」를 번역해낸 것을 예외로 하면, 그 후 실러는 고전 텍스트를 직접 번역하지 않고 프랑스어판 텍스트들을 선호했다. 1788년 실러는 우선 에우리피데스의 「아우리스의 이피게니에」를 완역했다. 마지막 막을 번역하던 중 실러는 11월 말에 「페니키아 여인들(Phönizierinnen)」을 번역하기 시작하지만, 오이디푸스의 아들들인 폴리네이케스와 에테오클레스가 테베의 권력을 둘러싸고 서로 선전포고를 하는 장면인 2막 4장까지만 하고 그만둔다(합창단이 입장하면서 부르는 노래인 파로도스(Parodos)는 번역에서 빠졌다). 완역된 「이피게니에」는 1789년 3월과 4월에 발간된 《탈리아》 6호와 7호에 절반씩 나뉘어 실린다. 그리고 「페니키아 여인들」의 장면들은 11월 8호에 실린다. 「이피게니에」 번역판은 상당한 반응을 일으켰거니와, 그 점은 그것의 해적판이 1790년에 쾰른에서 출간되었다는 사실로 알 수 있다. 코타는 이 번역을 1807년 또다시 약간 수정해서 『실러의 연극』 희곡 선집인 제4권에 실어 출간한다. 그러나 실러는 이미 1789년 초에 자기의 번역 작업을 계속할 뜻을 상실했다. 학창 시절 실러에게 그리스어를 가르친 선생님인 나스트(Nast)가 함께 에우리피데스의 다른 작품들도 번역하여 빌란트의 《도이체 메르쿠어》에 싣자고 제안했지만, 실러는 응하지 않았다.

에우리피데스를 번역하려면 겉으로 드러나지 않은 많은 난관에 부딪히게 되는데 실러는 그것을 처음엔 과소평가하고 번역을 결심했다. 번역하기로 결심한 이유를 실러는 1788년 10월 20일 쾨르너에게 보낸 편지에서 다음과 같이 설명한다. "이 작업이 극을 쓰는 나의 펜대를 훈련한다네. 나를 그리스 정신 속으로 이끌고 들어가지. 모르는 사이에 내게 고대 연극의 양식도 몸에 배게 해주리라 희망한다네. 그와 동시에 《도이체 메르쿠어》와 《탈리아》에 실릴 재미있는 재료들이 되어주기도 하지. 안 그러면 《탈리아》는 이름값을 할 수 있겠나."(NA 25, 121) 실러는 에우리피데스 번역 작업을 하던 시기에 「몰타 기사단」을 구상하면서 장면의 순서를 정하는 데 어려움이 적지 않음을 알게 된다. 바로 그러하기 때문에 에우리피데스를 번역하면서 터득한 드라마의 기법들이 그에겐 여간 귀중한 것이 아니었다. 그로부터 2년이 지난 후인 1790년 11월에도 다음과 같이 당연하다는 듯이 쓰고 있다. "그리스 비극을 완벽히 다루면서 규칙과 기술에 대한 막연한 감을 명확한 개념으로 바꾸기 전에는 어떤 희곡도 나는 집필하지 않겠다." (NA 26, 58)

실러가 한 번역은 이미 존재하는 번역 텍스트 세 종류를 활용해서 생겨났다. 그가 활용한 것은 1778년에 출간된 『에우리피데스의 비극, 단편, 편지(Euripidis Tragoediae Fragmenta Epistolae)』에 포함되어 있는 조슈아 반스의 라틴어 번역 텍스트가 그 하나이고, 그 두 번째는 1730년 피에르 브뤼무아가 처음 출간하고 피에르 프레보가 1785년에서 1789년 사이에 새로 편집하여 개정판으로 출간한 프랑스어판 에우리피데스 비극 전집이다. 그리고 그 세 번째는 1763년에 출간된 요한 야코프 슈타인브뤼헬의 독일어 번역 텍스트이다(이 독일어판 번역은 『그리스인들의 비극(*Das tragische Theater der Griechen*)』 시리즈 중 1권에 수록돼 있다). 이 독일어판은 1778년에 요한 베른하르트 쾰러가 수정하여 다시 출간했다. 실러가 이 번역본들에 얼마나 의존했는가는 그가 프레보를 통해 바뀐 프랑스판 「페니키아 여인들」을 브뤼무아의 옛날 번역본으로 여겼다는 사실에서 알 수 있다. 실러는 프레보의 번역을 그리스 원전과 비교하지도 않았고 이 작품이 문헌학적으로 더 뛰어나다는 사실도 알아보지 못했다. 반면 「이피게니에」를 위해서는 무엇보다도 브뤼무아의 번역본을 이용했다. 「페니키아 여인들」에서는 슈타인브뤼헬의 독일어판을 참조했고 때로는 (주해에서 언급되지 않는) 쾰러의 수정판을 참조하기도 했다.(NA 15/I, 216 이하 계속) 실러는 그리스어 원전을, 어원 문제를 이해하기 위해서만 참조했다. 실러 당대의 형편으로는 상세하다 할 수 있는 「이피게니에」에 대한 주해들은 주로 의미의 문제를 다룬 것들이지만, 경우에 따라서는 무대 구성의 연출, 합창단의 단조로움, 아가멤논 인물의 앞뒤가 맞지 않는 형상화 등에 대한 비판도 들어 있다.

실러가 아우리스의 이피게니에에 집중적으로 매달린 이유는 이 소재에 깃든 주제가 그에게 참으로 매력적이었기 때문이다. 특히 그에게 시사하는 바가 많았던 것은 아가멤논이 겪는 비극적인 심리적 갈등이다. 공동체의 안녕을 지켜야 하는 의무감과 딸에 대한 애정 사이에서 마음이 찢어지는 비극적 갈등을 겪는 아가멤논은 결국 정치적 과제를 수행하기 위하여 (아르테미스가 나중에 살려내는) 이피게니에를 희생양으로 삼아 대가를 치른다.

에우리피데스는 주인공에게 숭고한 면모를 부여하기를 포기했다(번역가 실러는 이 점을 명시적으로 질책한다(NA 15/I, 75)). 그러나 아가멤논이 겪는 갈등의 모델은 실러의 주인공들이 보호받지 못한 채 참아내야 하는 이해관계의 갈등과 정확하게 일치한다.

1790년대 말에야 실러는 다시 문학작품 번역 때 생기는 문제들을 숙고한다. 이에 관한 괴테와의 공동 토론에서 프랑스 비극이 중심 대상이 된다. 바로 그 무렵에 프랑스 비극의 연극적 매력이 새로 발견된 것이다. 코르네유의 희곡 세 편(「로도귄(Rodoune)」, 「퐁페(Pompée)」, 「폴리외크트(Polyeucte)」)를 철저히 읽고 난 후 1799년 5월에 내린 논평은 아직 상당히 비판적이다. 실러는 "강렬한 애증 관계가 너무나 냉랭하게 처리되고, 줄거리가 뻣뻣하게 굳어버린 마비 상태"가 되다시피 한 것이 마음에 들지 않았던 것이다. 실러는 그러나 코르네유의 이러한 특성들이 라신과 볼테르에는 전혀 없음을 지적한다. 특히 볼테르는 예전 의고주의의 "실수"에 대해 어떠한 환상도 갖고 있지 않다고 말한다.(NA 30, 52) 1799년 10월 실러는 궁정 극장 상연을 앞둔 괴테의 「마호메트」 번역을 읽고는 언어적 자질을 찬양한다. 그러면서도 이와 비슷한 일은 두 번 다시 하지 말라고 경고한다. "그럼에도 불구하고 저는 다른 프랑스 작품을 번역하는 일에는 문제가 있다고 봅니다. 두 번째로 번역할 만한 다른 좋은 작품이 없으니까요. 번역에서 문체를 망쳐버리면, 문학적으로 인간적인 것이 없어질 것이고, 문체를 살려 그것의 장점을 번역에서도 드러내려 한다면, 관객들을 다 쫓아내는 결과가 될 테니 말입니다."(NA 30, 106) 1800년 1월 11일 실러는 괴테와 함께 썰매를 타고 멀리까지 외출을 즐기는 가운데서, 하루 전에 시작한 볼테르 공연의 총연습에 관하여 자기가 염려하고 있는 점을 구체적으로 말할 수 있었다.

실러는 생애 마지막 해까지 자신의 판단을 고수했다. 그러나 1804년에 괴테의 「마호메트」 번안을 본떠 라신 번역을 시도했다. 그사이에 루이 브누아 피카르(Louis Benoit Picard)의 희곡 두 편(「기생충(Der Parasit)」, 「삼촌이면서 조카(Der Neffe als Onkel)」)을 번역한다. 1803년 초에 대공의 소망에 따라, 「메시나의 신부」 작업에 지친 몸을 쉬게 할 목적으로 몇 주 안에 번역해낸 것이다. 이미 1월에 실러는 적합한 소재를 찾으려는 목적에서 크리스티안 아우구스트 불피우스를 통해 대공 도서관에서 『현대 프랑스 희곡집(Recueil de diverses Pieces de théâtre par divers auteurs)』(1792~1803)의 첫 다섯 권을 빌린다.(NA 15/II, 501) 실러는 그중에서 1769년에 출생한 피카르의 작품을 선택한다. 피카르는 처음에는 배우로, 나중에는 연출가로, 가벼운 문학적 살롱 작품의 작가로 활약한 베테랑 연극인이었다. 그의 작품은 관객들 사이에서 보증수표로 통했다. 따라서 그의 텍스트들은 바이마르 극장에서도 매력적으로 보였다. 1791년 이 다재다능한 작가는 자신이 이끄는 극단 루부아(Théâtre Louvois)를 위해 정기적으로 희극 텍스트들을 썼다. 이미 1801년 코체부는 피카르의 「작은 마을(La petite ville)」을 번역하여 베를린에서 대성공을 거둔 바 있었다. 이 작가가 독일에서도 명성을 얻었다는 사실은 쾨르너가 1803년 7월 25일 쓴 편지에서 그의 희곡 「야심 있는 남편(Le mari ambitieux)」에 대해 상세한 주해를 달고 있다는 사실로 알 수 있다.(NA 40/I, 97)

「기생충」은 『보잘것없음과 알아서 기기 또는 벼락출세하는 방법(Médiocre et rampant ou le moyen de parvenir)』이라는 제목으로 1797년 출간되었는데, 관객을 궁정 관리와 행정 직원들의 세계로 이끈다. 몰리에르 희극을 본뜬 이 극에서 타르튀프 집안의 아첨꾼이자 모사꾼인 셀리쿠르(selicour)는 속임수에 넘어간다. 젊은 피르맹과 그 동조자인 라 로슈는 셀리쿠르에 대해 단순하면서도 효과적인 속임수를 짠다. 결국 셀리쿠르는 주인인 계몽된 장관 나르본의 집에서 사기꾼임이 폭로된다. 피르맹은 그 공로로 장관의 딸인 샤를로테와 결혼할 수 있게 되고, 라 로슈는 명예욕이 드센 셀리쿠르의 간계로 잃었던 자기 직책을 다시 맡을 수 있게 된다. 원래 모략가 셀리쿠르의 몫으로 예정되어 있던 선망의 대사 자리는 피르맹의 아버지가 아들의 일을 도와준 덕에 차지하게 된다. 해피엔드로 끝나는 종결부는 지적인 면이 좀 부족하지만, 바로 그것이 영감이 없는 관료 세계에 어울린다. 이 좁은 관료 세계의 테두리 안에서 희극이 진행되는 것이다. 실러의 번역은 원작의 알렉산더 율격 시행을 유창한 산문으로 바꿔놓음으로써 매끈하면서도 언어적 위트를 추구하는 대화극의 요소들을 강조한다. 실러의 번역은 1803년 5월 18일 바이마르에서의 초연 이후에 독일 여러 도시에서 성공적으로 공연되었다. 베를린에서는 이플란트가 셀리쿠르 역을 맡아 빛을 내었다.

「기생충」에 비하면 「꼭 닮은 사람들(Encore des Ménechmes)」(1791년 쓰고 1802년 출간함)은 줄거리는 빈약하지만, 성격이 뚜렷한 인물들이 등장한다. 결투를 벌이고 난 후 범법자 신세가 되어 파리로 피신한 젊은 도르시니는 경찰의 추격을 피하기 위하여 (우연히 자리를 비운) 자기 삼촌 행세를 하기로 결심한다. 삼촌으로 변장함으로써 그는 자기가 원하던 대로 삼촌이 젊은 로르메유와 짝지어주려던 사촌인 소피와 순조롭게 결혼도 하게 된다. 그러나 로르메유가 도르시니의 누이를 사랑하게 됨으로써 일찌감치 해피엔드로 끝나게 될 길이 열린다. 그러나 이러한 행복한 결말은 도르시니의 하인인 샹파뉴가 어수룩하게 계략을 짜면서 지체된다. 두 사람을 경쟁자라 오해한 샹파뉴는 삼촌의 계획을 저지하기 위하여 두 사람을 떼어놓으려 한 것이다. 마지막 장을 장식하는 이중 결혼식은 간계의 결과가 아니라 우연의 산물인 것이다. 전형적인, 지쳐서 맥이 빠진 퇴색한 희극의 기계장치인데다, 이 경우엔 줄거리의 구성마저도 어중간한 지성의 산물에 불과하다. 피카르 번역 작업이 실러로 하여금 스스로 희극을 써볼 생각을 갖도록 하는 자극제가 되지는 않았다. 결국에는 실러가 희극 장르 자체를 믿음직스럽게 여기지 않았기 때문이다.

쾨르너는 칭찬에 인색한 사람이 아닌데, 피카르 번역 원고 두 편을 받아 보고서는 응답을 보류한다. 그러다가 1803년 10월 24일에 실러에게 회의적인 말투로, 「기생충」의 줄거리에 심리적 타당성이 없어 보인다고 쓴다. 그리고 코체부와 슈뢰더가 독점하며 설쳐대는 것을 멈추게 하기 위해서라도 독일 관객들이 프랑스나 영국의 뛰어난 희극들에 친숙하게 해주어야 한다는 일반적인 필요성을 강조한다. 그런데 쾨르너는 이미 피카르 번역이 그와 같은 필요성에 성공적으로 기여하고 있는 것이 아니겠느냐 하는 점에 대해서는 언급하지 않는다. 이와 관련해서 쾨르너는 거의 지나가는 말투로 독일에는 "스페인의 작품들"(NA 40/I, 143 이하)이 전혀 알려지지 않았음을 말한다. 나중에 가서는 실러도 "황금시대(Siglo de oro)"의 (처음에는 그가 거부했던) 스페인 연극과 실제로 만나게 된다. 독일에서 스페인 문학 황금시대 작품들의 진가를 발견하게 되는 것은 슐레겔 형제와 티크, 브렌타노를 중심으로 한 젊은 세대 작가들에 의해서인 것이다. 1800년 7월까지만 해도 실러는 스페인 문학을 한마디로 "다른 하늘의 산물"이라면서 "상상의 놀이보다는 감정의 진실을 더 사랑하는" 독일 독자들에게는 "줄 것이 별로 없다"(NA 30, 168)고 단정적으로 말한 것이다. 그로부터 3년 후 번역가인 요한 디데리히 그리스와 이야기를 나누면서 실러는 그러한 판단을 수정한다. 그리고 칼데론의 연극적 자질을 더 일찍이 발견하지 못했다며 아쉬워한다.(NA 42, 352) 괴테는 실러가 죽고 난 후에 국가 문화의 좁은 울타리에서 벗어나려는 '세계문학'적 관심의 일환으로 스페인 작가들의 작품들에 집중적으로 몰두하게 된다.

실질적인 효과 계산
바이마르 궁정 극장을 위한 무대 각본 작업(1796~1802)

실러가 1796년 이래로 정기적으로 만든 무대 각본 텍스트들은 아주 상이한 야망들에서 생겨났다. 괴테의 「에그몬트」와 고치의 「투란도트」의 경우 구상 자체를 달리함에 따라 원본 전반이 수정 작업을 거치게 되지만, 레싱의 「나탄」, 셰익스피어의 「맥베스」와 「오셀로」의 경우에는 개별 사항들에 손을 대었을 뿐이다. 실러는 타인의 작품들을 생산적으로 수용하는 이러한 형식을 계기마다 다른 여건에 따라 바이마르 궁정 예술에 기여하는 것이라 이해하면서 그것에 대단한 의미를 두지 않았다. 오로지 「맥베스」와 「투란도트」의 번안만 코타 출판사에서 출간토록 했다. 원고를 다 쓰고 나면 대개 극장에 넘겨주었다. 두 편의 각본 원고(괴테의 「스텔라」와 「타우리스 섬의 이피게니에」)는 발견되지 않는다. 따라서 이들 원고에 대해서는 편지들에서 발견되는 증언을 통하여 정보를 얻을 수 있을 뿐이다.

실러가 바이마르의 극장을 위해 처음으로 일한 것은 1796년 초순이다. 이플란트가 객원 공연을 하러 왔을 때 바이마르에서는 무도회와 향연, 만찬을 베풀어 그를 환영하였거니와, 그것이 계기가 되어 실러는 3월 말 「에그몬트」의 공연 각본을 만들기로 결심함으로써 괴테가 오래전부터 부탁해 오던 것에 응했다. 「발렌슈타인」 작업은 여동생인 카롤리네 크리스티아네가 열여덟 살의 나이로 3월 23일에 사망한 탓에 심한 충격을 받았기 때문이기도 하지만 각본을 쓰기 위해 몇 주 동안 중단하게 된다. 1796년 4월

25일에 공연된 「에그몬트」는 예상외로 대성공을 거둔다. 「에그몬트」는 이미 1789년 1월과 5월에 코흐가 이끄는 극단이 마인츠와 바이마르에서 공연한 바 있고, 1791년 3월 31일에 콩파니 벨로모 극단의 공연이 있었다. 이 두 연출 다 괴테에게 환멸만을 안겨주어 괴테는 그 후로는 우선 공연을 모두 막았다. 괴테는 실러의 번안도 원본을 너무 제멋대로 다루었다고 느꼈다. 1825년 1월 18일 괴테는 에커만에게 이 새로운 「에그몬트」의 특징은 "끔찍함"에 있다고 강조한다. 그러고는 실러가 삽입한 한 대목을, 알바 백작이 주인공에게 사형을 선고해놓고서는 주인공의 반응을 훔쳐보기 위해 변장하고 그가 갇혀 있는 감옥으로 들어가는 대목을 떠올린다.[183] 4년 후 1829년 2월 19일에는 다음과 같은 근본적인 평을 한다. "그러나 실러의 본성에는 무언가 폭력적인 것이 있었다. 그는 다루어질 대상에는 충분히 주의하지 않고 이미 정해놓은 이념에 따라 행동할 때가 많았다."[184] 실러는 바이마르의 마지막 시절에야 "거친 것, 과장된 것, 커다란 것을 체념할"[185] 줄 알았다는 것이 괴테의 판단이다. 1815년 괴테는 독일 연극계의 업적을 총결산하는 에세이 「독일 연극에 관하여(Über das deutsche Theater)」에서 실러가 만든 「에그몬트」 번안의 특징적인 성격은 '끔찍함'이라고 말한다. 그러나 그것의 성과도 높이 평가한다.[186]

실러는 괴테의 원고에서 본질적인 점 세 가지를 고쳤다. 그는 같은 내용에 속하는 장면들을 하나로 묶음으로써 괴테 텍스트의 특징인 환경 변화의 원칙을 파괴한다. 브뤼셀의 수공업자들이 모이는 장면과 마찬가지로 클래르헨과 브라켄부르크를 둘러싼 장면들은 각기 분리되어 펼쳐진다. 스페인의 세계는 이제 알바 백작을 통해 대변된다. 다른 한편 대리인 마가레테 폰 파르마는 없어진다(이로써 극의 정치적 차원이 현저히 위축된다). 두 번째로 실러는 프랑스 혁명을 암시하는 것으로 오해될 수도 있을 대목들은 검열을 이유로 모두 없앤다. 들끓는 대중들, 성상 파괴자들, 그리고 귀족의 나태함을 언급하는 대목들이 지워진다. 마지막으로 특별한 의미를 지니게 되는 에그몬트 인물의 모습 자체를 바꾼다. 주인공 모습을 변경함으로써 실러는 갈등의 심리적 동기를 심화시킨다. 괴테의 주인공은 나이브하고 정이 많은 사람이다. 정치적으로는 순진하게 근심 걱정 없이 사는 인물이다. 반면 실러의 에그몬트는 아무런 탈이 없는 온전한 신분제도를 신봉하는 인물이다. 네덜란드 시민의 적법한 요구에 대한 신뢰도 신분제도 자체를 신봉하는 그의 기본적 입장에서 나오는 것이다. 그런데 그러한 신뢰는 그가 군대를 움직이지 않는 결정적 요인으로 작용한다. 결정적인 순간에 에그몬트는 도피하여 목숨을 구하라는 오라니엔의 충고에 따르기를 스스로에게 금한다.(NA 13, 41 이하) 에그몬트는 정치적 권력 싸움 법칙에 따르는 성격의 인물이 될 수 없을 뿐 아니라, 당장 위급한 상황에서조차도 자기의 꺾이지 않는 삶의 낙관주의를 고수하기 때문에 결국 파국에 휘말리고 마는 것이다. 이런 식으로 변경함으로써 실러는 괴테가 전형적으로 파악한 신분제도적 질서와 현대 정치의 차이를 역동적으로 만드는 데 성공한다. 에그몬트가 죽으면서 겪는 고통은 인간의 존엄성이 스페인의 정복 정치와 알바의 권력 기구에 의해 짓밟히고 있는데도 불구하고, 그러한 인간의 존엄성을 시대착오적으로 신뢰했기 때문인 것이다.

1800년 1월 실러는 셰익스피어의 「맥베스」를 변안하기로 결심한다. 셰익스피어의 이 비극을 새로 번역해야겠다는 계획은 이미 만하임 극장 시절에 품었다. 주지하다시피, 1776년 아벨의 독려로 이루어진 셰익스피어 독서는 카를스슐레의 학생이던 실러에게 근본적인 인상을 남겼고, 그 강렬함은 훗날에 가서도 사그라지지 않았다. 1797년 11월 실러는 다시 왕들에 관한 연작극을 읽는다. 이 중에서도 특히 「리처드 3세」가 그를 사로잡는다.

에센부르크와 빌란트가 산문으로 번역한 것을 모두 새로 고쳐 쓰는 작업에 착수하고 싶은 오랜 소망이 급히 깨어나기도 했지만 「발렌슈타인」 프로젝트 때문에 좌절된다. 실러가 1800년 1월 12일 「맥베스」 프로젝트를 시작할 때 「메리 스튜어트」의 첫 3막이 그의 책상 위에 놓여 있었다. 불안정한 건강 상태에다가 집필의 위기까지 맞아 실러는 주된 작업을 중단하고, 힘이 덜 들 것이라는 착각 아래 부차적인 일에 손을 대기로 한 것이다.

3월 말이 되어서야 공연 대본이 완성된다. 실러는 영어 원본을 샤를로테 폰 슈타인의 서재에서 빌렸다. 작업은 그러나 무엇보다도 빌란트의 산문 번역에 의존한다. 실러는 이를 무운시로 바꾸고 약간 줄이기도 하고 몇 대목에서는 삽입을 통해 늘리기도 한다. 개별 장면들을 하나로 모이게 한 경우는 바이마르 극장의 협소함으로 말미암은 문제를 기술적으로 해결하기 위해 취해진 결과이다. 다른 한편 설명조의 주해가 많아진 것은 의고적인 다듬기의 경향을 보여주는 것이다.[187] 그러한 경향은 특히 실러의 마녀들이 어떤 근거로 맥베스를 불행에 빠뜨릴까를 논의하는 비극 도입 부분에서 강하게 나타난다. "착한 자가 발을 헛디디고 정의로운 자가 몰락하면, 지옥의 힘은 환호한다고"(NA 13, 76, v. 22 이하)라고 세 마녀는 말한다. 예리한 쾨르너는 약간 걱정이 되어서 "첫 마녀 장면에 끼워 넣는 것"이 엄격한 "셰익스피어 전문가"에게는 아마도 마음에 들지 않을 것이라고 말한다.(NA 38/I, 275) 마녀들의 동기 설명이 셰익스피어의 설명 없이 그려내는 분위기에 과연 어울리는지 의심이 가지 않을 수 없다.

실러는 자신의 개입을 극을 더 잘 이해하기 위한 교육적인 조치라고 선언하거니와(NA 30, 168), 개입 결과 마녀 장면의 마성적인 성격이 사라졌다는 사실은 눈여겨볼 만하다. 마녀 장면이 개인의 운명은 개인 자신의 의지에 달려 있음을 명확하게 보여주기 때문이다. "우리는 사악한 씨앗을 사람

가슴에 뿌린다. 그러나 행동은 인간의 몫이다."(v. 19 이하)라고 세 번째 마녀가 말한다. 이것은 「발렌슈타인」이 헤르더의 논문을 근거로 삼아 펼치는 네메시스 개념의 논리와 같은 것이다.[188] 공연 대본에서는 마녀가 인간 내면에 영향을 미치는 파괴적인 에너지의 발현인데, 실러의 각본에서는 맥베스 부인이 주인공을 악한 행위로 내모는 영향력 강한 힘이다. 어떤 원초적인 권력의지가 주인공을 조정하는 것이다. 가차 없이 추구해온 목적에서 그를 멀어지게 할 수도 있었을 망설임이 원대본에는 있었는데 실러는 그것을 그대로 놔둘 수도 있었지만 없애버린 것이다. 맥베스는 이런 식으로 두 영향력에 의해 지배된다. 마녀는 그에게 잠자고 있던 본능을 일깨우고, 부인은 그의 공명심을 가로막는 도덕의 차단 목을 걷어치운다. 파괴를 유발하는 것은 자연적·마성적 에너지가 아니라 무의식의 힘인 것이다.

「맥베스」는 실러가 직접 연출하여 1800년 5월 14일 궁정 극장에서 공연된다. 대성공이었지만, 이플란트는 이 대본을 물려받기를 거절한다. 이 대본은 너무도 협소한 바이마르 극장 무대에나 어울린다고 보았기 때문이다〔1809년에 가서야 그는 베를린 궁정 극장에서 공연을 감행한다. 이 공연의 분위기를 잘 묘사하고 있는, 아이헨도르프가 쓴 보고문이 존재한다(NA 13, 400 이하)〕. 실러의 번안 텍스트에 대해 예나의 평론계는 냉정했다. 카롤리네 슐레겔은 실러가 "마녀를 도덕적으로 철저하게" 만들었고 그럼으로써 극의 내용을 바꿔버렸다고 비판한다.(NA 13, 403) 아우구스트 빌헬름 슐레겔은 1823년 「어려운 시도에 대한 위로(Trost bei einer schwierigen Unternehmung)」라는 제목으로 출간한 풍자시에서 번안한 작가의 영어 실력이 부족함을 비꼬면서 지적한다. "나는 영어를 그저 조금 안다네. / 셰익스피어는 정말 뭐가 뭔지 모르겠어. / 그러나 성실한 에셴부르크가 / 「맥베스」에서 나를 끝까지 도와줬지."[189] 실러에 의한 각본은 확증된 결점이 있음에도 불구하고 그 후

수 년에 걸쳐 만하임, 라이프치히, 프랑크푸르트와 슈투트가르트에서 대성공을 거두었다.

1801년 4월 중순 실러는 레싱의 「나탄」에 착수한다. 괴테는 이 작품을 이미 몇 년 전에 레퍼토리로 상연하고 싶어했다. 실러는 문체를 다듬고 분량을 줄이기만 하고 극의 구조 자체는 건드리지 않는다. 일상어적인 표현을 지우고, 자유 리듬의 시행은 운문으로 다듬는다. 상인의 세계를 암시하는 대목들은 우화 구조를 사실적인 묘사로 망친다면서 삭제해버린다. 이런 방식으로 고전적으로 다듬어지고, 배경 장면들이 부분적으로 탈락된 텍스트가 완성되었는데 원작의 지적인 생동감을 제대로 살려내지는 못했다. 실러는 열흘 만에 작업을 끝냈지만 배역을 둘러싼 갈등 때문에 공연은 가을로 미루어진다. 첫 번째 예행연습을 눈앞에 두고도 갈등 때문에 큰 소동까지 벌어지고 나자 분노한 실러는 궁성 재건축 문제로 5월 중순까지 바이마르를 떠나 출장 가 있던 괴테에게 다음과 같은 편지를 보낸다. "저는 이런 배우들과는 더 이상 함께 일할 생각이 없습니다. 이성이나 호의가 통하지 않는 사람들입니다. 그들에게 어울리는 건 단 한 가지, 짧은 명령뿐입니다. 그런데 저는 그걸 못합니다."(NA 31, 32) 괴테는 자리에 없고, 극장은 여름엔 문을 닫는데, 그 기간에는 라우흐슈태트에서 극장을 객원 공연에 이용하는 것이 보통이다. 그 결과 예행연습의 시작이 자연 가을까지 미루어진다. 1801년 11월 말에야 초연이 성사되었는데 엄청난 노력을 들였음에도 불구하고 준비가 부실한 연습만을 겨우 보여준 꼴이 되고 만다. 실러는 그다음 몇 달 동안은 그것의 수준을 높이려 노력하면서 작은 교정 일들을 추가로 계속한다. 그는 공연 대본을 함부르크 극장에도 팔았는데, 함부르크 극장은 사례비로 겨우 5루이도르를 지불하고는 굴 통조림 400개를 보냄으로써 나머지를 보상하려 했다.(NA 14, 270)

1801년 10월 마지막으로 드레스덴으로 가서 쾨르너를 만나고 돌아온 후 실러는 고치의 「투란도트」 번안 작업을 하기로 결심한다. 페티 들 라 크루아(Pétis de La Croix)가 페르시아의 동화를 본떠서 프랑스어로 번역한 「투란도트」는 구혼자들에게 수수께끼를 내어 문제를 풀지 못하면 죽게 한 중국 공주의 이야기이다. 이 이야기는 1762년에 최초로 이탈리아 말로 공연되었을 때 이미 분명하게 희비극으로 연출되었다. 전제군주 알토움이 지배하는 중국 궁정의 분위기는 음산하다. 창에 꽂힌 구혼자들의 머리를 성벽위에 늘어놓아서 보는 이를 경악게 하는 위협적 신호가 증오와 폭력의 분위기를 가시화한다. 코메디아 델라르테(commedia dell'arte)의 전통적인 가면들〔판탈로네(Pantalone)와 트루팔디노(Truffaldino)〕은 궁정 장관들과 감시자들의 역할을 하면서 음험하고 유별한 면모를 지니고 있다. 투란도트 공주는 속을 알 수 없는 불행한 여인(Femme fatale)으로 나타난다. 공주가 의도하는 것이 무엇인지는 끝까지, 훗날 고백을 하는 순간에도 어둠에 싸여있다. 심지어는 결국에 구혼에 성공하는 칼라프마저도 우울한 면모에 무조건적으로 사랑을 구하는 남자인데, 고치의 드라마에서는 최대로 희비극적인 효과를 내야 하는 체스 판 위에서 심리적 윤곽이 뚜렷이 드러나지 않는 인물로 등장하고 있다.

실러가 이 소재를 택한 것은 시대정신의 영향이 컸을 것이다. 이미 레싱과 클링거가 고치의 드라마 작품들에 관심을 보인 바 있었다. 1770년대에 슈투트가르트의 이탈리아 문학 연구자 베르테스가 산문으로 번역한 「투란도트」가 출간되었다. 실러 자신은, 그가 소설 「호구전(好逑傳)」의 낡은 산문체 번역을 새로 번역하려 했다는 것으로도 알 수 있듯이, 당대에 유행하던 중국 풍물에 대해 개방적이었다. 베네치아와 로마에서 괴테가 한 체험을 통해서 알려지기 시작한 이탈리아의 연극과 카니발처럼 풍성한 무대에 대한 호의적 분위기가 또한 적잖이 실러에게 자극을 주었을 것이다. 12월 27일 대공 부인의 생일에 맞추어진 초연 한 달 전에 대본이 완성되었다. 실러는 1802년 1월 21일 쾨르너에게 쓴 편지에서 스스로 만족하면서 "자립심과 예술적 완결의 느낌"이 작업을 동반했노라고 쓰고 있다.(NA 31, 89) 바이마르 초연에 이어 베를린과 드레스덴에서도 상연되었지만, 반향은 대단치 않았다. 이플란트는 의상에만 1500탈러를 들였는데도 공연은 성공하지 못했다고 통지해야 하는 처지가 되고 만다. 검열관들이 비교적 비정치적인 희극 소재에서도 꼬투리를 잡으려고 얼마나 기를 썼는가를 우리는 작센에 있는 프란츠 제콘다스 극단의 감독인 크리스티안 빌헬름 오피츠가 벌인 힘겨운 협상에서 알 수 있다. 오피츠는 희극배우들이 장관들의 역을 맡는 것에 반대했고, 경고의 의도로 성벽 위에 매달아놓은 처형된 자들의 머리통 모티브는 프랑스 혁명 시기에 자행된 사적 재판에 의한 처형에 대한 숨겨진 은유로 오해될 수도 있다며 반발했다. 수없이 손질을 하고 나서야 공연이 가능했지만, 베를린에서와 마찬가지로 전혀 성공하지 못했다. 관객이 드라마의 희비극적 구성을 실감할 수 없었던 것이다.

실러의 대본은 베르테스의 빈약한 산문을 무운시로 바꿈으로써 극의 문체를 고상하게 만들었다. 톤은 장엄하고 때로는 격정적이기도 했으나 저질스럽거나 우스꽝스럽지는 않게 됐다. 이리하여 이탈리아의 희극은 내용상 고전적으로 변해버렸다. 가면들은 전통적인 성격 유형이 아닌 단순 역으로 변했고, 고치의 원전에서 즉흥적으로 만들어낸 말놀이의 재치는 뒷전으로 밀려나고 말았다. 바보들이 물리적으로 차지하던 자리에 차별의 놀이가 들어선다. 실러의 판탈로네와 트루팔디노가 웃음을 자아내는 유일한 이유는 그들이 맡고 있는 관직의 역할을 설득력 있게 하지 못하기 때문이다. 그들은 자기들이 맡고 있는 인물의 역할을 제대로 만들지 못하는 것이다. 그러나 이와 달리 세밀하게 계산된 반복되는 언어 리듬은 특징적인 악센트를 나타내고 주도 모티브를 정확하게 반복한다. 쾨르너는 이처럼 고전적으로 순화된 고치를 1802년 11월 19일 적확하게 "말로 하는 오페라"(NA 39/I, 342)라고 불렀다.[190]

더 본질적인 수정들은 여주인공에 대한 것들이다. 실러의 여주인공은 자유를 사랑하는 여장부의 면모를 갖춘 여인으로 자기에게 구혼하는 남자들을 증오한다. 결혼하면 종속된 몸이 되어 자유를 상실하게 될 것이기 때문이다. 투란도트는 스스로 결정을 내릴 수 있는 곳에서만 사랑할 수 있는 것이다. 실러는 베르테스의 번역 중에서 투란도트가 다음과 같이 자기 입장을 설명하는 대목을 크게 수정한다. "나는 잔혹하지 않다. 나는 자유롭게 살고 싶을 뿐이다. 그저 타인의 것이 되고 싶지 않을 뿐이다. 신분이 가장 천한 사람이라 하더라도 어머니 배 속에서 갖고 태어나는 권리를 나도 갖고자 하는 것이다, 황제의 딸인 나도."(NA 14, 41, v. 775 이하 계속) 투란도트가 요구하는 자율은 그녀의 관습적 역할 모델과 충돌한다. 그러나 그것은 궁중에서만 그러한 것이 아니다. 겉보기에는 잔인하지만 그녀가 반항하는 대상은 무엇보다도 성차별의 질서인 것이다. 이 성차별의 질서를 내세워 남자는 여자를 자기 물건으로 취급하려 드는 것이다. "나는 그를 증오한다. 나는 그의 자부심을, / 그의 교만을 경멸한다. 그는 모든 맛있어 보이는 것에 / 탐욕스럽게 손을 갖다 댄다. / 자기 마음에 들면 가지려 한다. / 자연이 내게 매력을 장식해주었다. 정신을 주었다. 그런데 세상에서 고귀한 이의 운명이란 도대체 뭔가? / 사냥꾼의 거친 사냥을 자극하기 위해 있을 뿐이란 말인가? / 저열한 자가 자기의 무가치 속에 아무 일 없는 듯 숨어 지내도 좋단 말인가?"(v. 789 이하 계속) 고치의 원작이나 베르테스의 번역 텍스트와는 전혀 다르며, 이와 같이 고전주의적 서정시의 전형적 틀을 당당하게 능가하는 두드러진 시행들을 창안한 것이다. 투란도트가 여기서 보여주는 것은 나중에 클라이스트의 「펜테질레아(Penthesilea)」도 태어나게 될 것 같은 혈통의 여장부 모습이다. 미완성작으로 남은 「지옥의 신부」에 등장하는 로자문트와는 달리 이 중국 공주는 남자들을 잡아먹는 요부가 아니라, 관습적인 성차별 질서에 맞서 자신의 자유를 결연히 방어하려는 여자인 것이다. 따라서 실러에게는 희극의 법칙에 의무적으로 순응해야 하는 결말이 별로 설득력이 없다. 투란도트가 마지막에 가서 칼라프를 사랑하게 되는 것은 그전까지의 줄거리 내용과 모순되기 때문이다. 투란도트의 결정은 그녀가 그때까지 줄곧 주장해온 자율권 요구를 아무런 근거 없이 포기하고 종속을 택하는 행위처럼 보이는 것이다. 실러가 칼라프를 원텍스트와는 달리 무조건 사랑에 매달리는 구혼자로 내세우지 않은 것 역시 의미 있는 일이 아닐 수 없다. 자기는 아버지도 없고 망명 중인 처지라 잃을 것이 없는 몸인데, 어떤 알 수 없는 힘이 자기를 "저항 불가능하게 강제로"(v. 747) 이 위험한 알토움 궁정의 시험대에 서게 만들었다고 그는 말한다. 그가 절망자의 역할을 하고 있지만 투란도트의 자유를 위협하는 존재임에는 변함이 없다. 그 또한 공주가 맞서 싸워야 할 대상 중 하나인 것이다. 이런 식으로 실러는 결국 주인공들의 힘겨루기를, 이국적인 마법의 세계를 배경으로 한 이탈리아 희극의 무대에서 남녀의 전쟁이 날뛰는 음울한 땅으로 옮긴다. 원텍스트의 좁은 테두리는 클라이스트가 후에 남녀의 차이를 무대 위에서 해부하기 위해 활용한 것(「펜테질레아」가 그 대표적인 작품이다)과 같은 심리적 공간을 허용하지 않는다.

1780년대에 궁정 극장에서 가장 성공적으로 공연된 것들 중 하나가 1802년 5월에 공연된 「이피게니에」이다. 괴테는 벌써 오래전부터 자기의 이 드라마가 성공적으로 공연되기를 희망해왔으나 공식적인 계약까지 한

적은 없었다. 1802년 1월에야 비로소 실러가 각색 작업을 하겠다고 결심한다. 그는 괴테와 더불어 그전 겨울에 이 텍스트를 무대에 올릴 가능성에 관하여(일반적으로는 무대에 올리기 힘들 것이라 여겨지고 있지만) 긴 대화를 나누었다. 괴테의 원작을 무대에 올리기가 왜 어려운가는 1802년 1월 21일에 괴테에게 쓴 편지에서 드러난다. 실러는 괴테의 원작을 뜯어고칠 필요가 있는데 그러한 작업의 본질적인 과제는 심리적인 애매모호함 속에 가려있어 관객들이 접근할 수 없는 등장인물들을 더 강렬하게 감각적으로 나타내 보일 수 있게 하는 것이라고 말한다. 그러나 다른 한편 미묘한 심리변화 과정을 그림자처럼 그려내고 있는 것이 바로 원작의 특별한 자질 중하나이므로 여기서는 실러도 인정하고 있듯이 극도로 조심하지 않으면 안되는 것이다. "그런데 이 연극의 고유한 특성 중 하나는 우리가 줄거리라부르는 것이 배경 뒤로 사라지고, 내면에서 벌어지는 윤리적인 것, 즉 인생관이 내면에서 줄거리로 만들어져 있어, 마치 눈앞에 펼쳐지듯 한다는 것입니다."(NA 31, 93)

함께 일해보자고 실러가 강력히 부탁하는데도 괴테는 응하지 않는다. 이 오랜 '고통스러운 아이'를 산문으로 발표한 이래 처음으로 무대에서 체험하게 될 가능성은 그의 호기심을 불러일으킨다. 그러나 이 프로젝트가성공적으로 상연될 수 있게 하는 데 자기가 기여할 수 있다고는 느끼지 않는다. 연습 기간에 그는 출장을 이유로 예나에 머물다가 5월 14일 초연 때에야 바이마르로 돌아온다. 일류급 배우들이 배역(그라프가 토아스를, 프리데리케 마르가레테 포스가 이피게니에를)을 맡았고, 대성공은 보장되었다.(NA 14, 330 이하 계속) 실러가 만든 각본 텍스트는 더 이상 존재하지 않는다(베를린 극장에서 이플란트가 공연 연습에 참고하기 위해 손으로 옮겨 적어놓은 것만이 남아 있을 뿐이다). 따라서 그것이 괴테의 원본과 얼마나 다른가는 정확하게 알 수 없다. 「스텔라」 원고의 각본 작업 때도 사정은 그와 같다. 실러는 1775년에 발표된 (화해로 끝맺고 있는) 괴테의 원작을 바탕으로 무대에 상연키 위한 각본 작업을 1803년 5월에 끝낸다. 바이마르에서의 초연은 그러나 1806년 1월에 가서야 성사된다. 아마도 실러의 수고(手稿) 각본을 크게 바꾸지는 않았겠지만, 괴테가 종결부를 바꾸어 관객들이 스캔들로 여긴 삼각관계 장면 대신에 페르난도스의 자살로 음울한 여운이 남게 했다.

실러의 마지막 각색 작업은 셰익스피어의 「오셀로」이다. 카를스슐레의 학생 시절에 실러는 이것을 자세히 다룬 적이 있었다. 대본은 요한 하인리히 포스가 실러의 권유로 1804년에서 1805년에 걸친 겨울에 작업한 번역 원고이다. 1805년 2월과 3월 완성된 실러의 극장용 각본은 원본의 전체적인 성격에는 손을 대지 않고 사소한 기술적 차원의 수정만을 하고 있다. 실러는 생애의 마지막 몇 달 동안 줄어드는 창작의 힘을 큰 프로젝트인 「데메트리우스」에 집중했다. 따라서 다른 일들에는 여력이 없었다. 1805년 6월 8일 궁정 극장에서 「오셀로」가 상연되었는데, 이 초연은 4주 전에 영면한 작가에게 바치는 레퀴엠이 되었다.

5. 「메리 스튜어트」(1801)

동요(動搖)의 시기에 세워진 민감한 기획

역사적 소재와 작품의 성립

「발렌슈타인의 죽음」이 초연되고 겨우 일주일쯤 지나서 실러는 새로운 계획에 착수한다. 1799년 4월 말부터 메리 스튜어트 소재의 역사적 배경을 철저히 연구하기 시작하는데 이 소재 자체에 관해서는 이미 1782/83년 겨울 바우어바흐에서 탐색한 적이 있었다. 라인발트에게서 윌리엄 로버트슨의 『스코틀랜드 역사』 독일어 번역판(1762)을 빌렸고, 윌리엄 캠던의 『엘리자베스 치세의 잉글랜드 및 아일랜드 연대기(*Annales rerum anglicarum et hibernicarum regnante Elisabetha*)』도 구해 읽었다. 비록 이 주제로 희곡을 쓰려던 계획은 실현되지 않았지만 이후에도 수 년 동안 이 주제에 대한 그의 관심은 계속된 듯하다. 1788년 3월 말 바이마르 도서관에서 로버트슨

저술의 독일어 번역본을 빌려 와 샤를로테 폰 렝게펠트에게 보내면서 "가련한 여왕의 고통이 심금을 울릴 것"이라는 덧글을 쓰고 있는 것이다.(NA 25, 32)

근대 초기 유럽 극문학에서 이 소재는 상당한 내력이 있다. 실러가 1799년 봄에 이 주제로 작업할 결심을 했을 때 이 주제를 다룬 작품이 이미 50여 종이나 있었다.[191] 처음에는 예수회 교단에서 종파를 선전할 목적으로 소재를 독점하다시피 했다. 1593년에서 1709년 사이에 예수회에서 스코틀랜드의 여왕을 모범적인 가톨릭 순교자의 아이콘으로 내세우기 위해 만든 교육극이 여섯 편 있다. 이에 반해 잉글랜드의 신교 작가들은 메리의 운명을 통해 후기 시민혁명기(1646~1660)를 배경으로 한 권리 관련 문제들과 정치적 갈등 상황을 부각했다. 안드레아스 그리피우스와 요한 크리스티안 할만에게 큰 영향을 끼친 네덜란드 극작가 요스트 판 덴 폰덜이 1646년에 발표한 비극 「메리 스튜어트, 순교한 여왕(Maria Stuart of gemartelde Majesteit)」은 17세기 독일에서 작업하는 작가들이 판단을 내리는 데 결정적으로 작용했다. 폰덜의 뒤를 이어 크리스토프 코르마르트(1673)와 요하네스 리머(1681)가 독일어로는 처음으로 동일한 소재를 다루었는데, 코르마르트는 폰덜의 순교극을 본뜨면서도 여기에는 없던 엘리자베스의 면모를 보충해 넣었고 리머는 이 소재를 동시대 영주들의 교육에 적합한 것이 되도록 두 단계(고귀한 결혼에 관한 것, 국가에 관한 것)로 나누어 다루었다. 즉 우선 여왕의 어린 시절을 보여주고 난 다음에 그녀가 잉글랜드에 붙들려 가서 고발당하고 처형되는 과정을 보여준다. 리머의 작품에서 메리는 죄 없이 죽는 한편(심지어 두 번째 남편 단리에 대한 살인 교사 혐의도 벗겨진다), 엘리자베스는 권력을 지키려 하면서도 최고의 권력으로 다스리는 여왕의 결단력을 행사하지 못한 채 망설이는 양면적 인물로 묘사된다. 이런 암시적 관계 구도를 더욱 심화한 것이 국가이성(Ratio Status)과 양심 사이에서 부대끼는 엘리자베스의 역할 갈등에 중점을 둔 아우구스트 아돌프 폰 하우크비츠의 「메리 스튜어트」(1683)이다. 그는 근대 초기의 국가이성에 대해 비판적 거리를 취하면서 극을 통해 심리적 통찰에 기반을 둔 사례연구를 제시하며, 이로써 일방적인 순교극의 관점을 취하는 대신 서로 적대시하는 두 여성이 풍부한 음영을 띤 모습으로 나타나도록 했다. 실러는 거의 알려지지 않았던 리머와 하우크비츠의 작품들에는 접하지 못했을 것으로 보인다. 반면에 존 세인트 존(John Saint John)의 비극 「메리, 스코틀랜드인의 여왕(Mary, queen of Scots)」(1789)의 비극은 비교적 상세히 알고 있었는데, 이 작품의 고전적·대칭적 구성과 (두 여왕을 사건의 정점에서 만나게 하는) 면밀한 인물 연출은 실러로 하여금 자신도 이 소재로 극을 고안하도록 자극했을 것이다. 실러의 서가에서 발견된 이 작품의 텍스트에서는 그가 꼼꼼하게 뜯어보며 작업한 흔적이 발견된다.[192]

자료 연구로 밝혀진 바에 따르면 실러는 다른 경우보다 신속하게 이미 1799년 5월에 도입부 장면을 썼고, 당시 4주간 예나에 머물던 괴테와 그 구성에 관해 의논했다. 날씨가 좋으면 그들은 함께 마차를 타고 도른부르크나 로베다로 바람을 쐬러 나섰고 그것은 잉글랜드 역사에 대해 대화를 나눌 충분한 기회가 되었다. 6월 중순에 실러는 주인공의 면모에 대해, 그녀는 강한 육감적 성향을 지닌 "육체적 존재"로 그려졌기 때문에 "나약한 정서"를 불러일으키지는 않을 거라고 말한다. 메리는 미리 정해놓은 원칙에 따라 행동하는 것이 아니라 오로지 그녀가 처하게 되는 위기 상황에 대응하며 행동하는 가운데서 인간적 탁월함을 발휘하기 때문에, 그녀의 운명은 윤리적인 공감(포자(Posa)*와 막스 피콜로미니(Max Piccolomini)**의 경우에는 분명 그러하지만)이 아니라 "보편적인 깊은 감동"을 불러일으킨다. 스코틀랜드 여왕이 에로틱한 매력을 지닌 여성이며 강렬한 감정으로 다른 사람들까지도 "거센 열정"에 휩싸이게 한다는 바로 그 점이 그녀가 불행해지는 전제 조건이라고 실러는 생각한 것이다. 바로 메리의 육감적 성향이 소재가 지닌 "비극적 요소"의 조건인 것이다. 그것은 처음부터 끝까지 작품 전체에 담겨 있지만 마지막 장에 가서야 비로소 더욱 분명한 기분에 의해 불가피하게 드러난다.(NA 30, 61)[193]

1799년 7월 말에 실러는 주변 환경의 어려움을 감내해가며 1막을 끝내는 데 성공한다. 짓누르는 더운 날씨로 실러의 활력은 고통스럽도록 위축되었고, 여름 내내 예나를 찾아온 호기심 많은 방문객 무리는 날마다 해야 하는 작업에 방해가 되었다. 7월 23일에는 루트비히 티크가 꽤 오랜 시간 방문하였는데, 실러는 그를 슐레겔의 친구라는 이유로 그다지 신뢰하지 않을 심산이었다. 그러나 그는 결국 실러에게 매우 좋은 인상을 남기고 갔다("마음에 드는 재능", 표현이 "분명하고 의미 깊음").(NA 30, 74) 이틀쯤 지나서는 클레멘스 브렌타노의 누나인 조피 브렌타노와 횔덜린의 불운한 뮤즈인 주제테 곤타르트(Susette Gontard)가 찾아왔다. 그들은 바이마르에서 문학적 명성이 높은 이들의 살롱을 순방하는 길에 벌써 괴테와 함께 식사를 하기도 했다. 이 두 여성이 방문했을 때는 실러가 1783년 10월 초 슈파이어에서 만난 적이 있는 브렌타노의 할머니인 고령의 조피 폰 라 로슈가 화제에 오르기도 했다. 비극 작업은 이리하여 지체되고 있었는데, 그러나 지체하게 된 원인은 무엇보다도 소재에서 비롯하는 어려움이었다. 극의 발단에 해당되는 장면들을 쓰기 위해서는 우선 법정에서 메리에 대한

∴

 * 「돈 카를로스」에 등장하는 후작.
** 「발렌슈타인」에 등장하는, 발렌슈타인의 부하.

사형 판결을 둘러싸고 배심원들이 다투는 근거가 되는 복잡한 법률적 배경을 규명해야 했다. 실러는 1724년에 처음 출간되었고 1757년에 독일어로 번역된 라팽 드 토이라(Rapin de Thoyras)의 『잉글랜드 역사(*Histoire d'Angleterre*)』에서 법 제도에 관한 필수 지식을 얻는다. 이러한 지식이 필수적인 것이기는 하나 그로 인하여 소재가 불가피하게 "건조해지는 경향"(NA 30, 71)을 띠게 됨을 실러는 걱정한다. 9월 3일 그는 새로 나올 《문예연감》의 편집을 위해 집필 작업을 다시 중단한다. 그러나 이런 어려운 경황 속에도 원고는 이미 3막 4장(두 여왕이 포더링게이(fotheringhay) 정원에서 만나는 장면)까지 진전되어 있었다. 10월에 그는 드라마 작업을 다시 시작한다. 그러나 작업은 지속적으로 이루어지지 않는다. 카롤리네가 태어나고 샤를로테가 심한 신경성 열병에 걸리고 바이마르로 이사를 하는 등의 사정으로 중순부터는 꽤 오랫동안 글을 쓸 수가 없었던 것이다. 12월 말에 실러는 개별 장면들을 편집하고 모티머 스토리를 완성한다. 12월 말일 예정된 섣달 그믐날 파티에 늦게 도착할 것에 대해 양해를 구하는 쪽지를 괴테에게 보낸다. "6시부터 작업을 하고 있는데, 지금부터 저녁이 될 때까지 저의 주인공 한 명을 저세상으로 보내려고 합니다. 이미 죽음의 신이 다가오고 있으니까요."(NA 30, 132)

연초에 외적인 사정은 안정되었지만 실러는 「맥베스」의 무대연출 작업을 하느라 두 달간 글쓰기를 중단한다. 1월 11일 그는 괴테와 함께 썰매 타고 나들이하면서 몇 달간의 작업 계획을 의논한다. 괴테는 드라마 계획이 정체되고 있는 것에 대해 작업이 중단되는 기간을 좀 짧게 해보라고 실러에게 조언한다. 4월 초가 되어서야 실러는 자기 원고로 돌아오게 되지만 작업은 조금씩밖에 진전되지 않는다. 5월 3일에는 마지막 장이 아직 완성되지 않은 상태에서 코타 출판사와 계약이 확정된다. 일주일 뒤 실러는 바이마르 궁정 배우들과 함께 저녁 식사를 하고는 동이 틀 때까지 그들에게 4막까지 낭송을 해준다. 5월 15일 작품 완성에 필요한 고적함을 얻기 위해 집사 루돌프와 함께 대공 소유의 에터스부르크 성으로 은신한다. 이곳은 1776년과 1780년 사이에 대공의 모친 아나 아말리아가 모든 신하와 함께 여름을 보낸 곳인데, 괴테는 그로부터 40년의 세월이 흘러간 뒤에 같은 장소에서 있었던 유희와 즉흥연주, 극 상연 등을 즐기던 사교의 저녁을 회상하는 말을 후세에 남긴다. 그사이 이 성은 인적이 드문 곳으로 변해 있었다, 실러는 오직 산책할 때만 작업을 멈추고, 다른 사람과 대화를 하느라 방해를 받는 일 없이 높게 솟은 서늘한 작업실에서 정력적으로 작품의 완성을 향해 매진한다. 심지어 5월 19일 사냥을 하다가 에터스부르크에 머물게 된 대공도 실러가 스스로 청한 고독 속에서의 작업에 방해가 되지 않도록 배려한다.

5월 23일과 29일에는 벌써 배우들이 대본 독회를 가진다. 그것은 카롤리네 야게만이 프리데리케 포스에게 주인공 역을 넘기고 자신은 엘리자베스 역을 맡기로 동의해줌으로써 가능해진 것이다. 그와 같은 배역 문제에 관한 복잡한 토론은 배우 개개인의 취향을 고려하는 데서 야기된 것이다. 하인리히 포스가 모티머 역할을 맡음으로써 당시 실정으로는 대담한 3막 7장 장면의 위험한 성적 암시 대목들을 완화할 수 있었다. 여왕이 자신을 구해주려는 남자의 에로틱한 환상에 맞닥뜨리는 과열된 장면을 부부 배우가 연기하면 그 효과가 덜 도발적이게 될 터였다. 검열관이 텍스트에 대한 대대적 수술을 요구했지만 7월 14일의 바이마르 초연은 그야말로 행운의 별 아래서 이루어진 듯하다. 헤르더가 대공에게 중재한 결과로 5막 7장의 성만찬 장면은 크게 달라졌다. 바이마르 공연본에서는 멜빌의 사제 역할과 대화의 고해 성격이 더 이상 말로써 명시되지 않았다. 뵈티거는 《유행과 사치 저널》에 게재된 비평에서 외설적인 모티머 장면에도 고상한 품격을 부여한 공연이라며 칭송한다. 그러면서도 실러 드라마 줄거리에 담긴 미묘한 심리 현상을 제대로 평가할 줄 아는 교양 있는 관객이 물론 전제돼야 할 거라고 했다.[194]

그의 희곡은 1801년 부활절 출판 박람회 때에 맞추어 책으로 출간된다. 멜리시가 작업한 영문 번역도 거의 동시에 나타난다. 이후에 행해진 공연들은 매번 검열에 시달렸다. 베를린에서는 수정된 고해 장면마저도 삭제되어야 했고, 사건에서 배제된 레스터가 처형을 생생하게 묘사하는 장면도 프리드리히 빌헬름 3세가 심리적으로 견디기 어렵다는 이유로 삭제되었다. 오스트리아에서는 당시 황제 프란츠 2세의 숙모인 마리 앙투아네트가 처형된 뒤라 정치적 동기에 따른 사형 집행을 다룬 드라마는 모두 칙령에 따라 금지되었고, 따라서 실러의 「메리 스튜어트」도 상연될 수 없었다. 1814년이 되어서야 빈의 국립극장 부르크테아터의 총감독 팔피 백작이 황제의 심기를 돌렸고, 마침 열리고 있던 빈 회의에 때맞춰 실러의 드라마가 축하 공연으로 상연되도록 했다.

실러의 극에 대한 철저한 자료 연구가 새롭게 이루어지고 있다. 「돈 카를로스」를 쓸 때에도 실러는 카를 5세 치하를 묘사하는 데 도움이 됐던 이미 익숙한 로버트슨의 저술과 이미 바우어바흐에서 참조한 잉글랜드 역사에 관한 캠던의 저술(『연대기』) 외에도 조지 뷰캐넌의 『스코틀랜드 역사(Rerum Scoticarum bistoria)』(1582)와 『메리 탐색(Detectio Mariae)』(1568)(스코틀랜드 여왕에 반대하여 엘리자베스 여왕 편에서 기술한 고발의 글), 1795년에 독일어로 번역된 부르데유(Pierre de Bourdeille)의 전기적 성격 탐구(『고상한 프랑스 여인들에 대한 이야기(Nachrichten von erlauchten Damen Frankreichs)』), 뒤 셴의 『잉글랜드 역사(Histoire générale d'Angleterre)』(1614)

(주로 지리적인 세부 사항이 풍부한 표준적 저술), 라팽의 여러 권짜리 잉글랜드 역사서(원문과 번역본 모두) 그리고 비록 발췌이긴 하지만 1770/71년경에 독일어로도 번역되었으며 엘리자베스 통치기까지 다룬 데이비드 흄의 『잉글랜드 역사(*Geschichte Englands*)』를 읽었다. 실러는 독일의 저널리스트들이 내놓은 최근 자료들도 훑어보았는데, 특히 아르헨홀츠의 『잉글랜드 여왕 엘리자베스 이야기(*Geschichte der Königin Elisabeth von England*)』(1789)와 바로 1799년에 처음으로 출간된 겐츠의 더욱 긴 논문 「스코틀랜드 여왕 메리(Maria Königin von Scottland)」(1799)를 읽었다.[195]

실러는 이전부터 그랬듯 자료들을 자유롭게 다루었다. 실러는 메리와 엘리자베스를 젊게 만들어(실제 두 인물은 1587년에 각각 45세, 54세였다) 자신들에게 필요한 관능적 매력을 발산케 함으로써 극적 긴장에 결정적으로 작용하도록 했다(1880년 6월 22일 이플란트에게 보낸 편지에서 그 이유를 그렇게 설명하고 있다). 모티머는 순전히 가공의 형상이고(그가 계획한 구출 작전을 노퍽 공작이 1571년에 고려한 바 있다), 스코틀랜드 여왕에 대한 레스터의 사랑은 상상의 산물인 것이다. 여주인공을 윤리적으로 무고하게 해주는 서기 컬(Kurl)의 위증도, 그리고 마지막 장의 성만찬 장면도 마찬가지다. 실제 역사 속의 메리는 두 번째 남편 단리를 죽이지 않았다고 거듭 부인했지만, 실러의 여주인공은 이에 관해 자기 몫의 죄를 시인한다. 다른 한편 드라마에서는 역사에 기록된 것과는 달리 메리 스튜어트에게 엘리자베스에 대한 암살 시도의 책임이 없다. 그렇게 함으로써 실러는 메리의 (실제 역사의 인물은 거치지 않은) 심리적 정화 과정을 써낸 것이다. 그 결과로 엘리자베스에 우호적인 잉글랜드에서 멜리시 번역본의 영향력은 한계에 부딪히고 말았다. 이 심리적 정화 과정을 다루는 대목에서도 실러는 드라마에 "사용 가능한" 자료를 "장악하고" 선택적으로 작업하려는 시도에 "역사에 대한 상

상력이 자유롭게 운신토록" 자기 에너지를 쏟은 것이다.(Na 30, 73)[196]

간과해서는 안 될 것은 실러가 자신의 소재를 억지로 끼워 맞춰놓은 대칭적 구조이다. 막의 배분은 균형 원칙에 따르고 있다. 메리가 전체 다섯 가운데 첫 번째 막과 전반부에 배치되고 있는 반면에 엘리자베스는 두 번째 막과 후반부에 배치돼 있다. 중간 막은 서로 맞서는 두 여인의 대결을 매개한다. 여기서 메리가 무대에서 더 돋보이기는 하지만 그 중심부는 역시 엘리자베스와의 대결 대목이요, 그것은 3막 4장에서 폭넓게 전개된다. 메리는 16회 등장하고 엘리자베스는 17회 등장한다. 막과 막 사이의 내부적 연출도 대칭 규칙에 따르고 있다. 메리가 처음으로 등장하는 것이 1막 2장인데, 2막 2장에서는 엘리자베스가 처음으로 등장한다. 심복들과 상의하는 대목과, 모티머가 두 여인과 개별적으로 대화를 나누는 장면은 도입부 두 막의 동일한 지점에 배치되어 있다. 장면들의 대조 또한 기하학적 질서의 원칙에 따르고 있다. 1막 7장의 깐깐한 법률적 논쟁 장면에서 메리에게 벌리 경이 보이는 냉랭한 적의적 태도는 엘리자베스 앞에서(2막 3장) 과장되게 아첨하는 태도와 대조된다. 1막에서 메리를 만날 때에 모티머의 사려 없는 솔직함은 잉글랜드 여왕 앞에서 극도의 위장술로 변한다. 거의 모든 등장인물이 두 개의 혀로 말한다는 사실(이 점에서는 도덕적으로 순수한 폴렛도 예외가 아니다)이 이원적 극 형식에 반영되어 있다. 그런데 이 극 형식의 대립적 이원 구조는 실제와 허상의 구별이 더 이상 보장되지 않는 정치계의 행동 법칙에 상응하는 것이다. 실러의 옛 친구 후버는 1802년 코타 출판사의 『포켓북』에 실린 한 논문에서 가를리프 메르켈(Garlieb Merkel)의 견해를 상기시키면서 실러의 비극이 '대조의 법칙'에 의해 구성되어 있다고 정확하게 말하였다.[197]

특기할 점은 실러가 고대 비극에서 차용한 방식들이다. 그의 텍스트는 과거의 죄와, 그것이 현재의 장면에 연루돼 있음을 보여주는 분석극(analytisches Drama)으로서 자기의 대조 구조를 전개한다. 등장인물들이 오래전 사건들에 대해 거의 남김없이 토론을 벌인다(이때 실러의 텍스트는 주로 로버트슨의 1762년 독일어판 저술에 근거하고 있다). 도덕적으로 의심스러운 점이 있는 군주이던 메리의 지난날의 삶, 스코틀랜드에서의 도피, 억류의 시기, 여러 단계의 공판, 증인들의 발언, 모티머의 이탈리아 여행, 그리고 엘리자베스의 대 프랑스 외교 등이 등장인물들의 대화에서 현재 사건에 의미 깊은 과거의 일들로서 중요하게 거론된다. 그럼으로써 제1막은 모든 등장인물들이 뛰어들어 강력한 언변으로 회상하는 작업의 토대 위에 갈등의 지형도를 그린다. 그다음으로 이어지는 드라마는 단지 이미 과거에 깔아놓은 수많은 도화선에 불이 붙어 지뢰가 터지는 것을 보여줄 뿐이다. 통치와 역할 갈등의 법적·전략적 관점에 관하여 서로 폭로하는 토의가 펼쳐지는 것은 분석극의 전형에 상응한다. 이 극의 근저에 놓인 모델은 이미 고대 아테네 비극의 특징이던 전형적인 재판장에서의 토의이다.[198] 실러 자신이 1799년 4월 26일 편지에서 자기는 "에우리피데스 방식"을 활용한다고 천명하고 있다. 그렇게 함으로써 복잡한 국가적 행위를 설명할 필요 없이 주인공의 심리 상태를 드러낼 수 있다는 것이다.(Na 30, 45) 너 나 할 것 없이 등장인물들 전부가 궤변으로 치고받기, 전략적 논쟁 하기, 상대편의 논지를 세세하게 분해하여 침소봉대하기를 일삼고 있는데 그러한 성향은 특히 막 내려진 판결의 법적 근거를 두고 메리와 벌리가 따질 때 두드러지게 드러난다.(I, 7) 권력의 보호막에 싸인 엘리자베스를 보여주는 2막과 4막 또한 고전적인 조언 장면이라 하겠다. 왕실의 충신으로서 중용의 길을 취해야 한다는 권유를 하는 탤벗이 "그리스극의 코러스" 역할을 하고 있다는 것을 이미 쾨르너가 적확하게 지적한 바 있다.(Na 38/I, 287)[199] 여기서도 고대 아테네 비극의 형식이 생산적 원칙으로서 입증되며, 실러는 이를 심리적인, 따라서 현대적인 관점에서 자신의 드라마 건축에 손질해 넣는 것이다.

통치 체제와 공공 사회
정치 행위의 요소들

「메리 스튜어트」에 대해 카롤리네 슐레겔은 1801년 5월 "그 안의 정치적인 것은 추리의 선명성에서도 벗어날 수 없었다"고 평가한다.(Na 9, 380) 실제로 실러의 드라마는 이미 우리가 다룬 「발렌슈타인」처럼 사회적 행위를 해부함으로써, 정치의 압력에 의해 망가져가는 개인의 모습을 보여준다. 이때 드러나는 것은 역할과 개성의 균형이 일반적으로 이루어지지 않는다는 사실이다. 엘리자베스는 항상 체면을 잃게 되지나 않을까 하는 불안에 시달리어 어디서건 진정한 자유를 얻지 못하기 때문에 군주로서도, 사랑하는 여인으로서도 성공하지 못한다.[200] 메리는 국가이성보다 관능적 정열을 앞세운 후 군주의 역할에서 좌절하고 만다. 잉글랜드에 억류되었을 때만 해도 자기 역할에 대한 그녀의 인식이 변했을 수도 있었을 터인데, 그러한 변화를 실질적으로 증명하는 데는 결국 실패하고 만다. 그러나 다른 한편 정치적 결혼을 위한 책략보다 통치 기술을 우선시해야 할 때 "개인적 감정은 따지지는 말아야 한다"(2막 9장)고 레스터에게 설명하면서 감정에 대한 공직의 우위를 한탄하는 엘리자베스의 자아 분석은 너무나 단순하다 하지 않을 수 없다. 감정적 동인이 얼마나 강하게 정치에 영향을 끼칠 수 있는지는 엘리자베스가 메리와 싸우고자 하는 개인적 이유를 드러내는 독백(4막 10장)에서 알 수 있다. 국가 전복에 대한 두려움만이 아니라 개인적 동기가 그녀로 하여금 적수 메리를 제거하도록 몰아대는 것이다. "내가 기쁨과 희망을 심어놓은 곳에, 지옥의 독사가 내 길을 막고 있어. 그녀는 내게서 연인을 낚아챘어. 나의 신랑을 강탈했단 말이야!" 왕권을 얻기 위한 싸움의 배후에 사랑의 경쟁 상황이 깔려 있는 것이다. 빌헬름 그림이 1827년에 전하는 바에 따르면, 이를 두고 괴테는 싸움질하는 두 "창녀의 모험극"이라는 단순하고 냉소적인 말로 총평했다(5년 뒤에 크리스티안 그라베 또한 이와 비슷하게 비하하는 말을 했다).(NA 9, 371) 그러나 사적인 동기로 인해 정치적 비극성이 희석됐다고 여긴다면 그것은 잘못된 생각이다. 정열의 주관적 유희가 아니라 국가에 끼친 객관적 결과가 이 비극의 핵심을 이루고 있는 것이다. 브레히트는 1939년 「배우를 위한 연습극(Übungsstücke für Schauspieler)」의 일환으로 두 여왕의 대결을 생선을 파는 거친 여인네의 싸움으로 연출함으로써 정치적 갈등의 차원을 의도적으로 무시했다.

실러의 비극이 진단하는 정치 위주의 세계는 그 운명이 오직 한 사람의 결정에 달려 있기 때문에 파국의 면모를 띠게 된다. 극 중 엘리자베스의 권위는 실제 역사와는 달리 이미 여론 형성 과정을 통해 제한을 받고 있는 듯 보이지만, 실질적으로나 법적으로나 독점 권력은 의심할 여지 없이 여왕 군주에게 있다. 여왕이 결정적 순간에 공적 권한을 원칙 없이 행사한다는 사실은 그녀가 자신의 경쟁자에게 어떤 조처가 적당할지 내부적으로 의논할 때 망설이는 모습에서 나타난다. 그녀는 판결이 집행되기 전에 선수를 쳐 메리를 살해할 목적으로 모티머를 매수하려 시도한다. 나중에는 '매파'인 벌리의 의견에도 온건한 슈루즈베리의 생각에도 따를 수 없게 되고, "당신의 직무를 수행하시오"라는 모호한 말로 불운한 데이비슨에게 마흔두 명의 판사들이 내린 사형 판결의 집행을 맡긴다. 여기서 실러의 비판적 판단은 양방향으로 뻗어간다. 즉 그는 정치적 역할에 대한 여왕의 미묘한 입장을 비판하는 한편, 이로 인하여 왕권이 미흡하게 실현되는 현실 또한 비판하는 것이다.

이보다 덜 현저하지만 메리 또한 권력 기술적인 행동 패턴에 매여 있음을 엘리자베스의 경우와 비교해서 볼 수 있다. 메리가 고발당한 것은 그녀가 젊은 시절에 살인을 교사한 적이 있기 때문이 아니라 엘리자베스에 대한 음모의 공범으로 의심받고 있기 때문이다. 메리에 대한 재판은 전적으로 정치적인 차원의 것이요, 도덕적 잘못을 가리는 성격이 아님에는 의심의 여지가 없다. 그런데 특이한 것은 그녀가 고발의 빌미가 되는 왕권 찬탈자의 역할을 기꺼이 받아들인다는 사실이다. 그녀는 벌리에게 자기가 스코틀랜드와 잉글랜드를 "올리브 나무 그늘 아래서"(1막 7장, v. 830 이하) 통합하는 것을 목표로 삼아왔음을 시인한다. 물론 평화로운 영국의 연합국가 설립은 자기의 적수를 몰아내고 자기 스스로 왕관을 차지함을 뜻한다. 화해의 비전 배후에 왕권에 대한 요구(권력의 논리)가 자리하고 있는 것이다. 1799년 9월 중순 실러는 첫 1막과 2막의 수정 작업을 하고 있었는데, 자기가 작업하고 있는 소재의 정치적 배경에 관하여 당시 한 달간 예나에 머물던 괴테와 논의한다. 따뜻한 가을날 그들은 수도 없이 함께 마차를 타고 인근으로 산책에 나선다. 그러면서 셰익스피어의 「맥베스」에 관해서도 얘기를 나누게 되는데, 「맥베스」가 신화와 역사, 개인적 갈등을 모범적으로 결합한 칭송할 만한 작품임을 실러는 익히 알고 있던 터였다.

메리가 전략적 동기에 얼마나 강도 높게 좌우되는가는 재무장관 앞에서 자신을 겨누는 법률 적용의 미심쩍은 면을 하나하나 사리에 밝게 따지는 그녀의 답변에서 드러난다. 실러는 법적인 문제를 다루는 다툼 장면이 "건조해질"(NA 30, 71) 위험성이 있다고 생각하면서도 여주인공으로 하여금 로버트슨의 『스코틀랜드 역사』에 나오는 논거들을 사용하도록 했다. 특히 판사는 사회적으로 그녀보다 하위에 있기 때문에 여왕인 그녀를 판결할 수는 없다고 꾸짖는 대목의 경우에는 그 출처인 로버트슨의 텍스트에 이미 그와 유사한 논지가 나와 있다. 메리는 자기에 대한 법적 조치의 부당함에 항거하는 근거로 자기가 외국의 국가 대표임을 일관되게 주장한다. 반역죄는 오로지 잉글랜드 내부에만 존재하는 것이기 때문에 그녀에게 적용될 수가 없다는 것이다. 법적으로 잉글랜드 출신 증인과 스코틀랜드 출신 증인을 엄격하게 구분하는 것이 관행인데, 이 관행이 모델로서 그녀의 재판에 적용되어야 한다는 것이다. 마지막으로 메리는 반역죄에 해당한다는 판결의 법적 근거가 부실함을 지적한다. 판결의 근거가 되는 법이 전에는 없었는데 반역죄를 씌우기 위해 후속 조치로 명기된 것이기 때문이라는 것이다.(v. 695 이하 계속) 메리가 한 개인이 아니라 자신의 역사적 역할을 완전히 의식하면서 논변을 펼치고 있다는 사실은, 법정에서 자기를 재판하기 위해 상석에 앉아 있는 귀족들에게는 독자성이 없다고 그녀가 격렬하게 주장하는 데서 알 수 있다. "이 고귀하신 상원 의원 분들이 신념을 날쌔게 바꾼다는 것을 난 알고 있어요. 정부가 네 차례 바뀔 때마다 종교도 네 차례 달라지더군요."(v. 784 이하 계속) 권력이 분리되어 있지 않기 때문에 자기가 희생되는 것이라는 메리의 생각에서는 계몽 시대의 법사상이 내비친다. "법을 제정한 자의 혀가 판결까지 내리다니. 오, 가엾은 희생자여!"(v. 858 이하 계속) 입법부와 사법부의 권력이 일원화되어 있다는 현실이야말로 신뢰할 수 없는 법질서의 증거라고 말함으로써 억류된 여왕은 자기가 몽테스키외의 신봉자임을 드러낸다.

메리는 자신이 청원자 역할밖에 할 수 없음을 알고 있는 상황에서도 정치적 이해관계를 대변하는 자로서 행동한다. "당신은 나를 온당하지 못한 방식으로 다루었습니다. 당신과 마찬가지로 나 또한 여왕인데 말입니다."

(v. 2295 이하) 메리는 공적인 언변을 통해 자신이 군주임을 일관되게 강조한다. 엘리자베스의 도발에 응수하며 그녀는 이렇게 선언한다. "정의가 지배한다면, 당신은 흙먼지를 뒤집어쓰고 지금 내 앞에 엎드려 있을 겁니다. 내가 당신의 왕이니까!"(v. 2450 이하) 엘리자베스는 자신의 적수에 대한 처형을 교회가 인가한 "국왕 시해"(v. 2355)라고 표현함으로써 최소한 자기 경쟁자의 여왕 역할만은 인정해준다. 메리는 성 안에서 체념한 순교자의 역할을 받아들이면서도 왕권을 포기하지 않는다. 레이디 밀퍼드*가 자기가 소유하고 있던 물건들을 하인들에게 나누어주면서 모든 것을 용서해주는 것처럼 마음을 비운 상태에서도 메리는 군주로서의 자의식을 내보인다. "머리 위에 다시 왕관을 느끼네, 내 고귀한 영혼에 존엄한 자부심을 느끼네."(v. 3493 이하) 이러한 발언이 윤리적 위대함이나 성격의 고귀한 면모를 상징하는 것이라 생각할 수 있겠으나, 그렇다 치더라도, 이는 명백히 정치적인 것일 수밖에 없는 요구, 즉 자기의 존재를 인정해달라는 요구를 드러내는 것이 아닐 수 없다. 메리가 자기 자신과 자신의 행위를 스스로 해석하는 경우에는 언제나 지배자의 역할이 드러나는 것이다.

메리가 정치적 이유로 포로가 된 처지라면 엘리자베스는 자기의 직무에 갇혀 있는 신세이다. 보댕에서 립시우스, 홉스에 이르기까지 근대 초기의 사회철학에서 강력한 국가의 토대로 파악하고 있는 절대주권은 여기서 극히 의심스러운 것으로 조명된다. 눈에 띄는 것은 엘리자베스의 권력 독점에 대한 상반된 판단들이다. 폴렛은 메리와의 대화에서 의회에는 법적으로 여왕을 통제할 수 있는 기능이 있음을 강조한다.(v. 247 이하 계속) 엘리자베스는 자신이 여론을 고려함으로써 갖게 된 "전능의 필연성"(v. 3209 이

∵

* 『간계와 사랑』의 여주인공.

하) 때문에 자기의 정치적 자유 행위가 제한돼 있음을 알고 있다. 리슐리외(Richelieu) 추기경의 면모를 연상케 하는 벌리[201]는, 홉스가 군주를 내부 질서의 보증인으로 규정한 것과 유사하게, 엘리자베스의 이상적 결단의 목표가 "국민의 복지"(v. 3182)라고 여긴다. 그러나 탤벗은 여왕에게 메리를 보호하라고 설득하면서 그녀의 절대 권력을 상기시킨다. "누가 폐하께 강요할 수 있단 말입니까? 당신은 통치자이십니다. 폐하의 진면목을 보이실 때입니다!"(v. 3083 이하) 법적 강제를 인정하고 싶지 않고 의회의 통제 기능도 의심하는 레스터도 비슷한 논지를 편다. 그는 정치적 결정으로 수용하기엔 무리가 있는 "다수의 의견" 대신에 여왕에게 선택의 여지가 있는 군주의 자유권을 옹호한다. "불가피한 강요에, 백성의 강요에 굴복할 수밖에 없노라고 말하지 마십시오."(v. 1330 이하)

여기서 탤벗과 레스터는 근대 초기의 국가철학이 강조하는 군주의 권력 기능을 밝히고 있는 것이다. 장 보댕(『국가론(*Six livres de la république*, 1583)』)은 계약이나 다른 법적 합의에 구속되지 않는 지배자 개념을 제시한다. 군주는 신이 부여한 "자연법칙"에 따르는, 온화함과 남을 배려하는 인간적 덕성에 따르는 절대자로서 국가를 통치하는 것이다. 그는 이해관계를 대변하는 의회에 의해서도 제한받지 않는 절대적 국가 운영자인 것이다. 보댕의 저서에 의하면 이전까지의 법적 규정을 지양하는 이러한 절대적 자유는 불가침의 것이다. "절대군주가 자기의 선대 군주들이 만들어놓은 법을 지킬 필요가 없을진대, 자기 자신이 만든 법과 규정을 지킬 필요는 더더욱 없는 것이다."[202] 국민의 의견도 통제 기관의 권고(영국 의회를 보댕은 그저 위력이 없는 상징적 기구로 보았다)도 통치자의 활동 영역을 좁게 할 수는 없다는 것이다. "결국 군주의 주권 내지는 절대 권력의 본질은 무엇보다도 신민 전체에게 그들의 동의 없이 만든 법을 지키도록 강요한다는 것이다."[203] 실러의 드라마가 묘사하는 통치자의 모델은 보댕이나 유스투스 립시우스(Justus Lipsius, 1547~1606)*『『정치 혹은 시민의 독트린에 관한 여섯 권의 책(*Politicorum sive civilis doctrinae libri sex*)』(1589)]가 체계적으로 근거를 다진 근대 초기의 이상적 군주의 모습과는 확실히 다르다. 엘리자베스 스스로가 자신을 공론을 배려함이 없이는 어떠한 결정도 내릴 수 없는 노예와 같다고 생각하는 것이다. "오, 국민에 봉사하는 노예! 치욕적인 노예로다―이 우상들의 비위를 맞추는 데 난 지쳤다―내 내면 깊숙이 경멸하는 그들을!"(v. 3190 이하 계속) "공공의 의견(opinio communis)"이 결국 여왕 군주의 자화상을 찍어내는 것이다. 여왕이 공공의 의견을 자기가 정책을 결정할 때 핵심 요소로 간주하고 있다는 사실 자체가 공론의 실제적 영향력을 확인해준다. 따라서 메리가 처형된 뒤에 탤벗이 결론적으로 하는 말["적은 죽었습니다. 이제는 두려워하실 것도, 주의하실 일도 없습니다"(v. 4030 이하)]은 엘리자베스가 양심의 불안을 느낀다는 점을 감안할 때도 그렇지만 특히 군주로서 여론에 매여 있다는 사실을 생각할 때도 적절한 말이라 할 수는 없을 것이다. 바로 엘리자베스가 공공의 목소리에 예속되어 있기 때문에 그녀의 처지는 처음부터 난처한 것이 아닐 수 없는 것이다. 절대 권력이라고는 하나 그것은 근대의 복잡한 사회구조 공간 속에서 모순덩어리가 되어버린 특권에 불과하였음이 드러나고 있는 것이다.

"필연성"이란 개념이 여왕의 불가피한 행위를 알리는 신호가 된다.[204] 특히 여론의 힘과 의회의 영향력을 못마땅하게 여기는 여왕의 언동은 계몽된 시대를 반영하는 것이라 하겠다. 자기가 공적으로 감시받는 군주라는 엘리자베스 자신의 자화상은 입법기관과 의회 분과 위원회들이 절대 권력을

* 네덜란드의 법 철학자.

통제해야 한다는 법치주의, 즉 몽테스키외, 루소, 디드로 등이 혁명 전기에 저술한 근대 국가철학의 근간을 이루는 사상과 통한다(여기에 언급된 법치주의 원칙의 기초는 이미 1603년에 요하네스 알투지우스(Johannes Althusius, 1563~1638)*의 『폴리티카(*Politica*)』에 기술되어 있다). 다른 한편 여성 군주가 자기를 예속시키는 강제력을 자신을 압박하는 정치적 책임에서 벗어날 구실로 삼은 것은 간과할 수 없는 사실이다. 실러는 자기에 앞서 메리 스튜어트의 전기를 쓴 하우크비츠와는 대조적으로 여왕을 양심에 쫓기며 회의하는 인물로 그리지 않고, 오히려 그녀의 정치적 이해관계가 그녀를 지배하는 심리적 갈등의 출발점이라 규정한다. 하우크비츠의 전기에서 엘리자베스는 도덕적 반론 제기 때문에 처형을 연기하지 않을 수 없다고 생각하지만("이 넓은 세상이 이보다 끔찍한 일을 본 적이 있을까?")[205] 실러는 전략적 계산을 전면에 내세운다. 엘리자베스가 처형을 망설이는 것은 양심의 가책에 휘둘리기 때문이 아니라, 그녀의 확신에 반하여 "전능의 필연성"이라며 그녀에게 관대함을 명하는 공공의 견해가 두렵기 때문이다. "올바르게 하기 위한 자발적 선택"이 아니라 국민의 평판에 대한 염려가 엘리자베스로 하여금 메리에 대해 소극적 태도를 취하게 한 것이다.(4막 10장, v. 3208 이하 계속).

이로써 악순환이 전개된다. 여왕의 주권이 근대적 역할 모델로 인하여 제한되기 때문에 여왕은 결정적인 점에서 자신의 정치적 안전을 보장하기 위해 폭력을 쓰지 않을 수 없게 되는 것이다. 엘리자베스가 스스로 결단을 내리지 못하는 것은 결국은 그녀의 개인적 권위가 결핍한 데서 기인한다. 이러한 사실은 적수의 처형을 그럴 자격이 없는 데이비슨에게 책임

∴

* 독일의 법학자.

지도록 지시하는 여왕의 알쏭달쏭한 말에서 알 수 있다. 하우크비츠가 그려낸 엘리자베스는 무엇보다도 처형 문제에 대한 윤리적 고민에 시달리다가 결국에는 복수심에 찬 조언자들의 말에 넘어가고 만 희생된 인물이다. 그녀가 명확한 말로 형 집행의 유예를 명하였음에도 불구하고("명하노니, 판결을 얼마간 미루시오")[206] 결국 이 명령은 메리를 처형할 수 있는 계기가 되었고 실제로 명령의 본의와는 정반대의 일이 벌어진다. 이러한 배경을 염두에 둘 때 실러가 그려낸 여왕의 기회주의는 더더욱 문제가 많아 보인다. 군주로서 책임 있는 역할을 수행할 개인적 권위를 지니지 못하면서 어떠한 제한도 받지 않는 군주의 권한을 요구하는 한편 여론 또한 고려하지 않을 수 없는 처지라고 생각하기 때문에 그녀는 결국 관중의 심판대 앞에 정치적으로나 개인적으로나 실패한 군주로 서게 되는 것이다.[207] 이로써 제시되고 있는 것은 바로, 5년 전에 서한들*에서도 썼듯이, 충분한 인격적 역량으로 뒷받침되지 않은 정치적 계몽은 실패할 수밖에 없다는 딜레마라 하겠다. 엘리자베스의 실패는 질서가 와해된 과도기의 난감한 상황을 보여준다. 절대적 통치권의 소유자라는 전통적인 군주의 역할도, 국정에 여론을 반영해야 한다는 근대적 발상도 제대로 실현되지 않고 있었던 것이다.

레스터 또한 위험한 도박을 하도록 그를 압박하는 정치에 희생되는 인물이라 하겠다. 이 점은 그가 법정에서 그리고 비공개적인 국가위원회에서 보여준 이중 역할에 대한 그의 암시만으로도 충분히 입증된다. 그는 공개 석상에서는 사형에 찬성하고 비밀 회합에서는 전략적인 신중함을 옹호한다.(v. 1438 이하 계속) 모티머가 "두 얼굴을 내비치는"(v. 1703) 레스터를

∴

───

* 「인간의 미적 교육에 대한 편지」.

보게 되는 대목에서 드러나는 것은 레스터의 교묘한 연막작전이라 하겠다. 그것은 진실과 거짓의 차이만으로는 설명할 수 없는 것이다. 레스터는 자기의 행동을 전적으로 그때그때의 상황에 맞춰 조절하기 때문에 그에게서는 유희와 진지함이 거의 구분될 수 없다. 이에 반해 페르디난트와 젊은 피콜로미니의 후계자라 할 수 있는 모티머는 레스터에게 '공공성'(절대 영주 시대 내각 정치와의 논쟁에서 칸트가 사용해 마법적 위력을 발휘한 개념)이 필연적으로 수용해야 할 명확한 결단을 다음과 같이 요구한다. "위장하지 마시오! 떳떳하게 행동하시오!"(v. 1923)[208]

자기의 목이 잘려 나가지 않기 위해 레스터가 감당해야 하는 인격분열은 그의 통치행위가 영향력을 발휘할 수 있게끔 해주는 궁정에서 그가 자기 지위를 위해 바치는 공물인 것이다. 이 대목 외의 어느 곳에서도 실러는 정치로 인한 성격의 기형화를 이토록 철저하게 보여준 일이 없다. 이러한 징조가 특히 잘 드러나 있는 것이 레스터가 속절없이 메리가 처형되는 소리를 듣게 되는 5막 10장이다. 그는 문이 잠긴 공간에 갇혀 있어 처형의 순간은 보지 못하면서 그 소리만을 들을 수밖에 없는 처지에 있는 것이다. 정치적 사건들을 유리한 위치에서 조종하려던 그가 마지막에는 수동적 처지로 전락하고 만 것이다. 메리의 머리가 잘려 떨어지는 순간에 그는 죄책감에 사로잡혀 맥없이 바닥에 쓰러진다. 실러는 관객에게 끔찍한 장면을 보이는 것을 금지한 아리스토텔레스의 극 이론에 따라 처형 장면이 아니라 도덕적으로 파산한 레스터가 졸도하는 것으로 극의 마지막 장면을 인상 깊게 마무리한 것이다. 레스터의 생기 없는 육신은 그러나 여왕의 시신을 떠올리게 한다. 육체적으로 쓰러지기에 앞서 정치적으로 이미 무력해진 그는 여왕의 죽음에 대해 책임을 면할 수 없는 것이다.

통제된 욕정?
아름다운 영혼이 벌이는 연극

비극의 여주인공으로서 메리가 적격이냐 아니냐 하는 것은 열정과 도덕적 자제력 사이의 갈등 문제와 관련된다. 메리의 인격을 결정적으로 각인하고 있는 것이 실러 자신이 강조하고 있듯이 바로 이 열정과 도덕적 자제력 사이의 갈등인 것이다. 개인의 윤리적 자유는 (필수적으로 승화해야 할) 관능의 문화 없이는 신장될 수 없다는 것이 실러가 1790년대 초에 비극미학에 관련된 글들에서 주장한 신념이었다. 실러가 얼마나 강력하게 자신의 여주인공을 혈색 없는 순교자의 길을 택할 기색이라고는 전혀 없는 육감적인 존재로 만들려 했는지는 모티머와 만나는 1막 중간의 대목에서 드러난다. "오, 제발 그만하세요." 메리는 열렬히 이탈리아 여행담을 펼치는 모티머에게 말한다. "싱싱한 삶의 양탄자를 내 앞에 펼치지 마세요. 난 비참하고 갇힌 몸이에요."(v. 451 이하 계속) 그러나 메리는 재앙으로 끝난 엘리자베스와의 대화가 있은 뒤에(3막 4장), 그리고 모티머에 대한 레스터의 모략으로 초래된 큰 변동(4막 4장)이 있은 뒤에 자신의 열정을 통제할 수 있게 된다. 그리고 그것이 그녀로 하여금 마지막 장에서 절제된 여주인공으로, 사람들이 즐겨 강조했듯이 숭고한 존엄의 여인으로 나타나게 한다. 적수인 엘리자베스와 다툴 때에는 격렬한 감정에 휩싸여 "제정신이 아니"었지만(NA 9, 93), 처형대로 향하기에 앞서 신뢰하던 이들과 슬프게 작별할 때의 메리는 놀라울 만큼 마음이 차분해 보인다. 단리를 살해한 죄와 보스웰과의 관능적 방종을 멜빌 앞에서 고해하는 장면에서 여주인공은 과거의 그림자를 벗어던진다. "잉글랜드의 여왕에게 나의 자매로서의 인사를 전해주시오. 그녀에게 말하시오. 이 죽음에 대해 진심으로 그녀를 용서한다고. 어제 있었던 나의 격한 태도를 뉘우치며 용서를 구한다고. 하느님이시여, 그녀를 지켜주소서. 그리고 그녀가 성공적인 통치를 하도록 베풀어주소서!"(5막 8장, v. 3782 이하 계속)

이런 맥락에서 이미 당대의 비평가들이 토론한 문제, 즉 메리의 변모가 내면적인 점차적 변화의 결과인가 아니면 가망 없는 그녀의 상황이 야기한 돌연한 변화인가 하는 문제에서는 그 배경이 되는 미묘한 심리적 뉘앙스가 간과되고 있다 하겠다.[209] 실러는 메리의 체념을 그에 앞선 과정에서 이끌어내는 것이 아니라 오로지 그 결과만을, 즉 전통적 순교자의 모습들에서 볼 수 있는 포기의 태도를 보여줌으로써 관객을 놀라게 한다. 마지막 장은 온통 그러한 순교자들을 연상시키는 소도구들로 채워져 있다. 모티머의 이탈리아 여행담에 매혹되는, 관능적 감수성 강한 메리는 과거 한때의 요염한 여인(Femme fatale)을 떠올리게 하는데, 마지막 장에서 의연하게 죽음을 맞이하는 여왕은 놀랍도록 평온한 태도를 보인다. 이 두 모티브 사이에는 아무런 연결도 없다. 왜냐하면 여기서 중요한 것은 허구적으로 극적 개인의 통일성을 보여주는 것이 아니라 비극적 효과를 얻는 데 기여하는 개인의 기능이기 때문이다. 실러는 메리의 독백 장면을 하나 설정하여 그녀로 하여금 자기가 처한 상황을 설명하고 자기 성찰을 하게 함으로써 자기의 변모 과정에 대해 더 상세히 설명할 수도 있었을 것이다. 그러나 실러는 앞서 언급한 이유에서 그러한 독백 장면 또한 포기했다(후버의 비평은 이 점을 높이 평가한다).

실러의 이러한 구상의 특징이 잘 드러나고 있는 대목이 처형 직전에 메리가 레스터와 만나는 장면이다. 메리는 우선 자신을 감옥에서 "꺼내주겠다"고 공언한 권력의 기회주의자 레스터를 비웃는다. 그런데 기묘하게도 바로 그의 그러한 공언이 그녀가 처형당하는 계기가 되었던 것이다. 그러나 말을 이어가면서 싸움에 진 자신의 "나약함"(v. 3821)을 시인할 만큼 의연함을 되찾는다. 여기에는 억제할 수 없는 분노와, 기독교 신자의 관대함을 내보이는 자제력이 나란히 나타나 있다. 흥분과 자제 사이의 진정한 균형이 이루어지지 않은 채 말이다. 이처럼 일관성이 없음을 흠잡은 배우 하인리히 슈미트와의 대화에서 실러 자신은 "그와 같은 감정의 재발"은 감정을 제어할 수 없는 여주인공의 성격적 수준에 근거한다고 설명했다 한다.(NA 42, 300) 후버는 후에 메리 스튜어트는 "존엄보다는 매혹"을 더 많이 보여준다고 강조했는데,[210] 이는 실러의 설명에 부합되는 평가라 하겠다.

따라서 메리는 외적 억압에 대한 숭고한 대항의 예라 할 수 없다.[211] 막스 피콜로미니(나중엔 요한나=잔 다르크)와 달리 메리는 해결할 수 없는 갈등에 처했을 때 도덕적으로 결백한 태도를 취함으로써 곤경을 겪는 것이 아니라, 오히려 고통스러운 조건하에서 비로소 기품을 얻는 것이다. 도덕적 원칙이 시험대에 놓이는 것은 개인이 맞닥뜨린 위기 상황인데, 메리는 그러한 상황에서 삶의 역겨운 일들과 맞서 싸우는 숭고한 성품으로가 아니라 아름다운 영혼으로 자기를 드러내는 것이다. 이러한 현상은 여주인공 메리가 가시적으로 내적 변화 과정을 보여주는 일 없이 자기의 감정을 의연하게 자제하는 대목에 상응한다. 메리가 마지막 장면에서 의연하게 자신의 운명에 순응하는 이 대목은 실러가 1793년에 발표한 에세이에서 그야말로 관습적인 논리로 (그리고 판에 박은 영성의 사회적 역할이 갖는 의미는 생각지 않으면서) 여성적인 성격의 특징으로 내세운 우아함이 어떠한 것인가를 보여준다. 여성적 성격의 속성 중 하나는 숭고한 저항 정신의 존엄이 아니라 개인적 삶의 표현에서 드러나는 직관인 것이다. "여성은 종종 영웅적인 강인함으로 관능에 저항하기도 하지만, 그럴 경우에도 오로지 관능을 통해서만 한다. 그런데 여자의 덕성은 대개 취향의 편에 있기 때문에 마치 취향이 덕성처럼 나타날 것이다."(NA 20, 289) 실러의 남성 주인공들이 극에서 드러나는 발전 과정을 통하여 숭고한 인물로 형성되어가는 데 반하여, 메리는 마지막 장에서 심리적 변화에 대한 타당한 설명 없이 아름다운 영혼으로서의 의연함을 보여준다. 그녀의 이 아름다운 영혼은 "가장 용맹한 영웅이나 할 수 있는 자연 충동적인 희생정신"을 스스럼없이 짊어져서 그것이 마치 "자연 충동의 자발적 작용인 것처럼"(NA 20, 287) 보인다.

특히 중요한 의미가 있는 것은 메리의 세계관을 지배하는 종교적 모티브이다. 기존의 해석들에 반하여 우리는 실러가 여기서 취하는 비판적 관점을 강조해야 할 것이다.[212] 메리의 깊은 신앙심은 마지막 대목에서 그녀를 아름다운 영혼으로 연출할 수 있게 하는 매개 역할을 하지만, 그와 동시에 그녀의 정치적 역할을 이해하는 데 도움이 되는 요소이기도 하다. 신조주의(信條主義, Konfessionalismus)* 시대에 정치적 역할은 종교적 관심의 방향과 분리해서 생각할 수 없는 것이다. 메리가 독실한 가톨릭교도로서 잉글랜드의 왕관을 요구하는 대목에서 정치와 신앙고백이 서로 근접해 있음을 분명히 알 수 있다. 그녀는 자신을 심판하기 위해 심판자 자리에 앉아 있는 "신교도들"을 "잉글랜드의 번영을 위해 날뛰는 광신자들"이라고 경멸조로 명명한다.(1막 7장, v. 801 이하) 그와 같은 발언에 비추어 볼 때 마지막 장에서 메리가 내보이는 종교적 태도를 완전한 역할 변화의 증좌로 보는 것은 옳지 않다. 그녀가 신앙의 법칙에 복종하고 있는 상황에서조차도 그녀를 지배하는 것은 언제나 정치적 사명감이요, 따라서 특정한 사

* 종교개혁 이래 신앙고백에 기초하여 그것을 절대시하고 유일한 진실로 삼는 경향의 교회 운영을 가리킴.

회적 역할을 해야 한다는 자의식이기도 한 것이다.

　마지막으로 또 하나 지적해야 할 사항은 성만찬 장면의 종교적 차원이 지닌 양면성이다. 성만찬에서 아름다운 영혼으로서 도덕적 우월함을 내보이는 메리의 몸가짐은 그녀의 관능적인 면모를 희생한 결과가 아니라, 「우아함과 품위에 대하여」에서 정의한 것에 따라 관능적 면모를 포함하고 있다. 성찬식 장면은 격정의 미학을 바탕으로 연출된 소도구들로 꾸며져 있음이 한눈에 뚜렷이 들어온다. 5막 6장에 등장하는 메리에게서는 관능적 매력이 빛난다. 이러한 매력은 마지막 장면에서 그녀가 수사적 발언으로 강조하는 순교자적 면모를 감소시킨다. 흰 옷을 입고 아뉴스 데이(Agnus Dei)*와 로사리오 묵주 그리고 십자가로 몸치장한 메리가 검은 베일을 뒤로 젖혀 장식 머리띠를 내보이면서 그녀가 신뢰하는 이들 앞에 인상적으로 등장한다. 이어지는 고해 장면의 연출도 탁월한 시각적 효과를 통해 예술적으로 정교하게 짜인 의식을 보여준다. 그 과정의 디테일한 요소들은 성찬식 규칙에 상응한다. 멜빌이 포도주가 든 잔을 쥐고 머리 덮개를 벗은 뒤 메리에게 금 접시에 놓인 성체를 보여주고는 그녀에게 무릎을 꿇도록 한다. 그리고 고해를 듣고 그녀에게 잔과 성찬의 빵을 건넨다. 이러한 제의적 행위의 진행 과정에 격정적 대화가 삽입됨으로써 독특한 긴장감이 생겨나는데, 그것은 메리의 감동적 신상 발언이 이를 뒷받침하고 있기 때문이다. 피고인 메리는 "진리의 하느님 앞에서" 그녀의 죄를 고백하겠느냐는 멜빌의 물음에 "그분과 당신 앞에서 저의 가슴은 열려 있습니다"(5막 7장, v. 3672 이하 계속)라고 대답한다. 그녀의 고백은 자기의 일생을 회고하고 도덕적 결산을 하는 행위로 이어지는데 멜랑콜리한 순간들이 드문드문 나

* 천주의 어린양. 이것을 나타내는, 밀랍으로 된 작은 원반.

타난다. 멜빌이 마지막에 메리에게 축복을 내리는 대목에서 시나리오가 지닌 미학적 특성을 간과할 수는 없을 것이다. "당신은 이제 그분의 환희의 왕국에 있게 됩니다. 그곳엔 죄악도 없고 비탄도 없습니다. 빛나는 천사가 당신을 영원토록 하느님과 하나가 되도록 할 것입니다."(5막 7장, v. 3754 이하 계속) 고해 장면은 아름다운 영혼에 대한 상징적인 찬양의 면모를 띠게 되고, 그것은 세속적 권력의 상징물들(NA 9, 135)을 배경으로 메리에 대한 역사적 찬미로 변한다.[213] 이 장면에서 미적 전시효과가 이 장면의 종교적 상징물의 메시지를 압도하고 있다는 사실을 빌미로 헤르더는 알다시피 대공에게 성찬 의식을 무대에서 보여주어서는 안 된다고 항의하기까지 했다.

그런데 실러는 바로 이 신앙 예식에서 감각적으로 명백하게 드러나는 함축을 종교적 실천의 한 특징으로 여긴 것이다. 실러는 슐라이어마허의 논설 「종교에 관하여(Über die Religion)」를 그 출간 직후인 1799년 9월에 읽고서 자기의 이러한 견해가 인정받고 있다는 느낌을 갖게 된다. 이 논문을 읽고 나서 며칠 뒤에 실러는 괴테, 셸링과 함께 슐라이어마허의 저술을 철저하게 검토했는데 이를 통해서도 실러는 계몽신학에 반대하면서 관능적 욕구와 정신적 욕구를 함께 지닌 전 인간을 고려하는 종교의 손을 들어준 슐라이어마허의 입장이 자기 자신의 입장과 매우 유사하다는 확신을 갖게 되었을 것이다. 이미 1795년에 괴테에게 보낸 한 편지에서 실러는 괴테가 『수업 시대』 6권에서 세밀하게 묘사하고 있는 몽상가에 관한 토론을 계기로, 자기로서는 기독교적 신앙을 그것이 칸트의 정언명령과는 정반대로 애호와 의무의 연결을 가능하게 할 경우에만 받아들일 수 있다고 썼다. 종교적 경험에 대한 이런 규정에는 교회에서 행해지는 예식에 대한 유보적 태도까지 포함되어 있는데 실러는 그 점을 암시만 하고 말을 아낀다. 왜냐하면, 편지에 적혀 있듯이, 그는 "이런 민감한 사항"(NA 28, 28)에 관하여 더 자세하게 논하고 싶지 않기 때문이다. 당대의 비평가들에게 성찬 장면이 문제가 된 것은 종교적 차원이 오로지 우아한 메리의 관능적 자태를 매개로 나타나고 있다는 점 때문이었다. 그 장면이 지닌 관능적 요소는 고해의 순간에도 억제되지 않고 활짝 드러나 있는 것이다. 이것이 화려한 무대를 스캔들로 만들었고, 그리하여 실러의 생존 시에는 대부분 검열에 희생되지 않을 수 없었던 것이다.

이 드라마는 전체적인 구성 면에서는 잘되었다고 수긍이 가지만, 그럼에도 불구하고 예술상의 약점들이 있어 보인다. 그것은 장면 설정이 지나치게 경직된 구조에 매여 있는 데에 기인한다. 분석적 사건 전개는 역동적인 무대 행위를 방해하고, 고전주의적인 대칭 구조는 기계적인 것이 되기 쉽다(이것은 막의 구조에도 해당하고 3막 4장에서 두 여왕이 상봉하는 대장면에도 해당한다). 여기서 다시금 실러는 익숙한 방식으로 기계를 조종하는 장인인 것이다. 그는 무대를 지배하지만 관객 앞에서 그의 장비들을 돌리는 톱니바퀴 장치를 숨기지 못한다. 특이한 점은 정치적 비전이 포기되었다는 것이다. 그것은 여주인공의 내면세계를 다루느라 희생되어버린 것이다. 「발렌슈타인」 서문이 요약하고 있는 것과 같은 역사적 전망을 하지 않는 것은 구성의 분석적 성격에 상응한다.[214] 등장인물의 자질은 장면 배치가 그러하듯이 종종 도식적 성격을 띤다. 작중 인물 모티머는 이전 작업 시기의 유물처럼 보인다. 쾨르너는 적확하게도 미학적으로 채색된 모티머의 정치관에 청년 시절의 작품에 등장하는 주인공들의 사상 세계가 반영되어 있음을 발견했다. 진정한 군주가 없는 궁정 사회에서 '매파'의 역을 맡은 벌리는 절대 권력을 표방하는 완고한 인물로서〔알바(Alba)와 도밍고(Domingo)*의 연장선에서〕 판에 박힌 독단적 정치가의 역할을 하지 않을 수 없는 것이다. 케네디의 감상적인 면과 폴렛의 우직한 태도는 엘리자베스나 레스터 같은 인물들이 보여주는 것과 같은 헤아릴 수 없는 이중성 앞에서 관례적인 도식적 역할을 할 수 없이 맡고 있다고 여겨진다. 그러나 실러는 벌써 다음에 소개될 기획을 통해 새로운 길을 개척해감으로써, 계속 단련을 거듭해온 노련한 숙련공으로서 걸어온 형식의 길에서 벗어난다.

∴

* 「돈 카를로스」에 등장하는 알바 공작과 간신 도밍고.

6. 「오를레앙의 처녀」(1801)

"지극히 감동적인"
풍성한 소재에 갇히다

1802년 2월 10일에 실러는 괴셴에게 「오를레앙의 처녀(Jungfrau von Orleans)」에 관하여 다음과 같이 쓰고 있다. "이 작품은 심장에서 흘러나온 것입니다. 또한 심장을 향해 말하려 쓴 것입니다."(NA 31, 101) 「오를레앙의 처녀(Das Mädchen von Orleans)」라는 시(1802/03)에서도 비슷하게 말하고 있다. "너를 창조한 것은 심장! 너는 영원히 살리라."(NA 2/I, 129) 감정이 창조 행위의 매체라 하는 것에는 무엇보다도 문학 정책적 전략이 담겨 있다. 실러는 여기서 계몽주의적 관점에서 요한나(잔 다르크)의 기적 신앙을 광기의 발현으로 폭로하고자 한 볼테르의 희극적 서사시 「오를레앙의 성처녀」(1762)에 대해 선을 긋고자 시도하고 있는 것이다. 잔 다르크 신화를 이성적 시각에서 개작한 볼테르의 작품은 1924년에 같은 소재로 조지 버나드 쇼가 반어적으로 다시 개작하였거니와 실러의 취향에는 맞지 않았던 것이다. 종교적 비전을 좇는 농부 소녀의 이야기가 실러를 사로잡았다는 사실은 1803년에 이플란트에게 보낸 편지에서 확인된다. 이런 소재는 "여성적인 것과 영웅적인 것, 심지어 신적인 것마저 하나로 합친 것이기 때문에 다시는 쉽사리 나타나지 않을 것"(NA 32, 58)이라고 적혀 있는 것이다.

실러는 「메리 스튜어트」가 초연된 직후인 1800년 6월 중순에 벌써 「오를레앙의 처녀」 작업을 시작한다. 1800년 7월 13일에 쾨르너에게 그는 다음과 같이 쓰고 있다. "나의 새 작품은 소재 때문에도 큰 관심을 불러일으킬걸세. 여주인공이 한 명 있고 그녀에 비하면 흥미 면에서 나머지 모든 사람은, 그 수야 결코 적지 않네만 주목을 끌 만한 게 전혀 없네."(NA 30, 173) 늘 해온 방식대로 실러는 우선 관련 문헌들을 연구하기 시작한다. 그러나 곧 「돈 카를로스」나 「발렌슈타인」 때와는 달리 역사적 세부 사항에 관한 지식이 작품 구상에 큰 영향을 끼치지 않을 것임을 알게 된다. 이미 익숙한 흄과 라팽의 정평 있는 저술과, 괴팅겐대학의 저명한 역사학자 아이히호른의 법사(法史)적 저술 외에도 실러는 샤를 드 라베르디(Charles de l'Averdy)가 1790년에 편집한 요한나 관련 재판의 심문 기록과 문서들을 참조했고, 그 법적 배경에 관한 정보는 형사 판례집 『피타팔』의 제4권에서 찾아 읽었다. 이에 더해 카트린 브다시에(Catherine Bedacier)가 쓴 「카를 8세 전기」(1700)를 읽었는가 하면, 클로드 미요(Claude Millot)가 저술한 세계사 개관을 1782년에 빌헬름 에른스트 크리스티아니(Ernst Christiani)가 번역한 독일어판으로 탐구했다. 실러의 청에 따라 같은 해 7월에 쾨르너는 마녀 박해의 역사를 다룬 상당 분량의 문헌 목록을 그에게 보낸다. 거기에는 책

제목이 스물다섯 개 적혀 있는데 그중에는 악명 높은 『마녀 망치(*Malleus Maleficarum*)』(1487), 베네딕트 카르프초프(Benedict Carpzov)의 『프락시스 크리미날리스(*Praxis criminalis*)』(카롤링거 법전에 기초한, 17세기에 유효했던 형법 규정), 그뿐 아니라 프리드리히 폰 슈페(Friedrich von Spee)의 『카우치오 크리미날리스(*Cautio criminalis*)』(1631), 그리고 마녀사냥에 반대하는 크리스티안 토마지우스(Christian Thomasius)의 격문(1712)도 포함되어 있었다.(NA 38/I, 301 이하) 바이마르 도서관에 있는 자료들을 비판적으로 훑어보고 나서(『마녀 망치』는 이미 7월 9일에 빌렸다) 실러는 마녀재판이라는 주제가 그의 계획에 별로 요긴하지 않다는 인상을 갖게 된다. 실러는 7월 28일 편지에서 다음과 같이 말한다. "마녀 이야기는 그다지 건드리지 않을 생각이네. 필요하더라도 내 상상력만으로 충분하겠네."(NA 30, 181)

실러는 또다시 드라마 구조에 대한 작업이 특히 중요하다는 것을 신속하게 알아차린다. 6월과 7월 에터스부르크와 티푸르트로 수도 없이 마차 나들이를 하면서 실러는 괴테와 더불어 구성의 문제를 의논한다. 자기가 해야 할 의무와 애정 문제 사이에서 마음이 흔들리는 여주인공의 독특한 양면성이 밀도 있게 가시화되도록 텍스트로 장면을 꾸며야 한다는 결론에 이른다. 1800년 7월 26일에 그는 친구인 괴테에게 보낸 편지에서 다음과 같이 말한다. "이 작품에서 알게 된 건데, 우리는 일반적인 개념에 매여 있을 필요가 없습니다. 새로운 소재에 대해서는 새로운 형식을 시도해야 하고 장르의 개념을 늘 유동적으로 다뤄야겠지요."(NA 30, 176) "지극히 감동적인"(NA 30, 181) 소재가 요한나의 인생행로를 긴장감 넘치게 극적으로 묘사해나감에 있어서 환상적이고도 전설적인 요소를 끼워 넣는 '낭만적 비극'의 구조가 나오게 된다. 무엇보다 중요한 것은 이때에 역사적 사실에 과감하게 손을 대어 그 틀에서 벗어난다는 것이다. 1800년 12월 24일에는 만족스러워하며 다음과 같이 쓰고 있다. "역사적인 것은 극복했습니다. 내가 판단할 수 있는 한에서 그것을 최대한 활용했지요. 모티브들은 모두 시적이고 대부분 소박한 장르에서 비롯된 것입니다."(NA 30, 224) 이 시점에 실러는 3막까지 작업을 진척해놓고 있었다. 1월에는 글쓰기를 멈추었는데, 대상포진이 얼굴에 퍼져 심하게 고생하는 괴테를 대신하여 그가 번역한 (볼테르의) 「탕크레아우스」(1759)의 연습 공연 작업을 해야 했기 때문이다. 2월에 3막의 교정 작업이 끝난 후 실러는 마감 작업을 진전시키기 위하여 가족을 떠나 3월 5일부터 4월 1일까지 예나에 있는 조용한 정원의 집에서 은거한다. 홀로 지내게 된 이 조용한 나날에 실러는 책상에 앉아 원고를 쓰는 작업 이외에 철저하게 독서하는 데도 시간을 할애한다. 그는 헤르더가 최근에 출간한 잡지 《아드라스테아(*Adrastea*)》*의 1, 2차분을 그 느린 템포의 편집 방침 때문에 피곤해하면서 읽는다. 트레산(Tressans)의 동화적 소설 「로베르 이야기(Histoire de Robert)」도 읽고, 인정하고 싶지는 않아 하면서도 도로테아 슐레겔이 몇 달 전에 출간한 소설 『플로렌틴(*Florentin*)』을 읽는다. 기분 전환이 필요할 때면 니트하머와 그리스바흐의 사교 모임에 간다. 그곳에는 간혹 철학과 학생도 몇몇 참여하고 있었다. 저녁 시간에 가끔 셸링이 찾아오지만 더 활발한 관계로 발전하지는 않는다. 처음엔 힘들었지만 실러는 작업 속도를 올리기 시작한다. 바이마르 거처로 돌아왔을 때 그는 5막을 거의 끝내는 중이었다. 4월 16일에 인쇄해도 될 만큼 초고가 완성되었다. 원고 대부분은 벌써 일주일 전에 라이프치히의 웅거에게 보냈고, 그는 실러의 글을 《1802년도 달력》에 싣는다. 괴테가 주로 책

..

* 정의의 수호신이자, 모든 부정의와 싸우는 복수의 여신. 헤르더가 1800년에 창간한 계간지의 이름.

을 내던 이 출판사가 이번에는 코타 출판사보다 우선권을 얻은 데에는 재정적인 이유가 있었다. 실러는 웅거 출판사 측으로부터 3년이 지난 다음부터는 자신의 드라마를 자유롭게 처분하고 정식 작품집으로 출간할 권리가 자신에게 있음을 확약받았고, 이렇게 함으로써 재판을 찍을 경우의 보수뿐 아니라 단기간 내에 2차적 저작권료를 온전히 챙길 수 있게 된 것이다.

실러의 새 드라마는 처음엔 극장에서 성공을 거둘 운이 없는 듯했다. 1801년 4월 중순에 대공은 카롤리네 폰 볼초겐에게 쓴 한 편지에서 무장한 처녀라는 도발적인(scabrös, 난잡한) 내용이 관객에게 볼테르의 풍자적인 「오를레앙의 성처녀」를 떠올리게 하여 오해를 불러일으킬 것이라고 우려했다.(NA 31, 264) 이러한 우려의 배후에는 정기적으로 여주인공 역을 맡도록 되어 있는 카롤리네 야게만이 망신을 당할지도 모른다는 걱정이 있었기 때문에 바이마르에서는 초연권을 라이프치히 극장에 넘겨주기로 결정하지 않을 수 없게 되었고, 결국 그곳에서 1801년 9월 11일에 초연이 이루어졌다. 실러는 꽤 오래전부터 쾨르너를 방문하기 위해 드레스덴에 갈 계획을 했는데, 그 일정을 작센 주의 대도시인 그곳에서 극장에도 들를 수 있도록 짰다. 8월 9일부터 9월 1일까지 실러는 샤를로테와 함께 로슈비츠의 포도원 정원의 집에서 지냈다. 이곳은 바로 16년 전에 그가 궁색한 형편에서 「돈 카를로스」를 쓰면서 머물던 곳이다. 두 사람은 유명한 화랑과 독일 화가 라파엘 멩스의 석고 조각상들을 모아놓은 고대 전시관을 함께 구경했다. 실러는 앞으로 쓰려는 작품 계획에 관해 쾨르너와 상의했는데 이에는 항상 마음속에서 끓고 있던 「몰타 기사단」 건도 포함돼 있었다. 9월 1일에는 날씨가 더 쌀쌀해질 것을 고려하여 드레스덴 시에 있는 쾨르너의 집으로 거처를 옮겼는데, 그곳에서 슈타인 부인과 그녀의 아들 프리츠를 만나 활기차게 교제하게 되었다. 9월 15일에 실러와 샤를로테는 친구들과 함께 잘 닦아놓은 길을 따라 후베르투스부르크와 혼슈태트로 여행했고, 그곳에 있는 괴셴의 집에서 하룻밤을 묵고 난 다음 라이프치히까지 갔다. 9월 19일에 실러는 혼자 이곳을 떠나 바이마르로 향했다. (이것이 영원한 작별이 될 줄은 아무도 몰랐다. 실러와 쾨르너는 그 후로는 서로 다시 만나지 못했다.) 9월 17일에는 란슈태터 토어 극장에서 오피츠가 연출한 세 번째 「오를레앙의 처녀」 공연을 보았다. 공연이 끝난 뒤 관객들은 도열하여, 감격에 겨워하는 작가를 환호했다. 관중은 《사치와 유행 저널》이 보도한 바와 같이 "트럼펫을 울리고 북을 치고 일제히 박수를 치면서 실러를 맞았고, 그의 이름을 부르면서 만세를 외쳤다."[215] "그야 물론 영광스러운 일이지"라고 자랑스러워하며 실러의 어머니는 딸에게 보낸 편지에서 쓰고 있다. "그런 대우는 오직 왕자나 받을 수 있는 거지"라고.[216]

바이마르에서는 우선 1801년 11월 26일 저녁에 코체부의 집에서 몇몇 장면을 비공개로 보여준 것으로 만족했다. 선별된 텍스트들을 전문 배우가 아니라 아말리에 폰 임호프와 헨리에테 폰 볼프스켈과 함께 궁정 숙녀 두 명이 연기했다. 실러는 평소에 자만과 야심에 차 있는 코체부와 만나기를 피했지만, 그날의 소규모 저녁 모임에는 뵈티거와 동행하여 연기가 끝난 후 만찬 때까지 머물러 있었다. 드레스덴과 빈에서도 실러의 새 드라마는 어려움을 겪어야 했다. 작품을 대폭 수정한 후 검열을 통과하고서야 무대에 올릴 수 있었다. 지나치게 조심스러운 오피츠는 요한나가 성 마리아의 역할을 하는 듯 보여 신성모독으로 오해될 수도 있을 대목들은 모조리 바꾸어버렸다. 빈에서는 영국과 프랑스의 군사적 충동을 상기시키는 부분을 수정했다. 두 세력 간의 역사적 갈등을 암시하다가 당시에 진행 중이던 양국 간의 평화 협상에 누가 될까 봐 우려했기 때문이었다. 그 후 얼마 되지 않은 1802년 3월 25일에 두 나라는 아미앵에서 평화조약을 체결하였다.[217] 실러의 「오를레앙의 처녀」는 변형된 형태로도 목표로 한 효과를 달성했음을 드레스덴 관객의 열광적 반응으로 알 수 있다. 1802년 2월 10일 편지에서 쾨르너는 이에 관해 기록하고 있다. 예술적 안목이 별로 없는 영주이던 프리드리히 아우구스트 3세도 공연에 열광하였고 "깊은 감동을 받았다"며 칭찬했다는 것이다.(NA 39/I, 192)

토마스 만의 말에 따르자면 실러는 「오를레앙의 처녀」로써 일종의 "말의 오페라(Wort-Oper)"[218]를, 즉 음악성과 감각적 함축, 인상적 장면의 파노라마가 특징인 드라마를 성공적으로 만들어낸 것이다. 실러는 이전에 그토록 대단한 기예와 변화 기법으로 형식의 가능성을 활용한 적이 없었다. 무운시 (無韻詩, Blankvers), 각운, 민요조 구절들, 슈탄체(Stanze, 각운이 있는 8행의 시구), 3각률시(三脚律詩, Trimeter)(6각운 억양격(抑揚格))를 번갈아 사용하고 있는 것이다.[219] 종교적 상징, 고대 신화, 성서적 모티브와 알레고리의 모방시문(模倣詩文, Kontrafaktur) 그리고 알레고리들이 텍스트를 지배한다. 등장인물들의 언어는 강한 격정과 밀도 있는 비가, 그리고 정곡을 찌르는 재치 사이에서 움직인다. 거듭 눈에 띄는 사실은 실러가 그 주인공들을 집단적 장면으로 이끌어감으로써 개인의 역할에 대해 공동체 집단이 갖는 의미가 드러나게 한다는 것이다. 그러한 예로 1막 10장, 3막 4장, 4막 전체를 들 수 있다.

실러는 역사적 소재를 여느 때보다 더 독단적으로 다루고 있다. 그와 같은 소재를 마음대로 변형하는 점에 대하여 조지 버나드 쇼는 자신이 1923년에 같은 소재를 극화하여 출간했을 때 그 서문에서 간결하게 언급한 적이 있다. "그(실러)의 드라마에 대해서는 할 말이 없다. 다만 그의 극은 전혀 잔 다르크에 관한 것이 아니고, 또 그런 척하고 있다고 할 수도 없다."[220] 실러는 소재의 상이한 여러 대목을 대대적으로 다음과 같이 변경했다. 요한나의 가족 관계는, 추정컨대 셰익스피어의 「리어 왕」을 참고하여, 크게 달라졌다(실제 요한나는 남자 형제가 셋에 자매는 한 명뿐이었다). 실제로는 요한나가 태어나 성장한 것은 가난한 집이었는데 실러는 시골에서 꽤 재산이 넉넉한 집에서 태어난 것으로 고쳤다(볼테르는 농부 소녀였던 잔 다르크의 출신에서 풍자적인 효과를 끌어내고 있는데, 실러는 그럴 가능성을 배제한 것이다). 드라마에서 프랑스가 부르고뉴 및 잉글랜드와 맺은 평화협정은 실제로는 요한나가 죽고 4년 뒤인 1435년에야 체결되며, 랭스에서 거행되는 카를 7세 즉위식을 작품은 적수가 화해한 결과로 그려내지만, 실제로는 이미 1429년의 사건이었다. 요한나에게 강요된 사랑 금지라든가 여장부로 변신한 여주인공의 폭력은 모두 다 허구이다(루앙 재판에서 그녀는 언제나 깃발만 든 기수였다고 맹세했다). 실러는 역사적으로 대수롭지 않은 역할만 하던 이자보 여왕의 성격을 과감하게 변경하여 마성적 인물로 만들었다. 왕의 정부(情婦)이던 아녜스 소렐은 1442년에야 왕궁에 발을 들여놓는다(실러는 그녀를 이타주의 성향의 여자로 만들었지만, 그러한 성품을 지닌 여인은 실제로는 카를 왕의 부인이었던 것으로 밝혀지고 있다. 실러의 비극은 이 왕비의 존재를 완전히 무시하고 있다). 브리튼의 장수인 탤벗은 요한나의 군대와 전투를 벌이다 죽는 게 아니라, 그녀가 죽은 지 4년 뒤인 1435년에야 죽는다. 그런가 하면 실러가 주변 인물로 등장시키고 있는 솔즈베리 백작은 작품에 묘사된 사건이 일어나기 전인 1428년에 이미 죽는다. 부르고뉴 영주는 드라마에서는 관용과 넓은 안목을 지닌 인물이지만, 실제로는 요한나의 악랄한 적들 중 한 명이었다. 그는 금화 6000리브르*를 주고 요한스 폰 룩셈부르크에게서 옥에 갇힌 요한나(잔 다르크)를 인도받은 뒤, 두 배의 값을

* 프랑스에서 1795년까지 사용되던 화폐와 동전임.

받고 그녀의 철두철미한 원수인 영국에 팔아넘겼다. 특히 두드러진 변경은 결말 부분에서 요한나가 심문받고 처형당하는 것이 아니라, 해방되어 신격화되도록 만든 것이다(버나드 쇼는 특히 이 모티브를 철저하게 다루었다). 역사적 소재를 전적으로 전설로 만드는 역할을 하는 허구로 꾸며낸 디테일도 있는데 다음과 같은 것들이 그것이다. 왕이 등극하는 대관식 때에 천둥이 치고 흑기사가 나타나게 한 것, 요한나의 예언 능력, 잉글랜드 진영에서 그녀가 기이하게 탈출하게 되는 것, 자기 자신과 화해한 여주인공의 아름다운 죽음, 이때 그녀의 "무거운 갑옷"이 "날개옷"이 되어 그녀를 역사의 차원을 초월한 하늘로 상승하게 한 것.(v. 3542)

힘들 간의 어려운 균형
고전적 형식 속의 낭만적 요소

실러의 드라마가 "낭만적 비극"으로 통하는 것은 동시대의 낭만주의 작가들이 선호하던 전설적 내지는 중세적 소재 때문이다. 그러한 소재가 드러나 있는 대표적인 것들이 빌헬름 하인리히 바켄로더의 작품「예술을 애호하는 어느 수도사의 마음에서 쏟아져 나오는 토로(Herzensergießungen eines kunstliebenden Klosterbruders)」(1797)」과 루트비히 티크의 작품「프란츠 슈테른발트의 방랑(Franz Sternbalds Wanderungen)(1798)」, 프리드리히 폰 하르덴베르크의 작품들이다. 특히 티크의 비극「성 제노베바의 삶과 죽음(Leben und Tod der heiligen Genoveva)」(1799)과는 특별한 관계가 있어 보인다. 이 작품에서도 인위적인 것으로 느껴지는 기적과 신비 현상의 세계, 고양된 경건함의, 미신의, 비밀스럽게 작용하는 엄청난 자연의 세계와 만나게 된다. 서막 4장에서 작별을 고하는 요한나의 비가적인 대사 "잘 있거라, 산들아, 정든 가축들아, 슬프도록 조용한 계곡아!"(v. 383 이하)는 티크의 작품에서 숯쟁이 그리모알트가 제노베바에 대한 사랑을 이루지 못한 기억을 잊으려고 정처 없는 방랑을 떠나면서 혼자서 하는 말을 환기시킨다. "잘 있거라, 날 키워준 땅아, 함께해준 너희 산과 나무들아, 보리수와 떡갈나무, 너도밤나무야, 나는 낯선 고향을 찾아가야 한단다."[221] 게다가 제노베바는 자기에게 그리스도가 나타나 자기를 "장차" 하늘나라에서 받아들일 거라고 말하는 비전을 경험하게 되는데 그것은 요한나의 마리아 현현에 비교될 만한 비전인 것이다.[222] 그러나 티크는 카를 마르텔 시대를 배경으로 삼고 있는 자신의 멜로드라마적 소재를 실러와는 달리 순수한 연극으로 만들 생각은 전혀 하지 않았다. 티크는 장면들을 기승전결의 선으로 연결하는 대신에 노래나 광범위한 서사적 보고를 자주 삽입함으로써 개개의 장면을 느슨하게 엮어냈다. 여기서 중요한 것은 극적 효과를 유발하는 일이 아니라 일련의 이국적 색채를 띤 강렬한 역사적 광경들을 제시하는 것이었다. 그래서 「성제노베바의 삶과 죽음」에서는 유령과 신화적 형상들이, 음울한 죽음의 사자가, 인격화된 자연 마법이 일상 세계의 인물들과 지극히 당연한 듯이 뒤섞여 있는 것이다. 실러는 환상적 모티브들이 당당하게 투입된 점을 티크에게서 배울 수 있었고, 그 후로 E. T. A. 호프만의 작품에서도 본보기를 보게 된다. 실러가 「성제노베바의 삶과 죽음」을 작업할 무렵에 「제노베바」를 읽었다는 것은 그가 쾨르너에게 보낸 1801년 1월 5일 편지로 알 수 있다. 이 편지에서 실러는 그 작품에 대한 쾨르너의 긍정적 평가에 힘을 보태주고 있는 것이다. 1799년 7월 23일 티크가 실러를 방문했을 때 티크에게서 좋은 인상을 받은 것은 맞지만 실러는 티크 자신의 인물됨을 그다지 강인하지 못한 예술가 기질로 평한다. "환상이 풍부하고 부드러운 성정"인 그로서는 슐레겔 서클의 과도한 긴장 속에서 상처받기 십상

일 거라는 것이다.(NA 31, 1)

이성의 피안을 보여주는 티크의 암시적 이미지들과 대조적으로 「오를레앙의 처녀」에서 경이로운 요소들은 주로 효율적인 극적 효과의 테두리 내에서 심리적 현상을 보여주기 위해 활용된다. 요한나의 아버지가 딸이 왕좌에 오르는 꿈을 세 번이나 꾼 것은 딸이 낯설어지는 것에 대한 두려움을 반영하는 것이다. 켈트족의 의식에서 성스러운 "드루이드(교) 나무"는 외형상으로는 비밀스러운 자연숭배를 하던 한 이교도의 과거 유산에 불과하지만, 그와 동시에 시간성을 초월한 지속의 표식이기도 하다. 요한나가 이 나무 밑에 은신하고 있을 때 이중의 예언(신과 성처녀 마리아)의 소리를 듣게 되는 것은 아버지 티보가 믿고 있듯이 '유령'의 소리가 아니라(v. 99) 비밀스러운 증표의 작용에 대한 여주인공의 수용력을 고조하는 마음의 집중력을 보여주기 위한 것이다. 성모 마리아의 초상을 그려놓은 깃발과 세 송이 백합으로 장식된 칼은 무장한 요한나의 표장으로서 종교적 힘과 세속적 힘을 상징적으로 나타내는 것이지만, 곧 있게 될 정치 군사적 결과의 비전이기도 한 것이다. 요한나가 공상에 불과한 것을 좇고 있는지 또는 객관적인 현상에 복종하고 있는 것인지는 알 수 없는 일이지만, 그녀가 내면화된 확신이 시키는 대로 행동한다는 점에는 의심의 여지가 없다.

마성적인 흑기사의 출현[실러 자신은 그것을 "유령"이라고 부르지만(NA 32, 72)] 또한 결국 주인공의 내면을 조종하는 힘을 반영한다. 흑기사의 출현은 자신의 역할을 다하지 못할까 하는 요한나의 불안감을 말하는 것이다. 흑기사의 등장에 이어 리오넬과 만나게 되는 것은 결코 우연이 아니다. 그와의 만남으로 요한나는 이제껏 억제하고 있던 사랑의 감정에 빠지고 마는 것이다.(3막 9~10장) 교회 앞에서 침묵하고 있는 요한나의 이상한 모습은 자기에게 부과된 임무를 포기했다고 스스로 생각하고 나서 빠져든 자신에 대한 회의를 드러내는 것이지, 클라이스트의 여주인공들에게 침묵을 강요한 것처럼 무의식의 힘에 의한 것은 아니다.(4막 11장) 아버지(티보)가 딸(요한나)에게 질문하는 이 심문 장면은 시종일관 침묵하는 딸의 암시적 자기고백의 힘으로 지배되고 있거니와, 이때에 울리는 천둥소리는 이 장면에 대한 무대 기술상의 효과적인 코멘트의 기능을 발휘할 뿐이다. "낭만적·전설적" 주요 모티브들의 극적 기능은 주인공의 심적 에너지가 사명과 사랑 사이 어디에 산재하는가를 명확하게 해주는 데에 있다. 그 틈 속에서 요한나의 개인적 감정과 소명 의식을 분리하는 고통스러운 차이가 드러난다. 그 차이는 고전적 정화가 이루어지는 마지막 막의 결말에 이르러 극복되지만, 그것은 자기 소멸이라는 흠결을 내포하고 있기도 하다.

비합리적인 것의 신화적 현존을 주장하는 낭만적 텍스트의 환상적 대목들과는 달리, 실러에게서 환상적인 장면들은 언제나 개인의 내면에 깃든 심리적 힘 또는 갈등을 내비쳐주는 성격을 띤다. 이로써 이 비극의 부제에 사용되고 있는 "낭만적"의 개념은 특별한 의미를 띠게 된다. 이 개념은 소설에서처럼 실제적 사실의 경계를 넘어서는, 환상에 의해 만들어진 것만을 가리키는 것이 아니라, 그와 동시에 개개의 인간과 그를 둘러싼 집단에게 결과를 초래하는 한계 체험을 상징적 이미지들로 표현하는 것이다.[223] 실러의 드라마가 지닌 "낭만적" 색채를 티크나 바켄로더의 신화 생성적 틀과 구분하는 것 또한 심리적 차원의 것이다. 이것이 고전적 관점의 근거인 것이고, 그러한 고전적 관점에서 비극은 자기의 환상적 모티브들을 조직하고 있는 것이다.

실러는 1801년 10월에 빌란트에게 잔 다르크를 숭고하게 높여주고 있는 자기 자신의 작품은 그녀를 비하하는 볼테르의 작품에 반대되는 모델을 제시하기 위해서 만든 것이라고 선언한다. "그가 자기의 잔 다르크를 너무도 진창 깊숙이 끌어내렸다면 나는 나의 잔 다르크를 어쩌면 너무 높이 올려 세운 셈이 됐습니다. 하지만 그가 자기의 미녀에게 찍은 낙인을 지우려니 나도 다르게 할 수가 없었던 것입니다."(NA 31, 65) 실러의 이러한 자기 해석은 그의 드라마에서 종교적 상징물들 뒤에 소재를 심리적으로 다루는 관점이 존재한다는 사실에는 입을 다물고 있다. 아우구스트 빌헬름 슐레겔이나 루트비히 티크 같은 대표적인 낭만주의 비평자들이 실러의 텍스트를 낭만적 형식의 모델에 대한 (그들의 눈으로 볼 때는 실패한) 모방으로 파악한 것이 결코 우연이 아닌 것이다. 그들은 인상적인 상징물들의 풍경 한복판에 펼쳐지는 미묘한 감정의 드라마를 감지하지 못한 것이다.(NA 9, 446 이하) 이미 「서사문학과 극문학에 관하여」에서 실러는 문학 텍스트는 감각적 형상화를 매개로 한 "환상과 예감, 불가사의한 현상들과 우연 그리고 운명적인 것들"을 감각적 표현 기법을 매개로 해 파악할 수 있도록 가시화해야 한다고 선언했다.(NA 21, 58) 비극에서 비합리적 체험의 차원이 의미를 얻는 것은 비극 안에서 상징적으로 표현되는 개인의 내적 긴장들 간의 관계를 통해서만 가능한 것이다. 1800년 12월에 1막과 2막을 완성하고 나서 실러 자신이 '소박한' 모티브가 지배적으로 등장한다고 말했는데, 그것은 드라마에 나타나 있는 태곳적 이미지의 유물들을 가리킨 것이지, 요한나의 심리를 가리키는 말은 아닌 것이다. 따라서 이성의 피안을 전설적인 것으로 연출한 것을 보면서 여주인공이 겪는 의식의 갈등을 간과해서는 안 되는 것이다.

따라서 요한나의 사명이 지닌 정치적 의미는 문제 삼지 않으면서 극 장면들에 나타나 있는 태곳적 이미지의 유물들을 근거로 하여 실러의 역사철학을 얻어내려 해서는 안 될 것이다. 「오를레앙의 처녀」를 "허영과 불결과 타락의 세계에서 그런 것들을 초월하는 낯선 현상들을 전설과 비유로 보여주는 드라마"[224]로, 또는 "서로 대결하는 도덕적 충동들의 경쟁에 관한 교훈극으로, 또는 목가적인 고향을 상실한 후 이상향을 차지하게 되는 과정"[225]으로 읽을 수는 없는 것이다. 우선 생각해보아야 할 것은 요한나가 (프랑스의 전쟁 당사자들을 화해시킨다는) 자기의 역사적 사명을 실현할 수는 있지만, 그것을 오로지 자기 파괴라는 대가를 치름으로써만 해내기 때문에 고전주의적인 인간학적 이상의 대표자가 되기엔 적당치 않다는 것이다.[226] 이런 사정으로 드러나는 것은 개인과 자연의 일치가 결여되어 있음을 증언해주는 비가적 관점이 아니라,[227] 심리적 갈등의 해부이다.[228] 이 갈등의 본질은 여주인공의 소박한 감정과, 그녀를 지배하는 외부로부터의 정치적·국가적 사명감 간의 대립이다. 군사적으로 무장한 아마존(Amazon)* 여자의 이미지(클라이스트의 「펜테질레아」와 헤벨의 「유디트(Judith)」의 선구자라 할 수 있다)는 분명 공격적 면모를 띠고 있는데,[229] 그것으로 2막 8장에서 요한나 자신의 독백을 통해 간략하게 요약된 그녀의 원래 모습은 가리어 보이지 않는 것이다. 그녀의 본래 모습은 동정심이 많아 보이는, 원래부터 "비호전적인" 모습이요, 수동적이며 굳건히 땅을 딛고 있는 것이 아니라 백일몽을 꾸고 있는 듯한 모습인 것이다. 그녀가 결연하게 등장하는 모습부터가 "오만한 정복자" 잉글랜드에 대항하여 "랭스를 해방하고"(v. 421 이하 계속) 카를을 왕좌에 앉히는 등 군사적 목적을 성취하게 되는 강력한 성격을 반영한다. 요한나가 구사하는 언어는 공개적 연설에서는 군사 언어처럼 와 닿는다. 황태자(Kronprätendenten)와의 첫 번째 상봉에서 그녀의 언어는 요구와 배치, 명령만으로 되어 있다. 자신의 지휘하에 있는 군대에서 말할 때도 그녀의 말은 간결하다. 그런데 그녀가 부드러운 목

..

* 그리스 신화에 나오는 소아시아의 호전적 여인 족.

소리도 갖고 있음은 2막 10장에서 부르고뉴의 대공을 향해 "상냥한 어조"(2막 10장, v. 1742)로 프랑스 진영으로 돌아갈 것을 설득할 때 드러난다. 이렇게 상이한 언어 행위는 상대에 따라 말하는 태도가 달라짐을 말하는 것이다. 요한나는 목숨을 구걸하는 몽고메리는 호메로스의 『일리아스』(XXI, v. 34 이하)에서 아킬레우스가 무방비 상태의 리카온에게 하였듯이 주저 없이 죽이지만, 부르고뉴의 필리프에게서는 그로 하여금 자기가 원하는 화해에 동의하도록 하기 위해 "금빛 햇살 같은 감정"(v. 1809)을 얻어내려 애쓴다.

이와 같이 상이한 두 태도의 저변에는 알 수 없는 어떤 힘의 조종을 받고 있다는 공통된 의식이 깔려 있다.[230] 알지 못할 힘에 조종되어 요한나는 자신이 "번쩍이는 칼날 앞에서"(2막 8장, v. 1683) 예전과는 달리 겁을 먹고 물러서지 않는 애국 병사라고 느낀다. 이와 마찬가지로 그녀는 예언 능력을 지닌 달변의 외교관 역할을 하도록 뜻밖에 주어진 언어 구사력에 대해서도 영문을 몰라한다. "나는 높으신 영주들 앞에 서본 적이 없습니다. 연설의 기술은 입에 낯설기만 합니다. 그렇지만 이제 당신 마음을 움직일 필요가 있기에 나는 통찰력과 높은 일들에 대한 지식을 갖고 있습니다. 나라들과 왕들의 운명이 나의 꾸밈없는 시선 앞에 태양처럼 밝게 놓여 있습니다."(2막 10장, v. 1792 이하 계속) 요한나는 자기가 호전적인 군 지휘관일 뿐 아니라, 그에 못지않게 알지 못할 힘들의 중개자라 자처한다. 공격과 연설, 군사적 행동과 외교적 행동, 이 두 가지가 이루어지도록 하는 근원이 초감각적 힘들임을 그녀 자신이 의심치 않는 것이다. "그만두시오. 그리고 경배하시오, 나를 사로잡고 나를 통해 말씀하시는 하느님을!"(2막 10장, v. 1722 이하) 나중에 요한나는 신비주의적 은유를 써가며 자신을 자기에게 주어진 임무를 받아들이는 "그릇"(v. 2248)이라 한다. 그러나 여기서 작용하는 것은 형이상학적 힘이 아니라, 쾨르너가 말했듯, "종교적 영웅주의"의 역동성이라 하겠다.(NA 39/I, 67) 기독교적 임무를 수행하고 있다는 확신에서 요한나는 그녀가 복종하기로 한, 그녀에게 주어진 요구 사항들을 제대로 해낼 능력을 얻는 것이다. 요한나는 몽고메리를 죽이고 난 뒤에 예기치 못한 "힘"(v. 1679 이하 계속)에 이끌려 어떻게 해야 적을 "무자비"하게 제거해버릴 수 있을까 하는 "생각에 잠기"(NA 9, 231)는데, 바로 그때에 여주인공은 자기의 의지를 조종하는 어떤 힘이 있음을 자각하게 된다.

실러의 드라마가 전개하는 미묘한 성격묘사의 지평에 다시금 나타나 있는 것은 데이비드 흄의 『종교의 자연사(*The Natural History of Religion*)』(1757)가 내놓은 진단서이다. 이 진단에 의하자면 신앙의 원천은 영혼 내부의 힘들인 감정과 상상력이다. 이미 초기 시의 경우에 그런 것처럼 실러가 카를스슐레에 다닐 때 아벨의 시험 주제를 통해 알게 된 흄의 글은 여기서도 사변적 동기에 의한 인간 행동의 분석을 위해 그 의미를 발휘한다. 요한나를 충동하는 "종교적 영웅주의"는 흄이 말하는 개인의 종교적 신념을 조종하는 이성 세계 피안에 있는 힘을 생각게 한다. 여주인공은 신념에서 나오는 알 수 없는 어떤 힘의 전이 과정을 아주 명확하게 다음과 같이 설명한다. "그렇지만 필요할 때면 즉시 그 힘이 내게 나타나 있었지. 그리하여 떨리는 손안에서 검(劍)은 마치 살아 활동하는 어떤 신령처럼 실수 없이 자기 일을 해냈지."(2막 8장, v. 1684 이하 계속) 여기서 실러는 시「오를레앙의 처녀」에서처럼 요한나의 종교적 신념을 "광기"의 산물이 아니라 "믿음"의 표현으로 묘사하고 있는데(NA 2/I, 129, v. 6), 이러한 생각은 실러의 기본 원칙 중 하나라 하겠다. 볼테르의 논쟁적 입장에 대한 비판은 그러나 섬세한 심리 진단과, 여주인공의 "영혼의 전투"[231]를 알아차리는 훈련된 시각을 결코 배제하지 않는다.

요한나의 활동을 조종하는 힘의 원천이 흄의 말대로 종교적 성격으로 보이는 한편, 그녀가 전투에 나서게 되는 정치적 동기 또한 분명하게 드러나고 있는 것이다.[232] 서곡에서 여주인공은 불꽃 튀는 연설을 통해 프랑스의 자유를 위해 싸우겠노라는 전투적 각오를 피력한다. 텍스트 안에서 종교적 뜻을 지닌 상징물들을 보면, 여기서 제시되고 있는 신조가 국민주의적 성격을 띠고 있음을 부인할 수 없다. "기적이 일어날 것입니다.—하얀 비둘기가 날아와서는 조국을 갈기갈기 찢고 있는 이 까마귀들을 독수리의 용맹으로 공격할 것입니다."(1막 3장, v. 315) 잉글랜드의 왕권 요구에 맞서 이 나라가 열망하는 것이 무엇인가를 알고 있는 "이 땅에 태어나신 어르신네들(v. 345)이 이끄는 새로워진 군주국이 들어서서 이 나라에 정의가 통하도록 해야 한다고 선언한다. 이때에 그녀의 연설에 나타나는 이상적 지도자상은 후에 프로이센이 나폴레옹 전쟁 중에 주창하게 될 국민국가주의적 모티브를 예감케 하는 현대적 면모를 띠고 있다. 자기 나라의 특수한 사정을 잘 아는 군주만이 "노예를 자유로 이끌고, 자기 왕좌 주변의 도시들을 기쁘게 하는 것이다."(서곡, v. 349 이하) 농노 신분제도의 폐지(훗날 슈타인(Stein)이 추진한 프로이센 개혁 정책의 목표)는 오직 "본토 출신"의 군주만이 보장해줄 수 있다는 것이다. 이로써 요한나의 열렬한 연설에 담긴 정치사상의 내용은 실러 당대의 정치 상황을 반영하고 있다 할 수 있다. 즉 나폴레옹 시대의 등장과 더불어 프랑스에서는 전국적으로 애국 운동이 전개되었고, 곧이어 프로이센에서도 1793년 여름에 발발한 연합 전쟁을 계기로 격렬한 애국 운동이 일어난 것이다. 당시의 혁명적인 시대가 얼마나 철저히 국가적 동일성 추구열에 지배되고 있었던가는 유럽 정세에 관한 당시 간행물들을 보면 알 수 있다. 예컨대 프리드리히 카를 폰 모저(Friedrich Carl von Moser)의 《독일 애국주의 논총(*Patriotische Archiv für Deutschland)*》(1784~1790)과 《정치적 진실(*Politischen Wahrheiten*)》(1796), 프리디리히 겐츠(Friedrich Genz)의 단명했던 정기간행물《역사 저널 (*Historisches Journal*)》(1799~1800) 등이 있고, 「크세니엔」이 조롱한 바 있는 아르헨홀츠의 《미네르바(*Minerva*)》는 창간 시절(1792년부터)에 일시적으로 5000부를 발행할 정도까지 성공을 거두었다. 실러는 당시의 정치적 현상을 다룬 토론을 두루 읽지는 않고, 어쩌다가 읽었는데 그것은 주로 자기와 친분이 있거나 애호하는 저자가 쓴 글들이었다. 1800년을 전후하여 다양한 정치적 견해들의 바탕에서는 마치 합창의 배경을 이루는 하나의 저음처럼 애국주의적 색채를 띤 소리가 갈수록 뚜렷하게 들려왔는데, 실러가 이를 간과했을 리 없다. 이러한 시대 배경을 고려할 때 1802년에 이미 그의 드라마가 메르시에를 통해 프랑스어로 번역된 사실은 놀라운 일이 아니다.

요한나의 정치적 사고에서 '위대한 국가(la grande nation)'란 군주가 책임을 다해 국민의 이익을 대변하리라고 기대할 수 있는 나라이다. 따라서 그녀는 카를 왕에게 권력의 오만이나 지배욕의 유혹을 경고하지 않을 수 없는 것이다. "당신의 왕통은 백성의 가슴속에 그에 대한 사랑이 지속되는 한 번창할 것입니다. 오만만이 당신의 혈족을 멸망케 할 것입니다. 지금 당신을 구해준 사람은 천민들의 오두막 마을에서 태어났습니다. 그리고 그곳에서부터 멸망의 손길은 죄를 짓고 명예 잃은 손자들을 알 수 없는 방식으로 위협할 것입니다!"(3막 4장, v. 2096 이하 계속) 실러가 여기서 생각한 것은 자기 자신의 미적 국가[233]에 대한 비전이 아니라, 그보다는 오히려 프랑스에서 진행된 당시의 정치 현상을 거울 삼아 얻은 교훈극이라 하겠다. 앙시앵레짐은 반혁명주의자들도 인정하지 않을 수 없었듯이 루이 16세가 인기가 없었던 탓에 그 종말이 가속화된 것이다. 권력의 둥지에 틀어박혀 있는 유형의 통치자는 18세기 말 계몽된 시민들의 기대에 더 이상 부합하지 못했다. '오만'에 대한 경고는 결국 국가적 대변혁기에 실제로 경험한 정치 현실을 겨냥한 것이다.

국가에 대한 열광은 비극이 끝날 때까지 시종일관 요한나의 행동을 주도하는 동기로 남는다. 그녀가 메리 스튜어트와는 달리 종교적 상징물들로 치장한 모습으로가 아니라 프랑스 사람들이 외치는 승리의 환호에 둘러싸인 모습으로 죽는 것은 결코 우연이 아니다. 메리 스튜어트가 신의 옥좌 앞에 "내려놓고자"(v. 3533) 하는 깃발을 건네받는 행위는 기독교적 의미뿐 아니라 애국적 의미까지 띠고 있다. 당대의 평론지 《독일 문학 신 총서》의 평론가는 여주인공 요한나가 "순교자로서의 영광 속에서"[234] 죽었다고 비장한 어조로 표현하고 있지만, 요한나는 그런 것이 아니라 군사적 목표를 달성했다는 의식 속에서 하늘나라로 간 것이다. 실러는 1801년 4월 3일 편지에서 요한나의 "예언자 역할에 대한 요구"를 강조하고 있거니와, 그것은 정치적·군사적 목표를 관철하기 위한 그녀의 "독자성"의 기반이 된다.(NA 31, 27) 서곡에서 하는 고별 연설의 마지막 행이 이미 클로드 조제프 루제 드 릴(Claude Joseph Rouget de l'Isle, 1760~1836)의 「라인 군대의 전쟁 노래(Chant de guerre de l'armeé du Rhin)」의, 1795년 프랑스 국가로 지정된 감동적인 「마르세예즈(Marseillaise)」* 가사의 돌풍을 일으키는 역동성을 환기시킨다. "나는 전쟁의 혼란 속으로, / 광란하는 광풍 속으로 이끌린다. / 힘차게 밀려오는 함성이 들린다. / 군마가 뛰어오르고 트럼펫이 울린다."(서곡 4장, v. 429 이하 계속) 이보다 더 뚜렷하게 나타나는 것은 "빛

∴

* 프랑스의 국가 「마르세예즈」는 원래 1792년 루제 드릴이 작사, 작곡한 군가 「라인 군대의 전쟁 노래」였다.

나는 이성"(v. 2330)의 보호 아래 군사적 확장을 꾀하는 잉글랜드인의 동기와 대조되는 자국에 대한 열광이다. 탤벗(잉글랜드의 총사령관)의 행동을 이끄는 것은 요한나의 종교적 색채를 띤 애국심이 아니라 정치적으로 더 영리한 지도자를 가졌다는 확신이다. 요한나의 마력적 힘은 그 논리대로 이성에 대한 사령관의 믿음을 뒤흔들고 그의 세계상을 동요시킨다. "저주받아 마땅할지니, 자신의 삶을 위대함과 / 존엄한 가치 위해 살고자 하는 자, / 현명한 정신으로 사려 깊은 계획을 구상하는 자는! / 세상은 바보 왕에게 속하는구나!"(3막 6장, v. 2327 이하 계속)

요한나의 행위는 3막이 끝날 때까지는 오로지 사명을 완수해야 한다는 의식에 묶여 있다. 그래서 그녀가 부르고뉴를 "즉흥적 열정으로"(NA 9, 236) 껴안는 몸짓은 그제껏 신념으로 삼아온 접촉 금지의 계(戒)를 깨는 것이 아니고 자기의 사명을, 즉 "프랑스 영웅의 아들들"(v. 423)을 구하고 그럼으로써 정치적 통일을 복원한다는 사명을 완수했음을 의미하는 것이다. 3막 9장의 장면에 이를 때까지 요한나는 인물과 역할의 대립을 자각하지 못하고 행동한다. 그러한 '태도(Haltung)'를 브렌타노는 실러 작품에 주인공으로 등장하는 인물의 특별한 증표로 보았고, 「오를레앙의 처녀」에 대한 뵈티거의 비평은 바로 그러한 태도를 아쉬워했다.(NA 9, 444 이하 계속) 전환부에서 흑기사를 만나는 장면이 비로소 요한나의 주관성과 소명 의식이 서로 용해되는 과정을, 그리하여 벌어지는 곤란한 상황을 분명하게 보여준다. 무서운 흑기사는 악마적인 힘의 인격화[235]도, 죽음의 사자(使者)도[236], 계몽주의적 허무주의의 화신[237]도, 또는 신의 섭리를 형상화한 것[238]도 아니라, 요한나에게 엄습해 온 '자기의 사명에 대한 솟아오르는 회의(懷疑)'의 형상화로 이해해야 한다. 그녀는 영국군 진영 앞에서 자신의 공격을 만류하려고 시도하는 라 이르(La Hire)에게는 여전히 자신 있게 그의 한계를 지적한다. "누가 나를 멈출 수 있나요? 누가 나를 이끄는 영에게 명령할 수 있나요? 화살은 궁수의 손이 쏘는 곳으로 날아가도록 되어 있어요."(2막 4장, v. 1516 이하 계속) 그런데 이제 이 흑기사가 요한나에게 계속적인 군사행동의 결과를 경고하면서 그녀가 내심 이제껏 당연시해온 자기의 행동에 대해 처음으로 의심하게 만든다. 요한나는 이 끔직한 흑기사의 출현을 자기의 "가슴속 마음을 뒤흔들려 들던 흉측한 악령"(3막 10장, v. 2447 이하 계속)이라고 스스로에게 말한다. 이로서 의도치 않게 이 장면의 결정적 순간을 정곡을 찌르듯 규정한 것이다. 흑기사는 두려움의 화신으로서 행동에 대해 여주인공의 마음속에 생긴 일종의 저항심을, 외적 사건 전개에 곧 영향을 미칠 내적 저항을 명료하게 보여준다. 자기 자신의 내적 불안과의 만남을 멋지게 연출한 것에 대해 슐레겔이나 티크, 브렌타노 같은 비평가들은 여기에서 작용하고 있는 심리적 차원을 평가절하하였지만, 이를 덮어버릴 수는 없는 것이다.[239)]

흑기사와의 만남이 억압된 감정의 가시화를 의미한다는 것은 그다음으로 이어지는, 놀라울 정도로 유사하게 진행되는 '리오넬 장면'에서 알 수 있다. 여기서도 처음에는 두 사람의 양자 대결 국면이다가 점차 비대칭적인 대화가 전개된다. 앞 장면에서는 요한나가 흑기사를 결투에 응하도록 계속 몰아세웠는데, 이번에는 영국인 리오넬이 요한나에게 직접 대결을 강요하려 한다. 앞 장면에서와 마찬가지로 진정한 대결 상황은 성립하지 않는다. 요한나는 리오넬의 머리에서 투구를 잡아당겨 그의 얼굴을 보게 되자 몸이 굳어버린다. 그녀의 반응을 묘사하기 위해 실러는 흑기사와 만났을 때 쓴 것과 같은 표현을 지문(地文)에서 사용한다. "그녀는 꼼짝도 않고 서 있다."(NA 9, 262 이하) 마성적으로 보인 적수 흑기사가 대결을 거부했는데, 이번에는 리오넬의 얼굴에 사로잡힌 요한나가 몸이 굳어버린 듯 칼을 떨어뜨린다. 감각적 지각을 통해 대상과의 거리감이 지양됨으로써 그녀가 지금껏 억눌러오던 그녀 가슴속의 감정이 깨어난 것이다. 그녀는 그를 본 순간에 자기의 적수인 그를 더 이상 죽일 수 없게 된다. 지금껏 그녀의 정열을 꼼짝 못하게 하는 무한한 의지가 차지하고 있던 자리에 "얼어붙은 감수성"[240]을 녹여내는 감정이 대신 들어선다. 이 만남이 보여주는 사랑의 감정이 심리적으로 설명될 수 있는 어떤 과정의 결과가 아니라, 이제껏 벌을 받을 것으로만 여겨온 주관적 감정들을 일순간에 떨쳐버린 것을 상징할 뿐이라는 사실을 4막 초두에서의 요한나의 독백이 드러낸다. "어찌하여 난 그의 눈을 쳐다봐야 했던가! 어찌하여 그의 고귀한 모습을 봐야 했던가! 너의 시선과 함께 너의 범죄가 시작됐구나, 불행한 여인이여! 신은 눈먼 도구를 요구하는가, 눈먼 눈으로 넌 그걸 해내야 했단 말인가!"(4막 1장, v. 2575 이하 계속) 기독교적 신비주의의 가르침에 의하면 영매(靈媒)는, 타울러(Tauler), 아르트(Arndt), 뵈메(Böhme) 등이 말했듯이, 자기에게 전달된 영감을 자기 자신의 의지를 가하지 않고 전파한다. 리오넬을 뜯어보는 요한나의 시선은 처음엔 우연한 순간적 시선에 불과했지만 하나의 갈망을 유발하고, 이 갈망은 개인적인 사랑의 감정일랑 아예 그 숨통을 잘라버려야 한다는 원칙과 싸우게 된다. 여기서 명확해지는 사실은, 사랑하고픈 마음은 여주인공의 내면에 자리한 주관적 에너지를 펼치게 하는 동력에 불과하다는 것이다. 감정 그 자체가 아니라, 객관적인 임무를 망각하게 하는, 개인적인 마음의 향방이 요한나로 하여금 자신의 계획이 위협받는다고 느끼도록 하는 힘이 되고 있는 것이다.

요한나가 자기의 감정 상태를 이성적으로 반성할 줄 안다는 것은 요한나가 지닌 성찰적(sentimental)인 면의 하나이다. 그녀가 리오넬에게 느끼는 감정은 따라서 동레미(Domrémy, 요한나=잔 다르크가 탄생한 작은 마을)에서 전개되는 첫 장면들에서 여주인공을 지배하던 것과 같은 소박한(naiv) 정서가 아니다. 자신의 사명을 실현하기 위해 본능을 억압한다는 것, 바로 그것이야말로 자화상이 이성에 근거하고 있음을 말해준다. 그러한 자화상은 겉보기로만 그녀의 종교적 비전의 환영들과 경합한다. 군사적 사명을 완수하는 일은 요한나에게 자기 자신의 감정에 거리를 두도록 요구한다. 실러는 편지에서 이를 현대적 소외의 증상으로 해석한 바 있거니와, 그녀가 사건에 개입하는 순간에 작업 분리의 원칙이 그녀의 계획과 행동 방식을 지배하게 된다. 비가적 어조로 "산들"과 "목장들"과 "계곡들"(v. 383 이하)을 불러대며 고하는 작별은 그녀에게 정치적 사명과 차원을 달리하는 개인적 감정이 배제된 의식 세계로 돌입함을 뜻하기도 한다.

요한나는 영을 중개하는 매체로서 강박에 쫓기는 사람처럼 행동하지만, 자신에게 일어나는 일을 주의 깊게 관찰하고 자기를 통제한다. 어느 한순간에도 그녀는 훗날의 그녀보다는 더 행복한 자매라 할 클라이스트의 캐트헨 폰 하일브론(Käthchen von Heilbronn)처럼 몽유병적으로 꿈꾸는 여인으로 나타나지 않는다. 실러의 여주인공은 현대적 의식을 갖추고 있어 자기를 규정하는 갈등들을 자립적으로 성찰하지 않고는 배기지 못한다. 랭스의 대성당에서 아버지 앞에서 침묵한 것처럼 그녀가 침묵한다면 언제 어디서건 간에 그 이유는 만약 선명한 대답을 할 수 없음에도 불구하고 말을 할 경우 그 말은 거짓말이 되지 않을 수 없기 때문이다. 요한나의 내적 갈등 대목에서 드러나고 있는 이와 같은 자기 성찰적 측면을 간과한 괴테는 1807년 5월 27일 일기에서 다음과 같이 쓰고 있다. "「오를레앙의 처녀」에서 모티브상의 주된 오류는 리오넬을 접하고 마음의 동요를 느끼는 요한나가 자신이 그런 줄을 의식한다는 것이다. 그녀가 갈망하게 된 것은 무엇이 잘못되어 그리된 것이 아닌 것이다."[241] 괴테의 잘못된 해석과 별 차이는 없지만, 더 저급한 수준의 언급이 다음과 같은 아우구스트 폰 플라텐(August von Platen)의 경구(1829)다. "영성을 지닌 처녀가 영국 귀족을 보고 그리도 빨리 사랑에 빠지다니, 그것 하나는 정말 너무 심했도다."(NA 9, 448)

자기의 사명을 받아들이는 순간 요한나는 프랑스를 해방한다는 정치적 목적을 실현하기 위해 자신의 개성을 지워버린다. 이러한 개성을 없애버리는 것은 주관적 감정의 억압을 뜻한다. 무장한 처녀라는 역할로 발전된 요한나의 자기 정체성은 육감적 체험 없이 형성되기 때문에 깨어지기 쉬운 것이다. 힘껏 당겨놓은 활처럼 그녀의 억압된 감정은 리오넬을 만난 후에 더 강화된 밀도로 되돌아와 자신의 존재를 알린다. 이 시점에 요한나는 자기를 자기의 사명에서 갑자기 갈라놓는 바로 그 거리감에 의해 자신을 한 개인으로 경험하게 된다. 자기의 인격이 더 이상 군사적 전령으로 소진되지 않고 그 규칙을 어김으로써 비로소 본래의 정체성을 갖게 된다. 그리고 자기 정체성은 이전까지 회피해온, 남과 다름을 경험하는 것에서만 형성되는 것이다. 정체성의 치명적인 결과는 자율성이 아니라 역할 갈등을 얻게 되는 것이다. 요한나의 주체성은 자기의 개인적 소망을 제거할 것을 요구하는 사명과 충돌하는 것이다. 여기서 또다시 특이한 사실로 드러나는 것은 요한나가 자신의 자기 분열에 관하여 생각하고(4막 1장) 의식적으로 이를 극복하려고 애쓴다는 것이다. 여기에서 클라이스트나 티크의 몽상적인 여주인공들과는 다른 요한나의 자기 성찰적 면모가 드러난다. 다른 독자들과 마찬가지로 프리드리히 헤벨 또한 여주인공 요한나의 자기 성찰적 면모가 드러나도록 한 묘사를 예술적 실패의 증좌로만 여기고, 그녀의 의식 갈등이 작가가 의도한 프로그램 중 하나임은 파악하지 못했다. "요한나는 어떤 경우에도 자기 자신에 대해 성찰해서는 안 될 것이다. 몽유병자처럼 눈을 감고 발아래 열려 있는 심연으로 추락했어야 했다."(NA 9, 449 이하)

요한나는 내면에서 갈등하는 힘들을 진정으로 조화시키는 까다로운 과제를 해결하지 못한다. 마지막에 이르러 결국 자기의 역사적 사명을 우선시하기 때문이다. 여주인공이 승화하는 오페라적인 장면을 역사적 화해의 상징으로 인식하는 논평들은 너무 성급한 결론을 내리고 있는 것이다. 헤겔은 그러한 화해의 상징을 암시하는 것이 비극의 과제라고 규정한 바 있거니와, 요한나는 사명과 정체성의 일치를 이루지 못한 채로 군사적 사명의 희생자로서 죽는다. 리오넬의 접근을 거부하고 자신을 다시 한번 프랑스 군대의 선봉에 세우는 결연함은 과격한 의지의 단면이라 하겠다. 갈등하는 충동들이 균형을 이루게 해야 한다는 고전적 인간학의 계명을 이 여주인공은 충족하지 못한 것이다.[242] 의무와 감정 사이의 심연은 비극이 제시한 현실의 틀 안에서는 건너뛸 수 없는 것이었다. 요한나는 오로지 피안에서만 "온전한 인간"으로 살아남을 수 있는 것이다.

텅 빈 하늘로의 초월
요한나의 죽음과 승화

요한나는 자신이 고대 그리스의 전쟁 영웅 아킬레우스(v. 1670 이하 계속)와 아테나(v. 22639)가 한 것과 같은 역할을 하고 있다고 생각한다. 자신을 이렇게 전투자로서 이해하는 것은 깃발에 있는 그림 「하늘의 여왕 마리아」(v. 1159)를 통해 맹세되고 있는 기독교적 마리아 모방 사상에 상응한다. 이 드라마 초판의 표지는 팔라스(아테나 여신)의 타원형 머리를 그린 동판화로 장식되어 있는데, 이것은 괴테의 친구인 하인리히 마이어가 아스파시오(Aspasio)(기원전 450년경)의 석판을 본떠 그린 것이다. 당대 사람들은 이 드라마 텍스트의 표면 밑에 '신화적인 밑그림'이 비쳐 보인다고 말했다. 이

는 드라마에 윤곽을 부여하고 있는 이교적 모티브를 언급한 것으로 타당성 있는 견해라 하겠다.[243]

비극을 결정적으로 규정하는 일련의 폭력은 이런 맥락에서 커다란 의미를 지닌다. 2막 7장에서 요한나는 몽고메리에게 그녀의 갑옷 속에는 "어떤 마음도 은폐돼 있지 않다"(v. 1611)고 말한다. 이미 클레멘스 브렌타노 같은 동시대 독자들은 이 장면이 호메로스의 『일리아스』(XXI, 33 이하 계속)에 나오는 한 사건을, 즉 트로이의 리카온이 무기를 버린 채 아킬레우스 앞에 무릎을 꿇고 목숨을 구걸하지만, 아킬레우스는 무자비하게 그를 칼로 찔러 죽인 일을 반복하고 있음을 알아보았다. 몽고메리에게 그런 말을 하기 바로 조금 전에 요한나는 이미 병사들에게 영국인의 "천막에 불을" 던지라고 명령한 것이다. "분노의 불길로 놈들을 더욱 놀라게 하라, 놈들을 죽음의 공포로 둘러싸라!"(2막 4장, v. 1503 이하 계속) 뒤누아와 라 이르가 사랑에 빠져 동경하는 "멋진 아가씨"(v. 1817) 요한나가 여기서는 사나운 마이나데스*의 모습을 띠고 있다 하겠는데, 몽고메리가 그녀의 성격을 바로 그렇게 규정한 것이다. 브레히트는 이 모티브를 그의 작품 「도살장의 성(聖) 요한나(Die heiligen Johonna der Schlachthöfe)」(1932)에서 그 나름의 방식으로 계승하여, 무방비의 여주인공으로 하여금 자본주의 시장의 법칙에 대항하여 전투를 선언하게 했다. "폭력이 지배하는 곳에선 오직 폭력만이 도움이 된다. 그리고 인간이 있는 곳에선 인간만이 도움이 된다."[244]

요한나는 자기가 이것저것 사정 보지 않고 자신의 군사적 사명을 밀고 나가는 것은 성령이 그녀에게 나타나 "마치 손 빠른 농부가 씨앗을 베듯"(서곡, 4장, v. 420) "오만한" 영국인들을 무찌르라고 재촉했기 때문이라고

∴

* 주신 디오니소스를 수행하는 여자.

말한다. 이런 성령의 촉구가 지닌 호전적 성격은 요한나의 기독교적 삶의 맥락과 전혀 모순되지 않는다. 「시편」 35장에서 다윗이 적과 싸울 때 도와달라고 하느님께 청할 때도 호전적 형태가 전개된다. "방패와 무기를 잡으시고 나서시어 저를 도와주소서." 고대 후기와 중세 초기의 수많은 알레고리 작품에 깔려 있는 '신의 갑옷(armatura Dei)' 모티브를 실러는 역할을 교체함으로써 변형했다. 즉 성서에서 다윗이 한 것과 동일한 요구를 성령이 요한나에게 하도록 한 것이다. 실러가 고안해낸 또 다른 설정은, 여주인공이 (프랑스의 명예를 위한 것이기도 한) 백합 문장의 비호를 받는 제2의 마리아로서 그녀의 호전적인 사명을 완수하지만, 그와 동시에 아킬레우스의 역할을 통해서 고삐 풀린 그녀의 공격성을 발휘할 수 있게 한 것이다. 표지 동판화의 아테나는 자신의 군사적 의무를 야만적인 잔인함으로 이루어내는 무장한 열광의 여신인 것이다.

상상의 영의 목소리는 요한나가 의무에 충실하게 행동하기만 하면(v. 415 이하 계속) 세상의 명예가 그녀에게 손짓하리라 선언했는데, 마리아의 영상은 칼을 "둘러차고" "엄격한 봉사"(1막 10장, v. 1080 이하 계속)로 천상의 영광을 얻도록 하라고 좀 조심스럽게 말한다. 그러나 두 현상이 서로 대립적으로 작용하여 요한나의 자기 분열의 원인이 된다고 보아서는 안될 것이다.[245] 몽고메리를 죽인 직후에 여주인공은 성령이 아니라 마리아에게로 향한다. "숭고하신 성모시여, 당신은 내 안에서 강한 힘을 발휘하십니다!"(2막 8장, v. 1677) 이와 같이 지나가는 말로도 우리는 요한나가 폭력을 행사할 때조차 성모 마리아와 일체감을 느끼고 있다는 사실을 알 수 있다. 여주인공의 행로를 미리 규정하는 사랑의 금지는 두 현상의 소리가 공히 강조한 사항이다. 요한나가 리오넬에게 마음을 빼앗기는 것은 성령과 마찬가지로 성모 마리아에게도 거슬리는 일인 것이다.

나라를 위하는 요한나의 소명 의식의 동기는 종교적이지만, 이 비극의 중점을 이루는 것은 종교 문제가 아니다. 그 누구보다도 단연코 지상의 삶을 중히 여기는 여자로서 아녜스는 요한나에게 제발 감각적 상징과 영적 진리를 구분하라고 호소한다. 요한나가 군기로 들고 다니는 깃발에 그려져 있는 것은 성모 마리아 자체가 아니라 그것의 예술적 재현이라는 것이다. "정신을 차려요! 당신은 환영을 보고 있다고요! 그것은 마리아를 지상의 모습으로 그린 그림이라고요. 마리아 자신은 하늘나라 합창단 속에 있어요."(4막 3장, v. 2739 이하 계속) 아녜스의 호소는 요한나가 리오넬과 만난 이래로 겪고 있는 갈등의 핵심을 건드린다. 개인적 감정과 종교에 근거한 사명 사이에 엄청난 심연이 벌어져 있음을 깨닫기 시작하면서 요한나는 위기에, 오로지 자기 포기의 행위를 통해서만 극복될 수 있는 위기에 빠진다.[246] 원래부터 정치에는 관심이 없는 쾌락주의자인 왕의 탐닉을 이따금씩 다정하게 받아주는 아녜스는 요한나와는 달리 남의 의지에 좌지우지되는 상황에 놓여 있지 않기 때문에 자기의 "마음을 열"(4막 2장, v. 2686 이하) 수가 있는 것이다. 관습을 초월하여 남을 돕는 아녜스는 덕행을 자연적으로 우러나온 행위로 보는 도덕감각철학의 화신과 같아 보인다. 이 점에서 또한 드러나는 것은 요한나의 갈등이 정치적 동기들에서 나온다는 것이고, 그것들이 종교적인 합리화 형식에 가려 있다는 것이다. 드라마가 앞으로 진행될수록 요한나의 군사적 활동의 동기가 애국심에 있었음이 점점 더 강력하게 전면에 드러난다. 마지막 장에서 요한나는 잉글랜드 진영의 포로가 된다. 그리고 승패를 가르는 대전투의 목격자가 된다. 이 전투에 직접 참여하여 영향을 미칠 수 있는 처지에 있지는 않으나, 몰려오는 프랑스 군대의 함성을 듣자 그녀의 열광적인 애국심이 거침없이 터져 나온다. "나의 백성이여, 용기, 용기를! 이것이 마지막 싸움이다! 한 번만 더 승리하면 적은 패배한다!"(5막 11장, v. 3418 이하) 초감각적 능력이 아니라 행동을 위한 의지로 요한나는 마침내 쇠사슬을 부수고 자신의 전투적 사명에 따라 사건에 뛰어든다. "내 마지막 막이 썩 잘된 것 같습니다." 실러는 1801년 3월에 괴테에게 이렇게 썼다. "마지막 막이 첫 번째 막을 설명해줍니다. 그러니 뱀이 제 꼬리를 무는 셈이지요."(NA 31, 27) 5막에서 요한나가 또다시 전투태세로 등장하는 것은 그녀가 위기를 극복하고 자기 역할을 영구적으로 내면화했음을 뜻한다. 그러나 여기에는 그녀가 리오넬의 구조 제안을 고집스럽게 거부한 데서 알 수 있듯이 그녀가 주관적 감정을 완전히 포기하는 것도 포함된다. 요한나는 자기의 정열을 오로지 프랑스의 자유를 위해서만 바치고, 국가적 사명 외에 내비쳐서는 안 되는 것이다. 자기의 개인적 감정은 깃발 아래 묻어두고, 마지막에 치명적인 상처를 입고 죽어갈 때 그 깃발로 자기 몸을 치장할 뿐이다.

요한나는 기독교의 신비주의자로 죽은 것도 아니고, 아름다운 영혼으로 죽은 것도 아니다. 요한나는 역사를 위한 희생자 역할을 하다 죽은 것이다. 이에 상응하는 것이 애국하는 일의 도구로서의 역할이다. 요한나는 군사적 사명을 떠맡음으로써 나라를 위한 애국의 도구 역할을 완수해야 했다. 이 두 역할을 하면서 요한나는 자기 정체성의 근거인 감정의 동요를 억누른 것이다. 따라서 여주인공이 윤곽도 모호한 믿음의 하늘로 가버렸다는 것은 두 배로 불만스러운 해석이 아닐 수 없다. 요한나의 비밀스러운 아우라는 역사적 과정에서 행동하는 인간의 모델이 될 수 없고, 오페라처럼 연출해낸 여주인공의 신격화로도 초월에 대한 희망을 일깨울 수는 없다. 오늘날 종교에서 말하는 초월의 지평은 실러의 비극에서는 공허할 수밖에 없는 것이다. 그러나 이 고전적 드라마의 저변에 깔린 "낭만성"은 역사 속 개인의 구체적 상황에 대한 성찰을 결코 배제하지 않는다. 그러한 성찰을 통해 우리는 경악스러운 결말로 끝나는 요한나의 사명이 열렬히 이행되어가는 과정에서 자기 목소리를 드러내는 애국심의 위력을 보게 된다. 이 드라마의 여주인공은, 프리드리히 니콜라이가 출간한 비평지에서 어느 비평가가 유감스럽게 여겼듯이, 화해의 "올리브 나무 가지"[247]를 가져오는 '평화의 천사'가 아닌 것이다. 이러한 사실을 담은 이 드라마는 실러가 당대의 역사적 시국에 바친 헌사라 하겠다. 새로운 세기 초두에 유럽이 스스로 빠지게 된 피투성이 "조국 해방전쟁"을 예견케 한 헌사인 것이다.

7. 「메시나의 신부」(1803)

고대 아테네 드라마와 현대 문화
그리스인들과의 자유로운 경쟁

"이 작품을 읽으면 짐작도 못할 정도로 너무나 참되고 너무나 생생한 어떤 고대 정신이 다가옴을 느끼지 않을 수 없습니다. 단순히 모방만 한 것으로는 아주 성공적인 경우일 것입니다." 이런 말로 실러는 1789년 1월에 괴테의 「타우리스의 이피게니에」의 특성을 규정한다. 그런데 나중에 쓴 다른 대목에서는 저자가 "격언조의 문장들과 형용사를 동원한 대화의 장면들을 수단으로 해서" 이따금 "전체 수법에서 고대 그리스인들과 경쟁이라도 벌이려 한 것이 아닌가 하는 인상"(NA 22, 212)을 준다고, 앞서 한 특성 규정을 제한하는 듯한 발언을 한다. 이와 같은 양면적 평가는 「메시나의 신부」를 통해 고대 비극을 현대의 정신으로 재현하려고 한 실러 자신의 시도에 대해서도 내릴 수 있을 것이다.

실러는 합창 기법을 등장시키는 고대 양식을 모방한 드라마를 이미 1801년 봄에 계획한다. 쾨르너에게 보낸 5월 13일 편지에는 새로 구상하고 있는 드라마의 윤곽을 도식화한 것이 실려 있다. 그것은 「몰타 기사단」 초안의 몇 가지 형식 요소를 활용하면서도 주제는 '슬픔에 빠진 신부'라는 제목으로 생각해오던 구상과 연결된다. 그러나 이러한 계획을 구상 단계에서 작업 단계로 추진하기 위한 마지막 동기는 아직 결여되어 있었다. 우선은 「워베크」 기획과 「투란도트」 번안 작업이 당면 관심사였던 것이다. 1802년이 되어 고치 작품의 번안본을 출간하고 난 뒤에야 실러는 위의 주제에 집중하게 된다. 이 주제를 택하게 된 것은 비교적 짧은 시간 내에 해낼 수 있다는 점을 고려했기 때문이라고 실러는 1802년 9월 9일 쾨르너에게 보낸 편지에서 말한다. 「워베크」처럼 시간이 많이 걸릴 기획물은 항상 긴장 상태에 있는 건강이 감당할 수 없을 것이라 생각했다는 것이다. "고대 비극에 한걸음 다가선 것이 될 새로운 형식"(NA 31, 159)이 특별한 매력을 줄 것이라고도 했다. 10월 중순까지도 실러는 글쓰기에 필수적인 작업 리듬을 찾지 못한다. 9월 19일에서 22일까지 훔볼트가 실러를 방문하여 머무른 것이다. 그와의 오랜 친분 관계를 소홀히 할 수 없는 것은 물론이다. 그에 이어진 몇 주 동안 실러는 경련과 발열에 시달린다. 그러나 11월 15일에는 "맹렬히, 성공적으로" 비극 쓰기 작업을 하여 벌써 1500행이나 종이에 써놓았다(NA 31, 172)고 기록한다. 11월 27일 편지에서 실러는 "늦어도 2월 초까지는" 원고를 최종 상태로 완성할 수 있을 것으로 희망한다.(NA 31, 175) 해를 넘기는 동안 신경성 열병과 비주기적인 불면증으로 작업은 계속되지 않는다. 그럼에도 실러는 자신이 예상한 기간을 단축하는 데 성공한다. 1803년 1월 26일 그는 괴테에게 기분은 불안정하지만 주위와 완전히 절연한 상태에서 작업하고 있다고 보고한다. 그의 목표는 카를 테오도어 폰 달베르크(Karl Theodor von Dalberg)의 생일인 2월 8일까지 비극을 완성하여, 그간에 넉넉히 후원해준 것에 원고로써 감사를 표하는 것이다. 1802년부터 마인츠의 대주교이자 선제후로 공직을 맡고 있는 이 후원자가 같은 해 연초에 익명으로 은화 650탈러를 보내주었고, 이 사실은 달력에 기록되어 그 증거가 되고 있다. 그는 그에 이어 10월 중순에 그와 비슷한 액수의 후원금을 또 보냈고, 1804년 6월 말에 또다시 542탈러를 보낸다. 달베르크가 바이마르 대공의 입장을 외교적으로 신중하게 고려하여 그 자신이 공식적 후원자로 나서지는 않으려 한다는 사실을 실러는 섬세한 촉각으로 알고 있었다. "그 소중한 분은 우리를 호의적으로 기억해주시지." 1803년 10월 10일에 실러는 루돌슈타트로 여행 중인 샤를로테에게 보내는 편지에 다음과 같이 쓰고 있다. "다만 그분은 자신의 길을 가면서 무엇에도 얽매이지 않으시려는 것 같소."(NA 32, 76)

기대한 대로 2월 초에 작품을 끝낼 수 있었지만 실러는 개인적으로 달베르크에게 바친다고 문자로 써 넣기를 포기한다. 후원자의 이름을 공개적으로 언급하고 싶지 않아서였다(그러나 한 해 뒤 「빌헬름 텔」의 경우에는 그에게 바치는 시를 맨 앞 쪽에 실었다). 2월 4일 실러는 바이마르로 여행 온 마이닝겐 공작(Herzog von Meiningen)에게 그를 위한 연회에서 원고의 일부를 읽어준다. 그 효과는 아주 좋았다. 실러 자신이 처음엔 자신 있게 성공하리라는 느낌을 전혀 갖지 못했다는 사실이 하루 뒤 괴테에게 보낸 편지에 담겨 있다. "어제의 낭독은, 제가 관객을 선택한 게 아니어서 큰 기대를 하지 않았는데, 정말로 멋진 호응을 선사받았습니다. 제각기 다른 이질적인 관객들이 실로 공감하는 상태로 하나가 되었지요."(NA 32, 7) 그럼에도 불구하고 관객들 가운데서는 극의 고대적 요소에 대해 유보적 반응이 나타나기도 했다. 헨리에테 폰 크네벨(Henriette von Knebel)은 대사가 너무 진지하여 무겁게 느껴진다고 불평하면서, 대본으로 읽을 때보다 낭독하는 걸 들으니 더욱 그렇게 느껴지는 것 같다고 했다. 카를 아우구스트의 반응은 더 냉정하다. 그는 2월 11일 괴테에게 자신의 독후감을 보고하면서 격언조로 흐르는 경향과, 언어의 불규칙한 운율 조직을 사정없이 비판한다.(NA 10, 357 이하) 같은 날 실러는 사람들이 더 많이 모인 가운데 카를 아우구스트 대공의 부인인 루이제 앞에서 또다시 원고를 낭독했다. 그 후 궁정 사람들과 정기적으로 만나는 것이 바이마르에서 지내는 그에게 당연한 일이 되었다. 아나 아말리아의 모임 외에도 1802년에는 안나 샤를로테 도로테아 폰 쿠를란트 공작 부인, 루트비히 프리드리히 폰 슈바르츠부르크-루돌슈타트, 예술 후원가인 로이스 백작 등과 가깝게 지내기 시작했고, 프리드리히 힐데브란트 폰 아인지델과의 친분도 새롭게 이어갔다. 그는 사적으로는 아마추어 작가로 살아왔는데 바로 얼마 전에 궁중 고문관으로 임명되어 있었다. 실러가 자기의 새 드라마를 상류사회에서 낭독하게 된 것은 실러의 사회적 명망이 높아졌음을 보여주는 것이고, 이런 변화는 그의 일상의 삶에서도 나타났다.

1803년 5월 말에 그의 드라마가 책으로 출간되었을 때 실러는 잘못 해석될 것을 방지하기 위해 「비극에서 코러스의 활용에 대하여」라는 제목의 서문을 집필하여 책에 싣는다. 작품 효과에 대해 설명하기 위해서였다. 그런데 문제는 이 글이 거기서 설명코자 하는 연극의 구조와는 무관하게 근본적인 미학적 물음을 다루고 있기 때문에 극의 구조를 이해시키는 데에 직접 도움이 안 된다는 것이다. 2월 27일에 바이마르에서 배우들과 첫 번째 대본 독회를 마련한다. 다음 날 실러는 노래 가사처럼 쓴 코러스의 대사를 음악으로 옮기는 작업을 의뢰하기 위해 괴테의 친구로서 베를린에

사는 첼터를 찾는다. 그러나 이 계획은 시간 부족으로 성사되지 않는다. 1803년 3월 19일에 초연이 이루어졌는데, 매체들의 반응은 좋았지만 바이마르의 사적인 모임들에서는 격정적으로 표현된 등장인물들 때문에 비판의 말이 많았다. 실러의 아홉 살 난 아들 카를도 극에 참여한다. 오래 조른 끝에 시동 역할을 맡아도 좋다는 허락을 얻어낸 것이다. 이사벨라 역은 젊은 아나 아말리아 말코미가 맡는다. 어려운 코러스 역할에는 바이마르 궁중 극단에서 고대극이나 오페라에 출연하던 성악 앙상블을 투입할 수 있게 되었다.[248] 1803년 3월 28일 편지에서 실러는 쾨르너에게 첫 공연에 대해 보고한다. 이 초연에서 자기는 솔직히 말해 "처음으로 진정한 비극이란 이런 것이구나 하는 인상"을 받았다는 것이다. "코러스가 극 전체를 훌륭하게 통합해주었고 엄청난 진지함이 줄거리 전체를 지배"(NA 32, 25)했다는 것이다. 여름에 라우흐슈태트에서 통례적인 초청 공연이 있게 된다. 실러는 7월 3일에 오이겐 폰 뷔르템베르크 왕자와 함께 두 번째 공연을 관람한다. 이때 할레와 예나에서 관람하러 여행 온 대학생 관객들에게서 열광적인 칭송을 받는다. 공연 도중 극장의 얇은 벽 너머에서 폭우가 쏟아져 음향에 방해가 되었지만, 다음 날 실러가 샤를로테에게 편지로 썼듯이, 그것이 오히려 연출의 장중한 효과를 고조했다. 열광한 대학생들은 이 명망 높은 작가를 늦은 저녁에 자신들의 술자리로 납치했는데, 그 자리에는 프리드리히 빌헬름 구비츠, 카를 폰 라우머, 프리드리히 들 라 모테 푸케 같은 작가들도 함께 있었다. 그곳에 있던 한 학생은 후에 다음과 같이 회상한다. "실러는 거의 한 시간을 우리와 함께 있었지. 그는 정말 사나이 중의 사나이였다고."(NA 42, 364) 19세기에 성행한 고전 작가 숭배 물결에 영향을 끼칠 남성 패거리들의 수상쩍은 정신이 이미 여기서 분명하게 감지된다. 실러는 이렇게 떠들썩한 대학생들의 호응을 아주 값지게 여겼다. 심지어 고위급 군인 집단과도 기회가 있으면 왕래했다. 1803년 4월 30일 「오를 레앙의 처녀」가 두 번째로 바이마르에서 공연되는 것을 계기로 실러는 프로이센 100인 장교단의 한 축제에 참석한다. 두 달 뒤 라우흐슈태트에서 휴가를 보내는 동안 실러는 그 휴양지에서 가장 큰 호텔인 콜호프에서 작센의 고위급 장교들과 함께 지내는 시간을 즐긴다. 7월 7일에는 부대 훈련을 참관하기 위해 수많은 투숙객과 함께 말을 타고서 라우흐슈태트를 출발해 메르제부르크로 간다. 이에 관해 실러는 샤를로테에게 "제대로 전투적"인 광경이었다고 써 보냈다.(NA 32, 52) 이것은 슈투트가르트 대학 시절의 분위기가 어떠했는지를 알려주는 표현들이라 하겠다. 젊은 시절 실러는 특히 남성 집단의 자유분방한 삶을 애호한 것이다.

6월에 새 비극을 연출하기로 되어 있는 이플란트에게 1803년 4월 22일 편지에서 실러는 자신의 입장에 대해 다음과 같이 쓰고 있다. "「메시나의 신부」는, 진지하게 고백건대, 옛 비극 작가들과의 작은 경쟁을 시도한 것입니다. 바깥의 관객보다는 나 자신을 생각하면서 말입니다. 나는 열두어 편의 시만 있으면 우리에게 낯선 이 장르를 독일인들이 수용할 수 있게끔 할 수 있으리라 내심 확신합니다. 어찌 됐건 나는 이 작품이 완전한 것에 이르기 위한 하나의 거보(巨步)라 생각합니다"(NA 32, 32)라고 하였다. 실러는 5월 2일 편지에서 드레스덴의 출판업자 빌헬름 고틀리프 베커에게 새 드라마에 대해 다음과 같이 쓰고 있다. "물론 이 작품은 이 시대의 취향에 맞진 않습니다. 하지만 옛 비극 작가들과 그들의 형식으로 한 번 겨루어보고 또 고대극의 코러스가 지닌 극적 효과를 시험해보려는 소망을 억제할 수가 없었습니다."(NA 32, 34) 이미 당대 독자들이 고대로의 후퇴를 비판적으로 수용하고 있었음이 뵈티거의 증언으로 드러난다. 그는 바이마르에서 초연이 있은 지 며칠 후에 크네벨에게 보낸 편지에서, 이 비극의 의고주의적 성향은 "일말의 동정도 받지 못하고 매도되었다"고 쓰고 있는 것이다.(NA 10, 358)[249] 프리드리히 하인리히 야코비, 조피 라이마루스, 클레멘스 브렌타노 등도 소포클레스적 수법을 본뜬 보수적 문체에 대해 대체로 회의적인 반응을 보였다. 사람들은 주로 이 비극의 텍스트가 무비판적으로 고대 형이상학에 기대어, 숙명으로 받아들일 수밖에 없다는 식의 운명론을 전시하고 있는 것이 불만이었던 것이다. 이미 카를 아우구스트도 비판한 적이 있지만, 격언조 대사를 대량으로 사용하고 있다는 것이 어디서나 비난받았다. 이플란트가 큰 비용을 들여 극을 무대에 올린 베를린에서는 카를 빌헬름 페르디난트 졸거가 코러스 부분이 너무 수다스럽고 고대적 요소와 현대적 요소의 연결이 결여되어 있어서 아쉽다고 비판했다.(NA 10, 359) 실러의 드라마가 고대 비극을 모델로 삼음으로써 발생하는 기능을 비평가들은 이해하지 못한 것이다. 과거로의 후퇴는 당대의 시급한 문제들을 보지 못하는 보수적 예술인들의 입장으로 여겨졌고, 그럼으로써 발생하는 모순적 효과는 과소평가된 것이다.

고대 비극 작가들과의 "겨루기"라는 실러 자신의 설명에는 다분히 유희적인 의도만 있어 보이고 그의 진지한 의도는 가려서 보이지 않는다. 다른 한편 실러는 당시의 시대적 취향에 문제가 있다고 보고 자기의 새로운 드라마로 이를 시정하는 데 기여하겠다는 진지한 의도 또한 있었던 것이다. 실러는 1803년 2월 17일에 빌헬름 폰 훔볼트에게 보낸 편지에서 다음과 같이 쓰고 있다. "슐레겔과 티크 유파가 내겐 갈수록 공허하고 허튼소리처럼 느껴집니다. 그런데 그 반대자들은 갈수록 무미건조하고 빈약하게 보입니다. 관객들은 이 두 스타일 사이에서 우왕좌왕하고 있지요."(NA 32, 11 이하) 실러는 낭만주의 세대를 공격하면서, 1802년 바이마르 공연이 실패로 돌아간 아우구스트 빌헬름 슐레겔의 「이온」, 그리고 그 동생 프리드리히 슐레겔의 「알라르코스」를 염두에 두었을 것이다. 이 비극들의 유별난 착상에 대항하는 새로운 드라마를 실러는 시도했고, 그것이 고대 비극의 형식을 당대 철학적 의식의 시각으로 작업한 것이라고 주장한 것이다. 그 작업은 실러가 칼데론이나 로페 드베가(Lope de Vega)에서 영향받은 젊은 작가들의 극적 경향에서 나타난다고 본 극단적인 현대적 주관성의 형식들을 비판적으로 파악하는 것이기도 했다. 뵈티거처럼 실러의 텍스트에서 오로지 고전적 면모만을 본 사람은 물론 「메시나의 신부」의 이런 차원을 충분히 이해하지 못했을 것이다.

피상적인 독해로 짐작하게 되는 것과는 달리 이 비극이 다루는 사건은 역사적으로 매우 정확한 소재에 근거한다. 사건의 배경은 11세기와 12세기 슈타우펜 왕조 치하의 시칠리아이다. 고대 그리스와 기독교, 이슬람 전통 간의 접목이, 실러가 1803년 3월 10일 쾨르너에게 보낸 편지에서 언급하고 있듯이, 비극의 이질적인 "이념적 의상"(NA 32, 20)뿐 아니라 구체적인 문화적 지평에서까지 묘사되고 있다. 실러는 1790년에 『황제 프리드리히 1세의 시대에 일어난 가장 기이한 국가적 사건』에서 노르만 왕조(1051~1186)와 시칠리아의 초기 슈타우펜 집정기(1186~1190)를 개관하였다. 로베르 기스카르 대공(Robert Guiscard, 1015~1085)*이 1051년에서 1085년 사이에 남부 이탈리아에서 그의 두 동생과 함께 펼친 강압 통치에 대한 강렬한 묘사가 한 줄기 흔적으로 비극에 남아 있다. 이때 있었던 형제간의 알력 구도에서 가족 내의 갈등을 서술할 착상을 얻었을 것이다. 로베르는 동생 로제와 치열한 경쟁 관계에 있었던 것이다(실러의 드라마에서 코러스의 선창자들로 배정된 인물들은 각기 동생 로제의 이름과 기스카르의 아들 보에몽의 이름으로

∙∙

---

* 11세기 후반 남부 이탈리아를 정복, 훗날 시칠리아 왕국의 기초를 닦은 노르망디 출신의 기사.

등장하고 있다). 서술된 역사와 비극의 관계는 무엇보다도 시대사적인 세부 사항에서 알아볼 수 있게 되어 있다. 12세기에만 해도 시칠리아를 지배하던 문화적 혼재 양상에 대해 실러는 상기『국가적 사건』에서 "언어와 도덕, 복장과 관습, 법과 종교들이 야만적으로 뒤섞여 있었다"고 쓰고 있다.[250] 세사르(Cesar)와 마누엘(Manuel)의 호전적 면모가 노르만 정복자들의 잔인한 습속을 보여주는 반면, 텍스트의 기독교적 상징 세계는 그에 이은 슈타우펜 왕조의 점령 시기를 상기시킨다. 실러는 그 역사적 배경에 대한 상세한 정보를 1797년에《호렌》에 세 차례에 나누어 실린 로베르 기스카르에 관한 풍크의 논문에서 얻을 수 있었다(이 논문은 클라이스트가 1802/03년에 극을 구상하는 데도 도움을 주었다).[251] 1803년 3월 10일 쾨르너에게 보낸 편지에서 실러는 중세 시칠리아의 다양한 전통들을 실증된 역사를 기반으로 연결하는 일에 매력을 느꼈다고 고백한다. "기독교가 토대요, 지배적인 종교이긴 하지만 고대 그리스의 우화 같은 세계가 아직도 언어와 오래된 조각상, 그리고 그리스인들이 건설한 도시경관 속에 살아 움직이고 있다네. 그리고 동화 신앙이나 마술적 존재는 무어인의 종교에서 나왔지."(NA 32, 20) 영주와 도나 이사벨라의 꿈을 해몽해준다는 아라비아의 신탁 해석자와 기독교의 수도사라는 존재는 "신화들의 혼용"(NA 32, 20)을 입증해주는 중세 시칠리아의 특징적 현상이었던 것이다. 이로부터 얼마 후 자기 비극의 서문에서 실러는 텍스트가 내보이는 신앙들의 다양성이 모든 제사 양식과 독단들의 대립에도 불구하고 그것을 뛰어넘는 종교적 이념의 통일이 가능함을 입증할 것이라고 강조한다.(NA 10, 15)

실러가 역사적 분위기를 상세하게 보여주기 위해서 노르망디 왕조의 기스카르 가문에서 있었던 형제간의 지배권 갈등을 활용한 것은 비록 사실이기는 하나, 그렇다고 그의 드라마를 역사극으로 보아서는 안 될 것이다.

낯선 효과를 불러일으키는 스페인식 이름과 칭호를 사용한 것은 뜻밖이다 생각될 수 있겠지만 시칠리아에서 카스티유 왕국은 실제로 1478년 이사벨라의 집정으로 시작되었던 것이다.[252] 상이한 역사적 시기를 겹쳐놓은 데서 실러의 의도가, 대변혁이나 과도기라는 조건하에 역사를 사회적 행동 양식을 보여주는 매체로 사용하려던 그의 의도가 드러난다. 그리하여 시칠리아는 상이한 시대들의 문화적인 그리고 정치적인 환경들의 접목이 선명하게 드러날 수 있는 상징적 장소가 된다. 메시나가 인위적 성격을 띤 연극 무대배경으로 변하는 것은, 그 방면에 정통한 풍크가 이에 대해 쾨르너에게 보낸 편지에서 좀 문제가 있다고 평가하기도 했다.[253] 하지만 이는 역사적 관심을 없애버리는 것은 아니나, 관심을 구체적인 사실들의 연관 관계에서 벗어나게 해 역사적 갈등의 인간적 배경에 집중토록 한 것이다.

이 비극의 형식 구조는 실러가 코러스 연출에서 시도한 대담한 변형을 제외하고는 철저하게 고대의 모범을 따르고 있다. 장소의 전환은 최소한도로 제한된다. 궁정과 수도원 정원, 마지막 막의 음울한 주랑(柱廊) 등, 장소는 특별한 성격을 띠고 있지 않다. 행위가 전개되는 데 걸리는 시간도 아리스토텔레스의 규범에 맞게 오후에서 늦은 밤까지 몇 시간 동안으로 국한되어 있다. 무대 장면에서 전개되는 사건도 소포클레스와 에우리피데스가 보여주는 고대의 모범을 따르고 있다. 과거 사건들이 분석 기법을 통해 하나씩 밝혀지고, 제3막에서는 반드시 행운이 교체된다. 제3막에서 돈 마누엘이 살해된 후 고통스러운 객관적 인식 과정이 시작되는 것이다.[254] 특별히 눈에 띄는 것은 사기와 근친상간, 형제 살해라는 삼중의 악으로 말미암아 생긴 모든 일을 가장 뒤늦게 알게 되는 사람이 하필이면 그 모든 악행을 저지른 가장 큰 죄인인 돈 세사르라는 것이다. 특히 신의 계시가 이중의 의미를 지녔다고 잘못 여기는 것 또한 서로 헛잡는 일을 계속하도록 만드는 (고대 연극의) 연출 기법에 속한다. 실러는 이런 모티브를 소포클레스의 「트라키스 여인들」과 「필록테트」에서 발견할 수 있었을 것이다.[255]

코러스가 무대 위 사건에 대해 언제나 불편부당한 평가만을 하는 것이 아니듯이, 극중 인물들의 행동 또한 정열과 경솔함에 지배되기도 한다. 특히 근친상간의 모티브를 암시하는 비극적 아이러니는 부담이 될 정도로 집요하게 반복된다. 이를테면 이사벨라는 앞으로 위험하게 전개될 일들을 전혀 모르는 상태에서 자기의 작은아들에게 그가 꼭 "왕의 딸"(v. 1457)과 사랑하게 되기를 기대한다고 말한다. 이와 유사하게 이중적 성격을 지닌 것은 세사르가 자기 누이인 줄도 모르고 베아트리체를 처음 보고 나서 낯설면서도 "친숙하게"(v. 1539) 느꼈다고 말하는 대목이다. 또한 이사벨라가 꿈에 본 사자와 독수리를 해몽하면서 하는 수도승의 예언, 즉 이사벨라 몸에서 태어난 딸이 "서로 싸우는 아들들의 마음을 뜨거운 사랑의 불꽃으로 하나 되게"(v. 1350 이하) 하리라는 수도승의 예언의 의미가 이미 중의적이다. 영주에게 꿈을 해석해주며 "딸이 아들들을 죽일 것"(v. 1318 이하 계속)이라고 한 "아라비아인"의 경고와 이 예언이 다만 표면상으로만 모순된다는 사실을 등장인물들은 감지하지 못한다. 그 이유는 말뜻을 한 말 그대로 받아들일 뿐, 그 깊은 이중적 의미를 간과했기 때문이다. 그러나 비극이 전개되어가면서 두 해석이 일치한다는 사실이 드러난다. 아버지인 영주의 장례식을 마친 후 어머니가 중재해 두 아들이 화해하지만 이 화해는 번갯불처럼 갑자기 솟아오른 질투심으로 인해 폭력으로 변한다. 그들은 한 여인을 본 순간 자기들의 누이동생인지도 모른 채 동일한 정도로 "불같이 뜨거운 사랑"의 감정을 갖게 되는 동시에 질투심에 휩싸이고 살인자 돈 세사르는 미칠 것 같은 증오심으로 목을 조르게 되는 것이다.

두 해몽의 아이러니는 그것의 일치가 변증법적으로 이루어지기 때문에 등장인물들이 그것을 통찰하지 못한다는 사실이다. 비극이 전개됨에 따라 사랑이 치명적 결말을 초래하게 되는 것은, 두 개의 꿈이 비유적으로 보여 준 열정의 파괴력이 완전히 발휘되었음을 뜻하는 것이다. 실러의 드라마는 여기서 횔덜린이 1794년에 《탈리아》에 발표한 단편 「히페리온」이 제시하는 처방을 택하고 있는 것이다. 「히페리온」은 인간을 지배하는 정신적이고 관능적인 추구들을 변증법적으로 매개하는 모델을 선취하면서 다음과 같이 말한다. "내게는 마치 우리 존재의 모든 고통이 원래 단일한 것이 분리됐기 때문에 생긴 것이고, 만일 이 한 쌍의 가련한 존재가 한 마음으로, 쪼갤 수 없는 하나의 생명으로 될 수만 있다면 우리 존재의 가난은 풍요로 변할 것만 같이 생각되네."[256] 실러의 비극 또한 이와 비슷한 발상에서 출발한다. 다만 전말이 바뀌어 있을 뿐이다. 횔덜린이 말한 "분쟁 가운데서"[257] 떠오르는 "화해"가 아니라, 실러의 테마는 조화의 계기 안에 들어 있는 파괴력인 것이다. 새로운 갈등의 매개로 사랑이 나타나면서 두 개념의 변증법적 일치가 입증된다. 하지만 이것은 실제로는 다의적인 해몽의 비극적 아이러니로 말미암아 인물들이 혼란스러운 사건들의 연관성을 더 깊이 통찰하지 못한 것을 뜻한다. 이로써 소포클레스를 떠올리게 하는 고전주의적 절제를 갖춘 이 비극은 현대적 드라마의 핵심을 구성하는 역사 이념과 죄의 문제를 건드린다.[258]

죄책의 개념들
'도덕에 관한 비극'

헤겔은 비극적 상황으로 말려들게 되는 것은 언제나 상이한 경향을 추구하는 개별적 이해관계들의 충돌을 초래하는 개인적 의지의 "일방성" 때문이라고 했다. 이 말은 실러의 텍스트에서 전개된 기본적 갈등을 이해하는 열쇠가 된다.[259] 그런데 헤겔의 『미학 강의』에 의하자면 서로 분열하여 싸우는 세력들이 개인적 이기주의와 사회적 역할의 경계를 넘어 화해의 길을 택함으로써 세계사에서 도덕적 통일이 이루어지는 것은 영웅의 시대가 몰락하고 나서야 비로소 가능한 일이다. 그러나 비극을 이해관계의 충돌로 본 헤겔의 성격 규정이 정확하게 실러의 드라마에 해당하는 것이라 하더라도 그에 못지않게 의문으로 남는 것은 드라마의 마지막 장면에 과연 헤겔 『미학 강의』가 역사 발전 과정 자체의 변증법적 법칙으로 전망한 저 화해의 흔적이 나타나 있느냐 하는 것이다. 검토해보아야 할 문제는 돈 세사르의 죽음이 어떤 면에서 숭고한 자기 규정이라는 맥락에서의 자율성 이념을 위한 희생을 뜻하느냐, 아니면 문제가 없지 않은 하나의 역사 원칙을 인정하는 것인 신화적 폭력 관계의 계승을 뜻하느냐 하는 것이다.

실러가 자기 비극을 위해 갈등 모델로 삼은 것은 월폴의 드라마 「수상한 어머니」(1769)이다. 이 드라마의 내용을 실러는 1798년 《종합 문학 신문》의 광고란에 실린 1794년도 독일어 번역판에 관한 소개문을 통해 알 수 있었다. 이 드라마에서는 죄를 지은 어머니가 자기 아들과 근친상간으로 낳은 딸의 존재를 은폐함으로써 어둠에 싸인 사건이 전개된다〔실러의 비극에서도 이사벨라와 그 남편과의 관계에는 떳떳지 못한 면이 있다. 그녀는 애초에 남편의 아버지와 약혼한 사이였던 것이다(v. 960 이하 계속)〕. 분석극의 형식을 취한 월폴의 낭만적 비극에서 딸은 자기 아버지인 오빠를 만나고 그로 하여금 에로틱한 욕망을 갖게 만든다. 이 욕망에서 초래되는 재앙은 어머니가 예전에 지은 죄의 업보인 것이다.[260] 실러가 월폴의 비극을 모델로 삼았다 함은 무대 위에서 전개되는 사건에 책임을 져야 하는 것이 코러스가 선언하는 운명이 아니라 오로지 인간이라는 점을 모델로 삼았음을 의미한다. 이

전에 저지른 과오에서 비롯되는 비극적 충돌의 논리가 가시화된다. 이사벨라의 결혼 약속 파기와 연관이 있는 첫 번째 죄가 불신과 위장 행위로 이어지면서 사건들이 발생하는 것이다. 그녀와 영주가 꿈의 의미를 파악하기 위해 각기 예언자들에게 질문한다는 사실은 자기들이 꾼 꿈에 대하여 초연하게 처신하지 못하고, 꿈에 나타난 이중적 의미를 가진 형상들 앞에 속수무책으로 서 있는 지배자들의 불안을 말해준다. 그들이 이성에 근거하여 행위할 때조차도, 월폴의 드라마에서 그랬듯이, 개인적인 문제에 관하여 마음을 열지 않기 때문에 사태는 위험한 지경에 빠지고 만다. 이사벨라는 베아트리체를 명백한 죽음에서 보호하기 위해 그녀를 한 수도원에 은닉한다. 그러나 이런 조치를 취하면서 제때에 아들들에게 그 사실을 알려주지 않았기 때문에, 그녀는 자기도 모르게 재앙을 재촉하게 된다. 돈 마누엘의 납치 계획과 돈 세사르의 막무가내식 욕정 또한 사태에 박차를 가하는데, 이때에도 솔직하게 마음을 털어놓았더라면 좋았을 것을 또다시 거짓으로 대했기 때문에 그리되고 만 것이다. 다른 한편 베아트리체 또한 이 복잡한 사건에 말려드는데, 그것은 관능적 동경에 사로잡힌 나머지 오빠의 탈출 계획에 진지하게 항거하지 않았기 때문이다. 시종 디에고마저도 복잡한 사태에 한몫하게 되는데, 그것은 여주인의 명령을 어기면서 베아트리체로 하여금 죽은 영주의 장례식에 참여하게 해주었기 때문이다. 누이에 대한 돈 세사르의 격렬한 구애, 질투 그리고 흥분한 상태에서의 형제살해는 개인적 죄를 연출해내는 데서 종결 요소가 될 뿐이다.[261] 그러나 극중 인물들의 모든 행위에 해당하는 공통적 특징은 인식과 통찰이 없다는 것이다. 그래서 등장인물들의 언설을 관통하는 비극적 아이러니가 누적되는 것이다. 형제간의 관계에서나 베아트리체와의 관계에서나 성찰이 있어야 할 자리에 폭력이 들어서는 것이다. 실러의 비극이 개인의 윤리적 책임을 부정하지 않고 첨예화한다는 사실을 실러가 숙명론에 빠져 있다고 주장하는 뵈티거나 야코비 같은 비판자들은 분명 간과한 것이다.

역사는 폭력 행위의 매개로서 신화적으로 구조화되어 나타나는데, 이때 인간의 행위는 역사에 씌워진 마법의 덮개를 깨뜨리려는 시도로 점철된다.[262] 극을 특징짓는 자연의 비유가 그런 인간 행위를 표현하는 데 드는 비용을 지불한다. 코러스가 전하듯 "폭우"(v. 244)로 넘치는 "개울물"(v. 242)의 위력처럼 불길한 일이 질주한다. 돈 마누엘은 진정한 행복이란 "번개처럼" 번쩍이는 게 아니라 "냇물이 흐르듯" 항상 잔잔한 상태(v. 664 이하 계속)이어야 함을 알고 있다. 그러나 마지막에 경악이 바다의 "괴물"(v. 2206)처럼 인간을 덮치고 "피의 개울"이 "검은 물길"(v. 2434 이하)이 되어 쏟아져 나올 때면, 자연은, 이사벨라의 추측과는 달리 "영원한 닻의 바닥"(v. 361 이하)처럼 "신뢰할 수 있게" 단단한 것이라기보다는 오히려 훨씬 위협적인, 통제 불가능한 역사의 일부로 보이는 것이다. "폭우로 요동치는 생의 파도"(v. 363 이하)는 바로 역사가 어디로 흐르는지 알 수 없는 예측 불가능성을 드러내는 것이고, 개인은 그 강렬한 격랑에 내맡겨진 나뭇조각과 같음을 말하는 것이다. 위협적인 바다와 화산 앞에서(v. 945 이하) 개인의 위상은 난관에 처에 있는 격이고, 그 행동의 자유는 갖가지 외부의 압박으로 제한될 수밖에 없는 것이다. 자연은 "영원히 정의롭다"(v. 230)고 코러스가 주장하는데, 여기에는 자연이 확고하게 정해져 있는 법칙에 따라 인간을 조종한다는 뜻이 포함되어 있는 것이다. 그러나 이 법칙을 개인이 꿰뚫어 볼 수 있는가, 그것을 더 높은 어떤 의지에 귀속되는 것으로 볼 수 있는가 하는 물음에 그렇다고 쉽사리 답할 수는 없다. 실러는 외부의 힘에 의해 정해진 사회 현실의 암울한 모습을 보여주는 모델을 고대 아테네의 비극들에서 발견하였다. 1802년 11월에 실러는 발단 부분을 쓰면서 프리드리히 레오폴트 슈톨베르크가 번역한 아이스킬로스의 비극 네 편(「프로메테우스」, 「테베를 공략하는 일곱 명의 장군들」, 「페르시아인」, 「에우메니데스」)을 읽었고, 11월 15일에 쾨르너에게 보낸 편지에서 "수 년 이래로 이처럼 나를 경탄케 한 시적 작품은 없었다"고 고백하고 있는 것이다.(NA 31, 173)

타율적 역사 전개는 자율의 힘이 미치지 못하는 일종의 자연적 힘의 작용에 의한 것이라 하겠거니와, 개개인은 누구나 행동함에 있어서 이러한 초인간적인 힘이 언제라도 작용할 수 있음을 항상 염두에 두게 된다. 그렇다면 타율적으로 전개되는 역사에서 신들이 정해놓은 운명의 강제성은 얼마나 되겠는가 생각해봄 직하다. 드라마에서 등장인물들이 가지고 있는 초지상적인 힘에 대한 믿음은 상상력의 산물이지만 사회적 행동에 결정적으로 작용한다. 발터 베냐민은 1919년에 쓴 한 논문에서 "운명이란, ……살아있는 사람이 벗어날 수 없는 업보"[263]라고 정의했다. 그렇게 본다면, 코러스가 말하는 것과 같이 형이상학적 범주는 개인의 책임을 감면해주는 것은 아니지만 개인이 행동함에 있어서 감수하지 않을 수 없는 초지상적인 틀인 것이다. 실러의 비극에서는 이러한 초지상적인 틀에 관한 전문적인 해석보다는 (베냐민은 여기에 종교적인 성격이 있다고 본다) 그러한 초지상적 틀이 개인에게 끼치는 기능의 의미에 더 무게가 실려 있다. 중요한 것은 인간이 행동함에 있어서 타율적 역사 질서의 조건하에서 그의 삶의 법칙을 형성하는 업보의 틀에 말려들 수 있다는 것이다. 비극에 관한 베냐민의 책*은 "낭만적 운명극"[264]을 모델로 해서 만들어진 실러의 코러스 비극에서 이러한 생각이 펼쳐졌다고 보고 있다.

이로써 순환적 구조가 형성된다. 역사의 논리는 꿰뚫어 볼 수가 없는데,

··

* 「독일 비극의 근원(Ursprung des deutschen Trauerspiels)」.

그 이유는 역사 속에 처해 있는 인간이 역사의 원리를 신적인 것으로 파악하기 때문이다. 역사의 진행 형식이 개인 자신에 의해 생성된 것이기 때문에, 개인을 궁지에 모는 역사에서 벗어나는 것은 불가능하다.[265] 마지막에 이사벨라는 형이상학적 차원을 설정하는 것은 인간이라고 주장한다. "신들의 말이 거짓으로 밝혀지든, 진실로 확인되든, 그게 나와 무슨 상관이 있단 말인가?"(v. 2490 이하 계속)라고 이사벨라는 마지막에 말하는데, 이는 형이상학의 차원이 신이 아니라 인간에 의해 설정되었음을 뜻하는 것이다. 극심한 불행에 빠진 상황에서 괴로움을 겪는 개인에게 형이상학의 세계는 이중적 면모를 띤다. 고통을 당하고 있는 개인이 갖는 회의 심리가 아직도 고대 비극의 유산이라면, 형이상학의 세계에는 이사벨라의 성찰에 담긴 현대적 요소들이 파고든다. 이사벨라는 신들의 세계와 인간 스스로가 세운 윤리의 세계를 서로 분리하는 것이다. 자기는 "죄가 없다"(v. 2507)고 느끼고 있는 이사벨라가 자기에게 닥쳐온 가문의 재앙에 직면하여 겪게 된 고통은 그녀가 겪는 한 가지 경험일 뿐, 코러스가 거듭 강조하는 섭리의 힘과는 상관이 없는 것이다. 마지막에 가서 이사벨라가 자기의 꿈을 해몽한 예언자의 계시가 실현되었음을 강조하고 있듯이, 바로 마지막에 가서야 겨우 신들의 권위가 가까스로 "구제"되기 때문에 신적 계시의 유효성은 제한적일 수밖에 없어 보인다. "절망 상태로"까지 퇴각한 인간에게(v. 2506 이하 계속) 마지막으로 남는 도피처는 예측할 수 없는 자연의 역사도 형이상학적 힘들도 빼앗아갈 수 없는 인간의 개인적 존엄이다. 그러나 이와 같은 통찰에도 문제가 없는 것은 아니니, 그것은 이사벨라가 개인의 권리로서 요구하는 자율성이 결국 사회적 인간관계의 변화에 대한 모든 희망이 사라진 상황에서, 헤겔이 비극의 구조에서 핵심적 요소라고 본 화해조차 그 대상이 없어진 듯 보이는 상황에서 억지로 겨우 얻어낸 것이기 때문이다.

이사벨라가 자신의 개인적 죄를 인정하지 않으려는 데 반하여, 돈 세사르는 마지막에 가서 사건의 결과에 대한 책임이 모두 자기에 있다고 말한다. 이때에 묻지 않을 수 없는 것은, 그의 자살이 숭고한 자기주장의 행위인가 하는 것이다. 즉 주인공이 실러 비극 이론의 공식에 따라 자기의 개인적 자유를 구하려고 한 숭고한 자기주장의 행위인가 하는 것이다.[266] 야코비는 이미 자살 자체의 문제성에 대해 언급하면서, 비극의 결말에서 보게 되는 자살은 해결책이 아니라 절망뿐이라고 말했다.(NA 10, 359) 세사르는 스스로를 "자유로운 정신"(v. 2727)의 소유자로 자처하는 숭고한 주인공의 제스처로 죽기는 하지만, 그의 죽음이 폭력 사태의 순환을 끊지 못하고 이어가게 한다는 점에는 의심의 여지가 없다. 몽상적이고 충동적인 성격의 주인공은 사건의 발생에서 종말까지의 어떤 순간에도 윤리적 자제력을 잃지 않으면서도 이상주의적 활력을 지닌 인물인 적이 없다. 실러가 논문 「격정에 관하여」에서 비극에 가장 잘 어울리는 주인공감이라고 한 저 숭고한 인물의 모습을 지닌 적이 없는 것이다. 세사르의 불행은 도덕적 확신에서 온 것이 아니라, 오히려 눈먼 열정의 결과라 할 것이다(이런 사정은 동시대의 후버나 델브뤼크 같은 비평가에게는 포착되지 않았다). 그의 자살 또한 화병의 결과요, 따라서 형과의 경쟁 관계 때문이었다 하겠다. "우리가 아직 어머니 사랑을 똑같이 나눠 갖고 있었을 때 이미 질투가 내 삶에 독을 뿌렸다고요, 어머니가 마음 아파하면서 나보다 형에게 준 그 우선권을 앞으로 내가 갖게 되리라 생각하세요?"(v. 2727 이하 계속)[267] 주인공의 자살은 자율성의 행위가 아니라 형제간의 갈등이 다른 차원으로까지 이어져가면서 저질러진 것이다. "저 멀리, 이 땅덩어리에서 멀리 떨어진 별들처럼, 숭고하게 내 머리 위에 형은 높이 떠오를 겁니다. 그리고 그 옛날 우리가 형제였을 때 질투가 우리를 갈라놓은 것처럼, 형은 쉬지 않고 계속 내 가슴을 쥐

어뜬겠지요. 이제 내 덕에 형은 영원의 삶을 얻게 되었고, 그래서 모든 싸움질에서 벗어나 피안을, 신처럼, 인간들을 기억하면서 거닐고 있겠지요."
(v. 2736 이하 계속) 윤리적인 자기 형벌은 현대적인 주체가 절대적 자기과시 욕구를 표현하기 위한 연출의 일부이다.[268] 그러한 욕구가 명하는 대로 이기적 계산에 대한 찬양이 희생자의 상징적 형상을 놓고 행해진다. "그리고 이제 평화롭게 함께 휴식을 취할 겁니다. 우리는 영원히 화해하고 죽음의 집에서 지낼 겁니다."(v. 2752 이하)

여기서 볼 수 있는 자기 정화 과정에 숭고의 범주를 적용해서는 안 될 것이다. 돈 세사르의 자살은 실러가 직접 말했듯이 내적 갈등을 해결하는 방식으로서는 도덕적으로 문제가 있기 때문이다. 실러는 에세이 「숭고한 것에 대하여」에서 개인은 폭력의 순환에서 벗어나야 비로소 자유로이 행동할 수 있다고 강조하고 있는 것이다.(NA 21, 38 이하 계속) 세사르의 자살은 폭력의 순환을 끊지 못하고 이어가게 하기 때문에(이것은 헤겔이 법철학에서 자살을 비판하기 위해 내세운 논거를 선취하는 것이 된다)[269] 도덕적 자율성의 모방에 불과한 것이다. 주인공 돈 세사르는 자기 자신이 사건에 연루되었음을 뼈아프게 인식하고 도덕적 책임을 지겠노라고 나서는 것이 아니라, 역사에 작별을 고하는 것이다. 그는 역사를 변화시키는 데 기여할 능력이 없기도 하다. 그는 현존하는 폭력 상황을 그대로 놓아둠으로써 그 신화적 형상에 힘을 실어주고 있는 것이다.[270] 돈 세사르는, 실러가 슐레겔의 「알라르코스」에서 장엄하게 이상화되어 있다고 본 것과 같은, 과민한 주관성을 찬양하는 해법을 선호하는데, 이는 그에게 명확한 판결을 고하는 것이 된다. 그는 현대적 인물로서 저항을 더 적게 받는 길을, 즉 숭고의 길이 아니라 상규를 벗어난 자기 연출의 길을 선택한다. 요한 하인리히 포스가 한 말을 빌리자면, 여기서 드러나는 것은 낭만적인 소재가 고대 지향적 묘사에 대항해서 자기의 존재 가치를 주장하고 있다는 사실이다.(NA 42, 347) 이 비극의 현대적 관점은 그로 인하여 고대극 형식을 매개로 전개된 갈등 상황이 형이상학이 아니라 주관적 충동의 힘에 귀속된다는 사실에 있는 것이다. 이에 상응하는 것이 세사르가 추구한 해결 방식의 양가성을 조명하는 코러스의 마지막 대사이다. "최상의 재산은 생명이 아니다. 가장 큰 불행은 그러나 죄 짓는 것이다."(v. 2838 이하) 세사르가 포기하는 것이 바로 "가장 큰 재산"이 아니라는 것이다. 이로써 그는 오로지 역사의 신화적 구조에 대한 단호한 작업을 통해서만 가능했을 "가장 큰 불행"에 대한 진정한 속죄를 하지 못하고 마는 것이다.

괴테의 「이피게니에」에 등장하는 인물들은 아트리덴 가문을 덮치고 있는 저주의 사슬을 깨뜨리고 범죄의 순환에서 벗어나는 데 성공하지만, 실러의 경우에는 등장인물들이 무엇을 하든 언제나 새로운 폭력 관계가 발생한다.[271] 따라서 「메시나의 신부」는 탁월한 무대연출가의 의고주의적 연습 작품도 아니고, 자율이라는 새로운 낙원으로 가는 길을 개척하는, 자제 능력이 있는 개인의 찬미도 아니며,[272] 회의적 역사관의 반영인 것이다. 그래도 자유를 선택할 권리는 연극을 매개로 하여 희망 사항으로 그림자처럼 남아 있다 하겠다. 그것이 현실로 될 가능성을 관객은 역사 안에서 사회적으로 그리고 개인적으로 버틸 수 있는 자기 자신의 기회를 조명해보기 위하여 비극의 예술적 잠재력을 이용함으로써 성찰해볼 수는 있을 것이다. 실러의 서문에 따르자면 관객의 이러한 성찰을 뒷받침해주는 것은 코러스의 몫인 것이다.

권위가 없는 조언
코러스의 극작술상 목적

코러스를 활용함으로써 고대 비극의 구조에 손을 댄 것은 실러만이 아니다. 이미 18세기 중반에 크로네크의 「올린트와 조프로니아」(1757)나 클롭슈토크의 「헤르만 3부작」(1769~1787) 등에서 알 수 있듯이 이 형식 요소를 갱신하려는 시도들이 산발적으로 있었다. 1800년 여름에 괴테는 자기가 번역한 볼테르의 「탕크레아우스」를 무대에 올릴 때 합창을 등장시켜, 무대 위에서 펼쳐지는 사건이 "실제의 공적 사건"(NA 38/I, 307)으로 보이게 할까 하는 생각을 했다. 실러와 같은 시기에 클라이스트는 자신의 「기스카르 구상」에서 노르만족의 등장을 알리는 코러스 장면을 삽입해 비극을 쓰고자 했다. 이러한 시도들과 실러의 착상이 다른 것은 그가 코러스의 격정적 대사를 특별히 고대 비극의 문체에 근접시키고, 이와 동시에 코러스를 두 그룹으로 나누어 등장시킴으로써 새로운 구조 요소를 실험했다는 점에 있다. 1800년경에 이 주제가 이론적인 관심도 받고 있었다는 사실은 셸링의 『예술철학』 중 이 주제에 관한 대목과, 아우구스트 빌헬름 슐레겔이 극문학에 관하여 빈에서 한 강의에 담긴 구절들을 통해 알 수 있다. 이미 1795년에 프리드리히 슐레겔은 출간되지 않은 어느 논문에서 고대 코러스의 정치적 성격을 부각했고, 코러스를 "비극의 공화주의 사상"을 입증해주는, "민중을 대변하는" 형식이라고 높이 평가했다.[273]

1803년 5월에 실러는 자신의 작품 인쇄본 서두에 코러스에 대한 이해를 돕는 글을 붙이기로 결심한다. 그보다 두 달 전에 이미 그는 쾨르너에게 보낸 한 편지에서 코러스가 "보편적 인간" 상태를 표현하는 경우와 행동하는 "극중 인물"로서 기능을 하는 "특수한" 경우를 구분한다. "첫 번째 특성을 가진 코러스에 대해 말하자면 극의 바깥에 있으면서 관객과 관계를 맺는다네. 이러한 코러스는 극중 인물보다 우월한 위치에 있지만, 격정적 상태에 있는 자보다 우위에 선 침착한 자일 뿐이지. 이 코러스는 배가 파도와 싸울 때 안전한 기슭에 있다고 봐야 하네. 두 번째 특성의 코러스는 스스로 행동하는 인물로서 맹목, 근시안, 거친 정열 등, 온갖 군중적 특성을 표현해야 한다네. 그런 식으로 코러스는 주요한 등장인물들이 부각되도록 도와준다네."(NA 32, 19 이하) 하나로 뭉친 목소리를 내는 판단 기구로 등장하는 코러스는, 실러의 견해에 따르자면, 독자적인 행위 의지가 없는 집단으로서 두 주인공들 각자의 편에서 종속적 역할을 담당하면서 무기를 들고서라도 상전의 이익을 옹호할 준비가 되어 있는 것이다. 1803년 함부르크 공연 대본에서 실러는 코러스 선창자 여섯 명에게 각기 상이한 국가의 문화에서 유래한 이름을 부여했는데, 마누엘 편에는 보에몽, 로제, 이폴리트가 있었고, 세사르 편에는 카헤탄, 베렌가르, 만프레드(월폴의 「오트란토 성」을 환기하는 이름)가 있었다. 이로써 가시화되는 사실은 코러스가 단지 생각하는 집단으로 나타날 뿐 아니라 행동하는 개인들의 앙상블이라는 것이다. 이렇게 나타나는 두 형식은, 1803년 5월 말에 실러가 집필한 서문 「비극에서 코러스의 활용에 대하여」가 설명하고 있듯이, "정신적인 것과 관능적인 것"이 서로를 보완하면서 "나란히 작용"하도록 되어 있다.(NA 10, 13)

"예술 기관"으로서 코러스가 일반적으로 하는 일은, 실러가 논문에서 말하고 있듯이, 묘사된 현실을 "상징"으로 변환하는 데 있는 것이고, 그렇게 함으로써 현실에 시적 분위기를 부여하는 것이다.(NA 10, 10 이하) 실러는 훗날의 헤겔처럼 현대의 산문적 성격을 강조한다. 그리고 이를 극복할 수 있으려면 오로지 고대가 고안한 형식들을 다시 불러다 활용하는 수밖에 없다고 말한다. 코러스의 서정시적인 대사, 기교적으로 짜인 연설술, 그리고 코러스의 등장 자체가 불러일으키는 연극적 효력 등이 감각적 무대효과를 촉진한다. 그러나 코러스는 이와 동시에 관객들에게 필요한 성찰 능력을 불러내서, 관객이 극중 사건을 거리를 두고 명료하게 판결하고 평가할 수 있게 해주어야 한다. 이와 같은 논지에 입각해 코러스의 예술적 특성을 통찰한 데에는 코러스가 현대적 연극 기법이라는 규정도 포함되어 있다. 고대 그리스 연극 기법의 활용은 그것이 현대 연극의 예술적 단점들을 제거하는 데 도움이 되는 한에서 현대와 기능적 연관 관계에 있는 것이다. "현대의 작가는 더 이상 자연 속에서 코러스를 발견하지 못한다. 그는 코러스를 시적으로 창작하여 도입할 수밖에 없다. 다시 말해 작가는 자기가 다루는 이야기를 변화시키는 작업을 통해 그것이 어린아이 시절의 단순한 삶의 형태로 되돌아가게 하는 것이다." "예술에서의 자연주의"에 대해 "전쟁을 선언하는 일"에 도움이 되는 코러스를 다시 활성화한다는 것은 자기 자신의 의식을 변화시키고 "삶의 커다란 성과들"에 대한 감각을 날카롭게 해주는 일종의 생산적 행위를 뜻한다.(NA 10, 11 이하 계속)

코러스의 현대성은 무엇보다도 주어진 현실을 미학적 수단으로 고양한다는 그의 과제에 있는 것이다. 코러스가 연극의 제의적 기원을 환기해주는 고대 그리스 드라마와는 달리, 코러스 기법은 이제 조망할 수 없게 된 삶의 세계의 좁은 한계를 없애는 일을 떠맡은 것이다. 고대 비극에서 코러스는 현실과 형이상학을 유기적으로 연결하는 확고한 문화적 요소였지만, 현대에서 코러스는 더 이상 제의적 기능으로 자기주장을 할 수 없게 되었다. 실러가 서문에서 서술하고 있듯이 코러스의 목적은 최상의 소재를 더 이상 충분히 제공하지 못하는 진부한 현실보다 더 좋은 것을 제시하는 것이다. "작가는 궁전을 다시 열어젖혀야 하고, 법정을 자유롭고 밝은 세상으로 이끌어내야 한다. 그는 신들을 다시 일으켜 세워야 한다. 진정한 삶을 온갖 인위적 제도와 관습으로 옭아맴으로써 상실된 모든 삶의 직접적인 것이 다시 드러나게 해야 한다. 그리고 인간 내면의 본성과 그의 원래 품성을 방해하는, 그의 몸에 닿아 있고, 그의 몸 주변에 널려 있는 인위적으로 만들어진 모든 것을, 조각가가 현대 의상을 벗어던지듯 떨쳐버려야 한다. 최고의 형상인 인간적인 형상을 가시화하는 것 외에는 그 어느 것도 외부로부터 받아들여서는 안 된다."(NA 10, 12) 여기서 우리가 시도하는 것은 고대 형이상학을 복구하는 것이 아니라, 우리가 처한 이 시대의 사실주의에 대항하여 "물질적인 것을 이념적인 것을 통해"(NA 10, 9) 지배하고자 하는 예술이 해야 할 과제의 윤곽을 대강 그려보는 것이다. 개인마다 각기 처해 있는 특수한 사회적·역사적 여건들 배후에 있는 인간학상의 상수들을 명백하게 보여준다는 목표를, 실러에 따르면, 코러스는 극적 사건을 규정하는 갈등의 주된 발단과 진행 과정을 감각적으로 명확하게 묘사하는 것으로 대치한다. 그럼으로써 코러스는 사회적 역할의 의상을 입지 않은 "자연적"인 인간을 보여주는 것이다. 이때 사회적 역할이 어떤 모습으로 나타나는가 하는 것은 일상적 현실을 예술적 정밀성으로 다루어 얻어내야만 하는 것이다.

우리가 주목해야 할 것은 프리드리히 슐레겔이 확실하게 강조한 바 있는 코러스의 정치적 차원이 서문에서는 아무런 의미도 없다는 사실이다. 실러가 1790년에 솔론과 리쿠르그를 다룬《탈리아》논문에서 아테네 국가 형태의 특징으로 논한 바 있는, 공적 시민과 사적 개인이 이상적으로 하나가 되는 상태는 더 이상 언급되지 않는다. 코러스의 정당성을 오로지 미학적 관점에서 이야기할 뿐, 훔볼트도 발견한 고대 도시국가의 이상적 사회상은 거들떠보지도 않는 것이다. 실러는 '자연주의'를 공격하면서 다른 누구보다 레싱을 겨냥한 것이다. 레싱은 『함부르크 희곡론』 59번 항목에서 코러스가 자기 생각에는 일상적 색채가 짙은 대화를 방해하기 때문에 시대에 맞지 않는다고 주장한 것이다. "자연적 인간"의 성품은 언어를 매개로 한 그의 사회적 역할을 통해 파악할 수 있다는 것이 레싱의 생각인데, 실러의 서문에서는 자연적 인간의 성품에서 특정한 사회적 역할이 아니라 인간이라는 "유(類)"의 대표자를 보고 있는 것이다.(NA 10, 14)[274]

실러는 논문에서 사후적으로 구성한 기준을 몇 가지 점에서만 만족시켰다. 그의 비극은 "신들을 다시 일으켜" 세운다. 즉 밖으로 드러난 줄거리를 형이상학의 지평에서 일어나는 사건과 연관시키고자 한다. 그러나 그렇게 함으로써 주인공의 죄의 근거가 되는 개인적 책임이 뒷전으로 밀려나게 한다. 바로 이러한 소재의 고전적 고양으로, 무대 위에서 가시화된 파국의 원인이 되는 역사적 인간의 좌절에서 눈을 돌리게 됨으로써 소재의 파괴력이 둔화되는 것이다. 실러는 무엇보다도 뒤늦게 요구한 코러스의 이상화 기능을 변경하지 않았다. 코러스는 극중의 한 인물을 편파적으로 지원하거나, 경우에 맞추어 입장을 옮겨가면서 애써 객관적으로 판정을 내리는 집단의 모습으로 나타난다. 이미 아이스킬로스도 (훔볼트가 부분적으로 번역한 「에우메니데스」에서 보듯) 어찌해야 좋을지 모르는, 판단 능력이 제한된 코러스를 사용하고 있지만, 이러한 특성이 실러에게서는 명확한 방향감각이라고는 전혀 없이 우왕좌왕하는 형식으로까지 그 정도가 심해진다.[275] 이렇게 현대적인 것으로 다가오는 코러스의 이중성은 사태를 지각하는 관점이 고정되어 있지 않고 항상 흔들리기 때문에 자기 의견을 바꿔야 하는 데서 오는 신경과민 상태에서 드러난다. 서정적 색채의 코멘트를 통해 이루어내는 고상한 질서 기능은 소재를 고양하는 일을 잘해내지만, 사태를 믿을 만하게 지적으로 알려주는 일은 하지 못한다. 코러스는 "유일한 이상적 인물"(NA 10, 15)이 아니라 서로 다른 입장과 이해를 가진 이중적 성격의 심급(審級)인 것이다. 독자적인 "예술 기관"을 통해 사태를 객관적으로 해석해야 한다는 요구가 이 비극에서는 실현되지 않는다.[276]

코러스에 정신적 통일이 있어야 한다는 지적은 이 비극의 구조에 맞지 않는다. 1817년 그릴파르처는 실러를 비판하는 짧은 글에서, 코러스에 "이 상(理想)의 개념을 포함"해서는 안 된다고 말한다. 그 이유인즉, 코러스가 고대 비극에서는 "극중 사건에 함께 엮이는 것"이 피할 수 없는 일인데, 이 상의 개념이 들어가면 그 필수적인 사건에 엮이는 일이 일어나지 않기 때문이라는 것이다. 그릴파르처의 이 같은 지적은 실러의 서문에는 해당하지만 드라마 텍스트 자체에는 맞지 않는다.[277] 개별적인 코러스가 증오, 질투, 불안, 애정 등 폭넓은 스펙트럼의 정념에 지배되고 있음에는 의심의 여지가 없다. 돈 마누엘의 죽음 이후에도 각성된 성찰 능력이 증가하기는 하나, 불협화적인 목소리들의 대립은 그대로 유지된다. 형의 편을 들며 고소자 역할만 하는 코러스의 비탄의 노래는 소포클레스의 「엘렉트라」(v. 1384 이하)를 환기시키거니와("터져 나오너라 너희 상처들이여, / 흐르고 흐르라 핏물이여!"(4막 4장, v. 2411 이하)), 돈 세사르를 따르는 코러스는 주인의 자살을 만류하면서, 이제 그의 몫이 된 통치자의 임무를 생각하라는 외교적 조언자 역할로 만족한다. 마지막 장면에서 코러스의 일부가 종극적으로 하나로 합치게 되지만 그것은 신뢰할 수 있는 판단의 합일이 되지는 않는다. 종결부의 마지막까지 오류와 그릇된 해석들이 결정적인 것으로 남기 때문이다. 실러는 서문에서 코러스는 개인적 차원을 지양하고 객관적으로 판단하는 주석자의 입장을 유지해야 한다고 요구했고, 이를 그릴파르처가 비판하였거니와 실러의 그러한 요구는 실러 자신에 의해 실질적으로 실현되지는 않았다. 실러는 자기 논문을 통해 독자적 코러스 이론을 발전시키지만, 발전시켜나갈수록 그의 이론은 완결된 비극 안에서 코러스의 실제적 기능과 거리가 벌어진다.[278] 따라서 서문과 본문의 관계를 너무 밀접한 것으로 파악하면 안 되는 것이다. 문학론적인 논문과 교훈적인 드라마는 각기 상이한 기능을 갖고 있는 것이고, 둘을 서로 꼭 맞아떨어지게 할 수는 없는 것이다.

코러스의 판단이 눈에 띄게 일관성이 없다는 사실은 이미 당대 독자들도 알고 있었다. 그러나 대개의 경우 예술적 조절이 부족하여 생긴 일로 평가했다. 코러스의 대사에서 분명한 뜻을 기대하는 사람은 누구나 실제로 실망하게 될 것이다. 거의 모든 사건이 앞뒤를 재가며 두 가지 상이한 관점에서 해석되고 있는 것이다. "전쟁인가 평화인가, 우리는 두 가지 모두 준비하고 있다"(v. 324 이하 계속)"라고 코러스는 시작부터 천명한다. 그리고 몇 줄 안 가서는 "이제 이것으로 충분하다 하면 싸움이 끝날 것이고, 그렇지 않고, 너희들 맘에 든다면 싸움은 계속되겠지"라는 말이 나온다.(v. 435 이하) "평화는 아름답도다!" 하는 것이 형제가 화해한 뒤 내려지는 결론이다. "그러나 전쟁 또한 자기 나름의 명예가 있지."(v. 871) 전형적인 것은 관점이 변화하는 것에 대한 솔직한 고백이다. "내 맘에 드는 것은 생동하는 삶, 오르내리는 행운의 파도 위에서 이리 몰리고 저리 몰리고, 위로 치솟다가 내몰리는 생동하는 삶이로세."(v. 881 이하 계속) 변화하는 상황에 비위 맞추는 코러스에게서 어떤 확실한 정보도 기대하기 어렵다는 것만은 분명하다. 하나의 입장만을 취하는 코러스에서도 「몰타 기사단」에서 교단 철학의 전령으로 등장하는 집단이 보이는 것과 같은 독자적 면모는 찾기 힘들다. 심지어 비극이 끝나기 직전에 코러스가 하는 예언마저도 공허한 것이 되어버린다. 그것이 착각에 기인한 것이기 때문이다. 코러스는 세사르가 자살하기 직전에 슬퍼하는 이사벨라에게 "희망을 가질지어다"라고 선언한다. "아들은 삶을 선택할 것이고, 너에겐 아들이 있게 될 것이다!"(v. 2820) 주인공의 시신을 대면한 상태에서 던지는 코러스의 마지막 문장도 이중성을 띠고 있다. "놀라움에 몸을 떨며 나 서 있네. 알 수가 없네, 내 저 분 위해 비통해해야 할지, 아니면 칭송해야 할지 저분의 운명을."(v. 2835 이하)

이 비극에 대한 실러 당대 평자들의 논의는 실러의 코러스가 고대 코러스와 얼마만큼 일치하는가라는 물음에 집중되고 있다. 쾨르너는 1803년 2월 28일 편지에서 이 비극이 선택한 처리 방식을 다음과 같이 분석한다. "자네 코러스의 이념적 의상은 꽤 대담하네. 그리스 신화가 가톨릭 종교 개념 옆에 자리 잡고 있네 그려. 자네 혹시 일반적인 시적 의상을 사용해보려 했나, 화가의 작업복이 보여주는 것과 같은 것을? 그 덕분에 개별 대목들의 묘사는 풍부해졌지. 하지만 전체적으로는 코러스의 모습이 일관성을 잃게 되지나 않았는지, 잘 모르겠네."(NA 40/I, 27) 1803년 10월 22일 편지에서 훔볼트 또한 이와 유사한 비판적 뉘앙스로 코러스 삽입의 주관적 경향에 대해 언급하고 있다. 그의 주된 비판은 코러스가 "행동하는 인물들에게 지나치게 가까이 다가가 있고" 그리하여 코러스에게 필수적인, 그의 객관적인 입장에 어울리는 격정적 "몸짓"이 아쉽게도 보이지 않는다는 것이다.(NA 40/I, 136 이하) 《종합 문학 신문》에 실린 베를린 김나지움의 교수 페르디난트 델브뤼크의 이해 넘치는 논평도 코러스의 이리저리 흔들리는 입장에 대해서는 비판을 아끼지 않는다.[279] 그런데 여기서 간과되고 있는 것은 코러스의 발언들에 주관적 성격을 부여하는 현대적 기능이 바로 입장 변화에 있다는 점이다. 코러스가 주는 코멘트의 특성이라 할 모순성은 기획된 면모인 것이다. 코러스는 성찰도 하고 행동도 하는 심급으로서 가까이하기와 거리 두기를 같은 비중으로 하는 매체인 것이다. 실러가 의도한 것은 코러스의 도움으로 관객들로 하여금 무대 등장인물과의 동일시와 거리 두기 사이에서 균형을 잡는 까다로운 일을 해낼 수 있도록 하는 것이 었다. 미적 경험을 기초로 하여 관객에게 사회적으로 유효한 자유의 형식을 부여하려는 연출상 의도가 코러스를 통해 실현되도록 한 것이다.[280] 실러의 서문은 행동과 코멘트가 교체되는 것을, 관객을 정서적으로 자극하는 동시에 사건에 대해 성찰하도록 유도하는 가능성이라 정의한다. "코러스는 부분들이 서로 떨어져 있도록 하면서, 다른 한편으로는 양쪽의 격정들 사이에 침착한 관찰자로 끼어듦으로써 흥분의 도가니 속에서 잃어버릴 수도 있는 자유를 우리에게 되돌려준다."(NA 10, 14) 여기서 실러가 서술하고 있는 것은 텍스트 안에서 양편으로 갈린 코러스 집단들 자체에 의해 이루어진다. 이들은 개인적 이해와 집단적 의식 사이를 오가면서 행동으로 나설 준비 태세와, 거리를 두고 성찰하는 입장을 수시로 교체한다. 그런데 실러가 서문에서 서술한, 균형을 잡아주는 코러스의 기능은 착수 단계에 그친 감이 없지 않다. 그것은 주로 코러스가 제시하는 판단에 일관성이 부족하다는 데에 그 원인이 있는 것이다. 코러스의 견해가 항상 변하기 때문에 생기는 신경과민과 예측 불명확성이 내부적 긴장을 유발하여 행위와 관조의 균형을 방해한다. 혼란스러운 판단들의 다의성 속에 담겨 있는 코러스의 현대성이 작품의 텍스트 안에서는 이론가 실러가 이상화하려는 의도에 맞서 자기주장을 하는 것이다.

8. 마지막 해들:
베를린, 바이마르(1804~1805)

맞이하기 힘든 손님

뮤즈들의 궁정에 온 마담 드 스탈

마지막 2년 동안 실러는 집필을 위해 어느 때보다도 엄격하게 집에 머물러 안정을 얻고자 노력한다. 여간해서는 정확하게 정해놓은 하루 일과의 리듬을 깨지 않으려 한다. 그는 오전 11시까지 잠을 자고 초콜릿 한 잔을 마시면서 서신 업무를 처리한 뒤 가족과 함께 대개 간소하게 점심 식사를 하고 나서 문학적 작업을 시작한다. 한번 시작하면 대개의 경우 늦은 밤까지 계속된다. 이미 슈투트가르트와 만하임 시절부터 실러는 생산성이 향상되는 밤늦은 시간의 고적함을 소중히 여겼다. 글쓰기 작업을 밤늦도록 하지 않을 수 없었던 것은 주로 세 아이들과 집안일이 정신을 산만하게 하기 때문이다. 병에 시달리는 시기에는 낮엔 침대에 누워 지내다가 오후 늦게 집안이 고요해지면 일어나 앉아 계획해놓은 작업 분량의 일부만이라도 밤새에 끝내고자 노력한다. 젊었을 때도 옷차림에는 별로 신경을 쓰지 않았지만, 그는 이제 병에 시달리며 지내게 되자 외모를 소홀히 하는 것이 습관이 된다. 많은 방문객들의 회고에 따르면, 그들이 만났을 때 실러는 면도도 하지 않고 잠옷을 입은 상태였다고 한다. 실러는 폐를 보호하기 위해 산책과 소풍은 따뜻한 시기에만 한다. 생의 마지막 두 해 동안에는 괴테와 저녁에 만나는 약속도 점점 드물어진다. 둘 사이의 교류는 무엇보다도 공동의 연극 작업에 집중되고 확실히 목적 지향적인 성격을 띠게 된다. 그러나 생성 과정에 있는 원고에 관한 토론은 한 번도 빼놓지 않는다.

실러의 엄격한 글쓰기 규율은 그의 여행 행각을 크게 제한한다. 대변동의 시기이던 1802년에 실러는 인근의 티푸르트를 잠시 방문하기 위해 바이마르를 떠났을 뿐이다. 1803년 여름에는 가족을 동반하지 않고 두 주 가까이 라우흐슈태트에 머문다. 그리고 그곳에서 당일치기로 인근 도시 할레에 가서 신학자 아우구스트 헤르만 니마이어가 운영하는 학교를 방문한다. 10월 초에는 예나에서 닷새 동안 머문다. 내친김에 드레스덴의 쾨르너를 찾아가 또다시 그의 집에서 지내다 올까 하는 더 큰 계획은 했지만 포기하고 만다. 그러나 한 작업을 마무리하는 데 절대적으로 필요한 조용한 시간을 포기해야 하는 경우만 아니면, 그는 마지막 몇 해 동안에도 사회적 의무를 외면하지는 않았다.

1802년 11월에 귀족 증서를 받은 후로는 궁정의 차 모임이나 저녁 식사 혹은 무도회에 초대된 기록이 달력에 자주 보인다. 샤를로테는 이를 매우 좋아했다. 실러는 친숙한 볼초겐 부부와 즐겨 만나는가 하면, 슈타인 부인, 포크트 장관, 예술사가 마이어나 궁정 사회에 속하는 임호프 부부*와의 대화를 즐겼다. 이들 외에도 가끔씩 만난 이들은 1802년 9월에 방문객으로 찾아와 알게 된 할레의 학교장 니마이어, 1803년 7월에 라우흐슈태트에서 만난 프리드리히 들 라 모테 푸케, 1803년 가을에 여행하다 들러서 만난 화가 프리드리히 레베르크, 1803년 말에 괴테의 집에서 손님으로 알게 된 카를 루트비히 페르노브와 프리드리히 아우구스트 볼프 등이었다.

실러는 그러나 일이 잘 진척되지 않을 때는 사회적 의무보다 작업 규율을 더 중요시했다. 이러한 사실을 잘 보여주는 것이 제르맨 드 스탈과의 만남이다. 프랑스와 독일 사이의 문화 매개자인 이 여성은 1803년 12월에 바이마르에 오자 곧 실러를 만나려고 애썼다. 훗날 그녀는『독일론』(1810)에서 실러를 세계를 이해하는 학식을 지닌 극작가로 소개하게 된다. 이 프랑스 여성은 1766년에 유복한 집안에서 태어났다. 그녀의 아버지 자크 네케르는 루이 16세 때인 1777~1781년과 1788~1789년에 성공적이진 못했지만 재무상으로 봉직하였다. 그의 정치적 실패는 무엇보다도 성직자와 귀족의 이해에 반하여 긴급하게 시도한 조세개혁이 좌절된 것이었다. 스탈의 어머니가 열었던 살롱에는 파리 지식인 사회의 탁월한 두뇌들이 모여들었다. 이곳에서『백과사전』의 발행인 달랑베르, 박물학자 뷔퐁, 출판인 그림, 디드로와 마르몽텔 같은 작가들이 만났다. 스탈은 처음에는 입헌군주제 모델에 동조했지만, 1792년 9월의 소요 사태를 경험하면서 정치 토론의 일선에서 물러섰다. 로베스피에르가 실권할 때까지 3년 동안 그녀는 제네바 호수 근처 코페(Coppet)에 있는 가족 소유의 성(城)에 머물렀다. 스위스 망명에서 돌아온 그녀는 온건한 공화파 노선을 도우려고 애썼다. 이 노선에서 초기에는 보나파르트와 협의도 하고 있었다. 그러나 그가 집정관으로

∙∙

---

* 슈타인 부인의 미모의 여동생은 프랑켄 지방의 임호프 남작(Baron von Imhoff)과 결혼했는데 계속 바이마르 궁정 사교계 생활을 즐겼음.

선출된 직후부터는 엄청난 긴장이 생겼다. 제르맨 드 스탈은 새 정치적 노선에서 혁명의 민주적 약속이 파기되었음을 본 것이다. 1802년에 나폴레옹은 대담하게 자신에게 반기를 들고 나선 이 여성을 프랑스에서 추방했다. 그녀의 사회적 영향력이 만만치 않음을 두려워했기 때문이다. 사면 청구가 받아들여지지 않게 되자 스탈 부인은 1803년 인생의 반려자인 뱅자맹 콩스탕(Benjamin Constant)과 함께 아이들을 데리고 장기간의 독일 여행에 나섰고, 12월 중순에 바이마르에 도착했다.

이 시기에 그녀의 문학적 명성은 이미 오래전부터 널리 퍼져 있었다. 이미 1796년에 괴테가 그녀가 쓴 소설론 「픽션에 관한 에세이(Essai sur les fictions)」를 번역하여 《호렌》에 실었고, 한 해 뒤에는 『열정이 개인과 국가 전체에 미치는 영향에 관하여(De l'influence des passions sur le bonheur des individus et des naions)』가 독일어로 번역(Über den Einfluß der Leidenschaften auf das Glück enzelner Menschen und ganzer Nationen)되어 나왔는데, 이 독일어판을 괴테는 1796년 12월 7일에 실러에게 읽어보라며 보냈다. 마담 드 스탈은 직접 문학작품을 쓴 작가로도 특출했다. 여성해방 문제로 갈등하는 한 여자의 비극적 결말을 내용으로 하는 자전적 실화소설 「델핀(Delphine)」은 독일 독자들에게서 큰 인기를 끌었고 그런 사실을 그녀는 여행에 나서서 처음 도착한 프랑크푸르트의 살롱들에서 알게 된다. 핵심을 찌르는 경구적인 문체부터가 범상치 않았고, 그 뛰어난 솜씨에서는 저자의 월등한 도시적 세련미가 묻어났다. 1804년 봄에 샤를로테 폰 시멜만은 샤를로테 실러에게 보낸 한 편지에서 이 프랑스 여성의 특성을 묘사하기를, 분방한 지적 여성으로서 처세에 능하고 경험이 많으며, 그녀의 냉정한 지성과 분석적 판단력은 경탄을 불러일으키지만 마음을 따뜻하게 해주지는 못한다고 하였다.[281] 제르맨 드 스탈은 타인의 심기를 불편하게 하는 정치적 신념들만이 아니라, 불안정하게, 연애 상대를 자주 바꾸는 사생활 또한 특별났다. 그녀의 그러한 연인 관계는 그 점에서 관대한 당시 파리 귀족들의 관습마저도 손상하는 것이었다. 자유주의와 지방적 편협성이 경합하는 바이마르에서는 코체부가 묘사했듯 이 "흥미로운 과격분자"[282]의 방문을, 약간 거리를 둔 호기심으로 맞아들였다.

1803년 11월 30일에 실러는 《예나 문학 신문》 창간을 추진 중인 괴테에게 마담 스탈의 방문이 예정되어 있음을 알린다. 실러는 그녀의 방문을 기다리면서 그녀에 대한 경쟁심에, 그리고 능력 발휘를 제대로 할 수 있을지에 대한 불안에 사로잡혀 있었다. 이러한 사실을 편지의 마지막 구절이 알려준다. "그녀가 독일어를 이해하기만 한다면 나는 우리가 그녀를 능가하게 되리라 의심치 않습니다. 그러나 우리의 종교를 프랑스어로 그녀에게 알려주면서 그녀의 유창한 프랑스 말에 맞서는 것은 벅찬 과제이지요."(NA 32, 88) 1803년 12월 15일 저녁에 실러는 영주 부인의 집에서 마담 드 스탈을 만난다. 괴테는 예나에 더 오래 머무는 편을 택했다. 너무나 활달한 여인과 토론하는 게 겁이 났던 것이다. 실제로 언어 장벽의 문제가 곧 일어난다. 프랑스어 실력이 탁월했던 실러는 그녀의 말을 정확히 이해할 수는 있지만, 프랑스어로 직접 표현하기엔 경험과 말재간이 부족한 것이다. 손님인 마담 드 스탈은 이런 딱한 사정을 알아차린다. 그러나 도울 방도는 없었다. "그는 프랑스어를 매우 잘 읽었지만 말을 하지는 못했다."(NA 42, 370 이하) 이런 장애에도 불구하고 그들은 어려운 주제에 도전한다. 첫날 저녁에 벌써 칸트 철학과 이 철학의 특수한 전문용어들을 외국어로 번역하는 문제에 관하여 토론한다.

1803년 12월 21일에 실러는 스탈 부인과의 첫 만남에서 받은 인상을 괴테에게 자세하게 보고한다. 빌란트가 자기 딸 조피에게 저명한 손님인 스탈 부인을 매혹적인 열정의 여인이라고 칭찬하는 말을 해준 것처럼, 실러 또한 사교계에 나타났을 때 그녀가 보여준 자연스러움과 그녀 특유의 정교한 사유 스타일을 높이 평가한다. 그러면서도 실러는 이 프랑스 여성의 분석적인 정신이 때때로 예술적 감수성의 결핍을 드러낸다며 거리를 둔다. "그녀는 모든 것을 설명하고 통찰하고 측정하고자 합니다. 애매한 것, 이해할 수 없는 것은 아무것도 용납하지 않습니다. 그리고 자신의 횃불로 밝혀낼 수 없는 곳에는 아무것도 없다고 여깁니다. 그래서 관념철학을 끔찍이 싫어하지요. 자기 생각에 관념철학은 결국 신비주의로, 미신의 세계로 이끌리게 마련이고, 그곳은 숨이 막힐 정도로 공기가 탁하여 자기는 그런 곳에선 죽고 말 거라는 겁니다. 우리가 시문학(Poesie)이라고 부르는 것이 그녀에겐 아무런 의미도 없습니다. 그녀는 그런 작품들에서 오로지 정열적인 것, 유창한 표현, 일반적인 것만을 취하겠다는 겁니다. 잘못된 것은 모조리 인정하지 않겠다는 거지요. 다만 언제나 올바르게 인식하는 것은 아니라는 게 문제지요."(NA 32, 94) 이런 구절이 보여주는 불편한 심정은 예리한 지성이지만 직관적 능력이 없어 보이는 마담 드 스탈에 대한 것이다.[283] 시멜만 백작 부인도 샤를로테 실러에게 보낸 한 편지에서 제르맨 드 스탈의 정신적 자산이 균형 잡혀 있지 않음을 이와 비슷하게 지적하고 있다. "그녀의 마술 같은 문체, 그 아름다운 언어에 난 자주 매혹되었어요. 그녀의 생각도 대담하고 새롭게 느껴질 때가 많았지요. 그러나 천상의 베누스(Venus Urania)가 순수한 광채로 빛을 발하며 그녀에겐 아직 나타나지 않은 것 같아요. 지상적인 것이, 프랑스적인 것이 더욱 높은 것을 자주 쫓아버리곤 했지요."[284]

제르맨 드 스탈도 실러의 지성에 깊은 인상을 받았지만 그들 두 사람을 가르는 대조적 면모를 간과하지는 않았다. 첫 만남에서 우선 궁정 사회 덕

안 루이즈 제르맨 드 스탈-홀스테인.
석판화. 뒤카름 작.

택에 몸에 밴 그의 형식적인 거동에 당황한다. 그녀는 자신이 이해할 수 없는 칸트 철학을 그에게서 들으면서 그의 사고가 얼마나 독단적 경향에 빠져 있는가를 알 수 있게 해주는 실험을 하고 있다고 생각한다. 실러가 현 정치판에 관심이 없음을 발견하고 놀란다. 실러와 괴테가 일간신문을 읽지 않으며 나폴레옹의 최근 법령 포고 활동에 관하여 전혀 모르고 있다는 사실이 그녀에게는 기이하기만 했다. 그녀는 빌란트에게 보낸 한 편지에 다음과 같이 쓰고 있다. "바이마르의 세계는 전적으로 셸링 철학의 뜻에 따라 움직이는 것 같아요. 그건 평온함입니다. 아니 그보다는 현실 속에서 이상이 잠자고 있는 것이라 해야겠지요."[285] 그러나 『독일론』이 묘사하고 있는 포괄적인 역사극에는 실러가 권력을 향해 지녔던 심리가 무엇을 뜻하는가 하는 문제도 포함된다. 스탈 부인은 바이마르의 명사들이 정치적 시국에 초연함을 알게 되었지만, 그녀의 대화 상대가 정치적 경험이 없음에도 불구하고 엄청난 수준에서 세계정세에 관하여 세밀한 지식까지 터득하고 있음을 알아보는 그녀의 안목이 흐려지지는 않았다.

1월과 2월에는 프랑스에서 온 이 손님과 만나기 위해 잡아놓은 일정이 잦아졌다. 성탄절에 예나에서 돌아온 괴테는 제르맨 드 스탈을 정기적으로 차 모임과 저녁 식사에 초대했고, 이때 실러가 자리를 함께하도록 배려했다. 대개의 경우 뱅자맹 콩스탕도 함께 어울렸는데, 그 또한 유연한 대화 상대로서 독일 문화에 깊은 관심이 있고 외교의 재능이 없지 않은 정치적 사색가였다(훗날 그는 프랑스 자유주의의 수장이 된다). 실러는 잦은 모임을 짐으로 느낀다. 연초에 「빌헬름 텔」의 마지막 두 막을 작업하느라 저녁 시간을 희생하고 싶지 않았기 때문이다. 습관적으로 실러는 원고 하나가 끝나갈 무렵에는 언제까지 끝내겠다고 스스로 마감 날을 정해놓았는데, 이때에도 스스로 정해놓은 마감 날 때문에 엄청난 압박감에 쫓긴 나머지

2월 16일에는 괴테와 프랑스 손님을 만나는 약속을 거절한다. 자기의 작업이 "목표"에 "근접하고" 있음을 느끼고 있다면서 작업 외에 다른 일에 관여하게 되면 "작업에 필요한 마지막 분위기를 빼앗길 수 있기" 때문에 다른 모든 것은 피하지 않을 수 없다는 것이다.(NA 32, 109) 실러가 마담 드 스탈을 처음 만나면서 받은 참신함의 매력이 소진된 뒤로 그가 그녀를 더욱 비판적으로 평가한다는 사실이 이제 명백해진다. 그녀의 거리낌 없는 호기심, 왕성한 논쟁 욕구, 관습과 규범을 무시하는 태도가 실러를 몹시 짜증나게 한다. 여성이므로 다소곳해야 한다는 실러의 시민적 이상에 이 프랑스 여성이 얼마나 부합하지 않는가를, 그는 1년 지난 뒤 베를린에서 헨리에테 헤르츠에게 털어놓았다.(NA 42, 387)

2월 29일에 제르맨 드 스탈이 프로이센으로 떠나자 실러는 이플란트에게 추천 서신을 써서, 그녀에게 손님 대접을 잘해줄 것을 부탁한다. "우리가 소박한 독일인으로서"(이 말의 밑바닥에는 반어적 뉘앙스가 깔려 있다) "그녀의 프랑스적 감각과는 극단적이고도 풀리지 않는 대립 관계에 있지만, 그녀는 자기 고향 사람들 모두보다 독일의 천재성을 더 존중하고, 진지하고 열정적으로 선과 정의를 추구한다네."(NA 32, 114) 이로부터 불과 며칠 후에 괴테에게 보낸 편지에서 실러가 그 시점에 마담 드 스탈에 대해 느끼는 감정이 숨김없이 드러난다. "저도 우리의 프랑스 친구가 떠나자 마치 중병에서 헤어난 것 같은 느낌이 듭니다."(NA 32, 114) 이 프랑스 여자가 4월 25일 아우구스트 빌헬름 슐레겔을 동반하고 바이마르로 돌아오자 실러는 다음 날 베를린으로 향하는 장기 여행을 떠날 채비를 하느라 집에서 나오지 않았다.

변화에 대한 전망
프로이센 방문

　　1804년 봄, 실러는 또다시 예기치 않은 결정을 해야겠다는 압박감에 빠진다. 그런 생각은 그의 베를린 방문으로 야기된 것이다. 이미 1799년 2월에 그는 「발렌슈타인의 죽음」 공연을 계기로 젊은 프로이센 왕 부부와 친분을 맺었다. 그들은 그를 칸막이 특별석으로 오도록 청했고, 그곳에서 궁정 사회의 경직된 대화 예법에 구애받는 일 없이 당시 무대에 연출되던 장면들에 관해 얘기를 나누었다. 그때의 편안한 대화 분위기가 실러에게 남긴 좋은 인상을 카롤리네 폰 볼초겐이 기억하고 있다. 실러가 자기에게 보낸 편지에서 무엇보다도 "왕비는 정신적으로나 감정적으로나 문학작품들의 의미를 속속들이 알고 있다"[286]고 보고했다는 것이다. 1797년 11월에 프리드리히 빌헬름 3세와 함께 왕위를 계승한 23세의 루이제 폰 프로이센은 예술 문제에 전문가적인 관심을 보였다. 「발렌슈타인」을 더 실감나게 감상하기 위해 그것을 바이마르에서 먼저 보고 싶어했다고 실러에게 말했다는 것이다(베를린 초연의 연출은 5월 17일에 이플란트가 맡았다). 여왕은, 어머니가 일찍 죽은 다음 교육을 소홀히 받는 바람에 미학적 교양이 극히 부족했지만, 개방적인 호기심과 솔직담백한 태도로 그 부족함을 메우고 있었다. 실러는 7월 5일 코타에게 보낸 편지에서 신분 높은 손님들과의 만남을 부차적으로만 언급한다. 그러나 쾨르너에게는 8월 9일 좀 더 결정적인 내용을 써서 보냈다. "바이마르에서 프로이센 왕을 뵙게 되어 나 자신을 왕 내외분께 소개해야만 했네. 여왕께선 매우 우아하고 친절하게 맞아주셨지." (NA 30, 80)

　　1804년 3월에 바이마르에서 「빌헬름 텔」이 긴 시간이 걸리는 작품인데도 불구하고 성공적으로 초연된 뒤 갑자기 실러에게는 궁정 사회의 분위기와 대공 치하의 사회적 구속감에 대한 반감이 생겨난다. 실러에게 괴테와의 유대는 여전히 소중한 것이지만, 그럼에도 어떤 거리감이 강해진다. 바이마르에서 매일 이웃하여 지내는 것이 부담스러워진 것이다. 서로를 피할 수 없기 때문이다. 게다가 괴테는 꽤 오래전부터 창작 위기 상황에 빠져 있어, 비중이 있는 작품으로는 겨우 「자연의 딸」하나만 써내느라 온 힘을 다해 애쓰는 중이었다. 생산성이 저하된 기간 내내 그는 무기력에 빠져 납덩이처럼 되기 일쑤였고, 그래서 연극 작업도 어려워졌다. 이미 1803년 늦겨울에 실러는 훔볼트에게 보낸 한 편지에서 괴테의 안이함이 늘어나는 것에 대해 불평하면서 다음과 같이 고백한다. "나는 혼자서는 아무것도 할 수가 없습니다. 나는 자주 거주지를 옮겨 새로운 활동 구역을 찾아보려는 충동을 느낍니다. 그 어디라도 견딜 만한 곳이 있기만 하다면, 저는 당장 떠날 것입니다."(NA 32, 12) 1804년 3월 20일에 빌헬름 폰 볼초겐에게는 불만에 가득 차 다음과 같이 쓰고 있다. "나 또한 여기서 참을성을 잃을 때가 가끔 있습니다. 날마다 더 나빠지는 것 같습니다. 난 바이마르에서 죽을 생각이 없어요. 다만 어느 쪽으로 갈 것인가를 정하지 못했을 뿐입니다." (NA 32, 116)

1804년 4월에 견디기 어려울 만큼 불만이 커지자 실러는 베를린으로 여행할 결심을 한다. 그러나 이 계획을 바이마르의 친구들에게는 말하지 않는다. 7월에 넷째 아이를 낳을 예정이던 샤를로테는 실러의 즉흥적 결정에 심하게 반발한다. 카롤리네 폰 볼초겐은 실러의 성급한 결정 뒤에는 오래전부터 프로이센에서 새로운 활동을 하기 위한 교섭에 응할 마음의 준비가 되어 있음을 이미 눈치채고 있었음에도(NA 42, 382), 그의 계획을 "천재들에서 보게 되는 일종의 장난"이라 칭한다. 4월 26일에 실러는 공작에

프로이센의 여왕 루이제.
동판화. 알렉상드르 타르디외 작. 1801년에 엘리자베스 비제르브룅의 그린 것을 원본으로 해 제작함.

게 여행의 목적지를 알리지 않은 채 샤를로테와 함께 두 아들을 데리고 마차에 오른다. 바이마르에서 사람들은 실러가 작센에 가서 출판사와 접촉하려는 것이라 생각한다. 4월 27일 실러 가족은 지체 없이 달려 라이프치히에 당도하고, 그곳에서 출판 박람회가 열린 틈새에 코타, 괴센, 크루시우스 등의 출판사와 대화한다. 30일 정오 무렵에 포츠담의 초소에 도착한다. 마차가 검사를 받는 동안에 경비 지휘소의 한 장교가 실러를 알아보고 그의 서정시에 관하여 얘기를 나누자며 그를 끌어들인다. 다음 날 낮에 베를린에 도착한 다음부터는 실러를 만나려는 사람들의 신청이 쇄도한다. 5월 2일에는 밤의 여왕 역할로 유명해진 요제피네 란츠가 연출한 모차르트의 「마술피리」를 관람한다. 실러는 이플란트를 여러 차례 만났는데, 그는 뜻밖에 찾아온 손님인 실러를 친절하게 맞이하고 5월 4일에는 실러의 방문을 기려 성대한 만찬을 마련한다. 이플란트의 제안으로 실러 가족은 처음에 머물던 운터 덴 린덴 대로변의 호텔 드 루시를 나와, 극장 총감독(이플란트) 소유의 최고급 저택도 있는 인근의 프리드리히 슈트라세로 숙소를 옮긴다. 짧게 방문한 사람들은 예나 시절을 함께 보낸 의학자 후펠란트와 상급 재무관 빌헬름 폰 하겐(그의 부인과 샤를로테는 친구였다), 첼터, 작곡가 롬베르크(젊은 시절 본에서 베토벤과 음악을 함께 함) 그리고 티크의 누이 조피와 결혼하고 베를린의 피히테 제자 그룹에 속하는 김나지움 교사 아우구스트 페르디난트 베른하르디 등이다. 화가들인 요한 고트프리트 샤도(Gottfried Schadow)와 프리드리히 게오르크 바이치(Friedrich Georg Weitsch)가 실러의 초상화를 그리기 위해 그를 방문한다. 샤도의 그림에 대해 프란츠 카프카는 1911년 1월 12일 일기에서 다음과 같이 촌평한다. "이 코보다 더 확실하게 얼굴을 그려낼 수는 없을 것이다."[287] 5월 5일에 루이스 페르디난트 왕자가 실러를 대만찬에 초대한다. 그러나 만찬 분위기는 저명한 작가를 만난다는 긴장감 넘치는 기대로 인해 어색했다.

이플란트는 자신이 무대에 올린 적 있는 실러의 작품을 모두 예고기간을 거치지 않고 프로그램에 집어넣는다. 5월 4일에 실러는 「메시나의 신부」를, 6일에는 「오를레앙의 처녀」를, 14일에는 「발렌슈타인의 죽음」을 관람한다. 특히 「오를레앙의 처녀」 공연 때는 드레스덴에서처럼 승리의 도가니로 빠진다. 관객은 만세를 합창하면서 작가를 칭송한다. 극장 앞 광장에서 실러는 환호성에 반쯤 마취된 상태로 큰아들과 함께 인파 사이의 좁은 길을 지나 겨우 빠져나온다. 200명 가까운 엑스트라들이 동원된 상연 자체가 실러에게는 물론 너무 화려했다. 하지만 실러가 여배우 프리데리케 운첼만에게 말한 것처럼 압도적인 오페라 같은 대중 장면들에 가려서 갈등 관계에 있는 등장인물 개개인의 개성은, 즉 "심리적 갈등을 보여주는"(NA 42, 386) 대상은 보이지 않았다.

들이닥치는 모임들에 참석하지 않을 수 없어서 거기에 일일이 응하다 보니 일주일이 지나자 벌써 실러의 건강 상태가 나빠진다. 몸이 지쳐 생긴 몸살감기 때문에 5월 6일부터 9일까지 꼼짝 못하고 방에 갇혀 지낸다. 습기 찬 날씨와 찬바람으로 실러는 극도로 조심하게 된다. 이 기간 그는 아무도 만나지 않고 산책도 하지 않는다. 5월 10일이 되어서야 그는 이플란트가 연출한 「지참금(Die Aussteuer)」을 관람하기 위해 다시 사람들 앞에 나서기를 감행한다. 그다음 날 저녁에는 글루크의 오페라 「이피게니에」를 관람한다. 또 그다음 날인 5월 12일에는 그를 저녁 식사에 초대한 후펠란트를 방문한 후 다시 「오를레앙의 처녀」 공연 연습을 극장에서 자세히 검토한다.

5월 13일에 루이제 여왕은 샤를로텐부르크 궁성으로 실러 부부를 초대한다. 대화는 예술에 관한 문제에 맴돈다. 그러나 실러의 미래 계획에 관해서도 언급한다. 여왕을 알현하며 느낀 편안한 분위기에 영향을 받아서

인지 실러는 첼터의 성악 아카데미를 방문한 다음 날인 5월 15일에 이플란트의 극장 비서 파울리에게 베를린에 몇 년간 머물고 싶다는 의사를 밝힌다. 실러가 면밀하게 계획하고 준비한 것이 분명한 이 대화는 지체 없이 구체적 세부 사항에 대한 의논으로 이어진다. 가장 이상적인 방안은 아카데미의 일원으로 임명받고 봉급을 책정받아 베를린 극장의 작가이자 고문, 감독으로 활동하는 것이라고 의견의 일치를 본다. 실러는 왕자의 역사 교육을, 이 직무에 내정된 요하네스 폰 뮐러가 그 일을 하지 못하게 될 경우, 담당할 용의가 있음을 알린다. 이 시기에 이미 실러는 바이마르의 대공과 상의할 생각도 하고 있었던 것으로 보인다. 실러는 자기가 베를린으로 이사하려는 것은 아이들 때문이라고, 아이들의 장래를 생각하면 돈을 모으지 않을 수 없다고 설명할 수 있을 것이라고 자기 계획을 내비친다. 파울리는 당장에 실러의 의중을 이플란트에게 전하고, 이플란트는 그다음 날 궁중 고문관 카를 프리드리히 폰 바이메에게 실러의 제안을 알린다.

실러는 5월 18일에 떠나기로 이미 정해놓았기 때문에 협상을 할 시간이 다급해진다. 5월 17일 아침 왕 부부가 실러를 상수시(sans souci, 忘憂) 궁전으로 초대해 조찬을 대접한다. 그 자리에서 그의 직업상의 전망에 관한 얘기는 나오지 않는다. 그러나 알현에 이어, 왕의 권한을 위임받아 실러에게 확실한 제안을 할 수 있는 바이메와 자세한 상담을 하게 된다. 바이메는 실러가 베를린에 정착할 경우 그에게 연봉 3000탈러를 주고 궁내 마차를 자유롭게 사용하도록 해주겠다고 제안한다. 실러는 이 유리한 제안을 기본적으로 받아들이지만 며칠간 생각할 시간을 달라고 한다. 5월 18일에 실러는 포츠담을 떠나 비텐베르크, 라이프치히, 나움부르크를 거쳐 중간에 오랜 휴식을 취하지 않고 바이마르로 돌아온다. 베를린 방문이 남긴 인상은 매우 긍정적이다. 여왕은 실러를 통상적인 궁정풍의 의례적 차가움이

프리드리히 실러.
요한 고트프리트 샤도 작(1804).

없는 온화한 친근함으로 맞아주었다. 여왕의 예술 애호는 널리 알려진 대로였고 프로이센의 대도시에 재정적으로 뒷받침된 최고 수준의 문화 프로그램을 보장할 것처럼 여겨진다. 우선 연봉 문제가 베를린 쪽으로 마음이 가게 한다. 바이마르의 대공은 이에 견줄 만한 제안을 하지 못할 것임을 실러는 알고 있는 것이다.

그런데 1804년 5월 28일에 쾨르너에게 보낸 편지에서 그가 프로이센의 장점에 마음이 끌리는 한편으로 망설이고 있음이 드러난다. 거주지를 옮길 때 겪어야 할 외부적 부담에 대해 걱정하는 소리가 역력하다. 거리가 너무 떨어져 있음을 생각할수록 베를린 이주 계획은 힘들어진다. 베를린에 가면 궁정에 자주 모습을 드러내야 할 것이고, 그런 의무 때문에 작가로서 글 쓰는 일에 방해가 될 것이 실러로서는 큰 근심거리가 아닐 수 없다. "이 곳 바이마르에서는 물론 나는 절대적인 자유를 누리고 있네. 말 그대로 내 집에 있는 것이지. 대공과의 관계 또한 좋으니 내가 아주 좋은 방식으로 이곳에서 벗어나리라 희망할 수 있긴 하나, 내가 막상 떠나게 된다면 마음이 아플 걸세."(NA 32, 133) 이런 생각은 샤를로테의 입장 때문에도 점점 깊어가게 됐을 것이다. 샤를로테는 그녀의 튀링겐 가족들과 멀어지게 될까 봐 베를린으로 이주하기를 아주 싫어한 것이다.

실러가 돌아오자마자 괴테는 대도시에서 사는 일이 위험하며 예술가의 작업에 해로운 영향을 끼칠 것임을 친구에게 납득시키기 위해 자기의 설득력을 총동원한다. 7월 4일에 실러는 카를 아우구스트 대공에게 서면으로 베를린의 제안을 보고한다. 그러나 그와 함께 앞으로도 대공 가문에 계속 충성심을 지키고 싶다는 신호를 보낸다. "전하의 은혜에 빚진 바가 많음을 알고 있습니다. 저는 자신이 경솔하게, 또는 이득을 좇아 가장 성스러운 관계를 깨뜨리는 약삭빠른 인간은 아니라고 생각합니다. 감사하기 때문에 의무를 짊어질 뿐 아니라 저의 애정과 우의 어린 관계가 저를 바이마르에 묶어놓습니다. 눈부신 전망이 저를 결코 유혹에 넘어가게 하지는 않을 것입니다."(NA 32, 137) 실러는 대공에게 압박을 가할 수도 있을 협상 전략을 의식적으로 포기한다. 실러는 가족의 안위를 앞세웠고, 카를 아우구스트가 그의 가족에 대해 여전히 호감을 갖고 있음을 아는 것이다. "저는 마흔다섯 살이고 건강은 약해져서 앞날을 생각하지 않을 수 없습니다."(NA 32, 137)

마찬가지로 베를린에서 시찰을 마치고 막 돌아온 대공은 이틀 뒤 실러에게 불변의 충성심을 표해준 것을 치하하면서 재정적 도움이 얼마나 필요한지 솔직하게 말하라고 요구한다. 그러자 실러는 괴테에게 외교적 주선을 요청하면서 자신이 얼마의 연금을 기대하는지 편지로 설명한다. "저는 여기서 한 해에 2000탈러가 있어야 그럭저럭 살 수 있습니다. 지금까지는 글쓰기 수입을 포함해 3분의 2, 즉 1400탈러에서 1500탈러를 벌어왔습니다. 제가 1000탈러의 고정 수입을 예상할 수만 있다면, 저는 매년 제가 버는 1000탈러를 여기에 포함하겠습니다. 만일 상황이 여의치 않아 제가 지금까지 받던 급료 400탈러를 즉시 1000탈러로 인상해주실 수 없다면, 저는 대공님께서 후의를 베푸셔서 우선 저에게 800탈러를 주도록 허락해주시고 몇 년 안에 1000탈러로 올려주시기를 기대합니다."(NA 32, 138) 괴테는 실러의 제의를 즉시 대공에게 전한다. 그리고 대공은 포크트에게 지시하여 실러의 궁정 고문 연금을 두 배로 올려 매년 800탈러를 주도록, 그리고 "적당한 때에 200탈러를 마저" 채워주도록 지시한다. 그러면서도 대공은 "실러가 상당한 연금을 받는 것처럼 베를린 사람들이 속을 수 있도록"(NA 32, 480) 이 일을 비밀에 부치도록 한다. 사업가적 머리가 없지 않다 하겠다.

실러는 곧 네 아이의 아버지로서 짊어지게 될 의무를 해낼 수 있게 해주는 대공의 제안에 동의한다. 1804년 6월 8일에 실러는 카를 아우구스트에게 다음과 같은 글을 보낸다. "관대하고 자비로우신 전하, 저의 인생 계획을 항구히 고정하셨습니다. 어떤 변경에 대한 생각도 기쁜 마음으로 물리칠 수 있겠습니다. 저는 기꺼운 마음으로 활동하겠습니다. 이제부터는 저 자신의 일을 할 수 있게 되었기 때문입니다."(NA 32, 139) 6월 18일에 실러는 바이메에게 거절의 편지를 써서 보내면서도 돌아갈 길은 열어놓으려 한다. 실러는 매년 여러 달을 베를린에서 지내겠다고 제안하면서, 바이마르의 집을 포기할 생각이 없음을 강조한다. 실러는 몇 달간 베를린에서 일하는 대가로 당당하게 2000탈러를 요구한다. 이 봉급은 "긴요히 베를린에서 지낼 때 품위를 지키면서, 탁월하신 왕의 명성 높은 정부로부터 은혜를 입은 국가의 시민으로 살 수 있도록 해줄"(NA 32, 144) 것이라는 것이다. 이틀 전에 실러는 빌헬름 폰 볼초겐에게 베를린의 산만한 분위기가 마음에 걸리기는 하지만 도시적인 분위기에 대한 일종의 동경 또한 자신을 지배한다고 다음과 같이 고백하고 있다. "나는 크고 낯선 도시에서 활동하고픈 욕구를 느꼈습니다. 더 큰 세계를 위해 한 번 쓰는 것이 나의 소명이 아닙니까, 나의 희곡 작업들은 그러한 세계에서 힘을 발휘해야 할 것입니다. 그런데 여기서 나는 좁고 작은 현실에 놓여 있으니, 더 큰 세계를 위해 내가 그래도 무언가를 어느 정도 이루어낼 수 있다는 것은 기적이라 할 만합니다."(NA 32, 142) 베를린의 바이메에게 보낸 편지에는 답장이 오지 않는다. 그리하여 바이마르에 머무르려는 결단은 최종적으로 굳어졌다. 그런데 1804년 여름, 실러에게는 방해받지 않고 힘껏 일할 수 있는 기간이 몇 달밖에 남지 않게 된다.

제한된 활동
치유 불가한 병에 걸리다

1804년 여름 이래로 실러의 건강은 어느 때보다도 참담했다. 멈추었는가 하면 재발하는 감기와 카타르 발열, 복통으로 마음껏 일할 수 있는 즐거운 기간은 중단되곤 하면서 점점 짧아져갔다. 지난해에는 알레고리적 축제극인 「예술에 대한 찬양」과 라신의 「페드라」 번역만을 완성했을 뿐이다. 이제 편지에서는 자주 체념의 말이 들려온다. 특히 몇 달 동안 병에 시달려 글 쓰는 작업을 전혀 할 수 없던 1804년 여름과 가을에는 비관적 기세가 역력하게 눈에 띈다. 신체 악화의 증상이 끊이지 않자, 언제나 침울한 기분은 모르고 지내온 실러도 점점 기진맥진한 모습을 드러낸다. 해를 넘길 무렵 신체가 최악의 상태이던 실러에게 후버의 사망 소식이 알려진다. 1804년 성탄절에 막 40세가 된 나이로 울름에서 타계한 것이다. 옛 시절의 이 친구는 분주히 일에 몰두하다 생을 소진하고 만 것이다. 그는 마지막까지 꾸준히 비평과 작가론을 발표했는데, 그중에는 괴테, 클라이스트(그의 재능을 빨리 발견했다), 클롭슈토크, 클링거, 보데, 메르켈, 드 사드에 관한 글이 있다. 그는 《문예연감》과 달력을 편집하였고 정치 기사와 팸플릿을 집필했으며, 과중한 일의 압력으로 쓰러질 때까지 이런저런 계획과 희망을 쫓아다녔다. 《쿠어팔츠 바이에른 신문(Kaiserlich und Kurpfalzbairishen Zeitung)》에 실린 사망 기사를 읽고 실러에게 그 소식을 알린 코타는 1월 6일에 쓴 글에서 후버의 죽음에 실러의 "마음은 우울해졌다, 아니 놀랐다" (NA 32, 183)고 말한다. 타격을 받은 실러는 1월 20일에 쾨르너에게 다음과 같이 쓴다. "그가 제일 먼저 우리를 떠날 줄 누가 알았겠나! 우리가 그와 연락하며 지내지는 않았지만, 그는 우리를 위해 살았고 그의 삶은 우리 인

생 중에서도 우리가 무관심하기에는 너무나 아름다웠던 시기에 묶여 있었지 않나."(NA 32, 187)

병의 막바지 단계가 시작된 1804년 7월 말에 실러는 이웃 도시 예나에 일시적으로 가 있게 된다. 실러 가족은 같은 시기에 뷔르츠부르크로 이주할 준비를 하던 니트하머의 집에서 숙박한다. 그리고 로이트 거리에 있는 유명한 궁정 의사인 슈타르크 박사의 집과 바로 이웃인 이 니트하머의 집에서 샤를로테의 출산을 기다린다. 7월 24일 저녁, 딸 에밀리에가 태어나기 하루 전에 장폐색이 원인으로 추정되는 심한 복통이 실러를 덮친다. 실신한 환자를 되살린 슈타르크는 나중에 샤를로테에게 실러의 상태를 처음 보았을 때는 살리지 못할 줄로만 알았다고 털어놓는다. 실러의 건강은 매우 더디게 회복된다. 8월 19일에 예나에서 돌아온 다음에도 실러는 몸 상태가 전반적으로 너무 나빠져서 혼자서는 서신 업무를 보지 못한다. 쾨르너에게 보낸 9월 4일 편지에서 "심한 병에 걸린 다음에" 지금처럼 "기분이 저하된 적은 없었다"고 쓰고 있다.(NA 32, 161) 10월 16일 뷔르츠부르크에서 발행되는 《프랑켄 관보(Fränkische Staats- und Gelehrte Zeitung)》가 실러의 사망을 보도한다. 이 오보는 나흘이 지난 뒤에야 정정된다. 11월 초에는 짧은 기간이나마 상태가 호전되어 정상적으로 활동할 수 있게 된다. 그러나 12월과 1월에는 다시 심한 카타르에 걸리고 2월 중순에는 환각과 간헐적 실신을 동반한 위험한 발열이 두 차례 시작된다. 1805년 2월 22일에 실러는 이 시기에 그와 마찬가지로 신장 질환으로 앓아누운 괴테에게 자신의 상태를 알린다. "지난 일곱 달 동안 두 차례 심하게 겪은 충격은 저를 뿌리까지 뒤흔들어놓아 회복하려면 애를 써야 될 듯합니다."(NA 32, 193) 이 무렵 카롤리네 폰 볼초겐에게는 두려움 없이 죽음에 임하고 있음을 암시한다. "죽음은 일반적인 것이기 때문에 나쁜 일이라고 할 수가 없습니다."[288]

그의 상태가 계속해서 악화되자 가족의 물질적 장래에 대한 실러의 근심도 커져간다. 1805년 4월 훔볼트에게 보낸 마지막 편지에서 실러는 "내 아이들을 위해 뭔가를 마련하고 필요한 자립 기반을 갖추어줄 수 있는" 상황이 되기 위해 계속해서 수익이 되는 판매 배당액을 확보할 수 있도록 코타와 상의하리라는 희망을 말한다. 자칭 "좋은 아버지"(NA 32, 208)로서 실러는 생의 마지막 단계에 그 어느 때보다도 강하게 자기 자신에게는 오랜 세월에 걸쳐 주어지지 않은 경제적 안전을 가족에게 마련해주고자 애쓴 것이다. 1802년 이후에 출판업자에게 보낸 편지들에서 알 수 있는 것처럼 실러의 다부진 상업적 머리는 이미《탈리아》발행 시기에도 부분적으로 드러난 바 있다. 이러한 측면은 실러가 초년 시절에 겪은 궁핍에서 연유한 결과이기도 하다. 서른 살이 될 때까지 재정적 결핍에 시달린 그는 물질적 안정의 장점들이 중요함을 자신의 체험으로 알고 있었던 것이다.

1804년 여름 이래로 유명한 호메로스 번역자의 아들이자 괴팅거 하인분트와 가까운 목가적 작가인 스물다섯 살의 요한 하인리히 포스와 긴밀하게 접촉한다. 포스는 예나에서 한 해 전에 문학과 신학 공부를 마친 상태였다. 그들이 개인적으로 처음 만난 것은 1801년 12월 말이었는데, 그때 포스가 학우인 베른하르트 루돌프 아베켄과 함께 평소 존경하던 작가에게 인사를 드리러 찾아온 것이다. 1803년 8월에 실러는 훔볼트에게 그의 아들 가정교사로 포스를 추천했는데, 이 제안은 실현되지 못했다. 이 젊은이가 아직 로이스 백작의 집에 계약으로 묶인 상태였기 때문이다(실러가 이때 거명한 다른 후보자는 예나에서 강사로 예정되어 있던 헤겔이었다. "철두철미한 철학적 두뇌"이기는 하지만 "좀 병약하고 까다로운"(NA 32, 61) 사람이라고 추천 글에 쓰여 있다). 1804년 2월 말에 포스는 괴테의 집에 입주했고 따라서 실러와 더 친밀한 관계까지 맺을 수 있게 되었다. 짧은 기간 포스는 괴테의 아들 아우구스트의 교사로 있다가, 다음 해 초에 자진해서 실러의 아들들을 위해 가정교사 역을 맡았다. 4월 30일에 그는 영구적으로 예나에서 바이마르로 이주해 그곳 김나지움의 교수가 되었다.

젊은 포스는 실러 인생의 마지막 해에 주기적으로 찾아온 손님으로서 실러 가족 전부의 아낌과 존중을 누린다. 포스의 베를린 친구들인 아베켄과 졸거에게 보낸 글에는 실러가 죽기 전 몇 달 동안의 구체적인 정황이 담겨 있다. 1804년에 포스의 부모가 괴테를 방문했을 때 실러는 이를 그들의 아들이 지닌 문학적 재능을 칭찬할 기회로 삼는다. 실러가 포스에게 보여준 호의는 의심할 여지 없이 그의 교육자적 면모 때문이다. 이전에 니트하머와 피셰니히의 경우에도 이미 그런 것처럼 지금 실러의 마음을 끈 것은 그의 왜곡되지 않은 지적 기지였다. 거기에는 주제넘거나 상궤를 벗어나거나 한 데가 없었다. 실러는 포스가 지닌 소박한 정신적 개방성을 높이 평가했다. 이것은 실러가 경쟁심에 빠져 있는 학술적 대화에서 뼈저리게 아쉬워한 성품이었던 것이다. 포스의 영향 덕분에 1804년 가을 삶의 기쁨은 다시 피어나기 시작한다. 전에는 될수록 피하던 궁중 무도회에도 참석하고 배우들의 무리와 어울린다. 11월 16일에 실러는 샴페인을 많이 마시고 3시경에 포스와 함께 무도회장을 떠난다. 평소에 춤에 열광적인 샤를로테가 이미 몇 시간 전에 가버린 후였다. 이 젊은이가 실러를 유보 없이 경탄하고 있음은, 그가 1804년에 번역한 「오셀로」 번역에 수정을 가하는 일을 당연하게 받아들인 것으로 알 수 있다. 1805년 2월, 포스는 병들어 누워 있는 실러의 침상을 여러 밤 내내 참을성 있게 지킨다. 마찬가지로 열에 시달리고 있는 괴테를 방문하고 오는 것만을 빼고는, 포스는 의사 슈타르크의 주의 사항을 지키느라 지친 실러 부인을 도와준다. 이로써 포스는

14년 전에 젊은 프리드리히 폰 하르덴베르크(노발리스)가 예나에서 한 것과 비슷한 역할을 해낸 셈이었다.

1805년 봄에 실러는 몸 상태가 호전된 듯 보이는 시기를 맞이한다. 실러가 훔볼트와 쾨르너에게 써서 보낸 편지들에서 자세하게 보고하고 있듯이 그에게 새롭게 작업 의욕이 생겨난 것이다. 음악 비평가 로흘리츠의 제안으로 실러는 빌란트, 조이메 등과 함께 연초부터 발간되고 있는 《독일 여성 저널(*Journals für deutsche Frauen*)》의 편집 위원이 된다. 이 잡지는 재능 있는 여성 작가들에게 의뢰해 작업을 맡김으로써 여성 작가를 후원하고 있었다. 그는 그의 전집 중 희곡편 제1권의 견본쇄가 품위 있게 나온 것을 보고 코타와 함께 기뻐한다. 여기에는 다시 교정을 거친 「돈 카를로스」와 「오를레앙의 처녀」가 실려 있었다. 이 뒤를 이어 1807년까지 네 작품이 더 예정되어 있었다. 실러는 러시아·폴란드 역사의 문헌 탐색 작업을 하면서 「데메트리우스」 발단 부분에서 제국 의회 장면을 수정한다. 괴테가 번역한 디드로의 「라모의 조카(Le neveu de Rameau)」를 비판적 관점에서 읽는다. 4월에는 의사가 권한 대로 운동 치료로 복통을 이기기 위해 산림 감독관 슈타인에게서 승마용 말을 한 필 산다. 봄이 오고 첫 몇 주 동안 실러는 다른 때보다 자주 궁정 모임에 참석한다. 그는 여러 차례 루이제 대공 부인과 차를 마시고 아나 아말리아와 저녁 식사를 한다. 때때로 마리아 파울로브나 공주와 함께 있는 그의 모습이 눈에 띄기도 한다. 이 공주도 프로이센의 여왕과 마찬가지로 실러에게 호의적이었다. 1805년, 죽기 3주 전인 4월 25일에 실러는 쾨르너에게 보낸 마지막 편지에서 다음과 같이 쓰고 있다. "계절이 한결 나아져 마침내 우리도 그걸 느끼겠고, 다시 용기와 기분이 나는군. 하지만 아홉 달 전부터 이 심한 충격을 이겨내려면 난 무척 애를 써야 할 것 같네. 그걸 이겨내지 못할까 두렵군. 서른 때와는 달리 마흔

살, 쉰 살에는 자연이 힘이 되어주질 않으니 말이야. 쉰 살까지 목숨과 지낼 만한 건강이 주어진다면 나는 지극히 만족하겠네."(NA 32, 217 이하)

9. 「빌헬름 텔」(1804)

시간에 쫓기며 쓰다

공화주의 정신이 담긴 역사적 축제극

고전주의 시기의 희곡 작품 중에서 「빌헬름 텔」만큼 인상적인 영향력을 발휘한 연극은 없다. 나폴레옹에 대한 항전 시기의 애국 대학생들과 3월 전기(Vormärz)의 시민 민주주의자들은 실러가 그려낸, 스위스의 자유를 위하는 투사들의 모습에서 모범을 찾았다. 1848년 혁명이 실패한 다음에도 실러의 이 연극은 신화적으로 추앙되며, 지식인과 예술가들이 존경을 표하는 걸작으로 남는다. 게오르크 헤르베크, 프란츠 리스트, 리하르트 바그너는 1854년 7월에 뤼틀리까지 가서, 실러를 기념하면서 자기들의 우정의 연대를 맹세한다.[289] 이 작품이 얼마나 확고히 당대의 고전으로 자리를 잡았는지는 고트프리트 켈러의 「초록의 하인리히(Grüner Heinrich)」(1854/55)에 묘사된, 대중적 축제극의 성격을 띠게 된 「빌헬름 텔」의 야외극 장면을 보면 알 수 있다. 켈러의 소설에서는 이 야외극을 사랑에 관한 얘기는 포기하고 축약한 형태로 아마추어 연기자들이 공연한 것으로 되어 있다. 베르타 폰 브루네크와 울리히 폰 루덴츠가 무대 위에서 연애 장면을 보여주는 대신, 극의 스펙터클이 지나간 다음에 소설의 주인공인 하인리히 레가 아나와 유디트를 만나는 미묘한 관계가 제시된다. 이 공연의 본질적 특성은 끊임없는 장면의 전환으로, 다채로운 풍경이 극 중 사건의 자연적 무대가 되도록 한 것이다. 극 중 행동과 시민들의 사교적 행동이 우연히 일치하는 것처럼 된다. 허구적 줄거리와 축제가, 극 중 이야기와 현실이 뒤섞임으로써 배우와 관객의 경계가 무너진다. 여기서 실러의 연극은 상이한 사회계층이 일치된 행동을 통해 집단적 경험을 할 수 있게 해주는 제의적인 축제 프로그램의 유기적 구성 요소로 나타난다. 이때 관객들의 거친 정치적 토론은 극이 제시하는 무대 위의 조화로운 장면들과 아이러니하게도 대조를 이룬다.[290]

「빌헬름 텔」의 야외 공연은 19세기 실러 숭배의 실제적인 예라 할 수 있다. 공연이 이루어지는 데는 무대 운영상의 계산이 크게 작용하여 연극을 지배하게 된다. 오페라 같은 연출 기법이 이미 도입부를 지배한다.[291] 어부 소년, 목동, 알프스의 사냥꾼들이 노래 부르며 등장하는 도입부가 이미 촌락의 생활양식을 노래로 대변하면서 스위스의 주된 풍경 세 가지를 보여준다(스위스의 세 개 주(州)와도 연관이 있을 것이다). 이 장면이 3막 1장에서 텔의 아들 발터가 부르는 노래와 더불어 목가적 자연에 밀접한 특성을 보여주는 것이라면, 2막의 마지막에 나오는 오케스트라 음악은 한밤의 뤼틀리에서 감동적으로 동맹들이 단합하는 것을 극적 효과로 강조하는 기능을 발휘한다. 이와 유사한 맥락에서 마지막 장면의 음악은 루덴츠의 예고(귀

족이 앞으로는 자기가 사는 "도시에서 시민 선서"(v. 2431)를 서약해야 한다는 아
팅하우젠의 비전과 같은 의미에서 농노들로 하여금 자결권을 갖도록 해주겠다는
"그리고 나는 내 모든 하인에게 자유를 선포하노라"(v. 3290)라는 예고)에 대한
하나의 주석인 것이다.

이와 같은 오페라적 요소 외에도 집단 장면들이 예술적으로 제시되고
풍성한 자연 풍경이 무대 위에 설치된다. 이런 장면들을 실현하기 위해서
는 이플란트가 비판적으로 언급했듯이 당대 무대 설치 기술자들이 골머리
를 많이 썩여야 했다. 실러는 다른 어떤 드라마에서도 이처럼 많은 인물을
등장시킨 적이 없다. 목록에 열거되는 이름만 마흔 명이 넘는다. 뤼틀리 장
면에만 서른 명이 등장한다. 사과를 쏘는 장면과 극 마지막에서 텔을 찬
양하는 장면도 비슷한 규모를 요구한다. 무대배경도 신속하게 교체되어야
했고, 이런 요구는 당대 무대극의 한계에 도전하는 일이었다. 장면마다 장
소가 바뀌었고 실내와 실외도 부단히 교체되었다. 바다가 보이는 암벽 기
슭(I, 1), 뤼틀리의 산악 초지(II, 2) 또는 퀴스나흐트의 급경사 골목(IV, 3) 등
과 같은 무대배경은 무대 제작 공장과 기술자들에게 임기응변의 능력을
요구했다.

시각적으로 풍부한 연출을 위해서 실러는 기꺼이 고전 지향적 원칙을
포기한다. 장소가 바뀌게 되었음을 알리기 위하여 바뀐 장소가 원근법
적 배경으로 등장하게 했다. 텔의 운명, 동맹의 동지들이 가는 길과 루덴
츠의 발전 경로는 마지막에 가서야 한곳에서 만나게 된다. 사건이 벌어지
는 기간은 1년 반을 넘어선다. 묘사된 사건은 "방목 기간"(v. 146)이 끝나
갈 즈음 '성 시몬과 성 유다 축일'인 1306년 10월 28일의 실제 역사적 사건
인데, 바움가르텐이 포크트 볼펜시센에게 자행한 살인에 대한 보고로 시
작되어 황제 알브레히트 1세가 요하네스 폰 슈바벤에게 살해되는 1308년

5월까지 이어진다. 이와 같이 서사적인 경과를 보이는 작품은 「도적 떼」가 유일하다. 엄격한 의고주의에 기반을 둔 실험을 한 다음에 실러는 대중적인 노선으로 돌아오거니와, 그러한 조짐은 이미 「오를레앙의 처녀」에서 나타난 바 있다. 실러가 소재 선택에서 얼마나 시대정신에 부응했는가는 1800년을 전후로 스위스 역사의 신화에 대한 희곡들이 쏟아져 나온 사실이 입증해준다. 예를 들어 울리세스 폰 잘리스-마슐린스가 쓴 「동맹(Die Eidgenössische Bund)」(1803)과 레온하르트 배히터의 「텔」(1804) 등이 있는데, 실러는 코타에게 이 작품들이 "낙서"(NA 32, 151)에 불과하다고 폄하한다. 1805년 4월 2일 훔볼트에게 보낸 편지에서 실러는 자신의 무대 작업이 당시 관객들의 취향과 그들의 '낭만적'인 악보 애호를 배려하지 않은 것은 결코 아니라면서 다음과 같이 쓰고 있다. "독일 무대를 내 작품의 소음들로 가득 채웠으니 내가 독일 무대에서 무언가를 얻어내는 것도 쉽게 일어날 수 있는 일이지요."(NA 32, 206 이하)

1789년 3월 26일에 샤를로테 폰 렝게펠트에게 보낸 편지에서 확인되듯이 실러는 이미 역사 연구를 하던 시절에 스위스의 역사 신화에도 관심을 가진 것 같다. 괴테는 1797년 10월 세 번째 스위스 여행에서 텔 서사시를 쓸 계획을 품고 돌아와 실러와 더불어 이를 자세히 검토한다. 그러나 이 소재가 지닌 예술적 잠재성 유무에 자신이 없어 이를 작품화하지는 않았다. 괴테는 1827년 5월 6일 에커만에게 자신이 친구에게 기꺼이 그 "소재를 넘겨주었는데", 자기 자신은 다른 소재에 더 강력하게 끌렸기 때문이라 했다.[292] 10월 30일 편지에서 실러는 전체의 윤곽을 잘 포착할 수 있으면서도 "인류의 넓은 면을 볼 수 있게 해주는" 소재라고 칭찬한다.(NA 29, 153) 그런데 이 소재를 더 집중적으로 탐구하게 된 것은 3년 반이 지나서이다. 1801년 2월에 예나와 함부르크에서는 실러가 텔 드라마를 쓴다는 소문이 퍼진다. 이 거짓 소문은 특히 슐레겔 그룹을 통해 퍼졌는데, 어떻든 이 거짓 소문으로 인하여 실러의 관심이 다시 깨어난다. 라이프치히의 무대 작가이자 음악 비평가인 요한 프리드리히 로흘리츠가 1801년 6월에 바이마르에 오자 실러는 그와 텔 계획에 관하여 상세하게 논의한다. (바이마르의) 궁정 극장은 1800년 2월 이래로 여러 차례 로흘리츠의 희극을 상연한 바 있었다. 1801년 12월 실러는 바이마르 도서관에서 요하네스 폰 뮐러가 쓴 『스위스 동맹의 역사(Geschichten schweizerischer Eidgenossenschaft)』 1, 2권을, 3월에는 1734/36년에 이젤린이 새롭게 펴낸 애기디우스 폰 추디의 『스위스 연대기(Chronicon Helveticum)』를 빌린다. 이 저서의 서사시적 성향을 실러는 몇 달 뒤에 "호메로스적 정신"이라고 칭송한다.(NA 31, 160) 이 두 중심적 자료 외에 실러가 참고한 것은 요한 슈툼프의 「스위스 연대기(Schweytzer Chronik)」(1606)와 요한 콘라트 패시의 역사·지리학적인 「모든 스위스 동맹에 대한 기술(Beschreibung der ganzen Helvetischen Eidgenossenschaft)」(1768), 그리고 18세기 초에 발표된 요한 야코프 쇼이히처(Johann Jakob Scheuchzer)의 자연 연구에 관한 논문들이다(이 논문들은 바르톨트 하인리히 브로케스가 알프스에 관한 서정시들을 쓸 때 이미 참고 자료로 쓴 바 있다). 이 밖에도 15세기 이래로 이 소재를 다룬 수많은 문학적 작업이 있지만 실러는 별로 중요하게 여기지 않았다. 종교개혁 시기의 텔 연극들에 거의 눈길을 주지 않았다. 자무엘 헨치, 요한 야코프 보트머, 요제프 이그나츠 치머만, 요한 루트비히 암뷜 등이 쓴 계몽주의 교훈극들은 텔 소재를 교훈적으로 다루며 지나치게 고상한 것으로 만들었는데, 이 작품들도 실러의 관심을 별로 끌지 못했다. 그가 1803년에 잘리스-마슐린스의 유고로 출간된 희곡 「동맹」을, 다시 말해 스위스 사람들의 저항운동의 지도 이념인 제국 직할령(Reichsunmittelbarkeit)*과 기본적 자유의 권리 원칙을 비추어주는 특별한 빛이라 할 작품을 알았을 가능성을 배제할 수는 없다.

본격적으로 집필하기 시작한 첫 시기인 1803년 가을에 실러는 추가적으로 하인리히 초케의 「스위스 산림 주(州)에서 행해진 전투와 몰락」(1801)과 요한 고트프리트 에벨의 「스위스의 산악민(山岳民)에 관하여」(1798/1802)를 참고한 것으로 추정된다. 이 둘은 프랑스에 힘입어 1798년에 탄생한 스위스 공화국의 정치 개념을 상세히 기술한 연구서들이다. 이 스위스 공화국은 상호 통제하는 두 의회를 토대로 민주적 질서를 확립하고자 했으나, 얼마 지나지 않아 진보 세력과, 신분제를 고수하는 구세력 간의 다툼으로 좌절하고 말았다.[293] 1803년에 나폴레옹은 격해지는 시민전쟁에 개입하여 의회를 폐지하고 이전의 주정부제(州政府制)를 부활시켰다. 실러가 뤼틀리 동맹을 묘사할 때 당시 스위스의 국가적 격변 상황을 포함한 것은 역사적 사실에 입각한 것으로 보인다. 실러도 알고 있었을 것이라고 짐작되지만 스위스 공화국의 표장(標章)에는 사과에 활을 쏘는 텔의 모습과 그 아래로 "자유와 평등"이라는 구호가 박혀 있다. 텔 소재가 프랑스 혁명의 유명한 역사 신화 가운데 하나라는 사실도 알고 있었을 것이다. 사람들은 9월 29일을 스위스 국가 영웅의 날로 정했고 거리의 명칭에 그의 이름을 사용했으며, 파리에서는 그의 동상을 세우고 그를 공화국의 수호자라 불렀다. 1793년 8월에는 국민의회가 텔을 다룬 연극을 정기적으로 공연하도록 하였다. 첫 번째로 선정된 것은 이미 1767년에 출간된 앙투안 마랭 르미에르의 「기욤 텔(Guillaume Tell)」을 당시 상황에 맞게 번안한 것으로, 여기서는 스위스

∵

* 중세 후기와 근세 초기에 있었던 제도로서, 다른 지배자가 아닌, 오직 황제에게만 복종한다는 원칙.

동맹의 동지들이 마지막 장면에서 마르세예즈가 울려 퍼지는 가운데 프랑스 혁명정부의 자코뱅파 대표들과 함께 등장하도록 되어 있었다.[294] 르미에르의 연극을 오페레타로 제작한 미셸 장 스덴의 작품도 큰 인기를 끌어 1791년에 성공적으로 초연되었는데, 당시 실러는 이에 관해 자세히 보도한 《국민일보》의 구독자였다.[295]

1802년 여름 역사적 · 지리적 세부 사항에 관한 작업을 마친 뒤 실러는 작품 내용에 관한 자신의 구상을 구체화한다. 1802년 9월 9일 쾨르너에게 보낸 편지에서 실러는 자료를 배열하는 일이 "지독히 어려운 작업"이라고 말한다. 이미 1797년 10월에 강조한 바와 같이 그것은 소재의 두 측면을 서로 연결하는 어려움인 것이다. 두 측면이란 "지역적으로 제한된 한 민족 전체를, 멀리 떨어진 (과거의) 한 시대 전체를 묘사하는 것이 그 하나이고 다른 하나는, 그것이 가장 중요한데, 극히 특수하고 지역적인, 아니 거의 개인적이면서도 유일한 현상을 묘사해야 하는 것이다. 이 두 측면을 연결하여 더없이 절박하고 진실한 성격을 띠도록" 하여 무대 위에서 생동감 있게 해야 한다는 것이다. 실러의 말대로 "건축물의 기둥들"(NA 31, 160)은 이미 세워지기는 했지만, 「메시나의 신부」를 완성하기 위해 텔 계획은 우선 뒷전으로 밀려나게 된다. 라우흐슈태트에서 요양하고 돌아온 1803년 8월 15일에야 실러는 집중적으로 텔 원고를 쓰기 시작한다. 처음에는 글이 제대로 진척되지 않는다. 스위스의 지방색을 더 잘 이해시켜줄 새로운 자료가 필요했기 때문이다. 실러는 이 주제가 지닌 대중적 성격을 의식하고 있었다. 이런 사실은 1803년 10월 27일 볼초겐에게 보낸 편지에서 관객들은 "그런 민족 이야기엔 물불 가리지 않고 좋아들 하지요"라고 한 것에서도 알 수 있다.(NA 32, 81) 어려운 기술이 요구되는 집단 장면을 위해서는 그가 지난 가을에 철저하게 연구한 셰익스피어의 「율리우스 카이사르」가 모델로 활용된다. 실러는 괴테에게 말한다. "텔은 저에게 말할 수 없이 소중한 가치가 있습니다. 저의 작은 배는 텔에 힘입어 높이 치켜지고 있습니다." (NA 32, 74) 이 무렵 실러는 작업에 걸리는 시간을 합리적으로 줄이기 위해 드라마의 개별적인 줄거리를 분명 하나씩 분리해서 작업한다. 12월 5일에 이플란트에게 보낸 편지에서 다음과 같이 쓰고 있는 것이다. "작품을 막 단위로 보내고 싶지만 그리되질 않습니다. 사리에 맞게 쓰자니 한 줄거리에 속하는 것은 모든 막을 관통해 다 쓰고 난 다음, 다른 줄거리로 건너가지 않을 수 없게 됩니다."(NA 32, 89)

몇 가지 일로 정신을 다른 것에 돌릴 수밖에 없었음에도 불구하고 실러는 1804년 1월 13일에 제1막을 완성한다. 괴테가 즉각 보낸 찬사의 신호가 그에게 날개를 달아준 듯 그의 작업은 이제 급속도로 진행된다. 벌써 1월 18일에는 핵심적인 뤼틀리 장면이 포함돼 있는 제2막이 완성되고, 1월 23일에는 베를린에 있는 이플란트에게 첫 두 막을 보낸다. 특히 2월 초에 바이마르를 방문하여 실러와 텔 신화의 역사적 측면에 대해 대화를 나눈 요하네스 폰 뮐러에 의해 이 프로젝트는 박차를 가하게 된다. 뮐러(왕자의 역사 교사의 자리를 얻기 위해 협의차 베를린으로 여행하는 중이었다)는 2월 5일에 3막과 4막 일부를 정서한 원고를 받아 이플란트에게 전해주게 된다. "이와 같은 전령은 작품 자체에 축복이 될 것입니다."(NA 32, 106)라고 실러는 동봉한 편지에 썼다.

2월 18일에 실러는 달력에 원고를 끝냈다고 표시한다. 마담 드 스탈과 뱅자맹 콩스탕 앞에서 처음으로 원고를 낭독했을 때 그 효과는 예상대로 좋았다. 3월 1일에는 배우들이 처음으로 함께 드라마를 읽기 위해 괴테의 집에 모인다. 8일 후에는 배치 연습(Stellprobe)*이 시작된다. 전에 없이 짧은 준비 기간을 거친 후인 3월 17일에 벌써 「빌헬름 텔」의 초연이 무대에 오른다. 초연은 바이마르에서 드라마로 이제껏 이루어본 적이 없는 최고의 성공을 실러에게 가져다준다. 불과 몇 달 안에 이 작품은 베를린, 만하임, 브레슬라우, 함부르크, 브레멘, 마그데부르크, 브라운슈바이크 등지에서 상연된다. 실러는 이번에는 책이 많이 팔릴 것을 예상하고 인쇄 전에 작품 가격을 높이려 하지 않는다. 1804년 5월과 6월에 네 부분으로 나눈 텍스트가 코타 출판사에 보내지고 가을 출판 박람회에서 공개된다.

당시 공연에서는 거의 언제나 검열의 지적 사항들을 받아들여 수정 작업을 하는 것이 전제되었는데, 보통 이에 해당된 것은 도덕적으로 근거가 부여된 저항권을 결연하게 지지하는 내용이 담긴 뤼틀리 장면들이다. 프로이센 관청의 관용적 사안 처리를 늘 칭송하곤 하던 이플란트조차 이 드라마가 "정치적으로 문제가 될 소지가 있음"을 강조한다. 그리고 그의 관점에서 보아 가장 우려스러운 대목들을 질문지에 적어 직접 자기 비서 파울리 편에 보내면서 그에 대해 의견을 줄 것을 요청한다.(NA 40/I, 196) 실러는 알브레히트 1세 암살에 관한 보고가 포함된 5막 1장의 장면을 줄이는 것을 허용한다. 그러나 등장인물 중 파리치다는 결코 포기할 수 없다고 힘주어 강조한다. "이 대목들을 제가 쓴 대로 말할 수 없다면「빌헬름 텔」은 아예 그런 극장에선 공연할 수 없습니다. 왜냐하면 그의 모든 성향이 순수하고 또한 올바르다 해도, 그리되면 불쾌하게 느껴질 테니까요."(NA 32, 123 이하) 실러는 바이마르 초연에서 5막 전체를 누락했는데, 이에 대해 아무런 해명도 하지 않은 데에는 그럴 만한 이유가 있었으니 그것은 1804년 12월 10일에 쾨르너에게 써서 보낸 것과 같이 황제 살해라는 충격적인 주제를 비껴가기 위해서였던 것이다.

⁚⁚

* 무대 위 배우들의 위치, 움직임, 자세 등을 정하는 연습.

베를린 공연은 7월 4일에야 무대에 올랐는데, 기술 장비가 잘 갖춰진 덕분에 특별히 효과적인 인상을 남겼다. 「오를레앙의 처녀」 때와는 달리, 화려한 성향이 드러나도록 한 이 작품의 구상을 실러 스스로가 설명하면서 지원했다. 텔 드라마의 축제극 성격 자체가 단기간 내에 무대 흥행을 보장했다. 축제극은 어떠한 장식적 기능도 없고 줄거리가 지닌 역사를 이해하게 도울 뿐이다. 드라마와 오페라가 하나가 된 종합예술을 매개로 하여 동맹의 동지들에게 어울리는 자연 친근성이 감각적으로 재현되는 한편, 극의 서사적 성향을 통해서는 역사적 기억이 불러일으켜지고, 이를 통해 극에서 제시되는 정치적 행동이 시작된다. 발단 부분에서 볼펜시센의 살해에 관한 바움가르텐의 보고(v. 90 이하 계속), 슈타우파허가 지방행정관과의 만남을 설명하는 장면(v. 217 이하 계속), 멜히탈의 아버지가 눈이 머는 이야기(v. 561 이하 계속), 산에서 게슬러를 만난 일에 대한 텔의 보고(v. 1548 이하 계속), 추적자로부터의 도피에 대한 묘사(v. 2223 이하 계속), 성채에 들이닥친 폭풍에 관한 보고(v. 2876 이하 계속) 그리고 알브레히트 1세의 살해에 관한 소식(v. 2965 이하 계속) 등이 각각 간단명료하게 직전에 일어난 사건들을 인상 깊게 알려주고, 그 사건들은 무대 위에서 전개되는 후속적 사건 전개에 결정적인 영향을 끼친다. 과거를 되돌아봄이 동지들에게는 행동의 조건이 된다. 새로운 동맹이 옛 동맹을 토대로 해서 생겨났다는 사실이야말로 빙켈리트의 견해에 따르자면(v. 1165) 슈타우파허가 스위스의 건국신화에 관해 보고하는 내용의 핵심인 것이다. 슈타우파허가 아버지들의 옛 질서를 이야기하거니와 그럼으로써 그는 진정한 민주적인 관심사에 기여하고 있는 것이다. 반란에 동참한 개개인이 모두 그와 같은 과거사를 알고 있어서 자신의 실천력을 공동의 사안을 위해 사용하고자 하는지를 자유롭게 결정할 수 있어야 한다는 것이다. 슈타우파허는 실러가 괴테의 생각에서 영향을 받아 스케치하여 쓴 글인 「서사문학과 극문학에 관하여」에 나오는 음유 서사시인의 유형을 체현하고 있다 하겠다. 그는 자신의 이야기를 "완전히 지나간 것으로 제시"하지만 그 의미를 현재에 되살리려는 의도를 가진 "지혜로운 남자"(NA 21, 59)인 것이다.

이 드라마에서 보고 형식은 관객에게 정보를 주어 무대 장면에서 전개되는 행위 이전에 일어난 일을 알게 하는 데만 기여하는 게 아니다. 그에 못지않게 중요한 것은 집단적 의식으로 참여할 수 있도록 지나간 과거 사건에 관하여 공동의 지식을 확립하려는 등장인물들의 의도라 할 것이다. 실러의 다른 작품과는 달리 「빌헬름 텔」은 역사적 과정이 어떤 특수한 형식 구조에 의해, 즉 서사적 요소와 드라마적 요소가 교체되는 가운데서 파악된다. 축제극이 지닌 서사적 바탕에서 낡은 것을 질적으로 다르게 반복함으로써 새로운 것을 잉태하는, 역사의 어느 행복한 순간이 묘사되는 것이다. 그러한 역사의 유기적 근거는 이야기를 들려주는 사람, 보고하는 사람 개개인이 모여 이루어지고, 정치적 불의를 수정하는 일에 나서게 하는 공동의 지식을 지닌 공동체이다. 실러는 "멀리 떨어진 시대"로부터 가져온 이 모델(NA 31, 160)이 나폴레옹 시대 상황에 적용될 수는 없고, 오로지 중세 스위스의 목가적 자연 상태에서만 현실성을 얻을 수 있다고 확신하고 있었다. 따라서 성공적으로 진행된 혁명을 실러가 낙관적으로 묘사한 것은 헤르더의 유기체론적 역사관에 가까워진 증좌가 아니라, 거기에 거리를 둔 시각에서 포착한 상황인 것이고, 그러한 시각이 비가적(悲歌的)인 것임을 간과해서는 안 될 것이다.

자코뱅파를 옹호하는 것이 아님
스위스 동맹단의 항거와 그의 법적 전망

2막 2장은 이 드라마가 전개하는 정치적 담론의 중심이다. 이 장면은 여기서 논의되는 사안이 반영될 수 있는 어떤 엄격한 질서에 따라 펼쳐진다. 여러 단계에 걸쳐 반란자들 상호 간에 소통이 이루어지고, 그것은 1804년에 가를리프 메르켈이 썼듯이 "타고난 자유를 위한 정당방위의 동맹"으로 귀착된다.[296] 장면 구성은 칸트가 『순수이성비판』에서 인간의 지성을 규정하는 반성적, 실천적, 이론적 문제 영역을 개관하면서 제기한 그 유명한 세 가지 질문, 즉 "1. 나는 무엇을 알 수 있는가? 2. 나는 무엇을 해야 하는가? 3. 나는 무엇을 희망해도 좋은가?"[297]의 내적 논리에 상응한다. 동맹의 동지들이 논의하는 것은 우선 자기 자신의 기대 지평을 포괄하는 역사의식의 형성에 관련되고, 나아가 실천적 전망으로 확대되어 폭압적 권력에 대항하는 까다로운 문제로 옮겨지고, 종국에는 계획된 전복 활동이 성공한 후에 있을 희망적 상황과 연결된다.

발단부에서는 세 대표단이 등장하여 곧장 회합의 집단적 힘을 보여주는 반면(v. 1066 이하 계속), 그다음 단계에서는 사람들이 서로 소통하는 데 기초가 되는 법형식이 확정된다. "슈비츠 주는 민회를, 우리(Uri)는 전투를 이끌도록"(v. 1138) 하자는 결정은 사법권과 집행권의 분리에 상응하는 것이다. 그리고 구두 표결로 의장을 선출하는 것[괴테의 미완성 반혁명 드라마 「흥분한 사람들」은 역사에 실재한 이런 의지 표명을 냉소적으로 조롱했다]은 민주적 실천 의지를 강조하는 것이다. 슈타우파허가 이야기하는 것이 세 번째 단계에 속하는 것인데, 그의 이야기는 역사 지식을 새롭게 해주는 데 기여한다. 그의 이야기를 통해 얻게 된 새로운 역사의식이 정치적 저항운동의 토대를 형성하는 것이다. 건국신화와 제국 직할령의 법적 토대에 대한 기억 (이 칙령은 알브레히트 1세 때에 이르러 황제에 대한 개인적 종속을 의미하는 것으로 변모해버렸다)은 선조들의 세계가 누리던 시절을 상기시켰는데, 당시에 백성들은 국가에 대해 세금과 군역의 의무는 짊어졌지만 내부적인 법적 문제에서는 백성들이 스스로 주체적으로 결정하였고, 통치자가 임명한 성직자가 자의적 요구를 할 경우에는 이의를 제기할 수 있었던 것이다. 슈타우파허의 연설은 자연법 정신에 근거하여 적극적으로 저항해야 한다는 변론으로 귀결된다. "폭군의 권력에도 한계가 있는 법입니다. 억압받는 자가 어디서도 권리를 찾을 수 없다면, 짊어진 짐이 참을 수 없이 무겁다면 그럴 땐 대담하게 하늘 향해 손을 뻗어 자신의 영원한 권리를, 하늘 위의 별들처럼 양도할 수도, 파괴할 수도 없는 권리를, 내려 당겨 붙잡아야 합니다." (v. 1275 이하 계속) 이 은유는 여기서 걸어가게 되는 길을 가리킨다. 즉 백성과 황제 사이에 맺어졌던 사회계약의 해지가 (도덕적으로 새롭게 가치 부여된) 자연 상태로 회귀되어 이어지는 길을 뜻하는 것이다. 그것은 홉스에서 루소로 이르는 길이요, 그 길을 슈타우파허가 연설을 통해 또렷하게 그려 보인 것이다.

네 번째 단계에서는 여기서 요약해서 그려 보인 저항 기획의 법적 근거가 더욱 자세히 조명된다. 콘라트 훈이 자신이 실패한 시도에 관해 이야기한다. 그는 "라인펠트에 있는 황제의 궁성에서"(v. 1324 이하) 프리드리히 2세가 공인해준 자유 증명 칙서를 갱신하려 했는데, 그것을 알브레히트의 선대들은 언제나 확인해주었는데도, 연장받지 못했다는 것이다. 논의의 마지막 단계에서는 적절한 행동 계획을 짜기 위한 토론이 주가 된다. 일동은 성탄절에 주민들이 선물을 건넬 때 태수들의 성을 기습하여 장악하고 황제를 강요하여 그의 앞잡이들을 내치도록 함으로써 자유에 대한 자신들의 옛 권리를 되살리자고 결의한다(이와 비교할 만한 책략을 쓴 선례가 되는 것이 안드레아스 그리피우스의 비극 「레오 아르메니우스(Leo Armenius)」(1650)에 나오는 도덕적으로 불투명한 모반자들이다). 이때에 특히 강조되는 것은 혁명의 보수적 성격이다. 혁명이 추구하는 것은 원상 복귀(restitutio in integrum)의 의미에서 한정된 특전을 가진 옛 자유권의 회복인 것이다. 이러한 관점은 행성이 회전하여 원래의 자리로 복귀하는 것을 가리키는 '레볼루치오(Revolutio)'라는 개념이 지닌 천문학적 원래 의미에 상응하는 것이라 하겠다. 혁명 개념의 이와 같은 자연사적 성격을 헤르더는 프랑스의 국가 혁명에 대한 논문에서 기회 있을 때마다 강조하였다. 혁명은 우선 기존의 질서로부터 뛰쳐나오는 것이 아니라, 순환적 운동의 틀 안에서 출발점으로 되돌아가는 것을 의미하는 것이다. 폭력 없는 평화를 소망(v. 1369)하고, 요구하는 것은 옛 권리에 내장된 "절도(節度)"에 제한하고 미래에도 황제에게 '이자(利子)'를 갚는 의무를 지겠다고 하니 당장에 계획된 행동의 기대 지평이 좁아지고 만다. 그러나 한목소리로 함께 외치는 맺음말에서 옛 동맹의 평등한 질서가 새롭게 나타난다. "우리는 형제들로 맺어진 하나의 민중이 되고자 한다. / 어떠한 곤경도 어떠한 위험도 우리를 갈라놓지 못하리라. / 우리는 우리의 선조들처럼 자유를 원한다. / 노예로 사느니 죽기를 원한다."(v. 1448 이하 계속) 이 자유의 개념이 선조들의 옛 권리를 말하는 것이라면, 우애의 순간이 보여주는 평등은, 처음에는 "귀족이 왜 필요합니까?"(v. 692 이하)라는 식의 귀족 배제를 통해서, 나중에는 귀족의 자발적 협력과 루덴츠가 선언하는 농노해방을 통해서 보장된다.

동지들이 동맹을 맺는 서약 장면이 이 드라마의 지적인 중심이다. 봉기의 법적 구조는 진보적 요소를 지닌 보수적 혁명이다.[298] 보수적 성격은 선조들이 누리던 자유로운 옛 질서 구조에 호소하는 데서 드러난다. 이러한 기본 입장은 빙켈리트가 선언하듯이 "새로운 동맹을 옛 동맹에 본떠 더 강해지도록"(v. 1165) 하자는 것으로 이어진다. 이러한 과거 지향은 현대적인 자연법적 논증으로 보강된다. 그것은 루소와 더불어 시작된 개인의 평등 이념을 "인간이 인간을 마주보던"(v. 1282 이하) '원초 상태'의 자유에서 끌어내려는[299] 논법이다. 사회적 평등사상은 성좌(星座)와, 이와 연관된 빛의 은유로 표현된다. 성좌는 자유에 대한 "영원한 권리"(v. 1279)를 형상화하지만 헤르더가 「티토노스와 오로라」(1792)에서 "주어진 것의 자기 자신으로의 평화로운 귀환"[300]이라고 표현한 것과 같은 자연법적 의미의 혁명 개념 역시 포함하고 있다.

별의 은유는 서약 전체를 다양하고도 세밀하게 반영한다. 한편으로 이 은유는 혁명이 회귀하고자 하는, 선조들의 자유로운 "원초 상태"에 대한 전통적 생각의 일부를 반영한다. 다른 한편으로는 귀족과 농부 간에 존재해온 기존 사회의 경계를 무너뜨림으로써 가부장적 질서를 넘어서는 진보적 평등사상을 보여준다. 발터 퓌르스트의 "조상들로부터 물려받은 유구한 권리를 지켜냅시다. 새로운 것만을 무분별하게 얻고자 하는 것이 아닙니다"(v. 1355 이하)라는 구호는 전체 반란 계획이 아니며, 이에 대한 방법을 말할 뿐이다. 제국 직할 유지와 이로부터 파생되는 의무에 더해, "우리끼리 끝내도록 합시다"(v. 693)라는 멜히텔의 말에서 드러나듯이 귀족을 배제하는 사회적 평등에 대한 요구가 제기되는 것이다. 평등사상이 가부장적 질서를 보완하는 것이 아니라 해체한다는 것을 죽어가는 아팅하우젠은 아주 정확하게 파악한다. 그는 발터 퓌르스트가 한 말에 정면으로 맞서 다음과 같이 단언한다. "옛것은 무너지고 시대는 변하고, 폐허로부터 새로운 삶이 꽃피는 거지."(v. 2425 이하) "귀족들이 오래된 성에서 내려와 / 도시에서 시민으로서의 서약을 하고 있어"(v. 2430 이하)라는 아팅하우젠의 말에 담긴 사회 평등에 대한 그의 비전은 "영주의 위대함"과 "시민 행복"의 합치를 말한 포자(Posa)의 명언을 연상시킨다. 이런 의미에서 동맹 동지들의 혁명은 헤르더가 말하는 "주어진 것의 자기 자신으로의 귀환"만이 아니라 사회적 자기 조직을 한 차원 높이는 도약이기도 한 것이다. 옛 관계들을 다시 일으켜 세우는 작업은 프랑스의 국가 혁명 정신 속에서 이루어지는 것이다.

이렇듯 복합적인 줄거리의 추진력에서, 네덜란드가 스페인 정부로부터 독립*한 것에 대해 실러가 내린 판단을 생각해볼 수 있다. (스페인의 통치에 대한 네덜란드 주민들의 항거에 관하여) 괴테의 「에그몬트」는 중앙집권적 외부 세력에 대한 보수적 계급투쟁의 성격을 띤 항거라는 점을 중시하는 데 반하여, 실러의 서술은 지방의 정치적 항거가 특전 회복뿐 아니라 새로운 사회의식 도입까지 시도했다는 점을 강조한다. 실러는 네덜란드 국민에 대해 원래 "평화로운 어부와 목자들의 나라"인데 "상황의 압박" 때문에 어쩔 수 없이 "영웅적 위대함의 결핍"을 극복하고 정치적 압력에 대응하여 "영웅들"을 배출하게 된 사정을 서술하였거니와(NA 17, 11 이하), 네덜란드 국민에 대한 이러한 이미지는 드라마에서 스위스인들이 애초에는 그럴 뜻이 없었지만 반란을 일으키게 되는 모습과 정확히 일치한다. (실러는 1790년 《탈리아》에 발표한 연구**에서 이와 유사한 동기를 종교의 창립자인 모세에게서도 발견하였다.) 두 경우 모두에서 혁명은 옛것의 복원에만 국한하지 않고 새로운 권리 확보도 추구하는 것이다. 동맹의 동지들은 신분의 평등을 요구하

∴

* 네덜란드는 1515년부터 스페인 왕의 통치를 받다가 1581년 독립했음.
** 1790년에 《탈리아》에 발표한 실러의 논문 「모세의 문서를 통해 살펴본 최초의 인간 사회」를 말함.

고, 고이젠(Geusen)*은 입법의 전권과 무제한의 종교 자유를 요구한다. 두 경우가 지닌 역사적 구도상의 공통점은 그러나 본질적인 한 가지 점에서 힘을 발휘하지 못한다. 스위스의 반란자들은 자기들이 맹세한 일치단결을 마지막까지 지키지만, 네델란드의 봉기는 내부적 이해관계의 갈등으로 인하여 무너지고 만다. 그러한 갈등은 사회적 차별이 계속 존재했기 때문에 야기된 것이다. 아팅하우젠의 정치적 비전은 내적 불만의 국면을 거치기도 하지만("군주와 귀족들이 / 갑옷을 입고 진격해 오는 것이 보이는구나. / 순박한 목부(牧夫)들과 전쟁을 하자는 거구나"(v. 2438과 그다음 행)), 그것은 최종적인 사회적 자치에 이르는 도정에서 생기는 과도적 현상에 불과한 것이다. 아팅하우젠의 비전은 "귀족들의 피가 흐른다. 자유가 의기양양하게 깃발을 쳐드는구나"(v. 2445 이하)로 이어지고 있는 것이다.

실러가 루이 16세가 처형된 지 10년 뒤에 정치적 불의에 항거하라는 명백한 호소의 소리를 담아 해방을 외치는 드라마를 한 편 내놓았다면, 그것이 당대의 시국에서 전개된 일들을 얼마만큼 건드리고 있는지 묻지 않을 수 없다. 이때 검토해야 할 것은 텍스트가 다루고 있는 법적 관계인데, 그에 못지않게 중요한 것은 "순박한 목부들"이 염원하는 낙원을 열어 보이는 역사철학적 조망이다. 행위의 장이 신화적 이상향으로 옮겨짐으로써 과격한 정치적 진단이 제한받게 됐다는 것은 이미 실러 당대의 비평가들도 지적한 사실이다. 토마스 만이 "국가와 자유의 이념적 연결"[301]이 「빌헬름 텔」의 현대적 요소라고 말한 바 있거니와, 그러한 이념적 연결이 미화된 역사라는 깨지기 쉬운 지반 위에 놓여 있음을 간과할 수는 없다 하겠다.

인간의 자유는 자연이 부여한 것이라는 사상에서 저항의 권리를 도출해

∴

* 80년전쟁(1568~1648) 시기 자유를 위한 투쟁가들임.

내는 과정이 뮈틀리 장면의 핵심이다. "우리에게는 폭력에 맞서 최고의 가치를 지킬 권리가 있습니다"(v. 1286 이하)라고 슈타우파허는 선언한다. 실러의 드라마가 이 지점에서 당시에 있었던 법적 논쟁에 관여하고 있음을 간과해서는 안 될 것이다.[302] 칸트는 1793년에 《베를린 모나츠슈리프트》에 실은 논문에서 정치적 동기에 의한 혁명 시도의 법적 문제에 대해 입장을 밝힌 바 있다. 그는 에드먼드 버크의 철저한 준법주의와 일치된 입장에서 기본 원리인 국가 질서는 침해될 수 없다고 다음과 같이 강조했다. "따라서 법을 주관하는 최상의 권력에 반하는 모든 것, 복종해야 할 자들의 불만을 행위로 옮기는 모든 선동, 모든 폭력적 봉기는 최악의 처벌 가능한 범죄라고 할 수 있으니, 이러한 것들은 공공의 근간을 파괴하기 때문이다."[303] 이와 같은 견해는 4년 뒤에 『윤리형이상학(*Metaphysik der Sitten*)』에서 반복되거니와, 그 배후에는 1776년의 미국 헌법이 택한 것과는 달리 "행복(Glückseligkeit)"에 대한 요구[304]와 법률적 원칙의 체계는 철저하게 분리되어야만 한다는 생각이 있는 것이다(이러한 입장을 이미 1786/87년에 라인홀트가 『칸트 철학에 대한 서신』에서 요약하여 설명한 바 있다). 이와 더불어 눈에 들어오는 것은 고트프리트 아헨발이 1755/56년에 발표한 논문 「자연법(Ius Naturale)」이다. 정치적 저항의 자연법적 근거를 부각하고 있는 이 논문에서 괴팅겐대학의 법학자 아헨발은 백성이 군주와 맺은 "복종의 계약"[305](홉스 모델)은 그것이 폭정을 강화하는 데 기여할 경우 파기될 수 있다고 주장하였다. 칸트는 아헨발의 견해에 반대하면서 "법의 원칙"은 행복에 대한 개인적 욕구(pursuit of happiness)와 섞일 수 없다고 잘라 말한다.[306] 이와 같은 체계적 분리의 배후에는 초월철학에 입각한 명제, 즉 인간은 관능적 욕구에 매여 있지 않은 상태에서만 자유로운 법질서를 누릴 수 있다는 명제가 자리하고 있다. 관능적 욕구가 흘러 들어가 필연적으로 나타나게 되는 것이 행복 추구인 것이다.

이처럼 스위스와 네덜란드, 영국과 프랑스에서 발생한 정치적 봉기에 대해 도덕적 유죄판결을 내리는 엄격한 형식주의의 입장은 곧바로 반대에 부딪힌다. 칸트를 배반한 제자로서 만년에는 메테르니히의 복고 정책을 단호히 옹호한 프리드리히 겐츠와, 니더작센의 국가공무원 아우구스트 빌헬름 레베르크는 《베를린 모나츠슈리프트》를 통해 저항의 권리를 옹호하는 자기들의 입장을 상세하게 밝혔다. 두 논평자는 실천적 정치 윤리 이론을 포기할 수밖에 없는 칸트의 방법론상 결함을 비판했다. 칸트에게서는 사회적 행동의 일반 원칙이 선험적 방법으로 규정됨으로써 그 이론의 적용 범위가 경험 세계를 초월한 영역에 국한될 수밖에 없다는 것이다. 젊은 시절 겐츠는 자연법사상의 온건한 지지자로서 유스투스 뫼저의 공격에 맞서 자연법사상을 방어했지만, 에드먼드 버크의 열렬한 독자이기도 했기에 그는 근본적으로 실천에 관여하는 국가철학의 필요성에 부응할 생각이 없는 칸트를 비판한 것이다. 바로 이와 같은 소극적 태도의 결과가 지성적 낙관주의라는 것이다. 즉 칸트는 유기적인 국가를 완성할 수 있는 방도는 충분히 생각하지도 않으면서 국가의 유기적 완성을 말한다는 것이다.[307] 실러가 겐츠의 생각을 숙지하고 있었음에는 의심의 여지가 없다. 1801년 가을에 그들은 바이마르의 다과 모임에서 여러 차례 만났고 국가 이론에 관한 문제에 관하여 의견을 교환했다. 크리스티안 가르베 또한 1800년 사후에 공표된 한 강연에서 칸트의 준법주의적 입장을 공격하면서, 영국 역사를 예로 들어 모든 혁명이 필연적으로 무법 상태로 귀결되지는 않는다고 강조하였다.[308] 요한 베냐민 에르하르트(Jahann Benjamin Erhard)도 1794년에 썼지만 쿠어작센과 바이에른에서 검열을 당해 금지된 논문 「혁명에 나설 국민의 권리에 대하여(Über das Recht des Volks zu einer Revolution)」에서 폭압적인 국가형태가 개인을 억압할 때 이는 필연적으로 모든 인류에 해당하는 사항이라 하지 않을 수 없고, 따라서 폭정에 대한 항거는 도덕적으로 정당한 행위라 보지 않을 수 없다는 견해를 제시했다. 에르하르트는 행복에 대한 개인적 추구와 국가 질서는 합치될 수 없다는 칸트의 명제를 지지했지만, 현상 유지가 정치적 행동의 유일한 목표라는 협소화된 법 개념에는 반대하였다.[309] 칸트를 비판하는 맥락에서 젊은 프리드리히 슐레겔도 1796년에 발표한 논문 「공화주의 개념에 관한 시론(Versuch über den Begriff des Republikanismus)」에서 폭압적 지배 형태는 '유사 국가'가 아니라 '반국가'를 형성하기 때문에 혁명적 행위에 대한 법리적 비판을 나무랄 수는 없다고 천명했다.[310]

슈타우파허의 자연법에 근거한 저항권 옹호는 분명 파리의 공포정치 영향하에서 작성한 것으로서, 칸트 발언들에 대한 반론이다. 혁명을 긍정적으로 묘사하고 있는 실러의 드라마는, 동시대의 논쟁을 생각한다면, 놀라울 만큼 진보적인 입장을 취하고 있는 것이다. 아무튼 1789년 8월의 프랑스의 「인권선언(Déclaration des droits de l'Homme et du Citoyen)」도 제33항에서 정치적 저항권을 양도할 수 없는 개인적 자유의 증표라고 못 박아 놓았다. 칸트는 이 규정을 염두에 두고 마지못해 《베를린 모나츠슈리프트》에 다음과 같이 썼다. "또한 극한 곤경(물리적)에 처했을 때는 그릇된 행위를 할 권리가 있다고 하는 소위 비상대권(ius in casu necessitatis)이라는 것도, 그게 원래부터가 잘못된 권리이지만, 여기에 나타나 국민의 고유한 권한을 제한하는 통나무 빗장을 열어젖히지는 못한다."[311] 칸트의 이 은유는 「빌헬름 텔」에까지 그 흔적을 남긴다. 아팅하우젠이 루덴츠에게 합스부르크의 전횡적인 점령 정책에 대해 불평하는 말을 늘어놓는 대목에서이다. "그들은 이리로도 올 거다. 우리 양과 소들의 숫자를 세고 우리 알프스 산을 측량하고 산새와 붉은 사슴을 사냥할 권리를 박탈하고 우리의 자유로 운 숲에서 우리의 다리를, 우리의 길목을 통나무 빗장으로 막아놓을 것이 다."(v. 898 이하 계속) 바로 이 자율성의 제한 하나만으로도 「빌헬름 텔」에 서는 정치적 저항을 정당화할 충분한 이유가 되는 것이다. "통나무 빗장" 이 칸트에게서는 변경할 수 없는 질서유지를 가능케 해주는 것의 은유로 사용되고 있는 데 반하여, 여기서는 어떠한 정당성도 갖지 못한 중앙집권 적 권력의 전횡을 상징하는 것으로 나타나고 있는 것이 다를 뿐이다. 이 대목에서 실러는 괴테가 「에그몬트」에서 그랬듯이, 요제프 2세의 팽창 외 교정책을 그와 같은 강제적 조치의 예 중 하나로 염두에 두고 있었을 가능 성을 배제할 수는 없다.

실러 자신은 스위스 국민의 항거 행위와 프랑스 혁명을 구분하는 역사 적 차이를 철저하게 인식하고 있었다. 카를 테오도어 폰 달베르크에게 자 기 드라마를 보내면서 적어 넣은, 그에게 바치는 헌정시 텍스트가 이 점 을 증명한다. "만일 가축에게 풀을 먹이며 경건하게 살아가는 한 백성이 / 자기의 삶에 자족하고 타인의 재산을 탐내지 않고, / 자기를 멸시하는 강요를 받아들이지 않고, / 스스로는 노여움 속에 있으면서도 여전히 인간 성을 존중하고, / 행복 가운데서도, 승리의 와중에도 겸손할 줄 안다면, / ―이러한 것은 불멸의 가치요, 노래할 만한 것이로다."(NA 10, 468 이하) 여 기서 분명해지는 것은 실러의 드라마가 점진적 성격을 띤 변혁 과정에 대 한 예시적 묘사를 지향하고 있다는 사실이다.[312] 천성적인 성격은 여기서 비치는 과정을 프랑스 혁명의 폭력성과 구분해주며, 실러로 하여금 이상 적인 역사 발전 모델의 요체를 제시할 수 있게 해준다. 아우구스트 레베르 크는 「프랑스 혁명 연구」(1793)에서 평등을 기반으로 한 사회질서를 조직할 수 있는 것은 오직 "목축민족"뿐이라고 설명한다. 여기서 레베르크는 진지하게 스위스 국민을 예로 든다. 자유를 위한 그들의 투쟁이 평화로운 사회 변혁의 모델이라 자기는 생각한다면서 이는 이론적인 철학의 추상적인 말들에서는 도출될 수 없을 것이라고 하였다.[313] 여기서 레베르크가 자신이 프랑스 혁명의 정신적 아버지들로 여긴 루소와 칸트에 대해서 유보적 입장에 있음이 느껴지거니와, 그러한 입장에는 사회문제를 상황적 특수성을 기초로 해 해결해야 한다는 생각이 포함되어 있는 것이다.[314] 실러의 드라마는 이와 같은 생각을 지지한다. 그의 드라마에서는 봉기하기로 맹세한 스위스 사람들이 이상주의적 과대망상을 하지 않고 성취할 수 있는 것을 목표로 삼기로 실용적 결단을 한다. 그랬기 때문에 봉기가 성공할 수 있었던 것이다. 그러나 이와 동시에 사건들이 목가적인 구조 모델 속에서 전개되는 것은 정치적 행위의 성공을 현대사회에서도 가능한 것으로 당연시할 수는 없음을 나타내는 증좌이기도 하다. 맹세한 자들의 승리는 "개별적이고 유일한 현상"(실러가 쾨르너에게 보낸 글, NA 31, 160)으로서 하나의 교훈극이지만, 이것을 현재에 적용하는 것은 여러 가지 이유에서 적절하지 않다. 「인간의 미적 교육에 대한 편지」가 기술하고 있는 바와 같이 분업에 의하여 야기된 복잡한 여러 형태의 현대사회와 대조적인 것이 스위스인들의 중세적 사회질서를 계속 유지해주는 인간 삶의 원초적 모델인 것이다. 실러의 드라마는 개인들의 유대가 돈독하고 가족 관계가 유기적이던, 역사적으로 멀리 사라져간 세계의 건전성을 강조함으로써 실러가 정의하였듯이 "개개인에게서나 사회의 차원에서나 싸움이 완전히 없어졌다는 개념이" (NA 20, 472) 실제로 현실화될 수 있는 목가적 차원으로 소재를 높이 올려놓은 것이다.

실러 연출의 산물로서 특기할 일은 위급 상황에도 봉기가 도덕적으로 깨끗할 수 있음을 보여주는 성공적 사례로서 봉기를 묘사해낸 것이다. 폭력 행사의 정당성 유무는 신경의 중추를 건드리는 문제이거니와, 연극에서는 수단이 어떠한 성질의 것이었냐를 따지기에 앞서 어떠한 목적을 위해 행해졌는가를 우선시하는 자연법적 순리를 근거로 하여 결정된다.[315] 실러에게서는 폭력 행사의 정당성 유무가 큰 문제가 되지 않는다. 그의 드라마에서는 (역사적 기록과는 달리) 폭력 행사가 확고하게 그려진 경계선 안에 머물러 있기 때문이다. (등장인물 중 하나인) 발터 퓌르스트는 이렇게 말한다. "잘했도다. 피로 더럽히지 않은 순결한 승리를 해냈도다!"(v. 2912 이하) 이들의 봉기가 도덕적으로 흠잡을 데 없다는 것은 그들이 합스부르크라는 외부 세력의 전횡적 지배뿐 아니라 무정부 상태의 위험도 극복하기 위해 지체 없이 법질서를 확립하려 했다는 사실로 뒷받침된다. 멜히탈이 자기 아버지를 눈멀게 한 태수 란덴베르크에 대한 피의 복수를 포기하는 것은 폭정과 폭력의 시대를 넘어 인류애적 질서에 이르는 길을 보여준다.(v. 2904 이하 계속) 이 드라마의 전원적 성격은 이 드라마가 역사적 사실과 일치하는 선상에서 폭력적 반란의 정당성을 보여주는 결말로 되어 있어 생겨나는 것이 아니라, 주변 상황들의 세부적인 것까지 봉기 가담자들에게 윤리적 사면을 허용할 수 있도록 연출해낸 장면을 통해 생겨난다. 그러나 텔이 이 까다로운 틀 속에서 수행하는 역할은 마지막까지 이중적 성격을 지닌 것으로 남는다. 개인적인 "주체적 자유"와 객관적으로 피할 수 없는 일들 간의 갈등이 텔을 지배한다는 정황적 증좌들이 여럿 있는 것이다. 이러한 갈등은 셸링이 말한 바와 같이 비극적 갈등 형성의 징표인 것이다.[316]

암살자가 된 가장인 아버지
텔은 이상향을 향한 도정에 있는가?

1803년 12월 5일 이플란트에게 보낸 편지에서 실러는 드라마를 관통하는 다양한 줄거리가 상충하며 전개되는 것에 대해 다음과 같이 쓰고 있다. "예를 들면 텔은 극 안에서 상당히 독자적이고 그의 문제는 개인적인 것이다. 이러한 상태가 그대로 유지되다가 마지막에 가서 공적인 일들과 합쳐진다."(NA 32, 80) 이것은 계속되는 횡포로부터 아내와 아이들을 보호하려고 게슬러를 죽인 가장의 개인적 동기가 마지막 막에서 태수들에 대항하는 동맹자들의 봉기에 힘을 보태준다는 것을 말함이 명백하다. 그러나 깊이 생각해보아야 할 문제로 남는 것은 사람을 죽인 행위로 말미암아 텔이 어떠한 개인적 부담을 질 것인가 하는 것이다. 개인적 차원과 공적 차원이 "합쳐지는 것"은 오페라 형태로 연출된 마지막 장면에서 나타나듯 그렇게 아무런 마찰도 없이 매끄럽게 이루어질 수는 없는 것이다.

처음부터 동맹자들은 텔을 그리스도의 면모를 지닌 구원자로 줄곧 우상화한다. 종교적인 상상의 지평은 이미 발단부에서 루오디가 태수의 앞잡이들에게 가축을 약탈당하자 이 나라에는 정의를 다시 세워줄 "구원자"가 필요하다고 외칠 때에 암시적으로 나타난다. 헤트비히는 남편이 사과를 쏜 뒤 체포된 것이 동맹의 계획에 불리하게 작용할 것이라고 강조하면서 '구원자의 은유'를 계속 이어간다. "텔이 자유롭던 때까지는 아직 희망이 있었죠. 아직 순박함을 좋아하는 친구가 한 사람 있었지요. 쫓기는 자에 겐 구원자가 있었어요. 텔은 당신들 모두를 구해줬어요."(v. 2365 이하 계속) 마지막에 가서 슈타우파허가 자기 자신에서 우러나온 확신에 가득 차 격정적으로 다음과 같이 외칠 때에 그리스도와의 연관성마저 완전히 드러난다. "그가 가장 큰 일을 해냈소, 그가 가장 혹독한 일을 견뎌냈소. 자, 갑시다, 모두들, 그의 집을 순례하러 갑시다! 우리 모두의 구원자를 만나 만세를 외칩시다!"(v. 3083 이하 계속)[317]

이처럼 거침없이 동맹자들은 주인공을 구세주와 동일시하지만 텔 자신을 지배하는 자기 역할상은 그리 간단하지 않다. 텔의 심적 갈등이 지닌 결정적 의미는 4막 3장에서 텔이 암살을 실행하기 전에 하는 독백에서 나타난다. 실러는 이플란트에게 "극 전체에서 가장 좋은 부분"이므로 줄여서는 안 된다고 말할 정도로 이 대목을 중요시했다.(NA 10, 457) 이 독백에서 자기 일은 스스로 해결하는, 말보다도 행동을 좋아하는, 격언조의 간결한 언어를 선호하는 투박한 성격의 주인공이 구사하는 언어는 자기의식을 성찰하는 수단이 점차 되어간다. 암살자 텔 또한 스스로 택한 혼자 행동하는 자의 역할을 포기하지 않는다는 것("강자는 혼자일 때 가장 큰 힘을 발휘합니다."(v. 437))이 곧 명백해진다. 결의한 사람들의 모임에서 빠져나온 그는 가장(家長)으로서 홀로 책임진다는 각오로 행동한다. "태수, 나는 천진한 아이들과 충실한 아내를 너의 횡포로부터 보호해야 한다."(v. 2577 이하 계속) "조국"(v. 438)을 위해 그에게 조력을 얻으려는 슈타우파허와 대화를 나누던 때만 해도 텔은 정치의 일과 가정의 일은 분리해야 한다는 확신을 피력했다. "각자 집에서 조용히 혼자 지내야지요. 말썽 부리지 않는 사람은 그냥 내버려두겠지요."(v. 427) 그러나 폭군 게슬러가 시민 텔의 개인적 자유를 빼앗자, 텔은 저항이 불가피함을 깨닫는다. 몽테스키외와 루소의 진단에 의하면 인간의 사적 권리를 인정하지 않는 것은 폭정의 특성 중 하나이다. 개인적 동기에 의한 항거는 따라서 공적 질서에까지 파급된다. 그를 관철하기 위한 요구를 제한할 수 없기 때문이다.

유령의 목소리를 듣고 난 다음의 요한나와 비슷하게 텔은 사과를 쏘고

난 뒤 더 이상 자신의 행동을 스스로 가려서 할 수 없게 된다. 가정이 폭정을 막아낼 수 있는 최후의 방어 장벽이 되리라는 이전까지의 확신은 게슬러의 횡포로 무너졌고, 상황이 불가피함을 받아들여 폭력이라는 마지막 수단을 써야만 자유가 가능할 것으로 보인다. 텔 자신은 닥쳐올 이러한 격투의 상황을 아주 정확하게 인식하고 있다(루트비히 뵈르네는 이 대목을 속물적 정신 태도라 했지만 텔의 처지는 그와는 확실히 다른 것이다).[318] 역할에 따라 입장과 관점이 수시로 바뀌는 재판 과정에서의 변론 구조를 모델로, 텔은 게슬러와의 만남이 자기에게 앙심의 불길이 일어나게 했고 그리하여 자기는 순진함을 잃게 되었다고 다음과 같이 말한다. "네가 평화롭게 살던 나를 뒤흔들어 깨웠다. 순박한 생각만 하며 살아온 내 마음을 용의 독으로 끓어오르게 했다. 네가 나를 끔찍한 것에 익숙해지게 한 거다."(v. 2571 이하 계속) 여기서 텔이 자신이 잃어버린 소박한 심성에 대해 운운하는 대목은 그가 게슬러와의 갈등 때문에 성찰하는 의식을 갖게 되었음을 보여준다. 이전에는 별로 즐겨 사용하지 않던 언어를 매개로 하여, 불신으로 빠지고 만 순진함을 애통해하는 성찰이 진행되는 것이다. 그리고 불신은 암살 행위의 전제가 된다.[319]

함부르크 국립극장 연출가이던 요한 프리드리히 싱크(Johann Friedrich Schink)는 1805년에 니콜라이의 《독일 문학 신 총서》에 실은 연극평에서 4막 3장의 심리적 설계가 잘못됐다고 비판했다. 이 장면에서 성찰하는 텔이 자신의 천성과 너무나 맞지 않는다는 것이다. "작가가 주인공으로 하여금 거사 전에 토로하도록 한 독백은 명백히 그의 천성과 충돌한다."[320] 그러나 이 비평가의 견해와는 달리 소박한 심성의 상실은 게슬러 암살 행위의 결과일 뿐 아니라, 그를 살해하기 위한 전제 조건이기도 한 것이다. 아들의 머리 위에 놓인 사과를 쏨으로써 불신의 톱니바퀴 속으로 빠져들고, "끔찍한 것에 익숙해"지지 않을 수 없게 된 순간에 이미 자신의 문제를 스스로 해결하는 자의 역할을 완수하기 위하여 갖게 된 마음의 갈등은 부풀어 있었던 것이다.

텔은 독백에서 낙원에서의 추방이 암살 결심의 전제라 생각한다. 그럼으로써 그의 독백은 또한 앞으로 그를 동반할 마음의 갈등을 비추어준다. 눈에 띄는 사실은 텔이 위협받는 가장으로서 아이와 아내를 폭군의 전횡에서 보호하기 위해 살해 계획을 정당화하려 할 때 동맹의 동지들과 마찬가지로 자연법적인 논거에 의지한다는 것이다. 여기서 항거에 나설 결심은 정치적 프로그램에 따르는 수단이 아니라, 당장의 절실한 이해관계를 확보하기 위한 기본적 자산인 것이다. 동맹자들과 텔이 서로 가까워지는 것은 실러가 이플란트에게 강조한 대로 자연법이라는 공통의 토대 위에서 이루어지지만, 상이한 목적을 위해 활용된다. 동맹이 법질서의 지속적 확립을 추구하는 반면, 혼자 행동하는 텔은 특수한 이해관계의 맥락에서 오로지 가족을 지키려는 것이다. 텔이 감행하는 암살은 이처럼 정치적 동기와는 상관없는 것이다. 다른 한편 동맹자들의 맹세는 도덕적 짐에서 벗어나 있다.

사건을 외적인 관점에서 보자면, 여러 세력의 합의가 마찰 없이 성사되고, 집단적 거사와 텔의 개인적 항거 행위가 가장 적절한 시점에 동시에 일어난다. 극의 마지막에서 게슬러의 모자라는 소도구는 원래 부자유의 상징이다가 혁명의 아이콘으로 변하면서 이런 접근 과정을 분명하게 반영한다. 스위스 공화국이 민주주의 성취를 보여주기 위해 이 시민적 자유의 상징을 사용한 것은 우연이 아니다.[321] 실러는 고대부터 내려온 이 모티브의 의미를 잘 알고 있었다. 그 점은 실러가 자신이 쓴 네덜란드 역사책의 표지로 봉건주의에 대항한 고이젠의 투쟁을 뜻하는 막대 위 모자 그림을 선택했다는 사실에서 알 수 있다. 1788년 4월 17일에 그는 크루시우스에게 보낸 편지에서 "이것은 잘 알려진 기분 좋은 자유의 상징"이라고 쓰고 있다.(NA 25, 43) 1792년 10월 괴테는 프랑스에서 종군하던 중에 「자유의 나무가 있는 룩셈부르크 풍경」이라고 제목을 붙인 수채화를 그렸을 때 동일한 상징을 그려 넣었다. 극의 마지막에서 게슬러의 모자가 불예속의 "영원한 표식"(v. 2922)으로 선언되거니와, 그것은 텔 '개인의 일'과 혁명이라는 공공의 목표가 합치된 것 또한 상징한다. 모자는 주인공이 굴욕을 당해 암살 계획을 하게 된 자초지종을 단적으로 보여주는 표식이거니와, 항거 동맹의 원천이라 할 공공 이해의 억압을 상징하기도 하는 것이다.

그러나 만일 겉으로 드러난 전복의 성공에서 순수한 이상(이상향이건 미적 국가이건)의 반영을 읽어내려 한다면 그것은 오판이 아닐 수 없다.[322] 파괴된 상태에서 다시 화해를 되찾은 자연 질서의 정경이 연극으로 표현된 것을 보고 발터 무시크(Walter Muschg)는 1959년에 행한 실러 연설에서 일상적 요구들로부터의 도피의 증좌를 발견했다고 말했거니와,[323] 그것을 다시 자세히 보면 균열이 보인다. 영웅적 행위를 미화하고 있음이 명백하고, 그로 인하여 주인공이 '세속화된 성인'[324]으로 각인되지만, 그렇게 하는 것이 실러의 의도는 결코 아니었을 것이다. 어디까지나 본질적인 것은 맹세한 사람들의 자유가 주인공 텔의 순수한 원래 성품을 희생으로 하여 얻어진 것이라는 사실이다. 드라마의 마지막 장면을 지배하는 것은 희생의 주도적 모티브이지, 실러가 이론적으로 성찰한 유토피아적이고 아름다운 가상의 나라에 대한 현실화가 아닌 것이다.[325] 폭군을 저격한 텔을 탐욕 때문에 살인한 자와 대치시키는 인상적인 파리치다(Parricida) 장면*은 이런 의

∴

* 파리치다는 라틴어로 근친 살해자를 뜻함.

미에서 저격 행위 후에 텔이 내려다보는 심연을 제시한다. 무엇보다도 우선 이 장면은 가장의 암살 행위와 슈바벤 공작의 이기적인 범죄를 명확히 구별함으로써, 그리고 실러가 이플란트에게 써서 보냈듯이 "매우 특수한 경우엔 자력구제의 정당성"(NA 10, 458)이 드러나기 때문에, 말할 것도 없이 주인공의 죄책감을 덜어주는 기능을 완수한다. "너는 살인을 한 것이고, 나는 소중한 가족을 지켜낸 것이다."(v. 3183 이하) 그러나 이와 동시에 대화가 진행되면서 텔의 역할이 이중적으로 드러나는 심리적 차원이 나타난다. 실러 자신이 뵈티거에게 주인공이 "무해하고 단순히 행동하는 인물"에서 암살자로 변하는 과정을 묘사하려 했음을 강조한 바(NA 42, 380) 있거니와, 이 언급은 파리치다 장면의 더욱 깊은 층위를 들여다볼 수 있는 열쇠가 된다. 텔은 처음에는 격분하여 요하네스의 범죄와 자신의 저격 행위 간의 공통점을 모두 부정한다. "명예욕을 채우기 위해 피를 부른 죄과를, 한 아버지의 당연한 정당방위와 혼동하느냐?"(v. 3175 이하) 그러나 마침내는 저항할 수 없는 연민의 파도에 휩싸이고 만다. "내가 당신을 도울 수 있겠소? 죄 지은 인간이? 어쨌든 일어나시오. 당신이 저지른 죄가 아무리 흉악하다고 해도 당신도 한 인간이오, 나 또한 그렇듯이. 텔에게 위로받지 못하고 떠나는 사람이 있어서는 안 되오."(v. 3222 이하 계속) 그 역시 "죄 지은 인간"이라는 놀라운 말은 인간의 태생적인 이중적 자질을 의미하는 "의인이면서 죄인(simul iustus et peccator)"이라는 루터의 명제에 연관되기보다는 텔 자신의 개인적 죄에 대한 고백이라 할 것이다. 텔이 파리치다의 양심의 위기에 연민을 보이는 순간에, 연출 지시에 써 있듯이, 자기의 얼굴을 '가리는' 행위가 그의 진짜 심정을 내보인다. 텔이 행하는 것은 고대극의 표현법에 따르면 죄 지은 자의 몸짓이다. 요하네스도 마지막에 자기 얼굴을 감추고자 하는데, 이것은 대화를 통해 암시될 뿐인 사실, 즉 두 인물이 친족임을 증명하는 것이다.(NA 10, 273 이하 계속) 텔은 자기가 저지른 살인 행위로 인해 양심의 짐을 짊어지지 않을 수 없고, 그가 속한 사회는 그에게서 자기 정당화의 압박을 완전히 없애주지 못하는 것이다.[326] 엄청난 활력의 소유자로서 마음이 흔들리는 순간을 행동으로 극복할 줄 아는 「괴테의 괴츠 폰 베를리힝겐」과는 달리 텔은 드라마의 마지막에 가서 "끔찍한 것에 익숙해진" 습성을 버리지 못해 자기의 타고난 성품인 순진함을 영영 상실하고 만 성찰하는 자의 면모를 갖게 된다.

실러는 주인공을 침묵 속에 놓아둔다. 텔은 마을 사람들이 자기를 "구원자"라고 기리는 것을 말없이 받아들인다.(v. 3281) 여기서 텔이 말이 없는 것은 행복감을 표현할 줄 몰라 그저 말없이 누리는 소박한 능력이 아니다. 그것은 그를 사로잡은 긴장의 표시이다. 이 역사의 승자가 자기 내면에 열려 있는 심연 앞에 말없이 서 있는 것이다("무거운 심정은 말로 가벼워지지 않는다"고 그는 슈타우파허에게 말했다(v. 418)). 텔에게는 잃어버린 낙원의 상태로 돌아가는 길이, 그리고 동맹의 서약자들이 마지막에 도달하는 새로운 피난처로 향하는 길도 막힌 것이다. 1795년 실러가 이상적 전원의 특징이라고 말한 "문화의 주체들" 내부의 "목가적 순수함"(NA 20, 472)은 텔이 가족의 안전을 지켜내기 위해 피를 보게 하지 않을 수 없었던 일 이후로 그에게는 영영 이루지 못한 유토피아가 되고 만 것이다.

한 개인으로서 텔은 (거의) 폭력에 의하지 않은 혁명의 희생물이다. 그의 행위는 복구된 자연의 조화가 바탕에 새겨져 있는 새로운 질서가 펼쳐지도록 길을 열어주기 위해 지불된 대가인 것이다. 실러가 성공한 혁명이란 오로지 "낙원의 토양"[327] 위에서만 생각할 수 있다고 했다는데, 이러한 인식은 「빌헬름 텔」 드라마에 제시되어 있는 역사 모델의 한계에 대한 통찰도 포함하고 있는 것이다. 동맹의 구조를 선조들의 옛 질서와 유기적으로 결합함으로써 드라마는 이상향의 면모를 펼쳐 보인다. 그러나 그러한 이상향의 역사적 사실성은 예컨대 막스 프리시(Max Frisch)가 보여준 것처럼 회의의 대상이 될 수 있다.[328] 소재를 (주인공을 배제하는) 목가적 풍경 속으로 집어넣음으로써 실러는 혁명극으로서의 「빌헬름 텔」을 정치적 성향이 극단적으로 상이한 여러 입장들과 구별할 수 있게 된다. 그는 자코뱅파로 대표되는 "사변적 정치"(아우구스트 레베르크)[329]에 맞서서는 유기적으로 연결된 점진적 변혁 과정의 모델을 내세우고, 버크나 칸트의 보수적인 혁명 비판에 맞서서는 윤리적 동기에 기인한 항거의 정당화로 대응한다.[330] 이러한 실러의 입장에서는 제한된 범위에서의 폭력이 옹호된다. 폭력의 실제적 사용이, 발터 베냐민이 다른 맥락에서 서술했듯이, "정당한 목적"[331]을 이탈하지 않는 한 허용되는 것이다.

소재의 목가적 변형은 또한 스위스의 역사 신화와 현대의 시대적 상황을 구별해주는 경계를 더욱 깊게 한다. 따라서 막스 프리시의 풍자적 패러디라든가, 롤프 호흐후트(Rolf Hochhuth)가 스위스 청년 모리스 바보(Maurice Bavaud)의 히틀러 저격 실패에 관해 바젤에서 행한 연설에서 시도한 것처럼, 역사 신화를 현대에 적용하는 일은 문제가 많아 보인다.[332] 실러가 성공한 혁명의 모범이라고 보여준 봉기는 정치적인 것이 아니라 역사 철학적인 교훈극인 것이다. 이 극에서 보게 되는 것은 자연 질서의 갱신은 현대가 아직 황폐화의 흔적을 남기지 않은 곳에서만 가능하다는 것이다. 실러가 인간적인 것으로 만든 이 스위스인들의 혁명조차도 치르지 않을 수 없었던 대가가 어떠한 것인지를 극의 마지막에서 추앙받는 국민 영웅 빌헬름 텔이 소란함 가운데서 침묵하는 장면에서 짐작은 할 수 있다. 힘겹게 균형을 맞춘 목가적 풍경에 앞서 폭력 행위가 행해지도록 만들 수밖에 없는 것은 동화적 느낌을 주는 사건 전개에 빠질 수 없는 암울한 측면인 것이다. 따라서 이 고전주의 역사극의 교훈적 관점은 지울 수 없는 원초적 요소를 지니고 있고 그것이 조화로운 마지막 장면에서 없어질 수가 없는 것이다. 텔의 암살 행위에는, 국가 권위의 지지자인 젊은 시절의 비스마르크에 크게 반감을 느낀 나머지 주인공 텔을 오로지 "반역자이자 살인자"[333]로밖에 볼 수 없게 만든 저 '끔찍한 것'의 특성들이 묻혀 있는 것이다. 실러는 자기가 왜 극의 마지막에서 동맹자들의 구원자로 하여금 침묵토록 벌하였는지 알고 있었다. 실러는 신화적 형상으로까지 승화되었음에도 역사의 희생자가 된 이 영웅에게는 침묵이 어울린다고 생각한 것이다. 화해의 고전적 연출의 배후에는 현대에 대한 회의가 도사리고 있는 것이다. 이러한 회의는 오페라로 끝나는 마지막 장면의 인상적인 오케스트라 음악 속으로 섞여 들어간 비가적 요소에서 감지된다.

10. 드라마 소품들,
번역 작업, 후기 미완성 작품들

축제를 위한 궁정 극장

「예술에 대한 찬양」, 라신 번역(1804~1805)

1804년 11월 실러는 나흘 동안 외부 세계와의 접촉을 끊고 축제극 「예술에 대한 찬양」을 집필한다. 이 작품은 실러가 마지막으로 완성할 수 있었던 독자적 작품이다. 외적인 계기는 바이마르의 카를 프리드리히 왕세자와 러시아의 황제 알렉산드르 1세의 누이인 마리아 파블로브나 여대공과의 결혼을 축하하는 축제이다(알렉산드르 황제는 1801년 부친인 파벨 1세가 살해된 뒤 대를 이어 등극했다). 바이마르 궁정에게는 더할 나위 없이 뜻깊은 이 결혼은 빌헬름 폰 볼초겐이 외교적 노력으로 거둔 성과였다. 그는 1799년 가을부터 궁중 고문관의 자격으로 정기적으로 페테르부르크로 여행하여 그곳에서 정치적 동맹 관계에 있는 두 통치자 가문을 사돈 맺어주기 위해 여러 차례에 걸쳐 상담하였다. 동서(同壻)의 협상은 부차적으로 실러의 국외 명성을 높여주는 데 기여했다. 1803년 9월 27일 볼초겐은 페테르부르크에서 소식을 보낸다. 그곳 극장에서 「돈 카를로스」와 「메시나의 신부」에 관심을 갖도록 애쓰고 있다는 것이다.[334] 1804년 11월에는 러시아 황후의 선물이라며 값진 다이아몬드 반지를 실러에게 보낸다. 그러나 냉철하게 계산한 실러는 겨우 6주가 지난 후에 벌써 반지를 팔아버린다. 바이마르의 집을 담보로 얻은 빚의 부담에서 벗어나기 위해서였다.

8월 3일에 페테르부르크에서 왕세자와 여대공 간의 결혼식이 거행된다. 11월 9일에는 신혼부부가 볼초겐과 함께 바이마르 궁전에 당도한다. 공식적인 입성에 이어 몇 주 동안 불꽃놀이와 조명을 갖춘 무도회, 희극과 오페라 공연, 만찬과 환영식 등이 줄지어 열린다. 이미 한 달 전부터 사람들은 젊은 부부를 축하하기 위한 예술 행사 준비에 열에 들뜬 듯이 몰두해왔다. 처음에는 궁정 행사를 위한 기획 예술을 담당해본 경험이 있는 괴테가 결혼식 축제를 위한 무대 작업을 지도하도록 되어 있었다. 그런데 그럴듯한 구상이 떠오르지 않아 괴테는 할 수 없이 결정을 내릴 기한 직전에 친구에게 도움을 청하게 된다. 달력 기록에 따르면 실러는 11월 4일에 구상에 착수하여 11월 8일에 작업을 마친 것으로 되어 있다. 작업 속도가 빨라진 것은 실러가 카를스슐레 재학 시절 헌정시 장르에 속하는 일들을 하는 동안 얻은 경험을 되살렸기 때문이었을 것이다. 11월 11일 실러는 궁에서 공식 접견이 있었을 때 처음으로 여대공과 만난다. "그분은 매우 상냥하셨네." 실러는 쾨르너에게 이렇게 써서 보낸다. "그리고 신뢰가 가면서도 위엄을 갖추어 가까이하기에는 거리가 느껴졌지."(NA 32, 169 이하) 공연이 있게 될 11월 12일 아침에 실러는 볼초겐을 통해 원고를 마리아 파블로브나에게 보낸다. 거의 즉흥적으로 작업한 것이고 연습 시간도 충분치 않았지만 공연은 빛나는 성공을 거둔다. 이 드라마 소품은 (보데가 번역한) 라신의 격정적인 비극 「미트리다트(Mithridate)」(1673)의 상연을 위한 서곡으로 만들어진 것인데도 불구하고 관객의 주된 관심을 끌게 된다. "내가 바란 것보다 훨씬 더 성공적이었네"라면서 실러는 11월 22일 쾨르너에게 이렇게 쓴다. "내가 설사 몇 달 동안이나 더 애를 쓴다 해도 서둘러 한 이 작업처럼 온 관객이 감사하도록 만들지는 못했을 걸세."(NA 32, 170)

이 축제극은 세 부분으로 되어 있는데 각기 현실의 한 단면을 재현하는 과제를 갖고 있다.[335] 맨 처음에 전개되는 것은 전원적 분위기의 시골 장면이다. 양치기 가족이 오렌지 나무를 심으면서 낯선 기후에서 잘 자라기를 기원한다. 이것은 먼 러시아 출신의 여대공이 바이마르에 온 것에 대한 은유이다. 이 장면에 이어지는 단막극은 분위기를 일신한다. "고상한 스타일"(NA 10, 284)을 느끼게 해야 한다는 지문이 이를 강조한다. 높은 무대배경에서 천사 한 명이 일곱 여신을 거느리고 등장한다. 이 장면은 1795년에 실러가 쓴 「시민의 노래」에 나오는 "천상의 모든 존재가 왕좌에서 아래로 내려"(NA 1. 429, v. 113 이하)오는 현현(顯現)의 대목을 환기시킨다. 의인화된 일곱 예술은 고대 후기의 "7자유 교과(septem artes liberales)"에서 그 수를 따온 것으로, 여신들은 자신들 앞에 섰던 수호천사의 양편에 선다. 세 가지 조형예술은 오른쪽에, 네 가지 언어·음악적인 예술은 왼쪽에 서는데, 이런 구분은 형식상 중세 예술학부의 구분에 상응하는 것이다(기초과목들인 3학과(Trivium)에서는 문법과 수사학, 논리학을 가르쳤고, 고급 과목들인 4학과(Quadrivium)에서는 기하학, 대수학, 천문학, 음악을 가르쳤다). 이 장면의 내용은 당시 사람들도 알아차렸듯이 「인간의 미적 교육에 대한 편지」의 27편에서 서술한 다음과 같은 비전과 연결된다. "학문의 신비에서 취향은 인식을 상식의 대명천지로 끌어냅니다. 그리고 학교 소유의 자산을 인간 사회 전체의 공동 자산으로 변화시킵니다. 취향의 나라에서는 가장 강력한 천재라도 자신의 높은 자리를 포기하고 어린이의 천진난만함으로 다정하게 내려와야만 합니다."(NA 20, 412)[336]

실러가 높이 평가한 헤데리히 신화 사전의 정의에 의하면 천사는 신과 인간 사이의 "통역자"[337] 역할을 한다. 이러한 역할로 천사는 양치기들에게 말을 걸어, 그들이 "높은 황제의 홀"에서 멀리 떨어진 계곡으로 온 "고귀한" 여왕을 위한 축제를 준비 중이라는 사실을 알게 된다.(v. 85 이하 계속) 천사는 인간이 "순진한 습성"(v. 64)을 지니는 한 그들 가까이에 있겠다고 말한다. 이미 비가 「자연과 학교」(1795)에서도 (실러 자신이 알았던 것으로 보이는) 모리츠의 「제신론(諸神論, Götterlehre)」(1791)에 쓰인 정의와 일치하게 천사를, 시문학이 창작한 "황금시대"(NA 1, 252, v. 15)의 기억을 생생하게 품고 있는 순진한 인간의 수호신으로 제시했다.[338] 1798년에 발표된 시 「행복」은 "순진한 영혼"(NA 1, 409, v. 21)으로 하여금 아름다움에 대한 감지 능력을 갖추도록 해주려는 성향이 "천상의 존재들"에게 있음을 묘사하고 있다. 실러의 축제극도 이와 비교할 만한 순진함과 신적 영감의 연결을 드러내 보인다. 예술을 이끌어주는 존재로서 천사는 순박한 목자들에게만 다정하게 나타나, 좋은 취향의 나라로 그들과 함께 가는 수호신으로 자처한다.

세 번째 부분에서는 천사를 동반하는 일곱 여신이 앞으로 나서면서 각자가 맡은 역할이 무엇인지 사람들이 알아차릴 수 있도록 "자기들의 속성"(NA 10, 288)을 내보임으로써 자신들의 실체를 드러낸다. 이들은 "자유로운 예술의 여신들"(헤데리히)[339]로서 관객에게 자기네들의 특별한 능력을 보여주려는 것이다. 건축은 실용 예술로서 당시의 러시아(페테르부르크의 건설과 차르의 군사력)를 반영한다. 조각 또한 전투장에 임하는 알렉산드르 황제의 동상을 내세움으로써(말할 것 없이 이것은 대불동맹에 러시아가 참가한

것을 환기시킨다) 여대공의 고향 모습을 보여주는 과제를 떠맡는다. 회화의
위상은 좀 더 높아 보인다. 손재주뿐 아니라, 참된 "생명"(v. 179)을 눈으
로 볼 수 있게 해주기 위해 영감까지도 요구한다. 4학과의 첫 번째 학과인
시문학은 완전히 상상의 산물이다. 상상력으로 "측량할 수 없는 영역"(v.
189)을 종횡하는 것이다. 음악과 무용은 인간의 감수 능력에 호소하는 능
력에서 하나가 된다. 마지막으로 연극술은 관객으로 하여금 마음의 균형
을 얻게 한다. 극적 환상을 통해 "생각을 전체로" 향하게 하고, 그럼으로써
"가슴속의 다툼"(v. 225 이하)을 진정시키는 것이다. 예술 장르의 섬세한 구
별 작업에서 실러는 줄처의『문학 개론』에서 해당 조항들도 참고했을 것이
다. 그는 조형예술이 "우리가 날마다 사용하는 사물을 미화하려는 성향"에
서 나온 것임을 강조한다. 그리고 이러한 성향을 상상력을 자극하려는 언
어나 음악 장르의 성향과 구분한다.[340]

모든 예술의 의인화는, 실러 자신이 이론으로 파악한 것처럼, 인간의 시
각에서 하는 미적 체험을 밝혀준다. 실러의 드라마 소품은 표현력이 강한
예술일수록 더 높게 평가한다. 장르를 평가함에서 또 하나의 척도는, 실러
자신의 이론에 따르면, 소재를 형식으로 제압하는 정도이다. 조각이 "망치
질"로 "대리석"에서 형상을 만들어내야 한다면, 음악에게는 "하모니의 흐
름"을 통제할 임무가 있는 것이다.(v. 237) 오직 "아름다운 형식" 안에서만
시는 "영혼"을 얻는다.(v. 196) 무용은 물질세계의 "섬세한 경계선"(v. 212)
을 넘어, 1795년의 비가에 묘사되어 있듯이, 무대에서 무게가 없는 "천사
와도 같은 몸"으로 우아한 동작을 보이려 노력한다.(NA 1, 228, v. 8)

실러의 궁중 공연은 러시아 공주에게 경의만을 표하는 것이 아니다. 예
술 자체를 찬미하는 것이기도 하다.[341] 그 중심을 차지하고 있는 것은 미적
지각(知覺)을 매개로 하여 인간의 마음을 움직이게 하는 힘들을 하나로 모

으자는 이념이다. 예술 입문을 위한 교육기관을 만들되, 그것이 마리아 파블로브나의 후원하에 바이마르에서 실현되도록 해보자는 생각인 것이다. 실러는 공식적인 축제극에서 알레고리를 통해 대공에게 예술 지원을 호소함으로써 미적 교육의 이념과 실질적인 문화 정책을 연결한 것이다. 이러한 관점은 천사가 공연의 주빈 여대공을 향하여 일곱 예술들을 힘껏 돌봐달라고 호소하는 마지막 말로 뒷받침된다. "명령을 내려주세요, 그러면 신속하게 당신의 분부대로, / 테베의 장벽이 칠현금의 음률에 감동되어 / 감정이 없는 돌들이 살아나듯이 / 미(美)의 세계가 당신 앞에 펼쳐질 거예요." (v. 230 이하 계속) 충성스러워 보이는 예술의 여신들이 마지막에 "서로 손잡으며"(NA 10, 292) 원을 이룰 때 이 공동의 동작은 그들이 앞서 강조한 대로 문화적 경험의 상호 연결이 효과를 발휘하고 있음을 보여주는 것이다. 장차 후원자의 지시로 실현되어야 할 미적 교육은 모든 예술 장르의 연결을 의미하지만, 특히 무엇보다도 예술의 도움으로 하나로 힘을 합치는 인간의 자발적인 연합이 여기에 포함된다. 극의 마지막을 장식하는 예술의 여신들의 윤무에 담긴 것과 매우 유사한 내용을 실러는 이미 9년 전에 「인간의 미적 교육에 대한 편지」의 제27편에서 서술했다. "취향이 지배하는 한, 그리고 아름다운 가상의 왕국이 세를 펼치는 한, 어떤 특권도 어떤 독단도 용납되지 않습니다."(NA 20, 411) 실러가 파블로브나 여대공이 대공국의 문화적 생기를 강화해주리라 믿고 기대했음은 11월 21일 코타에게 보낸 편지로 알 수 있다. "그분이 이곳 사람이 되신다면 우리 바이마르에 멋진 시절이 올 거라고 굳게 믿습니다."(NA 32, 167) 이 소망은 헛되지 않았다. 마리아 파블로브나는 실제로 예술가들을 후원했고 관련 예산을 증액하였다. 특히 무대예술과 음악에 특별한 관심을 갖고 있었으니, 이 점에서 야심 찬 계획들을 갖고 있던 극장 감독인 괴테와는 완전히 의기투합

되어 있었다.

힘겨운 축제 기간이 끝나갈 무렵 실러는 다시 건강상의 위기를 맞는다. 카타르와 심한 호흡곤란 증상이 나타난 것이다. 기력이 떨어진 데다 카를 아우구스트 대공도 원하는 터라 실러는 번역 작업을 계속하기로 마음을 굳힌다. 1804년 12월 17일 실러는 라신의 비극 「페드라와 이폴리트」(1677)를 번역하기 시작한다. 그 몇 주 전에는 라신의 운문 비극 「브리타니쿠스」(1699)를 번역하려 했지만 140행을 넘어서지 못하고 말았다. 이미 실러는 1798년 3월에 슈타인브뤼헬의 판본으로 페드라 소재를 다룬 에우리피데스의 작품에 접하고서 그 '아름다움'을 강조한 바 있다.(NA 29, 222) 다른 한편 라신에 처음으로 몰두하게 된 것은 1784년 늦여름이다. 이것은 1784년 8월 24일에 달베르크에 보낸 편지가 증언하고 있다.(NA 23, 155) 번역 작업은 한 달이 채 못 되어 끝났다. 1월 14일에 괴테는 운율 개선을 제안하는 교정 원고를 보낸다. 신속하게 연기 예행 작업을 마치고 올린 첫 공연은 1805년 1월 30일에 대공 부인의 생일을 경축하기 위하여 성사된다. 괴테는 이미 몇 년 전부터 대공 부인의 생신 때마다 프랑스 연극을 무대에 올리곤 했다. 초연이 있기 바로 전에 원고를 전해 받은 카를 아우구스트는 라신이 봤어도 "갈채를 보냈을 만큼 걸작"이라고 열광적인 반응을 보이며 칭찬한다.(NA 40/I, 281) 실러의 청에 따라 대공은 2월 5일에 주로 운율에 손을 댄 50개의 교정안을 보낸다. 그러나 이것은 원고에 반영되지 않았다. 쾨르너에게 보낸 편지에서 실러가 "프랑스 연극의 의장마(儀仗馬)"(NA 32, 187)라고 부른 이 연극은 1806년에 나온 코타 출판사의 『실러의 연극』 제2권에 실려 출판되었다.

이미 1799년 가을, 바이마르 극장이 '마호메트' 프로젝트에 골몰하고 있던 무렵에 실러는 프랑스 비극을 번역할 때 해결해야 할 형식상의 문제를 비판적으로 조명했다. 1799년 10월 15일 실러는 볼테르 텍스트의 완성된 독일어 번역본이 자기 마음에 들지 않는 이유를 괴테에게 설명한다. "같은 분량의 두 부분으로 나누어져 있는 알렉산더격(格) 시행의 특성과, 두 개의 알렉산더격 시행을 각운에 의해 하나의 쿠플레(Couple), 즉 대구(對句)로 묶어주는 각운은 언어 전체의 성격만을 규정하는 것이 아닙니다. 이 작품의 내적 정신 전체를, 즉 등장인물들의 성격, 생각, 행동 또한 규정합니다."(NA 30, 106 이하) 1799년 10월 실러가 보기에 번역자에게 개운치 않은 것은 다음과 같은 사항이다. 즉 알렉산더격 시행은 언어의 자연스러운 흐름을 저지하지만, 이 시행을 없애면 프랑스 비극을 규정하는 성찰의 요소도 희생되고 마는 것이다. 1804년 12월 초 「페드라」 번역을 시작하기 바로 전에 우선 「브리타니쿠스」 번역 작업에 착수했는데, 이때에 실러는 자기가 이전에 진단한 결과를 다시 기억해낸다. 그리하여 열두 개 음절로 이루어진 알렉산더격 시행을 피하고, 그 대신 무운(無韻) 약강격(jambus)의 시행을 택하면서 알렉산더격과 마찬가지로 중간 휴지가 있게 한다. 이러한 실험은 실패한 것으로 평가되었다. 여기에 선택된 시 형식으로 말미암아 원작의 지적인 예리함뿐 아니라 실러의 유연한 어법도 볼 수 없게 되어버렸다는 것이다. 이리하여 이 프로젝트는 며칠 뒤 중단되고 만다. 그러나 로마 역사에서 유래하는 소재 자체는 나중에 독자적 구상으로 새로 만든 드라마의 소재로 다시 쓰이게 된다.

이 경험을 토대로 실러는 「페드라」의 경우, 1749년에 익명으로 출간된 첫 독일어 번역과는 달리, 알렉산더격 시행을 그대로 재현하는 대신에 자유 운율의 무운시(無韻詩)를 활용한다. 때때로 실러는 원작의 빽빽한 행을 나눔으로써 더 자연스러운 말 흐름에 적합하도록 문체를 바꾼다. 그 결과 원작은 1654행으로 되어 있는데, 실러는 1798행이 필요하게 된다. 앙장브망(enjambment), 감탄사, 아이러니한 표현 등이 시행에 유연성을 더 많이 부여한다. 알렉산더격 시행의 대립 구조를 포기함으로써 중간 음색들을 살릴 수 있게 되고, 그럼으로써 역동적인 언쟁 투의 대화가 조장된다. 독백에서는 개인적 뉘앙스가 더욱 큰 의미를 갖게 된다. 이로써 등장인물들의 심리를 예리하게 깊이 파고들 수 있게 된다. 훗날 슐레겔과 티크의 셰익스피어 번역이나 요한 디데리히 그리스의 칼데론 번역 텍스트처럼 실러가 바이마르에서 해낸 「페드라」는 원작을 노예처럼 추종하지 않고 독자적 운율과 양식을 강조한 작품이 된다.[342]

그리하여 의고주의적인 이 비극의 "내적 정신"은 슬그머니 개인적 감정 상태에서 갈등의 유형이 형성됐다고 보는 일종의 성격심리학이 되고 만다. 이폴리트는 라신이 그려낸 것과는 달리 엄정한 도덕가가 아니고 때때로 흥분하는 성격의 소유자이다. 정치적으로 어렵기는 해도 아리시아에 대한 호감을 충족하고자 한다. 페드라는 원작과는 달리 희망과 실망 사이에서 갈팡질팡하는 감정적 모순에 차 있다. 활동적인 여자이면서도, 현혹적인 감정 놀이에 빠져 자기에게 주어진 역할을 기대에 어긋나지 않게 선명하게 해내지지 못한다.(NA 15/II, 357 이하, v.1285 이하 계속) 페드라의 심복인 오이노네는 (그녀의 죄를 라신은 에우리피데스나 세네카의 원본에 비해 훨씬 더 깊은 심리적 동기로 다루었거니와) 생각과 상상 속에서 금지된 관능의 모험에 몰두하는 페드라의 대리인이라 할 수 있다.(v. 1406 이하 계속) 테세우스는 이제 기분이 수시로 바뀌는 위험한 감정적 인간으로 자신을 제어하지 못한다. 그리고 바로 그러하기 때문에 기분 내키는 대로 결정하는 경우가 많다. 실러는 더욱 유연한 언어 형식에 힘입어, 찢길 대로 찢긴 등장인물들의 갈등 상태를 강조한다. 그리고 라신이 그려낸 엄격한 도덕적 면모를 약화시킴으로써 비극을 더욱 긴장으로 가득 차고 종종 이중적이기도 한 면모로 바꾸어놓는다.

1805년 4월 12일에 실러에게서 「페드라」의 필사본 하나를 전해 받은 카를 테오도어 폰 달베르크는 호의적인 문장으로 칭찬을 퍼붓는다. "위대한 프랑스 작가의 걸작을 위대한 독일 작가의 번역으로 읽는 재미라니." 그는 1804년 12월 2일에 파리로 초청받아 나폴레옹 황제 대관식을 참관한 것에 관해 보고하기 위해 쓴 짤막한 편지를 다음과 같이 간결하고도 의미 있는 문장으로 끝맺고 있다. "미래에 끼칠 영향은 헤아릴 수 없겠지요."(NA 40/I, 324) 그의 칭송과 예언은 수신자에게 가 닿지 못하였다. 아무런 예상도 못한 달베르크는 1805년 5월 17일 실러가 죽은 지 여드레 뒤에 이 편지를 써서 보낸 것이다.

권력의 심연을 들여다봄
「첼레의 공주」와 「아그리피나」(1804~1805)

「아그리피나」* 비극 프로젝트에 실러는 이미 1797년과 1800년 사이에 관심을 가졌던 것으로 생각된다. 1797년 11월 28일 괴테에게 쓴 편지로 그와 같은 짐작을 하게 되는데, 이 편지에서 실러는 셰익스피어의 「리처드 3세」를 읽고 난 다음 그것에 자극을 받아, 필사 날짜가 정확하지 않은 미완성 작인 「아그리피나」와 비슷한 기준에 맞는 드라마 소재를 택하고 싶다고 쓰고 있는 것이다. 여기서 특별한 의미를 띠는 것은 충격적 소재로부터 "극적 공포의 순수한 형식"을 취할 수 있다고 하는 언급이다.(NA 29, 162) 이와 같은 맥락의 말로 「아그리피나」 구상 초안도 충격적 소재에서 감정적

∵

* 네로 황제의 어머니.

효과 이상을 얻어내는 어려움을 약술하고 있다. 두 경우 모두 비극 형식이 할 수 있는 것은 관객이 계속 관심을 갖도록 피상적 센세이션을 피하고 악덕한 인물도 보여주는 능력이라고 보고 있는 것이다.

일인 지배를 위협한다는 이유로 아들에 의해 권력 타산(打算)의 희생물이 되는 네로 어머니의 이야기를 실러가 알게 된 것은 타키투스(Tacitus)의 『연감(Annalen)』제13권과 14권을 통해서였을 것이다. 작품 구상 기록은 네로가 아그리피나를 제거하기 전에 어머니에 대해 아들로서 느끼는 사랑, 즉 "본능의 소리"를 억지해야만 하는 사정을 특별히 매력적인 관점이라 적고 있다. 도덕적인 것이 아니라 소재의 "야수적(physisch) 형이하적(形以下的)" (NA 12, 152) 측면이 관객의 관심을 사로잡는다는 것이 실러의 생각이다. 아그리피나는 매력이라고는 없는 인물이기 때문에 작가는 비극 예술의 힘으로 관객의 관심을 불러일으켜야 한다는 것이다. 한창 「발렌슈타인」 작업을 할 때 실러가 쓴 편지에 드라마 형식에 관하여 이와 유사한 생각들이 담겨 있음을 생각하면, 이 시기에 로마 시대의 주제를 깊이 탐색했을 가능성을 배제할 수는 없을 것이다.(NA 12, 458 이하 계속)

「아그리피나」 이야기에 대한 관심은 「브리타니쿠스」를 시도함으로써 다시 깨어난다. 실러는 1804/05년에 「페드라」를 번역하면서 아그리피나도 더욱 자세히 탐색했으리라 추측해볼 수 있다. 네로가 제거한 브리타니쿠스는 황제의 이복형제인데, 이러한 역사적 사실에서 이에 앞선 프로젝트와의 연관성이 있음을 알 수 있게 된다. 문제의 핵심은 아그리피나가 스스로 잘못을 저질렀음에도 불구하고 어떻게 그녀의 운명으로 하여금 관객의 마음을 움직이게 할 수 있겠냐는 것이다. 여기서 떠오르는 효력 개념들 중 맨 꼭대기를 차지하는 것은 "감상적 동정심"이 아니라 "비극적 공포"이다. 극에 필요한 모티브들로 실러는 아그리피나가 황제 가문 출신이라는 것, 몰락하는 순간에도 기품을 잃지 않는 그녀의 자부심, 궁정에서 고립된 그녀의 처지, 그녀의 권력을 두려워하는 네로가 그녀에게 가하는 굴욕 등을 열거한다. 그녀가 "좋은 일"을 지원하는 것은 이상주의적인 동기에서가 아니라 아들의 횡포에 맞서기 위해서이다. 이 점에서 아그리피나는 전략가 발렌슈타인과 유사하다 하겠다. 그녀가 그에게서 물려받은 것은 속을 알 수 없다는 것과 언동의 동기가 알쏭달쏭하다는 점이다. 이에 비해 네로는 라신의 말대로 '타고난 괴물'의 역할로 등장한다. '비열한 영혼'이요, '악의적'이고 '화해하기 어려운' 존재이다. 공포의 방에서 튀어나와 무대 위에서 막무가내로 악당 행세를 하는 리처드 3세와 동류인 것이다.(NA 12, 155)

1665년에 발표된 로엔슈타인의 「아그리피나」를 실러가 알았던 것 같지는 않다.[343] 슐레지엔 출신 작가*의 비극과 결정적으로 다른 점은 실러가 네로와 여주인공의 근친상간 관계를 갈등의 주요한 요소로 강조하지 않고 단지 주변적으로 다룰 뿐이라는 사실이다.[344] 실러가 의도한 것은 아그리피나가 "간통과 근친상간, 살인"(NA 12, 153)을 자행한 것을 소재로 하여 타락한 후기 로마 사회를 보여주자는 것이 아니다. 실러의 생각은 작가는 소재의 그와 같은 전력에 드러나 있는 여주인공의 부정적인 면에도 불구하고 관객의 관심을 끌어모으도록 작업을 해야 한다는 것이다. 따라서 실러가 어떻게 해서라도 근친상간 모티브와 "비극적 품위"(NA 12, 154)가 하나가 되도록 애쓰는 것은 그저 고전적 규범 한 가지를 따르는 것 이상의 의미를 지닌다. 인물들의 내적 모순을 보여주는 갈등을 샅샅이 조명하기를 자제함으로써 무엇보다도 소재의 도발적 성격을 무디게 하는 한편, 소재의 심리적 바탕에 주목해야 한다는 자기 자신의 요구에 기여하고 있는

∴

* 로엔슈타인.

것이다.

그런데 여기서 알아두어야 할 것은 극 중 개인은 (사건의 차원보다) 상위의 차원에서 극이 보여주려는 목적에 종속되어 있도록 하려는 실러의 계획이다. 이때에 핵심적인 문제로 떠오르는 것은 인간이 지키고 있는 윤리적 원리들이 자연법에서 유래하느냐는 것이다. "비극은 도덕적인 차원에서보다 야수적인 차원에서 더 많이 진행된다. 달리 말하자면, 비극은 하나의 야수적 힘을 행사하는 도덕적인 것을 다룬다."(NA 12, 152)[345] 실러의 미완성 작품(「아그리피나」)은 타키투스와 로엔슈타인의 방식을 피하면서 모친에 대한 사랑과 살해 의도 사이에서 갈등하는 네로를 보여주는데, 이때 개인의 윤리감각(moral sense) 관념이 시험대에 오른다. 이에 반해 라틴어로 쓰인 소재의 원천(타키투스의 『연감』)에는 양심의 가책에 관해서 아무런 언급이 없다. 슐레지엔 출신 작가의 비극에서는 어머니를 살해하려는 네로의 계획이 아니라 아들을 유혹하려는 어머니의 시도가 아들에게 윤리의 자연법칙을 상기시킨다. 실러의 극에서는 마지막에 파괴의 충동이 감성적 유대와의 싸움에서 승자가 되는데, 그럼으로써 암울한 상황이 노출된다. 여기서 정치적 행위는 야생적 폭력 메커니즘의 법칙에 종속되어 있다. 네로를 지배하는 "야수의 힘"은 윤리성의 매개체가 아니라 비인간성의 도구임이 드러난다. 이것은 또한 칸트를 비판적으로 읽었을 때만 해도 전제가 되었던 계몽주의 도덕철학의 자연 개념에 실러가 등을 돌렸음을 말한다. "악에는 악으로" 맞서는 역사적 상황이 그려지는 것이다.(NA 12, 155) 어둠을 헤치고 나오게 이끌어주는 힘은 어디에도 보이지 않는다.

1804년 여름 실러는 정치적 가족 비극에 착수한다. 그 제목이 처음에 드라마 작업 계획 목록에는 「쾨니히스마르크의 백작」으로 되어 있었는데, 나중에 「첼레의 공주」로 바뀐다. 달력의 기록에 의하면 7월 12일에 구체적인 작업이 시작되었다. 그 후 얼마 지나지 않아 오늘날에 전해지는 극작 계획이 짜였으리라 여겨진다. 병 때문에 중단했다가 10월 중순에 실러는 계획한 작업에 다시 착수한다. 라신 번역을 마친 뒤인 1805년 1월 말에 실러는 괴테의 「시민 장군」 스타일의 희극 하나를 쓸 계획을 하면서, 중단됐던 작업도 그와 동시에 계속하려 다시 생각한다. 하지만 결국 「데메트리우스」 때문에 나중에 기회를 보아서 하기로 하고 중단하고 만다. 브라운슈바이크-뤼네부르크의 조피 도로테아 공작 부인의 기구한 운명은 이미 18세기 초의 문학적 상상력을 사로잡은 바 있다. 그녀는 (훗날 영국의 왕이 되는) 하노버 공국의 왕세자 게오르크와 결혼했음에도 불구하고, 세력을 펼쳐가던 하노버 공국의 정책 결혼의 희생자로서 원만한 부부 생활을 할 수 없었던 것이다. 실러가 이 소재를 알게 된 것은 아직 공작 부인이 살아 있던 때에 출간된 안톤 울리히 폰 브라운슈바이크의 「로마의 옥타비아누스 판결에 관하여(Zugabe zum Beschluß der Römischen Octavia)」(1707)와, 푈니츠의 단편소설 「하노버 공작 부인 비사(Histoire secrette de la Duchesse d'Hanover)」 (1732), 「알렌의 공작 부인 이야기(Geschichte der Herzogin von Ahlen)」(1786) 등을 통해서였을 것이다.(NA 12, 600 이하)

조피 공작 부인(실러의 원고는 "공주"라고 오기하고 있다)은 하노버 궁정에서 왕세자와 불행한 결혼을 하였다. 남편은 첩들을 거느리면서 그녀를 핍박했다. 조피는 게오르크 빌헬름 폰 첼레-뤼네부르크와 그보다 신분이 낮은 프랑스의 어느 귀족 여인 사이에서 혼외 자식으로 태어났다. 사람들이 그녀를 왕위 계승자와 맺어준 것은 오로지 그녀가 상속받을 이웃 공작령 지역을 장차 하노버에 귀속시키려는 계산에서였다. 남편에게 방치되고 탐욕스러운 시부모에게 시달림을 받던 조피에게 쾨니히스마르크의 젊은 백작이 곤경 속의 구원자처럼 나타나지만, 그는 모티머*의 기질과 레스터의 허영을 지닌 인물이었다. 그는 그녀에게 함께 도망가자고 약속하지만, 그 것은 영웅 "역할"을 자처하는 자기 미화에 빠져 "기사 흉내"를 낸 것이었을 뿐, 약속을 행동에 옮기지 않고 질질 끌기만 했다.(NA 12, 339) 이와 같은 시기에 왕세자는 부인에게 처음으로 애정을 느끼기 시작하지만, 그의 정부 가 간계를 부려 공주에게 모멸감을 느끼지 않을 수 없게 함으로써 가까워 지려던 부부 사이를 망친다. 쾨니히스마르크 백작은 도주 계획을 실행하 기 전에 발각되어 반역죄로 처형당하고, 공주는 냉정한 왕권의 지시에 따 라 구금된다.

실러의 스케치는 아무런 흠이 없는 (그래서 비극적이지 않은) 여주인공을 현실적인 "영리함"과 "수동성" 사이에 설정한다.(NA 12, 342) 그녀는 자기 의 처지를 능동적으로 변화시키지 못하지만 저항을 포기한 채 적응하지도 못한다. 줄거리는 "피어나는 꽃봉오리"처럼 전개된다. 줄거리의 개별적인 부분들은 서로 연관되어 있어 자체에 내장된 갈등의 씨앗들을 유기적으로 이어가면서 펼쳐낸다.(NA 12, 331) 쾨니히스마르크가 죽은 뒤 외롭게 혼자 남은 조피를 보여주는 피날레는 여주인공에게 통찰의 빛을 드리운다. "고 귀한 것은 굴복을 당하더라도 저열한 것을 이긴다."(NA 12, 340) 「아그리피 나」와는 대조적으로 이 스케치는 역사론적 전망이 없고, 궁정정치의 분위 기를 배경으로 한 성격 드라마의 윤곽을 보여줄 뿐이다.[346) 조피의 무죄함 은 절대적인 것으로, 왕가의 비인간적 지배욕과 대조적으로 맞선다.

실러가 이 소재를 선택하게 된 계기는 무엇보다도 그가 1804년 무렵 아 직 바이메의 후원을 기대하면서 세운 베를린으로의 이주 계획이었을 것이

••

* 「메리 스튜어트」의 등장인물.

다. 조피가 하노버에서 겪는 슬픈 운명을 감동적으로 묘사한 드라마는 확실히 프로이센의 대표적인 국립극장에 어울리는 작품이 되었을 것이다. 여주인공은 프리드리히 2세의 할머니가 아니었던가, 따라서 공식적인 역사 교과서의 중심인물 중 하나였던 것이다. 그런데 1805년 1월에 「페드라」를 완성하고 책상을 새로 정리했을 때 실러는 마리아 파블로브나를 만난 영향으로 러시아-폴란드계 소재인 「데메트리우스」 쪽에 더 이끌리고 있었다. 이로써 생의 마지막 작업이 이루어진 몇 달간의 노정이 결정되었던 것이다.

마지막 작업
의식의 비극 「데메트리우스」(1805)

처음으로 실러가 「데메트리우스」를 쓰기로 계획한 것은 이 프로젝트를 「모스크바에서의 피의 결혼(Bluthochzeit zu Moskau)」이라는 제목으로 자신의 희곡 프로젝트 목록에 기입해놓은 1802/03년이다. 아마도 비슷한 「워베크」 소재에 대한 관심이 당시 새로 일깨워지면서 「데메트리우스」에 대한 호기심이 발동한 것으로 보인다. 실러는 구상 중이던 음모의 역사와 관련하여 프랑수아조아생 뒤 포르 뒤 테르트르의 『음모의 역사(*Histoire des conjurations*)』을 읽음으로써 이미 1786년 8월에 이 소재를 알고 있었을 것이다. 이 책 제5권에는 왕위 계승자라고 사칭한 데메트리우스라는 인물의 운명이 들어 있었다(독일어 번역판은 1756년에 출간되었다). 실러는 달력에는 「빌헬름 텔」을 끝내고 난 1804년 3월 10일에야 「데메트리우스」 구상에 대한 작업을 시작했다고 메모되어 있다. 그러나 4월 25일 베를린으로 여행을 떠나는 바람에 몇 주 동안 이 소재와 씨름하는 작업이 중단된다. 6월 초에서 7월 11일까지 산발적으로 사료 조사가 진행된다. 러시아 역사 전문가인 볼초겐은 피에르샤를 레베크가 쓴 표준 연구서인 『러시아 역사(*Histoire de Russie*)』를 추천한다. 그리고 실러는 이를 1800년 신판으로 읽는다. 또 아담 올레아리우스의 『증보판 모스크바와 페르시아 여행에 대한 새로운 서술(*Vermehrte Newe Beschreibung Der Muscowitischen und Persischen Reyse*)』(1663)도 추천받아 1804년 11월 28일 바이마르 도서관에서 빌려서 읽는다. 그리고 윌리엄 콕스가 쓴 『폴란드, 러시아, 스웨덴, 덴마크 여행(*Voyage en Pologne, Russie, Suède, Dannemarc*)』(1786) 역시 추천 목록에 들어 있었다.(NA 11, 418 이하) 집중적으로 작업하는 것은 1804년 10월 중순 이후 예나로 돌아와 건강을 회복하게 되면서부터 비로소 가능해진다. 우선 역사적 지평을 구체적으로 규정하는 일부터 한다. 실러는 러시아 속담들을 수집하는가 하면 문화사적인 디테일들을 익힌다. 핵심적인 줄거리의 골격과 발단 장면의 윤곽을 담은 시나리오를 작성한다. 궁정 축제극을 쓰고, 결혼 축하연에 가야 하고, 힘겨운 연회에 참석해야 하는 일들 때문에 11월에는 시나리오 작성하는 일도 계속하지 못하게 된다.

계속된 자료 조사 작업이 (이 과정도 12월 중순에 라신 극을 번역하기 위해 중단되기도 하였으나) 끝난 다음 1805년 1월 20일부터 개별 장면들을 깊이 파고드는 작업이 시작된다. 3월에 실러는 주인공을 사적인 가족적 맥락에서 등장시키려던 첫 막(이른바 삼보아-막(Sambor-Akt)*)을 크라카우의 제국 의회 장면으로 바꾸기로 결정한다. 이 비극을 이끄는 정치적인 주제를, 즉 역사적 변혁기의 상황에서 권력을 정당화하는 여러 형식들에 대한 토론을 곧장 밝혀주기 위해서이다. 실러는 이를 상세하게 묘사하는 데 필요

∴∵

* 오늘날 오스트리아의 작은 도시.

한 지식들을 베르나르트 코노어의 『폴란드 왕국과 리타우엔 대공국의 기행(*Beschreibung des Königreichs Polen und Groß-Herzogthums Litthauen*)』(1700)에서 얻었다. 실러는 대화를 우선 산문으로 써내려가면서 모티브들을 모으고 줄거리를 요약하여 연구 노트에 써 넣는가 하면 대화의 스케치와 개별 장면들에 대한 묘사가 담긴 시나리오를 작성하기도 한다. 4월까지 실러는 방대한 제국 의회 장면을 쓴다. 5월의 첫 며칠 동안만 해도 오늘날 우리가 2막 1장에서 읽고 있는 마르파의 운율로 된 독백 대목을 쓸 수 있었는데, 병세가 악화되어 결국 작업은 완전히 중단되고 만다.

실러가 같은 소재를 다룬 기존의 희곡들을 알고 있었는지는 분명하지 않다. 로페 드베가는 자칭 차레비치 디미트리가 죽고 나서 11년 후인 1617년에 이미 이 소재를 사용한 작품『모스크바의 공작(El gran duque de Moskovia)』을 썼고 그것은 러시아어와 프랑스어로 각각 번안되었다. 주인공의 이미지는 상이한 여러 색채로 나타난다. 사기꾼과 카리스마가 넘치는 기대주 사이를 오간다. 실러 이전에 독일에서는 이 주제를 다룬 시도가 산발적으로 있었을 뿐이다. 요한 마테손이 이 소재로 1710년 오페라 대본을 썼고, 1782년 코체부가 비극 「모스크바의 황제, 데메트리 이바노비치(Demetri Iwanowitsch, Zar von Moskau)」를 썼는데, 이 작품은 코체부가 1781년에서 1790년까지 고위 행정관리로 일하던 페테르스부르크에서 상연되기도 했다. 그런데 관객들은 주인공을 복귀시키려는 극의 내용에 반발했다. 데메트리우스가 왕권 계승자를 사칭한 사기꾼이라는 소문은 이미 널리 퍼져 있었고, 그것은 로마노프의 보호 아래 공식적 견해로까지 굳어져 있었는데 코체부의 작품은 그러한 견해에 맞지 않았기 때문이다. 결국 코체부의 희곡은 상연만 되고 출간되지는 않았다. 러시아로 망명하여 이 나라의 역사에 집중적으로 파고든 야코프 미하엘 라인홀트 렌츠(Jakob

Michael Reinhold Lenz)도 1780년대 초에 같은 소재로 초안을 쓰기는 했지만 코체부의 작품과 마찬가지로 출간되지 않았다.

실러의 「데메트리우스」는 「워베크」와 마찬가지로 '속아 넘어간 사기꾼'의 일생을 그려낸다. 사료에 의해 확인되고 있는 것은 그레고리 오트레피에프라는 수상한 인물에 관한 다음과 같은 사실들이다. 1604년 폴란드에 나타나 자신이 황제의 아들인 디미트리라고 사칭했다. 1584년 (끔찍한 대제) 이반 4세가 사망하고 그의 지적 장애아 아들 표도르가 왕위를 물려받는다. 표도르 1세가 1598년 사망한 후, 권력욕이 강한 처남(원래는 자문이었다) 보리스 고두노프가 의회의 지원을 받고 왕권을 잡지만 왕으로서 정통성을 인정받지는 못한다. 표도르의 외가 출신인 미하엘 로마노프가 자신의 왕위 계승권을 내세우지 않았기에 보리스의 자리는 처음에는 공고해 보였다. 한편 이반 대제가 마리아 나고이예(마르타. 실러는 마르파라고 부름)와 결혼하여 낳은 열 살짜리 아들 디미트리가 1591년 원인 불명으로 사망한다. 보리스의 수하가 살해했다는 추측이 남았을 뿐이다. 그런 판에 자신이 기적적으로 살아난 차레비치 디미트리라고 참칭하는 젊은 사내가 나타난다. 그리고 폴란드에서 보리스에 반대하는 자들의 조직이 생겨나 활동하기 시작한다. 군사 부문에 능숙한 이 왕위 계승 요구자는 허술하게 조직된 러시아 군대를 아무런 어려움 없이 격파하고 1605년 모스크바에 입성하여, 적수인 보리스가 자살하고 난 후 왕좌에 오른다. 그는 입김이 센 대공의 딸인 마리나 므니제치와 결혼하지만 그의 지위는 불안하기만 하다. 그의 출신이 수상쩍다는 소문에다 정치적인 오판들로, 영향력 있는 세력인 대공들 사이에서 좋았던 그의 평판은 손상을 입는다. 1606년 민중 봉기가 발생하여 밉상스러운 왕위 찬탈자는 살해되고 그럼으로써 정치적으로 새로운 길이 시작된다. 이때 황제의 미망인인 마르파가 중대한 역할을 했다. 자신의 아들이라고 자칭한 자의 신분을 명확하게 인정해주지 않음으로써 그레고리의 왕위 계승권 주장에 대해 의구심이 생겨난 것이다. 몇 년 동안의 정치적 혼란을 거친 뒤에 미하엘 로마노프가 1613년 왕위에 오르고 새 왕조가 시작된다. 바이마르의 왕세자와 결혼한 마리아 파블로브나도 이 왕가의 후손이다.

실러의 극은 1605년 3월의 모라토리엄을 거친 후에 열린 제국 의회의 장면으로 시작된다. 이 첫 막은 발단의 형식을 취하고 있지만, 실러가 1797년 4월 15일 셰익스피어의 「실수의 코미디(Comedy of Errors)」를 염두에 두고 쓴 대로, 이미 "발전의 부분"이기도 하다.(NA 29, 68) 헤벨은 나중에 같은 소재로 독자적인 극을 썼거니와(1857년 이래) 자기 자신의 「데메트리우스」 작업 초기에 실러 극과 자기 극의 차이를 지적한 바 있다. 실러 극이 역동적으로 시작하는 것과는 달리 자기 극은 삼보아 장면의 완만한 템포로 시작한다는 것이다. "그는 격렬한 폭풍을 자신의 세계에 불어넣었다. 나는 입김으로 폭풍이 생기게 시도해볼 참이다."[347] 실러가 도입부 장면을 빠른 속도로 쓰기로 결심한 것은 이 소재가 지닌 정치적 측면에 대한 관심이 컸기 때문이겠지만, 헤벨은 정치적 문제에는 전혀 관심이 없었던 것이다. 1572년 이래로 존속해온 귀족 공화국에서 (선출직) 통제권을 갖고 있던 크라카우 대제국의 이사회 면전에서 데메트리우스는 자신의 허황된 역할을 확신한 나머지, 러시아 황제 권좌에 대한 자신의 권리 주장의 근거를 내세운다. 그리고 이에 곁들여 자신이 여태까지 살아온 길을 묘사하는 효과적인 연설을 함으로써 참석자들을 감동시킨다. 이제까지 자신이 살아온 여정들이 간단간단하게 말해진다. 이 대목은 원래 실러가 처음에 구상한 삼보아 장면에서 전개하기로 한 부분이다(실러는 장 네 들 라 로셀이 1714년 쓴 소설 「데메트리우스 황제(Le Czar Demetrius)」에서 자극을 받았다). 주인공은 처음에는 수도원에서, 그러고는 폴란드의 센도미르 대공인 마이셰크 슬하에서 보낸 청소년 시절에 대해 보고한다. 그의 딸인 마리나에 대한 사랑을 이야기하고, 이에 이어 격정으로 가득 차 연적을 살해했던 폭력이 이어지며, 죽었다고 믿었던 왕자 차레비치 디미트리의 흔적(십자가와 찬송가집)을 갖고 있다는 까닭으로 그가 재판정에서 면죄되었다는 놀라운 이야기로 이어진다. 마지막 단계에서 실러가 예전에 구상한 농부 아가씨 로도이스카와의 에피소드는 빠진다. 실러는 데메트리우스에 대한 로도이스카의 불행한 사랑을 나우시카가 오디세우스에 대해 열정을 품은 것에 비교한 바 있다. 이것은 괴테 또한 이탈리아 여행 중에 쓴 미완성 비극에서 호메로스의 서사시 『오디세이아』 6~7편에 담긴 이 에피소드를 염두에 두고 묘사한 모티브이기도 하다.(NA 11, 98) 차레비치 디미트리라고 여겨진 인물의 사실 여부가 공개적으로 알려지는 장면(Anagnorisis)은 (원래는) 무대 위에서 연기로 보여주기로 되었지만 이제는 그저 보고(報告) 형식을 취하고 있다. 이 장면은 아리스토텔레스의 시학에서 말하는 전환점에 해당하는 것으로서 제일 중요한 대목이다. 그러나 이 발견의 대목은 진실을 밝혀주는 것이 아니라 거짓의 승리를 뒷받침해주는 기능을 하기 때문에 그 자체가 모순이라 하지 않을 수 없다. 데메트리우스는 자신이 그것을 인식한 순간에 "러시아 황제의 죽었다고 여겨졌던 아들"로서의 자기 정체성이 "환히 빛나는 불꽃처럼 확실하게" 눈앞에 서 있었다고 말한다. 그러나 이러한 그의 발언은 비극적 아이러니가 아닐 수 없다. 빛은 전통적으로 진리의 은유인데, 여기서는 자기기만 행위를 가리키고 있기 때문이다.(NA 11, 15, v. 250 이하) 주인공은 자신의 새로운 정체성을 순진하게 믿다 보니 정치적 행위들을 수행할 때에 아무런 죄의식도 느끼지 않게 된다.

데메트리우스가 보리스에게 맞서 전쟁을 벌일 때 제국 의회에서 지원해

달라고 부탁하지만, 이에 대한 반응은 제각각이다. 기존의 협약에도 불구하고 다수가 전쟁에 찬성하지만("당신들의 조약이 우리에게 무슨 상관이오? 당시 우리는 그렇게 원했소, 오늘날 우리가 원하는 것은 다르지 않소?"(v. 405 이하)) 레오 사피에하 대공이 지닌 국가이성은 옥타비오 피콜로미니가 보이는 충성심을 연상시키거니와, 그는 평화조약의 의미를 무시할 수 없음을 강조한다. 사피에하가 거부권을 행사함으로써 합의는 무산된다. 사피에하의 분노감과 실망감에 찬 마지막 발언에서 언급되는 "이성"이 없는 "다수"(v. 461 이하)라는 문구는 메테르니히 시대에 정치적 반박 발언에서 자주 등장하던 유행 문구 중 하나였다. 이로써 작품이 지닌 심리적 맥락은 사라지고 말았다. 폴란드 국왕인 지기스문트 2세(칼데론의 극 「인생은 꿈이다(La vida es sueño)」(1635)는 지기스문트를, 모두가 반대하는 상황에서도 자신을 지켜내는 군주의 모범으로 추어올리고 있다)는 결국 왕위 찬탈자인 보리스에 대한 데메트리우스의 군사적 행위를 배후에서 지원은 하겠지만 데메트리우스의 편을 공개적으로 들지는 않겠다는 언질을 준다. 지기스문트 왕은 실질적인 동맹을 맺자고 제안하는 대신에 근세 초기 국가 예술의 통찰과 경험에서 나온 일련의 충고를 해준다. 그는 인내심 있게 기다리는 현명함과 러시아적 관습에 대한 관용을 권고한다. 그런데 바로 그러한 것을 훗날 왕위를 찬탈하게 되는 데메트리우스는 해내지 못한다. 데메트리우스는 비공식적으로 황제 계승 선언을 하면서 노예제도를 철폐하고("나는 노예들의 영혼을 다스리지 않겠다"(v. 587)) 개인의 자유를 확대하겠다고 공고한다. 그러나 데메트리우스가 왕좌에 오른 후 이러한 프로그램은 문화적 차이를 무시하는 중앙집권주의의 횡포에 희생되고 만다.

비극이 진행되면서 서로 비슷하면서도 서로 다른 전략을 따르는 여성인물 두 명이 등장한다. 보이보덴 마이셰크 대공의 딸인 마리나는 도대체

고삐를 잡을 수 없는 정치적인 기질 때문에 테르츠키 백작 부인의 화신처럼 보인다. 실러의 메모에 따르면 "실제적인 것"을 향해 돌진하는 스타일이다.(NA 11, 164) 오솔린스키는 마리나를 "제2의 반다"(v. 758)라고 부르는데 이는 폴란드의 전설적인 왕의 딸을 빗댄 것이다(실러는 1804년 반다의 운명을 담시에 담아 그려내려 계획했다). 그렇지만 오솔린스키는 오로지 이기주의적인 본능만을 따르는 마리나의 권력욕을 알아보지 못한다.[348] 마리나와는 달리 황제의 미망인인 마르파는 상상력의 내밀한 보호 공간 속에 숨어서, 아들 디미트리가 죽고 난 후 보리스 고두노프에게 복수할 생각을 키워나간다. 데메트리우스가 전쟁을 벌인다는 소식을 전해 들은 마르파는 열정에 눈이 멀어 처음에는 이 사람이 정말 정통성을 가진 아들인가에 대해 깊이 생각해보지 않고, 원상 복귀(restitutio ad integrum)의 의미에서 옛 질서를 "복원"(v. 1099)할 희망을 품는다. 그것은 로마법 이론에서 나온 것으로 법리적으로 잘못된 결정의 결과에 대한 원상 복귀 요구권을 말하는 것이다. 「빌헬름 텔」에서는 이러한 원상 복원을 하는 데서 복수에 대한 무절제한 즐거움을 배제하고 있지만, 마르파는 오로지 자기의 흥분을 따를 뿐이다. "설사 그가 나의 사랑하는 아들이 아니라 하더라도, 나는 그를 내 복수를 해줄 아들로 여기겠다."(v. 1163) 차레비치라고 오인되는 인물을 이반 대제의 미망인이 형식적으로 아들이라 인정하는 것은 근거 있는 확신에 따른 결정이 아니라 결심의 결과인 것이다. "나는 그를 믿는다. 나는 원한다."(v. 1181)

완전하게 다듬어진 문장으로 묘사된 마지막 장면들에서는 승승장구하는 데메트리우스가 그려진다. 그는 봄날 같은 "도나우 강가의 지역"(NA 3, 77)들에 경탄하는 카를 모어처럼 백러시아 풍경의 아름다움에 압도되어 있다가 자신의 역할을 의식하고는 우울에 빠져든다. "이렇게 아름다운 초원에는 아직 평화가 숨 쉬고 있다. 그런데 나는 이곳에 나타나 이제 전쟁의 끔찍한 도구로 이 아름다운 초원을 적대적으로 망치려 드는구나!"(v. 1229 이하 계속) 그러나 주인공이 "대담한 권력의 걸음"(NA 11, 171)으로 앞으로 밀고 나아가는 과정에서 빠져드는 의식의 비극이 지닌 본모습은 실러의 연구 노트가 요약해놓은 메모에서 드러난다. 러시아 민족에 대한 찬사, 〔모스크바를 목전에 두고 툴라(Tula)에서 행복의 정점에 선 순간에 하게 되는〕 자신의 참칭자 역할에 대한 데메트리우스의 통찰, 마르파와의 만남〔마르파는 잘 알고 있으면서도 처음에는 이 거짓 놀이를 거드는데, 그것은 "가장 큰 비극적인 상황들"에 속하는 "계기" 중 하나이다(NA 11, 217)〕, 보리스 황제의 자살 이후 데메트리우스의 모스크바 입성, 낯선 지방 풍습에 거스르는 왕위 계승 요구자 데메트리우스의 망조(亡兆)가 보이는 방탕한 행동들, 보리스의 딸 악시니아를 향해 새로 피어오르는 주인공의 연정, 명예욕이 강한 마리나에 의한 악시니아 살해, 이러한 배경하에서 대공의 딸과 모스크바에서 벌이는 '피의 결혼식', 마지막에는 마르파 또한 찬탈자라면서 공개적인 지원을 거부함으로써 야기되는 데메트리우스의 몰락.(NA 11, 87 이하 계속)

두 적대자들은 도덕적으로 주인공보다 우월해 보인다. 황제의 통수권을 행사하고 있는 보리스는 자신의 권력을 비록 왕위 세습자로서 정당화할 수는 없지만 "높이 살 만한 군주"요, "백성의 왕"이라는 역할로 자신을 충분히 입증해 보였다. 그는 국정 운영에서 "정의를 보살피고" "평화를 유지하는 것"을 최상의 원칙으로 삼았다. 보리스 또한, 실러가 말하듯이, 셰익스피어의 맥베스처럼 전략적으로 가망 없는 막바지에 이르게 된다. 그럼에도 그는 '왕의' 자세로 죽는다. 이 점에서 그는 메리 스튜어트와 비교할 만하다. 그는 죽기 전에 정교회 신부에게 자신이 차레비치 디미트리를 살해하도록 지시했다고 고해(告解)하면서 양심의 가책을 던다. "지탄의 대상이 되는 수단들이라도 선량하게 사용된다면 용서할"(NA 11, 210) 수 있는가라는 물음에 대해 실러의 시나리오는 답하지 않는다. 포자와 옥타비아누스에서와 마찬가지로 행동하는 개인에 대한 판단은 역사의 과정에 의해 내려진다. 물론 「데메트리우스」에서 역사 과정이 향하는 방향은 이성적 질서원칙의 텔로스(Telos)를 따르지 않고 자연의 순환적 성격을 따른다. 장차황제가 되는 로마노프도 "충성스럽고 고귀한 인물이며, 아름다운 영혼"이라고 일컬어지고 있지만(NA 11, 100) 이 점에서는 조금도 달라질 수 없다. 그는 폭력 없이 사려 깊게 행동하면서 처음에는 수동적이었지만 역사의 기대주로 커간다. 그렇지만 무엇이 그의 정치적 프로그램인지에 대해서는 명시적인 언급이 없다.[349] 청렴하지만 정통성을 갖지 못한 군주 보리스와는 달리 표도르 황제의 외가 출신인 로마노프는 자신이 후에 가서 내세울 왕권 관련 권리를 왕조의 계보에 따라 정당화할 수 있다. 실러에게서 '전통적인 지배'(막스 베버)는 이미 「발렌슈타인」을 쓸 때처럼 법적으로 뒷받침된 질서의 총화이다.[350] 「발렌슈타인」 3부작은 넓은 정치적 이념의 하늘을 펼쳐보이지만, 이와 달리 「데메트리우스」에서는 국가의 적합한 조직에 대한 세세한 생각들이 나타나지 않는다.

역사적 인물로서는 애매모호한 로마노프 황제가 긍정적으로 채색된 것은 실러가 당시 러시아를 지배하던 황제 가족에 대해 가졌던 존경심의 발로라 하겠다. 그러나 「챌레의 공주」처럼 「데메트리우스」 또한 공식적인 역사극 성격의 작품으로 기회주의적인 이해타산에서 만들어졌을 여지는 물론 없다. 실러는 황제 가족을 위해 축제극을 쓸까 생각까지 했지만 결국에는 예술가로서의 자신의 독립성을 고려하여 그런 생각을 버렸다. 이러한 사실은 카롤리네 폰 볼초겐이 기억해낸 일화로 증명된다. "어느 날 밤 실러는 「데메트리우스」에서 고귀한 역을 맡는 젊은 로마노프라는 인물을 통해 황제 가문을 위해 멋진 것을 말할 아주 적당한 기회를 가져보고 싶다고 말했다. 다음 날 그는 '아니야, 그렇게 하면 안 되지. 문학은 순수하게 남아 있어야 하지'라고 말했다."[351] 실러는 악시니아가 죽고 난 후 로마노프가 서둘러 성공적으로 왕위를 계승하게 되는 환상에 빠지는 장면을 구상까지 하였지만 이를 실행에 옮기고 싶지는 않았다. 거기에는 그럴 만한 이유가 있었다. 그리되면 당시 러시아 군주 가문을 찬양하는 성격을 띠게 될 것이 뻔했기 때문이다.(NA 11, 214) 괴테는 1818년 「바이마르 가면 행렬」에서 러시아 황제 가문을 경하하기 위해 「데메트리우스」에서 단편 몇 개를 삽입했다. 궁정을 돋보이게 하기 위해 정치적 찬양극을 쓰는 것을 실러의 예술가적 자존심은 거부하지 않을 수 없었지만, 괴테는 그러한 실러의 염려를 무시해버린 것이다.[352]

좌절하는 보리스나 처음에는 공명심이 없던 로마노프와는 달리 데메트리우스는 "마치 숙명처럼 타자의 열정에 의해 행복과 불행에 내동댕이쳐진 비극적 인물로서 이러한 기회를 통해 인류의 가장 강렬한 힘을 펼치기도 하고 인간적 파멸을 겪기도 한다."(NA 11, 92) 데메트리우스는 뜻하지 않게 사기에 빠져든다. 기만행위를 준비하는 음모가의, "Fabricator doli"의 희생자가 되고 만다. "Fabricktor doli"는 〔실러 스스로가 번역하여 너무나 잘 알고 있는〕 베르길리우스의 『아이네이스』 2권(v. 264)에 등장하는 "사기꾼"이다. 실러의 수기 원고에서는 그저 "X"로 불리는 음모가는 자신의 권력을 확장하려는 계략에서 데메트리우스를 왕의 아들이 가졌던 증표들로 단장토록 하고는 모스크바로 입성하기 직전에 데메트리우스에게 그의 진짜 정체를 가르쳐준다.(NA 11, 94) 실러가 오래도록 완성하지 못한 극 「워베크」에서 워베크가 훗날에 가서야 자신이 왕가의 혈통을 잇고 있음을 알게 됨으로써 정식으로 귀족의 반열에 오르게 되는 것과는 달리 데메트리우스는 이제 의도적인 사기꾼의 길을 걷는 것이다(헤벨은 연출상의 의도를 알아차리지 못하고 이것을 약점이라고 불렀다). 그럼으로써 데메트리우스는 죄의 낙인이 찍힌 분열된 의식 속으로 뛰어들고 만 것이다. 그는 순박함을 잃지만, 그렇다고 사람들이 흔히 주장해왔듯이 '성찰적 성격'을 펼치게 되는 것은 결코 아니다.[353) 주인공 데메트리우스는 심리적 변화를 두루 거치지만 그것에 실러의 이론적 범주를 적용하기는 불가능하다. 데메트리우스에게 내맡겨진 내적인 모순의 특징은 역할과 의식(意識)의 긴장이다. 모스크바 입성 전에 그는 이런 긴장을 겪어보지 못했다. 순박한 정서 자리에 거짓 정체성과 진짜 정체성의 분열이 들어선 것이다. 이것을 성찰의 개념으로는 (이 것의 인간학적인 배경에도 불구하고) 파악할 수 없다. 실러는 이러한 변화 과정을 독백의 스케치에서 부각함으로써 주인공의 위기를 분명히 그려냈다. "거짓말 속에 나는 사로잡혀 있다. 나는 나 자신과 분열됐다! 나는 사람들의 적이고 영원히 진실과 갈라섰다!"(NA 11, 170)

쾨르너에게 보낸 마지막 편지에서 실러는 1805년 4월 25일 「데메트리우스」는 "어떤 의미에서 「오를레앙의 처녀」의 짝"이라고 말한다.(NA 32, 219) 이러한 사실은 방금 인용한 독백이 밝혀주는 갈등 상황과 맞아떨어진다. 데메트리우스는 일종의 절대적인 행동 의지에 매여 있다. 이 절대적 행동 의지는 그러나 도덕적으로 정당화될 수 없다. 요한나가 자신을 민족적 사명의 도구라고 여기면서 자신을 소외시키지 않을 수 없는 주관적 갈등을 겪어야 하는 데 비해, 데메트리우스가 겪는 것은 왕의 역할을 사칭하는 것과 역사적 진실 사이에서 야기되는 객관적 갈등이다. 이 소재로 극작품을 쓰게 된 이유들 중의 하나를 실러는 자기의 연구 노트에 다음과 같이 쓰고 있다. "가짜 데메트리우스가 오랫동안 신의와 성실로 행동하다가 자신이 아무것도 아님을 발견하면서 자기의 전체 성격을 바꾸고 자신에게 파국마

저 몰고 온다는 사실은 참으로 극적이다."(NA 11, 110)

실러의 독특한 연출 기술 중 하나는 심리적 갈등과 정치적 갈등을 상호 조명토록 한 것이다. 데메트리우스는 자신의 사명에 대한 신뢰가 사라진 후에 비로소 권력 보장을 위해 전제적 수단을 사용한다. 그러다 보니 러시아 민중들에게 퍼져 있던 그의 명망은 신속하게 사라지고 만다. 죄의식이 새로 일깨워지면서 인물, 역할, 권리가 통일되어 있던 예전 상태는 사라져 버린다. 이러다 보니 새로운 불안감이 들이닥친다. 이 불안감은 이미 「돈 카를로스」에서 전제군주적 전횡의 근원이라고 분석된 바 있다. "그는 더 이상 예전의 그가 아니다. 폭군의 정신이 그 속에 파고 들어와 이제 그것은 더욱 두렵게 군주 이상의 존재로 나타난다. 그 사악함은 그가 더욱 폭군처럼 행동하도록 하는 데서 드러난다. 어두운 불신이 그 위에 내려앉는다. 그는 더 이상 자신을 믿지 않기 때문에 다른 사람들에게도 의심을 품는다."(NA 11, 171)[354] 툴라 장면에서 두 번째 도약이 이루어진 다음의 줄거리는 삼보아 시절에 관한 이야기가 가져온 전환 이후의 일들을 무의미하게 만든다. 이 툴라 장면 이후의 줄거리에 관하여 실러는 "멈추어 서 있어도 안 되고, 뒤로 돌아가서도 안 된다"고 말한다.(NA 11, 191) 주인공은 자기 정체성의 갈등에 빠져들지만, 이를 극복할 수 없다. 왜냐하면 그가 기만을 멈추지 않기로 결심한 후, 역사의 노도가 그를 앞으로 밀고 나아가기 때문이다. 그는 역사의 흐름에서 빠져나올 수 없다.[355] 데메트리우스가 시달리는 강박은 그를 짓누르는 정치적 압박의 결과이다. 그렇지만 그와 동시에 그런 강박은 역할 갈등의 영향으로 고조된 명예욕의 결과이기도 하다. 이 강박이 몰고 오는 결과는 더 이상 피할 수 없다. "이제 감긴 태엽이 풀리면서 돌아가는 시계는 더 이상 외부에서 가해지는 힘이 없어도 혼자 돌아간다"고 연구 노트에 간결하게 적혀 있다.(NA 11, 111)

데메트리우스의 몰락은 심리적·정치적 요소들이 서로 얽혀들면서 가속화된다. 이러한 상황은 마르파와의 관계에서 아주 분명하게 나타난다. 마르파와 만나기 직전에 자신이 진짜 누구인지를 알게 된 데메트리우스는 황후를 자신의 계획을 위한 공모자로 끌어들일 수 있을 만큼의 카리스마를 여전히 지니고 있다. "백성들 앞에서 나를 인정하세요. 그들이 긴장에 가득 차 밖에 있습니다. 나를 따라 백성들에게 갑시다. 내게 당신의 축복을 주세요. 나를 당신의 아들이라 부르세요. 그러면 모든 게 다 잘됩니다. 나는 당신을 모스크바의 크렘린 궁전으로 데려가겠습니다."(NA 11, 219) 데메트리우스가 이 시점에 복수욕에 시달리는 마르파를 납득시키게 되지만 마지막에 가서 마르파는 심리적·정신적으로 피폐해진 찬탈자를 따르기를 거부한다. 마지막 막 중 효과적으로 잘 요약된 한 장면에서 황제의 미망인 마르파는 백성들과 십자가를 들고 있는 교회의 수장들 앞에서 데메트리우스가 자기 아들이라고 공식적으로 선언하도록 요구받는다. "대답하지 않고 그녀는 나간다. 또는 등을 돌리기만 한다. 또는 데메트리우스의 꽉 잡은 손에서 손을 뺀다."(NA 11, 224) 이 거부의 몸짓은 실러의 시나리오가 암시하는 종교적 의무 의식에서 유래한 것만은 아니다. 그 몸짓은 의문의 여지 없이 자신의 역사적 사명을 믿지 못한 결과 카리스마를 잃어버린 군주에게도 해당한다. 빼낸 손은 왕위 찬탈자의 외로운 처지를 상징적으로 표시하기도 하는 것이다. 그가 자신의 정체성에 대한 신뢰를 잃고 약한 모습을 보이다가 폭군이 된 순간에 행운이 그에게서 떠나가고 만 것이다. 권력이 왕조의 계통을 통해서가 아니라 오로지 개인의 능력에 달려 있는 곳에서는 군주가 카리스마를 상실하는 동시에 사회질서가 붕괴되고 만다는 것은 실러가 확신한 생각 중 하나이다. 이러한 심리적 판단은 나폴레옹이 훗날 겪는 운명으로 실지로 증명된다. 1814년 이후 메테르니히의 체제가 다

져놓은 보수 이데올로기들도 이와 비슷한 견해를 선호했다. 이런 사실이 아직은 실러의 진단이 내포하고 있는 정치적 내용을 반박하지 못한다.

분노하는 대중들이 데메트리우스를 살해하고 난 뒤에, 군중의 무리 속에서 이름 없는 인물이 나와 혼자 무대에 남는다. 그는 황제의 봉인을 들고서는 자기가 자칭 왕위 계승 요구자의 역할을 맡겠다고 결심한다. 이 두 번째 사기꾼을 통해 "옛것이 새로이 시작"(NA 11, 226)됨으로써 역사의 참된 얼굴이 드러난다. 역사는 순환의 논리에서 벗어날 수 없고, 역사에는 진보란 없으며 반복만이 있을 뿐이다.[356] 이러한 결말은 그러나 구상 단계였을 뿐, 어쩌면 다른 결론들에 밀려날 수도 있었으리라 생각해볼 수는 있을 것이다.[357] 작품이 미완성으로 끝났음을 고려하여 결말에 관하여 여러 가지로 생각해보는 것은 좋으나 그렇다고 해서 모든 것이 통용되는 가치 평가의 다원주의가 정당화될 수는 없다. 실러는 원래 비극의 종결 장면에서 로마노프 인물을 신격화하려 했다. 그런데 그러한 계획을 진전시키지 않고, 그 대신에 그를 염세적 인물로 둔갑시키기로 결정한 것이다. 이러한 변경은 결코 우연이라 할 수 없다. 짓누르는 분위기의 종결 장면은 극이 보여주려는 정치관을, 환상 없이 현실을 직시하는 정치관에 대한 견해를 아주 상세히 보여준다. 더 정의로운 사회질서를 세우겠다는 데메트리우스의 선언이 결국 한 편의 광대극으로 남는 반면에, 망설이는 로마노프를 둘러싸고 일어나는 일은 "더욱 높은 이상을 숭고하게 예감케 함으로써"(NA 11, 214) 뚜렷한 윤곽이 없는 공허한 전망만을 열어놓을 뿐이다. 주인공의 몰락은 일련의 새로운 폭풍우를 들여다보게"(NA 11, 226) 해주고 그럼으로써 러시아 전 지역에 걸친 무정부 상태의 지속을 확인케 한다. 「발렌슈타인」의 프롤로그는 더 나은 미래에 대한 희망을 내세웠지만, 실러가 구상한 「데메트리우스」 종결부의 조명 안에서는 그러한 희망의 싹이 우선에는 전혀 존재하지 않는다.

「아그리피나」 구상처럼 「데메트리우스」가 보여주는 것은 정치 과정을 암울하게 채색한 그림이다. 왕위 찬탈과 폭력이 연쇄적으로 이어지지만 그것의 연결 고리는 좀처럼 끊어지지 않는다. 여기서 실러가 보여주려는 것은 계몽적 역사관에 대한 근본적인 비판이 아니다. 나폴레옹 시대의 상황을 되돌아볼 수 있게 해주는 역사적 계기를 보여주려는 것이다. 데메트리우스라는 인물에서 당시 관객들은 당연히 나폴레옹 보나파르트의 모습도 본 것이다. 괴테는 1806년 8월 8일 일기에 데메트리우스에 관하여 간략하게 다음과 같이 썼다. "도중에 정치 문제에 빠짐. 나폴레옹의 새로운 칭호를 생각함. 재미있는 주관적 왕자들. 나폴레옹의 업적들과 행동 방식에서 피히테의 정치 이론을 다시 발견함."[358] 데메트리우스 또한 자기의 권력을 합법적으로 얻지 않고 카리스마를 통해 얻은 '주관적인 왕자' 중 하나인 것이다. 1805년 여름 미완성으로 끝나고 만 실러의 초안을 마무리하기 위해 괴테가 온 힘을 모아 애쓴 것은 결코 우연이 아니다. 실러의 주인공에서 괴테는 프랑스의 나폴레옹 황제에서처럼 중앙집권적 체제를 발판으로 삼아 자의적 정치의 길을 닦아놓은 전형적 인물을 본 것이다(그렇다고 괴테가 나폴레옹의 개인적인 업적을 존경하지 않은 것은 아니다). 또한 피히테의 생각에 대한 명백한 비판은 피히테에 대한 실러 자신의 유보적 태도에도 상응한다. 실러의 유보적 입장이 모범적으로 서술된 것은 실러 자신이 1805년 4월 2일 훔볼트에게 쓴 마지막 편지에서 읽을 수 있다. 괴테의 일기 메모를 염두에 두고 실러의 「데메트리우스」 초안을 읽으면 그것이 시대극임을 알게 된다. 이것은 현대의 근본적인 도전들이기도 한 것이다. 역사의 서로 밀고 당기는 힘은 '주관적 왕자'의 영혼에까지 영향을 미친다. 클라이스트는 실러와 같은 시기에 이러한 '주관적 왕자'의 유형을 미완성 작품 「기스카르

(Guiskard-Fragment) (1802/03)에서 그려낸 바 있다. 이 작품에서도 전횡과 모순에 찬 카리스마적 군주는 1804년 황제 즉위식 후에 유럽 정복 전쟁을 강력하게 시작한 세기적 인물인 보나파르트를 반영한다.

막 시작된 나폴레옹 시대의 시대극으로서 「데메트리우스」는 정치의 비극과 의식의 비극을 연결하려고 시도한다. 따라서 실러는 역사의 "바탕"에서 얻어진 소재의 심리적 실체 자체와, 이것이 무대에서 지닐 힘에 매료되었다. 텍스트가 가능케 해줄 "감각적인 그리고 부분적으로는 화려하기까지 한 묘사들"에 속하는 것으로 그의 연극 노트가 열거하고 있는 것은 다음과 같다. "잔인한 황제의 폭력, 살인 행위들, 전투들, 승리들, 기념행사들."(NA 11, 109 이하) 이러한 지적은 실러가 정치적 비극 한 편을 커다란 규모로 계획했음을 말해준다. 크라카우에서 백러시아를 거쳐 툴라와 모스크바로 주인공을 이끌어가는 여정의 드라마는 처음부터 끝까지 역동성으로 차 있다. 수도 없이 계속되는 장소 변경, 자연 풍경들 그리고 도시들의 전망, 내밀한 작은 공간에서 일어나는 일들과 국가적 행위 사이의 빈번한 교체, 드라마는 이러한 현상들을 제공하고 있는 것이다. 이러한 것은 심지어 「발렌슈타인」도 감당하지 못한 것이었다. 「데메트리우스」는 효과 계산과 연출의 지능을, 정치적 문제들에 대한 이해와 심리적인 섬세함을 능숙하게 연결하고 있다. 역설적으로 들리겠지만, 이 미완성의 작품 안에 실러 드라마 작업의 총합이 들어 있는 것이다.

실러가 1805년의 첫 몇 달 동안 「데메트리우스」의 도입부 작업을 하고 있을 때 유럽의 정치 무대에서는 미래를 결정할 역사적 과정이 전개되고 있었다. 3월 18일에 나폴레옹은 뤼네빌에서 체결된 평화조약의 규정들을 어기고 이탈리아의 왕으로 즉위하여 알프스 너머 이탈리아에서도 자신의 권력을 공고히 한다. 4월에는 프랑스에 맞서 영국·러시아 연합군이 결성된다. 이 연합군의 장기 계획은 군소 국가들로 하여금 유행병과 같은 나폴레옹 군대의 확산을 저지하기 위한 방역선(cordon sanitaire)을 설치토록 하고 막강한 프랑스를 포위해서 프랑스의 국경을 1789년 상태의 옛날 국경으로 되돌려놓는다는 것이다. 아홉 달 뒤에 이런 원대한 계획들은 연합군이 아우스터리츠에서 대패함으로써 무덤에 묻히고 만다. 나폴레옹의 지배 영역은 그 후 유럽 대륙에서 거침없이 러시아 경계로까지 확장된다. 실러가 죽던 해 유럽은 새로운 질서를 얻고, 이는 1815년이 되어서야 메테르니히의 복고 외교를 통해 사라진다. 1800년대 초의 시대사는 이로써 현대에 정치가 발휘하는 피할 수 없는 위력을 확인해준다. 「발렌슈타인」 이래로 실러의 드라마들은 정치의 힘이 개인들에게 미치는 영향을 환상이 섞이지 않은 투명함으로 눈앞에 보여준다.

마지막 장면
바이마르, 1805년 5월

건강 상태가 불안정하지만 쉰 살까지는 살겠거니 생각한 실러의 소박한 희망은 이루어지지 않았다. 1805년 5월 1일 실러는 카롤리네 폰 볼초겐과 함께 프리드리히 루트비히 슈뢰더의 희극 「미식(美食)에서 비롯한 불행한 결혼(Die unglückliche Ehe aus Delikatesse)」을 보러 간다. 극장 앞에서 실러는 심한 신장병에서 완치된 괴테를 만난다. 괴테는 가는 길에 대공의 어머니가 거처하는 궁까지 실러를 동반한다. 시간이 촉박해지자 이야기를 제대로 나눌 여유가 없게 된다. 이번에 다 나누지 못한 이야기들을 곧 계속하게 되리라는 기대 속에서 그들은 헤어진다. 나중에 카롤리네 폰 볼초겐은 이날 밤 실러가 예전에 아프던 심장이 몇 년 이래 처음으로 아프지 않았다면서 놀라워했다고 말한다. 슈타르크의 제자인 후시케와 젊은 고트프리트 헤르더는 훗날 부검을 하면서 오른쪽 폐는 완전히 망가졌고 왼쪽 폐는 급성폐렴에 걸렸음을 증언하게 된다. 극장에서 실러는 배우인 안톤 게나스트를 만나 짧은 인사만 나눈다. 실러는 괴테가 그에게 특별히 설치해준 칸막이 객석에서 집요한 시선들을 피해 편안하게 극을 본다.

극이 끝나고 포스가 마중 왔을 때 실러가 오한에 시달리고 있음을 발견한다. 집에 도착한 그는 곧장 침대에 누워야 했다. 얼른 준비한 펀치를 마셔보지만 진정 효과가 없고 열이 오른다. 슈타르크가 예나에 머무는 중이어서 젊은 후시케를 불러온다. 그는 급성폐렴을 단순한 늑막염으로 오진하여, 가래를 녹일 기침을 유발하기 위해 장뇌(樟腦)와 가슴에 붙이는 고약을 처방한다. 고열에 시달리며 밤을 보내고 실러는 다음 날 게나스트를 맞는다. 그는 실러의 상태에 깜짝 놀란다. 5월 3일 코타가 라이프치히로 여행 가던 중에 잠깐 방문한다. 마지막 기력을 모두 모아 실러는 책상 앞에 앉아서 「데메트리우스」 2막 중 마르파의 독백을 써보려고 한다. 그러나 5월 5일 이후로는 의식이 점점 더 자주 혼미해진다. 열에 들뜬 실러는 상상에 빠져 주변을 잘 알아보지 못한다. 후시케는 침대에 누워 절대 안정을 취하도록 조치한다. 호흡곤란과 줄어드는 맥박은 심장염의 증상인데, 이에 대해 후시케는 약초 물 목욕을 처방한다. 이는 잠깐 안정시키는 효과를 주지만, 이후로는 밤마다 열이 다시 올라가고 호흡이 불규칙해진다.

마지막 날들 동안 샤를로테와 카롤리네 폰 볼초겐이 번갈아가며 병상을 지킨다. 집사인 루돌프와 볼초겐의 시종 요한 미하엘 패르버가 곁에서 돕는다. 5월 9일 아침에 실러는 수심 가득한 의사의 조언에 따라 다시 목욕을 한다. 그리고 물질대사를 촉진하도록 샴페인 한 잔을 마신다. 실러는 여러 차례 실신하고 말을 제대로 하지 못해, 그저 몸짓으로 자신을 뜻을 전할 수 있을 뿐이다. 오후에 잠에 들었다 깨지만 맥박이 불안정하다. 17시 45분에 뇌출혈의 증세가 보이고 실러는 의식을 회복하지 못한 채 몇 분 뒤 이에 굴복하고 만다. 1805년 5월 15일 《바이마르 보헨블라트 (*Weimarische Wochenblatt*)》에 부고가 실린다. "5월 12일, 밤 1시에 46세의 생애로 사망한 마이닝겐의 궁정 참사관 카를 프리드리히 폰 실러가 공동 묘지에 매장되었으며, 야코프 교회에서 오후 3시에 열린 망자의 장례식에서 수석 장관 포크트 총감독 예하가 애도 연설을 했다. 그리고 연설 시작 전과 연설 후에는 전하의 음악단이 모차르트의 레퀴엠을 연주했다."[359]

1805년 5월 26일 샤를로테 실러는 여름에 『실러의 연극』이라는 제목으로 출간되기 시작할 다섯 권짜리 희곡 선집 전체에 대한 사례비로 1만 굴덴을 코타에게서 받는다. 이 돈으로 샤를로테는 실러 저택에 걸린 1100탈러의 빚을 즉시 청산할 수 있게 된다. 가장으로서 실러는 자기 가솔의 장래를 위한 후사를 잘 생각해두었던 것 같다. 죽기 얼마 전에 실러는 20년 동안 작품에 대한 권리를 보장하는 계약을 코타와 성사시켰다. 샤를로테와 네 자녀는 이 계약에서 나온 사례비로 건실하게 살 수 있게 된다. 1812년과 1825년 사이에 미망인 앞으로만, 특히 앞서 말한 선집의 판매로 얻게 된 순이익금 3만 굴덴이 지급된다. 이 돈으로 대학에 다니는 아들들의 학비와 일상의 생활비도 어려움 없이 처리된다. 카를 아우구스트가 옛 정에서 샤를로테에게 계속 지불하는 적은 액수의 연금은 살림에 도움이 되기는 하나 생활비에는 턱도 없이 모자랐다.

실러는 후사를 잘 생각해두었다. 이는 유산의 경제적 문제에만 해당하지 않는다. 분명 마지막에는 미완성의 글들이 많이 남아 있었다. 1797년부터 구상하여 기록한 목록을 보면 서른두 개의 희곡 기획이 있었는데, 이 가운데서 일곱 개만 실현되었다. 서가에는 미완성의 작품들, 메모 뭉치들,

장면 구도들이 넘쳐났다. 책상 위에는 조판, 수기 원고 그리고 새로운 시도들에 대한 메모 기록들이 놓여 있었다. 그렇지만 실러가 사망했을 때는 일단 자기의 작품 세계를 완결하는 지점에 도달했다는 인상이 강하게 든다. 병에 시달리기 시작한 이래 몇 해 동안 그는 자기가 보기에 가장 중요한 것들에 집중하지 않을 수 없었다. 중요한 것에 집중하여 작업함으로써 쓸데없는 것들은 집어치우고 일상적으로 틀에 박힌 일들은 피하면서 예전보다 더욱 결연히 핵심 과제들만을 고르게 됐다. 돌이켜 보면 실러는 충분히 매력을 끌지 못하는 기획물들에서는 결연히 손을 뗐음을 알 수 있다.

실러는 지적으로나 예술적으로나 일단 끝난 일들은 가차 없이 남겨두고 자기의 길을 계속 갔다. 1789년 이후로 그는 더 이상 소설을 쓰지 않았다. 1792년에 역사 연구를 마쳤다. 1796년에 '철학 골방'을 닫아버렸다. 1798년에 잡지 발행인의 자리에서 물러섰다. 1799년 이후로는 그저 산발적으로만 시를 썼다. 삶과 작품으로부터의 이별은 작은 걸음으로 진행됐다. 병에 시달렸기 때문에 힘을 아껴야 했던 것이다. 그러나 마지막까지 예술가로서의 실러의 삶(vita activa)에서 신경 중추로 남아 있었던 것은 연극에 대한 사랑이다. 마치 요지경 속 빛의 모양들이 한 점으로 모이듯이 온 에너지가 연극 사랑으로 모여 한 묶음이 된다. 마지막 몇 달 동안 열에 시달리면서도 그는 구상해놓은 여러 가지 극들을 써보려고 책상 앞에 앉곤 했다. 이는 이성에도 상식에도 어긋나는 일이었다. 열정적인 극작가의 정열은 이로써 마성이 되어, 그의 육신을 파묻고 육체의 몰락을 촉진했다. 실러가 몸과 영혼으로 연극에 투신했음은 거의 비극적인 결과로 입증되고 있다.

힘겨웠던 검증의 시절이 지난 후 명성이 그에게 충성스레 머물러준 것을 실러는 마음껏 누렸다. 늦어도 코타와 함께 일하기 시작한 때부터는 자신의 작품이 출판계에서 얼마나 높이 평가되고 있는가를 분명히 의식했

프리드리히 실러.
동판화. 흉상을 보고 만듦. 요한 하인리히 다네커 작(1807).

다. 여기에다 관객들 사이에서도 그의 인기는 날로 커갔다. 1799년 4월 20일 바이마르 궁정 극장에서 성대하게 초연된 「발렌슈타인의 죽음」은 일련의 축제 같은 초연들을 위한 시작이었다. 이 초연들은 하나같이 그의 예술적 성공이 얼마나 컸는가를 반영하는 것이기도 했다. 그는 이를 1801년 라이프치히에서 「오를레앙의 처녀」가 공연된 뒤에 열광한 관객들이 도열하여 그를 에워싸면서 몇 분 동안이나 그에게 갈채를 보냈을 때 몸으로 느꼈을 것이다. 그는 바이마르에서의 초연들과 라우흐슈태트에서의 출장 공연에서도 이에 못지않은 열광을 체험했다. 관객은 그의 작품을 사랑했다. 그의 오페라풍 풍성함과 연극적 마법을 사랑했다. 그의 작품은 그 높은 진지성에도 불구하고 항상 그런 마법을 내뿜은 것이다. 제후들도 그에게 끝까지 충실히 호의를 베풀었다. 카를 아우구스트뿐 아니라 프로이센의 왕과 왕비, 스웨덴의 국왕 구스타프 4세, 러시아의 황제 마리아 표도로브나, 바이마르의 왕세자빈 마리아 파블로브나, 그들 모두가 그를 경탄했다. 삶의 마지막 기간에 궁정이 그에게 베푼 극진한 사회적 배려는 의문의 여지 없이 그의 일상적 작업의 힘겨움도 덜어주었을 것이다. 그의 일상적 작업은 무슨 일이 있어도 성과를 내야 한다는 정언명령의 지배하에 있었던 것이다.

미완의 것으로 남은 것이 엄청나게 많음에도 불구하고 한 편의 완성된 삶이었다는 인상을 지울 수 없다. 예술가로서 실러가 요구한 것은 파편들이 아니라 커다란 형식이었다. 큰 형식의 틀 안에서 그는 자신의 시대와, 긴장 가득한 정치적 역사를 해석하고자 했다. 자신이 살아가는 시대의 정신과 사회에 영향을 미치겠다는 야심을 그는 결코 포기하지 않았다. 실러는 아름다운 가상 세계의 상아탑으로 도피하여 세계에서 멀리 떨어져 있는 이상주의자가 아니었다. 마지막까지 그의 글쓰기의 특성은 실용주의와 결단력이었다. 여기에는 사회적으로 영향을 미치려는 의지가 그리고 시대의 문학적 논쟁에 적극적으로 참여하려는 자세도 포함된다. 1805년 요절한 실러의 책상 위에는 완성되지 못한 원고들이 쌓여 있었지만, 그가 남긴 것을 총결산해보면 성공적 삶이었음이 분명하다. 그것은 하나의 미학적 프로그램이 완성되었음을 입증한다. 불만스러운 현실에서 인간 완성에 대한 끝없는 동경을 생명으로 하는 프로그램이 완성된 것이다. 다른 한편 실러 자신이 이러한 동경에서 나온 작품을 고전적이라고 느낄 수 없었다는 사실에서 우리는 모든 예술 작업은 잠정적인 것이라는 그의 독특한 의식을 알게 된다. 바로 이 점에 그가 지닌 현대성의 비밀이 숨어 있는 것이다.

1827년 12월 16일 바이에른의 왕 루트비히 1세가 힘을 써서 실러의 마지막 쉼터를 클레멘스 벤체슬라우스 쿠드레이가 설계한 바이마르 대공 무덤으로 옮겼다. 1818년에 세워진 노이어 프리트호프 묘지에 오늘날까지 그의 무덤이 있다. 1798년에 지은 비가 「행복」에서 실러는 다음과 같이 썼다. "타고난 통치자는 모든 점에서 아름다우며 불멸의 신처럼 고요히 다가와 승리한다."

후주

제8장

1) Biedermann(발행): Schillers Gespräche, 245쪽.

2) Genast: Aus dem Tagebuch eines alten Schauspielers. Theil 1, 147쪽.

3) Bruford: Die gesellschaftlichen Grundlagen der Goethezeit, 283쪽.

4) Koopmann(발행): Schiller-Handbuch, 87쪽의 Fröhlich를 참조.

5) [Schiller-Cotta]: 682쪽 이하 계속.

6) Jean Paul: Sämtliche Werke, Bd. I,5, 397쪽.

7) Böckmann: Schillers *Don Karlos*. Edition der ursprünglichen Fassung und entstehungsgeschichtlicher Kommentar, 411쪽과 Aurnhammer, Achim 외(발행): Schiller und die höfische Welt, 427쪽의 Müller-Seidel과 비교.

8) Canetti: Der andere Prozeß, 86쪽.

9) Hölderlin: Sämtliche Werke. Große Stuttgarter Ausgabe, Bd. III, 31쪽.

10) Koopmann: Schillers *Wallenstein*. Antiker Mythos und moderne Geschichte. Zür Begründung der klassischen Tragödie um 1800, in: Teilnahme und Spiegelung, 273쪽.

11) Eke: Signaturen der Revolution. Frankreich-Deutschland: deutsche

Zeitgenossenschaft und deutsches Drama zur Französischen Revolution um 1800, 303쪽 이하.

12) Jean Paul: Sämtliche Werke, Bd. I,6, 343, 345쪽.

13) Eke: 앞의 책, 235쪽 이하 계속.

14) Goethe: Sämtliche Werke, Bd. XI, 699쪽.

15) Urlichs(발행): Charlotte von Schiller und ihre Freunde, Bd. II, 86쪽.

16) v. Wolzogen: Schillers Leben. Verfaßt aus Erinnerungen der Familie, seinen eigenen Briefen und den Nachrichten seines Freundes Körner, II, 197쪽.

17) Eckermann: Gespräche mit Goethe in den letzten Jahren seines Lebens, 132쪽.

18) Eckermann: 앞의 책, 133쪽.

19) Staiger: Friedrich Schiller, 312쪽; Glück: Schillers *Wallenstein*, 235쪽 이하 계속.

20) Borchmeyer: Weimarer Klassik. Portrait einer Epoche, 405쪽과 비교.

21) Linder: Schillers Dramen. Bauprinzip und Wirkungsstrategie, 83쪽.

22) Szondi: Poetik und Geschichtsphilosophie, Bd. II, 63쪽 이하 계속과 비교.

23) (Diderot-Lessing): Das Theater des Herrn Diderot, 97쪽과 비교.

24) Singer: Dem *Fürsten* Piccolomini, in: Euphorion 53(1959), 293쪽, Pütz: Die Zeit im Drama. Zur Technik dramatischer Spannung, 93쪽.

25) Oellers(발행): Schiller-Zeitgenosse aller Epochen. Dokumente zur Wirkungsgeschichte Schillers in Deutschland. Teil II 1860-1966, 13쪽.

26) Utz: Das Auge und das Ohr im Text. Literarische Sinneswahrnehmung in der Goethezeit, 78쪽.

27) Goethe: Werke, Abt. IV, Bd. 9, 253쪽.

28) Conrady: Goethe. Leben und Werk, 556쪽.

29) Schlegel: Kritische Schriften und Briefe, Bd. VI, 287쪽.

30) Conrady: Goethe. Leben und Werk, 553쪽.

31) (Carl August-Goethe): Briefwechsel des Herzogs-Großherzogs Carl August mir Goerhe, hg. v. Hans Wahl. Bd. I(1775-1806), 284쪽.

32) Goethe: Sämtliche Werke, Bd. XI, 628쪽 이하 계속.

33) (Carl August-Goethe): 앞의 책, 203쪽.

34) Haferkorn: Der freie Schriftsteller. Eine literatursoziologische Studie über seine Entstehung und Lage in Deutschland zwischen 1750 und 1800, in: Archiv für Geschichte des Buchwesens V(1964), 694쪽.

35) Eckermann: 앞의 책, 167쪽.

36) Goethe: Sämtliche Werke, Bd. XIV, 13쪽.

37) Fambach(발행): Schiller und sein Kreis in der Kritik ihrer Zeit. Die wesentlichen Rezensionen aus der periodischen Literatur bis zu Schillers Tod, begleitet von Schillers und seiner Freunde Äußerungen zu deren Gehalt. In Einzeldarstellungen mit einem Vorwort und Anhang: Bibliographie der Schiller-Kritik bis zu Schillers Tod, 401쪽 이하.

38) Goethe: Sämtliche Werke, Bd. XIV, 69쪽.

39) v. Wolzogen: 앞의 책, II, 198쪽.

40) [An.]: Einige Briefe über Schillers *Maria Stuart* und über die Aufführung derselben auf dem Weimarischen Hoftheater, 97쪽.

41) Barner, Wilfried 외(발행): Unser Commercium. Goethes und Schillers Literaturpolitik, 360쪽 이하의 Borchmeyer, 그리고 Aurnhammer, Achim 외(발행): 앞의 책, 275쪽 이하 계속의 Hinck 참조.

42) Bender(발행): Schauspielkunst im 18. Jahrhundert, 273쪽 이하의 Borchmeyer, 그리고 Borchmeyer: Goethe. Der Zeitbürger, 242쪽 이하 계속.

43) Goethe: Sämtliche Werke, Bd. XIV, 83쪽.

44) Bender(발행): 앞의 책, 263쪽 이하의 Borchmeyer 참조.

45) Goethe: Sämtliche Werke, Bd. XIII, 317쪽 이하.

46) Vaget: Der Dilettant. Eine Skizze der Wort- und Bedeutungsgeschichte, in: JDSG 14(1970), 135쪽 이하.

47) Goethe: Sämtliche Werke, Bd. XIV, 733쪽.

48) Goethe: Sämtliche Werke, Bd. XV, 746쪽.

49) Goethe: Sämtliche Werke, Bd. XV, 746쪽.

50) Vaget: 앞의 책, 154쪽 이하.

51) Goethe: Sämtliche Werke, Bd. III, 615, 601쪽.

52) Tümmler: Carl August von Weimar, Goethes Freund. Eine vorwiegend politische Biographie, 12쪽.

53) Wilson: Das Goethe-Tabu. Protest und Menschenrechte im klassischen Weimar, 287쪽 이하 계속.

54) Conrady: Goethe. Leben und Werk, 739쪽, Tümmler: 앞의 책, 149쪽 이하.

55) [Carl August-Goethe]: 앞의 책, 310쪽.

56) 〔Carl August-Goethe〕: 앞의 책, 271쪽.

57) 〔Carl August-Goethe〕: 앞의 책, 289쪽과 Sengle: Das Genie und sein Fürst. Die Geschichte der Lebensgemeinschaft Goethes mit dem Herzog Carl August, 215쪽 이하 계속을 비교.

58) 〔Carl August-Goethe〕: 앞의 책, 307쪽 이하.

59) Plachta: Damnatur-Toleratur-Admittur. Studien und Dokumente zur literarischen Zensur im 18. Jahrhundert, 81쪽.

60) Fromm: Immanuel Kant und die preussische Censur, 23쪽.

61) Glossy: Zur Geschichte der Wiener Theatercensur, in: Jahrbuch der Grillparzer-Gesellschaft 7(1897), 299쪽.

62) v. Wolzogen: 앞의 책, II, 174쪽.

63) Theopold: Schiller. Sein Leben und die Medizin im 18. Jahrhundert, 176쪽.

64) Kühn: Schiller. Sein Leben und sein Sterben, sein Wirken und seine Werke. Zerstreutes als Bausteine zu einem Denkmal, 126쪽.

65) Geiger(발행): Charlotte von Schiller und ihre Freunde. Auswahl aus ihrer Korrespondenz, 41쪽.

66) Bruford: Kultur und Gesellschaft im klassischen Weimar 1775–1806, 390쪽 이하 계속.

67) 〔Schiller, Friedrich〕: Schillers Calender, 122쪽.

68) Wilpert: Schiller-Chronik. Sein Leben und sein Schaffen, 275쪽.

69) Oellers u. Steegers: Treffpunkt Weimar. Literatur und Leben zur Zeit Goethes, 307쪽 이하.

70) 〔Schiller, Friedrich〕: 앞의 책, 31쪽.

71) Borchmeyer: Macht und Melancholie. Schillers *Wallenstein*, 26쪽 이하 계속.

72) Garland: Schiller. The Dramatic Writer-A Study of Style in the Plays, 152쪽 이하 계속과 비교.

73) Oellers: Die Heiterkeit der Kunst. Goerhe variiert Schiller, in: Edition als Wissenschaft, 92쪽 이하와 Lamport: "*Faust*-Vorspiel" und "*Wallenstein*-Prolog" oder Wirklichkeit und Ideal der weimarischen "Theaterunternehmung", in: Euphorion 83(1989), 323쪽 이하를 비교.

74) 〔Carl August-Goethe〕: 앞의 책, 271쪽.

75) Hinck(발행): Geschichte als Schauspiel. Deutsche Geschichtsdramen.

Interpretationen, 120쪽.

76) Sautermeister: Idyllik und Dramatik im Werk Friedrich Schillers. Zum geschichtlichen Ort seiner klassischen Dramen, 99쪽 이하 계속.

77) Fambach(발행): 앞의 책, 435쪽.

78) Goethe: Sämtliche Werke, Bd. XIV, 14쪽.

79) Goethe: Sämtliche Werke, Bd. XIV, 51쪽.

80) Fambach(발행): 앞의 책, 435쪽.

81) Oellers(발행): Schiller-Zeitgenosse aller Epochen. Dokumente zur Wirkungsgeschichte Schillers in Deutschland. Teil II 1860-1966, 163쪽.

82) Lukács: Der Briefwechsel zwischen Schiller und Goethe, in: Gesammelte Werke. Bd. VII, 120쪽.

83) Hinderer: Der Mensch in der Geschichte. Ein Versuch über Schillers *Wallenstein*, 34쪽 이하 계속.

84) Goethe: Werke, Abt. IV, Bd. 12, 143쪽.

85) Oellers(발행): Schiller-Zeitgenosse aller Epochen. Dokumente zur Wirkungsgeschichte Schillers in Deutschland. Teil II 1860-1966, 399쪽 이하 와 Kaiser: Von Arkadien nach Elysium. Schiller-Studien, 79쪽을 비교.

86) Braun(발행): Schiller und Goethe im Urtheile ihrer Zeitgenossen, Bd. I,3, 22쪽.

87) Kaiser: 앞의 책, 103쪽.

88) Kaiser: 앞의 책, 79쪽.

89) Koopmann: Schillers *Wallenstein*. Antiker Mythos und moderne Geschichte. Zür Begründung der klassischen Tragödie um 1800, in: Teilnahme und Spiegelung. 269쪽 이하.

90) Hegel: Werke, Bd. XV, 523쪽.

91) Borchmeyer: Macht und Melancholie. Schillers *Wallenstein*, 232쪽 이하.

92) Oellers(발행): Schiller-Zeitgenosse aller Epochen. Dokumente zur Wirkungsgeschichte Schillers in Deutschland. Teil II 1860-1966, Bd. II, 269쪽.

93) Steinmetz: Die Trilogie. Entstehung und Struktur einer Großform des deutschen Dramas nach 1800, 58쪽 이하 계속.

94) Goethe: Sämtliche Werke, Bd. XIV, 56쪽.

95) Schlegel: Kritische Schriften und Briefe, Bd. VI, 282쪽.

96) Jean Paul: Sämtliche Werke, Bd. I,5, 248쪽.

97) Mann: Sturm-und-Drang-Drama: Studien und Vorstudien zu Schillers *Räubern*, 283쪽.

98) Maché u. Meid(발행): Gedichte des Barock, 198쪽.

99) Helbig: Der Kaiser Ferdinand und der Herzog von Friedland während des Winters 1633-1634, 67쪽, Mann: Schiller als Historiker, in: JDSG 4(1960), 94쪽.

100) Goethe: Werke, Abt. IV, Bd. 12, 143쪽.

101) Goethe: Sämtliche Werke, Bd. XIV, 56쪽.

102) Sternberger: Macht und Herz oder der politische Held bei Schiller, in: Schiller. Reden im Gedenkjahr 1959, 322쪽; Staiger: Friedrich Schiller, 308쪽.

103) Hegel: 앞의 책, Bd. VII, 458쪽(§289).

104) Turk: Die Kunst des Augenblicks. Zu Schillers *Wallenstein*, in: Augenblick und Zeitpunkt. Studien zur Zeitstruktur und Zeitmetaphorik in Kunst und Wissenschaften, 306쪽 이하와 Heuer u. Keller(발행): Schillers *Wallenstein*, 237쪽 이하, Graham: Schiller's Drama. Talent and Integrity, 128쪽 이하의 Seidlin을 비교.

105) Kommerell: Schiller als Psychologe, in: Ders.: Geist und Buchstabe der Dichtung. Goethe, Schiller, Kleist, Hölderlin, 152쪽.

106) Machiavellí: Der Fürst(= Il principe, 1532), 39쪽.

107) Borchmeyer: Macht und Melancholie. Schillers *Wallenstein*, 120쪽.

108) Mann: Essays, Bd. VI, 330쪽.

109) Lethen: Verhaltenslehren der Kälte. Lebensversuche zwischen den Kriegen, 52쪽 이하.

110) Gracián: Handorakel und Kunst der Weltklugheit(1647), 30쪽.

111) Schings: Das Haupt der Gorgone. Tragische Analysis und Politik in Schillers *Wallenstein*, in: Das Subjekt der Dichtung, 292쪽.

112) Borchmeyer: Macht und Melancholie. Schillers *Wallenstein*, 157쪽 이하.

113) Weber: Politik als Beruf(1919), in: Ders.: Gesammelte politische Schriften, 398쪽과 Schmidt: Die Geschichte des Genie-Gedankens in der deutschen Literatur, Philosophie und Politik, Bd. I, 452쪽 이하를 비교.

114) Müller-Seidel: Die Geschichtlichkeit der deutschen Klassik. Literatur und Denkformen um 1800, 131쪽 이하, Barnouw: Das 'Problem der Aktion' und *Wallenstein*, in: JDSG 16(1972), 371쪽, Steinhagen: Schillers

Wallenstein und die Französische Revolution, in: ZfdPh 109(1990), 96쪽 이하를 Wittkowski: Theodizee oder Nemesistragödie? Schillers *Wallenstein* zwischen Hegel und politischer Ethik, in: Jahrbuch des Freien Deutschen Hochstifts 1980, 236쪽 이하 계속, Wittkowski(발행): Verantwortung und Utopie. Zur Literatur der Goethezeit. Ein Symposium, 265쪽 이하의 Borchmeyer와 비교.

115) Wittkowski(발행): Friedrich Schiller. Kunst, Humanität und Politik in der späten Aufklärung. Ein Symposium, 261쪽의 Reinhardt; Dahnke u. Leistner(발행): Schiller. Das dramatische Werk in Einzelinterpretationen, 147쪽의 Dahnke를 참조.

116) Goethe: Werke, Abt. IV, Bd. 12, 143쪽.

117) Diwald: Wallenstein. Eine Biographie, 472쪽, Mann: Schiller als Historiker, in: JDSG 4(1960), 749쪽 이하 계속.

118) Maché u. Meid(발행): 앞의 책, 55쪽.

119) Borchmeyer: Macht und Melancholie. Schillers *Wallenstein*, 44쪽 이하와 Gille: Das astrologische Motiv in Schillers *Wallenstein*, in: Amsterdamer Beiträge zur neueren Germanistik 1(1972), 103쪽 이하 계속.

120) v. Wiese: Friedrich Schiller, 649쪽, Sautermeister: 앞의 책, 71쪽 이하.

121) Goethe: Sämtliche Werke, Bd. XIV, 51쪽.

122) v. Wiese: 앞의 책, 649쪽 이하, Borchmeyer: Macht und Melancholie. Schillers *Wallenstein*, 80쪽 이하 계속.

123) Borchmeyer: Macht und Melancholie. Schillers *Wallenstein*, 33쪽 이하 계속.

124) Borchmeyer: Macht und Melancholie. Schillers *Wallenstein*, 63쪽 이하 계속, Ranke: Dichtung unter den Bedingungen der Reflexionen. Interpretationen zu Schillers philosophischer Poetik und ihren Auswirkungen im *Wallenstein*, 347쪽 이하 계속.

125) Borchmeyer: Macht und Melancholie. Schillers *Wallenstein*, 43쪽 이하 계속.

126) Glück: Schillers *Wallenstein*, 44쪽 이하 계속, Ranke: 앞의 책, 349쪽 이하 계속.

127) Müller-Seidel: 앞의 책, 156쪽.

128) Goethe: Sämtliche Werke, Bd. III, 743쪽 이하.

129) Glück: 앞의 책, 146쪽, Borchmeyer: Macht und Melancholie. Schillers *Wallenstein*, 116쪽 이하와 Graham: Schiller, ein Meister der tragischen

Form. Die Theorie in der Praxis, 78쪽을 비교.

130) Mann: Essays, Bd. VI, 331쪽.

131) Sternberger: 앞의 책, 327쪽, Conrady(발행): Deutsche Literatur zur Zeit der Klassik, 91쪽의 Jöns를 참조.

132) Rehberg: Untersuchungen über die französische Revolution nebst kritischen Nachrichten von den merkwürdigen Schriften welche darüber in Frankreich erschienen sind, Bd. I, 55쪽.

133) Kant: Werke, Bd. XI, 241쪽.

134) Fambach(발행): 앞의 책, 435쪽.

135) Sternberger: 앞의 책, 326쪽 이하, Schmidt: 앞의 책, 453쪽 이하 계속을 Wittkowski: Octavio Piccolomini. Zur Schaffensweise des *Wallenstein*-Dichters, in: JDSG 5(1961), 33쪽 이하 계속과 비교.

136) Goethe: Sämtliche Werke, Bd. XIV, 40쪽.

137) Kant: 앞의 책, Bd. XI, 229쪽과 Hinck(발행): 앞의 책, 126쪽 이하, Schings: 앞의 책, 304쪽 이하 계속의 Schulz를 비교.

138) Kant: 앞의 책, Bd. XI, 244쪽.

139) Utz: Das Auge und das Ohr im Text. Literarische Sinneswahrnehmung in der Goethezeit, 71쪽 이하 계속.

140) Berghahn: "Doch eine Sprache braucht das Herz". Beobachtungen zu den Liebesdialogen in Schillers *Wallenstein*, in: Monatshefte 64(1972), 25쪽 이하.

141) Sautermeister: 앞의 책, 73쪽 이하.

142) Goethe: Sämtliche Werke, Bd. XIV, 37쪽.

143) Hegel: 앞의 책, Bd. I, 619쪽.

144) Weimar: Die Begründung der Normalität. Zu Schillers *Wallenstein*, in: ZfdPh 109(1990), 110쪽 이하 계속, Borchmeyer: Kritik der Aufklärung im Geiste der Aufklärung: Friedrich Schiller, in: Aufklärung und Gegenaufklärung in der europäischen Literatur, Philosophie und Politik von der Antike bis zur Gegenwart, 367쪽 이하와 비교.

145) Goethe: Sämtliche Werke, Bd. XIV, 57쪽.

146) Fontane: Cecile(1887), in: Werke in 15 Bänden, 137쪽.

147) Dürrenmatt: Gesammelte Werke. Bd. VII, 56쪽.

148) Hornigk(발행): Heiner Müller Material. Texte und Kommentare, 103쪽.

149) Herder: Sämmtliche Werke. Bd. XV, 417쪽.

150) Herder: 앞의 책, Bd. XV, 419쪽.

151) Schings: 앞의 책, 304쪽 이하와 Glück: 앞의 책, 128쪽 이하 계속을 비교.

152) Herder: 앞의 책, Bd. XV, 426쪽.

153) v. Wiese: 앞의 책, 363쪽, Glück: 앞의 책, 134쪽.

154) Wittkowski: Octavio Piccolomini. Zur Schaffensweise des *Wallenstein-Dichters*, in: JDSG 5(1961), 13쪽 이하 계속, Wittkowski(발행): Verantwortung und Utopie. Zur Literatur der Goethezeit. Ein Symposium, 230쪽 이하와 Storz: Der Dichter Friedriech Schiller, 302쪽 이하 계속, Heselhaus: Wallensteinisches Welttheater, in: Der Deutschunterricht 12(1960), 69쪽 이하, Müller-Seidel: 앞의 책, 164쪽 이하 계속을 비교.

155) Herder: 앞의 책, Bd. XVIII, 405쪽 이하와 Borchmeyer: Macht und Melancholie. Schillers *Wallenstein*, 210쪽 이하를 비교.

156) Goethe: Sämtliche Werke. Bd. VII, 75쪽과 Borchmeyer: Macht und Melancholie. Schillers *Wallenstein*, 212쪽 이하를 비교.

157) H. Reinhardt: Schillers *Wallenstein* und Aristoteles, in: JDSG 20(1976), 383쪽 이하; Bauer(발행): Friedrich Schillers Maltheser im Lichte seiner Staatstheorie, in: JDSG 35(1991), 107쪽 이하의 Borchmeyer 참조.

158) Goethe: Sämtliche Werke. Bd. XII, 638쪽과 Schings: 앞의 책, 283쪽 이하, Bauer(발행): 앞의 책, 114쪽 이하의 Heftrich를 비교.

159) Kleist: Sämtliche Werke und Briefe. Bd. I, 99쪽(III,1, v. 1340).

160) Oellers(발행): Schiller-Zeitgenosse aller Epochen. Dokumente zur Wirkungsgeschichte Schillers in Deutschland. Teil II 1860–1966, Bd. I, 72쪽.

161) Hegel: 앞의 책, Bd. I, 618쪽 이하와 Pillau: Die fortgedachte Dissonanz. Hegels Tragödientheorie und Schillers Tragödie, 92쪽 이하, Middell: Friedrich Schiller. Leben und Werk, 314쪽을 비교.

162) Hegel: 앞의 책, Bd. I, 619쪽.

163) Hegel: 앞의 책, Bd. I, 618쪽.

164) Hegel: 앞의 책, Bd. III, 534쪽 이하 계속.

165) Oellers(발행): Schiller-Zeitgenosse aller Epochen. Dokumente zur Wirkungsgeschichte Schillers in Deutschland. Teil II 1860–1966, Bd. I, 76쪽.

166) Glück: 앞의 책, 163쪽 이하 계속, Pillau: 앞의 책, 140쪽 이하, Dwars:

Dichtung im Epochenumbruch. Schillers *Wallenstein* im Wandel von Alltag und Öffentlichkeit, in: JDSG 35(1991), 176쪽 이하.

167) Hinderer: Der Mensch in der Geschichte. Ein Versuch über Schillers *Wallenstein*, 25쪽 이하 계속.

168) Herder: 앞의 책, Bd. XVII, 322쪽.

169) Oellers(발행): Schiller-Zeitgenosse aller Epochen. Dokumente zur Wirkungsgeschichte Schillers in Deutschland. Teil II 1860–1966, Bd. I, 72쪽.

170) Thiergaard: Schiller und Walpole. Ein Beitrag zu Schillers Verhältnis zur Schauerliteratur, in: JDSG 3(1959), 207쪽 이하.

171) Schiller: Werke. 20 Bde. Aufgrund der Originaldrucke, Bd. XV, 236쪽.

172) Bauer(발행): 앞의 책, 137쪽.

173) Schiller: Werke. 20 Bde. Aufgrund der Originaldrucke, Bd. XV, 236쪽.

174) Düsing: Schillers Idee des Erhabenen, 206쪽 이하 계속.

175) Bauer(발행): 앞의 책, 116쪽과 비교.

176) Prader: Schiller und Sophokles, 37쪽 이하 계속.

177) Mercier: Tableau de Paris. Nouvelle Edition, Bd. I, 192쪽.

178) Foucault: Überwachen und Strafen. Die Geburt des Gefängnisses, 274쪽.

179) Mercier: 앞의 책, Bd. I, 193쪽.

180) Kraft(발행): Schillers *Kabale und Liebe*. Das Mannheimer Soufflierbuch, 287쪽 이하.

181) Storz: Der Dichter Friedriech Schiller, 436쪽 이하 계속, Kraft(발행): 앞의 책, 298쪽 이하 계속.

182) Koopmann(발행): Schiller-Handbuch, 183쪽의 Brusniak와 비교.

183) Eckermann: 앞의 책, 132쪽 이하.

184) Eckermann: 앞의 책, 300쪽과 Storz: Der Dichter Friedriech Schiller, 389쪽 이하 계속을 비교.

185) Goethe: Sämtliche Werke, Bd. XI, 668쪽.

186) Goethe: Sämtliche Werke, Bd. XIV, 108쪽.

187) Bloch: Schiller und die französische klassische Tragödie, 226쪽 이하와 비교.

188) Borchmeyer: Macht und Melancholie. Schillers *Wallenstein*, 222쪽 이하.

189) Schlegel: Sämmtliche Werke, Bd. II, 211쪽.

190) Guthke: Schillers *Turandot* als eigenständige dramatische Leistung, in:

JDSG 3(1959), 130쪽 이하.

191) Aurnhammer, Achim 외(발행): 앞의 책, 233쪽 이하 계속의 Diecks와 비교.

192) Gutmann: Ein bisher unbeachtetes Vorbild zu Schillers *Maria Stuart*. *Mary Queen of Scots* von John St. John, 1747–1793, in: The German Quarterly 53(1980), 452쪽 이하 계속.

193) Clasen: "Nicht mein Geschlecht beschwöre! Nenne mich nicht Weib"? Zur Darstellung der Frau in Schillers "Frauen-Dramen", in: Schiller. Vorträge aus Anlaß seines 225. Geburtstages, 102쪽.

194) Braun(발행): 앞의 책, Bd. I,2, 384쪽 이하.

195) Fisher(발행): Ethik und Ästhetik. Werke und Werte in der Literatur vom 18. bis zum 20. Jahrhundert, 250쪽 이하의 van Ingen과 비교.

196) Sharpe: Schiller and the Historical Character. Presentation and Interpretation in the Historiographical Works and in the Historical Dramas, 107쪽과 비교.

197) Grawe(발행): Friedrich Schiller. *Maria Stuart*. Erläuterungen und Dokumente, 142쪽과 Braun(발행): 앞의 책, Bd. I,3, 106쪽 이하 계속을 비교.

198) Borchmeyer: Weimarer Klassik. Portrait einer Epoche, 435쪽 이하.

199) Barner, Wilfried 외(발행): 앞의 책, 299쪽 이하의 Pütz와 비교.

200) Hinderer(발행): Schillers Dramen. Interpretationen, 298쪽 이하 계속의 Sautermeister 참조.

201) Borchmeyer: Tragödie und Öffentlichkeit. Schillers Dramaturgie im Zusammenhang seiner politisch-ästhetischen Theorie und die rhetorische Tradition, 203쪽.

202) Bodin: Sechs Bücher über den Staat(=Six livres de la république, 1583), Bd. I, 214쪽과 Wittkowski(발행): Verantwortung und Utopie. Zur Literatur der Goethezeit. Ein Symposium, 289쪽의 van Ingen을 비교.

203) Bodin: 앞의 책, Bd. I, 222쪽(I, Kap. 8).

204) Wittkowski(발행): Verantwortung und Utopie. Zur Literatur der Goethezeit. Ein Symposium, 288쪽 이하.

205) Haugwitz: Prodromus Poeticus, Oder: Poetischer Vortrab(1684), Faksimile-Neudruck, 24쪽(I, v. 286 이하).

206) Haugwitz: 앞의 책, 47쪽(III, v. 174).

207) Lamport: Krise und Legitimitätsanspruch. *Maria Stuart* als

Geschichtstragödie, in: ZfdPh 109(1990), 144쪽 이하와 비교.

208) Leibfried: Schiller. Notizen zum heutigen Verständnis seiner Dramen, 272쪽 이하.

209) Guthke: Schillers *Turandot* als eigenständige dramatische Leistung, in: JDSG 3(1959), 231쪽 이하 계속과 비교.

210) Grawe(발행): 앞의 책, 140쪽.

211) Beck, Adolf: Schillers *Maria Stuart*, in: Ders.: Forschung und Deutung. Ausgewählte Aufsätze zur Literatur, 167쪽 이하 계속; Lokke: Schiller's *Maria Stuart*. The hisrorical sublime and the aesthetics of gender, in: Monatshefte 82(1990), 129쪽 이하를 비교.

212) v. Wiese: 앞의 책, 722쪽 이하 계속.

213) Hinderer(발행): Schillers Dramen. Interpretationen, 324쪽의 Sautermeister, Schäublin: Der moralphilosophische Diskurs in Schillers *Maria Stuart*, in: Sprachkunst 17(1986), 151쪽 이하 계속.

214) Dahnke u. Leistner(발행): 앞의 책, 188쪽의 Leistner를 참조.

215) Friedrich Schiller: Werke und Briefe in zwölf Bänden, V, 645쪽.

216) Lecke(발행): Friedrich Schiller, Bd. II, 437쪽.

217) Houben: Verbotene Literatur von der klassischen Zeit bis zur Gegenwart, 558쪽 이하 계속.

218) Mann: Essays, Bd. VI, 336쪽.

219) Storz: Schiller, *Jungfrau von Orleans*, in: Das deutsche Drama vom Barock bis zur Gegenwart. Interpretationen, 324쪽 이하 계속, K. Reinhardt : Sprachliches zu Schillers *Jungfrau von Orleans*. In: Ders.: Tradition und Geist, 366쪽 이하 계속, Gabriel: "Furchtbar und sanft". Zum Trimeter in Schillers *Jungfrau von Orleans*(II, 6-8), in: JDSG 29(1985), 125쪽 이하 계속.

220) Shaw: Prefaces, 594쪽.

221) Tieck, Ludwig: Werke in vier Bänden, 498쪽.

222) Tieck: 앞의 책, 422쪽.

223) Aurnhammer, Achim 외(발행): 앞의 책, 419쪽.

224) v. Wiese: 앞의 책, 735쪽.

225) Ide: Zur Problematik der Schiller-Interpretation. Überlegungen zur *Jungfrau von Orleans*, in: Jahrbuch der Wittheit zu Bremen 8(1964), 83

쪽 이하 계속, Kaiser: 앞의 책, 127쪽 이하 계속과 Brandt(발행): Friedrich Schiller. Angebot und Diskurs. Zugänge, Dichtung, Zeitgenossenschaft, 317 쪽 이하의 Lange를 비교.

226) Dahnke u. Leistner(발행): 앞의 책, 216쪽의 Golz를 참조.

227) Sautermeister: 앞의 책, 142쪽 이하.

228) Guthke: Schillers *Turandot* als eigenständige dramatische Leistung, in: JDSG 3(1959), 252쪽 이하 계속.

229) Kreuzer: Die Jungfrau in Waffen. *Judith* und ihre Geschwister von Schiller bis Sartre, in: Untersuchungen zur Literatur als Geschichte, 363쪽 이하, Prandi, Julie D.: Woman warrior as hero: Schiller's *Jungfrau von Orleans* and Kleisr's *Penthesilea*, in: Monatshefte 77(1985), 407쪽 이하, Sharpe: Friedrich Schiller: Drama, Thought and Politics, 282쪽.

230) Oellers: Friedrich Schiller. Zur Modernität eines Klassikers, 255쪽, Hinderer(발행): Schillers Dramen. Interpretationen, 373쪽의 Sauder참조

231) Stephan: "Hexe oder Heilige". Zur Geschichte der Jeanne d'Arc und ihrer literarischen Verbreitung, in: Die Verborgene Frau. Sechs Beiträge zu einer feministischen Literaturwissenschaft. 56쪽.

232) Aurnhammer, Achim 외(발행): 앞의 책, 414쪽 이하의 Pfaff, 그리고 Guthke: Schillers *Turandot* als eigenständige dramatische Leistung, in: JDSG 3(1959), 245쪽.

233) Sautermeister: 앞의 책, 217쪽 이하.

234) Braun(발행): 앞의 책, Bd. I,3, 319쪽.

235) Gutmann: Schillers *Jungfrau von Orleans*: Das Wunderbare und die Schuldfrage, in: ZfdPh 88(1969), 380쪽.

236) Frey: Schillers schwarzer Ritter, in: German Quarterly 32(1959), 302쪽 이하.

237) Herrmann: Schillers Kritik der Verstandesaufklärung in der *Jungfrau von Orleans*. Eine Interpretation der Figuren des Talbot und des Schwarzen Ritters, in: Euphorion 84(1990), 163쪽 이하 계속.

238) Harrison: Heilige oder Hexe? Schillers *Jungfrau von Orleans* im Lichte der biblischen und griechischen Anspielungen, in: JDSG 30(1986), 291쪽 이하.

239) Dahnke u. Leistner(발행): 앞의 책, 207쪽 이하의 Golz, 그리고 Guthke: Schillers *Turandot* als eigenständige dramatische Leistung, in: JDSG

   3(1959), 251쪽.

240) Hinderer(발행): Schillers Dramen. Interpretationen, 358쪽의 Sauder 참조.

241) Goethe: Werke, Abt. III, Bd. 3, 215쪽.

242) Kaiser: 앞의 책, 211쪽.

243) Borchmeyer: Weimarer Klassik. Portrait einer Epoche, 440쪽.

244) Brecht: Gesammelte Werke, Bd. II, 783쪽.

245) Harrison: 앞의 책, 280쪽 이하 계속과 비교.

246) Hinderer(발행): Schillers Dramen. Interpretationen, 361쪽 이하의 Sauder 참조.

247) Braun(발행): 앞의 책, Bd. I,3, 332쪽.

248) Sergl: Das Problem des Chors im deutschen Klassizismus. Schillers Verständnis der *Iphigenie auf Tauris* und seine *Braut von Messina*, in: JDSG 42(1998), 170쪽.

249) Middell: 앞의 책, 371쪽 이하와 비교.

250) Schiller: Werke. 20 Bde. Aufgrund der Originaldrucke, Bd. XV, 127쪽.

251) Albert: Sizilien als historischer Schauplatz in Schillers Drama *Die Braut von Messina*, in: Archiv für das Studium der neueren Sprachen und Literatur 226(1989), 271쪽 이하.

252) Dann 외(발행): Schiller als Historiker, 224쪽 이하 계속의 Langner를 참조.

253) Kasperowski: Karl Wilhelm Ferdinand von Funck. Portrait eines Mitarbeiters an Schillers *Horen* aus seinen unveröffentlichten Briefen an Christian Gottfried Körner, in: JDSG 34(1990), 79쪽.

254) Sträßner: Analytisches Drama, 103쪽, Conrady(발행): Deutsche Literatur zur Zeit der Klassik, 302쪽의 Carl을 참조.

255) Schadewaldt: Antikes und Modernes in Schillers *Braut von Messina*, in: JDSG 13(1969), 298쪽과 비교.

256) Hölderlin: 앞의 책, Bd. III, 164쪽.

257) Hölderlin: 앞의 책, Bd. III, 160쪽.

258) Kluge: *Die Braut von Messina*, in: Schillers Dramen. Neue Interpretationen, 244쪽과 비교.

259) Hegel: 앞의 책, Bd. XV, 327쪽.

260) Thiergaard: 앞의 책, 112쪽 이하 계속.

261) Kaiser: 앞의 책, 150쪽, Kluge: 앞의 책, 257쪽 이하.

262) Barner, Wilfried 외(발행): 앞의 책, 334쪽 이하 계속의 Janz를 참조.

263) Benjamin: Gesammelte Schriften, Bd. II,1, 175쪽.

264) Benjamin: Gesammelte Schriften, Bd. I,1, 301쪽.

265) Kaiser: 앞의 책, 152쪽, Sengle: *Die Braut von Messina*, in: Ders.: Arbeiten zur deutschen Literatur 1750−1850, 112쪽 이하.

266) Schadewaldt: 앞의 책, 287쪽 이하 계속, Kluge: 앞의 책, 263쪽.

267) Homann: Erhabenes und Satirisches. Zur Grundlegung einer Theorie ästhetischer Literatur bei Kant und Schiller, 123쪽, Barner, Wilfried 외(발행): 앞의 책, 341쪽의 Janz를 참조.

268) Barner, Wilfried 외(발행): 앞의 책, 345쪽의 Janz와 Guthke: Schillers *Turandot* als eigenständige dramatische Leistung, in: JDSG 3(1959), 275쪽을 비교.

269) Hegel: 앞의 책, Bd. VII, 152쪽(§70).

270) Barner, Wilfried 외(발행): 앞의 책, 345쪽 이하 계속의 Janz와 Schadewaldt: 앞의 책, 304쪽 이하 계속을 비교.

271) Wittkowski: Tradition der Moderne als Tradition der Antike. Klassische Humanität in Goethes *Iphigenie* und Schillers *Braut von Messina*, in: Zur Geschichtlichkeit der Moderne. Der Begriff der literarischen Moderne in Theorie und Deutung. Ulrich Fülleborn zum 60. Geburtstag, 127쪽.

272) Kaiser: 앞의 책, 163쪽 이하 계속.

273) Schlegel: Werke. Kritische Ausgabe, Bd. XI, 208쪽 이하.

274) Borchmeyer: Tragödie und Öffentlichkeit. Schillers Dramaturgie im Zusammenhang seiner politisch-ästhetischen Theorie und die rhetorische Tradition, 154쪽 이하 계속.

275) Brown: Der Chor und chorverwandte Elemente im deutschen Drama des 19. Jahrhunderts und bei Heinrich von Kleist, in: Kleist-Jahrbuch 1981/82, 245쪽.

276) Borchmeyer: Tragödie und Öffentlichkeit. Schillers Dramaturgie im Zusammenhang seiner politisch-ästhetischen Theorie und die rhetorische Tradition, 169쪽, Homann: 앞의 책, 156쪽, Barner, Wilfried 외(발행): 앞의 책, 346쪽 이하 계속의 Janz, 그리고 Sharpe: Friedrich Schiller: Drama, Thought and Politics, 282쪽 이하 계속, Sergl: 앞의 책, 193쪽.

277) Grillparzer: Sämtliche Werke, Bd. Ⅲ, 324쪽.

278) Brandt(발행): 앞의 책, 433쪽 이하 계속의 Müller를 참조.

279) Fambach(발행): 앞의 책, 488쪽 이하 계속.

280) Wittkowski(발행): Friedrich Schiller. Kunst, Humanität und Politik in der späten Aufklärung. Ein Symposium, 282쪽 이하 계속의 Böhler를 참조.

281) Urlichs(발행): 앞의 책, Bd. II, 403쪽 이하.

282) de Staël: Über Deutschland. Nach der deutschen Erstübertragung von 1814, 826쪽.

283) Brandt(발행): 앞의 책, 544쪽 이하 계속의 Hamm과 비교.

284) Geiger(발행): 앞의 책, 156쪽.

285) de Staël: 앞의 책, 834쪽.

286) v. Wolzogen: Schillers Leben. Verfaßt aus Erinnerungen der Familie, seinen eigenen Briefen und den Nachrichten seines Freundes Körner, II, 182쪽.

287) Kafka: Tagebücher 1910–1923, 27쪽.

288) v. Wolzogen: 앞의 책, II, 272쪽.

289) Borchmeyer: Weimarer Klassik. Portrait einer Epoche, 448쪽.

290) Keller: Der grüne Heinrich. Erste Fassung(1854–55), 380쪽 이하 계속과 Utz: Die ausgehöhlte Gasse. Stationen der Wirkungsgeschichte von Schillers *Wilhelm Tell*, 79쪽 이하 계속을 비교.

291) v. Wiese: 앞의 책, 769쪽 이하.

292) Eckermann: 앞의 책, 589쪽.

293) Wittkowski(발행): Friedrich Schiller. Kunst, Humanität und Politik in der späten Aufklärung. Ein Symposium, 70쪽 이하의 Borchmeyer와 비교.

294) Labhardt: Wilhelm Teil als Patriot und Revolutionär 1700–1800. Wandlungen der Tell-Tradition im Zeitalter des Absolutismus und der französischen Revolution, 109쪽 이하.

295) Zeller: Der Tell-Mythos und seine dramatische Gestaltung von Henzi bis Schiller, in: JDSG 38(1994), 70쪽 이하.

296) Fambach(발행): 앞의 책, 501쪽 이하.

297) Kant: 앞의 책, Bd. IV, 677쪽.

298) Wittkowski(발행): Friedrich Schiller. Kunst, Humanität und Politik in der späten Aufklärung. Ein Symposium, 69쪽 이하 계속, 92쪽 이하 계속의

Borchmeyer를 참조.

299) Borchmeyer: Tragödie und Öffentlichkeit. Schillers Dramaturgie im Zusammenhang seiner politisch-ästhetischen Theorie und die rhetorische Tradition, 188쪽, Fink: Schillers *Wilhelm Tell*, ein antijakobinisches republikanisches Schauspiel, in: Aufklärung 1(1986), 67쪽 이하.

300) Herder: 앞의 책, Bd. XVI, 117쪽과 Borchmeyer: Weimarer Klassik. Portrait einer Epoche, 442쪽.

301) Mann: Essays, Bd. VI, 343쪽.

302) Wittkowski(발행): Friedrich Schiller. Kunst, Humanität und Politik in der späten Aufklärung. Ein Symposium, 92쪽 이하의 Borchmeyer, 그리고 Aurnhammer, Achim 외(발행): 앞의 책, 442쪽의 Müller-Seidel을 참조.

303) Kant: 앞의 책, Bd. XI, 156쪽.

304) Kant: 앞의 책, Bd. XI, 159쪽과 Bd. VIII, 439쪽 이하 계속을 비교.

305) Kant: 앞의 책, Bd. XI, 158쪽과 비교.

306) Kant: 앞의 책, Bd. XI, 158쪽.

307) (Kant, Gentz, Rehberg): 'Über Theorie und Praxis', 107쪽 이하.

308) (Kant, Gentz, Rehberg): 앞의 책, 148쪽 이하.

309) Erhard: Über das Recht des Volks zu einer Revolution und andere Schriften, 40쪽 이하 계속.

310) Schlegel: Werke. Kritische Ausgabe, Bd. VII, 25쪽.

311) Kant: 앞의 책, Bd. XI, 156쪽 이하.

312) Fink: 앞의 책, 77쪽과 비교.

313) Rehberg: 앞의 책, Bd. I, 54쪽 이하.

314) Epstein: Die Ursprünge des Konservativismus in Deutschland. Der Ausgangspunkt: Die Herausforderung durch die Französische Revolution 1770-1806, 666쪽 이하 계속.

315) Thalheim: Notwendigkeit und Rechtlichkeit der Selbsthilfe in Schillers Wilhelm Tell, in: Goethe-Jahrbuch 18(Neue Folge)(1956), 230쪽 이하.

316) Schelling: Ausgewählte Schriften in 6 Bänden, Bd. II, 321쪽.

317) Hinderer(발행): Schillers Dramen. Interpretationen, 397쪽 이하의 Ueding과 비교.

318) Börne: Sämtliche Schriften, Bd. I, 397쪽 이하 계속.

319) Hinderer(발행): Schillers Dramen. Interpretationen, 401쪽의 Ueding, 그리고 Sautermeister: 앞의 책, 126쪽과 비교.

320) Bd. 103, I,2, 67쪽 이하 계속.

321) Wittkowski(발행): Friedrich Schiller. Kunst, Humanität und Politik in der späten Aufklärung. Ein Symposium, 107쪽의 Borchmeyer를 참조.

322) Martini: Geschichte im Drama-Drama in der Geschichte. Spätbarock, Sturm und Drang, Klassik, Frührealismus, 301쪽 이하 계속, Sautermeister: 앞의 책, 147쪽 이하 계속과 비교.

323) Zeller(발행): Schiller. Reden im Gedenkjahr 1959, 237쪽의 Muschg를 참조.

324) Kommerell: 앞의 책, 188쪽과 Kaiser: 앞의 책, 197쪽, Karthaus: Schiller und die Französische Revolution, in: JDSG 33(1989), 235쪽, Hinck(발행): 앞의 책, 137쪽의 Hinderer를 비교.

325) Guthke: Schillers *Turandot* als eigenständige dramatische Leistung, in: JDSG 3(1959), 300쪽 이하.

326) Guthke: Schillers Dramen. Idealismus und Skepsis, 301쪽.

327) Kaiser: 앞의 책, 200쪽.

328) Frisch: Wilhelm Tell für die Schule, 49쪽 이하 계속.

329) Rehberg: 앞의 책, Bd. I, 55쪽.

330) Fink: 앞의 책, 80쪽 이하, Fetscher: Philister, Terrorist oder Reaktionär? Schillers *Tell* und seine linken Kritiker, in: Ders.: Die Wirksamkeit der Träume. Literarische Skizzen eines Sozialwissenschaftlers, 146쪽.

331) Benjamin: Gesammelte Schriften, Bd. II, 1, 179쪽.

332) Hochhuth: Tell 38. Dankrede für den Basler Kunstpreis 1976. Anmerkungen und Dokumente, Reinbek b., 17쪽.

333) Bismarck: Gedanken und Erinnerungen, 1쪽.

334) Urlichs(발행): 앞의 책, Bd. II, 125쪽.

335) Vaerst-Pfarr: *Semele-Die Huldigung der Künste*, in: Schillers Dramen. Neue Interpretationen, 305쪽과 비교.

336) Aurnhammer, Achim 외(발행): 앞의 책, 175쪽의 Hofe와 비교.

337) Hederich: Gründliches mythologisches Lexicon, 1143쪽.

338) Moritz: Werke, Bd. II, 781쪽.

339) Hederich: 앞의 책, 1671쪽.

340) Sulzer: Allgemeine Theorie der Schönen Künste, Bd. II, 55쪽 이하.

341) Aurnhammer, Achim 외(발행): 앞의 책, 183쪽의 Hofe를 참조.

342) Bloch: 앞의 책, 301쪽 이하 계속.

343) Aurnhammer, Achim 외(발행): 앞의 책, 219쪽 이하의 Anders Gaede를 참조.

344) Staiger: Die Kunst der Interpretation. Studien zur deutschen Literaturgeschichte, 150쪽 이하 계속.

345) Kraft(발행): 앞의 책, 226쪽 이하.

346) Kraft(발행): 앞의 책, 294쪽 이하 계속, Christ: Die Splitter des Scheins. Friedrich Schiller und Heiner Müller. Zur Geschichte und Ästhetik des dramatischen Fragments, 148쪽 이하.

347) Hebbel, Abt. III, Bd. 6, 204쪽 이하; Wittkowski: *Demetrius*-Schiller und Hebbel, in: JDSG 3(1959), 168쪽 이하 계속을 비교.

348) Aurnhammer, Achim 외(발행): 앞의 책, 450쪽.

349) Hahn: Aus der Werkstatt deutscher Dichter, 245쪽과 비교.

350) Schmidt: 앞의 책, 450쪽 이하 계속과 비교.

351) v. Wolzogen: 앞의 책, II, 259쪽 이하.

352) Martini: 앞의 책, 340쪽; Kraft(발행): 앞의 책, 276쪽 이하.

353) Binder: Schillers *Demetrius*, in: Euphorion 53(1959), 270쪽 이하, v. Wiese: 앞의 책, 791쪽 이하 계속.

354) Martini: 앞의 책, 321쪽, Pfotenhauer: Um 1800. Konfigurationen der Literatur, Kunstliteratur und Ästhetik, 195쪽과 비교.

355) Szondi: Schriften, Bd. I, 239쪽 이하 계속.

356) Leibfried: 앞의 책, 440쪽 이하.

357) Martini: 앞의 책, 340쪽 이하.

358) Goethe: Werke, Abt. III, Bd. 3, 156쪽과 Schmidt: 앞의 책, Bd. I, 456쪽 이하, Thalheim: 앞의 책, 40쪽 이하 계속을 비교.

359) Braun(발행): 앞의 책, Bd. I, 3, 442쪽.

참고문헌

약어

D Vjs	Deutsche Vierteljahrsschrift für Literaturwissenschaft und Geistesgeschichte
FA	Friedrich Schiller: Werke und Briefe in zwölf Bänden. Im Deutschen Klassiker-Verlag hg. v. Otto Dann u. a., Frankfurt/M. 1988 ff.
GRM	Germanisch-Romanische Monatsschrift
JDSG	Jahrbuch der deutschen Schillergesellschaft
NA	Schillers Werke. Nationalausgabe, begr. v. Julius Petersen, fortgeführt v. Lieselotte Blumenthai u. Benno v. Wiese, hg. im Auftrag der Stiftung Weimarer Klassik und des Schiller-Nationalmuseums Marbach v. Norbert Oellers, Weimar 1943 ff.
PMLA	Publications of the Modern Language Association of America
SA	Schillers sämtliche Werke. Säkular-Ausgabe in 16 Bänden., hg. v. Eduard von der Hellen in Verbindung mit Richard Fester u.a.,

Stuttgart, Berlin 1904–1905

ZfdPh   Zeitschrift für deutsche Philologie

실러 작품(연대순)

Schillers sämmtliche Werke, hg. v. Christian Gottfried Körner. 12 Bde.,
Stuttgart, Tübingen 1812–1815

Schillers sämmtliche Schriften. Historisch-kritische Ausgabe. 15 Bände in 17
Tin., hg. v. Karl Goedeke im Verein mit A. Ellissen u.a., Stuttgart 1867–
1876

Schillers Werke. 6 Bde., mit Lebensbeschreibung, Einleitung u.
Anmerkungen hg. v. Robert Boxberger, Berlin 1877

Schillers Werke. Illustriert von ersten deutschen Künstlern. 4 Bde., hg. v.]. G.
Fischer, Stuttgart 1879

Schillers sämtliche Werke in 16 Bänden, eingeleitet u. hg. v. Karl Goedecke,
Stuttgart 1893 ff.

Schillers sämtliche Werke in 12 Bänden. Mit einer biographischen Einleitung
hg. v. Gustav Karpeles, Leipzig 1895

Schillers Werke. Kritisch durchg. u. erl. Ausgabe. 14 Bde., hg. v. Ludwig
Bellermann, Leipzig 1895–1897

Schillers sämtliche Werke in 12 Bänden. Mit einer biographischen Einleitung
hg. v. Friedrich Düsel, Leipzig 1903

Schillers sämtliche Werke. Säkular-Ausgabe in 16 Bänden, hg. v. Eduard v.
der Hellen in Verbindung mit Richard Fester u.a., Stuttgart 1904–1905

Schillers Werke. Mit reich illustrierter Biographie. 4 Bde., hg. v. Hans
Kraeger, Stuttgart 1905

Schillers sämtliche Werke in 6 Bänden, hg. v. Alfred Walter Heymel, Leipzig
1905 ff.

Schillers Werke. Auf Grund der Hempelschen Ausgabe neu hg. mit
Einleitung und Anmerkungen und einer Lebensbeschreibung vers. v.
Arthur Kutscher u. Heinrich Zisseler. 10 Teile, Berlin 1908

Schillers sämtliche Werke. Historisch-kritische Ausgabe in 20 Bänden,
unter Mitwirkung v. Karl Berger u.a. hg. v. Otto Güntter u. Georg
Wittkowski, Leipzig 1909-1911

Schillers sämtliche Werke. Horenausgabe. 22 Bde., hg. v. Conrad Höser,
Leipzig 1910

Schillers Werke in 10 Bänden. Mit einer biographischen Einleitung hg. v.
Franz Mehring, Berlin 1910-1911

Schillers sämtliche Werke in 12 Bänden, hg. v. Fritz Strich u.a., Leipzig
1910-1912

Schillers sämtliche Werke in 12 Bänden, hg. v. Albert Ludwig, Leipzig 1911

Schillers sämtliche Werke in vier Hauptbänden und zwei Ergänzungsbänden,
hg. v. Paul Merker, Leipzig 1911

Schillers sämtliche Werke. 14 Bde., hg. v. Alexander v. Gleichen-Rußwurm,
München 1923

Schillers Werke. 14 Bde., hg. v. Philipp Witkopp in Verb. mit Eugen
Kühnemann, Berlin 1924

Schillers Werke. Nationalausgabe, begr. v. Julius Petersen, fortgeführt v.
Lieselotte Blumenthal u. Benno v. Wiese, hg. im Auftrag der Stiftung
Weimarer Klassik und des Schiller-Nationalmuseums Marbach v.
Norbert Oellers, Weimar 1943 ff.

Schillers Werke. 10 Bde., hg. v. Reinhard Buchwald u. Karl Franz Reinking,
unter der Mitwirkung v. Alfred Gottwald, Hamburg 1952

Schillers sämtliche Werke. 5 Bde. Aufgrund der Originaldrucke hg. v.
Gerhard Fricke u. Herbert G. Göpfert in Verb. mit Herbert Stubenrauch,
München 1958-1959

Friedrich Schiller: Werke. 20 Bde. Aufgrund der Originaldrucke hg. v.
Gerhard Fricke u. Herbert Göpfert in Verb. mit Herbert Stubenrauch,
München 1965-1966

Friedrich Schiller: Sämtliche Werke. 5 Bde. Nach den Ausgaben letzter
Hand unter Hinzuziehung der Erstdrucke und Handschriften mit
einer Einführung v. Benno v. Wiese und Anmerkungen v. Helmut
Koopmann, München 1968

[Friedrich] Schiller: Sämtliche Werke. Berliner Ausgabe. 10 Bde., hg. v. Hans-Günther Thalheim u.a., Berlin 1980 ff.

Friedrich Schiller: Werke und Briefe in zwölf Bänden. Im Deutschen Klassiker-Verlag hg. v. Otto Dann u.a., Frankfurt/M. 1988 ff.

서간집

Briefe. In: Schillers Werke. Nationalausgabe. Bd. 23(1772-1785), Bd. 24(1785-1787), Bd. 25(1788-1790), Bd. 26(1790-1794), Bd. 27(1794-1795), Bd. 28(1795-1796), Bd. 29(1796-1798), Bd. 30(1798-1800), Bd. 31(1801-1802), Bd. 32(1803-1805)

Briefe an Schiller. In: Schillers Werke. Nationalausgabe. Bd. 33/I(1781-1790), Bd. 34/I(1790-1794), Bd. 35(1794-1795), Bd. 36/I(1795-1797), Bd. 37/I(1797-1798), Bd. 38/I(1798-1800), Bd. 39/I(1801-1802), Bd. 40/I(1803-1805)

Schillers Briefe. Kritische Ausgabe. 7 Bde., hg. v. Fritz Jonas, Stuttgart u.a. 1892-1896

Geschäftsbriefe Schillers, hg. v. Karl Goedeke, Leipzig 1875

Schiller's Briefwechsel mit seiner Schwester Christophine und seinem Schwager Reinwald, hg. v. Wendelin v. Maltzahn, Leipzig 1875

Briefwechsel zwischen Schiller und Cotta, hg. v. Wilhelm Vollmer, Stuttgart 1876

Der Briefwechsel zwischen Schiller und Goethe. 3 Bde., im Auftrage der Nationalen Forschungs-und Gedenkstätten der klassischen deutschen Literatur in Weimar hg. v. Siegfried Seidel, Leipzig 1984

Briefwechsel zwischen Schiller und Wilhelm v. Humboldt, hg. v. Wilhelm v. Humboldt, Stuttgart 1876(2. Aufl., zuerst 1830)

Friedrich Schiller-Wilhelm v. Humboldt, Briefwechsel, hg. v. Siegfried Seidel, Berlin 1962

Briefwechsel zwischen Schiller und Körner. Von 1784 bis zum Tode Schillers. Mit Einleitung v. Ludwig Geiger. 4 Bde., Stuttgart 1892-1896

Briefwechsel zwischen Schiller und Körner, hg. v. Klaus L. Berghahn, München 1973

Schiller und Lotte. Ein Briefwechsel, hg. v. Alexander v. Gleichen-Rußwurm. 2 Bde., Jena 1908

August Wilhelm Schlegel und Friedrich Schlegel im Briefwechsel mit Schiller und Goethe, hg. v. Josef Körner u. Ernst Wieneke, Leipzig 1926

Johann Friedrich Unger im Verkehr mit Goethe und Schiller. Briefe und Nachrichten, hg. v. Flodoard Frhrn. v. Biedermann, Berlin 1927

생애에 대한 증언, 연대기, 회고

Biedermann, Flodoard Freiherr v.(Hg.): Schillers Gespräche, München 1961

Borcherdt, Hans Heinrich(Hg.): Schiller und die Romantiker. Briefe und Dokumente, Stuttgart 1948

Braun, Julius W.(Hg.): Schiller und Goethe im Urtheile ihrer Zeitgenossen. 3 Bde., Leipzig 1882

Conradi-Bleibtreu, Ellen: Im Schatten des Genius. Schillers Familie im Rheinland, Münster 1981

Conradi-Bleibtreu, Ellen: Die Schillers. Der Dichter und seine Familie. Leben, Lieben, Leiden in einer Epoche der Umwälzung, Münster 1986

Freiesleben, Hans: Aus Schillers sächsischem Freundeskreis. Neue Schriftstücke, in: JDSG 25(1981), S. 1-8

Germann, Dietrich u. Haufe, Eberhard(unter Mitwirkung v. Lieselotte Blumenthal)(Hgg.): Schillers Gespräche, Weimar 1967(=NA 42)

Germann, Dietrich: Andreas Streicher und sein Schillerbuch. Über den Nachlaß von Schillers Freund und Fluchtgefährten, in: Weimarer Beiträge 14(1968), S. 1051-1059

Hahn, Karl-Heinz: Arbeits-und Finanzplan Friedrich Schillers für die Jahre 1802-1809, Weimar 1981(3. Aufl., zuerst 1975)

Hecker, Max u. Petersen, Julius(Hg.): Schillers Persönlichkeit. Urtheile der Zeitgenossen und Documente. 3 Bde., Weimar 1904-1909

Hecker, Max: Schillers Tod und Bestattung. Nach Zeugnissen der Zeit, im Auftrag der Goethe-Gesellschaft, Leipzig 1935

Hoven, Friedrich Wilhelm v.: Lebenserinnerungen, mit Anm. hg. v. Hans-Günther Thalheim u. Evelyn Laufer, Berlin 1984(zuerst 1840)

Hoyer, Walter(Hg.): Schillers Leben. Dokumentarisch in Briefen, zeitgenössischen Berichten und Bildern, Köln, Berlin 1967

Kahn-Wallerstein, Carmen: Die Frau im Schatten. Schillers Schwägerin Karoline von Wolzogen, Bern, München 1970

Kretschmar, Eberhard: Schiller. Sein Leben in Selbstzeugnissen, Briefen und Berichten, Berlin 1938

Lecke, Bodo(Hg.): Friedrich Schiller. 2 Bde.(= Dichter über ihre Dichtungen), München 1969

Lotar, Peter: Schiller. Leben und Werk. Aus seiner Dichtung, aus Briefen und Zeugnissen seiner Zeitgenossen dargestellt, Bern, Stuttgart 1955

Müller, Ernst: Schiller. Intimes aus seinem Leben, nebst Einleitung über seine Bedeutung als Dichter und einer Geschichte der Schillerverehrung, Berlin 1905

Palleske, Emil(Hg.): Charlotte.(Für die Freunde der Verewigten.) Gedenkblätter von Charlotte von Kalb, Stuttgart 1879

Petersen, Julius(Hg.): Schillers Gespräche. Berichte seiner Zeitgenossen über ihn, Leipzig 1911

Streicher, [Johann] Andreas: Schillers Flucht [aus Stuttgart und Aufenthalt in Mannheim], hg. v. Paul Raabe, Stuttgart 1959(zuerst 1836)

Urlichs, Ludwig(Hg.): Charlotte von Schiller und ihre Freunde. 3 Bde., Stuttgart 1860 ff.

Volke, Werner: Schillers erster Besuch in Weimar. Zu einer neuaufgefundenen Aufzeichnung von Johann Daniel Falk, in: Festschrift für Friedrich Beißne, hg. v. Ulrich Gaier u. Werner Volke, Stuttgan 1974, S. 465-477

Wilpert, Gero v.: Schiller-Chronik. Sein Leben und sein Schaffen, Stuttgart 1958

Wolzogen, Caroline v.: Schillers Leben. Verfaßt aus Erinnerungen der

Familie, seinen eigenen Briefen und den Nachrichten seines Freundes Körner. Zwei Theile in einem Band(1830), in: Dies.: Gesammelte Schriften, hg. v. Peter Boerner, Bd. II, Hildesheim, Zürich, New York 1990

Wolzogen, Karoline v.: Schillers Jugendjahre in Schwaben, Lorch 1905

Wolzogen, Karoline v.: Aus Schillers letzten Tagen. Eine ungedruckte Aufzeichnung von Karoline v. Wolzogen. Zur Erinnerung an Schillers 100. Todestag, Weimar 1905

Zeller, Bernhard: Schiller. Eine Bildbiographie, München 1958

Zeller, Bernhard(Hg.): Schillers Leben und Werk in Daten und Bildern, Frankfurt/M. 1966

Zeller, Bernhard: Friedrich Schiller in Marbach, in: Ludwigsburger Geschichtsblätter 33(1981), S. 41-54

영향사

Albert, Claudia(Hg.): Klassiker im Nationalsozialismus. Schiller. Hölderlin. Kleist, Stuttgart, Weimar 1994

Fambach, Oscar(Hg.): Schiller und sein Kreis in der Kritik ihrer Zeit. Die wesentlichen Rezensionen aus der periodischen Literatur bis zu Schillers Tod, begleitet von Schillers und seiner Freunde Äußerungen zu deren Gehalt. In Einzeldarstellungen mit einem Vorwort und Anhang: Bibliographie der Schiller-Kritik bis zu Schillers Tod, Berlin 1957(Ein Jahrhundert deutscher Literaturkritik [1750-1850], Bd. II)

Gerhard, Ute: Schiller als 《Religion》. Literarische Signaturen des 19. Jahrhunderts, München 1994

Guthke, Karl S.: Lessing-, Goethe-, und Schiller-Rezensionen in den *Göttingischen Gelehrten Anzeigen* 1769-1836, in: Jahrbuch des Freien Deutschen Hochstifts 1965, S. 88-167

Mück, Hans-Dieter: Schiller-Forschung 1933-1945, in: Zeller, Bernhard(Hg.): Klassiker in finsteren Zeiten. 1933-1945, Bd. I, Marbach

1993, S. 299-318

Oellers, Norbert: Schiller. Geschichte seiner Wirkung bis zu Goethes Tod 1805-1832, Bonn 1967

Oellers, Norbert(Hg.): Schiller-Zeitgenosse aller Epochen. Dokumente zur Wirkungsgeschichte Schillers in Deutschland. Teil I 1782-1859, Frankfurt/M. 1970

Oellers, Norbert(Hg.): Schiller-Zeitgenosse aller Epochen. Dokumente zur Wirkungsgeschichte Schillers in Deutschland. Teil II 1860-1966, München 1976

Oellers, Norbert: Zur Schiller-Rezeption in Österreich um 1800, in: Die österreichische Literatur. Ihr Profil an der Wende vom 18. zum 19. Jahrhundert, hg. v. Herbert Zeman, Graz 1979, S. 677-696

Petersen, Julius: Schiller und die Bühne. Ein Beitrag zur Literatur-und Theatergeschichte in der klassischen Zeit, Berlin 1904

Piedmont, Ferdinand(Hg.): Schiller spielen: Stimmen der Theaterkritik 1946-1985. Eine Dokumentation, Darmstadt 1990

Rudloff-Hille, Gertrud: Schiller auf der deutschen Bühne seiner Zeit, Berlin, Weimar 1969

Ruppelt, Georg: Schiller im nationalsozialistischen Deutschland. Der Versuch einer Gleichschaltung, Stuttgart 1979

Utz, Peter: Die ausgehöhlte Gasse. Stationen der Wirkungsgeschichte von Schillers *Wilhelm Tell*, Königstein/Ts. 1984

Waldmann, Bernd: 《Schiller ist gut-Schiller muß sein》: Grundlagen und Funktion der Schiller-Rezeption des deutschen Theaters in den fünfziger Jahren, Frankfurt/M. u.a. 1993

전기와 평전(연대순)

Carlyle, Thomas: The Life of Friedrich Schiller, London 1825

Carlyle, Thomas: Leben Schillers. Aus dem Englischen durch M. v. Teubern, eingeleitet durch Goethe, Frankfurt/M. 1830

Hoffmeister, Karl: Schiller's Leben, Geistesentwicklung und Werke im Zusammenhang. 5 Bde., Stuttgart 1838-42

Döring, Heinrich: Friedrich von Schiller. Ein biographisches Denkmal, Jena 1839

Schwab, Gustav: Schiller's Leben in drei Büchern, Stuttgart 1840

Palleske, Emil: Schillers Leben und Werk. 2 Bde., Berlin 1858-59

Scherr, Johann: Schiller und seine Zeit, Leipzig 1859

Minor, Jakob: Schiller. Sein Leben und seine Werke. 2 Bde., Berlin 1890

Gottschall, Rudolf: Friedrich v. Schiller. Mit Schillers Bildnis, Leipzig 1898

Harnack, Otto: Schiller. 2 Bde., Berlin 1898

Weltrich, Richard: Schiller. Geschichte seines Lebens und Charakteristik seiner Werke. Bd. I, Stuttgart 1899

Bellermann, Ludwig: Friedrich Schiller, Leipzig 1901

Berger, Karl: Schiller. Sein Leben und seine Werke. 2 Bde., München 1905

Kühnemann, Eugen: Schiller, München 1905

Lienhard, Fritz: Schiller, Berlin, Leipzig 1905

Schmoller, Leo: Friedrich Schiller. Sein Leben und sein Werk, Wien 1905

Strich, Fritz: Schiller. Sein Leben und sein Werk, Leipzig 1912

Güntter, Otto: Friedrich Schiller. Sein Leben und seine Dichtungen, Leipzig 1925

Binder, Hermann: Friedrich Schiller. Wille und Werk, Stuttgart 1927

Schneider, Hermann: Friedrich Schiller: Werk und Erbe, Stuttgart, Berlin, 1934

Cysarz, Herbert: Schiller, Halle 1934

Pongs, Hermann: Schillers Urbilder, Stuttgart 1935

Hohenstein, Lily: Schiller: Der Dichter-der Kämpfer, Berlin 1940

Buerkle, Veit: Schiller, Stuttgart 1941

Müller, Ernst: Der junge Schiller, Tübingen, Stuttgart 1947

Wentzlaff-Eggebert, Friedrich-Wilhelm: Schillers Weg zu Goethe, Tübingen, Stuttgart 1949

Gerhard, Melitta: Schiller, Bern 1950

Benfer, Heinrich: Friedrich v. Schiller. Leben und Werk, Bochum 1955

Hilty, Hans Rudolf: Friedrich Schiller. Abriß seines Lebens, Umriß seines Werks, Bern 1955

Kleinschmidt, Karl: Friedrich Schiller. Leben, Werk und Wirkung, Berlin 1955

Nohl, Hermann: Friedrich Schiller. Eine Vorlesung, Frankfurt/M. 1955

Wiese, Benno v.: Schiller. Eine Einführung in Leben und Werk, Stuttgart 1955

Burschell, Friedrich: Friedrich Schiller in Selbstzeugnissen und Bilddokumenten. Hamburg 1958

Zeller, Bernhard: Schiller. Eine Bildbiographie, München 1958

Buchwald, Reinhard: Schiller, Wiesbaden 1959(4. Aufl., zuerst 1937)

Heiseler, Bernt v.: Schiller, Gütersloh 1959

Storz, Gerhard: Der Dichter Friedrich Schiller, Stuttgart 1959

Wiese, Benno v.: Friedrich Schiller, Stuttgart 1959

Koopmann, Helmut: Friedrich Schiller. I: 1759–1794; II: 1795–1805, Stuttgart 1966

Staiger, Emil: Friedrich Schiller, Zürich 1967

Burschell, Friedrich: Schiller, Reinbek b. Hamburg 1968

Middell, Eike: Friedrich Schiller. Leben und Werk, Leipzig 1976

Lahnstein, Peter: Schillers Leben, München 1981

Koopmann, Helmut: Friedrich Schiller. Eine Einführung, München, Zürich 1988

Oellers, Norbert: Schiller, Stuttgart 1989

Ueding, Gert: Friedrich Schiller, München 1990

Reed, Terence J.: Schiller, Oxford, New York 1991

Koopmann, Helmut(Hg.): Schiller-Handbuch, Stuttgart 1998

Gellhaus, Axel u. Oellers, Norbert(Hg.): Schiller. Bilder und Texte zu seinem Leben, Köln u.a. 1999

실러에 관한 문헌(연대순)

Schiller-Bibliographie 1893–1958. Bearbeitet v. Wolfgang Vulpius, Weimar 1959

Schiller-Bibliographie 1959–1963. Bearbeitet v. Wolfgang Vulpius, Berlin, Weimar 1967

Schiller-Bibliographie 1964–1974. Bearbeitet v. Peter Wersig, Berlin, Weimar 1977

Schiller-Bibliographie 1975–1985. Bearbeitet v. Roland Bärwinkel u.a., Berlin, Weimar 1989

Schiller-Bibliographie 1959–1961. Bearbeitet v. Paul Raabe u. Ingrid Bode, in: JDSG 6(1962), s. 465–553

Schiller-Bibliographie 1962–1965. Bearbeitet v. Ingrid Bode, in: JDSG 10(1966), S. 465–502

Schiller-Bibliographie 1966–1969. Bearbeitet v. Ingrid Bode, in: JDSG 14(1970), S. 584–636

Schiller-Bibliographie 1970–1973. Bearbeitet v. Ingrid Bode, in: JDSG 18(1974), S. 642–701

Schiller-Bibliographie 1974–1978. Bearbeitet v. Ingrid Bode, in: JDSG 23(1979), S. 549–612

Schiller-Bibliographie 1979–1982. Bearbeitet v. Ingrid Bode, in: JDSG 27(1983), S. 493–551

Schiller-Bibliographie 1983–1986. Bearbeitet v. Ingrid Hannich-Bode, in: JDSG 31(1987), S. 432–512

Schiller-Bibliographie 1987–1990. Bearbeitet v. Ingrid Hannich-Bode, in: JDSG 35(1991), S. 387–459

Schiller-Bibliographie 1991–1994 i ¤ Bearbeitet v. Ingrid Hannich-Bode, in: JDSG 39(1995), S. 463–534

부분적인 전기와 연구 보고서(1945년 이후)

Müller-Seidel, Walter: Zum gegenwärtigen Stand der Schillerforschung, in:
Der Deutschunterricht 4(1952), Hft.5, S. 97-115

Wiese, Benno v.: Schiller-Forschung und Schiller-Deutung von 1937 bis
1953, in: DVjs 27(1953), S. 452-483

Goerres, Karlheinz: Wege zu einem neuen Schillerbild, in: Die Schulwarte
12(1959), S. 741-745

Vancsa, Kurt: Die Ernte der Schiller-Jahre 1955-1959, in: ZfdPh 79(1960), S.
422-441

Paulsen, Wolfgang: Friedrich Schiller 1955-1959. Ein Literaturbericht, in:
JDSG 6(1962), S. 369-464

Wittkowski, Wolfgang: Friedrich Schiller 1962-1965. Ein Literaturbericht, in:
JDSG 10(1966), S. 414-464

Berghahn, Klaus L.: Aus der Schiller-Literatur des Jahres 1967, in:
Monatshefte 60(1968), S. 410-413

Berghahn, Klaus L.: Ästhetik und Politik im Werk Schillers. Zur jüngsten
Forschung, in: Monatshefte 66(1974), S. 401-421

Koopmann, Helmut: Schiller-Forschung 1970-1980. Ein Bericht, Marbach
a.N. 1982

Leibfried, Erwin: 225 Jahre Schiller. Rückblicke auf Publikationen zum
Schillerjahr, in: Wissenschaftlicher Literaturanzeiger 24(1985), S. 45-46

Steinberg, Heinz: Sekundärliteratur der letzten Jahre. Zum Beispiel Schiller,
in: Buch und Bibliothek 37(1985), S. 248-251

Martini, Fritz: Schiller-Forschung und Schiller-Kritik im Werke Käte
Hamburgers, in: Ders.: Vom Sturm und Drang zur Gegenwart,
Frankfurt/M. u.a. 1990(zuerst 1986), S. 35-42

Koopmann, Helmut: Forschungsgeschichte, in: Schiller-Handbuch, hg. v.
Helmut Koopmann, Stuttgart 1998, S. 809-932

서론과 제1장

• 작품과 출처

[Abel, Jacob Friedrich]: Eine Quellenedition zum Philosophieunterricht an
  der Stuttgarter Karlsschule(1773-1782). Mit Einleitung, Übersetzung,
  Kommentar und Bibliographie hg. v. Wolfgang Riedel, Würzburg
  1995(= K)

Abel, Jacob Friedrich: Einleitung in die Seelenlehre, Stuttgart 1786.
  Faksimile-Neudruck, Hildesheim u.a. 1985(= E)

Adorno, Theodor W.: Minima Moralia, Frankfurt/M. 1981(zuerst 1951)

Biedermann, Flodoard Freiherr v.(Hg.): Schillers Gespräche, München 1961

Büchner, Georg: Werke und Briefe, München 1988

Dürrenmatt, Friedrich: Gesammelte Werke. Bd. VII, Zürich 1996

Eckermann, Johann Peter: Gespräche mit Goethe in den letzten Jahren
  seines Lebens, hg. v. Fritz Bergmann, Frankfurt/M. 1987(3. Aufl., zuerst
  1955)

Eichendorff, Joseph von: Werke. 6 Bde., hg. v. Wolfgang Frühwald u.a.,
  Frankfurt/M. 1985 ff.

Ferguson, Adam: Grundsätze der Moralphilosophie. Uebersetzt und mit
  einigen Anmerkungen versehen von Christian Garve, Leipzig 1772

Geiger, Ludwig(Hg.): Charlotte von Schiller und ihre Freunde. Auswahl aus
  ihrer Korrespondenz, Berlin 1908

Goethe, Johann Wolfgang: Werke, hg. im Auftrag der Großherzogin Sophie
  von Sachsen. Abt. 1-4. 133 Bde.(in 147 Tln.), Weimar 1887 ff.

Haller, Albrecht v.: Die Alpen und andere Gedichte, hg. v. Adalbert
  Elschenbroich, Stuttgart 1984

Hartmann, Julius: Schillers Jugendfreunde, Stuttgart, Berlin 1904

Haug, Balthasar(Hg.): Schwäbisches Magazin von gelehrten Sachen. Bd.
  I-VIII, Stuttgart 1774-1781(1774 als *Gelehrte Ergötzlichkeiten*)

Helvétius, Claude-Adrien: Vom Menschen, von seinen geistigen Fähigkeiten
  und von seiner Erziehung. Aus dem Französischen übers. v. Theodor
  Lücke, Berlin, Weimar 1976(= De l'homme, 1773)

Herder, Johann Gottfried: Sämmtliche Werke, hg. v. Bernhard Suphan, Berlin 1877 ff.

Holbach, Paul Thiry d': System der Natur oder von den Grenzen der physischen und der moralischen Welt(1770), Frankfurt/M. 1978

Hoven, Friedrich Wilhelm v.: Lebenserinnerungen, mit Anm. hg. v. Hans-Günther Thalheim u. Evelyn Laufer, Berlin 1984(zuerst 1840)

Hoyer, Walter(Hg.): Schillers Leben. Dokumentarisch in Briefen, zeitgenössischen Berichten und Bildern, Köln, Berlin 1967

Humboldt, Wilhelm v.(Hg.): Briefwechsel zwischen Schiller und Wilhelm v. Humboldt, Stuttgart 1876(2. Aufl., zuerst 1830)

Hutcheson, Francis: Untersuchung unserer Begriffe von Schönheit und Tugend in zwo Abhandlungen, Frankfurt, Leipzig 1762

Kerner, Justinus: Ausgewählte Werke, hg. v. Gunter E. Grimm, Stuttgart 1981

Knigge, Adolph Freiherr v.: Über den Umgang mit Menschen(1788), hg. v. Gert Ueding, Frankfurt/M. 1977

Lichtenberg, Georg Christoph: Schriften und Briefe, hg. v. Franz Mautner, Frankfurt/M. 1992

Mann, Thomas: Essays, hg. v. Hermann Kurzke u. Stephan Stachorski, Frankfurt/M. 1993 ff.

Mendelssohn, Moses: Gesammelte Schriften. Jubiläumsausgabe, hg. v. Fritz Bamberger u.a. Faksimile-Neudruck der Ausgabe Berlin 1929, Stuttgart-Bad Canstatt 1971

Nicolai, Friedrich: Gesammelte Werke, hg. v. Bernhard Fabian und Marie-Luise Spieckermann, Hildesheim, Zürich, New York 1985 ff.

Noverre, Jean-Georges: Briefe über die Tanzkunst und über die Ballette. Aus dem Französischen übersetzt von Gotthold Ephraim Lessing und Johann Joachim Christoph Bode, Hamburg, Bremen 1769. Reprint, hg. v. Kurt Petermann, München 1977

Platner, Ernst: Anthropologie für Aerzte und Weltweise. Erster Theil(1772). Faksimile-Neudruck, mit einem Nachwort hg. v. Alexander Košenina, Hildesheim u. a. 1998

Pufendorf, Samuel von: Die Verfassung des deutschen Reichs. Übersetzung, Anmerkungen und Nachwort v. Horst Denzer, Stuttgart 1976

Riesbeck, Johann Kaspar: Briefe eines reisenden Franzosen über Deutschland an seinen Bruder zu Paris, hg. u. bearbeitet v. Wolfgang Gerlach, Stuttgart 1967

Rousseau, Jean-Jacques: Schriften zur Kulturkritik. Französisch-Deutsch. Eingel., übers. u. hg. v. Kurt Weigand, Harnburg 1983

Schiller, Friedrich: Medizinische Schriften, Miesbach / Obb. 1959

Schiller, Johann Caspar: Meine Lebens-Geschichte(1789). Mit einem Nachwort hg. v. Ulrich Ott, Marbach a.n. 1993(= L)

Schiller, Johann Caspar: Die Baumzucht im Grossen aus Zwanzigjährigen Erfahrungen im Kleinen in Rücksicht auf ihre Behandlung, Kosten, Nutzen und Ertrag beurtheilt(1795), hg. v. Gottfried Stolle, Marbach a.N. 1993(= B)

Schubart, Christian Friedrich Daniel: Gedichte. Aus der *Deutschen Chronik*, hg. v. Ulrich Karthaus, Stuttgart 1978

[Schubart, Christian Friedrich Daniel]: Leben und Gesinnungen. Von ihm selbst im Kerker aufgesetzt. Erster Theil(1791), in: Schubarts gesammelte Schriften und Schicksale, Bd. I, Stuttgart 1839

Strauß, David Friedrich(Hg.): Christian Friedrich Daniel Schubarts Leben in seinen Briefen, Bd. I, Berlin 1849

Streicher, [Johann] Andreas: Schillers Flucht [aus Stuttgart und Aufenthalt in Mannheim], hg. v. Paul Raabe, Stuttgart 1959(zuerst 1836)

Sulzer, Johann George: Vermischte philosophische Schriften. 2 Bde., Leipzig 1773/81

Tissot, S[imon] A[ndré]: Von der Gesundheit der Gelehrten, Zürich 1768

Urlichs, Ludwig(Hg.): Charlotte von Schiller und ihre Freunde. 3 Bde., Stuttgart 1860 ff.

Wieland, Christoph Martin: Sämmtliche Werke in 39 Bänden, Leipzig 1794-1811. Faksimile-Neudruck, Hamburg 1984

Wolzogen, Caroline v.: Schillers Leben. Verfaßt aus Erinnerungen der Familie, seinen eigenen Briefen und den Nachrichten seines Freundes

Körner. Zwei Theile in einem Band(1830), in: Dies.: Gesammelte Schriften, hg. v. Peter Boerner, Bd. II, Hildesheim, Zürich, New York 1990

Zeller, Bernhard(Hg.): Schillers Leben und Werk in Daten und Bildern, Frankfurt/M. 1966

• 연구서와 논문

[Adam, Eugen u.a.]: Herzog Karl Eugen von Württemberg und seine Zeit, hg. v. Württembergischen Geschichts-und Altertums-Verein. Bd. I, Eßlingen 1907

Aurnhammer, Achim u.a.(Hgg.): Schiller und die höfische Welt, Tübingen 1990

Barner, Wilfried u.a.(Hgg.): Unser Commercium. Goethes und Schillers Literaturpolitik, Stuttgart 1984

Barthes, Roland: Literatur oder Geschichte. Aus dem Französischen übers. v. Helmut Scheffel, Frankfurt/M. 1969

Biedermann, Karl: Deutschland im 18. Jahrhundert, hg. v. Wolfgang Emmerich, Frankfurt/M. u. a. 1979

Bloch, Peter André: Schiller und die französische klassische Tragödie, Düsseldorf 1968

Brecht, Martin(Hg.): Geschichte des Pietismus. Bd. II(Der Pietismus im achtzehnten Jahrhundert), Göttingen 1995

Bruford, Walter H.: Die gesellschaftlichen Grundlagen der Goethezeit, Weimar 1936

Buchwald, Reinhard: Schiller, Wiesbaden 1959(4.Aufl, zuerst 1937)

Burschell, Friedrich: Schiller, Reinbek b. Hamburg 1968

Dewhurst, Kenneth u. Reeves, Nigel: Friedrich Schiller. Medicine, Psychology and Literature, Oxford 1978

Engelsing, Ralf: Wieviel verdienten die Klassiker? In: Neue Rundschau 87(1976), S. 124-136

Foucault, Michel: Überwachen und Strafen. Die Geburt des Gefängnisses. Aus dem Französischen übers. v. Walter Seitter(= Surveiller et punir. La naissance de la prison, 1975), Frankfurt/M. 1994

Friedl, Gerhard: Verhüllte Wahrheit und entfesselte Phantasie. Die Mythologie in der vorklassischen und klassischen Lyrik Schillers, Würzburg 1987

Haug-Moritz, Gabriele: Württembergischer Ständekonflikt und deutscher Dualismus. Ein Beitrag zur Geschichte des Reichsverbands in der Mitte des 18. Jahrhunderts, Stuttgart 1992

Jamme, Christoph u. Pöggeler, Otto(Hgg.): 《O Fürstin der Heimath! Glükliches Stutgard》. Politik, Kultur und Gesellschaft im deutschen Südwesten um 1800, Stuttgart 1988.

Kiesel, Hellmuth: 〈Bei Hof, bei Höll. Untersuchungen zur literarischen Hofkritik von Sebastian Brant bis Friedrich Schiller, Tübingen 1979

Kittler, Friedrich A.: Dichter, Mutter, Kind, München 1991

Koopmann, Helmut(Hg.): Schiller-Handbuch, Stuttgart 1998

Košenina, Alexander: Ernst Platners Anthropologie und Philosophie. Der philosophische Arzt und seine Wirkung auf Johann Karl Wezel und Jean Paul, Würzburg 1989

Kreutz, Wilhelm: Die Illuminaten des rheinisch-pfälzischen Raums und anderer außerbayerischer Territorien. Eine 〈wiederentdeckte〉 Quelle zur Ausbreitung des radikal aufklärerischen Geheimordens in den Jahren 1781 und 1782, in: Francia 18(1991), S. 115-149

Liepe, Wolfgang: Der junge Schiller und Rousseau. Eine Nachprüfung der Rousseaulegende um den *Räuber*-Dichter, in: ZfdPh 51(1926), S. 299-328

Michelsen, Peter: Der Bruch mit der Vater-Welt. Studien zu Schillers *Räubern*, Heidelberg 1979

Müller, Ernst: Schillers Mutter. Ein Lebensbild, Leipzig 1890(= M)

Müller, Ernst: Der Herzog und das Genie. Friedrich Schillers Jugendjahre, Stuttgart 1955(=G)

Oellers, Norbert: Friedrich Schiller. Zur Modernität eines Klassikers, hg. v. Michael Hofmann, Frankfurt/M., Leipzig 1996

Perels, Christoph(Hg.): Sturm und Drang, Frankfurt/M. 1988

Riedel, Wolfgang: Die Anthropologie des jungen Schiller. Zur Ideengeschichte der medizinischen Schriften und der *Philosophischen Briefe*, Würzburg 1985

Roeder, Gustav: Württemberg. Vom Neckar bis zur Donau. Landschaft, Geschichte, Kultur, Kunst, Nürnberg 1972

Rosenbaum, Heidi: Formen der Familie. Untersuchungen zum Zusammenhang von Familienverhältnissen, Sozialstruktur und sozialem Wandel in der deutschen Gesellschaft des 19. Jahrhunderts, Frankfurt/M. 1982

Schings, Hans-Jürgen: Melancholie und Aufklärung. Melancholiker und ihre Kritiker in Erfahrungsseelenkunde und Literatur des 18. Jahrhunderts, Stuttgart 1977

Schings, Hans-Jürgen(Hg.): Der ganze Mensch. Anthropologie und Literatur im 18. Jahrhundert, Stuttgart 1994

Schuller, Marianne: Körper. Fieber. Räuber. Medizinischer Diskurs und literarische Figur beim jungen Schiller, in: Physiognomie und Pathognomie. Zur literarischen Darstellung von Individualität, in: Festschrift für Karl Pestalozzi, hg. v. Wolfram Groddeck u. Ulrich Stadler, Berlin, New York 1994, S. 153-168

Schulze-Bünte, Matthias: Die Religionskritik im Werk Friedrich Schillers, Frankfurt/M. u.a. 1993

Theopold, Wilhelm: Schiller. Sein Leben und die Medizin im 18. Jahrhundert, Stuttgart 1964

Uhland, Robert: Geschichte der Hohen Karlsschule in Stuttgart, Stuttgart 1953

Wehler, Hans-Ulrich: Deutsche Gesellschaftsgeschichte. Erster Band. Vom Feudalismus des Alten Reichs bis zur Defensiven Modernisierung der Reformära 1700-1815, München 1987

Weltrich, Richard: Schiller. Geschichte seines Lebens und Charakteristik seiner Werke. Bd. I, Stuttgart, 1899

Wiese, Benno v.: Friedrich Schiller, Stuttgart 1963(3. Aufl., zuerst 1959)

제2장

•작품과 출처

Campe, Joachim Heinrich: Briefe aus Paris(1790). Mit einem Vorwort hg. v. Helmut König, Berlin 1961

Claudius, Matthias: Der Wandsbecker Bote(1771-1775). Mit einem Vorwort v. Peter Suhrkamp und einem Nachwort v. Hermann Hesse, Frankfurt/M. 1975

Goethe, Johann Wolfgang: Sämtliche Werke. Artemis-Gedenkausgabe, hg. v. Ernst Beutler, Zürich 1977(zuerst 1948-54)

Hagedorn, Friedrich v.: Poetische Werke. Dritter Theil, Hamburg 1757

Hegel, Georg Wilhelm Friedrich: Werke, hg. v. Eva Moldenhauer u. Karl Markus Michel, Frankfurt/M. 1986

Hofmannsthal, Hugo v.: Gesammelte Werke. Reden und Aufsätze I(1891-1913), hg. v. Bernd Schoeller, Frankfurt/M. 1979

Hume, David: Die Naturgeschichte der Religion(1757), übers. u. hg. v. Lothar Kreimendahl, Hamburg 1984

Kant, Immanuel: Werke, hg. v. Wilhelm Weischedel, Frankfurt/M. 1977

Klopstock, Friedrich Gottlieb: Ausgewählte Werke, hg. v. Karl August Schleiden, München 1962

Loewenthal, Erich(Hg.): Sturm und Drang. Kritische Schriften, Heidelberg 1972(3. Aufl.)

[Obereit, Jakob Hermann]: Ursprünglicher Geister= und Körperzusammenhang nach Newtonischem Geist. An die Tiefdenker in der Philosophie, Augsburg 1776

[Paul], Jean Paul: Sämtliche Werke, hg. v. Norbert Miller, München 1959 ff.

Rebmann, Georg Friedrich: Kosmopolitische Wanderungen durch einen Teil Deutschlands(1793), hg. v. Hedwig Voegt, Frankfurt/M. 1968

Sauder, Gerhard(Hg.): Empfindsamkeit. Quellen und Dokumente, Stuttgart 1980

Stäudlin, Gotthold Friedrich: Vermischte poetische Stücke [Stuttgart 1782]

Sulzer, Johann George: Allgemeine Theorie der Schönen Künste. Erster/

Zweyter Theil, Leipzig 1773-75(verbesserte Ausgabe, zuerst 1771-74) (zweite, durch Zusätze von Friedrich von Blanckenburg vermehrte Aufl.: 1786-87; nochmals verbessert 1792-94)

Uz, Johann Peter: Sämmtliche poetische Werke. Zweiter Theil, Wien 1790

Zimmermann, Johann Georg: Ueber die Einsamkeit. 4 Theile, Leipzig 1784-85(= E)

Zimmermann, Johann Georg: Memoire an Seine Kaiserlichkönigliche Majestät Leopold den Zweiten über den Wahnwitz unsers Zeitalters und die Mordbrenner, welche Deutschland und ganz Europa aufklären wollen(1791), mit einem Nachwort hg. v. Christoph Weiß, St. Ingbert 1995(= M)

• 연구서와 논문

Alt, Peter-André: Begriffsbilder. Studien zur literarischen Allegorie zwischen Opitz und Schiller, Tübingen 1995

Bernauer, Joachim: 《Schöne Welt, wo bist du?》 Über das Verhältnis von Lyrik und Poetik bei Schiller, Berlin 1995

Bolten, Jürgen: Friedrich Schiller. Poesie, Reflexion und gesellschaftliche Selbstdeutung, München 1985

Bruckmann, Christoph: 《Freude! sangen wir in Thränen, Freude! in dem tiefsten Leid》. Zur Interpretation und Rezeption des Gedichts *An die Freude* von Friedrich Schiller, in: JDSG 35(1991), S. 96-112

Dau, Rudolf: Friedrich Schillers Hymne *An die Freude*. Zu einigen Problemen ihrer Interpretation und aktuellen Rezeption, in: Weimarer Beiträge 24(1978), Hft.10, S. 38-60

Dülmen, Richard van: Kultur und Alltag in der Frühen Neuzeit. 3 Bde., München 1990 ff.

Düsing, Wolfgang: Kosmos und Natur in Schillers Lyrik, in: JDSG 13(1969), S. 196-221(= K)

Düsing, Wolfgang: 《Aufwärts durch die tausendfachen Stufen》. Zu Schillers Gedicht *Die Freundschaft*, in: Gedichte und Interpretationen. Bd. II(Aufklärung und Sturm und Drang), hg. v. Karl Richter, Stuttgart 1983,

S. 453-462(= F)

Dyck, Martin: Die Gedichte Schillers. Figuren der Dynamik des Bildes, Bern, München 1967

Engelsing, Rolf: Der Bürger als Leser. Lesergeschichte in Deutschland 1500-1800, Stuttgart 1974

Fechner, Jörg-Ulrich: Schillers *Anthologie auf das Jahr 1782*. Drei kleine Beiträge, in: JDSG 17(1973), S. 291-303

Fisher, Richard(Hg.): Ethik und Ästhetik. Werke und Werte in der Literatur vom 18. bis zum 20. Jahrhundert. Festschrift für Wolfgang Wittkowski, Frankfurt/M. 1995

Hinderer, Walter(Hg.): Codierungen von Liebe in der Kunstperiode, Würzburg 1997

Hinderer, Walter: Von der Idee des Menschen. Über Friedrich Schiller, Würzburg 1998

Inasaridse, Ethery: Schiller und die italienische Oper. Das Schillerdrama als Libretto des Belcanto, Frankfurt/M., Bern 1989

Kaiser, Gerhard: Geschichte der deutschen Lyrik von Goethe bis Heine. Ein Grundriß in Interpretationen. 3 Bde., Frankfurt/M. 1988

Keller, Werner: Das Pathos in Schillers Jugendlyrik, Berlin 1964

Kemper, Hans-Georg: Deutsche Lyrik der frühen Neuzeit. Bd. 6/1(Empfindsamkeit), Tübingen 1997

Kiesel, Helmuth u. Münch, Paul: Gesellschaft und Literatur im 18. Jahrhundert. Voraussetzungen und Entstehung des literarischen Markts in Deutschland, München 1977

Knobloch, Hans-Jörg u. Koopmann, Helmut(Hgg.): Schiller heute, Tübingen 1996

Koopmann, Helmut: Der Dichter als Kunstrichter. Zu Schillers Rezensionsstrategie, in: JDSG 20(1976), S. 229-246

Luhmann, Niklas: Liebe als Passion. Zur Codierung von Intimität, Frankfurt/M. 1982

Luserke, Matthias: Sturm und Drang. Autoren-Texte-Themen, Stuttgart 1997

Mix, York-Gothart: Die deutschen Musen-Almanache des 18. Jahrhunderts,

München 1987

Oellers, Norbert(Hg.): Gedichte von Friedrich Schiller. Interpretationen, Stuttgart 1996

Ortlepp, Paul: Schillers Bibliothek und Lektüre, in: Neue Jahrbücher für das klassische Altertum, Geschichte und deutsche Literatur 18(1915), S. 375–406

Schings, Hans-Jürgen: Philosophie der Liebe und Tragödie des Universalhasses. *Die Räuber* im Kontext von Schillers Jugendphilosophie(1), in: Jahrbuch des Wiener Goethe-Vereins 84/85(1980–81), S. 71–95

Schmidt, Siegfried J.: Die Selbstorganisation des Sozialsystems Literatur im 18. Jahrhundert, Frankfurt/M. 1989

Schön, Erich: Der Verlust der Sinnlichkeit oder Die Verwandlungen des Lesers. Mentalitätswandel um 1800, Stuttgart 1987

Staiger, Emil: Friedrich Schiller, Zürich 1967

Storz, Gerhard: Gesichtspunkte für die Betrachtung von Schillers Lyrik, in: JDSG 12(1968), S. 259–274

Sträßner, Matthias: Tanzmeister und Dichter. Literatur-Geschichte(n) im Umkreis von Jean-Georges Noverre, Lessing, Wieland, Goethe, Schiller, Berlin 1994

Trumpke, Ulrike: Balladendichtung um 1770. Ihre soziale und religiöse Thematik, Stuttgart u.a. 1975

Vaerst-Pfarr, Christa: *Semele-Die Huldigung der Künste*, in: Schillers Dramen. Neue Interpretationen, hg. v. Walter Hinderer, Stuttgart 1979, S. 294–315

Vosskamp, Wilhelm: Emblematisches Zitat und emblematische Struktur in Schillers Gedichten, in: JDSG 18(1974), S. 388–407

제3장

• 작품과 출처

Abbt, Thomas: Vom Tod fürs Vaterland(1761), in: Vermischte Werke. Zweyter Theil, Berlin, Stettin 1781(= T)

Abbt, Thomas: Vom Verdienste(1762-64), in: Vermischte Werke. Erster Theil, Berlin, Stettin 1772(=V)

Baumgarten, Alexander Gottlieb: Metaphysica. Halle 1779(7. Aufl., zuerst 1739)

Benjamin, Walter: Gesammelte Schriften, hg. v. Rolf Tiedemann u. Hermann Schweppenhäuser, Frankfurt/M. 1972 ff.

Bloch, Ernst: Das Prinzip Hoffnung. 3 Bde., Frankfurt/M. 1976(3. Aufl., zuerst 1959)

Braun, Julius W.(Hg.): Schiller und Goethe im Urtheile ihrer Zeitgenossen. 3 Bde., Leipzig 1882

[Diderot-Lessing]: Das Theater des Herrn Diderot. Aus dem Französischen übersetzt von Gotthold Ephraim Lessing, hg. v. Klaus-Detlef Müller, Stuttgart 1986

Fambach, Oscar(Hg.): Schiller und sein Kreis in der Kritik ihrer Zeit. Die wesentlichen Rezensionen aus der periodischen Literatur bis zu Schillers Tod, begleitet von Schillers und seiner Freunde Äußerungen zu deren Gehalt. In Einzeldarstellungen mit einem Vorwort und Anhang: Bibliographie der Schiller-Kritik bis zu Schillers Tod, Berlin 1957(Ein Jahrhundert deutscher Literaturkritik [1750-1850], Bd. II)

Ferguson, Adam: Versuch über die Geschichte der bürgerlichen Gesellschaft(1767). Übers. v. Hans Medick, Frankfurt/M. 1986

Fichte, Johann Gottlieb: Schriften zur Revolution, hg. v. Bernard Willms, Köln, Opladen 1967

Flach, Willy u. Dahl, Helma(Hgg.): Goethes amtliche Schriften. 4 Bde., Weimar 1950 ff.

Garve, Christian: Popularphilosophische Schriften über literarische, aesthetische und gesellschafliche Gegenstände(1792-1802). 2 Bde.,

Faksimile-Neudruck, hg. v. Kurt Wölfel, Stuttgart 1974

Gracián, Balthasar: Handorakel und Kunst der Weltklugheit(1647), mit einem Nachwort hg. v. Arthur Hübscher, Stuttgart 1990

Heine, Heinrich: Historisch-kritische Gesamtausgabe der Werke, in Verbindung mit dem Heinrich-Heine-Institut hg. v. Manfred Windfuhr, Hamburg 1973 ff.

Iffland, Wilhelm August: Fragmente über Menschendarstellung auf den deutschen Bühnen. Erste Sammlung, Gotha 1875(= F)

Iffland, Wilhelm August: Meine theatralische Laufbahn(1798). Mit Anmerkungen und einer Zeittafel hg. v. Oscar Fambach, Stuttgart 1976(= L)

Kleist, Heinrich v.: Sämtliche Werke und Briefe, hg. v. Helmut Sembdner, München 1965

Kraft, Herbert(Hg.): Schillers *Kabale und Liebe*. Das Mannheimer Soufflierbuch, Mannheim 1963

[La Roche, Sophie von]: 《Ich bin mehr Herz als Kopf.》Ein Lebensbild in Briefen, hg. v. Michael Maurer, München 1973

Leisewitz, Johann Anton: Julius von Tarent. Ein Trauerspiel(1776), hg. v. Werner Keller, Stuttgart 1977

Lenz, Jakob Michael Reinhold: Werke und Briefe in drei Bänden, hg. v. Sigrid Damm, München 1987

Lessing, Gotthold Ephraim: Werke, hg. v. Herbert G. Göpfert u.a., München 1970 ff.

Lichtwer, Magnus Gottfried: Fabeln in vier Büchern, Wien 1772(zuerst 1748)

Löwen, Johann Friedrich: Geschichte des deutschen Theaters(1766). Mit den Flugschriften über das Hamburger Nationaltheater als Neudruck hg. v. Heinrich Stümcke, Berlin 1905

Machiavelli, Niccolò: Der Fürst(= Il principe, 1532). Übers. v. Rudolf Zorn, Stuttgart 1978

Mann, Thomas: Die Erzählungen. Bd. I, Frankfurt/M. 1979

Marx, Karl: Der achtzehnte Brumaire des Louis Bonaparte, in: Marx, Karl u. Engels, Friedrich: Werke, Berlin 1956 ff., Bd. VIII, S. 111-207

Mendelssohn, Moses: Phädon oder über die Unsterblichkeit der Seele(1767), mit einem Nachwort hg. v. Dominique Bourel, Hamburg 1979

Mercier, Louis-Sébastien: Das Jahr 2440. Aus dem Französischen übertragen von Christian Felix Weiße(1772), hg. v. Herbert Jaumann, Frankfurt/M. 1989(= J)

Mercier, Louis-Sébastien: Du Théatre ou Nouvelle Essai sur l'Art dramatique, Amsterdam 1773. Reimpression, Genève 1970(= T)

[Mercier-Wagner]: Neuer Versuch über die Schauspielkunst. Aus dem Französischen. Mit einem Anhang aus Goethes Brieftasche, Leipzig 1776. Faksimile-Neudruck, mit einem Nachwort hg. v. Peter Pfaff, Heidelberg 1967

Montesquieu, Charles-Louis de Secondat: De l'esprit des lois(1748). 2 Bde., Paris 1961

Moritz, Karl Philipp: Werke. 3 Bde., hg. v. Horst Günther, Frankfurt/M. 1993(2. Aufl., zuerst 1981)

Müller, Friedrich: Fausts Leben(1778), nach Handschriften und Erstdrucken hg. v. Johannes Mahr, Stuttgart 1979

Novalis(d. i.: Friedrich v. Hardenberg): Werke, Tagebücher und Briefe. 3 Bde., hg. v. Hans-Joachim Mähl u. Richard Samuel, München 1978

[Pfäfflin-Dambacher]: Schiller. Ständige Ausstellung des Schiller-Nationalmuseums und des Deutschen Literaturarchivs Marbach am Neckar. Katalog, hg. v. Friedrich Pfäfflin in Zusammenarbeit mit Eva Dambacher, Stuttgart 1990(2. Aufl., zuerst 1980)

Pfeil, Johann Gottlob Benjamin: 《Boni mores plus quam leges valent》, in: Drei Preisschriften über die Frage: Welches sind die besten ausführbaren Mittel dem Kindermorde abzuhelfen, ohne die Unzucht zu begünstigen?, Mannheim 1784, S. 1-77

Piscator, Erwin: Das politische Theater. Faksimiledruck der Erstausgabe 1929, Berlin 1968

Quincey, Thomas de: Literarische Portraits. Schiller, Herder, Lessing, Goethe, hg., übers. u. komm. v. Peter Klandt, Hannover 1998

Rousseau, Jean-Jacques: Vom Gesellschaftsvertrag oder Grundsätze des

Staatsrechts(= Du contrat social ou Principes du droit politique, 1762). In Zusammenarbeit mit Eva Pietzcker neu übers. u. hg. v. Hans Brockard, Stuttgart 1986(= G)

Rousseau, Jean-Jacques: Emil oder Über die Erziehung(= Emile ou De l'education, 1762). In neuer deutscher Fassung besorgt v. Ludwig Schmidts, Paderborn u.a. 1993(11. Aufl., zuerst 1971)(= E)

Schiller, Friedrich(Hg.): Thalia. Hft. 1-4(Bd. I), Leipzig 1787; Hft. 5-8(Bd. II), Leipzig 1789; Hft. 9-12(Bd. III), Leipzig 1790

[Schiller, Friedrich]: Schillers Calender, hg. v. Ernst Müller, Stuttgart 1893

Schlegel, August Wilhelm: Kritische Schriften und Briefe, hg. v. Edgar Lohner, Stuttgart u. a. 1962 ff.

Shaftesbury, Anthony Ashley-Cooper, Earl of: Ein Brief über den Enthusiasmus. Die Moralisten, in der Übersetzung v. Max Frischeisen-Köhler hg. v. Wolfgang H. Schrader, Hamburg 1980

Sonnenfels, Joseph v.: Politische Abhandlungen(1777), Aalen 1964

[Stolberg-Klopstock]: Briefwechsel zwischen Klopstock und den Grafen Christian und Friedrich Leopold zu Stolberg, hg. v. Jürgen Behrens, Neumünster 1964

Sturz, Helfrich Peter: Denkwürdigkeiten von Johann Jakob Rousseau. Erste Sammlung, Leipzig 1779

[Thomasius, Christian]: Christian Thomas eröffnet der studirenden Jugend zu Leipzig in einem Discours welcher Gestalt man denen Frantzosen in gemeinem Leben und Wandel nachahmen solle? ein Collegium über des Gratians Grund=Reguln, vernünfftig, klug und artig zu leben, Leipzig 1687. Nachdruck, hg. v. August Sauer, Stuttgart 1894

Träger, Claus(Hg.): Die Französische Revolution im Spiegel der deutschen Literatur, Frankfurt/M. 1975

Walzel, Oskar(Hg.): Friedrich Schlegels Briefe an seinen Bruder August Wilhelm, Berlin 1890

Wieland, Christoph Martin: Aufsätze zu Literatur und Politik, hg. v. Dieter Lohmeier, Reinbek b. Harnburg 1970

• 연구서와 논문

Auerbach, Erich: Mimesis. Dargestellte Wirklichkeit in der abendländischen
Literatur, Bern, München 1982(7. Aufl., zuerst 1946)

Beaujean, Marion: Zweimal Prinzenerziehung. Don Carlos und Geisterseher.
Schillers Reaktion auf Illuminaten und Rosenkreuzer, in: Poetica
10(1978), S. 217-235

Becker-Cantarino, Bärbel: Die 《schwarze Legende》. Ideal und Ideologie
in Schillers Don Carlos, in: Jahrbuch des Freien Deutschen Hochstifts
1975, S. 153-173

Bender, Wolfgang(Hg.): Schauspielkunst im 18. Jahrhundert, Stuttgart 1992

Best, Otto F.: Gerechtigkeit für Spiegelberg, in: JDSG 22(1978), S. 277-302

Beyer, Karen: 《Schön wie ein Gott und männlich wie ein Held》. Zur
Rolle des weiblichen Geschlechtscharakters für die Konstituierung
des männlichen Aufklärungshelden in den frühen Dramen Schillers,
Stuttgart 1993

Blunden, Allan G.: Nature and Politics in Schiller's Don Carlos, in: DVjs
52(1978), S. 241-256

Böckmann, Paul: Schillers Don Karlos. Edition der ursprünglichen Fassung
und entstehungsgeschichtlicher Kommentar, Stuttgart 1974

Bohnen, Klaus: Politik im Drama. Anmerkungen zu Schillers Don Carlos,
in: JDSG 24(1980), S. 15-32

Borchmeyer, Dieter: Tragödie und Öffentlichkeit. Schillers Dramaturgie
im Zusammenhang seiner politisch-ästhetischen Theorie und die
rhetorische Tradition, München 1973

Brandt, Helmut(Hg.): Friedrich Schiller. Angebot und Diskurs. Zugänge,
Dichtung, Zeitgenossenschaft, Berlin, Weimar 1987

Brauneck, Manfred: Die Welt als Bühne. Geschichte des europäischen
Theaters. Bd. II, Stuttgart, Weimar 1996

Cersowsky, Peter: Von Shakespeares Hamlet die Seele. Zur
anthropologischen Shakespeare-Rezeption in Schillers Don Karlos, in:
Euphorion 87(1993), S. 408-419

Conrady, Karl Otto: Goethe. Leben und Werk, München, Zürich 1994(zuerst

1982/85)

Dahnke, Hans-Dietrich u. Leistner, Bernd(Hgg.): Schiller. Das dramatische Werk in Einzelinterpretationen, Leipzig 1982

Delinière, Jean: Le personnage d'Andreas Doria dans *Die Verschwörung des Fiesco zu Genua*, in: Etudes Germaniques 40(1985), S. 21-32

Dülmen, Richard van: Der Geheimbund der Illuminaten. Darstellung, Analyse, Dokumentation, Stuttgart-Bad Canstatt 1977(2. Aufl., zuerst 1975)

Fischer-Lichte, Erika: Kurze Geschichte des deutschen Theaters, Tübingen, Basel 1993

Graham, Ilse: Schiller's Drama. Talent and Integrity, London 1974

Grawe, Christian: Zu Schillers *Fiesko*. Eine übersehene frühe Rezension, in: JDSG 26(1982), S. 9-30

Greis, Jutta: Drama Liebe. Zur Entwicklungsgeschichte der modernen Liebe im Drama des 18. Jahrhunderts, Stuttgart 1991

Gruenter, Rainer: Despotismus und Empfindsamkeit. Zu Schillers *Kabale und Liebe*, in: Jahrbuch des Freien Deutschen Hochstifts 1981, S. 207-227

Guthke, Karl S.: Schillers Dramen. Idealismus und Skepsis, Tübingen, Basel 1994

Hamburger, Käte: Schillers Fragment *Der Menschenfeind* und die Idee der Kalokagathie, in: DVjs 30(1956), S. 367-400

Hay, Gerhard: Darstellung des Menschenhasses in der deutschen Literatur des 18. und 19. Jahrhunderts, Frankfurt/M. 1970

Herrmann, Hans-Peter: Musikmeister Miller, die Emanzipation der Töchter und der dritte Ort der Liebenden. Schillers bürgerliches Trauerspiel im 18. Jahrhundert, in: JDSG 28(1984), S. 223-247

Hiebel, Hans-Helmut: Mißverstehen und Sprachlosigkeit im ⟨bürgerlichen Trauerspiel⟩. Zum historischen Wandel dramatischer Motivationsformen, in: JDSG 27(1983), S. 124-153

Hinderer, Walter: ⟨Ein Augenblick Fürst hat das Mark des ganzen Daseins verschlungen.⟩Zum Problem der Person und der Existenz in Schillers

Die Verschwörung des Fiesco zu Genua, in: JDSG 104(1970), S. 230-274(= F)

Hinderer, Walter: Beiträge Wielands zu Schillers ästhetischer Erziehung, in: JDSG 18(1974), S. 348-388(= W)

Hinderer, Walter(Hg.): Schillers Dramen. Interpretationen, Stuttgart 1992

Hofmann, Michael: Friedrich Schiller: *Die Räuber.* Interpretation, München 1996

Huyssen, Andreas: Drama des Sturm und Drang. Kommentar zu einer Epoche, München 1980

Jäckel, Günter(Hg.): Dresden zur Goethezeit. Die Eibestadt von 1760 bis 1815, Berlin 1990(2. Aufl., zuerst 1988)

Janz, Rolf-Peter: Schillers *Kabale und Liebe* als bürgerliches Trauerspiel, in: JDSG 20(1976), s. 208-228

Kemper, Dirk: *Die Räuber* als Seelengemälde der Amalia von Edelreich. Daniel Chodowieckies Interpretation des Schillerschen Dramas im Medium der Kupferstichillustration, in: JDSG 37(1993), S. 221-247

Kluge, Gerhard: Zwischen Seelenmechanik und Gefühlspathos. Umrisse zum Verständnis der Gestalt Amaliens in *Die Räuber* ¡ ᵃAnalyse der Szene I, 3, in: JDSG 20(1976), S. 184-207

Kommerell, Max: Schiller als Psychologe, in: Ders.: Geist und Buchstabe der Dichtung. Goethe, Schiller, Kleist, Hölderlin, Frankfurt/M. 1962(5. Aufl., zuerst 1939), S. 175-242

Koopmann, Helmut: Joseph und sein Vater. Zu den biblischen Anspielungen in Schillers *Räubern*, in: Herkommen und Erneuerung. Essays für Oskar Seidlin, hg. v. Gerald Gillespie u. Edgar Lohner, Tübingen 1976, S. 150-167

Koselleck, Reinhart: Kritik und Krise. Eine Studie zur Pathogenese der bürgerlichen Welt, Frankfurt/M. 1989(6. Aufl., zuerst 1973)

Košenina, Alexander: Anthropologie und Schauspielkunst. Studien zur ⟨eloquentia corporis' im 18. Jahrhundert, Tübingen 1995

Kraft, Herbert: Um Schiller betrogen, Pfullingen 1978

Kurscheidt, Georg: ⟪Als 4.Fraülens mir einen Lorbeerkranz schickten⟫. Zum

Entwurf eines Gedichts von Schiller und Reinwald, in: JDSG 34(1990), S. 24–36

Leibfried, Erwin: Schiller. Notizen zum heutigen Verständnis seiner Dramen, Frankfurt/M. u.a. 1985

Luhmann, Niklas: Gesellschaftsstruktur und Semantik. Studien zur Wissenssoziologie der modernen Gesellschaft. Bd. 3, Frankfurt/M. 1989

Lützeler, Paul Michael: 《Die große Linie zu einem Brutuskopfe》: Republikanismus und Cäsarismus in Schillers *Fiesco*, in: Monatshefte 70(1978), S. 15–28

Maillard, Christine(Hg.): Friedrich Schiller: *Don Carlos*. Théâtre, psychologie et politique, Strasbourg 1998

Malsch, Wilfried: Der betrogene Deus iratus in Schillers Drama *Luise Millerin*, in: Collegium Philosophicum. Studien. Joachim Ritter zum 60. Geburtstag, Basel, Stuttgart 1965, S. 157–208(= L)

Malsch, Wilfried: Robespierre ad portas? Zur Deutungsgeschichte der *Briefe über Don Karlos* von Schiller, in: The Age of Goethe Today. Critical Reexamination and Literary Reflection, hg. v. Gertrud Bauer Pickar, München 1990, S. 69–103(= K)

Mann, Michael: Sturm-und-Drang-Drama: Studien und Vorstudien zu Schillers *Räubern*, Bern, München 1974

Marks, Hanna H.: *Der Menschenfeind*, in: Schillers Dramen. Neue Interpretationen, hg. v. Walter Hinderer, Stuttgart 1979, S. 109–125

Marquard, Odo: Schwierigkeiten mit der Geschichtsphilosophie. Aufsätze, Frankfurt/M. 1973

Martini, Fritz: Die Poetik des Dramas im Sturm und Drang. Versuch einer Zusammenfassung, in: Deutsche Dramentheorien, hg. v. Reinhold Grimm, Wiesbaden 1980(3. Aufl., zuerst 1971), S. 123–156(= D)

Martini, Fritz: Die feindlichen Brüder. Zum Problem des gesellschaftskritischen Dramas von J. A. Leisewitz, F. M. Klinger und F. Schiller, in: JDSG 16(1972), S. 208–265(= B)

Mattenklott, Gert: Melancholie in der Dramatik des Sturm und Drang, Königstein/Ts. 1985(2. Aufl., zuerst 1968)

Maurer-Schmoock, Sybille: Deutsches Theater im 18. Jahrhundert, Tübingen 1982

May, Kurt: Schiller. Idee und Wirklichkeit im Drama, Göttingen 1948

Mayer, Hans: Der weise Nathan und der Räuber Spiegelberg. Antinomien der jüdischen Emanzipation in Deutschland, in: JDSG 17(1973), S. 253-272(= S)

Mayer, Hans: Exkurs über Schillers *Räuber*, in: Ders.: Das unglückliche Bewußtsein. Frankfurt 1986, S. 167-187(= B)

Meier, Albert: Des Zuschauers Seele am Zügel. Die ästhetische Vermittlung des Republikanismus in Schillers *Die Verschwörung des Fiesko zu Genua*, in: JDSG 31(1987), S. 117-136

Meyer, Reinhart: Das Nationaltheater in Deutschland als höfisches Institut. Versuch einer Funktionsbestimmung, in: Das Ende des Stegreifspiels-Die Geburt des Nationaltheaters. Ein Wendepunkt in der Geschichte des europäischen Dramas, hg. v. Roger Bauer u. Jürgen Wertheimer, München 1983, S. 124-152(= N)

Meyer, Reinhart: Limitierte Aufklärung. Untersuchungen zum bürgerlichen Kulturbewußtsein im ausgehenden 18. und beginnenden 19. Jahrhundert, in: Über den Prozeß der Aufklärung in Deutschland im 18. Jahrhundert. Personen, Institutionen, Medien, hg. v. Hans Erich Bödeker u. Ulrich Herrmann, Göttingen 1987, S. 139-200(= A)

Michelsen, Peter: Ordnung und Eigensinn. Über Schillers *Kabale und Liebe*, in: Jahrbuch des Freien Deutschen Hochstifts 1984, S. 198-222

Müller, Joachim: Die Figur des Mohren im *Fiesco*-Stück, in: Ders.: Von Schiller bis Heine, Halle/S. 1972, S. 116-132

Müller-Seidel, Walter: Das stumme Drama der Luise Millerin, in: Goethe-Jahrbuch 17(Neue Folge)(1955), S. 91-103

Naumann, Ursula: Charlotte von Kalb. Eine Lebensgeschichte(1761-1843), Stuttgart 1985

Otto, Regine: Schiller als Kommentator und Kritiker seiner Dichtungen von den *Räubern* bis zum Don Carlos, in: Weimarer Beiträge 22(1976), Hft.6, S. 24-41

Pape, Walter: 《Ein merkwürdiges Beispiel produktiver Kritik》. Schillers *Kabale und Liebe* und das zeitgenössische Publikum, in: ZfdPh 107(1988), S. 190–211

Pascal, Roy: Der Sturm und Drang. Autorisierte deutsche Ausgabe von Dieter Zeitz u. Kurt Mayer, Stuttgart 1977

Phelps, Reginald H.: Schiller's *Fiesco* i ªa republican tragedy?, in: PMLA 89(1974), S. 429–453

Polheim, Karl Konrad: Von der Einheit des *Don Karlos*, in: Jahrbuch des Freien Deutschen Hochstifts 1985, S. 64–100

Riedel, Wolfgang: Die Aufklärung und das Unbewußte. Die Inversionen des Franz Moor, in: JDSG 37(1993), S. 198–220

Rudloff-Hille, Gertrud: Schiller auf der deutschen Bühne seiner Zeit, Berlin, Weimar 1969

Saße, Günter: Die Ordnung der Gefühle. Das Drama der Liebesheirat im 18. Jahrhundert, Darmstadt 1996

Scherpe, Klaus R.: Poesie der Demokratie. Literarische Widersprüche zur deutschen Wirklichkeit vom 18. zum 20. Jahrhundert, Köln 1980

Schings, Hans-Jürgen: Freiheit in der Geschichte. Egmont und Marquis Posa im Vergleich, in: Goethe-Jahrbuch 110(1993), S. 61–76(= F)

Schings, Hans-Jürgen: Die Brüder des Marquis Posa. Schiller und der Geheimbund der Illuminaten, Tübingen 1996(= I)

Schlunk, Jürgen E.: Vertrauen als Ursache und Überwindung tragischer Verstrickungen in Schillers *Räubern*. Zum Verständnis Karl Moors, in: JDSG 27(1983), S. 185–201

Schmidt, Jochen: Die Geschichte des Genie-Gedankens in der deutschen Literatur, Philosophie und Politik. Bd. I, Darmstadt 1988(2. Aufl., zuerst 1985)

Schröder, Jürgen: Geschichtsdramen. Die 《deutsche Misere》 – von Goethes *Götz* bis Heiner Müllers Germania, Tübingen 1994

Schunicht, Manfred: Intrigen und Intriganten in Schillers Dramen, in: ZfdPh 82(1963), S. 271–292

Seidlin, Oskar: Schillers *Don Carlos*–nach 200 Jahren, in: JDSG 27(1983), S.

477-492

Sharpe, Lesley: Friedrich Schiller: Drama, Thought and Politics, Cambridge 1991

S©ªrensen, Bengt Algot: Herrschaft und Zärtlichkeit. Der Patriarchalismus und das Drama im 18. Jahrhundert, München 1984

Steinhagen, Harald: Der junge Schiller zwischen Marquis de Sade und Kant. Aufklärung und Idealismus, in: DVjs 56(1982), S. 135-157

Stephan, Inge: Frauenbild und Tugendbegriff im bürgerlichen Trauerspiel bei Lessing und Schiller, in: Lessing Yearbook 17(1985), S. 1-20

Sternberger, Dolf: Macht und Herz oder der politische Held bei Schiller, in: Schiller. Reden im Gedenkjahr 1959, hg. v. Bernhard Zeller, Stuttgart 1961, S. 310-329

Storz, Gerhard: Der Dichter Friedriech Schiller, Stuttgart 1959

Veit, Philipp F.: Moritz Spiegelberg. Eine Charakterstudie zu Schillers *Räubern*, in: JDSG 17(1973), S. 273-290

Wacker, Manfred: Schiller und der Sturm und Drang. Stilkritische und typologische Überprüfung eines Epochenbegriffs, Göppingen 1973

Wehler, Hans-Ulrich: Deutsche Gesellschaftsgeschichte. Zweiter Band. Von der Reformära bis zur industriellen und politischen 〈Deutschen Doppelrevolution〉 1815-1845/49, München 1987

Weimar, Klaus: Vom Leben in Texten. Zu Schillers *Räubern*, in: Merkur 42(1988), S. 461-471

Werber, Niels: Technologien der Macht. System-und medientheoretische Überlegungen zu Schillers Dramatik, in: JDSG 40(1996), S. 210-243

Wiese, Benno v.: Die Religion Friedrich Schillers, in: Schiller. Reden im Gedenkjahr 1959, hg. v. Bernhard Zeller, Stuttgart 1961, S. 406-428

Wilke, Jürgen: Literarische Zeitschriften des 18. Jahrhunderts(1688-1789). Teil II: Repertorium, Stuttgart 1978

Wilson, Daniel W.: Geheimräte gegen Geheimbünde. Ein unbekanntes Kapitel der klassisch-romantischen Geschichte Weimars, Stuttgart 1991

Wittkowski, Wolfgang(Hg.): Friedrich Schiller. Kunst, Humanität und Politik in der späten Aufklärung. Ein Symposium, Tübingen 1980(= FS)

Wittkowski, Wolfgang(Hg.): Verlorene Klassik. Ein Symposium, Tübingen 1986(= VK)

Wittkowski, Wolfgang(Hg.): Verantwortung und Utopie. Zur Literatur der Goethezeit. Ein Symposium, Tübingen 1988(= VU)

Wittmann, Reinhard: Ein Verlag und seine Geschichte. Dreihundert Jahre J. B. Metzler Stuttgart, Stuttgart 1982(= M)

Wittmann, Reinhard: Geschichte des deutschen Buchhandels. Ein Überblick, München 1991(= B)

Wölfel, Kurt: Pathos und Problem. Ein Beitrag zur Stilanalyse von Schillers *Fiesko*, in: GRM 7(N. F.)(1957), S. 224-244

제4장

• 작품과 출처

Blanckenburg, Friedrich v.: Versuch über den Roman. Faksimiledruck der Originalausgabe von 1774, mit einem Nachwort hg. v. Eberhard Lämmert, Stuttgart 1965(=V)

Blanckenburg, Friedrich v.: Litterarische Zusätze zu Johann Georg Sulzers *Allgemeiner Theorie der schönen Künste*(zuerst 1786/87), Leipzig 1796(= Z)

Bloch, Ernst: Literarische Aufsätze, Frankfurt/M. 1965(=Gesamtausgabe, Bd. IX)

Böttiger, Karl August: Literarische Zustände und Zeitgenossen, hg. v. K. W. Böttiger(1838), Nachdruck, Frankfurt/M. 1972

Engel, Johann Jakob: Über Handlung, Gespräch und Erzählung. Faksimiledruck der ersten Fassung von 1774, hg. v. Ernst Theodor Voss, Stuttgart 1964

[Gedike-Biester]: Berlinische Monatsschrift, hg. v. Friedrich Gedike u. Johann Erich Biester, Berlin, Jena 1783-1796

Knigge, Adolph Freiherr v.: Beytrag zur neuesten Geschichte des

Freymaurerordens in neun Gesprächen, mit Erlaubniß meiner Obern
herausgegeben(1786), in: Sämtliche Werke, hg. v. Paul Raabe u.a.,
München u.a. 1978, Bd. XII

Staël, Anne Germaine de: Über Deutschland. Nach der deutschen
Erstübertragung von 1814 hg. v. Monika Bosse, Frankfurt/M. 1985(= De
l'Allemagne, 1813)

Winckelmann, Johann [Joachim]: Geschichte der Kunst des Alterthums.
Erster Theil, Dresden 1764

• 연구서와 논문

Barth, Ilse-Marie: Literarisches Weimar, Stuttgart 1971

Biedrzynski, Effi: Goethes Weimar. Das Lexikon der Personen und
Schauplätze, Zürich 1992

Boyle, Nicholas: Goethe. Der Dichter in seiner Zeit. Bd. I 1749-1790. Aus
dem Englischen übersetzt v. Holger Fliessbach, München 1995

Bruford, Walter H.: Kultur und Gesellschaft im klassischen Weimar 1775-
1806, Göttingen 1966

Dedert, Hartmut: Die Erzählung im Sturm und Drang. Studien zur Prosa des
achtzehnten Jahrhunderts, Stuttgart 1990

Denneler, Iris: Die Kehrseite der Vernunft. Zur Widersetzlichkeit der
Literatur in Spätaufklärung und Romantik, München 1996

Eke, Norbert Otto: Signaturen der Revolution. Frankreich-Deutschland:
deutsche Zeitgenossenschaft und deutsches Drama zur Französischen
Revolution um 1800, München 1997

Fasel, Christoph: Herder und das klassische Weimar. Kultur und Gesellschaft
1789-1803, Frankfurt/M. u.a. 1988

Freund, Winfried: Die deutsche Kriminalnovelle von Schiller bis Hauptmann,
Paderborn 1975

Günther, Gitta u.a.(Hgg.): Weimar. Lexikon zur Stadtgeschichte, Weimar
1998

Habel, Reinhardt: Schiller und die Tradition des Herakles-Mythos, in: Terror
und Spiel. Probleme der Mythenrezeption(=Poetik und Hermeneutik 4),

hg. v. Manfred Fuhrmann, München 1971, S. 265-295

Haferkorn, Hans Jürgen: Der freie Schriftsteller. Eine literatursoziologische Studie über seine Entstehung und Lage in Deutschland zwischen 1750 und 1800, in: Archiv für Geschichte des Buchwesens V(1964), S. 523-711

Hansen, Uffe: Schiller und die Persönlichkeitspsychologie des animalischen Magnetismus. Überlegungen zum *Wallenstein*, in: JDSG 39(1995), S. 195-230

Haslinger, Adolf: Friedrich Schiller und die Kriminalliteratur, in: Sprachkunst 2(1971), S. 173-187

Herbst, Hildburg: Frühe Formen der deutschen Novelle im 18. Jahrhundert, Berlin 1985

Jacobs, Jürgen: Prosa der Aufklärung. Kommentar zu einer Epoche, München 1976

Kaiser, Gerhard: Von Arkadien nach Elysium. Schiller-Studien, Göttingen 1978

Karthaus, Ulrich: Friedrich Schiller, in: Genie und Geist. Vom Auskommen deutscher Schriftsteller, hg. v. Karl Corino, Nördlingen 1987, S. 151-164

Käuser, Andreas: Physiognomik und Roman im 18. Jahrhundert, Frankfurt/M. 1989

Kiefer, Klaus H.: Okkultismus und Aufklärung aus medienkritischer Sicht. Zur Cagliostro-Rezeption Goethes und Schillers im zeitgenössischen Kontext, in: Klassik und Moderne. Die Weimarer Klassik als historisches Ereignis und Herausforderung im kulturgeschichtlichen Prozeß. Walter Müller-Seidel zum 65. Geburtstag, hg. v. Karl Richter u. Jörg Schönert, Stuttgart 1983, S. 207-227

Koopmann, Helmut: Schillers *Philosophische Briefe* i ᵃein Briefroman?, in: Wissen aus Erfahrungen. Festschrift für Hermann Meyer zum 6 5. Geburtstag, hg. v. Alexander von Bormann, Tübingen 1976, S. 192-216

Köpf, Gerhard: Friedrich Schiller, *Der Verbrecher aus verlorener Ehre*. Geschichtlichkeit, Erzählstrategie und 〈republikanische Freiheit〉des Lesers, München 1978

Marsch, Edgar: Die Kriminalerzählung. Theorie-Geschichte-Analyse, München 1972

Martini, Fritz: Der Erzähler Friedrich Schiller, in: Schiller. Reden im Gedenkjahr 1959, hg. v. Bernhard Zeller, Stuttgart 1961, S. 124-158(= E)

Martini, Fritz: Geschichte im Drama-Drama in der Geschichte. Spätbarock, Sturm und Drang, Klassik, Frührealismus, Stuttgart 1979(=GD)

Mayer, Mathias: Nachwort zu: Friedrich Schiller, *Der Geisterseher. Aus den Memoires des Grafen von O***, hg. v. Mathias Mayer, Stuttgart 1996, S. 219-242

McCarthy, John A.: Die republikanische Freiheit des Lesers. Zum Lesepublikum von Schillers *Der Verbrecher aus verlorener Ehre*, in: Wirkendes Wort 29(1979), S. 23-43

Meyer-Krentler, Eckhardt: Der Bürger als Freund, München 1984

Müller-Seidel, Walter: Die Geschichtlichkeit der deutschen Klassik. Literatur und Denkformen um 1800, Stuttgart 1983

Nicolai-Haas, Rosemarie: Die Anfänge des deutschen Geheimbundromans, in: Geheime Gesellschaften, hg. v. Peter Christian Ludz, Heidelberg 1979, S. 267-292

Nutz, Thomas: Vergeltung oder Versöhnung? Strafvollzug und Ehre in Schillers *Verbrecher aus Infamie*, in: JDSG 42(1998), S. 146-165

Oellers, Norbert u. Steegers, Robert: Treffpunkt Weimar. Literatur und Leben zur Zeit Goethes, Stuttgart 1999

Oesterle, Kurt: Taumeleien des Kopfes. Schillers Hemmungen, einen Roman zu beenden, und die Wiedergeburt der Kunst aus dem Geist der Theorie, in: Siegreiche Niederlagen. Scheitern: die Signatur der Moderne, hg. v. Martin Lüdke u. Delf Schmidt.(= Literatur-magazin 30), Reinbek b. Hamburg 1992, S. 42-61

Oettinger, Klaus: Schillers Erzählung *Der Verbrecher aus Infamie*. Ein Beitrag zur Rechtsaufklärung der Zeit, in: JDSG 16(1972), S. 266-277

Pfotenhauer, Helmut: Um 1800. Konfigurationen der Literatur, Kunstliteratur und Ästhetik, Tübingen 1991

Polheim, Karl Konrad(Hg.): Handbuch der deutschen Erzählung, Düsseldorf

1981

Por, Peter: Schillers Spiel des Schicksals oder Spiel der Vernunft, in: Antipodische Aufklärung. Festschrift für Leslie Bodi, hg. v. Walter Veit, Frankfurt, Bern, New York 1987, S. 377–388

Rainer, Ulrike: Schillers Prosa. Poetologie und Praxis, Berlin 1988

Reed, Terence J.: Die klassische Mitte. Goethe und Weimar 1775–1832, Stuttgart u.a. 1982

Riedel, Wolfgang: Influxus physicus und Seelenstärke. Empirische Psychologie und moralische Erzählung in der deutschen Spätaufklärung und bei Jacob Friedrich Abel, in: Anthropologie und Literatur um 1800, hg. v. Jürgen Barkhoff u. Eda Sagarra, München 1992, S. 24–53

Sallmann, Klaus: Schillers Pathos und die poetische Funktion des Pathetischen, in: JDSG 27(1983), s. 202–221

Schiering, Wolfgang: Der Mannheimer Antikensaal, in: Antikensammlungen im 18. Jahrhundert, hg. v. Herbert Beck u.a., Berlin 1981, S. 257–273

Schmitz-Emans, Monika: Zwischen wahrem und falschem Zauber: Magie und Illusionistik als metapoetische Gleichnisse. Eine Interpretation zu Schillers *Geisterseher*, in: ZfdPh 115(1996). Sonderheft: Klassik, modern. Für Norbert Oellers zum 60. Geburtstag, hg. v. Georg Guntermann, Jutta Osinski u. Hartmut Steinecke, S. 33–43

Schönhaar, Rainer: Novelle und Kriminalschema. Ein Strukturmodell deutscher Erzählkunst um 1800, Bad Homburg u.a. 1969

Sengle, Friedrich: Wieland, Stuttgart 1949

Sharpe, Lesley: *Der Verbrecher aus verlorener Ehre*: an early exercise in Schillerian psychology, in: German Life & Letters 33(1980), S. 102–110

Treder, Uta: Wundermann oder Scharlatan? Die Figur Cagliostros bei Schiller und Goethe, in: Monatshefte 79(1987), S. 30–43

Ueding, Gert: Die Wahrheit lebt in der Täuschung fort. Historische Aspekte der Vor-Schein-Ästhetik, in: Ders.(Hg.): Literatur ist Utopie, Frankfurt/M. 1978, S. 81–102

Voges, Michael: Aufklärung und Geheimnis. Untersuchungen zur Vermittlung von Literatur- und Sozialgeschichte am Beispiel der

Aneignung des Geheimbundmaterials im Roman des späten 18. Jahrhunderts, Tübingen 1987

Weissberg, Liliane: Geistersprache. Philosophischer und literarischer Diskurs im späten 18. Jahrhundert, Würzburg 1990

Weizmann, Ernst: Die Geisterbeschwörung in Schillers *Geisterseher*, in: Goethe-Jahrbuch 12(1926), S. 174-193

Wilson, Daniel W.: Das Goethe-Tabu. Protest und Menschenrechte im klassischen Weimar, München 1999

제5장

• 작품과 출처

Boas, Eduard(Hg.): Schiller und Goethe im Xenienkampf. 2 Bde., Stuttgart, Tübingen 1851

Eberle, Friedrich u. Stammen, Theo(Hgg.): Die Französische Revolution in Deutschland. Zeitgenössische Texte deutscher Autoren, Stuttgart 1989

Fichte, Johann Gottlieb: Beitrag zur Berichtigung der Urteile des Publikums über die französische Revolution(1793), hg. v. Richard Schottky, Hamburg 1973

Gatterer, Johann Christoph: Abriß der Universalhistorie. 2. Aufl., Göttingen 1773

Humboldt, Wilhelm v.: Briefe. Auswahl von Wilhelm Rößle. Mit einer Einleitung von Heinz Gollwitzer, München 1952

[v. Humboldt]: Wilhelm und Caroline v. Humboldt in ihren Briefen. 7 Bde., hg. v. Anna v. Sydow, Berlin 1906 ff.

Keller, Gottfried: Der grüne Heinrich. Erste Fassung(1854-55). 2 Bde., Frankfurt/M. 1978

Lecke, Bodo(Hg.): Friedrich Schiller. 2 Bde.(= Dichter über ihre Dichtungen), München 1969

Ranke, Leopold v.: Geschichte Wallensteins, Leipzig 1872(3.Auflage, zuerst 1869)

[Rebmann, Georg Friedrich]: Briefe über Jena, hg. v. Werner Greiling, Jena 1984

Reinhold, Karl Leonhard: Briefe über die Kantische Philosophie(1790–92; zuerst 1786–87), hg. v. Raymund Schmidt, Leipzig 1923

[Reinhold, Karl Leonhard]: Die Hebräischen Mysterien oder die älteste religiöse Freymaurerey, Leipzig 1788(recte: 1787)

Schelling, Friedrich Wilhelm Joseph: Vorlesungen über die Methode des academischen Studiums(1803), in: Ausgewählte Werke, Darmstadt 1968, S. 441–587

Schiller, Friedrich: Werke. 20 Bde. Aufgrund der Originaldrucke hg. v. Gerhard Fricke u. Herbert Göpfert in Verb. mit Herbert Stubenrauch, München 1965–66

Schlegel, Friedrich: Werke. Kritische Ausgabe, unter Mitwirkung v. Jean-Jacques Anstett u. Hans Eichner hg. v. Ernst Behler, Paderborn, München, Wien 1958 ff.

Schlözer, August Ludwig: Vorstellung seiner Universal-Historie(1772/73). Mit Beilagen hg., eingel. u. komm. v. Horst Walter Blanke, Hagen 1990

• 연구서와 논문

Assmann, Jan: Moses der Ägypter. Entzifferung einer Gedächtnisspur, München, Wien 1998

Borchmeyer, Dieter: Weimarer Klassik. Portrait einer Epoche, Weinheim 1994

Bräutigam, Bernd: Szientifische, populäre und ästhetische Diktion. Schillers Überlegungen zum Verhältnis von 〈Begriff〉 und 〈Bild〉 in theoretischer Prosa, in: Offene Formen. Beiträge zur Literatur, Philosophie und Wissenschaft im 18. Jahrhundert, hg. v. Bernd Bräutigam u. Burghard Damerau, Frankfurt/M. u.a. 1997, S. 96–117

Dann, Otto u.a.(Hgg.): Schiller als Historiker, Stuttgart 1995

Diwald, Hellmut: Wallenstein. Eine Biographie, München, Esslingen 1969

Fulda, Daniel: Wissenschaft aus Kunst. Die Entstehung der modernen deutschen Geschichtsschreibung 1760–1860, Berlin, New York 1996

Furet, François u. Richet, Denis: Die Französische Revolution. Aus dem Französischen übers. v. Ulrich Friedrich Müller, Frankfurt/M. 1968

Hahn, Karl-Heinz: Schiller und die Geschichte, in: Weimarer Beiträge 16(1970), S. 39-69(= G)

Hahn, Karl-Heinz: Geschichtsschreibung als Literatur. Zur Theorie deutschsprachiger Historiographie im Zeitalter Goethes, in: Studien zur Goethezeit. Erich Trunz zum 75. Geburtstag, hg. v. Hans-Joachim Mähl u. Eberhard Mannack, Heidelberg 1981(= H), S. 91-101

Hart-Nibbrig, Christiaan L.: 《Die Weltgeschichte ist das Weltgericht》. Zur Aktualität von Schillers ästhetischer Geschichtsdeutung, in: JDSG 20(1976), S. 255-277

Hartwich, Wolf-Daniel: Die Sendung Moses. Von der Aufklärung bis Thomas Mann, München 1997

Haupt, Johannes: Geschichtsperspektive und Griechenverständnis im ästhetischen Programm Schillers, in: JDSG 18(1974), S. 407-430

Höyng, Peter: Kunst der Wahrheit oder Wahrheit der Kunst? Die Figur Wallenstein bei Schiller, Ranke und Golo Mann, in: Monatshefte 82(1990), S. 142-156

Janz, Rolf-Peter: Autonomie und soziale Funktion der Kunst. Studien zur Ästhetik von Schiller und Novalis, Stuttgart 1973

Karthaus, Ulrich: Schiller und die Französische Revolution, in: JDSG 33(1989), S. 210-239

Kiene, Hansjoachim: Schillers Lotte. Portrait einer Frau in ihrer Welt, Frankfurt/M. 1996

Koopmann, Helmut: Freiheitssonne und Revolutionsgewitter. Reflexe der Französischen Revolution im literarischen Deutschland zwischen 1789 und 1840, Tübingen 1989

Koselleck, Reinhart: Vergangene Zukunft. Zur Semantik geschichtlicher Zeiten, Frankfurt/M. 1979

Mann, Golo: Schiller als Historiker, in: JDSG 4(1960), S. 98-109(= S)

Mann, Golo: Wallenstein, Frankfurt/M. 1986(zuerst 1971)(= W)

Middell, Eike: Friedrich Schiller. Leben und Werk, Leipzig 1980(2. Aufl., zuerst 1976)

Muhlack, Ulrich: Geschichtswissenschaft in Humanismus und Aufklärung. Die Vorgeschichte des Historismus, München 1991

Müller, Harro: Einige Erzählverfahren in Edward Gibbons *The Decline and Fall of the Roman Empire*, in: Geschichtsdiskurs, hg. v. Wolfgang Küttler u. a., Bd. II, Frankfurt/M. 1994, S. 229–239

Roder, Florian: Novalis. Die Verwandlung des Menschen. Leben und Werk Friedrich von Hardenbergs, Stuttgart 1992

Rüsen, Jörn: Bürgerliche Identität zwischen Geschichtsbewußtsein und Utopie. Friedrich Schiller, in: Schiller. Vorträge aus Anlaß seines 225. Geburtstages, hg. v. Dirk Grathoff u. Erwin Leibfried, Frankfurt/M. 1991, S. 178–193

Schieder, Theodor: Begegnungen mit der Geschichte, Göttingen 1962

Sharpe, Lesley: Schiller and the Historical Character. Presentation and Interpretation in the Historiographical Works and in the Historical Dramas, Oxford 1982

Soboul, Albert: Die große Französische Revolution, Frankfurt/M. 1973

Strack, Friedrich(Hg.): Evolution des Geistes: Jena um 1800. Natur und Kunst, Philosophie und Wissenschaft im Spannungsfeld der Geschichte, Stuttgart 1994

Streisand, Joachim: Geschichtliches Denken von der Frühaufklärung bis zur Klassik, Berlin 1967

Volke, Werner: Schillers erster Besuch in Weimar. Zu einer neuaufgefundenen Aufzeichnung von Johann Daniel Falk, in: Festschrift für Friedrich Beißner, hg. v. Ulrich Gaier u. Werner Volke, Stuttgart 1974, S. 465–477

White, Hayden: Metahistory. Die historische Einbildungskraft im 19. Jahrhundert in Europa. Aus dem Amerikanischen v. Michael Kohlhaas, Frankfurt/M. 1994

Ziolkowski, Theodore: Das Wunderjahr in Jena. Geist und Gesellschaft 1794/95, Stuttgart 1998

제6장

• 작품과 출처

Aristoteles: Poetik. Griechisch-Deutsch, übers. und hg. v. Manfred
  Fuhrmann, Stuttgart 1982

Bloch, Ernst: Naturrecht und menschliche Würde, Frankfurt/M. 1961(=
  Gesamtausgabe, Bd. VI)

Burke, Edmund: Reflections on the Revolution in France(1790), London,
  New York 1971

Campe, Joachim Friedrich: Briefe aus Paris zur Zeit der Revolution
  geschrieben(1790). Faksimile-Neudruck, Hildesheim 1977

[Diderot-d'Alembert, Hgg.]: Encyclopédie ou Dictionnaire RaisonnéDes
  Sciences, Des Arts, et Des Métiers, par une sociétéde gens des lettres,
  Paris 1751-1780

Fichte, Johann Gottlieb: Ueber Geist und Buchstab in der Philosophie. In
  einer Reihe von Briefen(1794)(Abdruck der Erstfassung), in: Goethe-
  Jahrbuch 17(Neue Folge)(1955), S. 121-141(= G)

Fichte, Johann Gottlieb: Werke. Gesamtausgabe der Bayerischen Akademie
  der Wissenschaften, hg. v. Reinhard Lauth u. Hans Jacob, Stuttgart, Bad
  Cannstatt 1962 ff.(=GA)

Fichte, Johann Gottlieb: Briefwechsel, hg. v. Hans Schulz. Reprografischer
  Nachdruck der zweiten Auflage 1930, Hildesheim 1967(= B)

Fichte, Johann Gottlieb: Grundlage der gesamten Wissenschaftslehre(1794).
  Mit Einleitung und Register hg. v. Wilhelm G. Jacobs, Hamburg 1988(= W)

Freese, Rudolf(Hg.): Wilhelm von Humboldt. Sein Leben und Wirken,
  dargestellt in Briefen, Tagebüchern und Dokumenten seiner Zeit, Berlin
  1955

[Garve-Weiße]: Briefe von Chrisrian Garve an Christian Felix Weiße und
  einige andere Freunde, Breslau 1803

[v. Genrz]: Briefe von und an Friedrich von Genrz, hg. v. Friedrich Carl
  Wittichen, München, Berlin 1909

Gleim, Johann Wilhelm Ludwig: Von und an Herder. Ungedruckte Briefe

aus Herders Nachlaß, hg. v. Heinrich Düntzer u. Ferdinand Gottfried
von Herder, Leipzig 1861-62, Bd. I

Habermas, Jürgen: Theorie des kommunikativen Handelns. 2 Bde.,
Frankfurt/M. 1981

Hecker, Max: Schillers Tod und Bestattung. Nach Zeugnissen der Zeit, im
Auftrag der Goethe-Gesellschaft, Leipzig 1935

Hölderlin, Friedrich: Sämtliche Werke. Große Stuttgarter Ausgabe, hg. v.
Friedrich Beißner, Stuttgart 1943 ff.

Home, Henry: Grundsätze der Kritik. Übers. v. Nicolaus Meinhard. 5 Bde.,
Wien 1790(zuerst 1763-66)

Humboldt, Wilhelm v.: Gesammelte Schriften, hg. v. Albert Leitzmann,
Berlin 1903 ff. Photomechanischer Nachdruck, Berlin 1968

Kant, Immanuel: Gesammelte Schriften, begonnen v. der Königlich
Preußischen Akademie der Wissenschaften, Berlin 1900 ff.

Köster, Albert(Hg.): Die Briefe der Frau Rätin Goethe. 2 Bde., Leipzig 1904

Kulenkampff, Jens(Hg.): Materialien zu Kants Kritik der Urteilskraft,
Frankfurt/M. 1974

Ps.-Longinos: Vom Erhabenen. Griechisch und Deutsch, hg. u. übersetzt v.
Reinhard Brandt, Darmstadt 1966

Marx, Karl: Zur Kritik der Hegelschen Rechrsphilosophie. Einleitung(1844),
in: Marx, Karl u. Engels, Friedrich: Werke, Berlin 1956 ff., Bd. I, S.
378-391

Mirabeau, HonoréGabriel Victor Riquetti, Comte de: Travail sur l'éducation
nationale(1790), in: Collection Complet des Traveaux de M. Mirabeau
LainéàL'AssembleéNationale, Paris 1792, S. 536-563

[Möser, Justus]: Justus Mösers sämmtliche Werke, neu geordnet und aus
dem Nachlasse desselben gemehrt durch B. R. Abeken. Dritter Theil,
Berlin 1842

Nietzsche, Friedrich: Werke, hg. v. Karl Schlechta, München 1960

Oellers, Norbert(Hg.): Schiller-Zeitgenosse aller Epochen. Dokumente
zur Wirkungsgeschichte Schillers in Deutschland. Teil I 1782-1859,
Frankfurt/M. 1970

Oellers, Narbert(Hg.): Schiller-Zeitgenosse aller Epochen. Dokumente zur Wirkungsgeschichte Schillers in Deutschland. Teil II 1860-1966, München 1976

[Paul], Jean Paul: Sämtliche Werke. Historisch-krirische Ausgabe, hg. v. Eduard Berend, Weimar 1927 ff.

Rehberg, August von: Untersuchungen über die französische Revolution nebst kritischen Nachrichten von den merkwürdigen Schriften welche darüber in Frankreich erschienen sind. Zwei Teile, Hannover, Osnabrück 1793

Reinhold, Karl Leonhard: Versuch einer neuen Theorie des menschlichen Vorstellungsvermögens(1789). Faksimile-Neudruck, Darmstadt 1963

Schelling, Friedrich Wilhelm Joseph: Ausgewählte Schriften in 6 Bänden, Frankfurt/M. 1985

Schiller, Friedrich(Hg.): Die Horen. Eine Monatsschrift(1795-1797). Fotomechanischer Nachdruck, mit Einführung und Kommentar hg. v. Paul Raabe, Darmstadt 1959

Schlegel, August Wilhelm: Vorlesungen über Ästhetik I(1798-1803), hg. v. Ernst Behler, Paderborn u. a. 1989

Schulz, Günter: [J. W. Goethe:] *In wiefern die Idee: Schönheit sey Vollkommenheit mit Freyheit, auf organische Naturen angewendet werden könne*, in: Goethe-Jahrbuch 14/15(Neue Folge)(1952/53), S. 143-157

Schulz, Hans(Hg.): Aus dem Briefwechsel des Herzogs Friedrich Christian zu Schleswig-Holstein, Stuttgart, Leipzig 1913

Weiss, Peter: Hölderlin. Stück in zwei Akten. Neufassung, Frankfurt/M. 1971

Winckelmann, Johann Joachim: Gedanken über die Nachahmung der griechischen Werke in der Malerei und Bildhauerkunst(1755), hg. v. Ludwig Uhlig, Stuttgart 1991

• 연구서와 논문

Berghahn, Klaus L.: Das 《Pathetischerhabene》. Schillers Dramentheorie, in: Deutsche Dramentheorien. Beiträge zu einer historischen Poetik des

Dramas in Deutschland, hg. v. Reinhold Grimm, Frankfurt/M. 1980(3. Aufl., zuerst 1971), Bd. I, S. 197-221(=PE)

Berghahn, Klaus L.: Schiller. Ansichten eines Idealisten, Frankfurt/M. 1986(= AI)

Blumenberg, Hans: Die Lesbarkeit der Welt, Frankfurt/M. 1986(zuerst 1981)

Böhler, Michael: Die Freundschaft von Schiller und Goethe als literatursoziologisches Paradigma, in: Internationales Archiv für Sozialgeschichte der deutschen Literatur 5(1980), S. 33-67

Bohrer, Karl Heinz: Der Abschied. Theorie der Trauer, Frankfurt/M. 1996

Bollacher, Martin: Nationale Barbarei oder Weltbürgertum. Herders Sicht des siecle des lumières in den frühen Schriften, in: Nationen und Kulturen: zum 250. Geburtstag J. G. Herders, hg. v. Regine Otto, Würzburg 1996, S. 131-138

Bolten, Jürgen(Hg.): Schillers Briefe über die ästhetische Erziehung, Frankfurt/M. 1984

Borchmeyer, Dieter: Über eine ästhetische Aporie in Schillers Theorie der modernen Dichtung. Zu seinen 《sentimentalischen》Forderungen an Goethes *Wilhelm Meister* und Faust, in: JDSG 22(1978), S. 303-354(= A)

Borchmeyer, Dieter: Rhetorische und ästhetische Revolutionskritik. Edmund Burke und Schiller, in: Klassik und Moderne. Die Weimarer Klassik als historisches Ereignis und Herausforderung im kulturgeschichtlichen Prozeß. Walter Müller-Seidel zum 65. Geburtstag, hg. V. Karl Richter u. Jörg Schönert, Stuttgart 1983, S. 56-80(= R)

Borchmeyer, Dieter: Aufklärung und praktische Kultur. Schillers Idee der ästhetischen Erziehung, in: Naturplan und Verfallskritik. Zu Begriff und Geschichte der Kultur, hg. v. Helmut Brackert u. Fritz Wefelmeyer, Frankfurt 1984, S. 122-147(= K)

Borchmeyer, Dieter: Goethe. Der Zeitbürger, München 1999(= G)

Boyle, Nicholas: Goethe. Der Dichter in seiner Zeit. Bd. II, 1791-1803. Aus dem Englischen übersetzt v. Holger Fliessbach, München 1999

Bräutigam, Bernd: Leben wie im Roman. Untersuchungen zum ästhetischen Imperativ im Frühwerk Friedrich Schlegels(1794-1800), Paderborn u.a.

1986(= L)

Bräutigam, Bernd: Rousseaus Kritik ästhetischer Versöhnung. Eine Problemvorgabe der Bildungsästhetik Schillers, in: JDSG 31(1987), S. 137-155(= R)

Bräutigam, Bernd: 《Generalisierte Individualität》. Eine Formel für Schillers philosophische Prosa, in: 《die in dem alten Haus der Sprache wohnen》. Beiträge zum Sprachdenken in der Literaturgeschichte. Festschrift f. Helmut Arntzen, mit Thomas Althaus u. Burkhard Spinnen hg. v. Eckehard Czucka, Münster 1991, S. 147-158(=GI)

Brinkmann, Richard: Romantische Dichtungstheorie in Friedrich Schlegels Frühschriften und Schillers Begriffe des Naiven und Sentimentalischen. Vorzeichen einer Emanzipation des Historischen, in: DVjs 32(1958), S. 344-371

Bürger, Christa: Zur geschichtlichen Begründung der Autonomieästhetik Schillers, in: Dies.: Der Ursprung der bürgerlichen Institution Kunst im höfischen Weimar. Literatursoziologische Untersuchungen zum klassischen Goethe, Frankfurt/M. 1977, S. 130-139

Bürger, Peter: Zur Kritik der idealistischen Ästhetik, Frankfurt/M. 1983

Conrady, Karl Otto(Hg.): Deutsche Literatur zur Zeit der Klassik, Stuttgart 1977

Dod, Elmar: Die Vernünftigkeit der Imagination in Aufklärung und Romantik. Eine komparatistische Studie zu Schillers und Shelleys ästhetischen Theorien in ihrem europäischen Kontext, Tübingen 1985

Düsing, Wolfgang: Schillers Idee des Erhabenen, Köln 1967

Feger, Hans: Die Macht der Einbildungskraft in der Ästhetik Kants und Schillers, Heidelberg 1995

Fink, Gonthier-Louis: Wieland und die Französische Revolution, in: Brinkmann, Richard u. a.: Deutsche Literatur und Französische Revolution, Göttingen 1974, S. 5-39

Frank, Manfred: Einführung in die frühromantische Ästhetik, Frankfurt/M. 1989

Gerhard, Melitta: Wahrheit und Dichtung in der Überlieferung des

Zusammentreffens von Goethe und Schiller im Jahr 1794, in: Jahrbuch des Freien Deutschen Hochstifts 1974, S. 17-25

Graham, Ilse: 《Zweiheit im Einklang》. Der Briefwechsel zwischen Schiller und Goethe, in: Goethe-Jahrbuch 95(1978), S. 29-64

Grimm, Reinhold u. Hermand, Jost(Hgg.): Die Klassik-Legende. Second Wisconsin-Workshop, Frankfurt/M. 1971

Gumbrecht, Hans Ulrich u. Pfeiffer, K. Ludwig(Hgg.): Stil. Geschichten und Funktionen eines kulturwissenschaftlichen Diskurselementes, Frankfurt/M. 1986

Hahn, Kari-Heinz: Im Schatten der Revolution-Goethe und Jena im letzten Jahrzehnt des 18. Jahrhunderts, in: Jahrbuch des Wiener Goerhe-Vereins 81-83(1977-79), S. 37-58

Henrich, Dieter: Der Begriff der Schönheit in Schillers Ästhetik, in: Zeitschrift für philosophische Forschung 11(1958), S. 527-547

High, Jeffrey L.: Schillers Plan, Ludwig XVI. in Paris zu verteidigen, in: JDSG 39(1995), S. 178-194

Hinderer, Walter: Utopische Elemente in Schillers ästhetischer Anthropologie, in: Literarische Utopie-Entwürfe, hg. v. Hiltrud Gnüg, Frankfurt/M. 1982, S. 173-186

Homann, Renate: Erhabenes und Satirisches. Zur Grundlegung einer Theorie ästhetischer Literatur bei Kam und Schiller, München 1977

Japp, Uwe: Literatur und Modernität, Frankfurt/M. 1987

Jauß, Hans Robert: Schlegels und Schillers Replik auf die 〈Querelle des Anciens et des Modernes〉, in: Ders.: Literaturgeschichte als Provokation, Frankfurt/M. 1970, S. 67-106

Lohrer, Liselotte: Cotta. Geschichte eines Verlags. 1659-1959, Stuttgart 1959

Luhmann, Niklas: Die Kunst der Gesellschaft, Frankfurt/M. 1995

Lukács, Georg: Der Briefwechsel zwischen Schiller und Goethe, in: Gesammelte Werke. Bd. 7, Neuwied, Berlin 1964, S. 89-125(= B)

Lukács, Georg: Zur Ästhetik Schillers, in: Gesammelte Werke. Bd. 10, Neuwied, Berlin 1969, S. 17-106(= Ä)

Mayer, Hans: Goethe. Ein Versuch über den Erfolg, Frankfurt/M. 1973(= G)

Mayer, Hans: Das unglückliche Bewußtsein. Zur deutschen Literaturgeschichte von Lessing bis Heine, Frankfurt/M. 1989(= B)

Meyer, Hermann: Schillers philosophische Rhetorik, in: Euphorion 53(1959), S. 313–350

Pott, Hans–Georg: Die schöne Freiheit. Eine Interpretation zu Schillers Schrift *Über die äs–thetische Erziehung des Menschen in einer Reihe von Briefen*, München 1980

Puntel, Kai: Die Struktur künstlerischer Darstellung. Schillers Theorie der Versinnlichung in Kunst und Literatur, München 1986

Riecke–Niklewski, Rose: Die Metaphorik des Schönen. Eine kritische Lektüre der Versöh–nung in Schillers *Über die ästhetische Erziehung des Menschen in einer Reihe von Briefen*, Tübingen 1986

Riedel, Wolfgang: *Der Spaziergang*. Ästhetik der Landschaft und Geschichtsphilosophie der Natur bei Schiller, Würzburg 1989

Rohrmoser, Günter: Zum Problem der ästhetischen Versöhnung. Schiller und Hegel, in: Euphorion 53(1959), S. 351–366

Schaefer, Ulfried: Philosophie und Essayistik bei Friedrich Schiller, Würzburg 1996

Schöne, Albrecht: Götterzeichen, Liebeszauber, Satanskult. Neue Einblicke in alte Goethe–texte, München 1993(3. Aufl., zuerst 1982)

Schröder, Gert: Schillers Theorie ästhetischer Bildung zwischen neukantianischer Vereinnahmung und ideologiekritischer Verurteilung, Frankfurt/M. 1998

Schulz, Gerhard: Die deutsche Literatur zwischen Französischer Revolution und Restaurati–on. Erster Teil: 1789–1806(=Geschichte der deutschen Literatur, hg. v. Helmut de Boor u. Richard Newald, Bd. VII/1), München 1983

Schulz, Günrer: Schillers *Horen*. Politik und Erziehung, Heidelberg 1960

Schulz, Hans: Friedrich Christian Herzog zu Schleswig–Holstein. Ein Lebenslauf, Stuttgart, Leipzig 1910

Scurla, Herbert: Wilhelm von Humboldt. Werden und Wirken, Berlin 1985(3. Aufl., zuerst 1970)

Sengle, Friedrich: Das Genie und sein Fürst. Die Geschichte der Lebensgemeinschaft Goethes mit dem Herzog Carl August, Stuttgart, Weimar 1993

Simm, Hans Joachim(Hg.): Literarische Klassik, Frankfurt/M. 1988

Strube, Werner: Schillers *Kallias*-Briefe oder über die Objektivität des Schönen, in: Literaturwissenschaftliches Jahrbuch 18(1977), S. 115-131

Spemann, Adolf: Dannecker, Berlin, Stuttgart 1909

Szondi, Peter: Poetik und Geschichtsphilosophie, hg. v. Wolfgang Fietkau. 2 Bde., Frankfurt/M. 1974(= PG)

Szondi, Peter: Schriften. 2 Bde., Frankfurt/M. 1978(= S)

Tschierske, Ulrich: Vernunftkritik und ästhetische Subjektivität. Studien zur Anthropologie Friedrich Schillers, Tübingen 1988

Ueding, Gert: Schillers Rhetorik. Idealistische Wirkungsästhetik und rhetorische Tradition, Tübingen 1971(= R)

Ueding, Gert: Klassik und Romantik. Deutsche Literatur im Zeitalter der Französischen Revolution 1789-1815, München 1987(= KR)

Veil, Wolfgang H.: Schillers Krankheit. Eine Studie über das Krankheitsgeschehen in Schillers Leben und über den natürlichen Todesausgang. Zweite erg. und erw. Ausgabe, Naumburg(Saale) 1945

Vosskamp, Wilheim(Hg.): Klassik im Vergleich. Normativität und Historizität europäischer Klassiken, Stuttgart 1993

Wiese, Benno v.: Das Problem der ästhetischen Versöhnung bei Schiller und Hegel, in: JDSG9(1965),S. 169-188

Wilkinson, Elizabeth M. u. Willoughby, Leonard A.: Schillers Ästhetische Erziehung des Menschen. Eine Einführung, München 1977

Wittkowski, Wolfgang(Hg.): Revolution und Autonomie. Deutsche Autonomieästhetik im Zeitalter der Französischen Revolution. Ein Symposium, Tübingen 1990

Wölfflin, Heinrich: Kunstgeschichtliche Grundbegriffe, Dresden 1979(zuerst 1915)

Zelle, Carsten: Die doppelte Ästhetik der Moderne. Revisionen des Schönen von Boileau bis Nietzsche, Stuttgart 1995

Zimmermann, Harro(Hg.): Die Französische Revolution in der deutschen
Literatur, Frankfurt/M. 1989

제7장

• 작품과 출처

Bürger, Gottfried August: Gedichte. Zwei Teile, Göttingen 1789
Chézy, Helmina v.: Denkwürdigkeiten aus dem Leben Helmina von Chézys.
Von ihr selbst erzählt. Bd. I-II, Leipzig 1858
Creuzer, Friedrich: Symbolik und Mythologie der alten Völker, besonders
der Griechen. Erster Theil, Leipzig, Darmstadt 1819(2. Aufl., zuerst
1810)
Fontane, Theodor: Frau Jenny Treibel(1892). Mit einem Nachwort v. Richard
Brinkmann, Frankfurt/M. 1984
Grillparzer, Franz: Sämtliche Werke, hg. v. Peter Frank u. Karl Pörnbacher,
Bd. III, München 1963
Jacobi, Friedrich Heinrich: Werke, hg. v. Friedrich Roth u. Friedrich
Köppen, Darmstadt 1968
Kleist, Ewald Chrisrian v.: Sämtliche Werke, hg. v. Jürgen Stenzel, Stuttgart
1971
Schlegel, August Wilhelm: Sämmtliche Werke, hg. v. Eduard Böcking,
Leipzig 1846-47
Schmitt, Carl: Politische Romantik, München, Leipzig 1925
Schopenhauer, Arthur: Werke in zehn Bänden. Zürcher Ausgabe, hg. v.
Angelika Hübscher, Zürich 1977
Walser, Martin: Liebeserklärungen, Frankfurt/M. 1986

• 연구서와 논문

Albertsen, Leif Ludwig: *Das Lied von der Glocke* oder die ästhetische
Erziehung zweiter Klasse, in: Literatur als Dialog. Festschrift zum 50.
Geburtstag von Karl Tober, hg. v. R. Nethersole, Johannesburg 1979, S.

249-263

Anderegg, Johannes: Friedrich Schiller. Der Spaziergang. Eine Interpretation, St. Gallen 1964

Bohrer, Karl Heinz(Hg.): Mythos und Moderne. Begriff und Bild einer Rekonstruktion, Frankfurt/M. 1983

Bovenschen, Silvia: Die imaginierte Weiblichkeit. Exemplarische Untersuchungen zu kulturgeschichtlichen und literarischen Präsentationsformen des Weiblichen, Frankfurt/M. 1979

Brandt, Helmut: Angriff auf den schwächsten Punkt. Friedrich Schlegels Kritik an Schillers *Würde der Frauen*, in: Aurora 53(1993), S. 108-125

Curtius, Ernst Robert: Europäische Literatur und lateinisches Mittelalter, Bern, München 1984(10. Aufl., zuerst 1948)

Dahnke, Hans-Dietrich: Schönheit und Wahrheit. Zum Thema Kunst und Wissenschaft in Schillers Konzeptionsbildung am Ende der achtziger Jahre des 18. Jahrhunderts, in: Ansichten der deutschen Klassik, hg. v. Helmut Brandt u. Manfred Beyer, Berlin, Weimar 1981, S. 84-119

David, Claude: Schillers Gedicht *Die Künstler*. Ein Kreuzweg der deutschen Literatur, in: Ordnung des Kunstwerks. Aufsätze zur deutschsprachigen Literatur zwischen Goethe und Kafka, hg. v. Theo Buck u. Etienne Mazingue, Göttingen 1983, S. 45-61

Foucault, Michel: Die Ordnung der Dinge. Aus dem Französischen v. Ulrich Köppen, Frankfurt/M. 1980(= Les mots et les choses, 1966)

Frank, Manfred: Der kommende Gott. Vorlesungen über die Neue Mythologie. I. Teil, Frankfurt/M. 1982

Frühwald, Wolfgang: Die Auseinandersetzung um Schillers Gedicht *Die Götter Griechenlands*, in: JDSG 13(1969), S. 251-271

Fuhrmann, Helmut: Revision des Parisurteils. ⟨Bild⟩ und ⟨Gestalt⟩ der Frau im Werk Friedrich Schillers, in: JDSG 25(1981), S. 316-367

Grimm, Gunter E.(Hg.): Metamorphosen des Dichters. Das Rollenverständnis deutscher Schriftsteller vom Barock bis zur Gegenwart, Frankfurt/M. 1992

Hamburger, Käte: Schiller und die Lyrik. In: JDSG 16(1972), S. 299-329

Hinderer, Walter: Schiller und Bürger: Die ästhetische Kontroverse als Paradigma, in: Jahrbuch des Freien Deutschen Hochstifts 1986, S. 130-154

Hörisch, Jochen: Brot und Wein. Die Poesie des Abendmahls, Frankfurt/M. 1992

Jäger, Hans-Wolf: Politische Metaphorik im Jakobinismus und im Vormärz, Stuttgart 1971

Jolles, Matthijs: Dichtkunst und Lebenskunst. Studien zum Problem der Sprache bei Friedrich Schiller, hg. v. Arthur Groos, Bann 1980

Köhnke, Klaus: 《Des Schicksals dunkler Knäuel》. Zu Schillers Ballade *Die Kraniche des Ibykus*, in: ZfdPh 108(1989), S. 481-495

Kurscheidt, Georg: Schiller als Lyriker, in: Dann, Otto u. a.(Hgg.), Friedrich Schiller. Werke und Briefe in zwölf Bänden. Bd. I, Frankfurt/M. 1992, S. 749-803

Kurz, Gerhard: Mittelbarkeit und Vereinigung. Zum Verhältnis von Poesie, Reflexion und Revolution bei Hölderlin, Stuttgart 1975

Laufhütte, Hartmut: Die deutsche Kunstballade. Grundlegung einer Gattungsgeschichte, Heidelberg 1979

Leistner, Bernd: Der *Xenien*-Streit, in: Debatten und Kontroversen, hg. v. Hans-Dietrich Dahnke. Bd. I, Berlin, Weimar 1989, S. 451-539

Leitzmann, Albert: Die Quellen von Schillers und Goethes Balladen, Bonn 1911

Mayer, Hans: Schillers Gedichte und die Traditionen deutscher Lyrik, in: JDSG 4(1960), S. 72-89

Mommsen, Momme: Hölderlins Lösung von Schiller. Zu Hölderlins Gedichten *An Herkules* und Die Eichbäume und den Übersetzungen aus Ovid, Vergil und Euripides, in: JDSG 9(1965), S. 203-245

Oellers, Norbert: Der 《umgekehrte Zweck》 der 〈Erzählung〉 *Der Handschuh*, in: JDSG 20(1976), S. 387-401(= H)

Oellers, Norbert: *Das Reich der Schatten, Das Ideal und das Leben*, in: Edition und Interpretation. Jahrbuch für Internationale Germanistik, hg. v. Johannes Hay u. Winfried Woesler, Bern 1981, S. 44-57(= RS)

Ohlenroth, Markus: Bilderschrift. Schillers Arbeit am Bild, Frankfurt/M. 1995

Politzer, Heinz: Szene und Tribunal. Schillers Theater der Grausamkeit, in: Ders.: Das Schweigen der Sirenen. Studien zur deutschen und Österreichischen Literatur, Stuttgart 1968, S. 234‒253

Rüdiger, Horst: Schiller und das Pastorale, in: Schiller. Zum 10. November 1959. Festschrift des Euphorion, Heidelberg 1959, S. 7‒29

Scherpe, Klaus R.: Analogon actionis und lyrisches System. Aspekte normativer Lyriktheorie in der deutschen Poetik des 18. Jahrhunderts, in: Poetica 4(1971), S. 32‒59

Schlaffer, Hannelore: Die Ausweisung des Lyrischen aus der Lyrik. Schillers Gedichte, in: Das Subjekt der Dichtung, hg. v. Gerhard Buhr u. a., Würzburg 1990, S. 519‒532

Schulz, Hans: Friedrich Christian von Schleswig‒Holstein‒Sonderburg‒Augustenburg und Schiller. Eine Nachlese, in: Deutsche Rundschau 122(1905), S. 342‒365

Schwarzbauer, Franz: Die Xenien. Studien zur Vorgeschichte der Weimarer Klassik, Stuttgart 1993

Seeba, Hinrich C.: Das wirkende Wort in Schillers Balladen. In: JDSG 14(1970), S. 275‒322

Segebrecht, Wulf: Naturphänomen und Kunstidee. Goethe und Schiller in ihrer Zusammenarbeit als Balladendichter, dargestellt am Beispiel der *Kraniche des Ibykus*, in: Klassik und Moderne. Die Weimarer Klassik als historisches Ereignis und Herausforderung im kulturgeschichtlichen Prozeß. Walter Müller‒Seidel zum 65. Geburtstag, hg. v. Karl Richter u. Jörg Schönen, Stuttgart 1983, S. 194‒206(= B)

Segebrecht, Wulf: Die tödliche Losung 《Lang lebe der König》. Zu Schillers Ballade *Der Taucher*, in: Gedichte und Interpretationen. Deutsche Balladen, hg. v. Gunter E. Grimm, Stuttgart 1988, S. 113‒132.(= T)

Segebrecht, Wulf(Hg.): Gedichte und Interpretationen. Klassik und Romantik, Stuttgart 1984

Stenzel, Jürgen: 《Zum Erhabenen tauglich》. Spaziergang durch Schillers *Elegie*, in: JDSG 19(1975), S. 167‒191

Strack, Friedrich: Ästhetik und Freiheit. Hölderlins Idee von Schönheit,
    Sittlichkeit und Geschichte in der Frühzeit, Tübingen 1976
Wiese, Benno v.(Hg.): Deutsche Dichter der Romantik. Ihr Leben und
    Werk, Berlin 1983(2. Aufl., zuerst 1971)
Wohlleben, Joachim: Ein Gedicht, ein Satz, ein Gedanke-Schillers *Nänie*, in:
    Deterding, Klaus(Hg.): Wahrnehmungen im poetischen All. Festschrift
    für Alfred Behrmann, Heidelberg 1993, S. 54-72
Ziolkowski, Theodore: The Classical German Elegy. 1795-1850, Princeton
    1980

제8장

• 작품과 출처

[An.]: Einige Briefe über Schillers *Maria Stuart* und über die Aufführung
    derselben auf dem Weimarischen Hoftheater, Jena 1800
Bismarck, Otto v.: Gedanken und Erinnerungen. Bd. I, Stuttgart 1898
Bodin, Jean: Sechs Bücher über den Staat(=Six livres de la république,
    1583). 2 Bde., übers. u. mit Anm. vers. v. Bernd Wimmer, eingel. und
    hg. v. P. C. Mayer-Tasch, München 1981 ff.
Börne, Ludwig: Sämtliche Schriften, neu bearb. u. hg. v. Peter Rippmann.
    Bd. I, Düsseldorf 1964
Brecht, Bertolt: Gesammelte Werke, hg. vom Suhrkamp-Verlag in
    Zusammenarbeit mit Elisabeth Hauptmann, Frankfurt/M. 1967
Canetti, Elias: Der andere Prozeß, München 1969
[Carl August-Goethe]: Briefwechsel des Herzogs-Großherzogs Carl August
    mir Goerhe, hg. v. Hans Wahl. Bd. I(1775-1806), Berlin 1915
Erhard, Johann Benjamin: Über das Recht des Volks zu einer Revolution
    und andere Schriften, hg. v. Hellmut G. Haasis, Frankfurt/M. 1976
Fontane, Theodor: Cecile(1887), in: Werke in 15 Bänden, kommentiert v.
    Annemarie u. Kurt Schreinert. Bd. VIII, München 1969
Frisch, Max: Wilhelm Tell für die Schule, Frankfurt/M. 1981(13. Aufl., zuerst

1971)

Genast, Eduard: Aus dem Tagebuch eines alten Schauspielers. Theil 1,
Leipzig 1862

Grawe, Christian(Hg.): Friedrich Schiller. *Maria Stuart*. Erläuterungen und
Dokumente, Stuttgart 1978

Haugwitz, August Adolph v.: Prodromus Poeticus, Oder: Poetischer
Vortrab(1684), Faksimile-Neudruck, hg. v. Pierre Béhar, Tübingen 1984

Hederich, Benjamin: Gründliches mythologisches Lexicon, Leipzig 1770(2.
Aufl., zuerst 1724)

Helbig, Karl Gustav: Der Kaiser Ferdinand und der Herzog von Friedland
während des Winters 1633-1634, Dresden 1852

Hochhuth, Rolf: Tell 38. Dankrede für den Basler Kunstpreis 1976.
Anmerkungen und Dokumente, Reinbek b. Hamburg 1979

Hornigk, Frank(Hg.): Heiner Müller Material. Texte und Kommentare,
Leipzig 1989

Houben, Heinrich Hubert: Verbotene Literatur von der klassischen Zeit bis
zur Gegenwart, Hildesheim 1965(zuerst 1924)

Kafka, Franz: Tagebücher 1910-1923, hg. v. Max Brod, Frankfurt/M. 1967

[Kant, Gentz, Rehberg]: ⟨Über Theorie und Praxis⟩. Mit einer Einleitung v.
Dieter Henrich, Frankfurt/M. 1967

Kühn, Adelbert: Schiller. Sein Leben und sein Sterben, sein Wirken und
seine Werke. Zerstreutes als Bausteine zu einem Denkmal, Weimar 1882

Maché, Ulrich u. Meid, Volker(Hgg.): Gedichte des Barock, Stuttgart 1992

Mercier, Louis-Sébastien: Tableau de Paris. Nouvelle Edition, Amsterdam
1782-83

[Schiller-Cotta] Briefwechsel zwischen Schiller und Cotta, hg. v. Wilhelm
Vollmer, Stuttgart 1876

Shaw, George Bernard: Prefaces, London 1934

Tieck, Ludwig: Werke in vier Bänden, hg. v. Marianne Thalmann. Bd. II,
München 1964

Weber, Max: Politik als Beruf(1919), in: Ders.: Gesammelte politische
Schriften, München 1921, S. 396-450

• 연구서와 논문

Albert, Claudia: Sizilien als historischer Schauplatz in Schillers Drama *Die Braut von Messina*, in: Archiv für das Studium der neueren Sprachen und Literatur 226(1989), S. 265-276

Barnouw, Jeffrey: Das ⟨Problem der Aktion⟩ und *Wallenstein*, in: JDSG 16(1972), S. 330-408

Bauer, Barbara: Friedrich Schillers *Maltheser* im Lichte seiner Staatstheorie, in: JDSG 35(1991), S. 113-149

Bauer, Roger(Hg.): Inevitabilis Vis Fatorum. Der Triumph des Schicksalsdramas auf der europäischen Bühne um 1800, Bern, Frankfurt/M.1990

Beck, Adolf: Schillers *Maria Stuart*, in: Ders.: Forschung und Deutung. Ausgewählte Aufsätze zur Literatur, hg. v. Ulrich Fülleborn, Frankfurt/M. 1966, S. 167-187

Berghahn, Klaus L.: ⟨Doch eine Sprache braucht das Herz⟩. Beobachtungen zu den Liebesdialogen in Schillers *Wallenstein*, in: Monatshefte 64(1972), S. 25-32

Binder, Wolfgang: Schillers *Demetrius*, in: Euphorion 53(1959), S. 252-280

Borchmeyer, Dieter: Macht und Melancholie. Schillers *Wallenstein*, Frankfurt/M. 1988(= M)

Borchmeyer, Dieter: Kritik der Aufklärung im Geiste der Aufklärung: Friedrich Schiller, in: Aufklärung und Gegenaufklärung in der europäischen Literatur, Philosophie und Politik von der Antike bis zur Gegenwart, hg. v. Jochen Schmidt, Darmstadt 1989, S. 361-376(= A)

Brown, Hilda M.: Der Chor und chorverwandte Elemente im deutschen Drama des 19. Jahrhunderts und bei Heinrich von Kleist, in: Kleist-Jahrbuch 1981/82, S. 240-261

Christ, Barbara: Die Splitter des Scheins. Friedrich Schiller und Heiner Müller. Zur Geschichte und Ästhetik des dramatischen Fragments, Paderborn 1996

Clasen, Thomas: ⟨Nicht mein Geschlecht beschwöre! Nenne mich nicht Weib⟩? Zur Darstellung der Frau in Schillers ⟨Frauen-Dramen⟩, in:

Schiller. Vorträge aus Anlaß seines 225. Geburtstages, hg. v. Dirk Grathoff u. Erwin Leibfried, Frankfurt/M. 1991, S. 89-111

Dwars, Jens-F.: Dichtung im Epochenumbruch. Schillers *Wallenstein* im Wandel von Alltag und Öffentlichkeit, in: JDSG 35(1991), S. 150-179

Epstein, Klaus: Die Ursprünge des Konservativismus in Deutschland. Der Ausgangspunkt: Die Herausforderung durch die Französische Revolution 1770-1806, Frankfurt/M. 1973

Fetscher, Iring: Philister, Terrorist oder Reaktionär? Schillers *Tell* und seine linken Kritiker, in: Ders.: Die Wirksamkeit der Träume. Literarische Skizzen eines Sozialwissenschaftlers, Frankfurt/M. 1987, S. 141-164

Fink, Gonthier-Louis: Schillers *Wilhelm Tell*, ein antijakobinisches republikanisches Schauspiel, in: Aufklärung 1(1986), Hft. 2, S. 57-81

Frey, John R.: Schillers schwarzer Ritter, in: German Quarterly 32(1959), S. 302-315

Fromm, Emil: Immanuel Kant und die preussische Censur. Nebst kleineren Beiträgen zur Lebensgeschichte Kants. Nach den Akten im Königl. Geheimen Staatsarchiv zu Berlin, Hamburg, Leipzig 1894

Gabriel, Norbert: 《Furchtbar und sanft》. Zum Trimeter in Schillers *Jungfrau von Orleans*(II, 6-8), in: JDSG 29(1985), S. 125-141

Garland, H. B.: Schiller. The Dramatic Writer-A Study of Style in the Plays, Oxford 1969

Gille, Klaus F.: Das astrologische Motiv in Schillers *Wallenstein*, in: Amsterdamer Beiträge zur neueren Germanistik 1(1972), S. 103-118

Glossy, Karl: Zur Geschichte der Wiener Theatercensur, in: Jahrbuch der Grillparzer-Gesellschaft 7(1897), S. 238-340

Glück, Alfons: Schillers *Wallenstein*, München 1976

Graham, Ilse: Schiller, ein Meister der tragischen Form. Die Theorie in der Praxis, Darmstadt 1974

Guthke, Karl S.: Schillers *Turandot* als eigenständige dramatische Leistung, in: JDSG 3(1959), S. 118-141

Gutmann, Anni: Schillers *Jungfrau von Orleans*: Das Wunderbare und die Schuldfrage, in: ZfdPh 88(1969), S. 560-583(= W)

Gutmann, Anni: Ein bisher unbeachtetes Vorbild zu Schillers *Maria Stuart*. Mary Queen of Scots von John St. John, 1747–1793, in: The German Quarterly 53(1980), S. 452–457(=MS)

Hahn, Karl-Heinz: Aus der Werkstatt deutscher Dichter, Halle a.S. 1963

Harrison, Robin: Heilige oder Hexe? Schillers *Jungfrau von Orleans* im Lichte der biblischen und griechischen Anspielungen, in: JDSG 30(1986), S. 265–305

Herrmann, Gernot: Schillers Kritik der Verstandesaufklärung in der *Jungfrau von Orleans*. Eine Interpretation der Figuren des Talbot und des Schwarzen Ritters, in: Euphorion 84(1990), S. 163–186

Heselhaus, Clemens: Wallensteinisches Welttheater, in: Der Deutschunterricht 12(1960), Hft. 2, S. 42–71

Heuer, Fritz u. Keller, Werner(Hgg.): Schillers *Wallenstein*, Darmstadt 1977

Hinck, Walter(Hg.): Geschichte als Schauspiel. Deutsche Geschichtsdramen. Interpretationen, Frankfurt/M. 1981

Hinderer, Walter: Der Mensch in der Geschichte. Ein Versuch über Schillers *Wallenstein*. Mit einer Bibliographie v. Helmut G. Hermann, Königstein/Ts. 1980

Hucke, Karl-Heinz: Jene ⟨Scheu vor allem Mercantilischen⟩. Schillers ⟨Arbeits- und Finanzplan⟩, Tübingen 1984

Ide, Heinz: Zur Problematik der Schiller-Interpretation. Überlegungen zur *Jungfrau von Orleans*, in: Jahrbuch der Wittheit zu Bremen 8(1964), S. 41–91

Kasperowski, Ira: Karl Wilhelm Ferdinand von Funck. Portrait eines Mitarbeiters an Schillers *Horen* aus seinen unveröffentlichten Briefen an Christian Gottfried Körner, in: JDSG 34(1990), S. 37–87

Kluge, Gerhard: *Die Braut von Messina*, in: Schillers Dramen. Neue Interpretationen, hg. v. Walter Hinderer, Stuttgart 1979, S. 242–270

Koopmann, Helmut: Schillers *Wallenstein*. Antiker Mythos und moderne Geschichte. Zür Begründung der klassischen Tragödie um 1800, in: Teilnahme und Spiegelung. Festschrift für Horst Rüdiger, hg. v. Beda Allemann, Berlin 1975, S. 263–274

Kreuzer, Helmut: Die Jungfrau in Waffen. *Judith* und ihre Geschwister von Schiller bis Sartre, in: Untersuchungen zur Literatur als Geschichte. Festschrift für Benno v. Wiese, hg. v. Vincent J. Günther u. a., Berlin 1973, S. 363-384

Labhardt, Rico: Wilhelm Teil als Patriot und Revolutionär 1700-1800. Wandlungen der Tell-Tradition im Zeitalter des Absolutismus und der französischen Revolution, Basel 1947

Lamport, Francis J.: 《*Faust*-Vorspiel》 und 《Wallenstein-Prolog》 oder Wirklichkeit und Ideal der weimarischen 《Theaterunternehmung》, in: Euphorion 83(1989), S. 323-336(=FW)

Lamport, Francis J.: Krise und Legitimitätsanspruch. *Maria Stuart* als Geschichtstragödie, in: ZfdPh 109(1990). Sonderheft, S. 134-145(= MS)

Lethen, Helmut: Verhaltenslehren der Kälte. Lebensversuche zwischen den Kriegen, Frankfurt/M. 1994

Linder, Jutta: Schillers Dramen. Bauprinzip und Wirkungsstrategie, Bonn 1989

Lokke, Kari: Schiller's *Maria Stuart*. The hisrorical sublime and the aesthetics of gender, in: Monatshefte 82(1990), S. 123-141

Oellers, Norbert: Die Heiterkeit der Kunst. Goerhe variiert Schiller, in: Edition als Wissenschaft. Festschrift für Hans Zeller, hg. v. Gunter Martens u. Winfried Woesler, Tübingen 1991, S. 92-103

Pillau, Helmut: Die fortgedachte Dissonanz. Hegels Tragödientheorie und Schillers Tragödie, München 1981

Plachta, Bodo: Damnatur-Toleratur-Admittur. Studien und Dokumente zur literarischen Zensur im 18. Jahrhundert, Tübingen 1994

Prader, Florian: Schiller und Sophokles, Zürich 1954

Prandi, Julie D.: Woman warrior as hero: Schiller's *Jungfrau von Orleans* and Kleisr's Penthesilea, in: Monatshefte 77(1985), S. 403-414

Pütz, Peter: Die Zeit im Drama. Zur Technik dramatischer Spannung, Göttingen 1977(2. Aufl., zuerst 1970)

Ranke, Wolfgang: Dichtung unter den Bedingungen der Reflexionen. Interpretationen zu Schillers philosophischer Poetik und ihren

Auswirkungen im *Wallenstein*, Würzburg 1990

Reinhardt, Hartmut: Schillers *Wallenstein* und Aristoteles, in: JDSG 20(1976), S. 278–337

Reinhardt, Karl: Sprachliches zu Schillers *Jungfrau von Orleans*. In: Ders.: Tradition und Geist, Göttingen 1960, S. 366–380(zuerst 1955)

Sautermeister, Gert: Idyllik und Dramatik im Werk Friedrich Schillers. Zum geschichtlichen Ort seiner klassischen Dramen, Stuttgart u. a. 1971

Schadewaldt, Wolfgang: Antikes und Modernes in Schillers *Braut von Messina*, in: JDSG 13(1969), S. 286–307

Schäublin, Peter: Der moralphilosophische Diskurs in Schillers *Maria Stuart*, in: Sprachkunst 17(1986), S. 141–187

Schings, Hans-Jürgen: Das Haupt der Gorgone. Tragische Analysis und Politik in Schillers *Wallenstein*, in: Das Subjekt der Dichtung. Festschrift für Gerhard Kaiser, hg. v. Gerhard Buhr u. a., Würzburg 1990, S. 283–307

Sengle, Friedrich: *Die Braut von Messina*, in: Ders.: Arbeiten zur deutschen Literatur 1750–1850, Stuttgart 1965, S. 94–117

Sergl, Anton: Das Problem des Chors im deutschen Klassizismus. Schillers Verständnis der *Iphigenie auf Tauris* und seine Braut von Messina, in: JDSG 42(1998), S. 165–195

Singer, Herbert: Dem *Fürsten* Piccolomini, in: Euphorion 53(1959), S. 281–302

Staiger, Emil: Die Kunst der Interpretation. Studien zur deutschen Literaturgeschichte, Zürich 1955

Steinhagen, Harald: Schillers *Wallenstein* und die Französische Revolution, in: ZfdPh 109(1990), Sonderheft, S. 77–98

Steinmetz, Horst: Die Trilogie. Entstehung und Struktur einer Großform des deutschen Dramas nach 1800, Heidelberg 1968

Stephan, Inge: 〈Hexe oder Heilige〉. Zur Geschichte der Jeanne d'Arc und ihrer literarischen Verbreitung, in: Die Verborgene Frau. Sechs Beiträge zu einer feministischen Literaturwissenschaft. Mit Beiträgen v. Inge Stephan und Sigrid Weigel, Berlin 1988, S. 15–35

Storz, Gerhard: Schiller, *Jungfrau von Orleans*, in: Das deutsche Drama vom Barock bis zur Gegenwart. Interpretationen, hg. v. Benno v. Wiese, Bd. I, Düsseldorf 1962, S. 322–338

Sträßner, Marhias: Analytisches Drama, München 1980

Thalheim, Hans–Günther: Schillers *Demetrius* als klassische Tragödie, in: Weimarer Beiträge 1(1955), S. 22–86(= D)

Thalheim, Hans–Günther: Notwendigkeit und Rechtlichkeit der Selbsthilfe in Schillers Wilhelm Tell, in: Goethe–Jahrbuch 18(Neue Folge)(1956), S. 216–257(= T)

Thiergaard, Ulrich: Schiller und Walpole. Ein Beitrag zu Schillers Verhältnis zur Schauerliteratur, in: JDSG 3(1959), S. 102–117

Tümmler, Hans: Carl August von Weimar, Goethes Freund. Eine vorwiegend politische Biographie, Stuttgart 1978

Turk, Horst: Die Kunst des Augenblicks. Zu Schillers *Wallenstein*, in: Augenblick und Zeitpunkt. Studien zur Zeitstruktur und Zeitmetaphorik in Kunst und Wissenschaften, hg. v. Christian W. Thomsen, Darmstadt 1984, S. 306–324

Utz, Peter: Die ausgehöhlte Gasse. Stationen der Wirkungsgeschichte von Schillers *Wilhelm Tell*, Königstein/Ts. 1984(= T)

Utz, Peter: Das Auge und das Ohr im Text. Literarische Sinneswahrnehmung in der Goethezeit, München 1990(= A)

Vaget, Hans Rudolf: Der Dilettant. Eine Skizze der Wort– und Bedeutungsgeschichte, in: JDSG 14(1970), S. 131–158

Weimar, Klaus: Die Begründung der Normalität. Zu Schillers *Wallenstein*, in: ZfdPh 109(1990), Sonderheft, S. 99–116

Wittkowski, Wolfgang: *Demetrius*–Schiller und Hebbel, in: JDSG 3(1959), S. 142–179(= D)

Wittkowski, Wolfgang: Octavio Piccolomini. Zur Schaffensweise des *Wallenstein*–Dichters, in: JDSG 5(1961), S. 10–57(= P)

Wittkowski, Wolfgang: Theodizee oder Nemesistragödie? Schillers *Wallenstein* zwischen Hegel und politischer Ethik, in: Jahrbuch des Freien Deutschen Hochstifts 1980, S. 177–237(= T)

Wittkowski, Wolfgang: Tradition der Moderne als Tradition der Antike. Klassische Humanität in Goethes *Iphigenie* und Schillers Braut von Messina, in: Zur Geschichtlichkeit der Moderne. Der Begriff der literarischen Moderne in Theorie und Deutung. Ulrich Fülleborn zum 60. Geburtstag, hg. v. Theo Elm u. Gerd Hemmerich, München 1982, S. 113-134(= B)

Zeller, Bernhard(Hg.): Schiller. Reden im Gedenkjahr 1959, Stuttgart 1961

Zeller, Rosmarie: Der Tell-Mythos und seine dramatische Gestaltung von Henzi bis Schiller, in: JDSG 38(1994), S. 65-88

사진 출처

Schiller-Nationalmuseum und Deutsches Literaturarchiv, Marbach: S. 57, 60, 68, 69, 75, 79, 98, 157, 175, 182, 189, 307, 324, 396, 416, 551, 555, 610

Archiv für Kunst und Geschichte, Berlin: S. 316, 404, 558

Kupferstichkabinett. Staatliche Museen zu Berlin-Preußischer Kulturbesitz: S. 317

연보

1759년 11월 10일 요한 크리스토-프리드리히 실러는 네카 강변의 마르바하에
서 태어남. 1757년 9월 4일에 태어난 누나 엘리자베트 크리스도피네 프
리데리케에 이어 둘째 아이였음. 어머니 엘리자베트 도로테아 실러((친
정 성은 코트바이스(Kodweiß))는 여관집 딸이었고, 외과 의사인 아버지
요한 카스파르 실러는 뷔르템베르크 영방 카를 오이겐 공의 연대의 중
위였음.

1762년 실러 가족의 루트비히스부르크로 이사.

1763년 실러의 부친은 12월 말 슈바벤 그뮌트에서 모병장교 직책을 맡음.

1764년 연초에 실러 가족은 로르흐로 이사.

1765년 봄에 초등학교 수업 시작과 동시에 모저 목사에게서 라틴어 수업을
받음.

1766년 12월에 루트비히스부르크로 이사.
실러의 누이동생 루이제 도로테아 카타리나의 출생.
후에 와서 실러의 부인이 된 샤를로테 폰 렝게펠트의 출생.

1767년 연초에 성직자가 되기 위한 준비를 위해 루트비히스부르크 라틴어학교로 전학.

1770년 카를 오이겐 공이 슈투트가르트 근교에 있는 솔리튀드에 군자녀 고아원을 개원했고, 1771년 김나지움 과정에 해당하는 군사 식물학교로 확장됨.

1772년 최초의 희곡 소품을 씀.

1773년 연초에 실러 부모의 반대에도 불구하고 카를 오이겐 공의 명령으로 군사 식물학교(속칭 카를스슐레로 나중에 사관학교가 됨)에 입학해서 솔리튀드에서 병영생활을 함.
        프리드리히 샤르펜슈타인과 우정을 맺음.

1774년 1월 초에 법률 공부 시작.
        실러 부모의 서면으로 된 채무증서는 9월에 아들 프리드리히를 평생 동안 공작의 "양자"로 입양시킨다 것을 증명하고 있음.
        괴테의 「젊은 베르테르의 슬픔」 읽음.

1775년 11월에 사관학교를 슈투트가르트의 새로운 궁성 뒤로 이전.
        12월에 실러의 부친은 공작 소유의 수목원 감독을 맡음,

1776년 연초에 의과 공부 시작.
        부활절부터 집중적으로 야콥 프리드리히 아벨의 철학 수업을 들음.
        가을에 샤르펜슈타인과의 우정이 깨어짐.
        빌란트의 셰익스피어 번역본, 클링거의 「쌍둥이」, 라이제비츠의 「타렌트의 율리우스」 읽음.
        최초의 작품 「저녁」을 하우크가 발행하는 《슈바벤 마가친》에 발표.

1777년 누이동생 카롤리네 크리스티네(나네테) 출생.

1778년 렘프와 교우관계를 맺음.

1779년 프란치스카 폰 호엔하임의 생일을 기해서 「지나친 온정과 붙임성, 그리고 가장 협의의 관대함은 미덕에 속하는가?」라는 제목의 축사를 함.
        라틴어로 학위 논문 「생리학의 철학」을 제출했으나 11월에 심사위원들에 의해 거부당함.

빌란트, 빙켈만, 루소, 플루타르코스, 레싱의 「라오콘」, 헤르더의 「인간 교육에 대한 또 하나의 역사철학」 등을 읽음.

1780년 1월 10일 프란치스카 폰 호엔하임의 생일을 기해 「미덕의 결과에 대한 고찰」이라는 테마로 축사를 함.

6월에 친구 아우구스트 폰 호벤 사망.

학우 요제프 프리드리히 그라몽이 앓게 된 정신병에 대한 보고.

학위논문 「인간의 동물적 본성과 영적 본성의 관계에 대하여」와 「염증을 일으키는 체열과 비정상적인 체열의 차이」 완성.

12월 중순 시험에 합격 후 사관학교 졸업과 슈투트가르트에서 연대 군의관으로 활동.

1781년 2월에 대위의 미망인 루이제 도로테아 피셔의 집에 세를 듦.

여름에 안드레아스 슈트라이허와 헨리에타 폰 볼초겐과 알게 됨.

연말에 호엔아스페르크 요새에서 슈바르트와 만남.

희곡 「도적 떼」 탄생.

1782년 1월 13일 만하임에서 「도적 떼」 초연.

3월 아벨과 페테르센과 공동으로 《비르템베르크 문집》 창간.

5월 여행 허가를 받지 않은 채 만하임 여행. 그 후 6월 말에 카를 오이겐 공의 2주간의 가택 연금 조치와 집필 금지령이 내려짐.

9월 22일 안드레아스 슈트라이허와 동행하여 슈투트가르트에서 만하임으로 도주.

10월/11월 오거스하임에서 「제노바 사람 피에스코의 역모」 마무리 작업.

12월 "리터 박사"라는 가명으로 바우어바흐에 있는 폰 볼초겐 부인 소유의 집에 입주.

사서 라인발트를 알게 됨.

「앤솔러지」 발행.

1783년 연초부터 「돈 카를로스」 구상.

7월 말 만하임 귀환.

9월부터 극장장 달베르크로부터 1년 예정으로 극장 전속 작가로 임명됨.

가을에 말라리아 질환에 걸림.

「제노바 사람 피에스코의 역모. 한 편의 공화국 비극」 발표.

1784년 1월 11일 만하임에서 「피에스코」 초연, 4월 13일 프랑크푸르트 암 마인에서 「간계과 사랑」 초연.

5월 샤를로테 폰 칼프와 사귐. 5월 10일 그녀와 동행하여 만하임 고대관을 관람.

6월 26일 만하임 독일협회에서 「연극이 대중에게 미치는 영향에 관하여」라는 제목으로 연설함.

《만하임 희곡론》 초안을 완성했으나 달베르크에 의해 거부됨.

8월 말 극장 전속작가 계약이 만료되었으나 연장되지 않음.

12월 말 다름슈타트 궁정에서 바이마르의 카를 아우구스트 공이 임석한 가운데 「돈 카를로스」 1막을 낭독함.

그 다음날 카를 아우구스트는 당사자의 요청을 받아들여 실러에게 "바이마르 궁전 고문" 타이틀 수여.

「간계와 사랑. 한 편의 시민 비극」, 디드로의 작품을 토대로 한 「어떤 여인의 복수 예화」 완성.

1785년 3월 《라이니셰 탈리아》가 발행되었으나 단지 1호로 끝남(후에 와서 《탈리아》 제1권으로 꼽힘). 1787년까지 《탈리아》에 「돈 카를로스」가 부분적으로 3막 중간까지 발표됨.

출판업자 슈반의 딸 마르가레테 슈반에게 편지로 청혼함.

4월 라이프치히로 여행. 루트비히 페르디난트 후버와 슈토크 자매와 만남. 출판업자 게오르크 요아힘 괴셴과 알게 됨.

5월 초부터 괴셴, 후버, 라인하르트, 후에 와서 슈토크 자매와 함께 라이프치히 근교의 골리스 체류.

카를 필리프 모리츠와 교우관계를 맺음.

7월 크리스티안 고트프리트 쾨르너와의 평생 동안 지속된 우정의 시작.

가을에 드레스덴으로 이주.

후버와 함께 쾨르너의 이웃에 있는 거처를 얻음.

재정적으로 어려운 형편을 당함. 쾨르너의 도움을 받음.

「연극이 대중에게 미치는 영향에 관하여」라는 타이틀의 연설문 인쇄본인 「좋은 극장이 영향을 미칠 수 있는 것이 도대체 무엇일까?」, 「어느 덴마크 여행객의 편지」 발간.

1786년   2월 1792년부터 《신 탈리아》로 제호가 바뀌어 1795년까지 발행된 《탈리아》 2권에 송가 「환희에 부쳐」와 후에 「실추된 명예 때문에 범행을 저지른 사람」으로 제목이 바뀐 「파렴치범」 게재.

6월 누나 크리스토피네와 라인발트의 결혼.

후버와 함께 역사 공부.

《탈리아》 제3권에) 「철학 서신」 발표.

1787년   겨울에 헨리에테 폰 아르님에게 호감을 가짐.

7월 말 샤를로테 폰 칼프의 초정으로 바이마르 여행.

빌란트, 헤르더와 만남.

대공의 모후인 아나 아말리아의 손님으로 초대받음.

프리메이슨 단원인 보데와 알게 됨. 예나에서 라인홀트와 알게 됨.

10월부터 예나의 《종합 문학 신문(ALZ)》과 공동작업.

역사적 소재 연구.

12월에 샤를로테 폰 렝게펠트와 그녀의 결혼한 언니인 카롤리네 폰 보일비츠와 처음으로 비교적 긴 만남.

코데일로 드 라끌로의 「위험한 데이트」와 괴테의 「이피게니에」 읽음.

(7월 함부르크에서 슈뢰더에 의해) 「돈 카를로스. 스페인의 태자」 초연.

1789년까지 연속해서 《탈리아》에 「강신술사」 발표.

1788년   2월부터 샤를로테 폰 렝게펠트와 서신교환

9월 7일 루돌슈타트에서 괴테와 만남.

실러를 예나대학의 교수로 초빙하자고 괴테가 제안함.

12월 중순 괴테를 감사차 방문. 모리츠와의 정기적 만남.

「그리스의 신들」, 「스페인 정부에 대한 네덜란드 연합국의 배반 역사」, 「돈 카를로스에 대한 편지들」 발표.

1789년　4월 말 고트프리트 아우구스트 뷔르거의 바이마르 방문.

5월 예나로 이사. 무급 철학 교수 취임.

5월 말 「세계사란 무엇이며, 사람들은 무슨 목적으로 세계사를 공부하는가」라는 제목으로 취임 강의를 함.

12월 말 바이마르에서 빌헬름 폰 훔볼트와 알게 됨.

겨울학기에 세계사에 대한 강의를 함.

「예술가들」, 「운명의 장난」, 『역사적 회고록 총서』의 제1분과 제1권 발행. 괴테의 「에그몬트」 서평 발표.

1790년　1월 카를 아우구스트 공이 연봉 200탈러를 보장함.

마이닝겐 궁정으로부터 궁정 고문관에 임명됨.

2월 22일 샤를로테 폰 렝게펠트와의 결혼식 거행.

여름학기에 세계사에 대한 강의 속행.

비극론에 대한 강의 시작.

겨울에 유럽 국가들의 역사에 대하여 강의함.

『역사적 회고록 총서』 제1분과 제3권, 「속죄한 인간 혐오자」(미완성), 『30년전쟁사』(1792년까지 3부로)

1791년　1월 초 실러가 생명에 위험한 병에 걸려 영영 완전히 쾌유되지 못함.

5월에 심각한 재발.

11월 말 건강 회복을 위해 옌스 바게센의 권고로 덴마크의 공작 폰 슐레스비히-홀슈타인-아우구스텐부르크와 장관 에른스트 폰 시멜만 백작이 3년간 연 1000탈러의 연금 지급을 약속함.

버질의 「아이네이드」 번역 작업.

연초부터 정기적으로 칸트 철학을 연구함(특히 『판단력비판』).

1792년　1월 또다시 병에 걸림.

4월/5월 4주간 드레스덴에 있는 쾨르너의 집에 손님으로 유숙.

쾨르너의 소개로 프리드리히 슐레겔과 알게 됨.

8월 말 파리 국민의회의 결의로 프랑스 시민에 임명됨.

겨울학기에 미학에 관한 개인 강의.

《신 탈리아》 제1권에 「비극적 대상을 즐기게 되는 이유에 대하여」와 제 2권에는 「비극 예술에 대하여」 게재. 「단문집」 제1권 발간. 손수 머리말을 써서 피타발의 「인류 역사에 기여한 기억할 만한 법률 사건들」 편집.

1793년 겨울학기에 미학에 대한 개인 강의.

8월 말 가족과 함께 뷔르템베르크 여행. 하일브론 체류. 9월부터는 루트비히스부르크 체류.

9월 말 횔덜린을 알게 됨.

10월 24일 뷔르템베르크의 카를 오이겐 공 사망.

「칼리아스, 또는 아름다움에 대하여」, 「우아함과 품위에 대하여」, 「숭고론」 발표.

1794년 2월 실러의 제안으로 빌헬름 폰 훔볼트 예나로 이사함.

3월 코타와 첫 만남.

슈투트가르트로 이사함. 은행가 라프, 그 밖에 다네커와 춤슈테크와 교유.

5월 초 예나로 돌아감.

강의 활동 재개.

여름부터 정기적으로 훔볼트와 피히테와 접촉.

7월 말 괴테에 접촉 시작. 9월 바이마르에 있는 괴테 집에 손님으로 초대받음.

1795년 1월 《호렌》(1797년까지 발행) 제1권 발간. 필진으로는 괴테, 피히테, 헤르더, 훔볼트, A.W. 슐레겔, 포스, 볼트만, 그 밖에 여러 사람이 참여함.

4월에 슐로스가세에 있는 그리스바흐의 집으로 이사.

6월 말 철학적 묘사 스타일의 문제에 대해서 피히테와 다툼.

여름에 자주 병석에 누움.

12월에 《문예연감》(1799년까지 발행됨) 제1차년도분 발간. 집필진으로는 괴테, 헤르더, 횔덜린, 소피 메로, A.W. 슐레겔, 티크, 그 밖에 여러 사람이 참여함.

「인간의 미적 교육에 대하여」, 「소박문학과 감상문학에 대하여」를

1795/96년 《호렌지》에 3번에 걸쳐 게재함.

1796년 4월에 셸링의 첫 방문.

6월에 장 파울 방문.

7월 11일 둘째 아들 에른스트 프리드리히 빌헬름 탄생.

3월 23일 누이동생 나네테 사망, 9월 7일 부친 사망.

괴테와 공동으로 집필한 「크세니엔」과 「부드러운 크세니엔」이 1797년도 《문예연감》에 실림.

1797년 「발레슈타인」 집필 계획에 대해서 괴테, 훔볼트와 활발한 의견 교환.

4월 초 스톡홀름의 학술원에 회원으로 임명.

5월 예나에 있는 전원주택 헌당식.

5월 말 《호렌》에 실린 비평 때문에 프리드리히 슐레겔과 갈등. 공동필진에서 A.W. 슐레겔 제외.

초여름부터 담시 창작. 「장갑」, 「폴리크라테스의 반지」, 「잠수부」, 「이비쿠스의 학」 등 다수.

1798년도 《문예연감》 발행("담시 연감")

1798년 3월 예나대학의 무급 명예교수로 임명됨.

5월 초 예나의 '정원의 집(Gartenhaus)' 입주.

9월부터 「발렌슈타인」 집필에 전념.

10월 12일 개축한 바이마르 극장이 「발렌슈타인의 막사」 상연과 함께 새로이 개관함.

11월 괴테의 비교적 장기간 예나 방문.

1799년 1월 30일 바이마르에서 「피콜로미니」의 초연. 4월 20일 「발렌슈타인의 죽음」 초연.

수차례에 걸쳐 괴테 집 방문.

6월 초 「메리 스튜어트」 작업 시작.

7월 말 루트비히 폰 티크 내방.

9월 중순 궁정 고문관 봉급이 두 배로 인상되어 연간 400탈러가 됨.

10월 11일 딸 카롤리네 루이제 프리데리케 탄생. 출산으로 인한 심신의 과로로 샤를로테의 심각한 티푸스 발병.

12월 초 바이마르 빈디셴가세에 있는 거처로 이사.

1800년도 《문예연감》에 「종의 노래」 게재.

1800년 2월 티푸스에 걸림.

5월 에터스부르크에서 「메리 스튜어트」 완성. 6월 14일 바이마르에서 초연.

6월 말 「발렌슈타인」 3부작 출간.

「시집」 제1집, 「단문집」 제2권 발행.

1801년 3월에 예나의 '정원의 집'으로 철수, 「오를레앙의 처녀」 작업 시작.

8월 초 드레스덴 여행. 로슈비츠에 있는 쾨르너의 거처에 머물음.

9월 11일 라이프치히에서 「오를레앙의 처녀」 초연. 9월 17일 라이프치의 3번째 공연 방문 후에 관람객들의 감격스러운 영접을 받음.

「메리 스튜어트」, 「오를레앙의 처녀. 한 편의 낭만적 비극」 등이 베를린의 웅거 출판사에서 출간됨.

1793년과 1795년 사이에 집필된 논문 「숭고한 것에 대하여」와 그 밖의 비교적 오래전에 쓴 미학 논문들을 「단문집」 제3권에 실어 출간함.

1802년 3월 에스플라나데에 있는 주택 매입.

4월 29일 새로운 집으로 이사하던 날 클레버줄추바흐에서 모친 사망.

여름에 장기간 동안 병으로 고생함.

8월 초 「메시나의 신부」 집필 작업 시작.

11월 중순 빈으로부터 귀족 문서 수령.

「단문집」 제4권 간행. 그 속에 논문 「예술에서의 비속과 저열에 관한 고찰」과 고치의 작품을 번안한 「투란도트」 게재함.

1803년 1월부터 정기적으로 궁정에 손님으로 초대됨.

3월 19일 「메시나의 신부」 바이마르에서 초연.

7월 라우흐슈태트에서 프리드리히 드 라 모테 푸케를 알게 됨.

9월부터 「빌헬름 텔」 집필 작업.

12월 중순 공작 모후 궁에서 마담 드 스탈과의 첫 만남.

「메시나의 신부, 또는 원수진 형제들」과 『시집』 제2집 출간.

1804년   2월 괴테의 집에서 요한 하인리히 포스와 만남. 포스의 아들을 알게 됨.

3월 17일 「빌헬름 텔」 바이마르에서 초연.

4월 26일 베를린 여행, 5월 중순까지 대대적인 방문 계획(이플란트, 후펠란트, 첼터, 베른하르트).

5월 13일 샤를로텐부르크 성에서 루이제 왕비 알현, 실러의 베를린 이주 가능성에 대한 대화를 나눔.

6월 초 카를 아우구스트 공이 연봉 800탈러로 인상할 것을 확약함.

7월 25일 예나에서 딸 에밀리에 헨리에타 루이제의 탄생.

늦여름부터 질병 발작이 늘어남.

11월 9일 왕세자 카를 프리드리히와 그의 젊은 신부이자 러시아 황제의 딸인 마리아 파블로브나 바이마르 입성. 11월 12일 왕세자 내외를 위한 「예술에 대한 찬양」을 초연.

「빌헬름 텔」 출간.

1805년   1월 중순 라신의 「페드레」 번역 끝냄.

2월부터 중병을 앓음.

4월 말까지 「데메트리우스」 집필 작업.

5월 1일 극장에 가는 길에 괴테와 마지막 만남.

5월 9일 급성 폐렴으로 사망.

실러의 작품 세계와 세계시민 이념의 실현

제2권은 실러의 나이 31세인 1791년에서 그가 46세의 나이로 타계한 1805년까지의 14년간을 대상으로 하고 있다. 1791년에서 1805년에 이르는 이 기간은 학계에서 독일 문학의 황금기로 평가되고 있거니와, 이 시기를 대표하는 두 인물 즉 괴테와 실러가 동지적 우호 관계에서 문학 활동을 했던 도시인 바이마르의 이름을 붙여 일반적으로 바이마르 클라식 (Weimarer Klassik) 즉 바이마르의 고전주의 시대(또는 문학 황금시대)라 일컬어진다. 제2권에서 실러의 작품들과 그의 작업방식이 기회 있을 때마다 괴테와 비교하면서 설명되는 것 또한 이 때문이다. 실러와 괴테는 사고방식에서나 작업방식에서나 상이했으면서도 동지적 관계를 이루면서 함께 문학 투쟁을 하였으니, 오늘날에도 그들의 문학은 세계문학적인 고전적 가치로 평가되고 있을 뿐만 아니라 실로 화이부동(和而不同)의 모범으로 귀감이 되고 있다.

알트의 실러 전기는 실러의 생애와 그의 작품을 평가하는 데 그치지 않고 하나하나의 작품이 생성되는 과정과 그 사회적, 경제적 배경 그리고 작품에 대한 당대와 후대 전문가들의 평가와 그 평가의 평가까지 곁들이고 있다. 이에 활용된 방대한 자료들을 생각할 때 알트의 『실러』는 지금 세대의 연구를 총괄하여 반영한 대작이라 하지 않을 수 없다.

알트는 그의 독자들이 실러의 중요 작품과 기존의 작품 해석에 관한 풍부한 지식을 갖고 있는 것을 전제한다. 즉 그는 독문학 전공자들을 독자로 삼고 있는 것이다. 따라서 그의 실러 전기는 실러의 중요 작품 하나하나를 집중적으로 다루기는 하나 작품들 자체의 새로운 조명이 아니라, 그에 대한 실러 동시대인들이 내린 평가들을 비롯하여 20세기에 이르기까지의 수용사를 통하여 실러의 작품 가치를 평가한다.

제2권은 서론과 제6장, 제7장, 제8장의 세 부분으로 되어 있다. 제6장은 1790년에서 1795년까지 약 5년에 걸친 실러의 예나대학 교수 시절을 대상으로 한다. 이 시기에 발표된 그의 미학 이론에 관한 논문들이 주로 다루어진다. 제7장은 1795년에서 1800년까지 약 5년을(주로 실러의 시 작품과 시론을), 그리고 제8장은 1800년에서 그가 타계한 1805년까지 약 5년을(주로 실러의 희곡 작품과 무대 연출 작업을) 다루고 있다. 책에서는 각 장마다 수많은 작품들이 다루어지고 있지만, 이 글에서는 각기 한 논문, 하나의 시, 그리고 하나의 드라마를 예로 선정하여 해설하고자 한다.

• 제6장: 실러의 예나대학 취임 강연과 「인간의 미적 교육에 대한 편지」
이미 1787년 여름에 바이마르에 와 있던 실러는 괴테와 상봉할 기회가 없었으나 1788년 말 괴테의 추천으로 예나대학의 역사학 담당 초빙교수로 임명된다. 실러의 작가로서의 명망은 그가 예나에서 강의를 시작하기 전부터 이미 대단했다. 1789년 5월 26일(이날은 프랑스 혁명이 발발하기 불과 2개월 전이다) 그의 교수 취임 강연을 위한 80석의 강의실은 강연을 듣기 위해 몰려든 500여 명의 학생들을 다 수용할 수 없어 400석의 대강당으로 옮겨져야 했다. 그의 교수 취임 강연은 그의 말년 14년간의 삶을 이해하는 데 열쇠가 될 만큼 중요한 내용을 담고 있다.

취임 강연의 제목은 "세계사란 무엇이며, 사람들은 무슨 목적으로 세계사를 공부하는가"로 알려져 있으나 원래의 제목은 "생계를 위한 학자와 철학적 학자"였다. 여기서 "생계를 위한 학자"란 매우 좁은 전문 분야만을 연구하는 학자, 특히 선진국의 학문을 소개하는 학자를 말하고 이에 반하여 철학적 학자란 포괄적이고 근본적인 자기의 문제를 연구 대상으로 삼는 학자를 말하는데, 이 후자의 모델이 실러 자신과 동시대를 살았던 35년 연상의 칸트였음을 알아내기는 어렵지 않다. 실러의 교수 취임 강연은 역사학 교수로 취임하게 된 실러가 칸트의 역사철학적 논문 「세계시민에 뜻을 둔 세계사 이념」의 내용을 (칸트를 직접 언급하지는 않으면서) 구체적인 예를 들어가며 젊은 대학생의 눈높이로 펼쳐놓은 것이기 때문이다.

인류는 야만적인 자연 상태로부터 무수한 전쟁들을 겪은 다음에야 비로소 어떤 낯선 이방인들이라도 손님으로 대접하는 평화적인 교역 상태인 "세계시민의 상태"에 이르게 될 것이나, 그것은 2~3세기가 지난 먼 훗날에나 실현될 것이며, 그러한 궁극적인 "세계시민의 상태"의 완성을 위하여 얼마나 기여했느냐, 또는 얼마나 손상을 입히는 행위를 했느냐에 따라 후세인들은 우리를 평가하게 되리라는 것이 칸트 논문의 요지이다.

칸트의 이와 같은 세계시민 사상은 실러와 괴테에게 결정적인 영향을 미쳤다. 괴테와 실러의 동지적 공동 작업으로 생겨난 바이마르 고전주의 문화의 밑바닥에는 칸트의 이러한 역사철학적 인식이 깔려 있는 것이다. 괴테나 실러나 작가로서 그리고 학자로서 칸트의 세계시민 이념을 실현시키고자 여생을 바쳤다 할 수 있다. 실러가 그의 생애 마지막 5년간 심혈을 기울여 완성한 「발렌슈타인」을 비롯한 모든 희곡 작품들이 그 구체적인 예다.

실러는 1791년 초부터 타계할 때까지 14년간 병마에 계속 시달리게 된다. 그의 고차적 내용의 강의에 참석하는 학생의 수도 급감하여 수강하는 학생의 등록금에 생계를 의지해야 했던 그에게는 경제적 어려움까지 닥쳐온다. 영주 카를 아우구스트가 그에게 지급하는 200탈러는 생활비에 훨씬 못 미치는 액수였다. 이러할 때 그의 후원자로 나타난 슐레스비히-덴마크의 왕세자로부터 3년에 걸쳐 거액의 연구비를 받게 된다. 그가 실러의 세계시민 정신을 높이 샀던 것이다. 이 연구비 덕에 실러가 3년간의 칸트 미학 연구 끝에 세상에 내놓은 것이 유명한 그의 「인간의 미적 교육에 대한 편지」다. 실러는 이 편지들이 자기의 "정치적 신앙고백"이라고 스스로 규정했거니와(1795년 1월 25일 크리스티안 가르베(Christian Garbe)에게 보낸 편지), 그것은 프랑스 혁명에 대한 직접적인 반응으로 나온 자기의 재정적 후원자에게 보낸 일련의 서한들이 그 기초가 되었다.

혁명의 해인 1793년 덴마크의 왕세자에게 보낸 편지들은 정치적 시국에 대한 평가로부터 시작하고 있다. 바로 파리 군중의 비인도적 난동이 인간 교육의 문제를 생각하지 않을 수 없게 만든다는 것이다.

실러는 '이성 숭배'의 기치하에 자행된 무신론적 '테러' 행위의 정치적 여파 때문에 가시적으로 드러나고 있는 인간의 잔인한 성향을 어떻게 극복할 것인가, 대중적인 히스테리의 형태로 표출되고 있으며 민중의 분노에서 터져 나오는, 내용 자체는 정당한 외침들을 어떻게 하면 진정시킬 수 있겠는가 하는 문제에 부닥치게 된 것이다. 실러는 자유를 요구하며 시작한 행위들이 독재적 횡포로 바뀌게끔 한 정치 능력 결핍은 그 원인이 미적 감각의 결여에 있다고 생각했다. 그리하여 명백히 드러나 있는 사회적 현상, 즉 "하층" 사회의 야만과 "문명화된 시민 계층의 무기력 증상"을 극복하기 위하여 실러는 그 구제책으로 예술을, 즉 좋은 취향 교육을 내세운다.

1794년 2월 코펜하겐의 궁성이 화염에 휩싸이게 되고 왕세자에게 보낸 실러의 편지들이 소실되고 만다. 편지 원고들을 다시 보내달라는 왕세자의 청탁을 기회로 실러는 자기의 편지들을 수정 보완하여 1795년에 자기가 주관하던 잡지 《호렌》에 세 차례에 나누어 발표한다. 그것이 「인간의 미적 교육에 대한 편지」인 것이다. 그 내용을 간략히 정리하여 소개하면 다음과 같다.

첫 번째 부분(1~9번 편지)은 일반적인 시대적 배경에 대한 설명이 주를 이룬다. 실러의 인류 발전사 서술은 현대의 개성이 처한 소외 상황을 거시적 안목으로 분석하는 데서 절정을 이룬다. 현대 산업사회에서 인간은 기계의 부품인 톱니바퀴에 불과하다는 것이다. 이것은 물론 당시 경제적 후진국이던 독일이 아니라 선진국인 프랑스와 영국의 산업사회를 대상으로 한 평가로서 20세기 제2차 세계대전을 전후해서 생긴 '도구적 이성'에 관한 사회이론들과 같은 맥락이다.

두 번째 부분(10~16번 편지)에서는 이 글의 핵심에 해당하는 인간론이 전개된다. '인간은 이성이 주어진 동물이다'는 아리스토텔레스 이래의 정의는 18세기 계몽주의 시대에도 정설이었다. 칸트는 인간에게 주어진 이성이 개발되지 않은 상태를 '야만적 자연 상태'로 규정하고 이러한 야만 상태를 극복하기 위한 이성의 노력에 의해 인류는 야만 상태에서 문화적 시민사회로, 나아가 세계시민의 상태로까지 발전하게 하려는 자연의 숨은 계획이 실현되어가는 과정에 있다고 보았거니와, 이러한 과정에서 전개되는 육체와 이성의 갈등을 실러는 하나의 전쟁으로 비유한다. 이 육체와 이성의 갈등을 물질충동과 형식충동 간의 갈등으로, 그리고 이 갈등을 조절해주는 역할을 하는 것을 놀이충동이라는 어려운 개념들로 설명한다.

세 번째 부분(17~27번 편지)에서는 놀이충동의 매개 작업을 더욱 자세하게 서술한다.

「인간의 미적 교육에 대한 편지」는 이론 전개 과정에서 개념의 통일성이 없기 때문에, 즉 실러는 칸트의 이론체계를 바탕으로 하였으되 많은 경우 문학적인 메타포로 설명하려 하였기 때문에 오히려 파악의 대상이 되는 현상 자체에 다가가기 어렵다. 오늘날에도 하나의 난해한 텍스트로 알려져 있거니와 실러 동시대에서도 그 난해성 때문에 많은 비판을 받았다. 그 중에서도 실러의 글은 "좋기는 하나 심오한 생각들이 아닌 것을 심오한 개념들의 옷으로 포장했다. 그 반대라면 좋았을 것이다"라는, 크리스티안 가르베가 크리스티안 펠릭스 바이세(Christian Felix Weiße)에게 보낸 편지에 나오는 대목이 가장 정곡을 찌른 비판일 것이다. 사실 실러의 글은 진선미의 조화를 지향하는 전인교육의 필요성을 강조한 것으로서 오늘날에는 널리 알려진 교육 사상이요, 이에 관한 보다 체계적이고도 설득력 있게 서술된 이론서들은 얼마든지 있다. 알트가 지적하고 있듯이 "미적 경험이 비인간적인 정치 현실의 태도를 극복할 수 있게 되기를 바랐던 그의 희망 자체가 늦게 잡아도 20세기에 와서는 역사적 현실이 되어버린 것이다." 그러나 이성의 역할만이 강조되던 계몽주의 시대에 프랑스 혁명이 보여준 이성에 의한 공포정치를 목도하고 이를 극복하기 위한 대안으로서 실러가 제시한 예술을 통한 인성교육론은 세계시민의 상태를 지향하는 인류 역사에 창조적으로 기여한 작업이었고 후세대에 큰 영향을 끼쳤다.

- 제7장: 실러의 장시 「종의 노래」

실러는 「인간의 미적 교육에 대한 편지」 외에도 「숭고론」, 「우아함과 품위에 대하여」, 「소박문학과 성찰문학」 등을 비롯하여 미학 이론과 비극 이론에 관한 많은 글을 발표했다. 모두 칸트의 미학 연구를 통해 얻게 된 성과물들이다. 1795년 이래로 이러한 미학 연구의 성과물을 바탕으로 한 실러의 시들이 그가 주관하던 잡지 《문예연감》과 《호렌》에 속속 발표되기 시작한다.

1795년에서 1799년 사이에 발표된 실러의 시는 괴테와 함께 편집한 연작 이행시집인 『크세니엔』을 별도로 하면 약 100편에 이른다. 그중 장르상 주종을 이루는 것이 비가체의 텍스트들로서 「이상」, 「노래의 힘」, 「춤」, 「비가」(1800년에 「산책」으로 제목이 바뀜), 「체레스의 탄식」, 「행복」, 「만가」 등이 여기에 속하는 주요 작품들이다. 다음으로 많은 것이 이른바 이념시들인데 「명부」, 「여인들의 기품」, 「외국에서 온 처녀」, 「방문」, 「비밀」, 「시민의 노래」, 「처녀의 탄식」, 그리고 「종의 노래」 등이 여기에 속한다. 이 밖에 소위 담시의 해인 《1798년 문예연감》에 발표된 일련의 담시들이 있는데, 예컨대 「이비쿠스의 두루미」, 「폴리크라테스의 반지」, 「장갑」, 「잠수부」, 「합스푸르크 백작」 등이다. 실러의 시들은 그의 사후 고등학교 교과서에 실려 19세기 교양시민 독자층에 지대한 영향을 끼쳤다. 그러나 그에 대한 평가는 이미 실러 생존 시부터 찬반으로 갈라져 있었다. 그 좋은 예가 1799년에 발표된 「종의 노래」다.

모두 30개의 절(節)로 구성되어 있는 「종의 노래」는 총 468행에 달하는 장시(長詩)다. 이 시에는 라틴어로 된 3행의 시구가 시의 모토로 시 제목 밑에 쓰여 있는데, 그것은 샤프하우젠의 대성당 종탑의 대종에 새겨져 있는 문구로서 그 뜻은 다음과 같다.

나는 살아 있는 자를 부르노라.　　Vivos voco

나는 죽은 자를 슬퍼하노라.　　　Mortuos plango

나는 번갯불을 깨부수노라.　　　Fulgura frango

30개의 절 중 10개는 장인이 도제들에게 종 제조 과정의 하나하나마다에서 훈시하는 내용으로 되어 있다. 당시 종의 제조 과정은 하나의 수작업 과정으로서 산업혁명 이후의 기계화된 노동 작업과 대비되는 동시에, 하나의 조형예술 작품 제작 과정으로서 시(詩)의 생성 과정으로도 읽힌다. 이와 함께 장인의 훈시마다 화자의 생각이 끼어든다. 산업사회 이전까지의 기독교적 공동체 사회에서 교회의 종은 매 시간마다 종을 쳐서 때를 알리는 일상적인 일 외에도 한 인간이 탄생에서부터 일생을 살아가는 동안에 겪게 되는 크고 작은 경조사나 사회적 대(大)변고를 알리는 역할까지 했다. 시의 화자는 종의 이와 같은 역할을 종의 제조 과정을 계기로 일깨움으로써 결과적으로 산업사회 이전 사회가 시민사회로 이행하는 과정에서 겪게 되는 고난을 토로하게 된다. 작업의 마무리 단계에서 종 제조를 위해 마련했던 구조물을 제거하라는 장인의 훈시에 이어 전개되는 대목을 살펴보기로 한다.

아, 도시의 심장부에

불씨가 은밀히 쌓이고

민중이 사슬을 끊고
자기방어 위해 사납게 설쳐대면
폭도가 종의 줄 잡아당겨
포효하듯 종이 울리게 하리라.
오직 평화에만 바쳐지는 종이건만
화해가 폭력을 부르게 된다.

'자유와 평등을!' 하고 외치는 소리 들린다.
말 없던 시민들이 무기를 들고
거리를 메운다, 집회장마다 가득 채운다.
살인자의 무리가 이리저리 몰려다닌다.
그러자 여인들은 승냥이 되어
무서워 떠는 자들을 희롱한다.
경련으로 실룩거리면서도, 그녀들은 표범의 이빨로
적의 심장을 찢어발긴다.
더 이상 신성한 것은 아무것도 없고
경건한 외경의 집단 모두 사라진다.
선량한 자 악인에게 자리 내주고
온갖 죄악이 제멋대로 날뛴다.
위험하구나, 잠자는 사자를 깨우는 것은
위태롭구나, 호랑이 이빨은.
하지만 무섭고도 무서운 것은
바로 광기 어린 인간이로다.
서글프다, 영원한 장님에게

하늘의 횃불을 내리시는 이여!

횃불은 그를 비추지 않고 불타올라

도시와 들판을 잿더미로 만들 뿐이다.

이성 만능의 시대에 이성이 저지른 만행에 경악하여 실러는 이미 그의 「인간의 미적 교육에 대한 편지」를 썼거니와, 이 대목은 프랑스 혁명 당시 파리에서 진행된 현상을 시적으로 묘사한 것이다. 실러는 자기가 직접 파리로 가 법정에서 루이 16세를 변호할 계획까지 했을 정도로 그의 프랑스 혁명에 대한 관심은 대단했고, 혁명의 진행 과정을 마치 직접 목도라도 한 것처럼 자세히 알고 있었다. 그는 파리에서 발간되는 시사 잡지의 정기 독자였을 뿐만 아니라 파리에서 혁명 과정을 직접 지켜본 훔볼트를 비롯한 여러 지인들의 편지를 통하여 파리에서 벌어진 일들에 관한 많은 정보를 얻을 수 있었다.

앞에 인용된 대목은 그러한 정보들을 토대로 하여 작성한 것으로서 인간이 이성의 이름으로 저지른 만행의 참상을 보여준다. 괴테는 후에 『파우스트』의 「하늘에서의 서곡」에서 메피스토펠레스의 입을 빌려 "하늘의 횃불"에 관하여 다음과 같이 말한다. "어르신네가 인간에게 하늘의 빛 모습을 주지나 않았던들 / 차라리 나을 뻔했다고요. / 그들은 그것을 이성이라 부르면서 오로지 / 그 어느 짐승보다도 더 짐승같이 되기 위해서만 사용한다고요."

이 대목에 앞서 펼쳐지는 장장 250여 행에 걸친 산업화 시대 이전의 가부장적인 가정의 묘사는 새로운 정보와 지식에 근거하는 것이 아니라 일반적으로 알려진 상식적인 내용으로 되어 있다.

종은 탄생의 기쁨을 축하하는 소리로
사랑스러운 아기를 맞아
엄마 품에 안기어 잠들어
인생의 첫 여정을 내딛게 한다.

소년은 당당하게 소녀로부터 떨어져 나와
세상 속으로 다부지게 달려들어
방랑의 길 따라 살아가다가
딴 사람 되어 고향집으로 돌아온다.
의젓하고 젊음의 풍채 뽐내며
천상에서 내려온 듯한 모습으로 나타나
수줍어 뺨 붉히며 단정하게 자기 앞에
서 있는 처녀를 본다.

오, 애틋한 그리움이여, 감미로운 희망이여
첫사랑의 황금 같은 시간이여
열린 하늘을 보는
행복에 겨운 마음이여
오, 영원히 푸르러 있으라
젊은 날의 아름다운 사랑의 시절이여.

해맑은 교회의 종소리가
화려한 혼례식 축제에 초대하면
아, 인생의 가장 아름다운 이 축제는

인생의 오월을 끝나게 하고

허리띠와 함께, 면사포와 함께

아름다운 환상은 깨어진다

열정은 사라진다!

그러나 사랑은 남아야 하느니

꽃은 시들어도

열매는 맺어야 하느니

지아비는 밖으로

험난한 세상 속으로 가야 하느니

활동하고 노력하고

경작하고 창조하고

계략도 세우고, 빼앗기도 하고

내기도 하고 모험도 하여

행운을 잡아야 하느니

그러다 보면 무한한 재화가 몰려들어

값비싼 재물로 창고는 가득 차고

주택은 넓어지고 가정은 번창한다.

집안일의 단속은

정숙한 안주인의 몫이라

아이들의 어머니

현명하게

온 집안 다스린다.

장장 250여 행에 걸쳐 펼쳐지는 남녀 역할에 대한 이 대목에는 실러 자신의 가부장적인 여성관이 그대로 드러나 있거니와 이미 실러 동시대인들로부터 많은 조소와 비판의 대상이 되었다. 그러나 실러의 이 여성관은 당대의 일반적인 통념에 속한 것이었다. 자유, 평등, 박애를 모토로 삼은 프랑스 혁명에서도 남녀평등 사상은 찾아볼 수 없다. 실러는 괴테와는 달리 전통적인 기독교 문화에서 유래하는 남녀의 역할분담을 토대로 한 일부일처제를 문제 삼지 않았고, 이 점은 실러의 결혼관에서 이미 드러났다. 그는 예술적 소질과 여성적 매력을 겸비한 카롤리네 폰 렝게펠트 대신 현모양처다운 그녀의 동생 샤를로테를 아내로 택했던 것이다.

「종의 노래」는 교과서에 실려 19세기 내내 독일 교양시민 계층에 널리 읽혔고 이 시에 포함되어 있는 40여 개에 달하는 경구들은 뷔히만(Georg Büchmann)의 격언집 『날개 돋친 말(Geflügelte Worte)』(1864년 이미 31판)에 실렸다. 그러나 20세기에 이르면서 점차 부르주아적 가부장 이데올로기요, 반동적 사회상이라 낙인찍히게 된다. 엔첸스베르거는 1966년 자신이 편집한 실러 시집에 「종의 노래」를 "볼품없는 보편성"을 늘어놓은 것에 불과하다면서 아예 무시해버렸다. 알트 자신의 논평은 다음과 같다. "개인과 사회의 역사를 격언류의 문장으로 요약하기 위해 노래의 연들을 온통 알레고리들로 도배함으로써 종을 구워내는 과정에 대한 묘사에서 은근히 드러나는 수작업과 시작(詩作) 행위 간의 매력적인 상응은 배후로 밀리게 되고, 그럼으로써 시 전체의 효과는 떨어지게 되었다."

그러나 「종의 노래」를 특히 좋아했던 괴테는 실러 타계 후 10년이 지난 1815년에 장장 104행에 달하는 송시 「실러의 종에 부치는 에필로그(Epilog zu Schillers Glocke)」를 지어 그를 기렸다.

• 제8장: 바이마르 궁정 극장을 위한 괴테와의 공동작업, 「발렌슈타인」

1790년대 중반 이후 실러는 다시 드라마를 써야겠다는 생각을 하게 된다. 덴마크의 왕세자에게서 받은 3년에 걸친 거액의 연구비가 연장이 되기는 하였으나 지속적인 병세에 시달리면서 실러는 앞으로의 생계를 걱정하지 않을 수 없게 되었던 것이다.

실러가 예나대학 교수로 취임하여 타계할 때까지인 1789년에서 1805년에 이르는 기간은 프랑스 혁명이 발발하고 나폴레옹 군대와 유럽의 영주국 간의 전쟁이 시작된 세계사적 대전환의 시대였다. 이러한 세계사적 대전환기에 역사학자로서의 실러는 앞선 16, 17 양 세기에 걸쳐 진행된 국가 대전복 사건들과 사회적 대변동을 연구 대상으로 하여 많은 논문을 썼다. 1700년대 말부터 1805년 그가 타계할 때까지 생산된 그의 드라마 대부분이 이 시기와 관련된 정치적 주제들을 다루고 있는 것은 결코 우연이 아니다.

역사 문제를 다룬 실러의 글들 중에서 가장 유명한 것이 1792년에 탈고한 『30년전쟁사』이다. 이를 탈고한 후부터 그는 종교전쟁 시기에 황제군의 총사령관이던 발렌슈타인을 주인공으로 하는 드라마 작품을 쓰려는 생각을 한다. 그러다가 1795년 칸트의 「영원한 평화에 대해서」가 발표된 지 채 1년이 지나지 않은 1796년 초에 드디어 그러한 생각을 실행에 옮긴다. 프랑스 혁명 과정을 비판적으로 보아온 터에 나폴레옹의 군대가 라인 강을 넘어 독일로 진격해 오는 상황에서 프로이센과 프랑스가 잠정적으로 합의한 소위 바젤 평화조약을 풍자한 칸트의 「영원한 평화에 대해서」는 실러가 발렌슈타인 드라마에 착수하는 결정적인 계기가 된다. 「발렌슈타인」은 나폴레옹 전쟁 상황에서 제기된 평화의 문제를 30년 종교전쟁 시대로 무대를 옮겨 다룬 드라마인 것이다. 바로 「발렌슈타인」의 '서곡'이 이 점을 암시하고 있다.

> 오늘날 우리는 150년 전 한때
> 우리 모두가 환영하여 마다하지 않던 평화가
> 유럽의 나라들에 부여한,
> 30년간의 처참한 전쟁의 나날들의
> 값비싼 대가로 얻은 견고한 옛 체제가
> 산산이 부서지고 있음을 봅니다.
> 다시 한 번 시인의 판타지가
> 암울했던 그 시대를 여러분 앞에 펼쳐드립니다.
> 부디 현재와 그리고 희망에 찬 먼 미래를
> 즐거운 시선으로 바라보십시오.

「발렌슈타인」 드라마를 쓰기로 작심한 실러에게 닥쳐온 가장 큰 문제는 그 방대한 소재를 어떻게 처리해야 할 것인가였다. 실러는 곧 연극과 서사 문학에 관하여 괴테와 서신으로 의견을 주고받기 시작한다. 그로부터 2년 반이 지난 후 괴테는 「발렌슈타인」을 3부작으로 나누도록 조언한다. 그 후 새로 단장한 바이마르 궁정 극장의 개관 기념 작품으로 실러의 「발렌슈타인」 3부작이 선정되어 1798년 10월 1일 '서곡'과 더불어 「발렌슈타인」의 제1부인 「발렌슈타인의 막사」가 상연된다.

실러의 「발렌슈타인」은 작품 구상부터 완성까지 7~8년이 걸린 대작일 뿐만 아니라 실러로 하여금 독일의 국민작가라는 명성을 안겨준 성공작이다. 오늘날에도 독일어권 무대에서 계속 공연되며, 괴테의 「파우스트」와 함께 김나지움의 독일어 교재로 읽히고 있다. 알트도 자신의 전기에서 「발렌슈타인」을 40여 쪽에 걸쳐 상세하게 다루고 있다. 아래에 간략하게나마 「발렌슈타인」의 문학사적 가치를 설명하고자 한다.

발렌슈타인은 30년전쟁 시절 가톨릭의 세력을 대표하는 황제군의 총사령관으로서 백전백승의 혁혁한 공을 세운 역사적인 실제 인물이다. 그는 휘하 장수의 하나인 옥타비오 피콜로미니가 황제의 밀령을 받고 조직한 공작대에 의해 살해된다. 발렌슈타인이 우군인 스페인군을 도우라는 황제의 지시에 응하지 않고 적군과 타협하여 전쟁을 끝내고 스스로 보헤미안에 왕국을 세우려던 계획이 발각되었기 때문이다. 그가 황제 군대의 총사령관으로서 제국에 대해 모반을 획책했다는 것이 그의 죄명이다. 그러나 이것은 황제 측에 의한 사후 해명이고, 발렌슈타인은 재판 과정을 거치지 않은 채 처음부터 면밀하게 계획된 작전에 의해 암살되었던 것이다. 한편 발렌슈타인은 황제 측으로부터의 위협을 미리 감지하고 자기방어를 위해 보다 안전한 곳으로 거처를 옮기기까지 하나, 그의 신변을 끝까지 지켜주겠다며 자진하여 따라온 가장 신임하는 부하 장교인 버틀러 휘하의 외국 용병 둘에 의해 무참하게 살해된다. 이 끔찍한 살해 장면으로 끝나는 제3부 「발렌슈타인의 죽음」이 3부작 전체의 본체이고 제1부와 제2부는 제3부를 위한 전주곡에 불과하다. 제3부가 제1부와 제2부를 합친 것과 맞먹을 만큼 분량도 많다.

제1부인 「발렌슈타인의 막사」의 장소는 필젠 시의 교외이고 때는 30년 종교전쟁이 시작되어 16년째 되는 시절이다. 이 장면에는 군인들뿐만 아니라 농부, 시민, 종군주모, 심부름하는 여자들도 등장하여 군인이 주축을 이룬 당시 사회의 실상을 보여준다. 여기에 발렌슈타인은 직접 등장하지 않으나 여러 유형의 군인들의 입을 통해 그의 총사령관으로서의 지도력이

드러나게 된다. 그들은 발렌슈타인이 모집한 용병들로서 황제나 제국(즉 독일 민족의 신성로마제국)은 아랑곳하지 않고 오로지 발렌슈타인에게만 충성을 맹세한 자들이다. 그들은 독일 지역 출신들만이 아니라 유럽 각지에서 모여든 외국 출신들과 혼합된 하나의 국제적 용병 부대원들로 농부와 시민들에 대한 그들의 횡포가 얼마나 심한지가, 그리고 살기 위해 농부들이 이들 외방에서 온 용병을 어떻게 속여먹는지가 생생하게 전개된다. 실러는 '서곡'에서 자기의 「발렌슈타인」 드라마를 관객을 향하여 다음과 같이 소개한다.

> 이제 시인은 여러분을 그 전쟁의 한가운데로
> 모셔 갑니다. 황폐화, 강탈, 빈궁의
> 16년이 흘러갔습니다.
> 세상은 아직도 불투명한 혼란 속에 들끓고 있으며,
> 평화의 조짐은 아득하기만 합니다.
> 제국은 무기의 집합장이며,
> 도시는 황폐하고, 마그데부르크는 폐허이며,
> 생업과 예술의 열정은 땅에 떨어졌으며,
> 시민은 더 이상 아무런 가치도 없고, 군인이 모든 것입니다.
> 파렴치가 벌을 받지 않고 미풍양속을 조소하며,
> 오랜 전쟁에서 야성화된,
> 거친 무리들이 황폐한 땅에 진을 칩니다.

제2부 「피콜로미니 일가」가 시작되는 장소는 필젠 시 중심에 있는 시청 건물이다. 제1부와 대조적으로 2부에서는 군대 상층부의 인물들이 등장한

다. 제2부는 모두 5막으로 된 그 자체로서 하나의 완결된 드라마로 정치권력의 내부 세계를 보여준다. 제2막만이 발렌슈타인의 거처이고 3, 4, 5막은 모두 그의 정치적 적수인 옥타비오 피콜로미니의 거처로 여기서 발렌슈타인 제거의 모의가 시작되고 구체적인 계획이 수립된다. 발렌슈타인은 황제군의 총사령관으로서 전쟁을 종식하기 위한 독자적인 계획을 구상하고 있었는데, 그것을 자기가 신임하는 옥타비오 피콜로미니와 상의했던 것이다. 발렌슈타인의 계획은 독일 지역의 분할을 방지하면서 전쟁을 끝내기 위한 것인데 그것은 제국의 황제 가문을 위한 것은 아니었다. 옥타비오는 이를 황제에 대한 모반 행위로 간주했고 황제의 밀령을 받고 발렌슈타인 제거 작업을 하게 된다. 그러나 이러한 작업을 성공시키기 위해서 그는 계속 발렌슈타인의 동지로 가장하고 일을 진행한다. 정치적 목적을 완수하기 위한 모든 종류의 거짓이 거침없이 행해진다. 농부들이 살기 위해 아무런 가책도 느끼지 않으면서 용병들을 속이는 행위와 다를 바 없다. 상하를 불문하고 사회 전 계층에 만연되어 있는 거짓정신(Lügengeist)이야말로 「발렌슈타인」 3부작의 주도 모티브이다.

거짓정신의 모티브는 제2부 5막에서 옥타비오 피콜로미니가 자기의 아들 막스와 대결하는 대목에서 적나라하게 드러난다.

> 혀로는 진실을 말하고,
> 마음은 허위일 수 없습니다. 어떤 사람이
> 자신의 위험을 감수하고 나를 친구로 믿는데,
> 나의 입은 그를 속이지 않는다고
> 양심을 달랠 수는 없습니다. ……

오, 정치라는 것, 이것을 나는 얼마나 저주하는가!
아버지는 정치를 통해서 그를 행동하도록 강요할 것입니다.
그가 죄가 있기를 바라기 때문에
그를 죄인으로 만드실 수 있겠지요.
오! 그건 잘 끝날 수 없어요, 그리고 그것이
어떻게 결정되든, 저는 불행한 발전이
다가오고 있음을 예감합니다.

거짓정신의 모티브는 제3부인 「발렌슈타인의 죽음」으로 이어진다. 발렌슈타인의 암살을 진두지휘하게 될 인물인 버틀러는 바로 발렌슈타인의 심복 부하로서 자진하여 발렌슈타인의 신변을 지키겠다고 요청하지도 않았는데도 그의 거처로까지 따라왔다. 이에 관한 보고를 듣고 발렌슈타인은 다음과 같이 말한다.

마음속으로 경고의 말로 들려오는 것을
모두 믿어서야 안 되겠지.
우릴 현혹하기 위해 거짓정신은
흔히 진실의 목소리를 흉내 내며
수수께끼 같은 기만의 말들을 늘어놓지만서도,
이제 나는 이 위엄 있고 용감한 사나이인 버틀러에게,
속으로 의심했던 것을 용서해달라고 청하기라도 해야겠군.
그에 가까이 있으면 나도 어찌할 수 없는 어떤 느낌이,
그걸 두려움이라고 말하고 싶진 않지만, 몸이 떨리도록
내게 스며오니 그를 반가이 맞이할 수가 없게 된단 말야.

그런데 경계해야겠다는 생각이 들긴 하다마는 이 성실한 사나이는
내게 행운의 첫 소식을 가져오지 않는가.

여기서 발렌슈타인은 잠시나마 자기의 심복인 버틀러를 의심했음을 오
히려 반성하고 있는 것이다. 거짓정신이 나쁘다는 것은 누구나 인정하나,
바로 거짓정신이 진실을 강조하고 친구로 가장한 적이 동지임을 강조한
다. 거짓과 진실을 구별하기 어려움의 문제는 당시 이른바 '망상론 논쟁
(Schwärmer-Streit)'의 일환으로 이와 관련된 칸트의 입장 표시가 실러와 괴
테에게 직접적인 영향을 미쳤다(괴테는 그의 「파우스트」에서 메피스토펠리스를
거짓정신의 화신으로 등장시킨다). 1795년에 칸트의 「영원한 평화에 대해서」
가 발표된 후, 칸트의 동시대인으로 수학교수인 동시에 시인이기도 했던
아브라함 캐스트너(Abraham Kästner)가 다음과 같은 칸트를 야유하는 4행
시를 발표했다.

영원히 전쟁은 피하게 되리라,
현자(이신 칸트 선생)의 말씀에 따르기만 한다면;
그리되면 모든 인간이 평화를 누리리라,
다만 철학자들은 그리하지 않으리라.

이에 대해 칸트는 곧 "철학계의 영원한 평화를 위하여"라는 글을 발표하
겠노라는 장장 12쪽에 달하는 예고의 글(Verkündigung des nahen Abschlusses
eines Traktats zum ewigen Frieden in der Philosopie)을 발표했다. 이 논문은 끝
내 작성되지 않았으나, 이 예고의 글에서 칸트는 철학자들 간의 영원한 평화
를 위해서는 십계명 중 거짓을 말하지 말라는 계명을 지키면 그만이라면서

여러 종류의 거짓에 대해 언급했던 것이다.

　제3부 「발렌슈타인의 죽음」은 암살 장면 자체를 제외하면 전부가 행동이 아닌 독백과 대화에 의한 성찰들로 채워져 있거니와, 3부에서도 거짓정신의 모티브가 다양한 형태로 계속 등장한다. 그중 발렌슈타인과 그의 정치적 적수인 옥타비오의 아들 막스의 아래와 같은 대화에서 「발렌슈타인」 작품 전체의 주제가 드러난다.

　　발렌슈타인: (어둡게 이맛살을 찌푸리면서, 그러나 온화한 목소리로)
　　　　　젊은이들은 칼날처럼 다루기 어려운 말을
　　　　　쉽게도 말하는구나, ……

　　　　　세상은 좁고, 두뇌는 넓다.
　　　　　여러 사상이 쉽게 동거하게 되지.
　　　　　하지만 좁은 공간에서 사사건건 거세게 부딪치게 되지.
　　　　　하나가 자리를 차지하면 다른 하나는 비켜야 해.
　　　　　추방당하지 않으려면 타자를 추방해야 해.
　　　　　그러면 싸움이 생기고 강자만이 승리하지.

　　막스: 오, 제발, 제발, 그 거짓의 세력을 조심하세요!
　　　　그들은 약속을 지키지 않습니다! 그들은 당신을 유혹해서
　　　　심연으로 끌어들이려는 거짓의 화신들이라고요.
　　　　그들을 믿지 마세요! 경고합니다. 오! 당신의 의무만
　　　　행하세요, 확실히 할 수 있으세요! 당신은 할 수 있다고요!
　　　　나를 빈으로 보내주세요, 네, 그렇게 해주세요. 나로 하여금

당신이 황제와 화해하도록 해주세요,

그분은 당신을 모릅니다. 하지만 나는 당신을 압니다.

그분이 나의 순수한 눈으로 당신을 보도록 해야 합니다.

당신에 대한 그의 신임을 되찾아 오겠습니다.

막스 피콜로미니가 발렌슈타인에게 여기서 제발 조심하시라는 "거짓의 세력"은 바로 자기의 아버지 옥타비오와 그가 포섭한 발렌슈타인의 휘하 장수들을 말한다. 막스는 옥타비오에게서 발렌슈타인 제거 계획을 듣고 이에 극구 반대하였다. 발렌슈타인이 황제에 모반할 계획을 세웠던 것은 아니며 황제의 지시에 따르지 않고 자기 자신의 평화정책을 추진하려 했을 뿐이기 때문이다. 그러나 발렌슈타인은 이러한 계획을 자기가 신임하는 옥타비오에게 털어놓았고, 옥타비오는 발렌슈타인이 모반을 계획하고 있다는 소문을 퍼트려 종국에는 황제의 신임을 얻어 발렌슈타인 제거 계획을 하게 되었던 것이다. 이는 임진왜란 당시에 왕의 지시에 따르지 않았다 하여 이를 모반 행위로 모함했던 일과 비교할 만하다. 다만 발렌슈타인은 현실주의자로 이순신과는 달리 황제의 명에 따라 재판에 나서지 않고 자기 방어를 했던 것이다. 유성룡의 『징비록』이 오늘날 TV 연속극의 소재로 활용되고 있거니와 실러는 이와 비견할 만한 『30년전쟁사』의 방대한 소재를 3부작 드라마로 만들어 무대에 올릴 수 있도록 연출했던 것이다. 극장무대가 가장 효과적인 대중계몽 수단이었던 시대, 실러는 가장 성공적인 연극작가였다 하겠다.

괴테는 실러가 타계한 후 20년이 지난 1825년에 실러와의 공동 작업 시절을 회상하면서 애커만에게 다음과 같이 술회하고 있다. "1797년에서 1805년까지 우리는 매주 두세 번 만났고, 서로에게 편지도 썼다. 실러는 자신이 쓰고 있는 것들과 계획들, 작업의 배분 문제에 대해 터놓고 이야기하는 재능이 있었다. 반면 나는 그렇지 못했다. 실러에게는 참으로 극장을 위한 천부적인 재능이 있었다." 그에 반해 자기 자신은 "수많은 모티브들의 사슬이" 자기 드라마 작품들을 통해 펼쳐지게 했을 뿐 무대의 실질적 요구들은 멀리했다는 것이다. 이러한 괴테의 언급은 자기의 「파우스트」와 실러의 「발렌슈타인」을 염두에 두고 하는 것이다.

　실러는 한때 교수생활도 하였으나 그의 일생의 마지막 14년간을 보고 판단할 때 그는 병마와 싸우면서 생계를 위해 일해야 했던 현대적 전업 작가였다. 그러나 그가 다룬 주제들은 일상적 생활 주변의 현상들이 아니라 인류문화사적인 관점에서 본 역사적 대변혁기의 정치적 사건들이다. 세계 시민의 상태를 향한 인류의 보편사의 과정들인, 자기가 살던 프랑스 시민 혁명 시기와 중세에서 근대로 넘어가는 종교개혁 전후가 그의 주관심사였다. 그는 생계를 위해 일하지 않을 수 없던 현대적 전업 작가였으나 그가 다룬 주제들은 일상적인 주변의 현상이 아니었던 것이다. 그는 코타와 같은 훌륭한 출판업자를 만나 경제적으로도 자립할 수 있을 만큼 성공했고, 무엇보다도 괴테와의 공동 작업을 통하여 화이부동의 모범이 됨으로써 후세의 귀감이 되었다.

2015년 7월
최두환

찾아보기

인명

- ㄱ -

가르베(Christian Garve) 64, 160, 182,
216, 221, 231, 234, 303, 305~306,
331~332, 334, 416, 513~514, 519,
935
게나스트(Anton Genast) 616, 618, 653,
982
겐츠, 프리드리히(Friedrich Gentz) 182~
183, 267, 305~306, 623, 629, 659,
810, 848, 935
겐츠, 하인리히(Heinrich Gentz) 659,
673
고치(Carlo Gozzi) 117, 384, 562~563,
617, 654, 790, 796~798, 862
고트셰트(Johann Christoph Gottsched)
51, 59, 125, 140, 452, 514
괴셴(Georg Joachim Göschen) 19, 85,
98~99, 114~118, 120, 176, 242,
296, 298~301, 303~304, 381, 388,
691, 831, 836, 903
괴테(Johann Wolfgang von Goethe)
20, 22~23, 25, 28, 30~32, 35, 43~
49, 52~55, 57~61, 63~64, 66~76,
85~86, 114, 117, 121, 125, 132~
133, 135~136, 166, 168, 177~179,
202, 237~265, 267, 272, 275, 280,

282, 285~286, 288~290, 292~293, 304~305, 309~311, 313~314, 316~ 321, 323~324, 333, 337, 340~342, 345~346, 349, 367, 374, 375, 378~ 384, 386~387, 390~391, 393~395, 397, 408, 412, 424, 428, 430, 433~ 434, 437~438, 444, 446~447, 452~ 453, 458, 464, 466, 474, 477~478, 480, 485, 488, 491~493, 495~496, 500, 502~503, 505~507, 509~510, 512, 515~517, 519~521, 523~528, 532~537, 539, 542, 545, 549~550, 554~561, 563, 612~615, 617~618, 621, 625, 628, 630, 634~635, 637, 639, 641, 643, 645, 647~667, 669~ 670, 672, 676~677, 679, 682~687, 691~693, 697~698, 700~704, 706~ 707, 711~712, 714~715, 719~720, 723~724, 730, 734, 736, 739~740, 744~745, 749, 752, 754, 756~759, 763, 765, 771~772, 780~781, 783, 786~787, 789~792, 795~796, 799~ 801, 805~808, 814~815, 828, 833~ 834, 853, 855, 859, 861~864, 880~ 881, 892~895, 898~899, 901, 907~ 908, 910~914, 920, 924, 926, 928, 932, 937, 944, 946, 950, 954~956, 958, 962, 969, 974, 979, 981~982

구스타브 아돌프(Adolf Wasa Gustav I., 스웨덴 왕) 301, 694, 725, 753

그라시안(Balthasar Gracián) 727~728, 748

그라프(Anton Graff) 93, 800

그리스(Johann Diederich Gries) 789, 957

그리스바흐(Jakob Friedrich Griesbach) 25, 277~278, 377, 482, 834

그리피우스(Andreas Gryphius) 804, 930

그릴파르처(Franz Grillparzer) 399, 548, 886

그멜린(Eberhard Gmelin) 98, 104

글라임(Johann Wilhelm Ludwig Gleim) 190, 305~306, 536

글루크(Christoph Willibald Ritter von Gluck) 242, 533, 781, 904

기번(Edward Gibbon) 312

− ㄴ −

나폴레옹 1세(Bonaparte Napoleon I.) 528, 630~633, 682, 893, 979~980

네케르(Jacques Necker) 633, 893

노발리스(Novalis) → 하르덴베르크

노베르(Jean-Georges Noverre) 165, 426

노이퍼(Christian Ludwig Neuffer) 278~297, 301, 469

뉴턴(Isaac Newton) 527

니마이어(August Hermann Niemeyer) 892~893

니체(Friedrich Nietzsche) 46~49, 412,
　555, 666
니콜라이(Friedrich Nicolai) 141, 152,
　216, 315~316, 506, 512~513, 518~
　519, 860, 942
니트하머(Friedrich Immanuel Niet-
　hammer) 288, 298~299, 754, 764~
　765, 834, 911, 913

－ㄷ－

다네커(Johann Heinrich Dannecker)
　105, 108~109, 111, 697, 985
다허뢰덴(Caroline von Dacheröden) →
　훔볼트, 카롤리네 폰
단테(Dante Alighieri) 310, 315, 482~
　489
달랑베르(Jean Le Rond d'Alembert)
　224, 327, 455, 893
달베르크 남작(Karl Theodor von Dalberg)
　82~83, 100~101, 268~269, 672,
　863, 937, 955, 958
달베르크 남작(Wolfgang Heribert
　Reichsfreiherr von Dalberg, 만하임
　국립극장장) 15~16, 80, 762
당통(Georges Jacques Danton) 186,
　193, 203
델브뤼크(Ferdinand Delbrück) 878~
　888
드베가(Lope Felix de Vega Carpio)

868, 966
디드로(Denis Diderot) 59, 327, 455,
　639, 770, 820, 893, 914
디크(Johann Gottfried Dyck) 314, 506,
　512

－ㄹ－

라바터(Johann Caspar Lavater) 103,
　499, 518
라신(Jean Racine) 117, 134, 615, 617,
　645, 656, 661, 786~787, 910, 949,
　951, 955, 957, 960, 962, 965
라이하르트(Johann Friedrich Reichardt)
　35, 64, 177, 191~192, 315, 380,
　389, 401, 436, 454, 483, 485, 490,
　510, 513~514, 518, 520~524
라인발트(Wilhelm Friedrich Hermann
　Reinwald) 103, 311, 686, 803
라인하르트(Karl Friedrich Reinhard)
　177, 183, 378~379, 521, 770
라인홀트(Karl Leonhard Reinhold) 25,
　90, 95, 98, 111~112, 123, 126, 130,
　133, 166, 172, 191, 205~209, 212~
　213, 215, 218, 240, 265, 277, 306
라팽(Paul de Rapin de Thoyras) 722,
　807, 810, 832
라프(Gottlob Heinrich Rapp) 108, 441
레베르크(August Wilhelm Rehberg)
　182~183, 267, 623, 738, 937~938,

947

레싱(Gotthold Ephraim Lessing)
48~49, 59, 66, 125, 135, 140~142,
145~146, 160, 164~165, 238, 351,
490, 519, 615, 626, 639, 654, 790,
795~796, 885
레오폴트 2세(Leopold II., 헝가리와 뵈멘
왕, 황제) 680
레프만(Andreas Georg Friedrich
Rebmann) 177, 192, 299~300
렌츠(Jakob Michael Reinhold Lenz) 313,
966
렘프(Albrecht Friedrich Lempp) 16, 102
렝게펠트(Louise Antoinette Charlotte
von Lengefeld) → 실러, 루이제 앙
투아네트 샤를로테
로마노프(Michael Romanow) 966~968,
973~974, 978
로버트슨(William Robertson) 803, 809,
812, 815~816
로베스피에르(Maximilien de Robespierre)
173, 193, 203, 893
로시니(Gioacchino Rossini) 454, 635
로엔슈타인(Daniel Casper von
Lohenstein) 749, 960~961
로이스 백작(Graf Heinrich Reuß-Kostritz)
864, 912
로크(John Locke) 181
로흘리츠(Johann Friedrich Rochlitz) 346,
914, 921
롱기누스(Longinus) 138~139

루돌프(Georg Gottfried Rudolph)
376~377, 683, 703, 808, 982
루만(Niklas Luhmann) 62, 214
루소(Jean Jacques Rousseau) 14, 90,
174, 181, 183, 199, 213, 216, 224~
225, 228, 330~331, 337~338, 416,
443~445, 447~448, 455, 629, 765,
767, 820, 929, 931, 938, 941
루이 14세(Ludwig XIV., 프랑스 왕) 622,
768
루이 16세(Ludwig XVI., 프랑스 왕) 173,
175, 187, 189, 633, 848, 893, 933
루이제 아우구스테 빌헬르미네 아말리에
(Luise Auguste Wilhelmine Amalie,
프로이센 여왕) 900, 902, 904
루이제 아우구스테(Louise Auguste, 작
센-바이마르-아이제나흐 공작 부인)
668~670, 675, 699, 705, 864, 914
루카치(Georg Lukács) 714
루트비히, 오토(Otto Ludwig) 641, 733
리머(Johannes Riemer) 804~805
리비우스(Titus Livius) 45
릴케(Rainer Maria Rilke) 320
립시우스(Justus Lipsius) 748, 817, 819

- ㅁ -

마라(Jean-Paul Marat) 622, 629~630
마르쿠제(Herbert Marcuse) 63
마르크스(Karl Marx) 182, 200

마르티알리스(Marcus Valerius Martialis) 387, 506~507

마리 앙투아네트(Marie Antoinette, 프랑스 여왕) 173, 628, 809

마리아 파블로브나(Maria Paulowna, 작센-바이마르 여대공) 377, 656, 949~950, 954, 964, 968, 986

마이어(Georg Friedrich Meier) 59, 157, 373

마이어(Johann Heinrich Meyer) 30, 310, 389, 394, 516, 715, 730, 855

마켄센(Wilhelm Friedrich August Mackensen) 314~315, 506

마키아벨리(Niccolò Machiavelli) 726~727

마티손(Friedrich von Matthisson) 254, 297, 302, 305, 311, 359~360, 368~369, 371~374, 464, 494

만(Thomas Mann) 49, 306, 424, 666, 707, 721, 727, 737, 837, 933

만소(Johann Kaspar Friedrich Manso) 314, 316, 502, 506, 512, 513, 518~519

말콜미(Anna Amalia Malcolmi) 679

메로, 조피(Sophie Mereau) 296~297, 302, 312, 373, 440

메로, 프리드리히 에른스트 카를(Friedrich Ernst Carl Mereau) 191, 296

메르시에(Louis-Sébastien Mercier) 768~770, 848

메르켈(Garlieb Merkel) 716, 811, 910, 928

메테르니히(Klemens Wenzel Lothar Fürst von Metternich) 183, 267, 935, 970, 977, 981

멘델스존(Moses Mendelssohn) 138, 141, 160, 221, 238, 328, 360, 365, 431, 452

멜리시 오브 블라이드(Joseph Charles Mellish of Blythe) 688

모리츠(Karl Philipp Moritz) 59, 61, 125, 159, 161, 201, 221, 260, 265, 284, 426, 452, 496, 665~666, 952

모차르트(Wolfgang Amadeus Mozart) 533, 650, 666, 675, 780, 903, 983

몰리에르(Molière, 장 밥티스트 포클랭) 787

몽테스키외(Charles-Louis de Secondat Baron de la Brède Montesquieu) 181, 228, 731, 816, 820, 941

뫼저(Justus Möser) 54, 267~268, 672, 682, 935

뮐러(Johannes von Müller) 905, 921, 924

미하엘리스(Salomo Michaelis) 378~380

— ㅂ —

바게센(Jens Immanuel Baggesen) 89

바그너(Richard Wagner) 636, 917

바움가르텐(Alexander Gottlieb

Baumgarten) 59, 157, 328, 373, 574, 673, 919, 926

바이메(Karl Friedrich von Beyme) 905, 909, 963

바이세(Christian Felix Weiße) 231, 523

바이스(Peter Weiss) 201, 478

바치(August Johann Georg Karl Batsch) 104, 191, 251

바켄로더(Wilhelm Heinrich Wackenroder) 839, 842

발렌슈타인(Albrecht Wenzel Eusebius Graf von Wallenstein, 프리들란트 공작) 694~697, 720~722, 732

발저(Martin Walser) 437

버크(Edmund Burke) 138, 148~149, 156, 181~182, 189, 267, 623, 738, 934~935, 947

베냐민(Walter Benjamin) 216, 554, 876, 947

베르길리우스(Publius Maro Vergilius) 45, 49, 325, 333, 444, 561, 783, 974

베르디(Giuseppe Verdi) 636

베르테스(Friedrich August Clemens Werthes) 796~798

베르투흐(Friedrich Justin Bertuch) 457, 775

베버(Max Weber) 729, 973

베이컨(Francis Bacon) 229

베커(Wilhelm Gottlieb Becker) 559, 866

베토벤(Ludwig van Beethoven) 903

벨로모(Giuseppe Bellomo) 648~649, 791

보댕(Jean Bodin) 817~819

보데(Johann Joachim Christoph Bode) 95, 102, 240, 910, 951

보드머(Johann Jacob Bodmer) 138, 373

보이에(Heinrich Christian Boie) 315, 378, 410

보일비츠, 카롤리네 폰(Caroline von Beulwitz) → 볼초겐, 카롤리네 폰

보일비츠, 프리드리히 빌헬름 루트비히 폰(Friedrich Wilhelm Ludwig von Beulwitz) 82, 175, 189

볼초겐 남작 부인(Henriette Freiin von Wolzogen) 15, 17, 80

볼초겐 남작(Wilhelm Friedrich Ernst Freiherr von Wolzogen) 28, 111, 265~266, 425, 503, 557, 683, 691~ 692, 770, 892, 901, 909, 923, 949~ 950, 965, 982

볼초겐, 카롤리네 폰(Caroline von Wolzogen) 82, 85, 101, 104~105, 206, 249, 296, 302, 311~312, 416, 448, 462, 557, 632~633, 659, 675, 678, 682, 686, 768, 835, 892, 900~ 901, 911, 973, 981~982

볼테르(Voltaire) 645, 657, 661, 678, 786, 831~832, 834~835, 838, 842, 846, 881, 956

볼트만(Karl Ludwig Woltmann) 112,

297, 301, 305, 310~312, 318, 462, 516

볼프(Friedrich August Wolf) 269, 310, 344, 893

볼프스켈(Henriette Albertine Antonie von Wolfskeel von Reichenberg) 557, 836

뵈티거(Karl August Böttiger) 81, 652, 662, 711~712, 729, 738~739, 808, 836, 850, 866, 868, 875, 945

부르크하르트(Jacob Burckhardt) 49, 463

부알로(Nicolas Boileau) 52, 138

불피우스, 요한나 크리스티아나(Johanna Christiana Vulpius) 653, 787

불피우스, 크리스티안 아우구스트 (Christian August Vulpius) 239, 244, 618, 676, 687

뷔르거(Gottfried August Bürger) 34, 73, 75~76, 98, 166, 359, 360~365, 367, 371, 374, 378~379, 445, 481, 490, 503, 521, 534~535, 537, 665

뷔히너(Georg Büchner) 760

브라이팅거(Johann Jacob Breitinger) 140, 238, 373

브라흐만(Louise Brachmann) 312, 424

브란데스(Ernst Brandes) 182~183

브레히트(Bertolt Brecht) 318, 532, 814, 856

브렌타노(Clemens Brentano) 296, 535, 639, 658, 789, 806, 850~851, 856~867

브로케스(Barthold Heinrich Brockes) 442, 921

브룬(Friederike Brun) 312, 499

블로흐(Ernst Bloch) 151

비스마르크(Otto von Bismarck) 48, 532, 948

빌란트(Christoph Martin Wieland) 22, 43, 52, 64, 66, 88, 94~95, 134, 162~164, 175, 178, 180, 203, 206, 240, 265, 306, 309, 327~328, 352, 363, 382, 403, 405, 411, 414~415, 496, 512, 514, 518~519, 664~665, 783~784, 793, 842, 895, 898, 914

빙켈만(Johann Joachim Winckelmann) 49, 57, 65~66, 70, 72, 145, 201, 223, 297, 333, 348, 404, 406

― ㅅ ―

생쥐스트(Louis de Saint-Just) 173, 186

셰익스피어(William Shakespeare) 117, 134, 136, 311, 333, 482, 489~490, 521, 523~524, 617, 621, 639, 656, 697~698, 707, 719, 727, 746, 751, 780, 790, 792~794, 801, 815, 838, 923, 957~958, 968, 972

셸링(Friedrich Wilhelm Joseph Schelling) 68, 70, 125, 134, 184, 220, 235, 237, 277, 289~293, 299, 333, 335,

343, 351~352, 354~355, 395, 408,
413, 446, 461, 469, 683, 828, 834,
881, 898, 939

소포클레스(Sophokles) 57, 552, 707~
709, 717, 733, 759, 867, 870~872,
886

손디(Peter Szondi) 325, 341~342

쇼(George Bernard Shaw) 832, 837,
839

쇼펜하우어(Arthur Schopenhauer) 423,
495

쉬츠(Christian Gottfried Schütz) 52,
190, 305~306, 313~314, 482, 634,
655, 673, 691

슈라이어(Johann Friedrich Moritz
Schreyer) 152~153

슈라이포겔(Joseph Schreyvogel) 302,
681

슈뢰더(Friedrich Ludwig Schröder) 21,
649, 789, 981

슈미트, 에리히(Erich Schmidt) 512

슈미트, 카를(Carl Schmitt) 494

슈반(Christian Friedrich Schwan) 19,
104, 114

슈베르트(Sophie Schubert) → 메로, 조피

슈타르크(Johann Christian Stark) 86,
911, 913, 982

슈타인 남작(Karl Reichsfreiherr vom
und zum Stein) 183, 268

슈타인, 샤를로테 폰(Charlotte von Stein)
107, 186, 241, 244~245, 265, 276,

309, 675, 685, 699, 779, 793

슈타인브뤼헬(Johann Jacob Steinbrüchel)
785, 955

슈토이들린(Gotthold Friedrich Stäudlin)
429, 468, 470

슈톨베르크 백작, 크리스티안(Christian
Graf zu Stolberg-Stolberg) 95, 520,
534

슈톨베르트 백작, 프리드리히 레오폴트 추
(Friedrich Leopold Graf zu Stolberg-
Stolberg) 95, 410~411, 518, 520,
534, 876

슈트라이허(Johann Andreas Streicher)
15, 17

슐레겔, 아우구스트 빌헬름(August
Wilhelm Schlegel) 50, 239, 305,
314, 340, 380, 420, 431, 438, 481,
489, 524, 535, 649, 707, 720, 794,
843, 867, 881, 899

슐레겔, 카롤리네(Caroline Schlegel)
462, 491~493, 532, 794, 813

슐레겔, 프리드리히(Friedrich Schlegel)
48, 55, 68, 255, 293, 312, 401~402,
463, 481~482, 484~489, 494, 500,
513, 515, 518, 520, 522, 524, 536,
548, 657, 881, 884, 936

슐뢰처(August Ludwig von Schlözer)
179, 300

스위프트(Jonathan Swift) 497, 502

스탈(Germaine de Staël) 47, 50, 633,
893~899, 924

스틴(Laurence Sterne) 95, 497, 502

시멜만 백작 부인(Charlotte Gräfin von Schimmelmann) 264, 514, 894, 896

시멜만 백작(Ernst Heinrich Graf von Schimmelmann) 90~91, 94

실러, 루이제 도로테아 카트리나(Louise Dorothea Katharina Schiller) 101, 104, 836

실러, 루이제 앙투아네트 샤를로테(Louise Antoinette Charlotte Schiller) 25~26, 81~82, 84~86, 102, 105, 108, 112, 131, 176, 188, 247, 265, 268, 309, 361, 376, 390, 398, 414, 419, 448, 454, 493, 557, 668, 684~687, 691, 804, 807, 863~866, 892, 894, 896, 903, 907, 911, 920, 982~983

실러, 에른스트 프리드리히 빌헬름(Ernst Friedrich Wilhelm Schiller) 376, 532, 683, 699

실러, 에밀리에 헨리에테 루이제(Emilie Henriette Louise Schiller) 683, 911

실러, 엘리자베타 도로테아(Elisabetha Dorothea Schiller) 15, 131, 688, 836

실러, 요한 카스파르(Johann Caspar Schiller) 15, 17~18, 103~104, 112~113, 378

실러, 카롤리네 크리스티아네 (나네테) [Karoline Christiane (Nanette) Schiller] 105, 112, 131, 790

실러, 카를 프리드리히 루트비히(Karl Friedrich Ludwig Schiller) 105, 376

– ㅇ –

아그리파 폰 네테스하임(Agrippa von Nettesheim) 697

아나 아말리아(Anna Amalia) 22, 779, 808, 864, 914

아도르노(Theodor Wiesengrund Adorno) 63, 154, 462

아르님(Henriette von Arnim) 21, 26

아르헨홀츠(Johann Wilhelm von Archenholtz) 305, 309, 411, 810, 848

아리스토텔레스(Aristoteles) 125, 137~138, 141~142, 360, 490, 698, 707, 709, 767, 778, 822, 870, 969

아리오스토(Lodovico Ariosto) 302, 332

아베켄(Bernhard Rudolf Abeken) 912~913

아벨(Jakob Friedrich Abel) 14, 106~107, 133, 146, 276, 792, 846

아이스킬로스(Aeschylos) 273, 302, 552, 876, 885

아이헨도르프(Joseph von Eichendorff) 535, 794

아이히호른(Johann Gottfried Eichhorn) 306, 780, 832

아인지델(Friedrich Hildebrand von Einsiedel) 557, 864

알렉산드르 1세(Alexander I., 러시아 황제) 949
애디슨(Joseph Addison) 138, 373
야게만(Henriette Caroline Friederike Jagemann) 654, 674~676, 678~679, 808, 835
야코비(Friedrich Heinrich Jacobi) 64, 267, 273~274, 305, 307, 310, 351, 490, 501, 548, 648, 867, 875, 878
야코프(Ludwig Heinrich von Jakob) 314, 316, 506
에드워드 4세(Edward IV., 잉글랜드 왕) 772~773, 775
에드워드 5세(Edward V., 잉글랜드 왕자) 772, 774
에르하르트(Johann Benjamin Erhard) 223~224, 278, 297, 302, 305, 310, 935, 936
에브레오(Leone Ebreo) 697, 735
에셴부르크(Johann Joachim Eschenburg) 518, 793, 794
에우리피데스(Euripidēs) 416, 783~785, 812, 870, 955, 957
에커만(Johann Peter Eckermann) 509, 634, 663, 791, 920
엥겔(Johann Jakob Engel) 221, 266, 305, 310, 360
영(Edward Young) 59, 414
예니시(Daniel Jenisch) 52~53, 515
오비디우스(Publius Nasō Ovidius) 45, 49, 433~434, 436, 474, 533, 561

오토(Christian Otto) 249, 499
오피츠(Christian Wilhelm Opitz) 620, 657, 797, 836
욀러(Norbert Oellers) 38, 433
요제프 2세(Joseph II., 헝가리와 뵈멘 왕, 황제) 680, 937
운첼만(Friederike Unzelmann) 662, 904
웅거(Johann Friedrich Gottlieb Unger) 117, 120, 260, 318, 502, 620, 834~835
월폴(Horace Walpole) 762~763, 772, 873~874, 882
이플란트(August Wilhelm Iffland) 16, 81, 190, 242, 614, 620, 627~628, 638, 648, 650~652, 657, 681, 693, 702~704, 707, 720, 740, 781, 788, 790, 794, 797, 800, 810, 832, 866~867, 899~900, 903~905, 919, 924~925, 940~941, 943, 945
임호프(Anna Amalie von Imhoff) 312, 836, 892

－ㅈ－

잔 다르크(Jeanne d'Arc) 540, 629~630, 825, 831, 837~838, 842~843, 852
잘리스-마술린스(Ulysses von Salis-Marschlins) 920~921
조이메(Johann Gottfried Seume) 297,

914

조피 도로테아(Sophie Dorothea, 브라운
슈바이크, 뤼네부르크 공작 부인)
962

졸거(Karl Wilhelm Ferdinand Solger)
867, 913

주판(Bernhard Suphan) 512

줄처(Johann George Sulzer) 160, 162,
328, 370, 431, 664, 953

쥐베른(Johann Wilhelm Süvern) 57,
708, 756~758, 760

— ㅊ —

차이콥스키(Peter Tschaikowski) 454,
636

찬(Christian Jakob Zahn) 145, 312

첼터(Carl Friedrich Zelter) 264, 380,
495, 865, 903, 905

초케(Heinrich Zschokke) 83, 627, 630,
649, 707, 922

춤슈테크(Johann Rudolf Zumsteeg)
108, 781

치머만(Johann Georg Zimmermann)
92, 299

— ㅋ —

카를 아우구스트(Carl August, 작센-바

이마르-아이제나흐 공작) 18, 22,
26, 54, 81~82, 244~245, 277, 376,
552, 650, 664, 668~676, 678, 683,
685, 704, 864, 867, 907~909, 955,
983, 986

카를 오이겐(Carl Eugen, 뷔르템베르크
공작) 14, 104, 276, 441, 674

카프카(Franz Kafka) 625, 903

칸트(Immanuel Kant) 25, 28, 34~35,
38, 60~61, 63, 85, 98, 123~140,
143~144, 147~149, 155~161, 163,
165~169, 171, 181~182, 184, 190,
198, 200, 205~209, 213~215, 217,
221~223, 225~228, 231~235, 250~
252, 266, 274, 277, 279, 282, 290,
292, 303, 305, 308, 329, 341~342,
353, 368, 372~374, 382, 391, 416,
419~420, 422~423, 426, 469, 505,
518, 548, 651, 738, 741~742, 822,
828, 928, 934~938, 947, 961

칼데론(Pedro Calderón de la Barca)
749, 789, 868, 957, 970

칼프, 샤를로테 폰(Charlotte von Kalb)
22, 152, 246, 468, 470, 496, 499,
503, 684

칼프, 카를 프리드리히[Karl Friedrich
(Fritz) Heinrich Alexander von Kalb]
468, 474

캄페(Joachim Heinrich Campe) 35,
177, 179, 193, 266, 300, 455, 778

캠던(William Camden) 803, 809

케플러(Johannes Kepler) 722, 732, 735

켈러(Gottfried Keller) 917~918

코르네유(Pierre Corneille) 52, 134, 143, 147, 629, 645, 786

코르다이(Charlotte Corday) 622

코체부(August von Kotzebue) 242, 311, 518, 559, 619, 627~628, 648~ 649, 653, 707, 781, 787, 789, 836, 895, 966~967

코타, 크리스토프 프리드리히(Christoph Friedrich d.J. Cotta, 출판업자) 4, 19, 111, 113~122, 302~304, 306, 309, 312~314, 378, 380, 382, 388~ 390, 441, 474, 509, 511, 516~517, 615, 619~621, 632, 659, 664, 683, 686, 690~692, 701~702, 705, 765, 784, 790, 807, 811, 835, 900, 903, 910, 912, 914, 920, 925, 954~955, 982~984

콘츠(Karl Philipp Conz) 105, 297, 302

콩스탕(Henry Benjamin Constant) 894, 898, 924

쾨르너, 아나 마리아 (미나)[Anna Maria (Minna) Körner] 99, 271

쾨르너, 크리스티안 고트프리트(Christian Gottfried Korner) 17~18, 23, 26, 32, 44, 58, 61, 67, 81, 83~84, 86, 98~100, 111, 123, 130~132, 156, 158, 176, 185~187, 189, 191, 206~ 207, 209, 237, 240, 246~247, 249~ 250, 263, 271, 286, 297, 301~302, 305, 317, 353, 361, 367, 381~382, 384~385, 389, 396, 398, 403~405, 408, 410~411, 414, 417, 420, 428~429, 431, 438, 452, 481~482, 484~485, 507, 510~511, 516, 543, 557~559, 561, 612~616, 618, 629~ 630, 647, 658, 662, 668, 691~695, 697, 706, 709~710, 717, 732, 742, 747, 765, 779, 784, 787, 789, 793, 796~798, 812, 829, 832, 835~837, 840, 846, 862, 865, 868~870, 876, 881, 888, 892, 900, 907, 910~911, 914, 923, 925, 938, 950~951, 955, 975

퀴스틴 장군(Adam-Philippe Comte de Custine) 100, 672

크네벨(Carl Ludwig von Knebel) 241~ 242, 246, 311, 625, 668, 866

크로네크(Johann Friedrich von Cronegk) 523, 881

크로이처(Georg Friedrich Creuzer) 392, 415

크루시우스(Siegfried Lebrecht Crusius) 18~19, 99, 114, 116, 120, 389~390, 438, 690, 903, 944

클라우디우스(Matthias Claudius) 297, 518, 520

클라이스트(Heinrich von Kleist) 94, 164, 337, 399, 444, 755, 760, 799, 842, 844, 853~854, 869, 881, 910, 979

클롭슈토크(Friedrich Gottlieb Klopstock) 48, 76, 94, 176~177, 192, 297, 306, 337, 368, 401, 442, 445, 452, 469, 518, 534, 881, 910,
클링거(Friedrich Maximilian Klinger) 775, 796, 910
키케로(Marcus Tullius Cicero) 45, 147

– ㅌ –

타키투스(Cornelius Tacitus) 959, 961
테오크리토스(Theokritos) 311, 444
토마지우스(Christian Thomasius) 748, 833
투레(Nikolaus Friedrich Thouret) 652, 701
트레상(Louis-Elisabeth de la Vergne Comte de Tressan) 779
티크(Ludwig Tieck) 114, 291, 639, 691, 713, 719~720, 780, 789, 806, 839~843, 851, 854, 867, 903, 957

– ㅍ –

파울(Jean Paul) 34, 63, 68, 114, 152, 154, 190, 214, 232, 237, 249, 306, 318, 329, 413, 480, 496~504, 519, 548, 621, 629, 720, 925
파울루스(Heinrich Eberhard Gottlob Paulus) 272, 288, 299, 306, 673
파울리(Michael Rudolph Pauly) 781, 905, 925
페로(Charles Perrault) 57, 326, 347
페르노프(Carl Ludwig Fernow) 297
포르스터(Johann Georg Forster) 55, 100, 177, 179, 192, 267, 299, 351, 411, 490, 492, 518
포스(Johann Heinrich d.Ä. Voß, 전원문학 작가) 94, 310~311, 338, 378, 519, 629, 912~913
포스(Johann Heinrich d.J. Voß) 617, 663, 652, 656, 663, 702, 801, 808, 879, 982
포스, 프리데리케 마가레테(Friederike Margarete Vohs) 654, 800, 808
포스, 하인리히(Heinrich Vohs) 94, 519, 629, 652, 663, 801, 808, 879, 912
포크트(Christian Gottlieb Voigt) 43, 246, 276, 280, 288, 474, 625, 672~673, 684, 686, 691, 892, 908, 919, 983
포프(Alexander Pope) 59
폰타네(Theodor Fontane) 531~532, 747
푸케(Friedrich de la Motte Fouqué) 865, 893
푸코(Michel Foucault) 449
풍크(Karl Wilhelm Ferdinand von Funck) 297, 386, 614, 869~870
프로페르티우스(Sextus Propertius) 311,

325, 333, 439

프리드리히 2세(Friedrich II., 프로이센
　왕) 54, 672, 929, 964, 543

프리드리히 빌헬름 2세(Friedrich
　Wilhelm II., 프로이센 왕) 674, 681,
　308

프리드리히 빌헬름 3세(Friedrich
　Wilhelm III., 프로이센 왕) 809, 900

프리드리히 아우구스트 3세(Friedrich
　August III., 작센 선제후) 837

프리드리히 크리스티안(Friedrich Christian,
　슐레스비히-홀슈타인-아우구스텐부
　르크 공작) 91~95

프리시(Max Frisch) 947

플라톤(Platon) 302, 457~458, 469~
　470, 520

피셰니히(Bartholomäus Ludwig
　Fischenich) 101, 156, 913

피카르(Louis-Benoît Picard) 617, 655,
　787, 789

피타발(François Gayot de Pitaval) 770

피히테(Johann Gottlieb Fichte) 5, 34,
　111~112, 114, 180~182, 184~185,
　203~204, 209~213, 217~219, 225,
　232, 277~289, 297, 300, 305, 310,
　318, 345, 399, 402, 450, 456, 475,
　526, 673~674, 903, 979

- ㅎ -

하게도른(Friedrich von Hagedorn) 238,
　444

하르덴베르크(Friedrich von Hardenberg)
　57, 125, 181, 222, 229~230, 234,
　238, 292, 333, 335, 350, 352~355,
　395, 408, 411, 437, 561, 839, 914

하버마스(Jürgen Habermas) 63

하우크(Johann Christoph Friedrich
　Haug) 106, 111, 114, 765

하우크비츠(August Adolph von
　Haugwitz) 805, 820, 821

하이네(Christian Gottlob Heyne) 266,
　271, 481, 492

하이네(Heinrich Heine) 47, 267, 288,
　413, 518

할러(Albrecht von Haller) 337, 401,
　444

헤겔(Georg Wilhelm Friedrich Hegel)
　68, 70, 114, 134, 172, 182, 184~
　185, 220, 226, 233, 235, 238, 335,
　343, 390, 395, 402, 408, 409, 413,
　450, 461, 469, 471, 718, 725, 744,
　754, 756, 756~757, 855, 872~873,
　877, 879, 882, 912

헤데리히(Benjamin Hederich) 397, 952

헤르더(Johann Gottfried Herder) 22,
　31, 43, 45, 48~49, 52, 57, 63~66,
　68, 73, 76, 176, 178~180, 190, 214,
　216, 219, 231~232, 238, 240~241,

245~246, 265, 269, 288, 305, 310~
311, 318, 324~325, 350, 364~365,
367, 370, 381, 404, 416, 440, 449,
452~453, 458, 481, 500~501, 519,
534, 560, 677, 716, 749~753, 760,
794, 808, 828, 834, 927, 930~932

헤르헨한(Johann Christian Herchenhahn)
733, 735

헤벨(Friedrich Hebbel) 715, 720, 844,
854, 968, 975

호라티우스(Quintus Flaccus Horatius)
508

호메로스(Homeros) 94, 310, 332, 406,
434, 439, 451, 523, 560~562, 783,
845, 856, 912, 921, 969

호벤(Friedrich Wilhelm David von
Hoven) 105, 106, 191, 279, 693,
695

호프만슈탈(Hugo von Hofmannsthal)
38, 151, 399, 666

홉스(Thomas Hobbes) 181, 204, 268,
737, 817~818, 929, 934

횔덜린(Friedrich Hölderlin) 16, 31, 34,
114, 125, 195, 201, 222, 238, 278,
295, 297, 301~303, 313, 316, 318,
320, 333, 335, 349, 395, 397, 402,
408~409, 437, 450, 452, 461, 467~
480, 626, 806, 872

후버(Ludwig Ferdinand Huber) 17, 21,
269, 271, 407, 492, 559, 768, 811,
824~825, 878, 910

후펠란트, 고틀리프(Gottlieb Hufeland)
206, 272, 299, 305, 673, 690

후펠란트, 크리스토프 빌헬름(Christoph
Wilhelm Hufeland) 272, 903~904

훔볼트, 빌헬름 폰(Wilhelm von
Humboldt) 28, 30, 32, 49, 68, 101,
112, 114, 134, 161, 183, 187, 209,
231, 237, 251, 256, 263, 265~278,
297, 301~302, 305~306, 310, 315,
318, 326, 331, 340, 344, 346, 374,
379, 380, 384, 392, 398, 420, 427~
428, 438, 449, 452, 457~458, 462,
474, 481, 507, 508, 516, 533, 536,
552, 554, 560, 564, 614, 647, 661,
667, 687, 693, 695~696, 706, 709,
712, 718, 722, 732, 743, 750, 770,
862, 867, 884~885, 888, 901, 912,
914, 920, 979

훔볼트, 알렉산더 폰(Alexander von
Humboldt) 267, 272

훔볼트, 카롤리네 폰(Caroline von
Humboldt) 268, 273

흄(David Hume) 501, 518, 775, 810,
832, 846~847

히틀러(Adolf Hitler) 947

히펠(Theodor Gottlieb von Hippel)
455, 496

작품명[*]

- ㄱ -

「간계와 사랑(Kabale und Liebe)」 16,
101, 614
「강신술사(Der Geisterseher)」 24, 30,
226, 245, 260, 375, 473, 525
「개선문(Der Triumphbogen)」 562
「격정에 관하여(Ueber das Pathetische)」
136, 144, 159, 641, 758, 878
「경찰서(Die Polizey)」 617, 622, 761~
763, 768, 771, 782
「공자의 말(Spruch des Confucius)」 562
「공작 부인 판다(Herzogin Vanda)」 535
「괴테에게(An die Göthe)」 645, 661, 667
「그리스의 신들(Die Götter Griechen-
landes)」 102, 382, 384, 389, 396,
403, 405, 411, 413, 417, 419, 435,
520
「그리움(Sehnsucht)」 556
「기대(Die Erwartung)」 452~453, 457
「기사의 노래(Reiterlied)」 451, 453
「기생충(Der Parasit)」 655, 787~789

- ㄴ -

「남과 여(Die Geschlechter)」 383, 458
「넓이와 깊이(Breite und Tiefe)」 424
「네 개의 시대(Die vier Weltalter)」 557
「노래의 힘(Die Macht des Gesanges)」
383, 385, 428, 431

- ㄷ -

「다시 날게 된 페가수스(Pegasus in der
Dienstbarkeit)」 383
「다양한 예술 문제들에 관한 산발적 관찰
들(Zerstreute Betrachtungen über
verschiedene ästhetische
Gegenstände)」 144
『단문집(Kleinere prosaischen Schriften)』
99, 116, 136, 144, 149, 199, 285,
323
「담보(Die Bürgschaft)」 383~384, 532,
536, 539, 548
《담시 연감》 → 《1798년 문예연감》
「데메트리우스(Demetrius oder Die
Bluthochzeit zu Moskau)」 31, 617,
622, 626, 633, 774~775, 801, 914,
962, 964, 967~968, 973~975, 978~
980, 982

∴

* 실러가 쓰거나 편집한 글 또는 책만을 다루었다.

「도적 떼(Die Räuber)」 16~17, 24, 89, 108, 192, 248, 329, 614, 617, 637, 639, 645, 650, 674, 698, 725, 762~763, 920

「독일과 독일 영주들(Deutschland und seine Fürsten) 562

「돈 카를로스(Don Karlos)」 21~22, 24, 87, 89, 117~118, 131, 192, 245, 248, 375, 386, 612~613, 626, 704, 727, 755, 764, 767, 806, 830, 832, 835, 914, 950, 976

「돈 카를로스에 대한 편지들(Briefe über Don Karlos)」 154

「돈 후안(Don Juan)」 533, 780

－ㄹ－

《라이니셰 탈리아(Rheinische Thalia)》 321

「로자문트(Rosamund oder Die Braut der Hölle)」 779~780, 782

－ㅁ－

「마티손에 대한 논평(Über Matthissons Gedichte)」 254, 359~360, 368~374, 464, 494

「만가(Nänie)」 383~384, 396, 403, 428, 433~435, 743

「만남(Die Begegnung)」 313

「망상의 말(Die Worte des Wahns)」 383

「메리 스튜어트(Maria Stuart)」 30, 407, 432, 612~613, 615~616, 618, 620~623, 628, 636~637, 642, 644, 654, 659, 662, 677, 683, 768, 772, 793, 803~830, 832, 963

「메시나의 신부(Die Braut von Messina)」 613, 615, 619~620, 622, 635, 637, 640, 643, 655, 661, 679, 765, 773, 787, 861~889, 904, 923, 950

「맥베스(Macbeth)」(번안) 617, 761, 790, 792

「명부(Das Reich der Schatten)」 29, 310, 340, 375, 383, 419~420, 425, 427, 432, 438, 464, 483, 533

「명부의 오르페우스(Orpheus in der Unterwelt)」 533

「모세의 문서를 통해 살펴본 최초의 인간 사회(Etwas über die erste Menschengesellschaft nach dem Leitfaden der mosaischen Urkunde)」 330

「몰타 기사단(Die Maltheser)」 617, 622, 709, 761, 764, 776, 778, 782, 784, 835, 862, 887

《문예연감(Musenalmanach)》 117, 121, 257, 375, 381, 383~384, 475~477, 479, 484, 502, 508~511, 513, 522, 525, 527~528, 532, 562, 699~700, 807, 910

「미의 형식들을 사용함에 있어서의 필수
적인 한계에 관하여(Ueber die
nothwendigen Grenzen beim
Gebrauch schöner Formen)」 456
「미적 풍습의 도덕적 활용에 관하여(Ueber
den moralischen Nutzen ästhetischer
Sitten)」 173, 311
「미적 풍습의 위험성에 관하여(Ueber die
Gefahr ästhetischer Sitten)」 285
「믿음의 말씀(Die Worte des Glaubens)」
383

－ㅂ－

「바다 풍경(Seestück)」 776~779
「바이마르의 왕세자에게(Dem Erbprinzen
von Weimar)」 558
「발렌슈타인(Wallenstein)」 30, 121, 131,
135, 261, 386, 548, 615, 618, 620~
623, 626, 634, 636~640, 642, 653,
667, 693~760, 765, 767, 776, 781~
782, 790, 793~794, 806, 813, 829,
832, 900, 959, 973, 978, 980~981
「발렌슈타인의 막사(Wallensteins Lager)」
652, 653, 701~702, 711, 713~715,
720, 726, 729, 748, 754, 781
「발렌슈타인의 죽음(Wallensteins Tod)」
149, 657, 669, 702, 705, 713, 717,
803, 900, 904, 986
「방문(Der Besuch)」 383, 451, 453

「배(Das Schiff)」 777~778
「벗들에게(An die Freunde)」 384, 557,
560
「베드로 성당(Die Peterskirche)」 562
「부드러운 크세니엔(Tabule votivae)」
168, 387, 508~510, 517, 527~529
「북녘에서 부르는 펀치의 노래(Punschlied.
Im Norden zu singen)」 559
「불멸성(Unsterblichkeit)」 562
「불변의 것(Das Unwandelbare)」 562
「뷔르거의 시에 대하여(Über Bürgers
Gedichte)」 73
「비가(Elegie)」 32, 373, 375, 383, 436~
438, 440, 442~443, 451, 460
「비극 예술에 대하여(Ueber die tragische
Kunst)」 136
「비극에서 코러스의 활용에 대하여(Ueber
den Gebrauch des Chors in der
Tragödie)」 864, 882
「비극적 대상을 즐기게 되는 원인에 대하
여(Ueber den Grund des Vergnügens
an tragischen Gegenständen)」 98,
136~137
「비밀(Das Geheimniss)」 384, 424,
452~453
「빌헬름 텔(Wilhelm Tell)」 31, 383,
546~548, 556, 559, 561, 615~616,
619~620, 622, 627, 635~640, 642,
656, 681, 703, 781, 863, 898, 900,
917~948, 964, 971

－ㅅ－

「산의 노래(Berglied)」 384, 556, 561
「산책(Der Spaziergang)」→「비가」
「삶의 시(Poesie des Lebens)」 383
『30년전쟁사(Geschichte des Dreißig-
    jährigen Kriegs)』 81, 87, 694, 735,
    753
「새로운 세기의 출발에 즈음하여(Am Antritt
    des neuen Jahrhunderts)」 435
「서사문학과 극문학에 관하여(Ueber
    epische und dramatische Dichtung)」
    135, 639~640, 714, 736, 843, 927
「성문(Das Thor)」 562
「세상의 분할(Die Theilung der Erde)」
    383, 516
「세상의 위대함(Die Gröse der Welt)」
    556
「소박문학과 감상문학에 대하여(Ueber
    naive und sentimentalische
    Dichtung)」 37, 250, 253, 311, 323,
    344, 375, 399, 419, 435, 446, 457,
    722, 738
「쇠망치 일터로 가는 길(Der Gang nach
    dem Eisenhammer)」 383, 531, 535,
    539
「순간의 덕(Die Gunst des Augenblicks)」
    558
「순례자(Der Pilgrim)」 556
「숭고론(Vom Erhabenen)」 44, 136, 144,
    256

「숭고한 것에 대하여(Ueber das Erhabene)」
    136, 149, 731, 745, 879
「스텔라(Stella)」(번안) 617, 790, 801
「슬픔에 잠긴 신부(Die Braut in Trauer)」
    617, 762~763
「승리의 축제(Das Siegesfest)」 384,
    557~559, 561, 562
「시민의 노래(Bürgerlied)」 384, 440,
    452~453, 459~460, 462, 951
《신 탈리아(Neue Thalia)》 98, 136, 144,
    161, 295, 297~298, 301~302, 304,
    416, 473~475
「신구 세계의 시인(Die Dichter der alten
    und neuen Welt)」 383
「신의 출현(Theophanie)」 562
「신지학」→「율리우스의 신지학」
『실러의 연극(Theater)』 117, 691, 784,
    955, 983
「씨 뿌리는 사람(Der Sämann)」 562

－ㅇ－

「아그리피나(Agrippina)」 617, 622, 958~
    961, 963, 979
「아름다운 다리(Die Schöne Brücke)」
    562
「아름다움의 필연적인 한계에 관하여, 특
    히 철학적 진실들을 말함에 있어서
    (Von den nothwendigen Grenzen
    des Schönen besonders im Vortrag

philosophischer Wahrheiten)」 285

「아우리스의 이피게니에(Iphigenie in
　Aulis)」 783

「알프스의 사냥꾼(Der Alpenjäger)」 383,
　540

『앤솔러지(*Anthologie auf das Jahr
　1782*)』 366, 468 , 537

「어느 덴마크 여행객의 편지(Brief eines
　reisenden Dänen)」 404

「에그몬트(Egmont)」(번안) 44, 135, 242,
　248~249, 615, 617, 634, 651, 654,
　756, 758, 790~791, 932, 937

「엘레우시스의 축제(Das eleusische
　Fest)」 396, 459

「엘프리데(Elfride)」 617, 775, 782

「여인들의 기품(Würde der Frauen)」
　375, 383~384, 401, 451, 453~454,
　463, 483, 489, 521, 525

「여자의 덕성(Tugend des Weibes)」 459

「여자의 토론장(Forum des Weibes)」
　459

「여자의 판단(Weibliches Urtheil)」 459

「여자의 힘(Macht des Weibes)」 170,
　459

『역사적 회고록 총서(*Allgemeine
　Sammlung historischer Memoires*)』
　306, 543

「예술가들(Die Künstler)」 382, 415~419,
　431, 432

「예술에 대한 찬양(Die Huldigung der
　Künste)」 615, 617, 656, 910, 949

「예술에서의 비속(卑俗)과 저열(低劣)에 관
　한 고찰(Gedanken über den
　Gebrauch des Gemeinen und
　Niedrigen in der Kunst)」 144

「오를레앙의 처녀(Das Mädchen von
　Orleans)」 831, 846

「오를레앙의 처녀(Die Jungfrau von
　Orleans)」 117, 120, 293, 615, 618,
　620, 622, 628, 634, 635, 637, 638,
　639, 644, 677, 679, 682, 691, 705,
　765, 773, 779, 781, 831~860, 866,
　904, 914, 920, 926, 975, 986

「오벨리스크(Der Obelisk)」 562

「오셀로(Othello)」(번안) 617, 656, 790,
　801

「외국에서 온 처녀(Das Mädchen aus der
　Fremde)」 383, 451, 453~454, 457

「요람의 아이(Das Kind in der Wiege)」
　562

「요한 수도회 기사단(Die Johanniter)」
　764~765

「용과의 싸움(Der Kampf mit Drachen)」
　383, 536, 539, 767

「우아함과 품위에 대하여(Ueber Anmuth
　und Würde)」 44, 161, 171, 302,
　422, 456, 827

「운명의 장난(Spiel des Schicksals)」 783

「워베크(Warbeck)」 617, 622, 761, 772~
　775, 782, 862, 967, 974

「위의 반박 논평에 대한 평론가의 변론
　(Verteidigung des Rezensenten

gegen obige Antikritik)」 361
「유명한 여자(Die Berühmte Frau)」 457
「율리우스의 신지학(Theosophie des Julius)」 456
「이비쿠스의 두루미(Die Kraniche des Ibycus)」 383, 533, 535~536, 539, 542, 548~549, 551
「이상(Die Ideale)」 428
「이상적 여인(Das weibliche Ideal)」 375, 383, 432, 451, 459
「인간의 미적 교육에 대한 편지(Ueber die ästhetische Erziehung des Menschen in einer Reihe von Briefen)」 64, 144, 150, 169, 199, 208, 214~215, 231, 234, 256, 284, 309, 314~315, 334, 345, 353, 362, 426, 430, 460, 465~466, 501, 503, 506, 938, 951, 954
「인간의 품위(Würde des Menschen)」 562
「일자(Einer)」 509
「입법자에게(An die Gesetzgeber)」 562

ㅡ ㅈ ㅡ

「자연과 학교(Nature und Schule)」 383, 408, 952
「자이스에 있는 가려진 초상화(Der verschleierte Bild zu Sais)」 375, 383
「잠수부(Der Taucher)」 383, 531, 533, 536, 539, 542~543, 545, 547, 549
「장갑(Der Handschuh)」 383, 389, 533, 535, 539, 542~544, 546
「정치적 교훈(Politische Lehre)」 562
「제노바 사람 피에스코의 역모(Die Verschwörung des Fiesko zu Genua)」 16, 87, 192, 614, 623, 637
「제우스가 헤라클레스에게(Zeus zu Herkules)」 562
「조카이면서 삼촌(Der Neffe als Onkel)」 655
「종의 노래(Das Lied von der Glocke)」 189, 381, 384, 390, 440, 466, 452~453, 462~463, 466
「집의 아이들(Die Kinder des Hauses)」 768, 771, 782

ㅡ ㅊ ㅡ

「처녀의 탄식(Des Mädchens Klage)」 384, 452~453, 521, 743
《1798년 문예연감(Musen-Almanach für das das Jahr 1798)》 542, 551
《1796년 문예연감(Musen-Almanach für das das Jahr 1796)》 255, 401, 428, 475, 483
《1797년 문예연감(Musen-Almanach für das das Jahr 1797)》 64, 170, 380, 387, 502, 511
《1799년 문예연감(Musen-Almanach für

das das Jahr 1799)》 459, 743

「철학 서신(Philosophische Briefe)」 260,
371

「체념(Resignation)」 626

「첼레의 공주(Die Prinzessin von Zelle)」
671, 622, 958, 961, 973

「최고의 것(Das Höchste)」 562

「최상의 국가(Der beste Staat)」 562

「춤(Der Tanz)」 375, 383, 391, 401,
428~429, 431, 483

- ㅋ -

「카산드라(Kassandra)」 535, 539~540

「칼리아스 서한(Kallias, oder Über die
Schönheit) 44, 61, 155~161, 171~
173, 189, 217, 222, 256, 421, 429

「케레스의 비탄(Klage der Ceres)」 383,
396~397, 428,

「쾨니히스마르크의 백작(Der Graf von
Königsmark)」 961

「크세니엔(Xenien)」 262, 317~318,
386~388, 454, 476, 488, 505~519,
521~523, 525~528, 756, 848

《크세니엔 연감》 → 《1797년 문예연감》

- ㅌ -

「타우리스 섬의 이피게니에(Iphigenie auf

Tauris)」 790

《탈리아(*Thalia*)》 19, 23~24, 115~116,
162, 256, 296, 300, 303~304, 330,
343, 379, 407, 411, 450, 460, 473,
764, 783~784, 872, 884, 912, 932

「테미스토클레스(Themistokles)」 617,
622, 776

「테클라. 유령의 소리(Thekla. Eine
Geisterstimme)」 556, 743

「토겐부르크의 기사(Ritter Toggenburg)」
383, 539

「통치(Das Regiment)」 459

「투란도트(Turandot, Prinzessin von
China)」(번안) 384, 562, 617, 620,
654, 657, 761, 773, 781, 790, 796,
862

- ㅍ -

「펀치의 노래(Punschlied)」 384, 559

「페니키아 여인들(Die Phönizierinnen)」
738, 783, 785

「페드라(Phädra)」 615, 617, 656, 910,
955~959, 964

「폴리크라테스의 반지(Der Ring des
Polykrates)」 383, 538, 548

「폼페이와 헤르쿨라네움(Pompeji und
Herkulanum)」 383, 410

「플랑드르 백작 부인(Die Gräfin von
Flandern)」 762, 779

「플랑드르의 공주(Die Prinzessin von Plandern)」 782

「피에스코」 → 「제노바 사람 피에스코의 역모」

「피콜로미니(Die Piccolomini)」 503, 640, 644, 653, 662, 669, 676, 702~704, 711~713, 716~718, 720, 740, 745

- ㅎ -

「합스푸르크의 백작(Der Graf von Habsburg)」 383, 535, 540, 545, 561

「해적(Die Flibustiers)」 777~778

「행복(Das Glück)」 165, 383, 428, 745, 952, 987

「헤로와 레안드로스(Hero und Leander)」 535, 539, 548

「현자 나탄(Nathan der Weise)」(번안) 654

《호렌(Die Horen)》 52, 61, 64, 74, 76, 99, 112, 115~116, 168, 173, 195, 199, 205, 223, 231, 239, 252, 257, 273~274, 278, 280, 283~285, 298, 301~304, 306, 308~309, 311, 315~318, 323, 347, 350, 366, 372, 374~375, 378, 381, 383~384, 419, 429, 431, 438, 440, 457, 473, 475, 481~483, 485, 488~489, 499~500, 505~506, 510, 516~517, 522, 525, 527, 537, 562, 627, 699, 752, 869, 894

「환희에 부쳐(An die Freude)」 90, 521

『황제 프리드리히 1세의 시대에 일어난 가장 기이한 국가적 사건(Universalhistorische Übersicht der merkwürdigsten staatsbegebenheitten zu den zeiten Kaiser Fridriechs I.)』 868

「회고록」 → 「역사적 회고록 총서」

「희망(Hofnung)」 313

지은이

:: 페터 안드레 알트(Peter-André Alt)

베를린자유대학의 독문학과 교수로서 현재 이 대학의 총장직을 수행하고 있다. 총장 취임 전까지는 같은 대학 부설 '달렘연구소'의 책임자로서 이 대학의 국제적 네트워크를 조성하여 미래지향적 학문 연구의 비전을 제시했다는 평가에 힘입어 전 독일 대학의 기대를 한 몸에 받기도 했다. 그는 창의적으로 대학을 경영하는 유능한 대학 행정가일 뿐만 아니라, 학자로서 전공하는 학문 분야에서도 출중한 업적을 올림으로써 독일 학계에서도 각별히 주목을 받는 인물이다.

알트는 1960년 베를린에서 태어나 이곳 자유대학에서 주로 독일문학, 정치학, 역사학, 철학을 전공한 후 24세에 박사학위를, 33세에는 '하빌리타치온'을 취득했다. 1995년부터 보쿰대학, 뷔르츠부르크대학에서 독일 근대문학을 강의했고, 2005년에는 스승인 한스 위르겐 슁 교수의 뒤를 이어 모교의 독문학과 교수로 부임했다. 그가 쓴 저서들 가운데에는 『실러』를 비롯해서 『프란츠 카프카』, 『계몽주의』, 『아이러니와 위기』, 『고전주의의 결승전』, 『악의 미학』 등이 그의 활발한 학술 활동의 알찬 결실로 꼽힌다. 알트 교수는 2005년 『실러』를 저술한 공로로 실러의 고향인 마르바흐 시가 수여하는 '실러 상'을 수상했고, 현재 독일 실러 학회의 회장이기도 하다.

옮긴이

:: 김홍진(金鴻振)

1938년 생으로 성균관대학교 독어독문학과를 졸업하고, 독일 쾰른대학에서 문학박사 학위를 취득했다. 숭실대학교 독어독문학과 교수로 재직하면서 인문대학장을 역임했고, 현재는 같은 대학 명예교수로 독일 고전 번역에 힘쓰고 있다. 『개선문』, 『테오리아』, 『젊은 괴테』, 『예속의 유혹』, 『본회퍼를 만나다』 등을 우리말로 옮겼으며, 주요 논문으로는 「파울 하이제의 초기 노벨레 기법」, 「기술복제 시대의 문학」, 「헤르더의 역사주의 이해」 등이 있다.

:: 최두환(崔斗煥)

1935년 생으로 한국외국어대학교 독일어과를 졸업하고(1958), 독일 괴팅겐대학에서 유학 생활을 했다(1960~1982). 중앙대학교 문리대 독어독문과 교수를 지냈으며(1982~2000), 한국괴테학회회장을 역임했다(1993~1997). 1999년 이래로 바이마르 괴테학회 명예회원이다. 현재는 도서출판 〈시와진실〉 대표. 김지하의 첫 시집 『황토(*Die gelbe Erde und andere Gedichte*)』(Suhrkamp, 1983)와 박희진의 시집 『하늘의 그물(*Himmelznetz*)』(Edition Delta, 2007)을 독일어로 옮겼고, 괴테의 『파우스트-하나의 비극』(시와진실, 2000)과 『서동시집』(시와진실, 2002)을 우리말로 옮겼다.

한국연구재단총서 학술명저번역 서양편 **578**

실러 2-2

생애 · 작품 · 시대

1판 1쇄 찍음 | 2015년 7월 30일
1판 1쇄 펴냄 | 2015년 8월 10일

지은이 | 페터 안드레 알트
옮긴이 | 김홍진, 최두환
펴낸이 | 김정호
펴낸곳 | 아카넷

출판등록 2000년 1월 24일(제406-2000-000012호)
413-210 경기도 파주시 회동길 445-3
전화 | 031-955-9511(편집) · 031-955-9514(주문)
팩시밀리 | 031-955-9519
책임편집 | 박수용
www.acanet.co.kr

ⓒ 한국연구재단, 2015

Printed in Seoul, Korea.

ISBN 978-89-5733-424-9 94850
ISBN 978-89-5733-214-6 (세트)

이 도서의 국립중앙도서관 출판시도서목록(CIP)은
서지정보유통지원시스템 홈페이지(http://seoji.nl.go.kr)와
국가자료공동목록시스템(http://www.nl.go.kr/kolisnet)에서 이용하실 수 있습니다.
(CIP제어번호: CIP2015017561)